David

Né en 1960, David Baldacci a grandi et fait ses études de droit à Richmond en Virginie. Il commence sa carrière d'avocat à Washington tout en ébauchant des scénarios.

Après le succès phénoménal de son premier roman, *Les pleins pouvoirs*, vendu à trois millions d'exemplaires aux États-Unis et porté à l'écran par Clint Eastwood, il renonce à la pratique du droit pour se consacrer à l'écriture. Il a signé depuis plusieurs titres, dont *Une femme sous contrôle*, son deuxième roman et nouveau best-seller, et *Une triche si parfaite*. Il s'affirme aujourd'hui comme l'un des maîtres du thriller.

B

UNE FEMME SOUS CONTRÔLE

DU MÊME AUTEUR
CHEZ POCKET

Les pleins pouvoirs
Une femme sous contrôle
Une triche si parfaite
La simple vérité
Sous haute protection
Un homme sous influence
Une seconde d'inattention
L'heure du crime

DAVID BALDACCI

UNE FEMME SOUS CONTRÔLE

FLAMMARION

Titre original :

TOTAL CONTROL

Traduit de l'anglais
par Marie-France Girod

Éditeur original :

Warner Books
A Time Warner Company

Pour la traduction française :

ISBN : 978-2-266-14676-0

À Spencer, la seule petite fille au monde qui soit capable de me rendre immensément heureux et incroyablement furieux, généralement à quelques secondes d'intervalle. Son papa qui l'aime de tout son cœur.

La rédaction de *Une femme sous contrôle* a nécessité un grand nombre de recherches. Je tiens donc à remercier ici toutes les personnes sans l'aide desquelles je n'aurais pu obtenir les informations spécialisées dont j'avais besoin :

Mon amie Jennifer Steinberg, documentaliste hors pair, qui a fait absolument l'impossible pour découvrir les réponses aux questions affreusement complexe dont je l'ai sans cesse accacblée.

Mon ami Tom DePont, de la NationsBank, pour ses conseils avisés sur des mécanismes bancaire complexes et pour ses suggestions de scénarios financiers plausibles. Mon ami Marvin McIntyre, de la société de courtage Legg Mason, et son collègue Paul Montgomery, pour leur aide précieuse à propos de la Réserve fédérale et des questions financières.

Le docteur Catharine Broome, amie chère et véritable puits de science, pour ses conseils concernant les sujets de médecine générale et les traitements du cancer, sans oublier les détails pittoresques qu'elle et son ami David m'ont fourni sur La Nouvelle-Orléans.

Craig et Amy Haseltine, ainsi que les autres membres du clan Haseltine pour m'avoir fait connaître le Maine et apprécier la beauté de ses paysages.

Mon oncle Bob Baldacci, qui m'a transmis des monceaux de documentations sur les avions, les aéroports, les opérations de maintenance, et a patiemment répondu à mes flots de questions.

Mon cousin, Steve Jennings, qui m'a servi de guide dans le labyrinthe de la technologie de l'informatique et d'Internet. Sa femme, Mary, qui devrait sérieusement envisager de devenir conseillère éditoriale. Ses commentaires ont été très utiles et j'en ai tenu compte en grande partie. Peter Aiken de Virginia Commonwealth University, qui m'a aidé à comprendre les subtilités du parcours du courrier électronique à travers Internet.

Neil Schiff, directeur de la communication du FBI, qui m'a permis de visiter le Hoover Building et a répondu à mes questions sur le Bureau.

Larry Kirshbaum, Maureen Egen et la formidable équipe de chez Warner Books, pour leur soutien. Ils ont changé ma vie. Je tiens à le dire et le redire et à leur offrir sincèrement toute ma gratitude.

Et tout spécialement Frances Jalet-Miller, de l'agence Aaron Priest, que j'ai la chance d'avoir comme conseillère éditoriale et comme amie. Elle a considérablement amélioré *Une femme sous contrôle* grâce à ses remarques pertinentes.

1

L'appartement était petit et sans charme. Une vague odeur de moisi flottait dans l'air, comme si on ne l'entretenait plus depuis longtemps. Pourtant, l'ordre et la propreté y régnaient et le mobilier révélait un goût certain pour les belles antiquités. Sur les rayons de la bibliothèque, les ouvrages étaient soigneusement rangés. La plupart traitaient de politique monétaire internationale et d'investissements financiers.

Une lampe, unique source de lumière, éclairait le visage de l'homme assis sur le canapé, les yeux clos. À son poignet, sa montre indiquait quatre heures du matin. Grand, les épaules étroites, il avait ouvert le col de sa chemise blanche et défait sa cravate. Son pantalon gris à revers, retenu par des bretelles, tombait impeccablement sur ses chaussures bien cirées. Plus que son crâne chauve, son épaisse barbe argentée attirait l'attention. Il ouvrit les yeux et balaya la pièce de son regard perçant.

La douleur venait soudain de l'envahir. Il porta la main à son côté gauche, comme pour la maîtriser. En vain. Elle le déchirait maintenant de toutes parts, déformant ses traits.

En haletant, il tendit la main vers un dispositif semblable à un walkman qu'il portait à la ceinture, une pompe reliée à un cathéter dissimulé sous sa chemise et dont l'autre extrémité était logée dans son torse. Il pressa un bouton. Aussitôt, la pompe libéra une dose d'antalgique largement supérieure aux quantités qu'elle dispensait automatiquement à intervalles réguliers au cours de la journée. Le système était efficace. Tandis que le mélange passait dans son sang, la douleur finit par disparaître. Mais elle reviendrait. Elle revenait toujours.

L'homme rejeta la tête en arrière, épuisé. Son large visage était moite et la sueur mouillait sa chemise. Il était particulièrement résistant à la douleur, mais le mal qui lui rongeait les entrailles venait de lui faire franchir un nouveau seuil de souffrance. Il se demanda ce qui, de sa mort ou de la défaite des médicaments, surviendrait d'abord. Il pria pour que ce soit la première.

En titubant, Arthur Lieberman se dirigea vers la salle de bains. L'image que lui renvoya le miroir déclencha son hilarité. Des hoquets le secouèrent, puis se transformèrent en sanglots et enfin en haut-le-cœur. Il se mit à vomir. Quelques minutes plus tard, il avait enfilé une chemise propre et nouait calmement sa cravate face au miroir. On l'avait prévenu qu'il serait sujet à des modifications brutales de l'humeur. Il hocha la tête.

Il avait toujours pris soin de lui. Exercice physique régulier, pas de cigarettes, pas d'alcool, pas d'excès alimentaires. Il ne faisait pas ses soixante-deux ans. Et pourtant, il ne verrait pas son prochain anniversaire. Les spécialistes avaient été si nombreux à le lui confirmer que, malgré son immense soif de vivre, il avait fini par abandonner tout espoir. Mais il ne s'en irait pas comme ça. Il lui restait une carte à jouer. La proximité de sa mort lui offrait une marge de manœuvre qu'il n'avait jamais connue auparavant. Le fait qu'une carrière aussi remarquable que la sienne se termine sur une note d'une telle indignité ne manquerait pas d'ironie, mais l'onde de choc qui accompagnerait sa sortie valait vraiment la peine. Il passa dans la petite chambre. Il contempla les photos qui ornaient son bureau. Les larmes lui montèrent aux yeux et il se hâta de quitter la pièce.

À cinq heures trente précises, Lieberman quittait son appartement. L'ascenseur le déposa au rez-de-chaussée. Une Crown Victoria portant une plaque d'immatriculation officielle de couleur blanche l'attendait sous la lumière d'un lampadaire. Le moteur tournait. Le chauffeur se précipita et lui ouvrit la portière, puis porta la main à sa casquette pour saluer son passager de marque, qui ne lui adressa aucun signe en retour, selon son habitude. Quelques instants plus tard, la voiture avait disparu au bout de la rue.

***

Au moment où la Crown Victoria de Lieberman s'engageait sur la rampe d'accès au périphérique, un Mariner L500 sortait de son hangar à Dulles International Airport. L'équipe de maintenance s'était occupée des vérifications d'usage en prévision du vol sans escale que l'avion de ligne allait effectuer de Washington à Los Angeles. La phase suivante, l'approvisionnement en carburant, était sous-traitée par Western Airlines. Le camion de fuel était garé sous l'aile droite de l'avion. Sur le L500, un appareil de quarante-six mètres de long, les réservoirs étaient habituellement placés à l'intérieur de chacune des ailes et du fuselage. On avait verrouillé l'extrémité du long tuyau autour de la valve qui, à l'intérieur de l'aile, permettait d'alimenter l'ensemble des trois réservoirs. L'employé qui se livrait à cette opération était seul. Il portait des gants épais et une salopette maculée. Il jeta un regard circulaire. Autour de l'appareil, l'agitation devenait de plus en plus intense.

Des fourgons à bagages se dirigeaient vers le terminal. On chargeait le fret et le courrier. Assuré de ne pas être observé, il vaporisa discrètement une substance contenue dans un récipient de plastique sur la partie du réservoir de fuel exposée à l'air libre autour de la valve d'alimentation. À bien y regarder, le métal du réservoir brillait un peu à cet endroit. Il aurait fallu effectuer une minutieuse inspection pour percevoir cette légère brumisation, mais cela n'était pas prévu. Et même le copilote ne pourrait découvrir cette minuscule trace sur l'énorme appareil lors d'une dernière vérification avant le décollage.

L'homme enfouit le petit récipient de plastique dans une des poches de sa salopette. Il mit sa main dans l'autre poche, la referma sur un petit objet rectangulaire et la glissa à l'intérieur de l'aile. Quand il la retira, elle était vide. Le remplissage du réservoir terminé, il remit en place le tuyau dans le camion et referma le panneau de l'aile, puis mit le contact. Il avait un autre jet à ravitailler. Tandis que le camion s'éloignait du L500, le conducteur lui jeta un bref coup d'œil, puis poursuivit sa route. Ce matin, il quittait son travail à sept heures. Pas question de rester une minute de plus.

***

Les cent dix tonnes du puissant Mariner L500 décollèrent sans effort de la piste et traversèrent la couche de nuages matinaux.

Muni d'un biréacteur Rolls-Royce à double flux, le L500, avec son unique couloir central, était ce que l'on faisait de mieux sur le plan technologique après les appareils de l'US Air Force.

Il y avait cent soixante-quatorze passagers et sept membres d'équipage à bord du vol 3223. Selon l'ordinateur de bord, l'arrivée à Los Angeles était prévue cinq heures et cinq minutes plus tard. Pendant que l'appareil s'élevait dans le ciel au-dessus de la campagne de Virginie pour atteindre son altitude de croisière de 35 000 pieds, la plupart des passagers étaient confortablement installés dans leurs sièges et lisaient des journaux et des magazines.

En première classe, l'un d'entre eux était plongé dans la lecture du *Wall Street Journal.* Tout en caressant sa barbe argentée, il parcourait de son regard perçant les pages de la rubrique financière. En classe économique, une vieille femme, un chapelet entre ses doigts serrés, récitait ses prières en silence.

Au moment où le L500 parvenait à 35 000 pieds et se mettait à voler en palier, le commandant de bord prit le micro pour accueillir les passagers, alors que l'équipage se livrait aux démonstrations de routine.

Soudain, il y eut un éclair rouge sur la partie droite de l'appareil. Toutes les têtes se tournèrent dans cette direction. Horrifiés, les passagers placés sur les sièges proches de l'aile droite la virent se gondoler. Le revêtement métallique et les rivets sautaient. En quelques secondes à peine, les deux tiers de l'aile, cisaillés, furent arrachés, entraînant le réacteur Rolls-Royce droit. Telles des veines sectionnées, des câbles et des tuyaux hydrauliques déchiquetés battaient violemment dans le vent, tandis que le fuel du réservoir fissuré arrosait le fuselage.

Aussitôt, le L500 bascula vers la gauche et se mit sur le dos. À l'intérieur, des hurlements de terreur s'élevèrent de toutes parts. L'avion, dont les commandes ne répondaient plus, tombait en vrille comme une feuille morte. Le long du couloir central, des passagers furent violemment arrachés à leur siège. La mort était au bout de ce bref voyage. Les coffres à bagages, dont le système de fermeture avait cédé sous l'onde de choc de la pressurisation déréglée, libérèrent leur contenu, qui vint se fracasser sur les passagers. Des cris de douleur fusèrent.

La vieille dame ouvrit la main dans un dernier

sursaut et son chapelet glissa à terre, sur le plafond de l'avion renversé qui se trouvait maintenant à la place du plancher. Une crise cardiaque venait de lui épargner les minutes d'horreur absolue qui allaient suivre.

Si les avions de ligne biréacteurs sont conçus pour pouvoir voler avec un seul moteur, aucun toutefois ne peut le faire avec une seule aile. Le L500 avait perdu toute capacité de voler et le vol 3223 piquait vers le sol dans une spirale mortelle.

Dans le cockpit, les deux pilotes se battaient vaillamment avec les commandes tandis que l'appareil endommagé plongeait. Tout en s'efforçant de reprendre le contrôle de l'avion, ils priaient pour ne pas entrer en collision avec un autre appareil. « Seigneur ! » Incrédule, le commandant de bord fixa l'altimètre dont l'aiguille descendait imperturbablement vers le zéro. Il se rendit à l'évidence : rien, ni les systèmes avioniques les plus sophistiqués, ni les talents d'un pilote de génie, n'aurait pu renverser le cours du destin qui attendait tous les êtres humains à bord : ils allaient mourir. Très vite. Et comme c'est le cas pratiquement à chaque fois qu'un avion s'écrase, les deux pilotes seraient les premiers à quitter ce monde. Suivis, à une fraction de seconde, de tous les autres passagers du vol 3223 encore en vie.

Arthur Lieberman s'agrippait aux bras de son fauteuil, refusant de croire à ce qui lui arrivait. L'avion piquait maintenant du nez et il surplombait le siège placé devant lui, avec l'impression absurde d'être sur des montagnes russes. Il n'eut pas la chance de perdre conscience avant l'ultime seconde où l'appareil toucha le sol avec une violence inouïe. Son esprit s'affola. Il allait perdre la vie plusieurs mois avant l'échéance prévue et d'une tout autre manière. Ses lèvres s'ouvrirent sur un long cri qui sembla couvrir tous les autres bruits terrifiants de la cabine : « Nooon ! »

2

WASHINGTON, D.C., UN MOIS PLUS TÔT

La chemise tachée, la cravate de travers, Jason Archer peinait sur l'inventaire du contenu des piles de cartons, son ordinateur portable auprès de lui. À intervalles réguliers, il sortait une nouvelle feuille de papier du tas et, au moyen d'un petit scanner manuel, en rentrait une copie dans l'ordinateur. Des gouttes de sueur perlaient à son front. L'entrepôt où il se trouvait était sale et il y régnait une chaleur d'enfer. Soudain, une voix le héla de l'intérieur du bâtiment. « Jason ? » Des pas s'approchèrent. « Jason, tu es là ? »

Archer referma immédiatement le carton sur lequel il travaillait. Il éteignit son ordinateur et le glissa entre deux cartons. Quelques instants après, Quentin Rowe apparut. Mince, de taille moyenne, il avait des épaules étroites. De fines lunettes ornaient son visage glabre et ses cheveux blonds étaient soigneusement tirés en queue de cheval. Il portait un jean délavé et l'antenne d'un téléphone portable dépassait de la poche de sa chemise de coton blanc. « Je passais dans le coin, dit-il, les mains dans les poches arrière de son jean. Tu en es où ? »

Jason se leva et étira sa longue silhouette musclée. « Ça vient, Quentin, ça vient.

— Il va falloir aller vite si on veut CyberCom. Ils demandent à voir les chiffres le plus tôt possible. Tu penses en avoir pour combien de temps encore ? » Rowe semblait inquiet malgré son air dégagé.

Jason contempla les piles de cartons. « Une semaine, dix jours maxi.

— Tu en es sûr ? »

Jason fit un signe de tête affirmatif. Il s'essuya soigneusement les mains, puis leva les yeux vers Rowe. « Je ne te laisserai pas tomber, Quentin. Je sais à quel point CyberCom compte pour toi. Pour nous tous. » Un sentiment de culpabilité l'effleura, mais il n'en laissa rien paraître.

Rowe se détendit un peu. « On n'oubliera pas le mal que tu t'es donné, Jason. Ni ce que tu fais en ce moment, ni ton boulot sur les bandes de sauvegarde. Nathan, surtout, était impressionné — dans la mesure où il y comprend quelque chose.

— C'est un travail qui restera, effectivement », approuva Archer.

Rowe promena un regard incrédule sur l'entrepôt. « Quand je pense que tout ce qui est stocké ici tiendrait à l'aise sur une poignée de disquettes... Quel gâchis !

— Il faut dire que Nathan Gamble n'a rien d'un as de l'informatique, reconnut Archer avec un sourire, tandis que Rowe grognait d'un air méprisant. Ses opérations financières ont généré des tonnes de paperasses, Quentin. Le succès ne se discute pas. Cet homme a gagné des sommes colossales au fil du temps.

— C'est vrai. C'est notre seul espoir. Gamble ne comprend que le langage de l'argent. À côté de l'affaire CyberCom, les autres auront l'air de broutilles. » Rowe lança un coup d'œil admiratif vers Jason Archer. « Je peux te prédire un bel avenir, après un boulot pareil. »

Les yeux d'Archer prirent un éclat particulier. « Je l'espère bien, Quentin », dit-il.

***

Jason Archer s'installa sur le siège passager de la Ford Explorer, se pencha et embrassa sa femme. Sidney Archer était grande, blonde, avec des traits fermement dessinés que la naissance de leur fille, deux ans auparavant, avait joliment adoucis. De la tête, elle désigna la banquette arrière et Jason sourit en découvrant la petite Amy. L'enfant dormait profondément dans son siège auto, son ours en peluche serré dans une main.

« Elle a eu une rude journée, dit Jason en dénouant sa cravate.

— Il n'y a pas qu'elle, répondit Sidney. Je pensais que travailler à mi-temps dans un cabinet d'avocats-conseils serait la solution idéale. En fait, j'ai l'impression de bloquer mes bonnes vieilles cinquante heures hebdomadaires sur trois jours. » Elle secoua la tête d'un geste las et inséra la Ford dans la circulation. Derrière eux se dressait l'immeuble abritant le siège international de Triton Global, la firme pour laquelle Jason travaillait. Triton était le leader mondial incontesté des technologies de pointe, depuis les logiciels éducatifs pour enfants jusqu'aux réseaux informatiques mondiaux, en passant par toutes les activités intermédiaires.

Jason lui tapota tendrement la main. « Je sais, Sid. C'est dur, mais j'aurai peut-être de bonnes nouvelles bientôt. Si tout va bien, tu pourras lâcher ton travail pour de bon. »

Elle lui jeta un regard et sourit. « Tu as mis au point un programme informatique pour gagner au Loto ?

— Mieux que ça, peut-être. » Jason sourit à son tour et ses traits harmonieux s'illuminèrent.

« Tu m'intéresses. De quoi s'agit-il ?

— Je ne dirai rien avant d'être sûr.

— Jason, s'il te plaît », dit-elle en faisant mine de le supplier.

Le sourire de son mari s'élargit encore. « Je sais garder un secret. Et je sais que tu aimes les surprises. »

Elle freina à un feu rouge et se tourna vers lui. « J'aime aussi ouvrir les cadeaux la veille de Noël. Allez, raconte.

— Pas cette fois. Motus et bouche cousue. Bon, si nous allions dîner au restaurant ?

— N'essaie pas de changer de sujet. Je suis une avocate brillante et particulièrement obstinée. Sans compter que le restaurant ne fait pas partie de notre budget, ce mois-ci. Je veux des détails. » Tout en redémarrant, elle lui donna une petite bourrade dans les côtes.

« Bientôt, Sid, très bientôt, je te le promets, mais pas maintenant. D'accord ? » Le ton de sa voix était soudain devenu plus sérieux, comme s'il regrettait d'avoir mis la question sur le tapis. Il se tourna vers la vitre. Le visage de Sidney s'assombrit. Jason abandonna sa contemplation et surprit l'expression soucieuse de sa femme. Il lui toucha la joue. « Quand on s'est mariés, je t'ai promis monts et merveilles, non ? dit-il en lui adressant un clin d'œil.

— Tu me les as donnés. » Elle regarda Amy dans le rétroviseur. « Et plus encore. »

Jason lui caressa l'épaule. « Je t'aime plus que tout, Sid. Tu mérites le meilleur. Un jour je te l'offrirai. »

Un sourire éclaira le visage de Sidney, mais il disparut lorsque Jason se tourna de nouveau vers la vitre.

***

L'homme était penché sur l'ordinateur, le visage à quelques centimètres de l'écran. Ses doigts martelaient furieusement le clavier, qui semblait prêt à se désintégrer. Sur l'écran, des images numériques défilaient à une vitesse folle. L'unique fenêtre de la pièce, faiblement éclairée, révélait un rectangle de nuit noire. Malgré la température agréable, il transpirait à grosses gouttes. Il essuya les rigoles de sueur lorsqu'elles s'insinuèrent derrière ses lunettes et vinrent lui piquer les yeux, déjà rougis et douloureux. Il avait relevé ses manches de chemise et dénoué sa cravate. Une barbe naissante ombrait son visage hagard.

Absorbé par sa tâche, il ne remarqua pas que la porte s'ouvrait doucement, livrant passage à trois visiteurs, dont les pas étaient étouffés par l'épaisse moquette. Ils vinrent se poster derrière lui, sans hâte, avec l'assurance de ceux qui ont l'avantage du nombre face à une proie solitaire. Chacun tira nonchalamment un revolver de son manteau.

L'homme quitta enfin l'ordinateur des yeux. Il se retourna lentement, parcouru de tremblements violents, comme s'il savait ce qui allait lui arriver.

Il n'eut même pas le temps de crier.

Trois détonations retentirent simultanément, dans un même vacarme assourdissant.

D'un bond, Jason Archer se redressa sur la chaise où il s'était assoupi, le visage couvert de sueur. La vision de sa mort violente était incrustée dans son esprit. Rien à faire pour s'en dépêtrer. Fichu cauchemar. Il regarda autour de lui. Sidney sommeillait sur le canapé. La télévision continuait à marcher en sourdine. Il se leva et alla recouvrir sa femme d'une couverture, puis monta dans la chambre de sa fille. Il était près de minuit. L'enfant était couchée depuis longtemps. Il passa la tête par l'entrebâillement de la porte et l'entendit s'agiter dans son sommeil. S'approchant du lit, il contempla la petite forme qui se tournait et se retournait. Sans doute faisait-elle un mauvais rêve. Son père savait ce que c'était. Il lui caressa le front, puis, la soulevant du lit, la prit dans ses bras et la berça doucement dans l'obscurité. Généralement, c'était efficace. Quelques minutes après, en effet, Amy dormait profondément. Il la recouvrit et l'embrassa sur la joue.

Revenu à la cuisine, il rédigea un petit mot pour Sidney et le déposa sur la table, près du canapé sur lequel elle continuait de somnoler. Il se dirigea ensuite vers le garage et monta dans sa vieille Cougar décapotable.

Il sortit la voiture en marche arrière, sans voir que sa femme le regardait par la fenêtre du living, son petit mot à la main. Quand les feux arrière de la Cougar eurent disparu au bout de la rue, Sidney se détourna de la fenêtre et relut le billet. Son mari repartait à son bureau pour travailler. Il reviendrait dès que possible. Elle jeta un regard à la pendule sur la cheminée. Il n'était pas loin de minuit et Jason repartait travailler. Elle monta voir si tout allait bien dans la chambre de sa fille, puis redescendit dans la cuisine se faire une tasse de thé. En le préparant, elle vacilla soudain, aux prises avec un soupçon profondément enfoui jusque-là. Ce n'était pas la première fois qu'elle s'éveillait pour trouver un petit mot de Jason lui disant qu'il repartait au bureau.

Elle but son thé, puis, sur une impulsion, monta à la salle de bains. Elle examina son visage dans le miroir. Il était un peu plus plein qu'à l'époque de leur mariage. Elle ôta sa chemise de nuit et ses sous-vêtements et poursuivit l'examen de face, de profil, et, le plus déprimant, de dos, avec un miroir à main. La grossesse était passée par là. Son ventre était redevenu plat, mais ses fesses n'avaient pas retrouvé leur fermeté. Et sa poitrine ? Ne tombait-elle pas un peu ? Quant aux hanches, elles semblaient un peu plus larges qu'avant. D'un geste nerveux, elle tâta le dessous de son menton, là où la peau était légèrement distendue. Jason, lui, avait toujours un corps de statue grecque. Il n'avait pas bougé depuis qu'ils se connaissaient. Sa séduction ne se bornait toutefois pas à son physique et à son élégance. À cela, il fallait ajouter une intelligence remarquable. L'ensemble ne devait pas manquer d'attirer les femmes. Pendant quelques instants, elle suivit du doigt les contours de son visage. Soudain elle sursauta, consciente de ce qu'elle était en train de faire. Comment, l'avocate brillante et réputée s'examinait comme un animal de boucherie, avec le regard évaluateur des machos de tout poil ? Elle avait perdu la tête ! Elle renfila sa chemise de nuit. Bien sûr qu'elle était séduisante. Bien sûr que Jason l'aimait. Bien sûr qu'il était reparti à son bureau pour rattraper son travail en retard. Sa carrière progressait vite, très vite. Bientôt, l'un comme l'autre réaliseraient leur rêve. Lui monterait sa propre boîte et elle, elle se consacrerait à l'éducation d'Amy et des autres enfants qu'ils comptaient bien avoir. Peut-être cet avenir semblait-il sortir d'un feuilleton télé des années cinquante, mais les Archer s'en moquaient. C'était exactement ce qu'ils voulaient. Et en cet instant précis, Jason était en train de travailler comme un fou pour qu'ils y arrivent. Elle en était persuadée.

***

Au moment où Sidney se couchait, Jason Archer s'arrêtait près d'une cabine téléphonique et composait un numéro appris par cœur depuis longtemps. À l'autre bout du fil, on décrocha aussitôt. « Hello, Jason.

— Je tiens à vous dire que si cela n'aboutit pas rapidement, je risque de laisser tomber.

— Je vois. Encore un mauvais rêve ? » Le ton se voulait à la fois compatissant et condescendant.

« Pas seulement. J'ai l'impression d'un cauchemar permanent.

— Il n'y en a plus pour longtemps. » Cette fois, la voix se faisait rassurante.

« Vous êtes sûr qu'ils ne sont pas après moi ? J'ai l'impression bizarre d'être observé.

— C'est normal, Jason. Croyez-moi, si vous aviez des problèmes, nous le saurions. Nous avons l'habitude.

— Je vous fais confiance, mais j'espère ne pas

avoir à le regretter. » La tension d'Archer était de plus en plus perceptible. « Je n'ai rien d'un pro, dans ce domaine. Tout cela commence à me porter sur les nerfs.

— D'accord, Jason, mais ce n'est pas le moment de nous mettre la pression. Je vous l'ai dit, c'est bientôt fini. Encore quelques éléments supplémentaires et vous arrêtez.

— Je ne comprends pas pourquoi ce que j'ai déjà récupéré ne suffit pas.

— Jason, vous n'êtes pas là pour réfléchir à ce genre de choses. Il est nécessaire de creuser encore un peu. Vous devez l'admettre. Nous ne sommes pas des amateurs et rien n'est laissé au hasard. Tenez bon de votre côté et tout ira bien pour nous. Et pour vous.

— Je vais boucler cette nuit, aucun doute là-dessus. Pour la remise des éléments, on utilise la procédure habituelle ?

— Non, cette fois ce sera un échange de personne à personne. »

Jason Archer marqua sa surprise. « Pourquoi donc ?

— On approche du terme et la moindre erreur peut faire capoter toute l'opération. Il n'y a aucune raison de penser que vous êtes repéré, mais on ne peut pas être sûr à cent pour cent qu'on ne nous surveille pas. Nous prenons tous des risques dans cette affaire, ne l'oubliez pas. Généralement, le système du dépôt présente toutes les garanties de sécurité, mais il y a toujours une petite marge d'erreur qu'un face à face à l'extérieur, avec des personnes nouvelles, permet d'éliminer. C'est plus sûr pour vous aussi. Et pour votre famille.

— Qu'est-ce que ma famille a à voir là-dedans ?

— Ne soyez pas stupide, Jason. Les enjeux sont énormes. Vous avez été mis au courant des risques dès le début. Nous vivons dans un univers de violence, vous êtes au courant ?

— Écoutez...

— Tout se passera bien si vous suivez les instructions à la lettre. » La voix avait mis l'accent sur les trois derniers mots. « Vous n'avez parlé de ça à personne, n'est-ce pas ? Et surtout pas à votre femme ?

— Non. À qui pourrais-je raconter une chose aussi incroyable ?

— Pas aussi incroyable que cela pour certains. Mettez-vous bien ça dans la tête : quiconque serait mis au courant courrait le même danger que vous.

— Changez un peu de disque. Quelles sont les instructions ?

— Pas maintenant, plus tard. Par la voie habituelle. Tenez bon, Jason, c'est bientôt la fin du tunnel.

— En espérant qu'il ne s'effondrera pas sur moi d'ici là. »

La repartie de Jason provoqua un petit rire à l'autre bout de la ligne, puis on raccrocha.

Jason Archer retira son doigt de l'analyseur d'empreintes, annonça son nom dans le petit haut-parleur mural et attendit patiemment que l'ordinateur compare ses empreintes digitales et vocales avec celles contenues dans ses énormes fichiers. Un employé de la sécurité était installé devant l'énorme pupitre qui occupait le milieu de l'espace d'accueil, au septième étage. Derrière son dos massif, le nom « Triton Global » se détachait en lettres d'argent. Jason lui adressa un petit signe de tête, accompagné d'un sourire.

« Dommage que vous ne soyez pas autorisé à me laisser entrer, Charlie, dit-il. Entre êtres humains, les vérifs sont tout de même plus sympas. »

Charlie était un Noir costaud dans la soixantaine, chauve, doté d'un esprit vif.

« Ma foi, Jason, rien ne prouve que je n'ai pas devant moi Saddam Hussein déguisé en M. Archer.

De nos jours, on ne peut plus se fier aux apparences. N'empêche que vous avez un pull génial, Saddam, ajouta-t-il sur le ton de la plaisanterie. En plus, comment une firme de ce gabarit, hypersophistiquée, pourrait-elle se fier au jugement d'un bonhomme dans mon genre alors qu'ils ont les gadgets ad hoc pour leur dire qui est qui ? Non, Jason, on vit sous le règne de l'ordinateur. C'est triste à dire, mais les êtres humains ne font plus le poids.

— Il ne faut pas être aussi amer, Charlie. La technologie a aussi du bon. Échangeons nos places quelque temps et vous verrez le côté positif du système.

— Avec plaisir. J'irai faire joujou avec ces petites merveilles à plusieurs millions de dollars pièce et vous, vous irez fureter toutes les demi-heures du côté des toilettes, histoire de voir s'il n'y a pas des méchants planqués dedans. Je vous prête même l'uniforme gratis, si vous ne le salissez pas. Bien sûr, on échange les jobs et les fiches de paie qui vont avec. Pas question de vous priver de mon salaire royal de sept dollars de l'heure.

— Charlie, vous êtes trop malin, ça vous perdra. »

Avec un grand rire, Charlie reporta son attention sur les multiples écrans de télévision intégrés à son pupitre.

Jason Archer reprit une expression soucieuse dès qu'il franchit la lourde porte qui venait de s'ouvrir sans bruit. Il avança le long du couloir à grandes enjambées, tout en tirant de la poche de son manteau un objet semblable à une carte de crédit.

Devant une porte munie d'un boîtier métallique, il s'arrêta et glissa la carte dans la fente, puis composa un numéro à quatre chiffres sur le digicode adjacent. Il y eut un déclic. Il saisit la poignée, la tourna et la porte massive s'ouvrit.

Les lumières s'allumèrent, éclairant brièvement sa silhouette sur le seuil. En hâte, il referma la porte et les deux pênes dormants revinrent en place. Les mains tremblantes, le cœur battant à tout rompre, il promena son regard autour du bureau impeccablement rangé. Ce n'était pas la première fois, loin de là, mais ce serait la dernière. Quoi qu'il arrive. Cette pensée amena un faible sourire sur ses lèvres. Après tout, tout le monde a ses limites.

Il s'approcha du bureau, s'assit sur le siège et alluma l'ordinateur. Un petit micro pour la commande vocale monté sur une tige métallique flexible y était rattaché. Avec agacement, il le repoussa afin de mieux voir l'écran. Visiblement, il était désormais dans son élement. Le dos droit, il se mit à frapper les touches du clavier comme un pianiste attaquant son morceau favori, les yeux rivés sur l'écran, sur lequel s'inscrivaient en retour les instructions de l'ordinateur. Elles lui étaient parfaitement familières. Il enfonça quatre touches sur le digicode relié à la base de l'unité centrale, puis, se penchant en avant, il resta le regard fixé sur un point précis situé dans l'angle supérieur droit de l'écran. Il n'ignorait pas qu'à l'instant même, une caméra vidéo venait d'interroger l'iris de son œil droit et transmettait la masse de discriminateurs recueillie à une base de données centrale, laquelle, à son tour, comparait l'image de son iris aux trente mille autres contenues dans le fichier informatique. L'opération avait pris quatre secondes à peine. Archer fit une grimace. Il avait beau être accoutumé aux progrès constants de la technologie, il lui arrivait d'être dépassé par ce qu'il voyait. Les analyseurs d'iris servaient également à surveiller la productivité des employés. George Orwell et son Big Brother étaient bien en deçà de la réalité.

Il se concentra de nouveau sur l'ordinateur. Au cours des vingt minutes suivantes, ses doigts ne cessèrent de courir sur le clavier. De temps en temps, lorsqu'un supplément d'informations apparaissait sur l'écran en réponse à ses demandes, il s'arrêtait brièvement. Malgré sa rapidité, le système avait du mal à suivre le rythme fluide des commandes d'Archer. Soudain, Jason sursauta. Un bruit étouffé lui parvenait depuis le couloir. Comme dans son cauchemar. Il écouta, puis se rasséréna. Sans doute Charlie qui faisait sa ronde. Il reporta son attention sur l'écran. Rien de bien intéressant. Il perdait son temps. Il inscrivit sur une feuille de papier une liste de noms de fichiers, éteignit l'ordinateur, puis se leva. À la porte, il écouta, l'oreille collée au panneau. Rassuré, il ouvrit les pênes et sortit après avoir éteint la lumière. Quelques instants plus tard, les verrous se refermaient automatiquement derrière lui.

Il prit le couloir et s'arrêta tout au bout. Il se trouvait maintenant dans une partie des bureaux peu utilisée, devant une porte fermée par une serrure ordinaire, qu'il fit jouer habilement au moyen d'un outil approprié. Une fois à l'intérieur de la pièce, il n'alluma pas la lumière, mais s'éclaira avec une petite lampe de poche. La console de l'ordinateur se trouvait à l'opposé, dans un angle, à côté d'un classeur bas bourré de boîtes d'archives en carton.

Archer éloigna du mur la station de travail, révélant les câbles branchés à l'arrière de l'ordinateur. Il s'agenouilla et, tenant ces derniers en main, il repoussa légèrement le classeur et dégagea une prise multiple dans le mur. Il y brancha soigneusement un des câbles de l'ordinateur, puis s'assit devant celui-ci et l'alluma. Pendant que l'appareil se mettait en marche, Jason posa sa lampe de poche sur une boîte, pour que le faisceau lumineux éclaire le clavier. Cette fois, il n'eut pas à composer les numéros d'un code sur un clavier numérique, ni à se prêter à l'identification de ses caractéristiques visuelles dans l'angle droit de l'écran. En réalité, cette station de travail n'avait aucune existence pour le réseau informatique de Triton.

Il tira de sa poche une feuille de papier et la posa sur

le clavier, dans le faisceau lumineux de sa lampe. Derrière la porte, il crut soudain percevoir un mouvement et s'immobilisa. Retenant son souffle, il enfouit la lampe de poche sous son aisselle avant de l'éteindre, puis baissa l'intensité lumineuse de l'écran jusqu'à ce qu'il soit quasiment noir. Plusieurs minutes s'écoulèrent. Archer demeurait immobile dans l'obscurité. Une goutte de sueur se forma sur son front, puis coula lentement le long de son nez et s'arrêta au-dessus de sa lèvre supérieure. Il n'osa pas l'essuyer.

Il attendit cinq minutes. Au-dehors, aucun bruit ne se faisait entendre. Rassuré, il ralluma sa lampe, éclaira l'écran et se remit au travail. Avec un sourire, il finit par venir à bout d'une « écluse » particulièrement tenace — un système interne de sécurité destiné à bloquer l'accès aux bases de données aux personnes non autorisées. Maintenant, tout irait plus vite. Quand il arriva au dernier des fichiers listés sur son papier, il sortit de sa poche une disquette de 3,5 pouces et la plaça dans le lecteur. Deux minutes après, il la retirait. Il éteignit l'ordinateur et quitta la pièce. Tranquillement, il refit le chemin en sens inverse, franchit la sécurité, salua Charlie et se fondit dans la nuit.

3

Par la fenêtre, un rayon de lune venait éclairer les contours des meubles de la pièce plongée dans l'obscurité. Sur le grand bureau en pin massif, des photos encadrées étaient réparties en plusieurs rangées. L'une d'elles, tout au fond, représentait Sidney Archer, vêtue d'un strict tailleur bleu marine, appuyée contre une Jaguar gris métallisé. À ses côtés, un sourire radieux sur les lèvres, Jason Archer en chemise amidonnée plongeait amoureusement son regard dans le sien. Une autre photo montrait le même couple, dans une tenue plus décontractée, posant devant la tour Eiffel dans un grand éclat de rire.

Sur une photo de la rangée du milieu, Sidney, un peu plus âgée, les cheveux défaits, les yeux cernés, était assise dans un lit d'hôpital et serrait dans ses bras un nouveau-né aux yeux clos. À côté, sur un autre cliché, Jason, en T-shirt et caleçon, était allongé sur le sol, les paupières rougies, pas rasé. Il tenait contre lui un bébé à l'air repu, aux yeux cette fois bien ouverts et du bleu le plus vif.

La photo qui trônait au centre de la première rangée avait visiblement été prise à Halloween. Leur fille, maintenant âgée de deux ans, était habillée en petite princesse tandis que les parents, très fiers, fixaient l'appareil en l'entourant de leurs bras.

Le couple était au lit. Jason se tournait et se retournait sans cesse. Une semaine s'était écoulée depuis sa visite nocturne à son bureau. Le dénouement était tout proche et il n'arrivait pas à dormir. Près de la porte de la salle de bains, un grand sac de toile avec des croisillons bleus et portant les initiales JWA, assez laid, était posé à côté d'une mallette noire en métal. Sur la table de nuit, le réveil indiquait deux heures du matin.

Sidney tendit un bras et caressa les cheveux de son mari, puis, se dressant sur un coude, elle se lova contre lui. Sa mince chemise de nuit épousait la forme de son corps. « Tu dors ? » demanda-t-elle. Autour d'eux, le silence régnait, rompu de temps en temps par les craquements de la vieille maison.

Jason se retourna et la regarda. « Pas exactement.

— C'est ce qu'il m'a semblé. Tu n'as pas cessé de t'agiter. Cela t'arrive même dans ton sommeil, comme Amy.

— J'espère que je n'ai pas parlé. On ne sait jamais, je pourrais laisser échapper un secret. »

Sidney suivit d'un doigt le tracé de ses lèvres. « On a tous besoin d'avoir des secrets, non ? Même si nous nous sommes promis de ne rien nous cacher... » Elle eut un petit rire un peu forcé. Jason ouvrit la bouche, puis la referma sans rien dire. Il regarda le réveil et fit la grimace en voyant l'heure. « Seigneur, je ferais aussi bien de me lever. Le taxi vient me prendre à cinq heures et demie. »

Sidney contempla les bagages d'un air contrarié. « Ce voyage a vraiment été décidé à la dernière minute, Jason.

— Je sais », répondit-il en détournant les yeux. Il étouffa un bâillement. « Moi-même, je n'ai été prévenu qu'hier, en fin de journée. Quand le patron m'ordonne d'y aller, je ne peux qu'obéir, que veux-tu ! »

Sa femme soupira. « Je savais bien qu'un jour, nous nous absenterions tous les deux en même temps.

— Mais tu t'es arrangée avec la crèche, n'est-ce pas ? interrogea Jason d'une voix inquiète.

— Oui. Quelqu'un a dû accepter de faire des heures supplémentaires, mais c'est d'accord. Amy s'y plaît beaucoup, heureusement. Tu ne seras pas absent plus de trois jours, n'est-ce pas ?

— Trois jours maximum, Sid, promis. En fait, j'espère pouvoir être rentré d'ici quarante-huit heures. Et toi, tu ne pouvais pas échapper à ce voyage à New York ? »

Sidney hocha négativement la tête. « Dans ma partie, les voyages d'affaires sont une obligation. Interdiction de se défiler. C'est écrit dans le manuel du parfait avocat-conseil de chez Tyler Stone.

— Bon Dieu, tu fais plus en trois jours que la plupart des autres en cinq !

— Voyons, mon chéri, tu sais bien comment cela se

passe. On te demande d'être productif aujourd'hui, demain et après-demain. »

Jason se redressa. « Idem chez Triton, mais comme on est dans la technologie de pointe, on travaille déjà pour le XXIe siècle. Mais notre heure viendra, Sid. Peut-être aujourd'hui, qui sait ?

— Je veux bien le croire. En attendant, je vais continuer à m'occuper de l'intendance, d'accord ?

— D'accord. J'ai bien le droit d'être un peu optimiste, non ? Il faut envisager l'avenir...

— À propos d'avenir, as-tu réfléchi à l'éventualité d'un autre enfant ?

— Je suis plus que prêt. S'il ressemble à Amy, ce sera du gâteau, ajouta-t-il avec un clin d'œil complice.

— Tu es responsable du résultat à 50% ! »

Ravie de constater qu'il n'avait aucune objection à voir la famille s'agrandir, Sid se pressa contre son mari. S'il avait eu quelqu'un d'autre dans sa vie, aurait-il répondu ainsi ? Elle reposa sa tête sur l'oreiller et contempla le plafond tout en lui caressant l'épaule. Trois ans plus tôt, il n'aurait pas été question pour elle d'abandonner son métier, mais aujourd'hui, même un mi-temps empiétait trop sur sa vie familiale. Elle mourait d'envie de se consacrer à sa fille. Malheureusement, c'était trop tôt, financièrement parlant. Le seul salaire de Jason ne suffisait pas, malgré toutes les économies qu'ils s'imposaient depuis la naissance d'Amy. Encore que si Jason continuait à monter chez Triton, ce ne soit peut-être pas impossible, qui sait ?

Sidney avait toujours voulu son indépendance financière. Mais si elle devait dépendre économiquement de quelqu'un, autant que ce soit de cet homme dont elle était tombée amoureuse au premier regard. Elle se tourna vers son mari, les yeux humides d'émotion.

« Au moins, profite de ton passage à Los Angeles

pour revoir quelques amis. » Elle lui ébouriffa affectueusement les cheveux. « À l'exception de tes ex-petites copines, de préférence. »

Tout en contemplant le torse musclé de son époux, Sidney se disait, une fois de plus, qu'elle avait eu une chance incroyable lorsque Jason Archer était entré dans sa vie. Et elle savait que lui, de son côté, pensait la même chose d'elle.

« Tu sais, Jason, continua-t-elle, je ne t'ai pas beaucoup vu, ces temps-ci. Il n'y en a que pour le bureau, à toutes les heures du jour et de la nuit. Tu me manques. C'est pourtant agréable d'être ensemble dans un lit la nuit, non ? »

Il se tourna vers elle et l'embrassa sans rien dire.

« En plus, ce ne sont pas les cadres qui manquent chez Triton. Ce n'est pas à toi de faire tout le boulot. »

Jason lui jeta un regard las. « Tu crois ? interrogea-t-il.

— Une fois bouclée l'acquisition de CyberCom, tu vas avoir encore plus de travail qu'avant. Et si je sabotais les négociations ? Après tout, je suis le principal conseil de Triton. »

L'esprit visiblement ailleurs, il eut un petit rire distrait.

« À ce propos, le rendez-vous de New York ne va pas manquer d'intérêt », continua-t-elle.

Il la regarda, soudain en alerte. « Qu'est-ce que tu veux dire ?

— C'est une réunion à propos du rachat de CyberCom. Nathan Gamble et ton copain Quentin Rowe seront là tous les deux. »

Jason pâlit. « Je croyais que c'était à propos du dossier BelTek, balbutia-t-il.

— Non. On m'a libérée de cette affaire il y a un mois, afin que je puisse me consacrer à l'acquisition de CyberCom par Triton. Il me semblait te l'avoir dit.

— Pourquoi les rencontres-tu à New York ?

— Nathan Gamble est là-bas cette semaine. Il a un penthouse sur Central Park, tu sais. Avec les milliardaires, on doit suivre le mouvement. On me dit New York, je vais à New York. »

Jason se dressa sur le lit, soudain très pâle. Sidney crut qu'il allait avoir un malaise.

« Jason, demanda-t-elle en le prenant par l'épaule, que se passe-t-il ? »

Il reprit lentement des couleurs et lui fit face, l'air coupable. « En fait, Sid, je ne vais pas à Los Angeles pour Triton. »

Sidney retira sa main et le dévisagea, les yeux écarquillés. Tous les soupçons qu'elle avait consciencieusement écartés de son esprit au cours des derniers mois lui revinrent d'un coup. La gorge sèche, le souffle court, elle balbutia : « Que... que veux-tu dire, Jason ? »

Il prit sa main dans les siennes : « Je veux dire que ce voyage n'est pas pour le compte de Triton.

— Pour qui, alors ? »

Le rouge lui était monté aux joues. « Pour moi, pour nous. Pour nous, Sid, tu entends ?

— Jason, tu vas m'expliquer. »

Il baissa les yeux et tripota les draps. « Jason ? » Elle lui prit le menton dans ses mains et le regarda d'un air interrogateur. Visiblement, il était en proie à une lutte intérieure.

« Voilà. On m'a offert... "On", c'est AllegraPort Technology, l'un des premiers éditeurs mondiaux de logiciels spécialisés. Ils m'ont offert le poste de vice-président, avec la présidence en ligne de mire. Le triple de mon salaire actuel, superprime de fin d'année, stock-options, plan de retraite de rêve. Le grand jeu, Sid. »

Le visage de Sidney s'éclaira. « C'était ça, ton secret, Jason ? dit-elle, visiblement soulagée. Mais c'est merveilleux ! Pourquoi ne m'en as-tu pas parlé ?

— Je ne voulais pas te mettre dans une position

gênante. Après tout, tu es le conseil de Triton. Les heures sup' au bureau, c'était parce que j'essayais de tout laisser en ordre derrière moi. Je ne voulais pas qu'ils aient des raisons de m'en vouloir. C'est une entreprise très puissante.

— Chéri, il n'est pas interdit de changer d'employeur. Ils devraient être contents pour toi.

— Sans aucun doute. » Le ton amer de Jason surprit Sidney, mais avant qu'elle ait pu s'interroger à son sujet, il poursuivait : « Ils prennent à leur charge les frais de réinstallation. On ferait une jolie petite plus-value en vendant la maison et cela nous permettrait de liquider toutes nos dettes. »

Elle se raidit. « Tu as bien dit "réinstallation" ?

— Le siège d'Allegra est à Los Angeles. Il faudrait déménager et aller s'installer là-bas, mais si tu ne tiens pas à ce que j'accepte ce poste, je respecterai ta décision.

— Jason, tu sais que ma boîte a un bureau à L.A. Pas de problème ! » Elle s'appuya contre la tête de lit et contempla le plafond, puis le regarda d'un air malicieux. « Et au fond, puisque ton salaire va tripler, qu'on va faire une plus-value et que tu auras des stock-options, il n'est pas impossible que je puisse être une épouse au foyer un peu plus tôt que prévu... »

Jason sourit et elle se blottit contre lui.

« C'est pour ça que j'ai été surpris quand tu m'as dit que tu rencontrais les gens de Triton. »

Elle leva les yeux vers lui, attendant qu'il s'explique.

« À vrai dire, ils me croient à la maison.

— Ah ? Écoute, chéri, ne te fais pas de souci. Je jouerai le jeu. L'avocat est lié à son client, mais une épouse amoureuse est encore plus liée à son séduisant mari. » Les lèvres de Sidney effleurèrent la joue de Jason.

« Tu es un amour », dit Jason, tout en repoussant les draps et en s'asseyant au bord du lit. Avec un haussement d'épaules, il ajouta : « Compte tenu de l'heure, je ferais aussi bien de filer sous la douche. J'ai des choses à faire avant de partir. »

Elle se colla contre lui, l'empêchant de se lever. « Il y a une chose que je peux faire avec toi, Jason. »

Il tourna la tête vers elle. Elle avait ôté sa chemise de nuit, qui gisait au pied du lit. Il sentit dans son dos la pression de ses seins. « Je t'ai toujours dit que tu avais le plus beau popotin du monde, Sid, murmura-t-il.

— Dans la catégorie rembourrée, mais je me soigne, tu sais. »

Il se retourna et la prit par les épaules. Ils se faisaient maintenant face. Les yeux dans les siens, il déclara d'un ton solennel : « Tu es encore plus belle qu'au jour de notre rencontre. Et chaque jour, je t'aime davantage. » Sa voix était chaude et douce. Sidney fondit, comme à chaque fois, non pas à cause des mots qu'il prononçait, somme toute banals, mais à cause de sa façon de les dire, de son regard, de ses mains sur sa peau.

Jason jeta un regard au réveil, puis eut un sourire coquin. « Il me reste trois heures, si je ne veux pas rater l'avion.

— Cela suffira », murmura-t-elle en se renversant en arrière et en l'attirant à elle.

Deux heures plus tard, les cheveux encore humides après la douche, Jason Archer entrait dans la petite pièce qu'il avait aménagée en bureau. Elle était meublée d'un ordinateur, d'un classeur métallique, de rayonnages et d'une table en bois. Une petite fenêtre ouvrait sur l'obscurité. L'ensemble donnait une impression d'ordre, malgré l'exiguïté des lieux.

Archer referma la porte. Il prit une clé dans le tiroir du bureau et ouvrit le tiroir supérieur du classeur. Instinctivement, il s'arrêta pour écouter autour de lui. C'était devenu une habitude, même dans sa propre maison. Cette découverte le troubla, brusquement. Aucun bruit. Sa femme s'était recouchée et Amy était profondément endormie dans sa chambre, un peu plus loin. Du tiroir il retira avec précaution une vieille serviette en cuir patiné, fermée par deux languettes et des boucles de cuivre. Il l'ouvrit rapidement et en sortit une disquette vierge. Il avait des instructions précises. Placer tout ce qu'il avait sur une disquette, faire une copie papier des documents et détruire tout le reste.

Il inséra la disquette dans le lecteur et y copia tous les autres éléments qu'il avait réunis. Une fois l'opération terminée, il s'apprêta à appuyer sur la touche « effacer » afin de détruire tous les fichiers concernés sur son disque dur, suivant les instructions reçues.

Il hésita, puis choisit de suivre son instinct.

Quelques minutes lui suffirent pour copier la disquette sur une autre, puis il effaça les fichiers de son disque dur. Après avoir lu attentivement sur l'écran le contenu de la nouvelle disquette, il se livra à quelques autres opérations sur son ordinateur. Sous ses yeux, le texte devint soudain du charabia. Il sauvegarda les modifications, quitta le fichier, sortit la disquette-copie de l'ordinateur et la glissa dans une petite enveloppe matelassée. Puis il rangea celle-ci dans un petit soufflet au fond de la serviette. Il imprima alors le contenu de la disquette d'origine. Il lui fallut un certain temps pour relire les nombreuses pages. De temps en temps, il hochait la tête. Il plaça les pages imprimées et la disquette d'origine dans le soufflet principal de la serviette, qu'il posa ensuite soigneusement sur le bureau, à côté de l'ordinateur.

De son portefeuille il retira la carte en plastique dont il s'était servi un peu plus tôt pour pénétrer dans son bureau. Désormais, il n'en aurait plus besoin. Cela avait été un énorme travail, mais la récompense était en vue. Il jeta la carte dans le tiroir, qu'il referma.

Il contempla la serviette d'un air pensif. Il regrettait d'avoir dû mentir à sa femme. C'était la première fois et il se dégoûtait. Mais il arrivait au bout. Il frissonna en pensant aux risques qu'il avait pris, à Sidney qui ignorait tout. Il se concentra de nouveau sur son plan. Le chemin à suivre, les noms de code des gens qu'il allait rencontrer. Mais son esprit continuait à vagabonder. Il fixa la nuit obscure par la petite fenêtre. La journée qui s'annonçait serait décisive. Demain, il pourrait vraiment dire s'il avait eu raison de prendre des risques. À condition qu'il parvienne jusque-là.

4

L'aube allait bientôt dissiper l'obscurité qui enveloppait Dulles International Airport. Un taxi jaune s'arrêta devant le terminal principal et Jason Archer en sortit, sa serviette en cuir dans une main, la mallette noire métallique contenant son ordinateur portable dans l'autre. Il posa un instant celle-ci à terre pour prendre sur la banquette arrière le grand sac de toile, qu'il mit sur son épaule.

Tout en se coiffant d'un chapeau vert sombre à large bord, il ne put s'empêcher de penser aux moments passionnés qu'il venait de partager avec sa femme. Il n'avait pas peur en avion, mais si quelque chose devait arriver, il quitterait la vie sur le souvenir merveilleux de leur étreinte. Même après la douche, il avait encore l'impression de sentir son odeur sur sa peau et s'il avait eu le temps, il aurait fait l'amour à Sid une seconde fois.

Au comptoir de Western Airlines, il montra son permis de conduire, obtint son numéro de siège et sa carte d'embarquement et enregistra le sac de toile. Il arrangea le col de son pardessus en poil de chameau, enfonça son chapeau sur son crâne et ajusta sa cravate aux motifs bronze et mauves. Il portait un pantalon large gris foncé, et un observateur attentif aurait vu que ses chaussettes étaient des socquettes blanches de sport, dans des chaussures qui, malgré leur couleur sombre, se révélaient être des chaussures de tennis. Avant de franchir le portique de sécurité, il acheta *USA Today* et but un café.

La navette conduisant au terminal de départ était remplie aux trois quarts d'hommes et de femmes vêtus sobrement, tenant d'un air las un chariot chargé de sacs.

Jason s'installa, la mallette contenant son ordinateur coincée entre ses jambes, sa serviette de cuir serrée contre lui. De temps en temps, il jetait un regard aux autres occupants ensommeillés, avant de se replonger dans son journal.

Quand il fut installé dans la grande salle d'attente faisant face à la porte 11, il regarda sa montre. L'embarquement n'allait pas tarder. À l'extérieur, une rangée de jets de Western Airlines, avec leurs rayures jaunes et marron familières, étaient prêts pour les premiers vols de la journée. Le ciel était strié de rose par le soleil levant qui commençait d'illuminer la côte Est. Derrière les vitres épaisses, des coups de vent balayaient la piste, obligeant les employés au sol à se plier en deux. Bientôt, l'hiver serait là dans toute sa rigueur. Il recouvrirait la région d'une chape glacée jusqu'au mois d'avril.

Archer sortit sa carte d'embarquement de sa poche et se mit à l'étudier. Vol Western Airlines 3223. Sans escale de Dulles International Airport, Washington, à Los Angeles, International Airport. Jason était né et avait grandi à Los Angeles, mais cela faisait plus de deux ans qu'il n'y était pas retourné. Il leva les yeux. De l'autre côté du terminal, un vol pour Seattle, avec escale à Chicago, s'apprêtait à embarquer ses passagers. Archer passa sa langue sur ses lèvres sèches, tandis qu'un frisson d'appréhension le parcourait. La gorge serrée, il avala le reste de son café en se forçant à feuilleter son journal.

Tandis qu'il regardait d'un air distrait les gros titres et leur lot de mauvaises nouvelles, il aperçut un homme qui fendait la foule des passagers d'un pas décidé. Grand, mince, les cheveux blonds, il était vêtu d'un pardessus en poil de chameau et d'un large pantalon gris. On apercevait une cravate semblable à celle de Jason autour de son cou et, comme lui, il portait une serviette en cuir et une mallette d'ordinateur noire. Il tenait une enveloppe blanche dans sa main.

Archer se leva. Il se dirigea rapidement vers les toilettes des hommes et alla s'enfermer dans le dernier W-C. Après avoir accroché son pardessus et son chapeau au portemanteau, il ouvrit la serviette en cuir et en sortit un grand sac de nylon pliant. À l'intérieur se trouvait un miroir muni d'un dos magnétique qui lui permettait de tenir sans attache sur une paroi. Il l'installa contre le mur, à hauteur de son visage. Puis il ajusta une moustache noire postiche au-dessus de sa lèvre supérieure, posa sur sa tête une perruque courte de la même couleur et chaussa une paire de lunettes noires. Il ôta sa veste et sa cravate, les fourra dans le sac et les remplaça par un sweat-shirt à l'effigie des Washington Huskies. Il portait un bas de jogging assorti sous son pantalon large. Une fois ce dernier enlevé, les chaussures de tennis n'étaient plus déplacées. Le manteau était réversible. Archer le retourna et l'enfila côté bleu marine. Sitôt toutes ces opérations terminées, il se regarda une dernière fois dans le miroir. Rien ne clochait. Dans le sac de nylon, il fit disparaître la serviette de cuir, la mallette de métal et le miroir. Il laissa le chapeau accroché au portemanteau et sortit.

Avant de quitter les lieux, il se lava les mains dans le lavabo et contempla son nouveau reflet dans le miroir. Au même moment, l'homme qu'il avait remarqué entra à son tour dans les toilettes. Il se dirigea droit vers le W-C que Jason venait de quitter et s'y enferma. Archer prit le temps de se sécher consciencieusement les mains et passa les doigts à plusieurs reprises dans sa perruque pour mettre les cheveux en place. L'homme sortit. Il portait sur la tête le chapeau vert de Jason. Sans le déguisement, on aurait pu les prendre pour des jumeaux. Ils quittèrent les toilettes ensemble et se heurtèrent au moment de franchir la porte. Archer balbutia des excuses. L'homme ne lui jeta même pas un regard. Il s'éloigna rapidement, en enfouissant dans la poche de sa chemise le billet d'avion d'Archer, tandis que Jason dissimulait l'enveloppe blanche dans son manteau.

Jason s'apprêtait à retourner s'asseoir lorsque son regard tomba sur les cabines téléphoniques. Après un instant d'hésitation, il se précipita dans l'une d'elles et composa son numéro.

« Sid ?

— C'est toi, Jason ? Que se passe-t-il ? Ton vol a du retard ? »

Sid s'efforçait d'habiller Amy, de lui faire avaler son petit déjeuner et de fourrer des dossiers dans sa serviette, le tout en même temps.

« Non, l'avion décolle dans quelques minutes. » Il aperçut son nouveau visage reflété par la paroi de la cabine et se sentit gêné de parler à sa femme sous ce déguisement.

« Qu'est-ce qui ne va pas, alors ? interrogea Sid en se battant avec le manteau de sa fille.

— Rien, je voulais juste savoir comment ça se passait pour toi.

— Eh bien, je vais te faire un petit résumé de la situation : je suis en retard, ta fille est aussi peu coopérative que d'habitude, et je viens juste de m'apercevoir que j'ai laissé au bureau mon billet d'avion et des documents dont j'ai besoin pour mon travail. Autrement dit, je dispose de trente secondes au lieu de trente minutes.

— Excuse-moi, Sid, je... » Jason serra plus fort la poignée de la serviette de cuir. Aujourd'hui était le dernier jour. Le dernier. S'il lui arrivait quelque chose, si, malgré tout, il ne revenait pas, elle ne saurait jamais...

À l'autre bout du fil, Sidney bouillait maintenant d'impatience. « Il faut que je te laisse, Jason », jeta-t-elle. Amy venait de renverser son bol de céréales sur son manteau et une bonne partie du lait était en train de couler dans la serviette de sa mère, bourrée de documents.

« Attends, il faut que je te dise quelque chose...

— Jason... nous aurons tout le temps un peu plus tard. » Le ton de Sid ne tolérait aucune contradiction tandis qu'elle constatait les dégâts de son bout de chou qui, du haut de ses deux ans, semblait la défier. Amy avait le même menton volontaire que sa mère. « Excuse-moi, chéri, mais j'ai aussi un avion à prendre. Au revoir. » Elle raccrocha, prit sa fille sous son bras sans se préoccuper de ses tortillements ni des vestiges du petit déjeuner et se précipita dehors.

Jason reposa lentement l'appareil avec un long soupir. Pourvu, pourvu que la journée se déroule bien... Il ne remarqua pas l'homme qui lui jetait nonchalamment un coup d'œil avant de s'éloigner. Un peu plus tôt, avant qu'il n'aille se changer dans les toilettes, ce même homme était passé près de lui, si près, en fait, qu'il avait pu lire le nom et l'adresse inscrits sur l'étiquette attachée au sac de voyage de Jason. Ses véritables nom et adresse. Jason avait commis une petite erreur en négligeant de les modifier.

Quelques minutes plus tard, il avait rejoint la file

d'attente pour l'embarquement. Il prit l'enveloppe blanche qui lui avait été remise par l'autre homme dans les toilettes et en tira un billet d'avion. Destination : Seattle. Tout en se demandant à quoi ressemblait cette ville, il aperçut son « jumeau », qui, de l'autre côté de l'aire, était en train d'embarquer pour Los Angeles. Simultanément, son attention fut attirée par un autre passager qui attendait dans la file de Los Angeles. Grand, mince, il était chauve et une épaisse barbe mangeait en partie son visage carré. Ses traits expressifs rappelaient quelque chose à Jason, mais il ne parvenait pas à mettre un nom sur ce visage. L'homme franchit rapidement la porte d'embarquement et disparut. Archer haussa les épaules, tendit à son tour sa carte d'embarquement et s'avança vers l'avion pour Seattle.

À peine une demi-heure plus tard, tandis que l'avion dans lequel se trouvait Arthur Lieberman s'écrasait au sol dans un grand embrasement, à quelques centaines de kilomètres plus au nord, Jason Archer ouvrait son ordinateur portable en sirotant un autre café. En souriant, il regarda par le hublot pendant que l'avion se dirigeait vers Chicago. La première partie de son voyage s'était déroulée sans anicroche et le commandant de bord avait annoncé un vol calme, sans turbulences.

5

Le feu venait de passer au vert. Impatiemment, Sidney Archer appuya sur le klaxon et la voiture arrêtée devant la sienne démarra. Elle jeta un coup d'œil à la montre du tableau de bord. En retard, comme d'habitude. Elle vérifia dans le rétroviseur que tout se passait bien sur le siège arrière de la Ford. C'était devenu un réflexe. Sa fille dormait profondément dans son siège auto, son ours serré dans une main. Amy tenait de sa mère son épaisse chevelure blonde, son menton volontaire et son nez fin. Ses yeux bleu vif étaient l'héritage de son père, tout comme sa morphologie déjà athlétique, même si sa mère avait joué dans l'équipe féminine de basket-ball à l'université.

Sidney se rangea sur le parking de la crèche, devant le bâtiment de brique aux portes vitrées, sortit de la voiture et ouvrit la portière arrière. Avec douceur, elle extirpa Amy de son siège et prit le sac contenant le nécessaire de la journée. Le vent était froid. Elle rabattit le capuchon sur la tête de sa fille et, la protégeant avec son manteau, elle franchit le seuil de l'établissement.

À l'intérieur, il faisait bon. Des rires d'enfants les accueillirent, mêlés de quelques pleurs. Le vestibule ouvrait sur un vaste espace rempli de jouets et de matelas pour l'heure de la sieste. Au mur, des peintures bariolées étaient accrochées, chacune signée d'un petit gribouillis par son très jeune auteur.

Sidney ôta le manteau d'Amy. Elle prit le temps de nettoyer les traces des céréales du petit déjeuner et de vérifier les provisions contenues dans le sac, avant de confier celui-ci à Karen, l'une des puéricultrices.

« Bonjour, Amy, dit Karen en s'agenouillant devant l'enfant, on a des nouveaux jouets, tu sais. Je suis sûre que tu es impatiente de les voir. »

Amy, qui n'avait pas lâché son ours, suçait vigoureusement son pouce.

« Il y a là tout ce qu'il faut pour le repas, Karen, dit Sidney, plus un gâteau, si elle est bien sage. Elle a déjà pris son petit déjeuner. N'hésitez pas à lui faire faire une sieste un peu plus longue. Elle a mal dormi.

— Entendu, madame Archer. » Karen tendit la

main à la petite fille. « De toute façon, Amy est toujours sage, n'est-ce pas, Amy ? »

Sidney s'agenouilla et embrassa tendrement sa fille. Un éclair de malice passa dans ses yeux verts. « Absolument, Karen, sauf, bien sûr, quand elle refuse de manger, de dormir et de faire ce qu'on lui dit. »

Karen avait un petit garçon du même âge qu'Amy. Les deux jeunes femmes échangèrent un sourire complice.

« Je viendrai la prendre ce soir à sept heures, dit Sidney.

— Au'voi, maman. Je z'aime ».

La petite main d'Amy s'agita, son menton volontaire était gentiment baissé. Sidney fondit et toute la tension de la matinée disparut. Elle fit au revoir de la main à sa fille. « Je t'aime, mon ange. À ce soir. On mangera une glace toutes les deux ensemble après le dîner. Et je suis sûre que papa nous appellera au téléphone pour te parler. »

Un adorable sourire illumina le visage d'Amy.

Une demi-heure plus tard, Sidney garait sa voiture dans le parking en sous-sol de son bureau. Elle attrapa sa serviette sur le siège du passager, claqua la portière et se hâta vers l'ascenseur. Un courant d'air glacé circulait dans le parking. Cela lui fit penser qu'il faudrait bientôt allumer du feu dans la cheminée du living. Elle aimait l'odeur du feu de bois. Cela la rassurait. Décembre approchait. Ce serait le premier Noël qu'Amy pourrait pleinement apprécier. À cette idée, Sidney ne se sentait pas de joie. Ils iraient chez ses parents pour Thanksgiving, mais passeraient Noël ensemble à la maison. Rien que tous les trois, Jason, Amy et elle, devant un feu crépitant et un immense sapin, avec des montagnes de cadeaux pour la petite fille.

Sidney avait couru comme une folle pour rattraper son retard et il n'était que sept heures quarante-cinq lorsqu'elle sortit de l'ascenseur.

Même si, en théorie, elle travaillait à mi-temps, elle était parmi ceux qui abattaient le plus de travail chez Tyler, Stone, à la grande satisfaction de la direction, ravie de son rendement. En fait, elle savait où elle allait et le mi-temps n'était qu'une étape. Elle pourrait toujours exercer son métier, mais n'aurait pas d'autre occasion de profiter des premières années de sa fille.

Avec Jason, ils avaient acquis leur vieille maison de brique et de pierre à peu près à la moitié de sa valeur, compte tenu des travaux de rénovation à effectuer. Au cours des deux années passées, ils avaient farouchement négocié les prix avec les entrepreneurs. La Jaguar avait cédé la place à une vieille Ford d'occasion. En rognant sur beaucoup de choses, ils avaient réussi à réduire leurs dépenses de moitié. Dans un an, ils n'auraient pratiquement plus rien à rembourser et Sidney comptait bien pouvoir alors rester à la maison.

Elle repensa à ce que lui avait annoncé Jason ce matin et à ce que cela impliquait. C'était stupéfiant. Un sourire naquit sur ses lèvres. Elle était fière de lui. Il méritait ce succès plus que tout autre. L'année qui venait s'annonçait bien. Tous ces retours tardifs à la maison... Sans doute préparait-il son nouveau job. Elle s'était fait du souci pour rien. Jason l'aimait. Il aimait sa fille. C'était absolument évident. Elle s'en voulut de lui avoir pratiquement raccroché au nez ce matin. À son retour, elle ferait amende honorable.

Elle pénétra dans le cabinet, prit le long couloir à l'épaisse moquette jusqu'à son bureau. Elle remplit sa serviette avec les documents dont elle aurait besoin pour son voyage, rafla ses billets d'avion sur la chaise où sa secrétaire les avait posés, prit son ordinateur portable et le glissa dans sa housse. Après avoir vérifié qu'aucun message vocal ou électronique urgent ne l'attendait, elle laissa un certain nombre d'instructions sur les messageries vocales de sa secrétaire et des quatre autres avocats qui l'assistaient pour différentes affaires, puis, lourdement chargée, elle se dirigea péniblement vers l'ascenseur.

À l'aéroport, elle se présenta au guichet des lignes intérieures de US Air et, quelques minutes plus tard, elle était confortablement installée dans son siège du Boeing 737. L'avion se poserait à l'heure prévue à New York, elle n'en doutait pas. Elle avait à peine cinquante minutes de vol avant l'atterrissage à La Guardia. Malheureusement, il lui faudrait autant de temps pour aller de l'aéroport au centre de New York que pour parcourir les quelque 400 km qui séparaient la capitale du pays de celle de la finance.

Comme d'habitude, le vol était complet. En attachant sa ceinture, elle remarqua l'homme qui occupait le siège voisin. Il avait un certain âge et des touffes de poils blancs dépassaient de ses oreilles. Il était vêtu à l'ancienne mode, d'un costume trois-pièces à rayures. Une large cravate de soie rouge barrait sa chemise amidonnée à col boutonné. Il tenait sur ses genoux une serviette de cuir fatiguée et croisait et décroisait nerveusement les doigts tout en regardant par le hublot. Des gouttes de sueur perlaient à ses tempes et au-dessus de ses lèvres minces.

L'avion commença à rouler lentement vers la piste principale. Le bruit des volets d'ailes qui se plaçaient en position pour le décollage sembla le rassurer et il se tourna vers Sidney.

« Voilà ce que j'attendais », dit-il d'une voix rocailleuse, avec un fort accent du Sud.

Sidney le dévisagea avec curiosité. « Quoi donc ? »

De la tête, il désigna le hublot. « Qu'ils mettent bien en place ces fichus volets sur les ailes pour que l'avion décolle correctement. Vous vous souvenez, à Detroit, quand les pilotes avaient oublié de le faire ? Résultat, le crash. Aucun survivant, sauf une petite fille.

— Voyons, ne vous inquiétez pas. Je suis sûre que les pilotes n'oublieront rien. »

Avec un petit soupir, Sidney se plongea dans ses notes. C'était bien sa veine d'être à côté d'un angoissé. Elle eut le temps de parcourir la présentation qu'elle allait faire lors de la réunion avant que les hôtesses ne demandent aux passagers de glisser leurs effets personnels sous les sièges. Elle referma sa serviette et la mit sous le siège devant elle, puis jeta un œil par le hublot. Au loin, au-dessus des eaux sombres du Potomac, des mouettes tourbillonnaient comme des feuilles de papier volant au vent. La voix assurée du commandant de bord annonça que le décollage était imminent.

Quelques instants plus tard, l'appareil s'élevait sans heurt. Il amorça un virage à gauche pour éviter de survoler l'espace aérien au-dessus du Capitole et de la Maison-Blanche, puis accéléra pour atteindre son altitude de croisière.

À 29 000 pieds, les hôtesses firent circuler le chariot des boissons. Sidney prit un thé avec un sac de cacahuètes salées. À ses côtés, le monsieur âgé refusa toute boisson et continua à regarder nerveusement par le hublot.

Sidney attrapa sa serviette et en sortit quelques papiers, dans l'intention de travailler pendant une demi-heure. Mais l'inquiétude de son voisin la déconcentrait. Les mains crispées sur l'accoudoir, le dos raide, il semblait à l'écoute du moindre bruit annonciateur d'une catastrophe imminente. L'attitude classique de la personne qui a peur en avion. Sidney fut prise de pitié. C'était encore pis quand on était seul face à cette terreur. Elle tendit la main et tapota le bras de son voisin d'un geste à la fois compatissant et rassurant. Il lui jeta un coup d'œil en coin. Elle lui sourit. L'air gêné, il lui retourna son sourire en rougissant légèrement.

« Ils ont fait le trajet je ne sais combien de fois, dit-elle. Rassurez-vous, ils ont tout prévu. »

Il se frotta les mains, dont les jointures étaient blanches, pour faire revenir la circulation.

« Vous avez raison, madame... ?

— Archer. Sidney Archer.

— George Beard. Enchanté. »

Ils se serrèrent la main. Le soleil éclairait le hublot d'un éclat violent. Beard baissa à moitié le store. « J'ai pourtant pris l'avion des quantités de fois, murmura-t-il. Je devrais y être habitué.

— Cela arrive à tout le monde d'être inquiet en avion, même si on le prend très souvent. Pour ma part, je trouve que les chauffeurs de taxi qui nous attendent à l'arrivée nous font courir beaucoup plus de risques ! »

Tous deux se mirent à rire. Son voisin semblait un peu détendu.

« Je dois me rendre à New York au moins deux fois par an, je n'y coupe pas, précisa-t-il. Je fais partie du conseil d'administration de deux sociétés qui ont leur siège là-bas. »

Sidney s'apprêtait à reprendre ses papiers quand Beard lui toucha le bras.

« Finalement, tout devrait bien se passer pour nous aujourd'hui, dit-il d'un ton songeur. Je n'ai jamais entendu parler de deux avions qui s'écrasent le même jour. Et vous ? »

Plongée dans ses pensées, elle ne réagit pas tout de suite.

« Pardon ? »

Beard se pencha vers elle et chuchota, sur le ton de la confidence : « Ce matin, je suis arrivé très tôt à l'aéroport et j'ai surpris la conversation de deux pilotes. Ils étaient plutôt nerveux, croyez-moi. On le serait à moins. »

L'incompréhension se lisait sur le visage de Sidney. « Mais de quoi parlez-vous ? » demanda-t-elle.

Beard baissa encore la voix : « Je ne sais pas si la nouvelle a été rendue publique. Les pilotes ont dû apercevoir mon appareil auditif et croire que je n'entendrais rien, mais avec mes piles neuves, il marche formidablement bien. Figurez-vous... » Il s'interrompit un instant, ménageant ses effets. « Un avion s'est écrasé très tôt ce matin. Il n'y a pas de survivants. »

Sidney se figea. « Où ça ?

— Je n'ai pas entendu. C'était un jet, ça j'en suis sûr, un gros avion de ligne. Tombé comme une pierre, apparemment, ce qui expliquerait la nervosité des deux pilotes. C'est aussi terriblement angoissant de ne pas savoir pourquoi, n'est-ce pas ?

— C'était sur quelle ligne ? »

Il hocha la tête. « Je l'ignore. On devrait l'apprendre bientôt. Je suppose que ce sera à la télé quand nous arriverons à New York. J'ai déjà appelé ma femme de l'aéroport. Elle n'était au courant de rien, mais je ne voulais pas qu'elle se fasse du souci si elle apprenait qu'il y avait eu un accident. »

Sidney considéra sa cravate rouge sang comme si c'était une blessure béante. Un instant, elle resta immobile, puis détourna les yeux. D'un geste décidé, elle prit sa carte de crédit, l'inséra dans la fente située dans le siège de devant et décrocha le combiné téléphonique adjacent. Elle n'avait pas le numéro du téléphone cellulaire de Jason et d'ailleurs, il était peu probable qu'il l'ait branché, car il s'était déjà fait rappeler à l'ordre à deux reprises pour avoir reçu des appels au cours d'un vol. Elle consulta sa montre. L'avion de Jason devait maintenant survoler le Midwest. Elle composa le numéro de son messager de poche Skyword en espérant qu'il n'avait pas oublié de l'emporter. Grâce au satellite, il pouvait recevoir des messages en vol. En revanche, il ne pourrait pas la rappeler, car le 737 dans lequel elle se trouvait n'était pas encore équipé pour cela. Elle laissa donc le numéro de son bureau. Dans dix minutes, elle téléphonerait à sa secrétaire pour savoir si son mari l'avait rappelée.

Les dix minutes écoulées, elle appela son bureau. Sa secrétaire n'avait pas eu Jason. Sidney la pressa d'aller vérifier sa messagerie vocale. Rien non plus. Avait-elle entendu parler d'un accident d'avion ? Non. Sidney commençait à se demander si George Beard avait bien compris la conversation des pilotes. C'était sans doute le genre d'homme à imaginer des catastrophes partout, mais elle avait besoin d'être rassurée. Elle ne se souvenait plus sur quelle compagnie Jason devait voler. Elle demanda les renseignements et obtint le numéro de United Airlines. Quand enfin elle eut quelqu'un au bout du fil, on lui dit qu'effectivement il y avait eu un vol pour Los Angeles tôt ce matin, mais qu'aucun accident n'était signalé. Son interlocutrice n'avait pas l'air de vouloir s'appesantir sur le sujet et Sidney n'en fut que plus inquiète. Elle essaya alors d'appeler à plusieurs reprises American Airlines, puis Western Airlines. En vain. Apparemment, les lignes étaient saturées d'appels. Sans réaction, elle resta le regard dans le vague. À ses côtés, George Beard lui toucha le bras. « Tout va bien ? » interrogea-t-il. Mais elle ne répondit pas. Elle n'avait plus qu'une idée : se précipiter hors de l'avion dès l'atterrissage.

6

Jason Archer contemplait d'un œil perplexe le numéro de téléphone inscrit sur son messager de poche. C'était celui de la ligne directe professionnelle de sa femme. Tout comme l'avion de Sidney, le DC 10 à bord duquel il se trouvait était équipé de téléphones cellulaires. Il avait tendu la main vers l'appareil placé sur le dossier du siège de devant, puis s'était ravisé. Pourquoi diable aurait-il dû la rappeler au cabinet alors qu'elle se rendait dans les locaux de la firme à New York ? Un instant, il craignit qu'il ne soit arrivé quelque chose à Amy, mais l'appel avait été reçu à neuf heures trente, heure de la côte Est. À cette heure-là, Sidney volait vers New York et leur fille avait dû être confiée à la crèche bien avant huit heures. Voulait-elle s'excuser d'avoir raccroché un peu brutalement ? Cela n'en valait vraiment pas la peine. Alors pourquoi diable l'appellerait-elle d'un avion pour lui demander de contacter un numéro auquel elle n'était pas ?

À moins que ce ne soit pas elle qui ait passé l'appel. Ce n'était pas impossible, compte tenu des circonstances. Soudain livide, il regarda autour de lui. Tout était calme. Sur l'écran, on projetait un film qu'il avait déjà vu deux fois.

Il s'enfonça dans son siège et finit le reste de café dans son gobelet. Personne ne semblait lui prêter attention. L'équipage débarrassait les assiettes et proposait des oreillers et des couvertures. Jason regarda sa montre qu'il avait déjà réglée sur l'heure de la côte Ouest. Elle indiquait sept heures trente. Il lui restait deux heures avant l'arrivée à Seattle. Il referma la main sur la poignée de sa serviette et jeta un coup d'œil à la mallette contenant son ordinateur portable, qu'il avait glissée sous le siège de devant. Sidney aurait-elle annulé son voyage ? C'était peu probable. On n'annulait pas quand on devait rencontrer Nathan Gamble, Jason était bien placé pour le savoir. Sans compter que les négociations pour l'acquisition de CyberCom étaient entrées dans une phase décisive.

Que faire ? S'il appelait le bureau de sa femme,

le mettrait-on en contact avec New York ? Devrait-il appeler à la maison, pour savoir s'il y avait des messages ? Pour toutes ces opérations, il aurait eu besoin d'un téléphone cellulaire. Le sien était doté des derniers perfectionnements techniques, mais la réglementation en vigueur sur les lignes aériennes lui interdisait de s'en servir. Le téléphone de l'avion n'était pas sûr. Il lui fallait utiliser une carte et on pourrait alors le localiser. Il était censé se rendre à Los Angeles. Or, il se trouvait à 31 000 pieds au-dessus de Denver, Colorado, et faisait route vers le nord-ouest de la côte Pacifique. Cet imprévu venait bousculer tout son plan, soigneusement mis au point. Pourvu que ce ne soit pas un mauvais présage pour la suite.

Archer contempla de nouveau son messager de poche. Le Skyword avait un service d'information et des gros titres défilaient sur l'écran plusieurs fois par jour, mais les nouvelles politiques et financières qui s'affichaient n'intéressaient pas Jason pour le moment. Il effaça le message, brancha les écouteurs et tenta de suivre le film. Mais son esprit était ailleurs.

***

À La Guardia, il y avait foule à l'arrivée. Sidney se précipita, ses deux sacs lui battant les jambes. Elle faillit entrer en collision avec un jeune homme qui s'avançait vers elle.

« Sidney Archer ? » demanda-t-il. Coupée dans son élan, elle le dévisagea, le cœur cognant dans sa poitrine, dans l'attente de la terrible nouvelle qu'il n'allait pas manquer de lui apprendre. Il était vêtu d'un costume noir, avec une cravate assortie. Une casquette de chauffeur coiffait ses boucles brunes. Elle aperçut la pancarte qu'il tenait à la main, avec son nom inscrit dessus, et fut soudain soulagée. Elle avait oublié que le cabinet lui enverrait une voiture avec chauffeur pour la conduire aux bureaux de Manhattan. Le sang revint à ses joues et elle hocha affirmativement la tête.

Le jeune homme prit l'un de ses sacs et la conduisit vers la sortie. « À votre bureau, on m'a fait votre description, précisa-t-il. Je préfère savoir à quoi ressemblent les gens que j'attends, au cas où ils ne verraient pas ma pancarte. Tout le monde est tellement pressé, ici ! La voiture est juste dehors. Boutonnez votre manteau. Il ne fait pas chaud du tout. »

Dans la cohue, Sidney chercha désespérément à repérer un employé d'une compagnie d'aviation qui ne soit pas débordé, pour essayer d'obtenir des informations. C'était le chaos, comme à l'accoutumée, mais il n'y avait apparemment rien d'inhabituel dans l'attitude des passagers ou du personnel. Il ne semblait pas s'être passé quelque chose.

« Madame Archer ? Vous ne vous sentez pas bien ? »

Sa pâleur inquiétait le jeune chauffeur. « Venez, dit-il avec entrain, j'ai du Tylenol dans la limousine. Ça va vous requinquer. Un peu d'air frais également. Si on peut parler d'air frais à New York. »

Mais Sidney s'était déjà précipitée à la suite d'une femme portant l'uniforme d'American Airlines et lui posait abruptement la question qui lui brûlait les lèvres. L'employée ouvrit de grands yeux. « Je n'ai rien entendu à ce sujet, dit-elle à voix basse, afin de ne pas alarmer les passants. Qui vous a raconté une chose pareille ? » La réponse de Sidney la fit sourire. « Je vois, dit-elle. Ne vous inquiétez pas. Je sors d'un briefing. Si quelque chose était arrivé, nous aurions été avertis. »

Le chauffeur les avait rejointes. Sidney poursuivit nerveusement : « Mais si ça venait juste de se passer ? Est-ce que...

— Madame, vous n'avez aucune raison de vous

inquiéter, croyez-moi. Vous savez, l'avion est le moyen de transport le plus sûr au monde. » Elle prit la main de Sidney et la pressa dans les siennes d'un geste rassurant, avant de tourner les talons et de disparaître dans la foule.

Sidney resta immobile un moment, puis, avec un soupir, se remit en marche vers la sortie. Le chauffeur la suivit. Elle le regarda comme si elle découvrait sa présence.

« Vous êtes arrivé depuis longtemps ? interrogea-t-elle.

— À peu près une demi-heure. J'aime bien être en avance, au cas où. Les gens qui viennent ici pour affaires n'ont pas envie de se prendre la tête avec les problèmes de transport. »

Au-dehors, un vent glacé fouetta le visage de Sidney. Le chauffeur ouvrit la portière d'une Lincoln Town Car noire et Sidney se glissa à l'intérieur. Elle s'abandonna sur la banquette arrière en essayant de se décontracter. Le chauffeur s'installa au volant et mit le contact. Il la regarda dans le rétroviseur. « Vous êtes sûre que vous vous sentez bien ?

— Ça va aller. » Elle déboutonna son manteau et croisa les jambes. Il faisait bon à l'intérieur de la limousine. « Dites-moi, reprit-elle après quelques instants de silence, auriez-vous entendu parler d'un accident d'avion, à l'aéroport, ou bien aux informations ? »

Le jeune homme haussa les sourcils.

« Un accident ? Absolument pas. Par-dessus le marché, j'ai écouté les infos non-stop toute la matinée. Qui a raconté qu'un avion s'était écrasé ? C'est n'importe quoi ! J'ai des amis dans la plupart des compagnies aériennes et si quelque chose était arrivé, je le saurais. »

Sidney s'appuya au dossier et consulta sa montre. Elle était en avance : la réunion ne commencerait pas avant onze heures. Intérieurement, elle maudissait ce pauvre George Beard. Il y avait une chance sur des milliards pour que son mari ait été victime d'un accident d'avion. Sans compter que ce vieil homme terrifié semblait le seul à être au courant d'un crash. Décidément, elle n'avait aucune raison de s'en faire. Jason était certainement tranquillement installé sur son siège, en train de travailler sur son ordinateur, ou de regarder le film projeté à bord. Et son messager de poche devait être resté au fond du tiroir de la table de nuit. Jason en rirait quand elle lui raconterait l'histoire. Prenant le téléphone de la voiture, elle composa le numéro des bureaux new-yorkais du cabinet Tyler, Stone.

« Allô, c'est Sidney. Dites à Paul et à Harold que je suis en route. J'arrive dans... » Elle regarda par la vitre teintée : la circulation était fluide. « Dans trente-cinq minutes chrono. »

Elle raccrocha. Des nuages menaçants obscurcissaient le ciel. Sur le pont enjambant l'East River, le vent soufflait si fort qu'il sembla à plusieurs reprises faire vaciller la grosse Lincoln. Ils approchaient de Manhattan. Le jeune chauffeur lui jeta un coup d'œil dans le rétroviseur.

« Il paraît qu'il va neiger aujourd'hui. Les types de la météo se trompent tout le temps, mais si pour une fois ils disent vrai, vous risquez d'avoir des problèmes pour repartir. On ferme La Guardia pour un oui ou pour un non, en ce moment. »

Les gratte-ciel de Manhattan se profilaient à l'horizon. Ils semblaient s'élancer vers le ciel et, à leur vue, Sidney se sentit vivifiée. Elle pensa à Noël, au bras de Jason autour de son épaule, au rire de leur petite Amy. L'épisode George Beard ne serait bientôt plus qu'un mauvais souvenir.

« En fait, répondit-elle, j'envisage de revenir par le train. »

7

Dans la grande salle de réunion des bureaux new-yorkais du cabinet Tyler, Stone, au cœur de Manhattan, la présentation vidéo des tout derniers termes de la proposition et de la stratégie de Triton pour le rachat de CyberCom venait de se terminer. Sidney arrêta l'appareil et l'écran reprit une teinte bleutée. Elle balaya du regard la pièce où quinze personnes, des hommes d'une quarantaine d'années pour la plupart, étaient tournées vers l'homme qui se tenait à un bout de la table.

Nathan Gamble, président de Triton Global, avait la cinquantaine. Trapu, de taille moyenne, il portait un costume croisé sur mesure qui l'amincissait. Ses cheveux grisonnants, coiffés en arrière, étaient maintenus en place avec force gel et un reliquat de bronzage ne parvenait pas à cacher ses rides profondes. Sa voix grave révélait l'homme habitué à commander. Sidney l'imaginait très bien en train de lancer des ordres à des subalternes dans des salles de conférences. Il incarnait parfaitement l'image du chef d'une puissante entreprise.

Sous d'épais sourcils gris, les yeux sombres de Gamble étaient fixés sur elle. Elle soutint son regard. « Avez-vous des questions à poser, Nathan ? interrogea-t-elle.

— Une seule. »

Sidney se raidit. Elle sentait venir l'orage. « Je vous écoute.

— Pourquoi diable faisons-nous ça ? »

Autour de la table, chacun fit la grimace. On aurait dit que toute l'assemblée, Sidney Archer exceptée, venait de s'asseoir sur une aiguille.

« Je crains de ne pas comprendre votre question.

— Vous la comprenez parfaitement. Vous avez oublié d'être idiote. »

Malgré la brutalité de son discours, Gamble parlait d'une voix posée, le visage impassible.

Sidney se mordit les lèvres. « Dois-je en déduire que l'idée de vous vendre pour acheter CyberCom vous déplaît ?

— Écoutez, dit Gamble, j'ai proposé une somme faramineuse pour cette boîte. Or, non contents de se retrouver avec un retour sur investissement de 10%, ils veulent en plus mettre le nez dans mes archives comptables. Je me trompe ? » Du regard, il quêta l'assentiment de Sidney, qui acquiesça d'un signe de tête. « J'ai racheté je ne sais combien d'entreprises. Aucune ne m'a demandé ce genre de documents et voilà que CyberCom a le culot de le faire. Ce qui me ramène à la question première : pourquoi diable faisons-nous ça ? Qu'est-ce que CyberCom a de tellement particulier ? »

Il se tourna vers le reste de l'assemblée. L'homme qui était assis à sa gauche changea de position. Durant toute la réunion, il s'était intéressé à l'ordinateur portable posé devant lui. Quentin Rowe était le jeune dirigeant de Triton Global et il n'avait de comptes à rendre qu'à Nathan Gamble. Contrairement aux autres participants, il ne portait pas de costume strict mais une chemise en jean, des pantalons kaki, une veste marron et des chaussures de bateau fatiguées. Deux diamants ornaient le lobe de son oreille gauche. Il avait plus le genre à faire la couverture des magazines qu'à siéger à un conseil d'administration.

« Nathan, CyberCom est une affaire très particulière, commença-t-il. Sans eux, on risque d'être complètement hors du coup dans les deux ans qui viennent. Leur technologie va complètement révolutionner le traitement de l'information sur Internet. Et leur domination sera totale. Les règles qu'ils édicteront seront les dix commandements du high-tech. Incontournables, désormais. »

Il avait parlé sans jeter un seul regard à Nathan Gamble. Sa voix un peu lasse s'envolait parfois dans les aigus.

Gamble alluma un cigare, puis reposa négligemment son briquet coûteux contre la petite étiquette de cuivre sur laquelle était inscrit : « Merci de ne pas fumer. » « Vous savez, Rowe, le problème avec ce machin high-tech, c'est qu'un jour vous êtes le roi et le lendemain de la crotte de bique. Je n'aurais jamais dû me fourrer là-dedans.

— Si l'argent vous intéresse, rétorqua Rowe, n'oubliez pas que Triton est la première entreprise mondiale spécialisée dans la haute technologie et qu'elle vous rapporte des milliards pour chaque dollar investi. »

Gamble jeta un regard en coulisse à Rowe. « Et de la crotte de bique le lendemain », répéta-t-il d'un air dégoûté, en soufflant un nuage de fumée.

Sidney Archer s'éclaircit la voix. « Pas si vous faites l'acquisition de CyberCom, Nathan. Vous serez au top pendant les dix ans qui viennent au moins et vous triplerez vos bénéfices dans les cinq ans. »

Gamble se tourna vers elle. « Vraiment ? » Il n'avait pas l'air convaincu.

Rowe reprit la parole. « Elle a raison. Il faut que vous compreniez une chose, Nathan. Jusqu'à maintenant, personne n'a été capable de mettre au point des logiciels et des périphériques de communication susceptibles de permettre aux utilisateurs de tirer le meilleur profit d'Internet. Or, CyberCom y est arrivé. C'est la raison pour laquelle tout le monde se bat pour les racheter et les enchères grimpent. Nous sommes bien placés pour gagner la bataille. Il le faut si nous ne voulons pas être laissés sur place.

— Ça ne me plaît pas du tout qu'ils examinent nos archives comptables, un point c'est tout. » Le regard de Gamble allait de Sidney Archer à Rowe. « Nos actionnaires sont des personnes privées et je suis le principal d'entre eux, de très loin. Et je paie comptant. Qu'est-ce qu'ils veulent de plus ?

— Ce seront vos partenaires, Nathan, avança Sidney. Ils ne se contenteront pas de prendre notre argent et puis au revoir, comme les autres entreprises que nous avons rachetées. Ils veulent savoir où ils mettent les pieds. Triton n'est pas cotée en Bourse, ils ne peuvent pas aller chercher les informations qu'ils veulent auprès de la Commission des opérations de bourse. Leur requête est légitime. Ils ont demandé la même chose aux autres sociétés intéressées.

— Vous leur avez transmis ma dernière offre avec paiement comptant ? »

Sidney hocha la tête. « Oui.

— Alors ?

— Alors, ils ont été favorablement impressionnés. Et ils ont réitéré leur requête. Ils veulent voir les documents comptables de la société. Si on le leur accorde, plus un petit effort sur le prix, l'affaire est à nous à mon avis. »

Gamble devint cramoisi. Il se mit péniblement sur ses pieds et lança : « Nous sommes pratiquement inaccessibles et ces petits merdeux de CyberCom veulent vérifier Nathan Gamble ?

— Voyons, dit Rowe avec un soupir, c'est une pure formalité. Il n'y aura aucun problème, nous le savons l'un et l'autre. Accordons-leur ce qu'ils veulent. Ce n'est pas comme si les archives n'étaient pas disponibles. Elles n'ont jamais été aussi présentables. » Avec une nuance de frustration dans la voix, il ajouta, en jetant un regard méprisant à Gamble : « Jason Archer a tout réorganisé récemment. Il a fait un boulot formidable. Quand je pense à ce hangar plein de paperasses, c'était ni fait ni à faire... Je n'arrive pas à y croire.

— Au cas où vous l'auriez oublié, Rowe, j'étais trop occupé à gagner de l'argent pour me faire suer avec de la paperasse. Le seul papier qui m'intéresse, c'est celui des billets de banque. »

Rowe ignora sa réponse. « Grâce à Jason, on peut leur donner satisfaction dans un très bref délai, dit-il en repoussant de la main la fumée du cigare de Nathan.

— Vraiment ? » Gamble lui lança un regard noir, puis se tourna vers Sidney. « Quelqu'un peut-il me dire alors pourquoi Archer n'est pas parmi nous ? »

Sidney pâlit. Pour la première fois, elle perdit pied. « Eh bien... »

Rowe intervint : « Jason a pris quelques jours. »

Gamble se massa les tempes. « Bon, appelons-le. Nous verrons avec lui où nous en sommes. Peut-être fournirons-nous à CyberCom une partie de ce qu'ils désirent, peut-être pas, mais en tout cas il est hors de question de leur donner ce qui ne les regarde pas. Admettons que l'affaire ne se fasse pas...

— Nathan, nous aurons toute une flopée d'avocats qui passera au crible chaque document que nous transmettrons à CyberCom. » Le ton de Sidney était calme.

« Parfait, mais quelqu'un connaît-il nos archives mieux que son mari ? » Gamble se tourna vers Rowe d'un air interrogateur.

« Personne, à l'heure actuelle.

— Alors, téléphonons-lui.

— Nathan... »

Gamble coupa Rowe. « Seigneur, c'est tout de même la moindre des choses que le président du conseil d'administration de la société puisse obtenir un état de la part d'un de ses employés, non ? Et pourquoi diable prend-il des congés alors que le dossier CyberCom urge ? Je ne peux pas dire, ajouta-t-il à l'intention de Sidney, que je sois ravi d'avoir le mari et la femme sur le même dossier d'acquisition, mais vous êtes le meilleur avocat d'affaires que je connaisse.

— Merci.

— Ne me remerciez pas. Cette affaire-ci n'est pas encore conclue. » Gamble s'assit et tira sur son cigare. « Bon, appelons votre mari. Il est à la maison ? »

Sidney cilla. « En fait, il n'est pas là en ce moment.

— Quand peut-on le joindre, alors ? » Gamble regarda sa montre.

Sidney se passa la main sur le front d'un air distrait. « Je ne sais pas exactement. J'ai tenté de le joindre lors de notre dernière pause et il n'était pas là.

— Essayez encore. »

Soudain, Sidney se sentit très seule dans cette grande salle. Elle soupira en silence et passa la télécommande qu'elle avait en main à Paul Brophy, un jeune associé basé à New York. *Bon sang, Jason, j'espère que ton nouveau job, c'est du sûr, parce que j'ai bien l'impression que tu vas vraiment devoir chercher du travail ailleurs, mon chéri.*

À ce moment, la porte de la salle de conférences s'ouvrit. Une secrétaire passa la tête par l'entrebâillement. « Madame Archer ? Excusez-moi de vous déranger, mais avez-vous un problème avec vos billets d'avion ?

— Pas que je sache, Jan. Pourquoi ?

— Quelqu'un de la compagnie aérienne vous demande au téléphone. »

Surprise, Sidney sortit ses billets de sa serviette, les vérifia, puis leva les yeux vers Jan. « J'emprunte la navette, donc le retour est *open.* Je ne vois pas où est le problème. »

Avec un regard inquiet en direction de Nathan Gamble, qui rongeait son frein, la secrétaire s'éclaircit la voix et reprit : « La personne tient à vous parler, madame Archer. Peut-être le trafic est-il interrompu sur cette ligne pour aujourd'hui. Il neige depuis trois heures. »

Sidney appuya sur un bouton et les volets

électriques s'ouvrirent, révélant les gros flocons qui tombaient. Elle poussa un cri de surprise. La neige tombait si fort qu'on ne voyait plus l'immeuble de l'autre côté de la rue.

Paul Brophy fixa les yeux sur elle. « Si vous avez besoin de passer la nuit ici, Sidney, n'oubliez pas que le cabinet dispose toujours d'un appartement sur Park Avenue. » Après un instant de silence, il reprit d'un ton appuyé : « On ne vous laisserait pas toute seule pour dîner, bien sûr.

— Impossible », répondit Sidney sans lui jeter un regard. Elle était sur le point de dire que Jason avait quitté la ville, mais se reprit à temps. Gamble n'allait pas laisser passer ça. Elle réfléchit rapidement. Elle pouvait appeler chez elle, pour confirmation de ce qu'elle savait déjà : Jason n'y était pas. Elle pouvait aller dîner avec les autres, s'éclipser et passer des coups de fil dans tout Los Angeles en commençant par les bureaux d'AllegraPort. On lui passerait Jason, il satisferait la curiosité de Gamble et avec un peu de chance elle et son mari s'en sortiraient avec quelques égratignures à l'ego et un début d'ulcère. Et si les aéroports étaient fermés, elle pouvait attraper le dernier train pour Washington. Il faudrait qu'elle appelle la crèche. Karen pouvait prendre Amy avec elle et dans le pire des cas sa fille dormirait chez la jeune femme. Ce genre d'acrobaties dans son emploi du temps ne fit que renforcer Sidney dans son désir d'une existence plus simple.

« Madame Archer, vous prenez l'appel ? »

Arrachée à ses réflexions, Sidney sursauta. « Désolée, Jan. Oui, passez-le-moi ici. Et voyez si vous pouvez m'avoir une place de train, au cas où La Guardia serait fermé.

— Très bien. »

Jan referma la porte et, quelques instants plus tard, un voyant rouge se mit à clignoter sur le téléphone placé près de Sidney. Elle décrocha.

Paul Brophy éjecta la cassette vidéo et le son de la télévision remplit la pièce. Il le coupa aussitôt avec la télécommande et le silence revint.

Sidney colla l'écouteur à son oreille. « Sidney Archer à l'appareil. Que puis-je pour vous ? »

À l'autre bout du fil, la voix féminine parut hésiter, puis elle dit, d'un ton étrangement apaisant : « Je m'appelle Linda Freeman, de Western Airlines, madame Archer. On m'a donné votre numéro à votre bureau.

— Western Airlines ? Vous devez faire erreur. J'ai des billets de US Air pour la navette New York-Washington. » Sidney hocha la tête. Tout cela commençait à faire beaucoup. Elle promena un regard circulaire autour de la salle de réunion. Gamble avait fermé les yeux et il se balançait sur sa chaise.

« Madame Archer, reprit son interlocutrice, j'ai besoin que vous me confirmiez que vous êtes bien l'épouse de M. Jason W. Archer, résidant à Jefferson County, Virginie, 611 Morgan Lane.

— C'est bien cela. »

Sidney avait répondu automatiquement, mais dès que les mots eurent franchi ses lèvres, son sang se glaça.

Paul Brophy lança une exclamation : « Mon Dieu ! » Lentement, Sidney se tourna vers lui. Tous les regards étaient fixés sur la télévision. En haut de l'écran, la mention « flash spécial » clignotait, mais Sidney ne vit qu'une chose : les débris calcinés et encore fumants de ce qui, peu de temps auparavant, était encore un fleuron de la flotte de Western Airlines. En même temps, elle entendait la phrase de George Beard : *Il y a eu un accident d'avion.*

« Madame Archer ? La voix de son interlocutrice résonnait dans l'appareil. Madame Archer, je crains qu'un de nos appareils n'ait eu un accident. »

Sidney n'en entendit pas plus. Sa main lâcha le combiné.

Dehors, la neige continuait à tomber et formait un épais rideau qu'un vent violent venait rabattre contre les fenêtres. Les yeux rivés sur l'écran de télévision, Sidney Archer contemplait, incrédule, le cratère contenant les débris du vol 3223.

8

À l'aéroport de Seattle, un homme attendait Jason Archer. Vêtu d'un costume à la dernière mode, il avait un visage rond et une fossette au menton. Il se présenta comme étant William et les deux hommes échangèrent quelques phrases codées, avant de se diriger vers la sortie. Lorsque son interlocuteur le précéda pour faire signe à la limousine qui les attendait, Jason en profita pour déposer discrètement une enveloppe matelassée dans la boîte aux lettres située à droite de la porte. Dans l'enveloppe se trouvait la copie de la disquette qu'il avait faite à partir de son ordinateur.

La limousine se rangea le long du trottoir. Quand Jason et son interlocuteur furent à l'intérieur, ce dernier lui révéla qu'il s'appelait en réalité Anthony DePazza. Ils échangèrent quelques banalités et la voiture démarra. Un autre homme, vêtu d'un costume marron classique, était au volant.

Sur le conseil DePazza, Jason ôta sa perruque, sa moustache et ses lunettes. Il garda la serviette de cuir sur ses genoux. De temps à autre, DePazza jetait un coup d'œil à celle-ci, puis se replongeait dans la contemplation du paysage. Si Archer avait observé attentivement son compagnon, il se serait aperçu que sa veste, légèrement déformée, laissait parfois entrevoir un éclat métallique. Il s'agissait d'une arme particulièrement dangereuse — un Glock M-17 9 mm — dont le conducteur était pareillement équipé. Cela ne l'aurait pas surpris. Il s'attendait que ces hommes soient armés.

La limousine quitta bientôt la ville, pour prendre une route à l'est, vers l'océan Pacifique. Le ciel était bas et des gouttes de pluie venaient s'écraser sur les vitres teintées. D'après les quelques notions de météorologie que possédait Jason, c'était une des caractéristiques du climat de Seattle.

Au bout d'une demi-heure, ils arrivèrent en vue d'un ensemble de hangars, dont l'accès était défendu par un portail électrique. Un vigile s'y tenait en faction. Son regard balaya le siège arrière et s'arrêta sur Jason Archer. Le conducteur lui tendit un laissez-passer et la limousine franchit le portail.

Jason regarda nerveusement autour de lui, mais ne dit rien. On l'avait prévenu que la rencontre aurait lieu dans des conditions particulières. La porte métallique d'un hangar se releva à leur approche. Jason quitta le véhicule avec les deux hommes, tandis que la porte se refermait automatiquement derrière eux. L'entrepôt était faiblement éclairé par des néons poussiéreux. À l'autre bout du vaste local se trouvait un escalier. Les hommes firent signe à Jason de les suivre. Une sourde angoisse s'empara de lui. Il s'efforça de l'ignorer. Il prit une profonde inspiration et se dirigea vers les marches.

L'escalier menait à une petite pièce sans fenêtre. Le conducteur de la limousine resta devant la porte tandis que DePazza entrait avec Jason et allumait la lumière. Pour tout mobilier, il n'y avait qu'une table de bridge, deux chaises et un vieux classeur métallique percé de trous.

Jason Archer ignorait que dès que DePazza avait abaissé l'interrupteur, une caméra de surveillance s'était mise en marche dans le classeur et enregistrait la scène en silence à partir d'un trou dans le métal.

DePazza s'assit sur l'une des chaises et fit signe à Jason d'occuper l'autre. « Ce ne sera plus très long, maintenant », dit-il d'un ton cordial. Il prit une cigarette mentholée et en offrit une à Jason, qui refusa. « Simplement, Jason, souvenez-vous : ne dites rien. Ils voudront simplement le contenu de cette serviette. Inutile de tout compliquer. OK ? »

Archer approuva d'un signe de tête.

Trois coups furent frappés à la porte. DePazza jeta d'un geste vif la cigarette qu'il n'avait pas eu le temps d'allumer. Il se leva et alla ouvrir. Dans l'encadrement de la porte se tenait un homme de petite taille. Il avait des cheveux gris, un visage bronzé, sillonné de rides profondes. Derrière lui, Jason, qui s'était mis debout, aperçut deux hommes plus jeunes, la trentaine environ, vêtus de costumes bon marché. Malgré le faible éclairage, ils avaient les yeux dissimulés derrière des lunettes de soleil.

L'homme plus âgé interrogea du regard DePazza, qui désigna du doigt Jason Archer. Ses yeux bleus au regard pénétrant se tournèrent vers lui et le scrutèrent. Soudain, Archer se rendit compte qu'il était trempé de sueur, alors qu'il ne devait pas faire plus de cinq degrés dans l'entrepôt.

À son tour, il consulta silencieusement DePazza, qui fit un signe de tête affirmatif. Jason tendit à l'homme la serviette de cuir. Celui-ci en inspecta le contenu, s'attachant à vérifier une feuille de papier en particulier. Ses compagnons vinrent le rejoindre et tous trois eurent un sourire de satisfaction. Le plus âgé remit la page à sa place, referma la serviette et la tendit à l'un de ses hommes. L'autre lui tendit une mallette de métal, munie d'un système de fermeture électronique qu'il remit à Jason.

Au-dessus du hangar, le rugissement des réacteurs d'un avion les fit tous sursauter. On aurait cru qu'il allait atterrir sur le bâtiment. Le bruit décrut et, au bout de quelques instants, le silence revint. L'homme le plus âgé sourit de nouveau, puis tourna les talons, suivi des deux autres. La porte se referma sur eux.

Jason laissa échapper un soupir.

Pendant une minute, personne ne bougea, puis DePazza ouvrit la porte et fit signe à Jason de sortir. Il ferma la porte et éteignit la lumière. La caméra de surveillance s'arrêta aussitôt.

Accompagnés du chauffeur, ils regagnèrent la limousine. Jason s'installa à l'arrière, la mallette de métal serrée contre lui. Elle était lourde. Il se tourna vers DePazza.

« Je ne m'attendais pas que cela se passe comme ça.

— Chacun ses méthodes, dit DePazza en haussant les épaules. On vous a prévenu dès le départ. Quoi qu'il en soit, il n'y a pas eu de problème.

— D'accord, mais pourquoi ai-je été obligé de me taire ?

— Et qu'auriez-vous voulu dire, Jason ? » DePazza le dévisageait d'un air vaguement contrarié.

Archer n'insista pas. DePazza tendit le doigt vers la mallette. « Si j'étais vous, je m'occuperais plutôt de ce qui est là-dedans », dit-il.

Jason s'efforça de l'ouvrir, sans succès. Il haussa les sourcils et se tourna vers son compagnon.

« Vous l'ouvrirez quand vous serez arrivé à votre lieu de résidence, reprit celui-ci. Je vous donnerai le code. Suivez les instructions à l'intérieur. Vous ne serez pas déçu.

— Dites-moi, pourquoi Seattle ?

— Il y avait peu de risques que vous tombiez sur quelqu'un que vous connaissez.

— Vous êtes sûr que vous n'avez plus besoin de moi ? »

Un sourire fugitif éclaira le visage de DePazza. « Plus que sûr. »

Il s'installa confortablement dans son siège. Jason attacha sa ceinture et sentit que quelque chose le gênait à la taille. Son messager de poche. Il le prit en main et le contempla d'un air coupable. Peut-être était-ce vraiment sa femme qui l'avait appelé un peu plus tôt. Soudain, la stupéfaction se lut sur son visage.

Sur le petit écran s'inscrivait l'annonce d'une catastrophe aérienne. Tôt ce matin, le vol 3 223 Washington-Los Angeles de Western Airlines s'était écrasé dans la campagne de Virginie. Il n'y avait aucun survivant.

Le souffle coupé, Jason Archer ouvrit frénétiquement sa mallette noire et fouilla à l'intérieur, à la recherche de son téléphone portable.

« Bon sang, qu'est-ce que vous faites ? » interrogea DePazza d'un ton tranchant.

Archer lui tendit le messager de poche. « Ma femme me croit mort. C'est pour ça qu'elle a cherché à me joindre. Seigneur ! » Ses mains tremblantes s'étaient refermées sur le téléphone.

DePazza regarda l'écran et jura en silence. Tant pis, cet imprévu ne ferait qu'accélérer légèrement le processus. Il n'avait aucune envie de dévier du plan établi, mais il n'avait pas le choix. Froidement, il arracha le téléphone cellulaire à Jason, puis plongea la main dans sa veste et braqua le Glock sur la tempe de Jason. « Vous n'allez appeler personne, monsieur Archer, j'en ai bien peur. »

Tétanisé, Archer le vit porter l'autre main à son visage et tirer sur sa peau. Petit à petit, DePazza ôta les éléments du déguisement qui dissimulait sa véritable apparence et, quelques instants plus tard, apparut un homme blond, au nez aquilin, à la peau claire. Seuls les yeux bleus au regard froid n'avaient pas changé. Son vrai nom était Kenneth Scales, mais il l'utilisait rarement. C'était un être terriblement dangereux, avec une particularité : il prenait un plaisir intense à tuer, en attachant un soin tout particulier aux détails. Mais il ne tuait jamais au hasard, ni sans se faire payer.

9

Il avait fallu pratiquement cinq heures pour venir à bout de l'incendie. À la fin, le feu s'éteignit de lui-même après avoir tout consumé autour du lieu de l'accident. Une catastrophe encore plus terrible avait été évitée, dans la mesure où l'avion s'était écrasé au milieu d'un champ, loin de toute habitation.

Revêtus de leur combinaison bleue de protection, les enquêteurs de l'équipe mobile du NTSB, le Bureau national de la sécurité des transports, arpentaient le périmètre extérieur de l'accident, tandis que les pompiers attaquaient les dernières poches de résistance du feu et que des volutes de fumée montaient vers le ciel. On avait posé des barrières orange et blanc tout autour de la zone du crash. Elles maintenaient à distance les habitants des environs venus découvrir le spectacle avec le mélange habituel d'horreur et de curiosité malsaine propre à ce genre de circonstances. De part et d'autre du champ étaient garés des camions de pompiers, des voitures de police, des ambulances, les véhicules vert sombre de la garde nationale. Les membres des services médicaux d'urgence restaient auprès de leurs véhicules. Visiblement, leurs services ne seraient requis que pour évacuer les quelques restes humains que l'on pourrait éventuellement extraire du désastre.

Le maire de la petite ville de Virginie voisine se tenait aux côtés du fermier dont la terre avait subi cette terrible intrusion. Les plaques minéralogiques de leurs véhicules portaient la mention « J'ai survécu à Pearl Harbor » et le visage des deux hommes reflétait l'horreur d'être témoin, pour la seconde fois, d'une épouvantable hécatombe.

« Seigneur, c'est un vrai four crématoire », murmura le plus âgé des enquêteurs du NTSB en passant la main sur son front. À cinquante et un ans,

Georges Kaplan avait derrière lui une carrière de pilote de chasse au Viêt-nam, puis de pilote de ligne. Il avait rejoint le NTSB lorsqu'un de ses amis proches s'était écrasé avec son petit Piper contre une colline après avoir manqué percuter un 727 d'American Airlines dans un épais brouillard. Ce jour-là, Kaplan avait décidé de consacrer moins de temps au pilotage pour pouvoir participer à la prévention des accidents.

C'est lui qu'on avait chargé de l'enquête. Il aurait préféré être à mille lieues de là, mais malheureusement, il fallait bien se rendre sur le site des catastrophes aériennes pour pouvoir mettre au point les mesures de prévention. Chaque soir, comme tous les autres membres de l'équipe mobile du Bureau de la sécurité, Kaplan se couchait en espérant qu'on n'aurait pas besoin de ses services et qu'il n'aurait pas à se rendre sur le lieu d'une autre tragédie.

Tout en embrassant le site du regard, l'enquêteur fit la grimace. Il était frappé par l'absence des éléments que l'on retrouvait en général sur les lieux des catastrophes — pièces de l'avion, débris humains, lambeaux de vêtements, morceaux de bagages — et que l'on triait, classait et enregistrait soigneusement en attendant d'en tirer des conclusions. Il n'y avait aucun témoin visuel, car le crash avait eu lieu de très bonne heure et la couche nuageuse était très basse. Sans doute quelques secondes à peine s'étaient écoulées entre le moment où l'avion était sorti des nuages et celui où il avait touché le sol.

À l'endroit où le nez de l'appareil s'était planté dans le champ, un cratère s'était creusé. Les mesures effectuées ultérieurement révéleraient qu'il avait une profondeur d'environ neuf mètres, soit à peu près un cinquième de la longueur totale de l'avion. Ce fait même témoignait de la violence du choc. Le fuselage était en accordéon et ses fragments reposaient maintenant au fond du cratère. On ne voyait même pas l'empennage. Pour tout aggraver, des tonnes de terre et de rochers recouvraient les restes de l'avion.

Le champ et la zone environnante étaient parsemés de débris, mais la plupart n'étaient guère plus gros que la paume de la main. Ils avaient été projetés lors de l'explosion initiale, quand l'appareil avait heurté le sol. Une grande partie de l'avion et les passagers attachés à leur fauteuil avaient dû se désintégrer du fait de l'impact effroyable et du feu qui s'était déclaré, provoquant presque immédiatement une seconde explosion. Puis la terre et la roche étaient venues ensevelir ce cercueil collectif.

Il était impossible de reconnaître un jet dans ce qui demeurait à la surface. Aux yeux de Kaplan, ce spectacle rappelait le crash inexplicable du Boeing 737 de United Airlines à Colorado Springs en 1991. Il s'était occupé aussi de cette catastrophe en qualité de spécialiste des systèmes aériens. Pour la première fois depuis la création du NTSB en tant qu'agence fédérale indépendante en 1967, un crash aérien était resté inexpliqué. En 1994, un Boeing 737 de US Air s'était écrasé à Pittsburgh dans des circonstances semblables et cela n'avait fait qu'accroître le sentiment de culpabilité des enquêteurs du NTSB. S'ils avaient découvert ce qui s'était passé à Colorado Springs, la catastrophe de Pittsburgh aurait pu être évitée. Beaucoup le pensaient. Et aujourd'hui, un autre accident se produisait.

George Kaplan leva les yeux vers le ciel. Il était parfaitement clair. Son incrédulité s'accentua. Il était persuadé que l'accident de Colorado Springs avait été causé, du moins en partie, par la rencontre du vol 585 de United Airlines avec une trombe particulièrement violente, au moment où il effectuait son approche finale de la piste, ce qui est de toute façon une manœuvre délicate. Ce genre de tourbillon d'air autour d'un axe horizontal est généré par des vents d'altitude au-dessus d'un terrain accidenté. Les montagnes Rocheuses, dans le cas du vol 585. Mais ici, c'était autre chose. On était sur la côte Est et il n'y avait pas de hautes montagnes. S'il était concevable qu'un tourbillon particulièrement virulent ait pu déséquilibrer un gros appareil tel qu'un L500, Kaplan ne pouvait croire que ce soit la raison de la chute du vol 3223. D'après les contrôleurs aériens, le L500 avait commencé à perdre de l'altitude à 35 000 pieds, son altitude de croisière, sans jamais pouvoir se redresser. Aucune montagne ne pouvait provoquer la formation d'une trombe à pareille hauteur. Les montagnes les plus proches, dans la forêt nationale de Shenandoah, faisaient partie de la chaîne de Blue Ridge Mountain et les plus élevées ne dépassaient pas 1 200 mètres. Autant dire des collines.

Il y avait aussi l'altitude. Normalement, lorsqu'un appareil est pris dans un tourbillon particulièrement violent ou toute autre bizarrerie atmosphérique, le gauchissement est contrôlé par les ailerons. À 10 500 mètres, les pilotes de Western Airlines auraient dû avoir le temps de reprendre le contrôle de l'appareil. Ce n'était pas une colère de la nature qui avait arraché le jet à un ciel paisible, mais quelque chose d'autre. Kaplan en était certain.

Son équipe et lui allaient très bientôt regagner leur hôtel et tenir une réunion afin de répartir les tâches. On commencerait par former des groupes qui enquêteraient sur place et passeraient en revue les structures, les systèmes, les facteurs de survie, les génératrices, le climat et le contrôle du trafic aérien. Puis on formerait des unités destinées à évaluer les performances de l'appareil, à analyser le CVR — l'enregistreur des conversations du cockpit — et le FDR — l'enregistreur des paramètres du vol —, le comportement de l'équipage, les bruits de l'appareil, les rapports de maintenance et l'examen du métal. C'était un processus lent, fastidieux et souvent déchirant, mais Kaplan n'abandonnerait pas avant d'avoir examiné jusqu'au plus petit atome de ce qui avait été un jet à la pointe du progrès et près de deux cents êtres humains bien vivants. Il se jura que, cette fois, il découvrirait la cause probable de la catastrophe.

La nuit tombait déjà. Kaplan souffla sur ses mains glacées pour les réchauffer et se dirigea vers sa voiture de location. Une Thermos de café chaud l'y attendait. Le champ allait bientôt connaître un étrange printemps précoce : des petits drapeaux rouges fleuriraient ici et là, signalant l'emplacement des débris de l'avion. L'enquêteur espérait que le FDR, communément appelé « boîte noire » bien qu'il soit orange vif, serait à la hauteur de sa réputation d'indestructibilité... L'appareil venait d'être doté de la dernière version de cette boîte noire. Les cent vingt et un paramètres techniques qu'elle mesurait révéleraient en grande partie ce qui était arrivé au vol 3 223.

Hélas, les êtres humains, eux, n'étaient pas indestructibles.

Soudain, Georges Kaplan s'immobilisa. Non loin de lui, au bas d'une petite déclivité, une haute silhouette se dressait dans le crépuscule. Les mains dans les poches, l'homme donnait une impression de force et de solidité. Une plaque d'argent reconnaissable entre toutes brillait à sa ceinture.

Kaplan plissa les yeux. « C'est toi, Lee ? »

L'agent spécial du FBI, Lee Sawyer, fit un pas en avant, la main tendue.

« C'est moi. Salut, George.

— Qu'est-ce que tu fiches ici ? »

Sawyer ôta ses lunettes noires. Son regard gris fit le tour du champ puis revint à Kaplan. Il avait des lèvres charnues très expressives, dans un visage anguleux au front haut. Son nez mince était légèrement dévié sur la droite, souvenir d'une affaire passée. Ses cheveux noirs grisonnaient. « Quand un avion américain se retrouve en accordéon sur le sol américain à la suite de ce qui ressemble à un sabotage, le FBI ne reste pas le cul sur sa chaise, George.

— Un sabotage ? »

Sawyer remit ses lunettes. « J'ai vérifié les rapports de la météo. Il n'y a absolument rien eu dans le coin qui ait pu provoquer un truc pareil. Sans compter que l'appareil était quasiment neuf.

— On ne peut pas dire pour autant que ce soit un sabotage, Lee. C'est trop tôt pour affirmer ce genre de chose, tu le sais bien.

— Il y a une partie de l'avion qui m'intéresse tout particulièrement. J'aimerais que tu y jettes un coup d'œil, George. »

Kaplan se racla la gorge. « J'ai bien peur que ça ne prenne un certain temps avant qu'on ait tout déterré, mais à ce moment-là, pas de problème. Tu pourras avoir en main la plupart des éléments.

— La partie en question n'est pas dans le cratère, George. Et elle fait bien plus de quelques centimètres : il s'agit de l'aile droite et du moteur. On vient de les retrouver il y a une demi-heure. »

Kaplan se figea. Les yeux écarquillés, il dévisagea Sawyer. Impassible, l'agent fédéral le prit par le bras et se dirigea vers son véhicule.

Quand la Buick de location de Sawyer quitta les lieux, l'incendie du vol 3223 était maîtrisé. Bientôt, l'obscurité recouvrirait le profond cratère où cent quatre-vingt-une personnes avaient trouvé une fin tragique.

10

Le Gulfstream fendait élégamment le ciel. Dans la luxueuse cabine du jet, on se serait cru dans un hall d'hôtel, avec ses panneaux de bois, ses fauteuils de cuir brun et son bar bien garni. Pelotonnée dans un de ces fauteuils trop grands pour elle, une compresse fraîche sur le front, Sidney ouvrit les yeux. Elle ôta la compresse et regarda autour d'elle. À première vue, son attitude comateuse évoquait l'abus de boissons ou de tranquillisants, mais il n'en était rien. Sidney était assommée par ce qu'elle venait d'apprendre : son mari était mort dans un accident d'avion.

C'est Quentin Rowe qui avait eu l'idée de ramener Sidney chez elle dans le jet de Triton. À la dernière minute, Gamble les avait accompagnés, ce qui avait encore accru la souffrance de Sidney. Il se trouvait maintenant dans sa cabine privée, à l'arrière de l'appareil, et elle espérait bien qu'il allait y rester pendant toute la durée du voyage. Levant les yeux, elle rencontra soudain le regard de Richard Lucas, le chef de la sécurité chez Triton. L'homme l'observait avec attention.

« Relax, Richard, lança Quentin Rowe à son intention, en passant devant lui pour rejoindre Sidney. Comment vous sentez-vous ? » demanda-t-il doucement à Sidney en s'asseyant à ses côtés. « Si vous voulez, nous avons du Valium. Avec Nathan, on en a toujours une provision à bord.

— Il prend du Valium ? » Sidney parut surprise.

Rowe haussa les épaules. « Pas lui, mais les gens qui voyagent avec lui », railla-t-il.

Sidney parvint à s'arracher un faible sourire, mais son visage se défit aussitôt. « Oh, Seigneur ! murmura-t-elle en détournant ses yeux rougis vers le hublot. Je n'arrive pas à y croire. » Sa voix se mit à trembler. « Je sais que cela fait mauvais effet, Quentin.

— Voyons, rien n'interdit à quelqu'un de voyager sur son temps libre.

— Que puis-je dire... »

Il l'arrêta d'un geste de la main. « Sidney, ce n'est ni l'heure ni le lieu. Excusez-moi, j'ai certaines choses à terminer. Si vous avez besoin de quoi que ce soit, n'hésitez pas. »

Elle le regarda avec reconnaissance. Lorsqu'il eut disparu dans une autre partie de la cabine, elle s'allongea de nouveau dans son fauteuil et ferma les yeux. Des larmes coulaient sur ses joues.

Un peu plus loin, Richard Lucas montait toujours la garde. Le chef de la sécurité de Triton caressait d'un air distrait le bras de son fauteuil. Il avait enlevé sa veste et retroussé ses manches de chemise, révélant des avant-bras étonnamment musclés.

Sidney ne cessait de penser à la dernière fois où elle avait parlé à Jason. Elle lui avait quasiment raccroché au nez. C'était quelque chose de parfaitement anodin, qui se produit des centaines de fois dans la vie des couples unis, mais ce serait son dernier souvenir. Affreux. Elle frissonna et agrippa les montants du fauteuil. Pauvre Jason ! Il avait travaillé comme un fou pour essayer de décrocher un nouveau poste en or et tout ce qu'elle avait été capable d'imaginer, c'était qu'il couchait avec d'autres femmes. Elle s'en voudrait jusqu'à son dernier jour d'avoir ainsi douté de l'homme qu'elle aimait.

Quand elle ouvrit les yeux, elle sursauta. Nathan Gamble était assis sur le siège voisin. Son visage exprimait une sorte de tendresse, une émotion qu'elle ne lui connaissait pas. Il lui tendit le verre qu'il tenait à la main.

« Cognac », marmonna-t-il sans la regarder. Elle hésita. Il glissa le verre de force entre ses doigts.

« Vous n'avez pas besoin, d'avoir les idées claires pour le moment, dit-il. Buvez. »

Elle porta le verre à ses lèvres. Le liquide coula dans sa gorge. Sa brûlure était réconfortante. Le moteur de l'avion ronronnait doucement. Gamble s'adossa au fauteuil de cuir et fit signe à Lucas de s'éloigner. Sidney attendit qu'il se mette à parler. Elle l'avait vu détruire des gens à tous les niveaux de la hiérarchie. Il avait une façon bien à lui de négliger les sentiments de chacun. Maintenant, c'était un homme plus attentif dont elle devinait la présence auprès d'elle, un homme différent.

« Je suis désolé, pour votre mari. » Les mains de Gamble ne cessaient de bouger. Il semblait affreusement mal à l'aise. Sidney lui jeta un coup d'œil tout en avalant une nouvelle gorgée de cognac.

« Merci, parvint-elle à articuler.

— En fait, je ne le connaissais pas personnellement. Dans une entreprise de la taille de Triton, si j'ai rencontré 10% des cadres, c'est bien le maximum. » Gamble poussa un soupir et regarda ses mains, comme s'il remarquait brusquement leur agitation constante, avant de les croiser sur ses genoux. « Mais je le connaissais de réputation, bien sûr. C'est un garçon qui montait très vite. Tout le monde s'accorde à dire qu'il avait l'étoffe d'un dirigeant. »

Ces derniers mots accablèrent Sidney. Elle repensa à ce que lui avait annoncé Jason ce matin, à l'aube. Un nouveau job, une vice-présidence, une nouvelle vie pour tous les trois. Et maintenant ? Elle ravala un sanglot. Gamble se tourna vers elle et elle rencontra son regard. « Je sais que le moment est mal choisi pour parler de ça, dit-il, mais j'aime autant ne pas attendre. » Il se tut un instant et la dévisagea. Son regard n'avait plus rien de tendre. Instinctivement, les doigts de Sidney se crispèrent sur les bras du fauteuil. Elle avait une boule dans la gorge.

« Votre mari était dans un avion pour Los

Angeles », dit-il. Il se pencha vers elle. « Pas à la maison. » Inconsciemment, Sidney hocha affirmativement la tête. Elle savait par avance ce qu'il allait dire. « Vous le saviez ? »

Pendant quelques instants, Sidney eut l'impression d'être suspendue dans le vide et non confortablement installée dans le luxe d'un jet de vingt-cinq millions de dollars. « Non », dit-elle. Jamais auparavant elle n'avait menti à un client. Le mot lui avait échappé. Gamble ne la croyait certainement pas, mais il était trop tard pour se raviser. Il s'était rejeté en arrière, avec une sorte de satisfaction. Brusquement, il tapota le bras de Sidney et se leva. « À l'arrivée, ma limousine vous raccompagnera chez vous. Vous avez des enfants ?

— Une petite fille. » Sidney leva les yeux vers lui, stupéfaite de voir qu'il ne lui posait pas d'autres questions.

« Donnez simplement les indications nécessaires au chauffeur et vous passerez la prendre. Elle est à la crèche, je suppose ? » Sidney acquiesça. « Aujourd'hui, tous les gosses vont à la crèche, nom de Zeus. »

Sidney pensa au projet qu'elle avait de rester à la maison pour élever Amy. Maintenant, elle était seule pour le faire. Cette révélation l'étourdit. Elle se força à lever les yeux vers Gamble. Il se passait la main sur le front. « Avez-vous besoin de quelque chose d'autre ? interrogea-t-il.

— Non, merci. » Elle parvint à lui tendre son verre vide. « Cela m'a fait du bien », ajouta-t-elle. Il le lui prit des mains. « L'alcool est efficace, dans ce genre de circonstances. » Il fit un pas, puis s'arrêta : « Sidney, chez Triton, on prend soin des employés. Si vous avez besoin de quoi que ce soit, d'argent, d'aide pour les formalités, pour la maison, pour votre enfant, n'hésitez pas. Passez un coup de fil. Il y a des gens qui sont chargés de ça.

— Je n'hésiterai pas, merci.

— Et si vous voulez parler... d'autre chose... » Il haussa les sourcils d'un air éloquent. « Vous savez où me trouver. »

Il regagna sa cabine et Richard Lucas reprit calmement son poste d'observation. Sidney s'aperçut qu'elle tremblait. Elle ferma les yeux de nouveau et écouta le bruit régulier des réacteurs. Elle n'avait plus qu'une idée : prendre sa fille dans ses bras.

11

L'homme assis sur le lit était en train de se déshabiller, révélant un corps musclé et un tatouage sur le biceps gauche représentant un serpent enroulé. Le soleil n'était pas encore levé. Près de la porte de la chambre étaient posés trois sacs de voyage pleins, à côté d'une petite trousse de cuir qui contenait un passeport américain, des billets d'avion, de l'argent liquide et des papiers d'identité. Ces documents avaient été mis à sa disposition, comme promis. Il allait changer de nom encore une fois. Ce n'était pas nouveau dans son existence de criminel chevronné.

Il ne ravitaillerait plus les avions en carburant. En fait, il n'aurait plus jamais besoin de travailler. Il avait eu confirmation que le dépôt de fonds sur le compte offshore avait bien été effectué par voie électronique. Désormais, il jouirait d'une aisance qui avait semblé le fuir sa vie durant, en dépit de tous ses efforts. Pourtant, malgré sa longue expérience en matière de crime, il ne put empêcher ses mains de trembler en tirant d'un petit sac une perruque, des lentilles de contact colorées et des lunettes de soleil aux verres turquoise. Il s'écoulerait sans doute des semaines avant que quelqu'un comprenne ce qui s'était passé, mais dans sa partie, mieux valait toujours envisager le pire. Ce qui impliquait une fuite immédiate et le plus loin possible. Il y était parfaitement préparé.

Il revécut en pensée les événements passés. Il avait jeté le récipient en plastique dans le Potomac après s'être débarrassé de son contenu. On ne le retrouverait jamais. Et il n'avait laissé aucune empreinte, aucun indice physique derrière lui. Si par hasard on découvrait qu'il avait un lien avec le sabotage de l'avion, il aurait disparu dans la nature depuis longtemps. Sans compter qu'il avait vécu durant les deux derniers mois sous un faux nom qui conduirait à une impasse.

Il avait déjà tué, mais pas à cette échelle, et pas de façon aussi impersonnelle. Il avait toujours eu un motif pour le faire, pour son propre compte ou celui de la personne qui l'avait engagé. Cette fois, il avait beau être cuirassé, le nombre et le caractère anonyme des personnes assassinées chatouillaient désagréablement sa conscience. Il n'était pas resté pour voir qui embarquait dans l'avion. On l'avait payé pour effectuer un travail et il avait accompli sa mission. Il avait gagné beaucoup d'argent. Nul doute que cela l'aiderait à oublier de quelle manière.

Il s'assit en face du miroir posé sur la table de la chambre et entreprit de mettre sa perruque en place. Ses cheveux noirs bouclés disparurent sous une chevelure blonde ondulée. Il se concentra ensuite sur la pose des lentilles et ses pupilles marron prirent une teinte bleu vif. Il ne lui restait plus qu'à enfiler le costume neuf qu'il avait accroché au portemanteau et dont la sobre élégance tranchait avec l'allure de celui dont il venait de se débarrasser.

Il se leva et se figea en sentant le canon d'un Sig P229 sur sa nuque. Ses sens aiguisés par la panique l'avertirent qu'un silencieux avait été placé sur l'arme, doublant la longueur du canon du 9 mm, habituellement très compact.

Pendant un très bref instant, il resta en état de choc. Il sentait le métal froid de l'arme contre sa nuque et, dans le miroir, il distinguait un regard sombre fixé sur lui et des lèvres serrées. Il avait la même attitude lorsqu'il s'apprêtait à tuer. Et maintenant, hypnotisé, il contemplait un autre visage où se reflétaient les mêmes intentions, mêlées, à sa grande surprise, de fureur, puis de mépris. Jamais, au cours d'une exécution, il n'avait pour sa part éprouvé ce genre d'émotion. Les yeux écarquillés, il vit le doigt qui tenait l'arme se crisper sur la gâchette. Il ouvrit la bouche, mais les mots ne franchirent jamais ses lèvres. Le coup partit et son cerveau explosa. L'impact le projeta en arrière, puis il s'effondra sur la table. Le tueur souleva le corps et le jeta à plat ventre dans le petit espace qui séparait le lit du mur, avant de décharger les onze balles qui restaient dans le magasin de son arme dans le haut du torse de sa victime. Bien que le cœur de l'homme ait cessé de battre, de minuscules gouttes de sang perlèrent à chaque point d'impact.

Avant de quitter la pièce, le tireur se saisit de la trousse de cuir contenant les nouveaux papiers d'identité du mort. Une fois dans le couloir, il poussa la climatisation au maximum. Dix secondes plus tard, la porte d'entrée de l'appartement se refermait. Dans la chambre, la moquette beige se teintait rapidement de rouge. Le compte en banque offshore serait remis à zéro et clôturé dans l'heure. Son propriétaire n'aurait désormais plus aucun besoin de ces fonds.

***

Il était à peine sept heures du matin et l'obscurité régnait encore au-dehors. Assise à la table de la cuisine dans sa vieille robe de chambre, Sidney

Archer ferma les yeux. Elle essaya de se persuader qu'elle faisait un mauvais rêve. Son mari était vivant. Il allait franchir le seuil d'un instant à l'autre, un sourire aux lèvres, un cadeau pour sa fille à la main, et l'embrasser longuement, avec amour et tendresse.

Elle souleva péniblement les paupières et revint à la douloureuse réalité. Elle consulta sa montre : Amy allait bientôt se réveiller. Sidney venait de parler avec ses parents au téléphone. Ils seraient vers neuf heures chez elle. Ils emmèneraient la petite fille dans leur maison de Hanover, en Virginie, et la garderaient quelques jours avec eux, le temps pour Sidney de se retourner un peu. La jeune femme appréhendait déjà de devoir expliquer la catastrophe à sa fille plus tard, quand elle serait un peu plus grande, et d'avoir à revivre les moments épouvantables qu'elle traversait. Comment expliquer à l'enfant qu'il était arrivé une chose impensable à un avion et que la vie de son père s'était terminée dans cette catastrophe, en même temps que celle de deux cents personnes ou presque ?

Les parents de Jason étaient décédés plusieurs années auparavant. Fils unique, il considérait comme la sienne la famille de sa femme qui, de son côté, l'avait totalement adopté. Les deux frères aînés de Sidney l'avaient déjà appelée pour lui offrir leur soutien et avaient partagé ses pleurs et son chagrin.

La compagnie Western Airlines lui avait proposé de la transporter par avion jusqu'à la petite ville proche du crash, mais elle avait refusé. L'idée de se retrouver avec les familles des autres victimes, avec cette masse silencieuse d'êtres brisés, aux nerfs prêts à craquer, incapables de croiser le regard des autres dans les bus gris qui les emportaient, lui était insupportable. Il était déjà suffisamment pénible de devoir se battre avec le refus, le deuil et le chagrin, sans avoir à côtoyer des inconnus passant par la même épreuve. Pour le moment, elle ne parvenait pas à croire au réconfort du malheur partagé.

Elle monta à l'étage. Dans le couloir, elle s'appuya contre la porte de la chambre, qui s'ouvrit à moitié. Elle parcourut la pièce du regard. Chacun des objets familiers lui rappelait sa vie avec Jason. Ses yeux se posèrent sur le lit défait, lieu de tant de plaisir. Elle ne pouvait se résoudre à admettre que les moments d'amour qu'ils avaient connus juste avant que Jason ne prenne son avion seraient les derniers.

Elle referma doucement la porte et alla jusqu'à la chambre d'Amy. Elle s'assit dans le fauteuil de rotin auprès du petit lit. La respiration régulière de sa fille la réconforta un peu. Avec Jason, ils venaient enfin de réussir à habituer l'enfant à dormir non plus dans son berceau, mais dans un lit. Il avait fallu pour cela qu'ils passent plusieurs nuits à dormir par terre, à ses côtés, pour la rassurer.

Sidney resta à contempler les cheveux blonds emmêlés de sa fille, les petits pieds chaussés de socquettes qui sortaient des couvertures. À sept heures et demie, Amy poussa un petit cri et se redressa, les yeux hermétiquement clos comme un oisillon. Sa mère la prit dans ses bras et la berça jusqu'à ce que l'enfant soit tout à fait réveillée.

Elle lui donna ensuite son bain, lui sécha les cheveux, l'habilla de vêtements chauds et l'aida à descendre l'escalier jusqu'à la cuisine. Le soleil s'était levé. Sidney prépara le petit déjeuner et fit du café pendant qu'Amy allait jouer à côté, dans le living-room, où sa pile de jouets ne cessait de croître. Elle ouvrit le placard et, par réflexe, en sortit deux tasses à café. La souffrance fut telle qu'elle dut se mordre les lèvres pour s'empêcher de crier. Au bout de quelques instants, elle se reprit et alla replacer une tasse dans le placard. Elle se versa ensuite du café, prépara un bol fumant de flocons d'avoine pour Amy et s'installa à la table de la cuisine.

« Amy, viens manger, ma chérie, c'est prêt. » Sa voix n'était qu'un murmure. Sa gorge la brûlait et tout son corps la faisait souffrir. La petite fille arriva à toute vitesse, comme d'habitude. C'était une enfant très vive. Elle se précipita vers sa mère, le visage animé, les cheveux encore un peu humides, un tigre en peluche serré contre elle et une photo à la main.

Elle tendit le cadre à Sidney, qui pâlit. Le cliché avait été pris le mois précédent. Jason travaillait au jardin. Amy s'était glissée vers lui et l'avait arrosé avec le jet d'eau. Le père et la fille s'étaient retrouvés dans un gros tas de feuilles mortes où se mêlaient le rouge, le jaune et l'orange.

« Papa ? » L'inquiétude se lisait sur le petit visage d'Amy.

Jason était parti pour trois jours et Sidney s'était apprêtée à expliquer son absence à sa fille. Trois jours qui lui paraissaient maintenant trois secondes. Elle se força à sourire à l'enfant.

« Papa est en voyage, mon cœur, commença-t-elle, incapable de maîtriser le tremblement de sa voix. En ce moment, on est juste toutes les deux. Toi et moi. Tu as faim ? Tu veux manger ?

— Mon papa ? Tavaille, papa ? » Amy insista, montrant d'un doigt potelé la photo.

Sidney hissa sa fille sur ses genoux. « Amy, tu sais qui tu vas voir, aujourd'hui ? »

Le petit visage prit un air attentif.

« Grand-papy et maminette. »

La bouche d'Amy s'arrondit. Elle hocha la tête avec enthousiasme et, avec un grand sourire, lança un baiser en direction du réfrigérateur sur lequel une photo de ses grands-parents était accrochée à l'aide d'un aimant. « Grand-py, mamette. »

Doucement, Sidney lui prit des mains la photo de Jason tandis qu'elle glissait le bol de flocons d'avoine devant sa fille. « Maintenant, il faut manger. Il y a du beurre et du sirop d'érable dedans, comme tu aimes.

— Je fais, moi, je fais, moi. » Amy descendit des genoux de sa mère et s'installa dans sa chaise.

Pendant que sa fille plongeait avec appétit sa cuillère dans son porridge, Sidney se prit la tête dans les mains. Un sanglot lui échappa. Elle se leva, attrapa la photo de Jason et se précipita vers sa chambre. Elle posa le cadre sur l'étagère du placard et se jeta sur le lit, étouffant ses sanglots dans l'oreiller.

Quelques minutes passèrent. Habituellement, Sidney était dotée d'une sorte de radar qui lui permettait de connaître tous les déplacements de sa fille, mais cette fois, elle ne l'entendit pas arriver et poser sa petite main sur son épaule.

Amy grimpa sur le lit. Quand elle vit les larmes sur les joues de Sidney, elle s'écria : « Bobo ! Bobo ! » et se mit à pleurer. « Maman, tiste ? » balbutia-t-elle. Elle avait un peu de flocons d'avoine au coin de la bouche. Sidney se redressa, la prit dans ses bras et la berça, furieuse de s'être laissée aller et d'avoir fait pleurer sa fille. C'était la première fois qu'elle connaissait pareille émotion.

Elle se ressaisit, essuya ses yeux, puis emmena l'enfant dans la salle de bains où elle lui lava le visage.

« Tout va bien, mon cœur, tout va bien, dit-elle en l'embrassant. Maman ne pleure plus. C'est fini. »

Elle lui donna des jouets pour l'occuper pendant qu'elle prenait sa douche.

Quand ses parents arrivèrent, sur le coup de neuf heures, elle était prête. Elle avait revêtu un pull-over à col roulé et une jupe longue et préparé le sac contenant les affaires d'Amy.

Bill Patterson passa un bras autour des épaules de sa fille, pendant que sa femme prenait Amy par la main. Son dos s'était voûté et les cernes sous ses yeux révélaient combien il était affecté par le drame.

« Je n'arrive pas à y croire, mon petit. Il y a deux

jours à peine, je parlais à Jason. Nous projetions d'aller pêcher ensemble sous la glace dans le Minnesota. Rien que tous les deux.

— Je sais, papa, il me l'a dit. Il s'en faisait une joie. »

Patterson mit le sac d'Amy dans la voiture qu'il avait garée dans l'allée, pendant que Sidney installait la petite fille dans le siège auto. Elle lui tendit son ours et l'embrassa.

« À très bientôt, mon ange, c'est promis. »

Quand elle eut refermé la portière, sa mère lui prit la main.

« Sidney, ma chérie, viens avec nous. Tu ne peux pas rester seule dans un moment pareil. S'il te plaît.

— J'ai besoin de faire le point, maman. Je vous rejoindrai dans un jour ou deux. Ce ne sera pas long. »

Sa mère plongea ses yeux dans les siens, puis l'étreignit. Son corps fragile était parcouru de tremblements et lorsqu'elle monta en voiture, des larmes coulaient sur ses joues.

Sidney regarda la voiture s'éloigner. À l'arrière, sa fille suçait son pouce, son nounours serré dans l'autre main. Elle regagna la maison comme une somnambule. Soudain, une pensée lui vint. Elle se précipita vers le téléphone, appela les renseignements pour la région de Los Angeles et obtint le numéro d'AllegraPort Software. Pourquoi n'avaient-ils pas appelé en ne voyant pas Jason arriver ? Il n'y avait aucun message de leur part sur le répondeur.

Elle eut successivement en ligne trois personnes différentes de la compagnie avant de raccrocher, fixant d'un air absent le mur de la cuisine. Il n'avait jamais été question de proposer la vice-présidence d'AllegraPort à Jason. En fait, ils ne le connaissaient même pas. Sidney se laissa glisser sur le sol et resta assise, les genoux dans les mains, secouée de sanglots. De nouveau, le doute la submergea, mais elle se força à réagir. Elle se leva, mit sa tête sous le robinet d'eau froide.

Les idées un peu plus claires, elle tituba jusqu'à la table et s'assit. Jason lui avait menti, c'était indéniable. Il était mort. Ça, c'était irrémédiable. Elle ne saurait vraisemblablement jamais la vérité. À cette idée, elle cessa de pleurer et contempla le jardin. Au cours des deux années écoulées, Jason et elle y avaient planté des arbres, des fleurs et des buissons. C'était un symbole de ce qu'ils tentaient de faire dans leur vie conjugale. Tendre vers le même but, ensemble. Et malgré les doutes qui l'assaillaient, une vérité restait sacrée : Jason l'aimait et il aimait Amy. Sidney découvrirait pourquoi il lui avait menti et était monté à bord d'un avion maudit au lieu de rester à la maison à bricoler tranquillement. Il l'avait fait dans une bonne intention. L'homme qu'elle connaissait intimement, l'homme qu'elle aimait de tout son cœur ne pouvait s'être comporté autrement. Puisque le destin l'avait arraché à elle, elle lui devait de retrouver les raisons qui l'avaient poussé à prendre cet avion. Tant que son esprit fonctionnerait, elle y consacrerait toute son énergie.

12

L'intérieur du hangar du petit aéroport régional, vivement éclairé par des projecteurs fixés au plafond, était encombré de caisses et d'outils. Dans l'air flottait une forte odeur de produits à base d'essence. Des rafales de vent chargées de grésil faisaient vibrer la structure métallique.

Sur le sol bétonné gisait un énorme objet de métal, tordu et complètement déformé. C'était ce qui restait de l'aile droite du vol 3223, avec le réacteur et le pylône intacts. On l'avait retrouvé au sommet d'un chêne centenaire, à vingt-cinq mètres de hauteur, dans un endroit très boisé. L'arbre avait été coupé en deux sous le choc. Par miracle, le carburant n'avait pas pris feu. La plus grande partie avait sans doute été perdue lors de la perforation des tuyaux et du réservoir et l'arbre avait partiellement amorti la chute. Un hélicoptère avait emporté les pièces jusqu'au hangar pour examen.

Un petit groupe d'hommes chaudement vêtus s'était rassemblé autour de l'épave. Dans le froid, leur souffle se transformait en buée. À la lumière de puissantes lampes torches, ils détaillaient le bord déchiqueté de l'aile, là où elle avait été arrachée. Le fuseau abritant le moteur droit était en partie écrasé et le capotage défoncé. Sous le choc, les volets du bord de fuite avaient été éjectés, mais on les avait retrouvés non loin de là. L'examen du moteur révélait un cinglage sévère de l'aube, preuve évidente d'un trouble majeur de l'écoulement d'air pendant la montée en puissance du réacteur. Il n'était pas bien difficile de préciser la nature du « trouble ». Un grand nombre de débris avait été absorbé à l'intérieur du moteur, bloquant son fonctionnement. Même s'il était resté attaché au fuselage, cela n'aurait rien changé.

Les hommes attroupés autour de l'aile se concentraient néanmoins sur l'endroit où elle s'était détachée de l'appareil. Les bords déchiquetés du métal étaient noircis et calcinés. Plus parlante encore était la courbure du métal vers l'extérieur avec, à sa surface, des marques nettes d'indentation et de piqûres. On avait vite fait le tour des causes possibles de ce phénomène, la première étant une bombe. En examinant préalablement l'aile, Lee Sawyer avait porté toute son attention sur cette partie.

George Kaplan hocha la tête d'un air écœuré.

« Tu as raison, Lee, dit-il. Les modifications du métal que je constate ici n'ont pu être provoquées que par une onde de choc. Elle a exercé une surpression brève, mais considérable. Il y a bien eu explosion. Pas de doute, hélas. C'est un comble. On colle des détecteurs dans les aéroports pour que des cinglés ne viennent pas se trimbaler dans les avions avec un revolver et une bombe et voilà le résultat. »

Lee Sawyer fit un pas en avant et s'agenouilla près du bord de l'aile. À bientôt cinquante ans, dont la moitié passée au FBI, il se retrouvait une fois encore face à ce que la nature humaine pouvait faire de pire.

Il avait travaillé sur la catastrophe de Lockerbie. L'enquête s'était appuyée sur des preuves quasiment microscopiques arrachées aux débris déchiquetés du vol 103 de la Pan Am. Pour l'agent spécial Sawyer, les bombes placées dans les avions ne laissaient généralement jamais de « gros » indices. Du moins c'était ce qu'il pensait jusque-là.

Il balaya l'épave d'un regard aigu, puis se tourna vers Kaplan. « Quels sont les scénarios que tu envisages, George, au jour d'aujourd'hui ? »

L'enquêteur du NTSB se gratta le menton, couvert d'une barbe naissante. « Nous en saurons plus quand nous aurons retrouvé les boîtes noires, mais d'ores et déjà on se trouve devant un fait clair et net : une aile s'est détachée d'un avion de ligne. Or, ce sont des choses qui ne se produisent pas comme ça. Nous ignorons encore à quel moment cela s'est passé exactement, mais d'après le radar, un élément important — nous savons maintenant qu'il s'agit de l'aile — s'est détaché en vol. Evidemment, c'était fatal. La première hypothèse qui nous vienne à l'esprit, c'est une défaillance technique fondée sur une erreur de conception, mais le L500 est ce qui se fait actuellement de mieux comme modèle chez l'un des premiers constructeurs aéronautiques du monde. Les chances de se trouver devant un défaut de structure de ce genre sont donc tellement minimes que je ne perdrai pas de temps à envisager cette hypothèse. On pourrait alors penser à la fatigue du métal. Mais cet avion a tout au plus deux mille cycles à son actif. Deux mille atterrissages et décollages. Autant dire qu'il est neuf. De plus, les accidents dus à la fatigue des métaux que nous avons rencontrés dans le passé concernaient tous le fuselage, parce que le problème vient apparemment de la contraction/expansion constante de la pressurisation/dépressurisation. Les ailes des appareils ne sont pas pressurisées. Donc, exit la fatigue du métal. »

Kaplan se tut un instant et laissa ses yeux errer sur l'épave.

« Bon, envisageons maintenant les facteurs environnementaux. La foudre ? La foudre tombe sur les avions beaucoup plus souvent qu'on ne le croit, mais ils sont équipés pour faire face à ce genre de chose. Par ailleurs, la foudre ne provoque vraiment des dégâts que si elle entre en contact avec le sol. Dans les airs, un avion ne risque donc au pire que des brûlures du revêtement. De plus, on n'a constaté aucun phénomène d'orage dans cette zone le matin de l'accident. Les oiseaux, alors ? Qu'on me montre un oiseau capable de voler à 35 000 pieds et suffisamment costaud pour arracher l'aile d'un L500... Quant à une collision avec un autre appareil, c'est hors de question.

— Où en sommes-nous, dans ce cas, George ? » interrogea posément Sawyer.

Kaplan soupira. « Envisageons l'hypothèse d'une défaillance mécanique ou structurelle. Généralement, une seule ne suffit pas à provoquer la catastrophe. Mais s'il s'en produit deux, ou plus, pratiquement en même temps, c'est différent. J'ai écouté l'enregistrement de l'échange entre le pilote et la tour de contrôle. Le commandant de bord a émis un signal de détresse quelques minutes avant que l'avion ne s'écrase, mais d'après le peu qui a été dit, il ne comprenait pas ce qui leur arrivait. Le transpondeur de l'appareil a émis des signaux radar jusqu'à l'impact final, ce qui montre qu'une partie au moins des circuits électriques a fonctionné jusqu'au bout. Mais admettons qu'un moteur ait pris feu et que, simultanément, il y ait eu une fuite de carburant. On peut imaginer que cela ait provoqué une explosion et adieu l'aile. Ou alors, s'il n'y a pas eu explosion au sens strict du terme — encore qu'ici je parie le contraire —, le feu a pu faiblir puis finir par affaisser le longeron. Résultat : l'aile a été arrachée. Ce pourrait être une explication à ce qui est arrivé au vol 3223. Du moins à ce stade de l'enquête. »

Kaplan semblait loin d'être convaincu par ce qu'il avançait. Sawyer le dévisagea.

« Il y a un "mais" ?

— Mais rien ne prouve que ce foutu moteur ait eu des problèmes. » La frustration se lisait dans les yeux de Kaplan. « À part les dommages évidents provoqués par l'impact avec le terrain et l'absorption de débris à la suite de l'explosion initiale, nous n'avons rien qui nous permette de croire qu'un problème de moteur ait joué un rôle dans le crash. Si un réacteur avait pris feu, la procédure normale dictait d'interrompre l'alimentation en carburant de ce côté et de le couper. Les moteurs du L500 sont équipés de systèmes automatiques de détection et d'extinction des flammes. Plus important encore, ils sont montés bas, de manière que des flammes ne puissent gagner les ailes ou le fuselage. Donc, même si deux catastrophes se déclenchent en même temps — un moteur en feu et une fuite de carburant — la conception de l'appareil, les conditions atmosphériques rencontrées à 35 000 pieds et une vitesse de plus de 800 km à l'heure vont pratiquement faire en sorte qu'elles ne se conjugueront jamais. » Du pied, Kaplan tapota l'aile. « Vois-tu, Lee, je jurerais que ce n'est pas un problème de moteur qui a fait s'écraser cet avion. » Il se tut, puis reprit : « Il y a autre chose. »

Il s'agenouilla près de l'aile et contempla pour la énième fois le bord déchiqueté. « Il y a eu explosion, c'est manifeste. Quand j'ai examiné l'épave pour la première fois, j'ai pensé à une sorte de bombe artisanale, du genre Semtex, reliée à un mécanisme de montre ou d'altimètre. Quand l'avion atteint une certaine altitude, la bombe explose. L'explosion fracture le revêtement, et il y a presque aussitôt défaillance des rivets. Avec des vents qui atteignent plusieurs centaines de kilomètres à l'heure, l'aile se défait au point le plus faible, comme toi quand tu ouvres la fermeture Eclair de ta braguette. Le longeron lâche et voilà ! Bon sang, avec le poids du moteur sur cette section de l'aile, le résultat était garanti. » Il fit une pause pour examiner de plus près l'intérieur de l'aile. « Ce qui me chiffonne, c'est qu'un engin explosif proprement dit ne me semble pas être impliqué ici.

— Pourquoi donc ? »

Du doigt, Kaplan désigna la partie du réservoir de carburant que l'on apercevait à l'intérieur de l'aile, près du panneau d'alimentation, et l'éclaira avec sa lampe torche. « Regarde. »

On distinguait clairement un trou entouré de taches brun clair. Le métal était gondolé et cloqué.

« Exact. Je l'ai déjà remarqué, dit Sawyer.

— Impossible que ce genre de trou ait une cause naturelle. De toute façon, il aurait été découvert lors de l'inspection de routine avant le décollage. »

Sawyer enfila ses gants. « Peut-être est-ce arrivé au cours de l'explosion, dit-il en touchant le métal.

— Si tel est le cas, cela ne s'est produit nulle part ailleurs. On ne retrouve aucune marque similaire sur cette section de l'aile, alors qu'on a du carburant partout. Cela permet d'écarter l'idée que ce trou ait été provoqué par l'explosion. Mais je suis persuadé qu'on a mis quelque chose sur la paroi du réservoir. » Kaplan se tut. Il se frottait les mains avec nervosité. « Qu'on a déposé une substance afin de faire un trou, reprit-il enfin. Délibérément.

— Tu penses à un acide corrosif ? »

Kaplan hocha affirmativement la tête. « Je te parie un dîner au restaurant que c'est ce qu'on va découvrir, Lee. Les réservoirs de carburant font partie de la structure en alliage d'aluminium formée par les longerons avant et arrière et le dessus et le bas des ailes. L'épaisseur est variable selon les endroits de la structure. Il y a un bon nombre d'acides capables d'attaquer un alliage de métal tendre comme celui-ci.

— D'accord pour l'acide. Mais encore a-t-il fallu qu'il agisse lentement, le temps que l'avion atteigne une certaine altitude.

— Exact. Le transpondeur informe en continu les contrôleurs aériens de l'altitude de l'appareil. Nous savons que le L500 avait atteint son altitude de croisière quelques minutes avant l'explosion. »

Sawyer poursuivit son idée. « À un moment, au cours du vol, le réservoir est percé. Du carburant jaillit, particulièrement inflammable et explosif dans le cas des avions. Qu'est-ce qui a donc bien pu l'enflammer ? D'accord, le moteur n'a peut-être pas pris feu, mais il faut compter avec la chaleur qu'il dégage en temps normal, non ?

— Pas du tout. Tu sais quelle température il fait, à 35 000 pieds ? À côté, l'Alaska ressemble au Sahara. Par ailleurs, le système de refroidissement du moteur et son fuseau atténuent considérablement la chaleur dégagée. Et, de toute façon, la chaleur qu'il peut générer n'aboutit pas *à l'intérieur* de l'aile. N'oublie pas qu'il y a là un réservoir de carburant, bon sang. Il est bien isolé. Par-dessus le marché, si par hasard une fuite se produit, le carburant va partir vers l'arrière et non en direction du réacteur, c'est-à-dire vers l'avant et vers le bas. Non, si j'avais l'intention d'abattre un avion de cette manière, je ne compterais pas sur la chaleur du moteur pour servir de détonateur. Je trouverais quelque chose de plus sûr. »

Sawyer se frappa le front. « Mais dis-moi, on devrait pouvoir contenir la fuite, de toute manière ?

— En certains points du réservoir, la réponse est oui. En d'autres, y compris celui où nous trouvons ce trou, la réponse est non.

— Conclusion, si les choses se sont passées selon ton idée — et j'ai tendance à penser que tu as raison, George —, nous allons devoir concentrer nos recherches sur tous les gens qui ont eu accès à cet appareil dans les vingt-quatre heures précédant le vol, au bas mot. Discrétos. C'est visiblement quelqu'un de l'intérieur et la dernière des choses à faire est de lui mettre la puce à l'oreille. S'il n'est pas seul dans l'affaire, je veux choper tous les autres salopards impliqués. Jusqu'au dernier. »

Quand les deux hommes regagnèrent leurs véhicules, Kaplan se tourna vers l'agent du FBI. « Dis-moi, Lee, tu sembles accepter facilement ma théorie du sabotage », remarqua-t-il.

Pour Sawyer, un élément plaidait plus en faveur de la théorie d'une explosion. « Il faut pouvoir l'étayer, George, répondit-il, le regard ailleurs. Mais je crois que tu as raison. »

L'enquêteur du NTSB hocha la tête. « Bon sang, pourquoi quelqu'un ferait-il une chose pareille ? dit-il en s'installant au volant de sa voiture. Je veux dire, je comprendrais que des terroristes s'attaquent à un vol international, mais là, c'était un vol local pépère. Cela m'échappe complètement. »

Sawyer se pencha vers lui. « À moins qu'on n'ait décidé de faire disparaître d'une manière spectaculaire quelqu'un en particulier. »

Kaplan écarquilla les yeux. « Et tous les autres passagers avec lui ? Ces gens-là ne feraient vraiment pas dans la dentelle, Lee ! Qui donc était à bord, peut-on savoir ?

— Le nom d'Arthur Lieberman te dit quelque chose ? » La voix de l'agent du FBI était calme.

« Je connais ce nom... » Kaplan chercha quelques instants dans ses souvenirs, puis fit une grimace. « Mais je ne sais plus qui c'est.

— Si tu étais un banquier d'affaires ou un agent de change, ou un représentant du Congrès auprès de la Commission économique paritaire, tu saurais. C'est l'homme le plus puissant d'Amérique. Peut-être même du monde.

— Je croyais que c'était le président des États-Unis ? »

Sawyer eut un sourire amer. « Non. C'est bien Arthur Lieberman, président du Conseil de la Réserve fédérale, M. Dollar en personne. Ou plutôt c'était. Il fait partie des cent quatre-vingt-une victimes de l'attentat. Et mon petit doigt me dit que lui, et lui seul, était visé. »

13

Jason n'avait aucune idée de l'endroit où il se trouvait. DePazza, ou du moins celui qui se faisait appeler ainsi, lui avait mis un bandeau sur les yeux et la limousine lui avait semblé rouler pendant des heures. Maintenant, il se retrouvait dans cette petite pièce nue, sans fenêtre, à l'odeur de moisi, violemment éclairée par une ampoule dénudée. Dans un coin, de l'eau coulait goutte à goutte. Derrière la porte, il sentait une présence. On lui avait ôté sa montre et il n'avait aucune idée de l'heure. Ses geôliers lui apportaient à manger à intervalles irréguliers, ce qui ne l'aidait pas à se rendre compte du temps passé.

Une fois, à cette occasion, il avait pu apercevoir juste de l'autre côté de la porte son ordinateur et son téléphone portables posés sur une petite table. À ce détail près, l'autre pièce ressemblait en tout point à celle dans laquelle il se trouvait. On lui avait pris la mallette de métal. Il n'y avait rien dedans, il en était certain, maintenant. Petit à petit, il commençait à comprendre. Il s'était bel et bien fait avoir. Sa femme et sa fille lui manquaient affreusement. Il pensait à Sidney, qui le croyait disparu. Il n'osait même pas imaginer ce qu'elle ressentait. Si seulement il lui avait dit la vérité, elle aurait pu l'aider. Il soupira. Il savait parfaitement que s'il lui avait dit la vérité, il l'aurait mise en danger et il n'aurait jamais fait une chose pareille, même s'il ne devait plus jamais la revoir. À cette idée, les larmes lui vinrent aux yeux, mais il se secoua.

Il se leva. Il n'était pas encore mort, malgré l'attitude peu rassurante de ses geôliers. D'ailleurs, les précautions que ceux-ci prenaient ne les avaient pas empêchés de commettre une erreur.

Jason ôta ses lunettes, les posa sur le sol de béton et les écrasa soigneusement sous son talon. Il prit un éclat de verre, le dissimula dans sa main, puis alla donner du poing contre la porte.

« Eh, je peux avoir quelque chose à boire ?

— Ferme-la ! » La voix n'était pas celle de DePazza. Sans doute était-ce l'autre homme et il avait l'air agacé.

« Ecoutez, j'ai un médicament à prendre. Avec quoi vais-je l'avaler ?

— Ta salive fera l'affaire. » Toujours la même voix, avec un gloussement, cette fois.

« Les pilules sont trop grosses. » Jason avait crié, dans l'espoir que quelqu'un d'autre l'entende.

« Dommage. »

Jason l'entendait feuilleter un magazine.

« Très bien. Puisque c'est comme ça, je ne les prends pas. Je vais tomber raide mort, parce que ce sont des médicaments contre la tension et que la mienne est en train de crever le mur du son. »

Il y eut le bruit d'une chaise raclant le sol et le tintement d'un jeu de clefs. « Eloigne-toi de la porte. »

Jason recula très légèrement. L'homme ouvrit brutalement la porte, les clefs dans une main, son pistolet dans l'autre. Il plissa les yeux.

« Où sont les pilules ? interrogea-t-il.

— Dans ma main.

— Montre. »

Jason secoua la tête. « Et puis quoi encore ? » murmura-t-il d'un ton dégoûté. Il fit un pas en avant, tendit la main et ouvrit les doigts. L'homme baissa les yeux. Jason leva le genou et, d'une détente, envoya valser le pistolet.

En poussant un juron, son adversaire se jeta sur lui. Un uppercut impeccable l'accueillit. Le morceau de verre lui déchira la joue. Il poussa un hurlement et recula en titubant, le visage ensanglanté.

Il était solidement bâti, mais sa musculature s'était ramollie. Jason avait la force pour lui. D'un coup de tête, il aplatit son adversaire contre le mur. Une courte lutte s'ensuivit, puis l'homme alla s'écraser de nouveau contre le mur, face en avant cette fois. Jason lui envoya un deuxième coup de tête, assorti de deux directs dans les reins, et l'homme s'écroula sur le sol, inconscient.

S'emparant du pistolet, il se précipita dans l'autre pièce. Il examina un instant les lieux, tendit l'oreille, puis, en saisissant au passage son ordinateur et son téléphone, il fonça vers la porte.

De l'autre côté, il faisait sombre. Quand ses yeux se furent habitués à l'obscurité, il faillit lâcher un juron. Il se trouvait dans le même hangar, ou dans un hangar totalement semblable. La voiture avait dû tourner en rond. Il descendit les marches avec précaution. La limousine n'était nulle part en vue. Soudain, un bruit de pas lui parvint de la direction d'où il était venu. Quelqu'un courait. Il se précipita vers la porte basculante, chercha désespérément le bouton pour l'ouvrir, puis traversa à toute vitesse le hangar dans l'autre sens et parvint à se dissimuler dans un angle, derrière des réservoirs de deux cents litres. Il posa soigneusement le pistolet sur le sol et ouvrit son ordinateur.

Son portable était un modèle sophistiqué, avec un modem intégré. Il le mit en marche et relia le modem à son téléphone portable au moyen d'un petit câble contenu dans la mallette. La sueur perlait à son front. À l'aide de la souris, il cliqua sur les écrans qui se succédaient, puis tapa son message dans l'obscurité. Il connaissait par cœur les touches du clavier. Il n'entendit pas les pas qui arrivaient derrière lui. Maintenant, il devait insérer l'adresse électronique du destinataire, celle de sa propre boîte aux lettres d'AOL, America OnLine. Malheureusement, Jason ne l'avait pas préprogrammée, puisqu'il n'avait guère l'occasion de s'envoyer des messages à lui-même. Il perdit de précieuses secondes à la taper. Au moment où il terminait, une lampe l'éclaira brutalement, tandis qu'un bras puissant lui serrait le cou.

Jason parvint à cliquer sur la commande envoi et le message partit. Un bref instant seulement. Une main lui arracha l'ordinateur, entraînant le téléphone qui pendait au bout de son câble. Des doigts épais parcoururent les touches. Son assaillant annulait l'envoi du courrier électronique.

Jason envoya un direct à la mâchoire de l'homme. S'emparant de l'ordinateur et du téléphone, il lui balança un coup de pied dans l'abdomen, puis s'élança à travers le hangar, en laissant derrière lui le 9 mm.

Des bruits de pas résonnaient de tous côtés. Ils étaient plusieurs à ses trousses. Pas de doute, il ne réussirait pas à s'en tirer, mais il pouvait encore agir. Il s'agenouilla derrière un escalier métallique et se mit à pianoter sur le clavier. Tout près de lui, un de ses poursuivants lança brusquement un appel. Il sursauta. Ses doigts agiles le trahirent. Son index droit fit une faute de frappe au moment où il tapait l'adresse du destinataire du message. Le visage dégoulinant de sueur, le souffle court, la nuque raidie par la position, il commença à taper le message. Il faisait si sombre qu'il ne pouvait distinguer clairement le clavier. Son regard allait des minuscules images électroniques de l'écran à la pénombre du hangar. Les cris et les bruits de pas précipités se rapprochaient de plus en plus.

Il ne se rendait pas compte que la lueur de l'écran de l'ordinateur le signalait à l'attention des autres. Les pas résonnaient maintenant tout près de lui. Il devait arrêter là son courrier. Il appuya sur la touche d'envoi du message et attendit confirmation. Puis il supprima le fichier et le nom du destinataire, sans vérifier l'adresse électronique. Il repoussa ensuite du pied l'ordinateur et le téléphone, qui glissèrent sous l'escalier. Il ne pouvait plus rien faire. Terminé. Des lampes torches l'éblouirent. Il se leva lentement, une lueur de provocation dans le regard.

Quelques minutes plus tard, la limousine quittait le hangar. Sur la banquette arrière, Jason était plié en deux, le visage tuméfié et lacéré, la respiration haletante. Kenneth Scales, alias DePazza, avait ouvert le portable et contemplait l'écran en lâchant un chapelet de jurons, impuissant à annuler ce qui venait d'être fait. Fou de rage, il arracha le téléphone de son câble et le fracassa contre la portière jusqu'à ce qu'il tombe sur le sol en pièces détachées. Puis il sortit un petit téléphone de la poche intérieure de sa veste et appela un numéro préprogrammé. Lentement, il annonça qu'Archer avait contacté quelqu'un et envoyé un message. Il y avait un certain nombre de destinataires possibles. Pour chacun d'entre d'eux, il faudrait vérifier et prendre les dispositions qui s'imposaient. Mais la question devait attendre. Lui-même devait maintenant s'occuper d'autre chose. Scales interrompit la communication. Il se retourna vers Jason Archer et plaça le canon du pistolet à quelques millimètres de son front.

« À qui as-tu envoyé le message ? À qui ? »

Les mains crispées sur ses côtes endolories, Archer parvint à avaler une goulée d'air. « Ça, mon vieux, tu n'es pas près de le savoir. »

Scales lui appuya le canon du pistolet contre le front.

« Eh bien, vas-y, fumier, hurla Jason, tire ! »

Le doigt de Scales se crispa un instant sur la gâchette du Glock, puis l'homme se ravisa et repoussa brutalement Archer contre le dossier. « Pas tout de suite. On a encore du boulot pour toi », dit-il avec un mauvais sourire.

L'agent spécial Raymond Jackson entra dans l'appartement, referma la porte et embrassa la pièce d'un coup d'œil expert. Il hocha la tête, stupéfait. Cet endroit plus que modeste ne correspondait pas au cadre de vie d'un homme ayant la carrure financière et professionnelle d'Arthur Lieberman. Il consulta sa montre. L'équipe du médecin légiste arriverait bientôt pour procéder à un examen approfondi des lieux. Il était peu vraisemblable qu'Arthur Lieberman ait personnellement connu la personne qui l'avait envoyé s'écraser dans un champ de Virginie, mais dans les enquêtes de cette envergure il ne fallait négliger aucune éventualité.

Jackson pénétra dans la minuscule cuisine. Il ne lui fallut pas longtemps pour comprendre qu'Arthur Lieberman n'y préparait jamais ses repas. Les placards ne contenaient aucune assiette, aucune casserole. Rien dans le réfrigérateur, à part l'ampoule électrique. La cuisinière, pourtant ancienne, ne montrait aucune trace d'utilisation. Jackson examina le reste du living-room, puis entra dans la petite salle de bains. Avec précaution, il ouvrit la porte de l'armoire à pharmacie. Il portait des gants pour ne pas laisser ses propres empreintes. L'armoire contenait les produits de toilette habituels. Rien d'intéressant. Il allait la refermer quand son œil fut attiré par le petit flacon glissé entre le tube de pâte dentifrice et le déodorant. L'étiquette portait mention du dosage du médicament, des indications pour le renouveler et de l'identité du médecin qui l'avait prescrit. Le nom de ce produit ne lui disait rien. Pourtant, avec trois enfants, il avait fini par acquérir une certaine expérience des médicaments sur ordonnance et en vente libre. Il nota le nom et referma la porte de l'armoire à pharmacie.

La chambre de Lieberman était petite, meublée d'un lit étroit et d'un petit bureau placé contre le mur, près de la fenêtre. L'examen du placard ne révéla rien et Jackson reporta son attention vers le bureau, sur lequel se trouvaient plusieurs photos. On y voyait deux hommes et une femme, jeunes, entre seize et vingt-cinq ans environ. Sans doute les enfants d'Arthur Lieberman, se dit Jackson. Les photos semblaient avoir été prises plusieurs années auparavant.

Il se trouvait maintenant devant trois tiroirs dont l'un était fermé. Il lui fallut quelques secondes pour l'ouvrir. Dedans était rangée une pile de lettres manuscrites liées par un élastique. L'écriture était soigneuse, précise, le contenu franchement sentimental. Cependant quelque chose clochait : aucune n'était signée. Jackson considéra ce détail pendant un moment, puis replaça les lettres dans le tiroir. Il eut encore le temps de fureter dans l'appartement avant que des coups frappés à la porte n'annoncent l'arrivée de l'équipe du légiste.

14

Restée seule chez elle, Sidney, poussée par une force inconnue, avait exploré la maison de fond en comble. Elle était maintenant assise depuis des heures dans la cuisine, à se repasser le film de ses années de mariage. Elle revoyait chaque détail, chaque instant, même le plus insignifiant, de leur vie commune. Des souvenirs oubliés remontaient à la surface, lui arrachant parfois un faible sourire, vite suivi par un torrent de larmes dès qu'elle reprenait conscience que plus jamais elle ne connaîtrait ces moments de bonheur avec Jason.

Elle finit par se lever et monta à l'étage. Au bout du couloir, elle pénétra dans le petit bureau de son mari. Elle fit le tour de la pièce sobrement meublée et s'installa en face de l'ordinateur. Jason aimait les ordinateurs depuis toujours ; pour elle, c'étaient des objets fonctionnels, dont elle avait une connaissance limitée. Elle ne s'en servait guère que pour faire du traitement de texte et prendre connaissance de son courrier électronique.

Jason envoyait et recevait une grande quantité de courrier électronique. Il vérifiait sa boîte tous les jours. Sidney ne l'avait pas fait depuis le crash. Beaucoup d'amis de Jason avaient sans doute envoyé des messages. Elle mit l'ordinateur en marche et regarda les chiffres et les mots qui défilaient sur l'écran. La plupart étaient incompréhensibles pour elle, sauf le terme « mémoire disponible ». Il y en avait une grande quantité. L'appareil avait été adapté pour son mari et il était très puissant.

Son cœur se serra lorsqu'elle s'aperçut que les trois derniers chiffres de la mémoire disponible étaient ceux de la date de naissance de Jason : 7, 3, 0 — le 30 juillet. Elle fit un effort pour ne pas fondre de nouveau en larmes. Elle ouvrit le tiroir du bureau et fouilla distraitement son contenu. En tant qu'avocate, elle savait fort bien que la succession de Jason nécessiterait un grand nombre de démarches et de documents, même si la plupart de leurs biens étaient à leurs deux noms. Chacun devait un jour ou l'autre y faire face, mais elle n'arrivait pas à croire que pour elle le moment était déjà venu.

Elle laissa errer ses doigts dans le tiroir rempli de papiers et de fournitures de bureau puis les referma sur un objet qu'elle ramena au jour. Sans le savoir, elle avait en main la carte que Jason avait placée là avant de partir pour l'aéroport. Elle l'examina de près. On aurait cru une carte de crédit, à ceci près que le nom « Triton Global » était imprimé dessus, suivi du nom « Jason Archer » et de la mention « Code obligatoire — Niveau 6 ». Elle fronça les sourcils. Elle ne l'avait jamais vue auparavant. Sans doute était-ce une sorte de laissez-passer magnétique, encore qu'il n'y ait pas la photo de son mari dessus. Elle la glissa dans sa poche. La société voudrait certainement la récupérer.

Elle se connecta à America OnLine et fut accueillie par la voix robotisée lui indiquant qu'il y avait effectivement du courrier dans leur boîte aux lettres électronique. Comme elle s'y attendait, leurs amis avaient envoyé de nombreux messages. Elle les parcourut, les larmes coulant sur ses joues. Son courage l'abandonna bientôt et elle commença à effectuer les procédures pour sortir, mais soudain, un autre message apparut sur l'écran. Il était adressé à

ArchieJW2 aol.com — l'adresse électronique de Jason. Un instant plus tard, il avait disparu comme un éclair.

Sidney appuya sur certaines commandes du clavier et vérifia de nouveau la boîte aux lettres électronique. À sa grande stupéfaction, elle était entièrement vide. Elle continua à contempler l'écran, avec la bizarre impression qu'elle avait dû imaginer cet épisode. Tout s'était passé si vite ! Elle frotta ses yeux gonflés et resta plusieurs minutes devant l'écran, dans l'attente que ce phénomène incompréhensible se reproduise. Mais l'écran resta muet.

Après que Jason eut envoyé de nouveau son message, la voix robotisée de l'ordinateur résonna, annonçant qu'un courrier était arrivé. Cette fois, le message ne disparut pas et fut enregistré dans la boîte aux lettres. Mais cette boîte aux lettres-ci ne se trouvait pas au domicile des Archer, ni au bureau de Sidney chez Tyler, Stone. De plus, là où elle se trouvait, il n'y avait pour l'instant personne pour la consulter. Le message devrait attendre.

Sidney finit par quitter le bureau de Jason. Bizarrement, ce message qui avait flashé sur l'écran lui avait donné un peu d'espoir, comme si Jason essayait de communiquer avec elle. Elle se secoua. C'était absurde.

Une heure plus tard, après avoir de nouveau pleuré toutes les larmes de son corps, elle se mit à penser à Amy. Sa fille avait besoin d'elle. Il fallait qu'elle se ressaisisse. Elle s'obligea à se préparer un repas chaud et parvint à en avaler une partie tout en contemplant les murs de la cuisine. Elle avait tarabusté Jason pour qu'il les repeigne et il avait décidé de s'y attaquer ce week-end. Elle avait beau faire, il y avait toujours quelque chose pour lui rappeler douloureusement son absence. Et comment en serait-il allé autrement, dans cette maison qu'ils habitaient ensemble ?

La nourriture lui avait redonné un peu de force, mais elle tremblait encore. Elle se leva, alla dans le living-room et alluma la télé. En zappant, elle tomba sur l'inévitable : un reportage en direct sur l'accident d'avion. Même si elle se sentait coupable d'éprouver de la curiosité pour l'événement dans lequel son mari avait disparu, elle eut besoin d'en savoir plus, comme si l'approche dépassionnée des journalistes pouvait atténuer, au moins quelque temps, sa terrible souffrance.

Le reporter, une femme, se tenait près du lieu du crash. En arrière-plan, on voyait des gens ramasser soigneusement les débris et les classer en différents tas. Soudain, Sidney sentit son rythme cardiaque s'affoler. Quelqu'un venait de passer derrière la journaliste, portant un sac de toile avec des croisillons bleus qu'elle aurait reconnu entre mille. Il était sale et roussi aux angles, mais très peu abîmé et elle avait même pu distinguer les grosses initiales qui se détachaient en noir. Il alla rejoindre d'autres sacs sur une pile.

Sidney resta un moment paralysée, puis elle se leva d'un bond et se précipita dans sa chambre à l'étage. Elle enfila un jean, un gros pull blanc, des boots fourrées et prépara rapidement un sac. Quelques minutes plus tard, elle manœuvrait la Ford pour la sortir du garage. Elle jeta un regard à la Cougar décapotable garée à côté. Depuis près de dix ans, Jason l'entretenait avec soin mais le souvenir de l'élégante Jaguar avait toujours fait ressortir son côté fatigué. Même l'Explorer paraissait neuve à côté. Le contraste l'avait toujours amusée, mais aujourd'hui, il lui arracha un nouveau flot de larmes.

La vue brouillée, elle écrasa la pédale de frein. Elle frappa furieusement du poing le tableau de bord, puis une nausée l'envahit et elle se força à rester immobile, la tête posée sur le volant. Bientôt elle se sentit mieux. Elle engagea la Ford dans la rue. Après avoir jeté un dernier regard à la vieille maison du siècle dernier où Jason et elle avaient été si heureux, elle accéléra et rejoignit bientôt une grande route. Elle s'arrêta dans un McDonald's pour prendre un café et, une heure plus tard, elle roulait vers l'ouest sur l'étroite route 29, qui traverse la campagne de Virginie légèrement vallonnée en direction de la Caroline du Nord. Quand Sidney faisait ses études de droit à l'université de Virginie à Charlottesville, elle l'avait souvent parcourue. C'était un itinéraire agréable, parmi des exploitations familiales et des champs qui gardaient la mémoire des combats de la guerre de Sécession. Au printemps et à l'automne, les couleurs du paysage rivalisaient avec les plus beaux tableaux. Sur les panneaux de signalisation, on lisait des noms comme Brightwood, Locust Dale, Madison, et Montpellier. À chaque fois qu'elle en dépassait un, Sidney se remémorait les nombreuses circonstances lors desquelles Jason et elle avaient effectué le trajet jusqu'à Charlottesville. Aujourd'hui, ils étaient autant de bornes douloureuses sur son chemin.

D'épais nuages s'étaient formés et la nuit était sombre. Sidney jeta un œil à l'horloge du tableau de bord et fut surprise de découvrir qu'il était près d'une heure du matin. Elle accéléra. La température extérieure baissait au fur et à mesure que la route grimpait. Elle augmenta le chauffage.

Une heure plus tard, elle consulta la carte posée à ses côtés sur le siège avant. Il faudrait bientôt qu'elle prenne une bifurcation. Elle se raidit à l'approche de sa destination et commença à garder l'œil sur le compteur kilométrique.

À Ruckerville elle prit vers l'ouest. Elle était maintenant dans la partie rurale de la Virginie, le comté de Greene, dont le siège, Standardsville, était habituellement à mille lieux de l'agitation apportée par le crash de l'avion et les équipes de télévision.

Sidney finit par quitter la route. Une obscurité totale enveloppait la voiture. Elle plissa les yeux, essayant de déterminer l'endroit où elle se trouvait, puis, allumant sa lampe de poche, elle se repéra sur la carte. Elle roula encore pendant un peu plus d'un kilomètre avant d'atteindre un bouquet d'arbres, derrière lequel s'étendaient des champs. La route se terminait ici. Une voiture de patrouille de la police était garée devant une vieille boîte aux lettres rouillée. Un chemin de terre bordé de haies d'arbustes au feuillage persistant, bien entretenues, prenait sur la droite. Au-delà, on apercevait un étrange halo vert.

Elle était arrivée.

Dans la lumière des phares de l'Explorer, de légers flocons de neige commençaient à tomber. Elle se gara près de la voiture de police. La portière s'ouvrit et un policier en uniforme, portant un ciré orange phosphorescent, descendit du véhicule. Il se dirigea vers la Ford, braqua sa lampe torche sur la plaque d'immatriculation et la carrosserie avant de diriger le faisceau lumineux sur la vitre du côté du conducteur.

Sidney prit une profonde inspiration et descendit la vitre. Le visage du policier s'ornait d'une grosse moustache poivre et sel et de profondes rides se creusaient au coin de ses yeux. Sous le ciré, on devinait des épaules et un torse puissants. L'homme examina l'intérieur du véhicule, puis s'adressa à Sidney.

« Vous cherchez quelque chose, madame ? » Sa voix trahissait une lassitude qui n'était pas que physique.

« Je... je suis venue pour... », bégaya-t-elle. Elle le regarda et se tut, incapable de prononcer un mot de plus.

Les épaules du policier s'affaissèrent. « La journée a été rude, madame, croyez-moi. Quantité de gens qui n'avaient rien à faire ici n'ont pas arrêté de venir... » Il s'interrompit pour étudier son visage. « Vous vous êtes perdue ? » interrogea-t-il sans y croire.

Elle parvint à faire « non » de la tête. Il consulta sa montre. « Il y a à peu près une heure que les camions des télés sont repartis pour Charlottesville, histoire que tout le monde dorme un peu. Je vous suggère d'en faire autant. Croyez-moi, vous verrez tout ça dans les journaux et à la télé. » Il se redressa, mettant ainsi fin à leur conversation, ou plutôt à son monologue. « Vous retrouverez votre chemin pour rentrer ? » ajouta-t-il.

Elle hocha la tête. Le policier toucha la visière de sa casquette et rejoignit son véhicule. Sidney fit demi-tour et jeta un œil dans le rétroviseur. L'étrange halo vert l'attirait. Elle arrêta brusquement la Ford et sortit. Son manteau était sur le siège arrière. Elle l'enfila et revint sur ses pas.

Quand le policier la vit se diriger vers son véhicule de patrouille, il alla à sa rencontre dans son ciré mouillé. Des flocons recouvrirent les cheveux blonds de Sidney, tandis que le vent redoublait de violence.

Avant que l'homme n'ait ouvert la bouche, elle leva une main. « Je m'appelle Sidney Archer, dit-elle. Mon mari, Jason Archer, était dans l'avion. » Sa voix trembla. Elle se mordit les lèvres et continua : « La compagnie d'aviation a proposé de m'amener ici, mais... j'ai refusé. J'ai préféré venir par mes propres moyens, je ne sais pourquoi. »

Le visage du policier s'adoucit. Les coins de sa moustache semblèrent s'affaisser et tout son corps se recroquevilla. « Je suis désolé, madame Archer, vraiment désolé. D'autres personnes... des familles sont déjà venues. Ils ne sont pas restés longtemps. Les gens de la FAA, l'Agence fédérale de l'aviation civile, ne veulent personne ici pour l'instant. Ils vont revenir demain pour fouiller la zone à la recherche de... de... » Il ne termina pas sa phrase et fixa obstinément le sol.

« Je suis seulement venue pour voir... » Sidney laissa également sa phrase en suspens. Elle leva vers lui son visage amaigri, aux yeux rougis. Malgré sa haute taille, elle ressemblait à une petite fille, toute voûtée dans son manteau, les mains enfoncées dans ses poches.

Le policier semblait embarrassé. Visiblement, il était indécis. Son regard alla de la route à ses pieds, puis revint à elle. « Attendez une minute, madame Archer. » Il rentra dans sa voiture, puis passa la tête par la vitre. « Venez vous abriter à l'intérieur avant de prendre froid. »

Sidney grimpa dans le véhicule qui sentait le tabac froid et le café, et repoussa un numéro de *People* posé sur le siège. Un petit écran d'ordinateur était posé au-dessus d'une pile de matériel électronique. Le policier rouvrit sa vitre et braqua le faisceau de sa lampe torche sur l'arrière de l'Explorer avant de la refermer et de se mettre à pianoter sur le clavier de l'ordinateur.

« J'envoie le numéro de votre plaque d'immatriculation, dit-il en se tournant vers Sidney. Pour confirmation de votre identité. C'est pas que je ne vous croie pas, madame. Vous n'êtes sans doute pas venue ici au milieu de la nuit pour faire du camping. Mais j'ai des ordres à respecter.

— Je comprends. »

De nombreuses informations apparurent sur l'écran. Le policier les étudia rapidement. Il prit un bloc accroché au tableau de bord et consulta une liste de noms. Quand il leva les yeux vers elle, il avait de nouveau l'air embarrassé.

« Vous dites que *Jason* Archer était votre mari ? »

Elle fit lentement « oui » de la tête. *Était.* L'imparfait était incroyablement douloureux. Ses mains se mirent à trembler.

« Il fallait que je vérifie. Il y avait un autre Archer dans cet avion. Benjamin Archer. »

Un instant, elle espéra qu'il y avait eu une erreur quelque part, mais elle revint aussitôt à la réalité. Si tel avait été le cas, Jason aurait appelé. Il avait vraiment pris cet avion. Elle avait beau souhaiter de toutes ses forces qu'il ne l'ait pas fait, il l'avait pris. Elle regarda en direction du halo vert. Il était là-bas, maintenant. Il y était encore.

Elle s'éclaircit la gorge. « J'ai des papiers avec ma photo, monsieur l'agent », dit-elle en lui tendant son portefeuille ouvert.

Il examina son permis de conduire, puis ses yeux se posèrent sur la photo de Sidney, Jason et Amy prise à peine un mois plus tôt qui se trouvait dans l'autre volet. Il la contempla un moment. « C'est suffisant, madame Archer », dit-il en lui rendant le portefeuille. Il se tourna vers elle. « Il y a deux autres policiers en faction un peu plus haut sur la route et une tapée de types de la garde nationale un peu partout. Des gens de Washington se trouvent encore sur place, c'est pour ça que c'est éclairé. » Il se tut un instant et reprit : « Je n'ai vraiment pas le droit de quitter mon poste, madame. »

Il contempla ses mains. Sidney suivit son regard. L'alliance du policier lui serrait l'annulaire. Avec le temps, son doigt avait enflé et on ne pourrait jamais la lui ôter sans la couper. Les yeux de l'homme s'embuèrent.

D'un geste décidé, il mit le contact. « Je comprends pourquoi vous êtes venue, dit-il en se tournant vers Sidney, mais je vous déconseille de rester longtemps. Ce n'est pas... enfin, ce n'est pas un endroit... » Il appuya sur l'accélérateur et le véhicule s'engagea sur le chemin de terre. Secoué par les cahots, le policier regardait droit devant lui, en direction des lumières éblouissantes.

« Il y a un diable en enfer et un bon Dieu au ciel,

madame Archer, reprit-il. La main du diable s'est posée sur cet avion, mais maintenant, les passagers sont avec le Seigneur. Tous, jusqu'au dernier. Ne laissez personne vous soutenir le contraire. »

Ils approchaient des projecteurs. Sidney sortit de son silence. « Il y avait un sac, dit-elle, avec des croisillons bleus. Il appartenait à mon mari. Ses initiales sont dessus. JWA. Je le lui avais acheté pour un voyage qu'on a fait il y a plusieurs années. » Le souvenir lui arracha un faible sourire. « C'était pour rire. On s'était disputés et j'aie pris le plus laid que j'ai pu trouver. Il lui a plu. »

Elle surprit l'expression étonnée du policier. « Je dis ça parce que j'ai vu le sac à la télé. Il n'avait même pas l'air abîmé. Est-ce que je pourrais l'examiner ?

— Désolé, madame. On a déjà emporté tout ce que l'on a retrouvé. Le camion est passé il y a une heure.

— Vous savez où ? »

Le policier secoua la tête. « De toute façon, on ne vous laisserait pas approcher. On vous le rendra une fois l'enquête terminée, je suppose, mais avec la tournure que prennent les choses, ce sera peut-être dans très longtemps. Désolé. »

L'officier arrêta la voiture de patrouille non loin de l'endroit où se tenait un autre policier en uniforme et alla conférer avec son collègue, pendant que Sidney attendait dans le véhicule. Par deux fois, il pointa le doigt dans sa direction, puis revint vers elle.

« Madame Archer, vous pouvez sortir. »

Elle obéit. L'autre policier lui jeta un regard compatissant. Ces hommes auraient sans doute préféré être auprès de leur famille. Ils étaient loin d'être insensibles. La mort était partout autour d'eux. Sidney sentait sa présence, presque physiquement.

« Quand vous serez prête à partir, dites-le à Billy. » Billy adressa un petit signe de tête à Sidney. « Il me préviendra par radio et je viendrai vous chercher.

— Je peux vous demander votre nom ?
— Eugene McKenna.
— Merci, agent McKenna. »

Il toucha le bord de sa casquette. « Ne restez pas trop longtemps, madame. »

Quand son véhicule eut disparu, Billy conduisit Sidney vers les lumières, les yeux fixés devant lui. C'était un homme jeune — vingt-cinq ans au plus. Sidney ignorait ce que McKenna lui avait dit, mais elle le sentait nerveux, mal dans sa peau.

Il s'arrêta. Devant eux, Sidney pouvait voir des silhouettes qui allaient et venaient. Il y avait partout des barrières de police et des cordons jaunes. La lumière du jour artificielle montrait nettement les ravages de l'accident. La terre avait reçu une épouvantable blessure. On se serait cru sur un champ de bataille.

Le jeune policier lui toucha le bras. « Madame, il ne faut pas aller au-delà. Les gens de Washington ne tiennent pas à ce qu'on fiche le bazar. Ils ont peur qu'on marche sur... qu'on abîme quelque chose... » Il se tut un instant. « Il y a des trucs partout, reprit-il. Partout ! C'est la première fois que je vois une chose pareille et j'espère que c'est la dernière. » Il se tourna vers elle : « J'attends. Revenez quand vous serez prête. »

Sidney resserra les pans de son manteau autour d'elle et secoua les flocons qui s'accrochaient à ses cheveux. Elle fit un pas en avant, s'arrêta, se remit en marche. Sous la coupole de lumière, elle apercevait des montagnes de terre. Elle avait souvent vu ce spectacle au journal télévisé. Le cratère creusé par l'impact. La totalité de l'avion y était engloutie, à ce qu'on disait, mais elle ne parvenait pas à y croire, même si au fond, elle savait que c'était la vérité.

Jason aussi avait été englouti dans ce cratère. À cette idée, elle éprouva une souffrance si violente que les larmes ruisselèrent sur ses joues sans qu'elle ait la force de les essuyer.

Jamais, plus jamais elle ne serait capable de sourire.

Il le faudrait, pourtant. Pour Amy, pour la merveilleuse petite fille que Jason lui avait laissée. Mais à cette minute, le chagrin anéantissait tout espoir de bonheur en elle. Elle restait là, immobile, laissant le vent glacé la gifler, soulever ses longs cheveux.

Devant elle, d'énormes engins s'approchaient du bord du cratère, des volutes de fumée noire s'échappant de leurs entrailles. Les pelles à vapeur attaquèrent avec force le trou et en retirèrent d'énormes pelletées de terre, puis les déposèrent dans des bennes qui circulaient sur des parties du terrain déjà fouillées. Il fallait aller vite. C'était la grande priorité, qui prenait le pas sur le souci de ne pas abîmer un peu plus les restes de l'avion. Tout le monde voulait absolument retrouver la boîte noire. Cela comptait plus que de risquer de transformer un minuscule fragment en une parcelle plus infime encore en accélérant le processus d'excavation.

Sidney remarqua que la neige adhérait au sol. C'était visiblement une préoccupation supplémentaire pour les enquêteurs, car nombre d'entre eux couraient avec leurs lampes torches et plantaient de petits drapeaux dans le sol qui blanchissait à vue d'œil. Elle s'approcha jusqu'à distinguer les silhouettes vêtues de vert des hommes de la garde nationale qui patrouillaient dans leur secteur, le fusil en bandoulière. Tous avaient la tête tournée vers le cratère. Tel un énorme aimant, le site de la catastrophe attirait l'attention de chacun. Cette vision d'apocalypse rappelait que toutes les joies de l'existence se payaient par la menace constante de la mort.

Sidney se remit en marche. Elle fit quelques pas et buta soudain sur quelque chose. Les mots du jeune policier lui revinrent en mémoire. *Il y a des trucs partout. Partout !* Elle hésita, mais la curiosité l'emporta. Elle se baissa, fouilla dans la neige, ramena un objet. Quelques instants plus tard, elle courait comme une folle sur le chemin de terre, le corps secoué de sanglots convulsifs.

Elle ne vit pas l'homme qui venait en face d'elle et le percuta. Sous la violence du choc, tous deux tombèrent à terre.

Lee Sawyer se retrouva assis dans la neige, le souffle coupé. « Bon Dieu ! » jura-t-il. Déjà, Sidney s'était relevée et poursuivait sa route. L'agent du FBI se redressa et s'élança derrière elle, mais son genou se bloqua, comme souvent depuis qu'il s'était illustré lors d'une poursuite mémorable. Sa cible, l'auteur d'un hold-up de banque, était particulièrement athlétique et le trottoir particulièrement dur. « Hé ! » cria-t-il en s'efforçant de courir maladroitement sur un pied, tandis qu'il braquait sa lampe en direction de la jeune femme.

Sidney Archer se retourna. Il eut le temps d'apercevoir son profil à l'expression horrifiée, puis elle disparut à sa vue. Qui était-elle ? Que faisait-elle ici ? Sawyer en vint à la conclusion que c'était une habitante de la région. Poussée par la curiosité, elle était venue sur les lieux de la catastrophe et avait découvert quelque chose qui l'avait choquée. Il avança en boitillant vers l'endroit d'où elle venait et promena sa torche sur le sol. Il poussa un soupir. Il avait vu juste. Sur le sol neigeux, gisait une petite chaussure d'enfant. Il se baissa et la ramassa. Elle paraissait minuscule dans sa grosse main. Une immense fureur s'empara de Lee Sawyer. Il réprima un hurlement de rage. Au cours de sa carrière au sein du FBI, il lui était arrivé une ou deux fois de souhaiter que les gens qu'il avait arrêtés ne bénéficient pas d'un procès en bonne et due forme et, au fond de lui-même, il espérait que ce serait le cas des auteurs de cet acte abominable. Avec un peu de chance, lorsqu'il les retrouverait, leur réaction lui permettrait de faire faire à la nation l'économie d'un procès médiatique. Il glissa le petit soulier dans la poche de son manteau et, tout en massant son genou douloureux, il se remit en marche pour faire le point avec Kaplan. Ensuite, il retournerait en ville. Il avait un rendez-vous à Washington dans l'après-midi. Son enquête sur Arthur Lieberman allait sérieusement commencer.

L'agent McKenna fit le tour de son véhicule de patrouille et aida Sidney à en sortir. « Madame Archer, ce serait mieux si vous ne rentriez pas seule. Voulez-vous que j'appelle pour qu'on vienne vous chercher ? » interrogea-t-il d'un ton inquiet en lui tenant la portière.

Sidney hocha négativement la tête. Elle était très pâle et ses mains tremblantes étaient maculées de terre après sa chute. « Non, non, je vais très bien ! » protesta-t-elle. Elle s'appuya un instant contre la voiture, puis entreprit de se diriger vers sa Ford. Le policier suivit du regard sa démarche encore vacillante. La main sur la portière de sa voiture, elle se retourna. « Vous savez, dit-elle d'une voix monocorde, comme quelqu'un qui a perdu l'esprit, vous aviez raison. Ce n'est pas un endroit où il faut rester trop longtemps. »

McKenna approuva lentement de la tête, les yeux embués. Sa pomme d'Adam montait et descendait dans sa gorge. Il se hâta de rentrer dans son véhicule pour cacher son émotion.

Sur la route du retour, le téléphone portable de Sidney résonna dans sa voiture. Ce bruit inattendu la fit sursauter et elle faillit perdre le contrôle de l'Explorer. Elle baissa les yeux vers l'appareil, incrédule. Personne ne savait où elle était. Instinctivement, elle regarda autour d'elle, comme pour chercher à voir si quelqu'un l'observait dans l'obscurité, mais elle ne vit rien, sauf la silhouette sombre des arbres. Apparemment, elle était le seul être vivant à la ronde. Elle tendit la main vers le téléphone.

15

« Seigneur, Quentin, il est trois heures du matin !

— C'est important, Sidney. Sinon, je ne me permettrais pas de vous appeler. »

La main de Sidney tremblait légèrement sur le téléphone. Elle s'aperçut qu'elle avait accéléré. Elle allait trop vite. C'était dangereux, sur ces petites routes de campagne. Elle leva le pied, tout en écoutant la voix unie mais légèrement tendue de Rowe.

« Je vous ai entendue parler à Gamble dans l'avion au retour de New York. J'aurais mieux aimé que vous veniez vers moi.

— Je suis désolée, mais il m'a posé des questions. Vous non.

— Je ne voulais pas vous importuner.

— Je vous en suis reconnaissante. Sincèrement. Gamble, lui, m'a interrogée gentiment mais fermement et je n'ai pu faire autrement que de lui répondre.

— Vous lui avez donc répondu que vous ignoriez pourquoi Jason était à bord de cet avion ? C'est ça ? Que vous ne saviez même pas qu'il l'avait pris ? » Elle sentait qu'il ne parlait pas sans arrière-pensée. Pourtant, elle devait dire à Rowe la même chose qu'à Gamble. Et même si elle lui révélait la raison de son voyage à Los Angeles que Jason lui avait fournie, comment lui expliquer qu'elle savait maintenant qu'il ne se rendait pas à un entretien d'embauche avec une autre entreprise ? Elle était dans une situation sans issue. Elle préféra changer de sujet.

« Comment avez-vous pensé à m'appeler dans la voiture, Quentin ? » demanda-t-elle. L'idée qu'il ait pu savoir où la joindre à cette heure la mettait mal à l'aise.

« Eh bien, j'ai appelé chez vous, puis à votre bureau. Il ne restait plus que la voiture. Pour dire la vérité, je me faisais du souci pour vous. Et... » Il s'interrompit brutalement, comme s'il était déjà allé trop loin.

« Et quoi ? »

Après un moment d'hésitation, Rowe poursuivit : « Sidney, vous vous doutez bien que nous nous posons tous la même question. Pourquoi donc Jason allait-il à Los Angeles ? »

Le ton de Rowe indiquait clairement que *lui,* du moins, attendait une réponse.

« Ce qu'il faisait de son temps libre ne regarde pas Triton. »

Rowe laissa échapper un soupir. « Sidney, Triton travaille dans un domaine très sensible. Ce que nous faisons est très convoité. Il y a des firmes qui passent leur temps à essayer de nous piquer notre technologie et nos collaborateurs. Vous le savez parfaitement. »

Le rouge monta aux joues de Sidney. « Est-ce que par hasard vous accuseriez Jason d'avoir cherché à vendre la technologie de Triton au plus offrant, Quentin ? » Son mari n'était plus là pour se défendre et elle n'allait pas laisser Rowe se livrer à ce genre d'insinuation.

« Je ne parle pas pour moi, répondit Quentin d'un ton offusqué, mais d'autres ne se gênent pas pour le penser.

— Jason n'aurait jamais fait une chose pareille. Il se donnait un mal de chien pour la société. Vous étiez son ami. Comment pouvez-vous avancer ce genre d'allégation ?

— D'accord. Dans ce cas, expliquez-moi ce qu'il fabriquait dans un avion pour Los Angeles au lieu de repeindre sa cuisine, car je suis sur le point de réaliser l'acquisition qui va permettre à Triton de faire entrer le monde dans le XXIe siècle et je ne permettrai à personne de venir me mettre des bâtons dans les roues. Une telle occasion ne se représentera jamais. »

Sidney sentit la colère l'envahir. « Je n'ai pas d'explication et je n'en chercherai même pas. Je ne sais pas ce qui se passe. Enfin, je viens de perdre mon mari ! Il ne reste rien de lui, pas de corps, pas de vêtements et vous êtes là à me raconter qu'il était en train de vous rouler ? C'est incroyable ! » La Ford quitta légèrement la route et elle dut la redresser. Elle ralentit encore. La neige tombait de plus en plus et la visibilité diminuait.

« Sidney, calmez-vous, je vous en prie ! » Rowe semblait soudain pris de panique. « Écoutez, je ne voulais pas vous bouleverser un peu plus. Je suis désolé, excusez-moi. » Après un silence, il ajouta : « Puis-je faire quelque chose pour vous ?

— Oui. Dites à tous ces enfoirés de chez Triton d'aller se faire voir. Vous le premier ! »

Elle coupa la communication et reposa brutalement le téléphone. Les larmes l'aveuglaient. Tremblant de tous ses membres, elle arrêta la Ford sur le bas-côté, détacha sa ceinture et demeura plusieurs minutes la tête dans ses mains. Quand elle se sentit mieux, elle remit le contact et reprit la route. Malgré son épuisement, son esprit travaillait à toute vitesse. Jason avait été terrifié quand elle lui avait annoncé son rendez-vous avec les gens de chez Triton. Il tenait sans doute l'histoire de l'entretien d'embauche prête en cas d'urgence. Et il avait considéré que la rencontre de Sidney avec Nathan Gamble et ses collaborateurs était une urgence. Mais pourquoi ? À quoi était-il mêlé ? Pourquoi rentrait-il tard si souvent ? Que signifiait sa réticence ? Qu'était-il en train de faire ?

Elle jeta un coup d'œil à l'horloge du tableau de bord. Bientôt quatre heures du matin. Elle avait du mal à garder les yeux ouverts. Il fallait qu'elle cherche un endroit où passer le reste de la nuit. Elle approchait de la route 29. En arrivant au croisement, elle prit vers le sud, au lieu de repartir vers le nord, et une demi-heure plus tard elle atteignait les rues tranquilles de Charlottes ville. Dédaignant l'Holiday Inn, elle s'engagea sur Ivy Road et gara l'Explorer sur le parking du Boar's Head Inn, l'un des meilleurs hôtels de la région.

Vingt minutes après, elle se glissait entre les draps d'un lit confortable dans une chambre jouissant d'une jolie vue dont elle n'avait que faire pour le moment. La journée écoulée avait été pour elle un véritable cauchemar. Ce fut sa dernière pensée consciente. Deux heures avant l'aube, Sidney Archer finit par s'endormir.

16

À trois heures du matin, heure de Seattle, les lourds nuages crevèrent et la pluie reprit. Dans sa cahute, le vigile approcha ses mains et ses pieds du radiateur. Un filet d'eau coulait le long d'une paroi, formant une flaque sur le tapis vert usé. L'homme consulta sa montre. Encore quatre heures avant la fin de sa garde. Il termina sa Thermos de café en pensant à la chaleur de son lit. Chaque bâtiment était loué par une entreprise différente. Certains étaient vides, mais la sécurité était néanmoins assurée par des vigiles armés, sur place vingt-quatre heures sur vingt-quatre. Au-dessus de la clôture de métal, on avait disposé du fil de fer barbelé dissuasif, quoique moins acéré que celui utilisé sur les murs des prisons. Des caméras et des écrans de surveillance discrets étaient placés un peu partout. Il était difficile de pénétrer par effraction dans cet endroit.

Difficile, mais pas impossible.

Il fallut moins d'une minute à la silhouette vêtue de noir pour escalader la clôture à l'arrière du hangar et pour éviter habilement les barbelés. Une fois de l'autre côté, elle se faufila dans l'ombre. La pluie continuait à tomber à verse, couvrant le bruit léger de ses pas rapides. Sur sa manche gauche, l'homme portait un système électronique de brouillage miniaturisé. Aucune des trois caméras qu'il croisa sur son chemin n'enregistra son image.

Il atteignit la porte latérale du bâtiment 22. Sortant de son sac à dos un outil semblable à un fil de fer, il l'introduisit dans la serrure compacte, qui céda au bout de dix secondes.

Il balaya du regard l'intérieur du bâtiment grâce à ses lunettes de vision nocturne avant d'escalader rapidement l'escalier métallique. En haut, il pénétra dans une petite pièce, l'illuminant avec sa lampe torche. Il déverrouilla le classeur et en ôta la caméra de surveillance. Il plaça la bande magnétique vidéo dans son sac, rechargea la caméra et la remit dans l'armoire. Cinq minutes plus tard, le calme régnait de nouveau. Le vigile n'avait pas encore terminé sa dernière tasse de café.

À l'aube, un Gulfstream V décollait de l'aéroport de Seattle. L'homme vêtu de noir s'était changé et portait maintenant un jean et un sweat-shirt. Il était profondément endormi sur l'un des luxueux fauteuils de la cabine, ses cheveux sombres tombant sur son visage juvénile. De l'autre côté du couloir, Frank Hardy, patron d'une entreprise spécialisée dans le gardiennage d'entreprises et le contre-espionnage industriel, était plongé dans la lecture d'un long rapport, une mallette métallique dans laquelle se trouvait la bande vidéo à portée de main. L'avion montait dans un ciel maintenant clair, débarrassé des derniers vestiges des intempéries nocturnes. Un steward fit son apparition et vint remplir la tasse de café de Hardy. Les yeux fixés sur la mallette, celui-ci plissa le front et, par habitude, suivit du doigt les profonds sillons sur sa peau. Puis il reposa le rapport, s'adossa à son fauteuil et contempla le ciel par le hublot. Il avait besoin de réfléchir. Et ses pensées étaient plutôt sombres.

Le Gulfstream se dirigeait vers l'est, vers Washington D.C. Il atteignit son altitude de croisière. Les rayons du soleil levant venaient se refléter sur le logo familier de la compagnie, blasonné sur l'empennage de l'appareil. Un aigle planant, symbole d'une organisation plus connue dans le monde entier que Coca-Cola, plus crainte que la majorité des grands conglomérats mondiaux — qui, par comparaison, étaient des dinosaures vieillissants menacés d'extinction. Elle représentait l'image d'une réussite totale, alors que le XXIe siècle fondait sur eux, tel ce symbole royal dont l'ombre des ailes s'étendait chaque jour un peu plus sur le monde.

Car telle était l'ambition de Triton Global.

17

Un membre de la sécurité en uniforme fit traverser à Lee Sawyer l'immense hall du Marriner Eccles Building, siège du Conseil de la Réserve fédérale sur Constitution Avenue, reflet impressionnant du pouvoir de l'occupant des lieux. Ils montèrent au premier étage, enfilèrent un couloir, puis s'arrêtèrent devant une porte de bois massif. Le vigile frappa. Un « Entrez » étouffé leur parvint et Sawyer pénétra dans un vaste bureau, très confortablement meublé. Les rayonnages qui recouvraient les murs du sol au plafond, les meubles foncés, les moulures et les épais rideaux tirés assombrissaient la pièce, malgré le feu dans la cheminée et la lampe verte qui éclairait le grand bureau au plateau recouvert de cuir. Une odeur de cigare régnait. L'ensemble rappelait à Sawyer les bureaux de certains de ses vieux professeurs à l'université.

L'homme qui se tenait derrière le bureau fit pivoter son fauteuil et l'attention de Sawyer se concentra aussitôt sur lui. Il avait une abondante chevelure blanche, qui contrastait avec sa large face rouge et ses yeux bleu pâle réduits à une fente derrière les paupières tombantes. Le bout de son nez épais était encore plus rouge que le reste du visage. Un instant, Sawyer se demanda avec amusement s'il n'avait pas en face de lui le père Noël.

Cette impression se dissipa dès que l'homme se leva et s'adressa à lui d'une voix forte, aux intonations distinguées.

« Agent Sawyer, je suis Walter Burns, vice-président du Conseil de la Réserve fédérale. »

Sawyer s'avança pour serrer la main molle qui lui était tendue et s'assit dans le fauteuil de cuir que lui désignait son interlocuteur. Celui-ci s'assit à son tour. Burns était aussi grand que l'agent du FBI, mais avec une cinquantaine de kilos supplémentaires qui ne l'empêchaient pas de se mouvoir avec grâce, comme beaucoup de gens de sa corpulence.

« Je vous remercie de me recevoir, monsieur », commença Sawyer.

Burns lui lança un regard pénétrant. « Si le FBI s'intéresse à cette affaire, c'est sans doute que l'avion ne s'est pas écrasé à la suite d'un problème d'ordre purement mécanique, n'est-ce pas ? »

Sawyer ne broncha pas.

« Nous ne négligeons aucun scénario pour le moment, monsieur Burns, répondit-il.

— Appelez-moi Walter, je vous en prie. Notre appartenance commune à ce système un peu raide aux entournures qu'on nomme gouvernement fédéral nous autorise à faire preuve d'une certaine familiarité, n'est-ce pas ?

— Je m'appelle Lee, dit Sawyer en souriant.

— Que puis-je pour vous, Lee ? »

Le crépitement du grésil sur les fenêtres redoubla soudain et l'atmosphère de la pièce parut se rafraîchir. Burns se leva, tira son fauteuil près de la cheminée et fit signe à Sawyer de l'imiter. Pendant qu'il remettait un peu de petit bois dans le foyer, Sawyer consulta ses notes. Lorsque Burns se rassit en face de lui, il était prêt.

« En dehors des marchés financiers, j'ai remarqué que les gens n'ont aucune idée du rôle que joue le Conseil de la Réserve fédérale », commença-t-il.

Un gloussement discret s'échappa des lèvres de son interlocuteur. « Si j'étais joueur, Lee, je parierais que la moitié de la population de ce pays n'a aucune idée de l'existence du système de la Réserve fédérale et que neuf personnes sur dix ignorent à quoi nous servons exactement. Je dois dire que je trouve cet anonymat rassurant. »

Sawyer se pencha en avant. « D'après vous, qui aurait eu intérêt à vouloir la mort d'Arthur Lieberman ? Je parle sur le plan professionnel, bien entendu, pas personnel. Je m'intéresse au président de la Fed. »

Les yeux de Burns s'arrondirent autant que le lui permettaient ses paupières tombantes. « Vous voulez dire que quelqu'un aurait fait sauter cet avion afin de tuer Arthur, si je peux émettre une opinion aussi incroyable ?

— Je n'ai pas dit que c'était le cas. Pour le moment, nous examinons toutes les hypothèses. » Sawyer parlait à voix basse, comme s'il avait peur d'être entendu par des oreilles indiscrètes. « Le fait est que j'ai épluché la liste des passagers et que votre président était le seul VIP à bord. Dans l'hypothèse où il s'agirait d'un sabotage, le premier motif qui vient à l'esprit est celui-ci.

— Ce peut être aussi simplement un acte de terrorisme. Et le président de la Fed a eu la malchance d'être dans cet avion. »

Sawyer secoua négativement la tête. « Si sabotage il y a, je ne crois pas que la présence de Lieberman à bord soit une pure coïncidence.

— Seigneur ! » Burns se recula dans son fauteuil et allongea ses pieds vers le feu. On l'imaginait bien vêtu d'un costume trois-pièces rayé, avec une montre de gousset, mais il n'en était pas moins à sa place dans ce cadre avec sa veste en poil de chameau, son pantalon de flanelle grise, son pull-over de laine fine sur une chemise blanche et ses mocassins noirs. Sawyer fut frappé par la petitesse de ses pieds.

Tous deux se turent pendant quelques instants. « Inutile de préciser que toute cette conversation doit rester entre nous, dit enfin Sawyer en changeant de position. C'est extrêmement confidentiel.

— Je sais garder un secret, Lee.

— Revenons donc à ma question. À qui la mort de Lieberman peut-elle profiter ? »

Burns considéra la question. « L'économie américaine est la première au monde, dit-il après quelques instants de réflexion. Le reste de la planète en dépend. Si un pays hostile aux États-Unis voulait lui porter atteinte ou déstabiliser les marchés boursiers aux quatre coins de la terre, il y réussirait probablement en se livrant à ce genre d'atrocité. Je suis sûr que les marchés vont plonger, s'il s'avère que sa mort était préméditée. » Le vice-président de la Fed ajouta en hochant tristement la tête : « Je n'aurais jamais cru être témoin d'une chose pareille. »

Sawyer revint à sa question. « Qui, dans notre pays, aurait eu intérêt à sa disparition ?

— Depuis que la Fed existe, les théories du complot ne manquent pas et même si ce sont des hypothèses complètement folles, pas mal de gens, à l'intérieur des États-Unis, les prennent très au sérieux. »

Les yeux de Sawyer s'étrécirent. « Des théories du complot ? »

Burns s'éclaircit la gorge. « Certains croient qu'il y a de par le monde des familles riches qui se servent de la Fed comme d'un outil pour maintenir les pauvres dans leur condition. D'autres avancent que nous obéissons à un petit groupe de banques internationales. J'ai même entendu dire que nous serions les pions de créatures extraterrestres qui se seraient infiltrées au plus haut niveau du gouvernement. En passant, je vous certifie que je suis né à Boston, Massachusetts.

— C'est complètement dingue !

— Je ne le vous fais pas dire. Comme si une économie qui pèse sept trillions de dollars et qui fait vivre plus d'une centaine de millions de gens pouvait être secrètement aux mains d'une poignée de magnats en complet-veston !

— Et l'un de ces groupes aurait décidé d'assassiner votre président en représailles, pour une histoire de corruption ou d'injustice ?

— En fait, peu d'institutions sont aussi mal comprises et aussi craintes que le Conseil de la Réserve fédérale. C'est dû à l'ignorance. Quand vous avez émis l'hypothèse d'un assassinat, je vous ai dit sur le moment que c'était incroyable. Mais à bien y réfléchir, je me demande si je n'ai pas eu tort. De là, pourtant, à faire sauter un avion... »

Burns hocha la tête d'un air accablé et s'interrompit. Sawyer prenait des notes. « J'aimerais en savoir plus sur Lieberman, dit-il.

— Arthur Lieberman jouissait d'une immense popularité dans les cercles financiers. Avant d'entrer dans le service public, c'était l'un des hommes qui faisaient le plus d'argent à Wall Street. Il se fiait à son jugement et il ne se trompait guère. Dès le moment où il est devenu président, il s'est lancé dans une série de manœuvres absolument magistrales qui ont secoué les marchés financiers. Il leur a montré qui était le patron. » Burns se pencha en avant et rajouta un peu de bois dans la cheminée. « Je dois dire que sa politique à la tête de la Fed est celle que j'aimerais mener si j'en avais l'occasion.

— Avez-vous une idée de la personne qui va lui succéder ?

— Non, répondit promptement Burns.

— Au moment où il a pris l'avion pour Los Angeles, s'était-il passé quelque chose d'inhabituel à la Fed ? »

Burns haussa les épaules.

« Nous avons tenu notre assemblée du FOMC le 15 novembre, mais c'était programmé.

— C'est quoi, exactement, le FOMC ? » Sawyer le regardait d'un air interrogateur.

« Le Comité fédéral du marché monétaire. Il sert à déterminer notre politique. Pour résumer, les gouverneurs et les présidents des sept grandes banques de la Réserve fédérale se réunissent pour examiner toutes les données financières touchant à l'économie et décident s'ils doivent agir sur la masse monétaire et les taux d'intérêt.

— Je vois. Quand la Fed augmente ou réduit les taux d'intérêt, par exemple, cela affecte l'économie dans son ensemble, dans le sens de l'expansion ou de la régression.

— Du moins, c'est ce que nous pensons, répondit Burns d'un ton sardonique. En fait, nos mesures n'ont pas toujours eu les résultats escomptés.

— Et il ne s'est rien passé d'inhabituel lors de cette réunion ?

— Non.

— Vous pouvez tout de même me donner une petite idée de ce qui s'y est dit ? Ou bien me communiquer un compte rendu ? Même si, en apparence, c'est sans rapport avec l'attentat, cela nous aidera peut-être à découvrir un motif et par là même à retrouver les auteurs. »

La voix de Burns monta d'un ton. « Impossible. Les délibérations du Comité fédéral du marché monétaire sont absolument secrètes et ne peuvent être divulguées. À personne.

— Walter, je ne veux pas insister, mais avec tout le respect que je vous dois, si ce qui s'est dit lors de ces réunions intéresse l'enquête du FBI, soyez assuré que nous y aurons accès. » Sawyer soutint le regard du vice-président de la Fed jusqu'à ce que ce dernier baisse les yeux.

« On publie un rapport synthétique sur la réunion du comité environ six à huit semaines plus tard, articula lentement Burns. Mais toujours après la tenue du conseil suivant. Quant au résultat de chaque réunion — les mesures qui sont prises, ou non — il est communiqué aux médias le jour même.

— J'ai lu dans le journal que la Fed n'avait pas touché aux taux d'intérêt.

— C'est exact, nous ne les avons pas réajustés.

— Comment vous y prenez-vous, quand vous les réajustez ?

— La Fed agit directement sur deux sortes de taux d'intérêt, Lee. En premier lieu, le taux interbancaire. C'est le taux d'intérêt pratiqué par les banques à l'égard d'autres banques qui empruntent des fonds pour être en conformité avec les provisions réglementaires. Si ce taux est abaissé ou relevé, les taux d'intérêt des bons de caisse bancaires, des traites, des créances hypothécaires et des billets de trésorerie ne tardent pas à suivre. C'est lors des réunions du FOMC qu'on fixe le taux interbancaire. Ensuite, la banque de la Réserve fédérale de New York, par l'intermédiaire de sa table de change sur le marché intérieur, vend ou achète des titres d'État, ce qui réduit ou accroît les réserves d'argent disponibles pour les banques afin d'assurer le maintien de ce taux d'intérêt. Il s'agit d'une addition ou d'une soustraction de liquidités. C'est comme ça qu'Arthur a pris le taureau par les cornes quand il est devenu président, en prenant le marché de court quand il a ajusté le taux interbancaire. »

Burns s'éclaircit la voix et jeta un coup d'œil à l'agent du FBI. « Vous me suivez ? »

Son interlocuteur se contenta de hocher la tête.

« Quant au second taux sur lequel agit la Fed, c'est cette fois le taux d'escompte. C'est ainsi qu'on appelle le taux auquel les banques peuvent emprunter à la Fed. On l'appelle aussi “occasion de la dernière chance”, parce qu'il s'applique à des cas d'urgence. Y faire appel est considéré comme un signe de faiblesse dans les milieux bancaires et les banques qui se livrent trop souvent à cette pratique font l'objet d'une surveillance accrue. C'est pourquoi la plupart préfèrent emprunter à d'autres banques à un taux légèrement supérieur, dans la mesure où personne n'y trouve à redire.

— Bien. » Sawyer décida d'orienter la conversation vers une autre voie. « Dites-moi, Lieberman a-t-il eu un comportement bizarre ? Avait-il l'air préoccupé ? Avez-vous entendu parler de menaces à son sujet ? »

Burns fit « non » de la tête.

« Ce voyage à Los Angeles était-il prévu ?

— Absolument. Arthur devait y rencontrer Charles Tiedman, président de la banque de la Réserve fédérale de San Francisco. Il excellait quand il s'agissait d'avoir des contacts avec les présidents et Charles et lui étaient de vieux amis.

— Un instant. Si Tiedman dirige la banque de San Francisco, pourquoi diable Arthur Lieberman a-t-il pris l'avion pour Los Angeles ?

— Il y a une succursale de la Fed à Los Angeles. En outre, c'est là que vit Charles avec son épouse et Arthur descendait chez eux.

— Pourtant, il venait de rencontrer Tiedman lors de la réunion du comité le 15 novembre ?

— C'est exact. Mais cela faisait longtemps que le voyage d'Arthur à Los Angeles était prévu. Si la date était proche de la réunion du FOMC, c'est le simple fait du hasard. Je sais toutefois qu'il avait hâte de parler à Charles.

— Vous savez à propos de quoi ? »

Burns hocha négativement la tête.

« Rien d'autre qui puisse m'aider ? »

Le vice-président de la Fed réfléchit un instant. « Non, je ne vois pas ce qui, dans la vie privée d'Arthur, aurait pu conduire à une telle abomination. »

Sawyer se leva et serra la main de Burns. « Je vous remercie de tout ce que vous m'avez dit, Walter. »

Au moment où il se dirigeait vers la porte, Burns le prit par l'épaule.

— Agent Sawyer... Ici, à la Fed, nous détenons des informations d'une valeur incommensurable et la moindre indiscrétion pourrait permettre à des personnes indélicates de réaliser d'énormes profits. J'ai appris au fil des ans à ne rien laisser filtrer, afin de prévenir ce genre d'événement.

— Je comprends. »

Burns posa une main molle sur la poignée de la

porte. « Vous avez des suspects, à cette heure ? » interrogea-t-il.

L'agent fédéral finit de boutonner son manteau. « Désolé, Walter, mais au FBI aussi, nous avons nos secrets. »

***

Assis derrière son bureau, Henry Wharton battait nerveusement du pied sur la moquette. La petite taille de l'associé-gérant de Tyler, Stone, contrastait avec son impressionnante stature professionnelle. À demi chauve, avec une moustache grise bien taillée, il incarnait parfaitement l'image de l'associé majoritaire dans un grand cabinet d'avocats-conseils. Nul ne parvenait facilement à intimider ce juriste qui avait passé trente-cinq ans de sa vie à représenter l'élite américaine des affaires. Mais l'homme qui se trouvait en face de lui n'était pas loin d'y parvenir.

« Ainsi, elle vous a simplement dit qu'elle n'était pas au courant que son mari prenait l'avion ? » demanda Wharton.

Gamble contemplait fixement ses mains. Soudain, il leva la tête et la brusquerie de son geste fit légèrement sursauter l'avocat.

« Je ne lui ai rien demandé d'autre.

— Je vois, répondit Wharton d'un ton empreint de tristesse. Quand je lui ai parlé, elle était dans un état épouvantable. La pauvre ! Recevoir un choc pareil, de manière aussi inattendue ! Et... »

Il s'interrompit tandis que Gamble se levait et allait contempler par la fenêtre le panorama de Washington illuminé par le soleil en cette fin de matinée.

« J'ai eu l'impression, Henry, dit le patron de Triton, qu'il vaudrait mieux que ce soit vous qui l'interrogiez plus avant. » La grosse main de Gamble se posa sur l'épaule menue de Wharton et la serra doucement.

Wharton acquiesça. « Je comprends ce que vous voulez dire. »

Gamble fit quelques pas dans le bureau luxueux. Il se planta devant les nombreux diplômes, délivrés par des universités prestigieuses, qui ornaient un mur. « Très impressionnant. Pour ma part, je ne suis même pas allé au bout du secondaire. Vous le saviez ? » Il lança un coup d'œil à l'avocat par-dessus son épaule.

« Non, répondit calmement Wharton.

— Je ne m'en suis pas mal tiré, je pense, pour quelqu'un qui a laissé tomber.

— Vous avez le sens de la litote. Votre succès est inégalé.

— Je suis parti de rien et je finirai sans doute avec rien.

— Cela m'étonnerait beaucoup. »

Gamble redressa avec soin un diplôme qui penchait légèrement, avant de se retourner vers Wharton. « Revenons à nos moutons. Pour moi, Sidney Archer savait parfaitement que son mari était dans cet avion. »

Wharton eut un mouvement de surprise. « Vous voulez dire qu'elle vous aurait menti ? Sans vouloir vous fâcher, Nathan, je refuse de le croire et... »

Gamble lui lança un regard qui l'empêcha de poursuivre. « Jason Archer travaillait pour moi sur un très gros projet, dit-il en regagnant son fauteuil. Il réorganisait toutes les archives comptables de Triton dans le cadre de l'affaire CyberCom. Ce type est un génie de l'informatique. Il avait accès à tout. À tout, vous m'entendez ? » Gamble pointa son doigt en direction de Wharton, qui se frottait nerveusement les mains, mais ne se risqua pas à ouvrir la bouche. « Henry, vous savez qu'il faut absolument que je réussisse à racheter CyberCom. Du moins c'est ce que tout le monde s'obstine à me dire.

— Une alliance parfaite, hasarda Wharton.

— On peut dire ça. » Gamble prit un cigare et l'alluma lentement, avant de souffler la fumée en direction de son interlocuteur. « Reprenons. D'un côté, nous avons Jason Archer, qui a accès à tous mes dossiers, de l'autre Sidney Archer, qui mène les négociations pour moi. Vous me suivez ? »

Wharton fronça les sourcils. « Eh bien, je crains de ne...

— Je ne suis pas le seul à vouloir CyberCom. D'autres sociétés ont les mêmes visées et elles paieraient cher pour connaître mon offre. Ensuite, elles n'auraient qu'à se pointer et je serais baisé. Je n'aime pas me faire baiser, du moins pas de cette manière. Je n'ai pas besoin de vous faire un dessin ?

— Bien sûr que non, Nathan. Mais comment...

— Vous n'ignorez pas non plus que l'une de ces sociétés qui aimeraient bien mettre la main sur CyberCom est RTG.

— Nathan, si vous insinuez que...

— Votre cabinet représente aussi RTG.

— Voyons, vous savez que nous avons pris les mesures adéquates à ce propos. Notre cabinet ne représente pas RTG dans leur offre d'achat de CyberCom, à aucun niveau.

— Philip Goldman travaille toujours pour vous, non ? Et il est toujours le conseil principal de RTG, non ?

— Bien sûr, nous ne pouvions pas lui demander de partir. C'était un simple conflit de clientèle et il a été réglé. Philip Goldman ne travaille pas avec RTG sur l'offre d'achat de CyberCom.

— Vous en êtes sûr ?

— Certain », dit rapidement Wharton.

Gamble lissa le devant de sa chemise. « Vous faites suivre Goldman vingt-quatre heures sur vingt-quatre ? Vous faites surveiller ses lignes de téléphone ? Vous ouvrez son courrier ? Vous faites filer ses collaborateurs ?

— Évidemment non !

— Alors comment pouvez-vous être certain qu'il ne travaille pas pour RTG et contre moi ?

— J'ai sa parole. Et nous disposons de certains moyens de contrôle. »

Gamble se mit à jouer avec une élégante bague qu'il portait au doigt. « De même, vous ne pouvez savoir ce que font vraiment vos autres collaborateurs, y compris Sidney Archer, n'est-ce pas ?

— C'est la personne la plus intègre que je connaisse et l'une des plus intelligentes. » Wharton était maintenant complètement hérissé.

« Certes, mais elle ignorait que son propre mari prenait l'avion pour Los Angeles, où se trouve le siège américain de RTG. Curieuse coïncidence, vous ne trouvez pas ?

— Vous ne pouvez faire porter à Sidney la responsabilité des actes de son époux. »

Gamble ôta le cigare de sa bouche et chassa une poussière imaginaire de la veste de son costume. « Combien Triton facture-t-il annuellement Henry, maintenant ? Vingt millions de dollars ? Quarante ? Je peux avoir le chiffre exact de retour au bureau. Disons que c'est dans ces eaux-là. » Il se leva et poursuivit. « Bon, reportons-nous quelques années en arrière. Vous savez quel genre d'homme je suis. Ceux qui croient m'avoir se trompent lourdement. Cela peut prendre du temps, mais je leur retourne le coup et ça fait deux fois plus mal. »

Gamble posa son cigare sur le bureau de Wharton, s'appuya sur le revêtement de cuir et se pencha en avant. « Si je perds CyberCom parce que j'ai été trahi par mes propres collaborateurs, articula-t-il à quelques centimètres du visage de Wharton, je vous préviens, je rechercherai les responsables et ma colère sera comme le Mississippi quand il sort de son lit. Il y aura un sacré paquet de victimes, innocentes pour la plupart, mais je ne prendrai pas le temps de faire le tri. Vous voyez le tableau ? »

Sous le regard intense du patron de Triton, Wharton avala sa salive. « Je crois que oui », dit-il.

Gamble enfila son manteau et reprit son cigare. « Bonne journée, Henry. Quand vous parlerez à Sidney, dites-lui que je suis passé. »

***

Il était une heure de l'après-midi lorsque Sidney sortit la Ford du parking du Boar's Head Inn et se dirigea rapidement vers la route 29. Elle passa devant le gymnase où elle avait joué au tennis pendant ses études de droit, puis laissa la voiture un peu plus loin, dans un garage du Corner, un endroit fréquenté par les étudiants, où l'on comptait de nombreux restaurants, bars et librairies.

Elle acheta le *Washington Post* et s'installa dans un café pour le lire. Elle parcourut les gros titres et sursauta.

Mort d'Arthur Lieberman, président du Conseil de la Réserve fédérale, dans un accident d'avion. La nouvelle s'étalait en énormes caractères, à côté d'une photo de Lieberman, dont le regard perçant semblait fixer Sidney.

Stupéfaite, elle lut l'article. Lieberman avait pris le vol 3223 de Western Airlines dans le cadre de l'un de ses voyages habituels à Los Angeles, où il rencontrait chaque mois Charles Tiedman, président de la banque de la Réserve fédérale de San Francisco. Âgé de soixante-deux ans, divorcé, Arthur Lieberman était à la tête de la Fed depuis quatre ans. Suivait un développement sur sa brillante carrière dans la finance et le respect que suscitait le personnage dans le monde entier. En fait, on avait différé quelque temps l'annonce de sa disparition, le gouvernement faisant son possible pour prévenir tout mouvement de panique dans les milieux financiers. Sans grand résultat. Une certaine volatilité avait commencé à se développer sur les marchés financiers mondiaux. L'article se terminait sur l'annonce des obsèques de Lieberman le dimanche suivant à Washington.

Sur la première page, un autre article revenait sur les circonstances de la catastrophe. On n'y apprenait rien de nouveau, sauf que le NTSB poursuivait son enquête. Il faudrait peut-être attendre un certain temps avant que l'on ne découvre la raison pour laquelle le vol 3223 s'était écrasé dans un champ au lieu de se poser à Los Angeles.

Sidney termina son café et sortit son téléphone portable de son sac. Elle appela chez ses parents, qui lui passèrent sa fille. La petite Amy était encore timide au téléphone, mais elle échangea quelques mots avec sa mère. Sidney interrogea ensuite son répondeur. Il y avait de nombreux messages. L'un d'eux émanait d'Henry Wharton. Le cabinet Tyler, Stone lui avait généreusement permis de prendre tout le temps nécessaire pour faire face à la tragédie qui la frappait. D'autres avocats du cabinet suivaient ses dossiers. Mais la voix de Wharton était soucieuse et même empreinte de nervosité. Elle savait ce que cela signifiait. Nathan Gamble était passé le voir.

Elle composa le numéro qu'elle connaissait par cœur et attendit d'avoir Wharton en ligne en s'efforçant de rester calme. Selon que l'on était ou non en faveur, Wharton pouvait être un mentor ou une terreur. Jusque-là, il avait toujours soutenu Sidney. Quelle allait être son attitude maintenant ?

« Sidney, comment tenez-vous le coup ? dit la voix familière.

— Je suis encore assommée, Henry, pour vous dire la vérité.

— C'est peut-être mieux, pour le moment. Vous vous en sortirez, même si vous pensez le contraire. Vous êtes forte.

— Merci de votre aide, Henry. Je regrette de vous laisser au milieu du gué avec les négociations CyberCom et tout le reste.

— Je sais, Sidney. Ne vous faites pas de souci pour ça.

— Qui prend le relais ? » Elle tenait à éviter d'aborder sur-le-champ le sujet de Nathan Gamble.

Wharton resta silencieux quelques instants. « Sidney, que pensez-vous de Paul Brophy ? » dit-il enfin à voix basse.

Elle ne s'attendait pas à cette question, mais elle fut en quelque sorte soulagée. Gamble n'avait peut-être pas parlé à Wharton. « Disons que je l'apprécie, Henry.

— Oui, je sais. C'est un garçon charmant, qui ne manque pas de talents divers. »

Lentement, Sidney interrogea : « Vous voulez savoir s'il peut mener les négociations pour l'acquisition de CyberCom ?

— Comme vous le savez, il y a été mêlé jusqu'à maintenant. Mais on est en train de passer au niveau supérieur. Je tiens à limiter le nombre d'avocats ayant accès au dossier, vous comprenez pourquoi. Ce n'est pas un secret qu'un problème pourrait se poser avec Goldman, à cause de ses liens avec RTG. Je ne peux pas prendre le moindre risque. Je veux aussi que les avocats chargés de ce dossier puissent être à la hauteur des attentes du client. La moindre erreur entacherait nos relations avec lui. Compte tenu de ces circonstances, j'aimerais avoir votre opinion sur Brophy.

— Cette conversation restera entre nous ?

— Totalement. »

Sidney appréciait d'avoir à penser à autre chose qu'à son drame personnel. Elle parla avec autorité : « Henry, vous savez comme moi que des accords aussi complexes que celui-ci tiennent du jeu d'échecs. Il faut anticiper le jeu de l'adversaire, plusieurs coups à l'avance. Et l'on ne joue qu'une partie. Pas deux. Paul a sans aucun doute un avenir brillant au cabinet, mais il n'a ni l'ampleur nécessaire pour envisager cette affaire dans son ensemble, ni un sens suffisant du détail. À mes yeux, il ne peut participer aux négociations finales pour le rachat de CyberCom.

— Merci, Sidney. C'est exactement ce que je pense moi-même.

— Henry, vous vous doutiez de mon opinion. Pourquoi vous interrogiez-vous à son sujet ?

— Disons qu'il a montré un vif intérêt pour la direction des négociations. Il n'est pas difficile de comprendre pourquoi. C'est un bel atout dans la carrière de quelqu'un.

— Je vois.

— Je vais charger Roger Egert de l'affaire.

— C'est un négociateur de premier plan.

— Il a fait beaucoup de compliments sur le travail que vous avez accompli jusqu'à maintenant dans ce dossier. “Parfaitement positionné”. Ce sont ses propres termes. » Wharton resta silencieux un moment. « Sidney, reprit-il, je suis désolé de devoir vous demander cela. Je m'étais promis de ne pas le faire, mais vous m'êtes tellement indispensable...

— De quoi s'agit-il, Henry ?

— Pourriez-vous consacrer quelques minutes pour faire le point avec Egert sur les questions stratégiques et tactiques ? Je ne me permettrais pas de vous le demander si cela n'était pas d'une importance cruciale. De toute façon, il faudra que vous lui donniez le mot de passe pour avoir accès au dossier dans l'ordinateur. »

Sidney poussa un soupir silencieux. Henry était plein de bonnes intentions mais le travail passait toujours en premier. « Je vais l'appeler dès aujourd'hui, Henry.

— Je saurai m'en souvenir, Sidney. »

La communication n'était plus très bonne sur son

portable et Sidney alla poursuivre la conversation à l'extérieur du café. Quand elle entendit de nouveau la voix de Wharton, le ton avait légèrement changé. « J'ai reçu une visite de Nathan Gamble ce matin. »

Elle ferma les yeux et s'adossa au mur de brique, les dents serrées. « Ça m'étonne qu'il ait attendu si longtemps, Henry.

— Il était un peu perturbé, Sidney, pour employer un euphémisme. Il est persuadé que vous lui avez menti.

— Henry, je sais que cela fait mauvais effet. » Elle hésita, puis se lança. Mieux valait ne rien lui cacher. « Jason m'a dit qu'il avait un entretien d'embauche à Los Angeles. Visiblement, il ne tenait pas à ce que cela se sache chez Triton. Il m'a fait jurer de ne rien dire. C'est pourquoi je n'en ai pas parlé à Gamble.

— Sidney, vous êtes l'avocate de Triton. Il n'y a pas de secrets entre...

— Henry, c'est de mon mari que nous parlons. S'il avait accepté un poste ailleurs, cela n'aurait pas porté atteinte à Triton. Et il n'avait pas de clause de non-concurrence.

— Malgré tout, Sidney, cela me fend le cœur de vous le dire, mais je ne suis pas sûr que vous vous y soyez bien prise. Gamble m'a laissé entendre qu'il soupçonnait Jason d'avoir dérobé des secrets de sa société.

— Jason n'aurait jamais fait une chose pareille ! »

Wharton haussa le ton. « Ce n'est pas le problème. Ce qui compte, c'est la manière dont le client perçoit les choses. Et le fait que vous ayez menti à Gamble n'arrange rien. Avez-vous pensé à ce qui arriverait à notre cabinet s'il nous retirait sa clientèle ? Il en est tout à fait capable.

— Henry, quand Gamble a voulu qu'on fasse une téléconférence avec Jason, je n'ai pas eu plus de quelques secondes pour réfléchir...

— Mais bon sang, pourquoi n'avoir pas dit la

vérité ? Comme vous l'avez fait remarquer vous-même, cela n'était pas très important pour eux.

— Parce que, quelques secondes après, j'ai découvert que mon mari était mort ! »

Un silence tendu s'installa entre eux. Wharton le rompit le premier. « Un peu de temps a passé depuis, dit-il. Il n'est peut-être pas trop tard. Si vous ne vouliez pas le leur dire, vous pouviez m'en charger. Je peux encore le faire et tout arranger, je l'espère. Gamble ne peut invoquer contre *nous* le fait que votre mari ait eu envie de changer de travail. À l'avenir, je ne suis pas sûr qu'il meure d'envie que vous continuiez à travailler sur ses dossiers, Sidney, et il n'est pas mauvais que vous vous arrêtiez pendant quelque temps. De toute façon, les choses finiront par se tasser. Je l'appelle dès maintenant.

— Henry ? »

La voix de Sidney était à peine audible. Elle avait l'impression d'avoir une énorme boule dans l'estomac. « Henry, vous ne pouvez pas parler à Gamble de cet entretien d'embauche.

— Pardon ?

— Vous ne pouvez pas en parler.

— Et pourquoi donc, Sidney ?

— Parce que j'ai découvert que Jason n'avait aucun entretien d'embauche dans une autre entreprise. Apparemment... » Elle ravala un sanglot. « Apparemment, il m'a menti. »

Quand Wharton reprit la parole, il avait du mal à retenir sa colère. « Je ne saurais vous dire quel dommage irréparable peut résulter de cette situation, si ce n'est déjà fait.

— Henry, j'ignore ce qui se passe. Je vous ai dit ce que je savais, c'est-à-dire pas grand-chose.

— Et que vais-je raconter à Gamble ? Il attend une réponse.

— Rendez-moi responsable. Dites que vous ne pouvez pas me joindre. Que je ne rappelle pas. Que vous avez pris les choses en main et que vous ne me laisserez pas revenir au bureau tant que vous ne saurez pas le fin mot de l'affaire. »

Wharton réfléchit un moment. « Cela risque de marcher, du moins quelque temps. J'apprécie que vous preniez vos responsabilités dans ces circonstances, Sidney. Je sais que vous n'êtes pas à l'origine de cette situation, mais le cabinet, lui, ne peut se permettre d'en souffrir. C'est mon premier souci.

— Je comprends, Henri. Entre-temps, je vais faire tout mon possible pour découvrir ce qui s'est passé.

— Vous êtes sûre que vous en êtes capable, actuellement ? » Wharton se sentait obligé de poser la question, mais il connaissait d'avance la réponse.

« Ai-je le choix, Henry ?

— Mes prières vous accompagnent, Sidney. Si vous avez besoin de quoi que ce soit, appelez-nous. Nous sommes une vraie famille, ici, chez Tyler, Stone. Nous prenons soin les uns des autres. »

Sidney éteignit son téléphone portable. Les mots de Wharton l'avaient profondément blessée, mais peut-être au fond était-elle trop naïve. Elle et Henry avaient de bons rapports, amicaux même, mais son coup de fil lui avait rappelé le caractère superficiel de ces relations de travail. Tout allait bien tant que vous étiez productif, ne faisiez pas de vagues et participiez à la bonne santé de l'entreprise. Point final. Maintenant, elle se retrouvait seule pour élever son enfant. Elle devait veiller à ce qu'il ne soit pas mis abruptement un terme à sa carrière de juriste. Un problème de plus.

Elle descendit l'allée, coupa Ivy Road et alla jusqu'à la célèbre Rotonde de l'université. À chaque fois qu'elle était venue sur ce campus, sa beauté simple l'avait transportée, mais aujourd'hui, par cette matinée d'hiver, elle la remarquait à peine. Elle se trouvait face à de multiples questions et il était temps qu'elle commence à obtenir des réponses. Elle s'assit sur les marches de la Rotonde et, une fois de plus, tira son téléphone de son sac et composa un numéro.

« Triton Global, j'écoute.

— C'est vous, Kay ?

— Sidney ? » Kay était la secrétaire de Jason. La cinquantaine joliment enrobée, elle adorait Jason et avait même fait du baby-sitting auprès d'Amy à plusieurs reprises. Dès le début, elle avait plu à Sidney, avec qui elle partageait les mêmes idées sur la maternité, le travail et les hommes.

« Kay ? Comment allez-vous ? Je suis désolée de n'avoir pas appelé plus tôt.

— Oh, mon Dieu, Sidney, c'est moi qui suis désolée. Affreusement désolée. »

Il y avait des larmes dans sa voix.

« Je sais, Kay, je sais. Tout s'est passé si brutalement, si... » Sa voix se brisa, mais elle se reprit. Il fallait qu'elle sache certaines choses et Kay Vincent était pour elle la source de renseignements la plus fiable. « Kay, vous savez que Jason avait pris quelques jours.

— Oui, il a dit que c'était pour repeindre la cuisine et réparer le garage. Il m'en a parlé pendant une bonne semaine.

— Il ne vous a jamais parlé de ce voyage à Los Angeles ?

— Non, cela a été un choc pour moi d'apprendre qu'il était dans cet avion.

— Est-ce que beaucoup de personnes sont venues vous parler de Jason ?

— Des tas. Les gens sont affreusement peinés.

— Et Quentin Rowe ?

— Il est venu plusieurs fois. » Kay s'interrompit un instant avant de demander : « Pourquoi toutes ces questions ?

— Il faut que cela reste entre nous, d'accord ?

— D'accord. » Le ton de Kay était empreint de réticence.

« Je croyais que Jason était en route pour Los Angeles parce qu'il devait y rencontrer des gens pour un poste dans une autre entreprise. Du moins c'est ce qu'il m'a dit. Je viens de découvrir que ce n'était pas vrai.

— Mon Dieu ! »

Pendant que Kay digérait la nouvelle, Sidney hasarda une nouvelle question. « Kay, auriez-vous une idée de la raison pour laquelle il m'aurait menti ? Avait-il un comportement bizarre au bureau ? »

Il y eut un silence à l'autre bout du fil.

« Kay ? » Brusquement, Sidney sentait le froid des marches sur lesquelles elle était assise. Elle se leva.

« Sidney, nous devons respecter des règles très strictes. Nous ne sommes pas censés évoquer à l'extérieur ce qui se passe dans l'entreprise. Je ne veux pas avoir d'ennuis.

— Je suis au courant, Kay. N'oubliez pas que je suis l'un des avocats de Triton.

— Cela change un peu les choses, effectivement. » Kay se tut. Sidney se demanda si elle n'avait pas raccroché, mais la secrétaire reprit : « Rappelez-moi ce soir chez moi. Je n'ai pas envie de parler de ce genre de choses au bureau. Je serai à la maison vers vingt heures. Vous avez toujours mon numéro ?

— Oui, Kay. Merci. »

Kay Vincent raccrocha sans un mot de plus.

Jason parlait rarement des affaires de Triton avec Sidney, bien qu'en tant qu'avocate de la société, elle fût impliquée dans quantité de dossiers. Il prenait très au sérieux les questions d'éthique professionnelle. Il avait toujours veillé à ne pas placer sa femme dans des situations difficiles. Du moins jusqu'alors. Elle rejoignit lentement à pied le garage où se trouvait sa voiture.

Au moment où elle se dirigeait vers la Ford, elle se retourna brusquement, avec le sentiment d'être suivie. Ne voyant personne, elle regagna la rue. Personne non plus, mais quelqu'un aurait pu disparaître dans l'une des nombreuses boutiques qui la bordaient. Elle s'était aperçue de la présence d'un homme quand elle était assise sur les marches de la Rotonde. Il se tenait derrière l'un des nombreux arbres disséminés sur la pelouse. Occupée à parler à Kay, elle l'avait évacué de son esprit. C'était sans doute un de ces obsédés qui rôdent autour des jeunes femmes. Grand, au moins un mètre quatre-vingts, mince, vêtu d'un manteau sombre, il dissimulait son regard derrière des lunettes noires. Son col relevé cachait une partie de son visage. Il portait aussi un chapeau marron, mais elle avait pu distinguer une mèche de cheveux de couleur claire, blond-roux peut-être. Un instant, elle se demanda si elle ne devait pas ajouter la paranoïa à la liste croissante de ses problèmes. Ce n'était pas le moment d'y penser. Il fallait qu'elle rentre chez elle. Demain, elle récupérerait sa fille. Elle se souvint alors que sa mère avait évoqué avec elle l'organisation de l'office funèbre pour Jason. Elle devait y réfléchir. Cette idée lui fit cruellement toucher du doigt la réalité de la mort de son mari. Même s'il lui avait menti et quelles qu'aient été les raisons de ce mensonge, il avait disparu pour toujours. Elle revint à sa voiture et reprit la direction de sa maison.

18

Les nuages envahissaient rapidement le ciel au-dessus du site du crash. Dans le vent glacé, une multitude de gens circulaient, marquant l'emplacement des débris avec de petits drapeaux rouges qui formaient une masse écarlate dans le champ. Une grue équipée d'une benne assez grande pour contenir deux hommes se dressait près du cratère, tandis qu'une autre plongeait sa benne dans les entrailles de l'énorme trou, déjà encombré de câbles reliés à des treuils électriques posés sur des remorques. Un peu plus loin, des engins lourds étaient prêts à intervenir au moment de l'excavation finale. On n'avait pas encore retrouvé la pièce la plus importante, la boîte noire.

À l'extérieur des barrières jaunes, on avait dressé des tentes destinées à recevoir les indices pouvant être analysés sur place. Dans l'une d'elles, George Kaplan était en train de remplir deux gobelets de café. Il reposa sa bouteille Thermos, tendit un gobelet fumant à Lee Sawyer et alla jeter un œil au-dehors. La neige avait cessé de tomber, mais la température était toujours aussi basse et la météo annonçait de nouvelles chutes. C'était mauvais signe. Les intempéries allaient rendre les recherches encore plus difficiles.

Sawyer suivit le regard de l'enquêteur du NTSB.

« Tu as vu juste pour le réservoir, George. Il y avait peu d'indices, mais les analyses de laboratoire montrent qu'il s'agit de ce bon vieil acide chlorhydrique. D'après les tests, il aurait rongé l'alliage d'aluminium dans un délai de deux à quatre heures. Moins, s'il était chauffé. Apparemment, ce n'est pas accidentel. »

Kaplan émit un grognement. « Merde, comme si un mécanicien s'était baladé avec de l'acide et l'avait accidentellement répandu sur le réservoir !

— Je n'ai jamais cru que c'était un accident, George.

Kaplan fit un geste d'excuse. « Et l'on peut transporter de l'acide chlorhydrique dans un récipient de plastique et même le doser si l'on se sert d'un pistolet avec un embout modifié. Le plastique échappe au détecteur de métaux. C'était un bon choix. »

Il fit une grimace de dégoût, puis se tourna vers Sawyer. « C'est bien de pouvoir déterminer le timing, dans la mesure où cela limite le nombre des suspects ayant eu accès à l'appareil. »

Sawyer approuva de la tête. « On s'en occupe, dit-il en buvant une gorgée de café.

— Tu penses vraiment que quelqu'un a pu faire sauter tous les passagers d'un avion afin d'en descendre un seul ?

— Comment savoir ?

— Bon Dieu, si on veut tuer un mec, c'est plus simple de l'attendre au coin de la rue et de lui mettre une balle dans la tête, non ? Je n'arrive pas à comprendre le pourquoi d'un tel ravage. » Il pointa le doigt en direction du cratère, puis revint s'effondrer sur son siège pliant en se massant nerveusement le front, les yeux mi-clos.

À son tour, Sawyer prit un siège et s'installa en face de lui. « Nous n'avons aucune certitude absolue, mais en tout cas, Arthur Lieberman était le seul passager capable de susciter un acte aussi démesuré.

— Mais enfin, à quoi bon se donner tout ce mal pour tuer le président de la Fed ? »

Un coup de vent glacé s'engouffra dans la tente. Sawyer resserra son manteau autour de lui. « Quand on a appris la disparition de Lieberman, les marchés financiers en ont pris un sacré coup. Le Dow Jones a perdu près de 1 200 points, soit environ 25% de sa valeur totale. En deux jours. À côté, le krach de 1929 n'était qu'un hoquet. Les bourses étrangères sont également secouées. » Il lança un regard éloquent à l'enquêteur du NTSB. « Et attends que la nouvelle du sabotage filtre. Qu'on apprenne que Lieberman a pu être assassiné. Dieu sait ce qu'une telle information risque de déclencher !

— Tout ça pour un seul homme ?

— Oui, mais Superman.

— On a donc une tapée de suspects possibles parmi les gouvernements étrangers, les terroristes internationaux et tout le toutim... » Kaplan hocha la tête, découragé par le nombre de personnes potentiellement animées de mauvaises intentions disséminées sur la planète.

Sawyer haussa les épaules. « Disons qu'il y a peu de chances que ce soit un pickpocket. »

Après quelques instants de silence, les deux hommes se levèrent et allèrent de nouveau contempler le site de la catastrophe. On était en train d'inverser le sens du câble qui treuillait la benne. Peu après, celle-ci apparut au-dessus du cratère. Deux hommes se trouvaient dedans. La grue amorça un virage et la déposa doucement sur le sol. Ses occupants se précipitèrent vers la tente de Sawyer et de Kaplan. Le premier, jeune, au visage d'enfant de chœur encadré de cheveux blonds presque blancs, tenait à la main un sachet de plastique contenant un petit objet de métal rectangulaire en grande partie calciné. L'autre, plus âgé, le suivait avec peine en haletant, le visage rouge, visiblement peu habitué à courir dans les champs.

Un frisson d'excitation parcourut les enquêteurs.

« Je n'arrive pas à y croire, s'écria le plus jeune. Le reste de l'aile droite était sur le dessus, quasiment intact. Je pense que la partie gauche a pris de plein fouet l'explosion avec le réservoir plein. On dirait que quand le nez de l'avion s'est planté dans le sol, il a créé une ouverture un peu plus large que la circonférence du fuselage. Quand les ailes ont heurté les côtés du cratère, elles se sont repliées vers l'arrière et au-dessus du fuselage. Un vrai miracle, si vous voulez mon avis. »

Kaplan prit le sachet et s'approcha de la table. « Où avez-vous trouvé ça ?

— C'était attaché à l'intérieur de l'aile, juste à côté

du panneau d'accès au réservoir. On a dû le placer sur la partie interne du moteur droit. J'ignore ce que c'est, mais je peux vous affirmer que ça n'a rien à faire sur un avion.

— Donc, on l'a mis à gauche de l'endroit où l'aile a été cisaillée et s'est détachée ?

— Exactement, chef. À quelques centimètres près, ça fichait le camp aussi. »

L'homme plus âgé intervint. « Apparemment, dit-il, le fuselage a pas mal protégé l'aile droite de l'explosion initiale consécutive au crash. Quand les parois du cratère se sont effondrées, la terre a dû étouffer le feu quasiment sur-le-champ. » Il fit une pause avant d'ajouter, d'un ton solennel : « Mais la partie avant de la cabine a disparu. Complètement volatilisée, comme si elle n'avait jamais existé. »

Kaplan tendit le sachet à Sawyer. « Tu sais ce que c'est ? » interrogea-t-il.

Le visage de l'agent spécial du FBI s'assombrit. « Oui », dit-il.

19

Sidney Archer s'était rendue en voiture chez Tyler, Stone et s'était enfermée à clef dans son bureau. Il était un peu plus de vingt heures, mais elle entendait un fax bourdonner de l'autre côté de la porte. Elle prit son téléphone et composa le numéro de Kay Vincent. Une voix d'homme répondit.

« Bonsoir, dit-elle, je suis Sidney Archer. Puis-je parler à Kay ?

— Un instant, s'il vous plaît. »

En attendant que Kay soit en ligne, Sidney parcourut son bureau du regard. En temps normal, elle s'y sentait bien. Pourtant, ce soir, la pièce lui paraissait étrangère. Les diplômes qui ornaient le mur étaient bien les siens, mais ils ne signifiaient plus rien. À force de recevoir des coups, elle n'avait plus que des réactions épidermiques. Elle se demanda si cette conversation n'allait pas lui causer une nouvelle surprise.

« Sidney ? » La voix de Kay exprimait une certaine honte. « Je m'en veux, je ne vous ai même pas demandé des nouvelles d'Amy, quand vous m'avez appelée. Comment va-t-elle ?

— Elle est chez mes parents. » Luttant contre l'émotion, Sidney ajouta : « Elle ne sait rien, bien sûr.

— Sidney, je suis désolée pour ce matin. Je me suis mal comportée avec vous, mais vous savez comment cela se passe, au bureau. Ils sont malades à l'idée qu'on prenne sur son temps de travail pour s'occuper d'affaires personnelles.

— Je sais. En fait, je n'avais personne d'autre à qui parler chez Triton. » Elle faillit ajouter : « Et à qui faire confiance. »

« Je comprends. »

Sidney prit une profonde inspiration avant d'entrer dans le vif du sujet. Elle ne remarqua pas que la poignée de la porte tournait lentement, jusqu'à ce que le verrouillage la bloque.

« Kay, vous vouliez me dire quelque chose, peut-être ? Au sujet de Jason ? »

À l'autre bout du fil, Kay marqua un moment d'hésitation. « Vraiment, je n'aurais pu mieux tomber. C'était un bonheur de travailler sous les ordres de quelqu'un d'aussi bosseur, mais qui prenait le temps de s'occuper de chacun. » Elle s'interrompit, comme si elle essayait de rassembler ses idées avant de se lancer. Finalement, elle n'alla pas plus loin. Sidney hasarda une question.

« Et vous avez constaté un changement ? Il s'est comporté différemment ? interrogea-t-elle.

— Oui. » Kay avait lâché le mot si vite que Sidney l'entendit à peine.

« À quel point de vue ?

— Oh, c'était tout un ensemble de petits détails. Il a commencé par commander un système de verrouillage pour sa porte.

— C'est courant, Kay. Moi-même, j'en ai un.

— Bien sûr, mais il en avait déjà un.

— Dans ce cas, pourquoi en avoir commandé un second ?

— Le sien était un mécanisme très simple. Il suffisait d'appuyer sur un petit bidule placé sur la poignée pour la bloquer. C'est sans doute ce que vous avez. »

Sidney lança un coup d'œil vers la porte de son bureau. « Exactement. J'ai l'impression que c'est le système de fermeture de la plupart des bureaux.

— Plus maintenant. Jason a fait installer un verrouillage électronique qui nécessite l'emploi d'une carte à puce. Je ne sais trop comment cela fonctionne, mais on en a besoin ici pour entrer dans le bâtiment et pour avoir accès à certaines zones réservées, entre autres. »

Sidney fouilla dans son sac et en sortit la carte en plastique qu'elle avait trouvée dans le bureau de Jason.

« Qui d'autre chez Triton dispose de ce genre de dispositif dans son bureau ?

— Une demi-douzaine de personnes. Ce sont surtout les gens des services financiers.

— Jason vous a-t-il expliqué pourquoi il avait commandé ce système ?

— Je lui ai posé la question, parce que je craignais qu'il n'y ait eu un cambriolage dont nous n'aurions pas été informés. Il m'a répondu qu'on lui avait confié plus de responsabilités dans l'entreprise et qu'il avait maintenant en sa possession certains éléments qu'il devait particulièrement protéger. Il m'a aussi demandé de n'en parler à personne. »

Sidney se leva et fit quelques pas pour se dégourdir les jambes. Elle regarda par la fenêtre. Les lumières de Spencers, le restaurant chic d'en face, brillaient dans la nuit. Des taxis et des voitures luxueuses s'arrêtaient devant la porte. Des hommes et des femmes élégamment vêtus en descendaient, s'apprêtant à passer une soirée où la bonne chère accompagnerait l'échange des derniers potins. Elle baissa le store et alla s'asseoir sur un petit meuble de rangement, se déchaussa et frotta ses pieds fatigués l'un contre l'autre.

« Pourquoi Jason ne voulait-il pas que vous parliez de ses nouvelles responsabilités ? interrogea-t-elle.

— Je l'ignore. Mais comme il avait déjà eu trois promotions dans la société, je suppose que ce n'est pas le fin mot de l'histoire. Par-dessus le marché, on ne cache pas quelque chose de ce genre, non ? »

Sidney réfléchit quelques instants à ce qu'elle venait d'apprendre. Jason ne lui avait pas parlé de promotion. S'il en avait eu une, il était impensable qu'il l'ait passée sous silence. « Vous a-t-il dit qui lui avait donné ces responsabilités supplémentaires ?

— Non. De mon côté, je n'ai pas voulu me mêler de ce qui ne me regardait pas.

— Avez-vous fait part à quelqu'un de cette conversation avec Jason ?

— Absolument pas. »

La réponse de Kay était claire et nette. Sidney jugea qu'elle disait la vérité. « Y avait-il autre chose qui vous ennuyait ?

— Eh bien, ces derniers temps, Jason s'était pas mal replié sur lui-même. Il trouvait aussi des excuses pour ne pas assister aux réunions du personnel, des choses de ce genre. Cela durait depuis un bon mois.

— Jason n'a jamais évoqué des contacts qu'il aurait pris avec une autre société ?

— Jamais. » Sidney devinait que Kay hochait vigoureusement la tête à l'autre bout du fil. « Avez-vous demandé à Jason s'il avait des soucis ?

— Oui, une fois, mais il n'a pas eu l'air de vouloir répondre. C'était un ami, mais c'était aussi mon supérieur. Je n'ai pas voulu insister.

— Je comprends. »

Sidney entreprit de renfiler ses chaussures. En baissant les yeux, elle aperçut une ombre sous sa porte, qui passait puis s'arrêtait. Elle attendit quelques instants. L'ombre ne bougeait pas. Elle déconnecta le téléphone de son socle afin de s'en servir comme d'un portable. Une idée venait de lui traverser l'esprit.

« Kay, quelqu'un est-il venu dans le bureau de Jason ?

— Eh bien... »

Devant l'hésitation de Kay, Sidney reprit : « Mais comment ont-ils pu rentrer, avec le nouveau système de verrouillage de son bureau ?

— C'est bien là le problème, Sidney. Personne n'avait le code, ni sa carte. De plus, la porte en bois fait bien huit centimètres d'épaisseur, sur une structure d'acier. M. Gamble n'était pas là cette semaine, pas plus que M. Rowe. Je crois que tout le monde était bien embêté.

— Alors personne n'est allé dans le bureau de Jason depuis que... depuis que c'est arrivé ? »

Sidney contempla la carte à puce.

« Personne. M. Rowe est arrivé tard au bureau aujourd'hui. Il fait venir demain l'entreprise qui a installé le système de fermeture pour qu'ils le déverrouillent.

— Qui d'autre avez-vous vu ?

— Quelqu'un de SecurTech est venu.

— De SecurTech ? »

Sidney plaqua le récepteur du téléphone contre son autre oreille tout en continuant à surveiller l'ombre et s'approcha de la porte à pas de loup. Elle ne craignait pas un cambrioleur. Il y avait encore beaucoup de monde qui travaillait dans les bureaux. « C'est l'entreprise extérieure qui conseille Triton pour la sécurité, n'est-ce pas ?

— Oui. Je me suis demandé pourquoi on les avait appelés, mais il paraît que c'est la procédure normale. »

Sidney était maintenant tout près de la porte. Elle tendit sa main libre vers le loquet.

« Sidney, j'ai quelques affaires personnelles appartenant à Jason au bureau. Des photos, un chandail qu'il m'a prêté une fois, des bouquins. Il essayait de m'intéresser à la littérature des XVIIIe et XIXe siècles, mais j'ai bien peur qu'il n'ait échoué.

— Il a tenté de faire la même chose avec Amy. J'ai dû lui faire remarquer qu'elle devait commencer par apprendre l'alphabet avant de pouvoir apprécier le talent de Voltaire. »

Kay éclata de rire et Sidney en fit autant, ce qui la détendit un peu.

« Vous pouvez venir reprendre tout ça quand vous voulez, Sidney.

— Entendu, Kay. Peut-être pourrons-nous déjeuner ensemble et parler un peu plus longuement ?

— Avec plaisir. Avec grand plaisir.

— Merci pour tout ce que vous m'avez dit, Kay. Cela m'est très utile.

— J'aimais beaucoup Jason. C'était quelqu'un de bien. »

Les larmes montèrent aux yeux de Sidney, mais elle se reprit en songeant à l'ombre derrière la porte. « C'est vrai.

— Si vous avez besoin de quelque chose, n'importe quoi, appelez-moi, surtout. »

Sidney sourit. « Merci, Kay. Je n'hésiterai pas. A bientôt. »

Elle interrompit la communication et posa l'appareil, puis ouvrit brusquement la porte.

Philip Goldman ne parut pas autrement surpris. Il contempla tranquillement Sidney de ses yeux protubérants. C'était un homme au visage expressif, avec une calvitie naissante, des épaules étroites et un peu de ventre. Il portait des vêtements très chics. Avec ses chaussures, Sidney le dépassait de cinq bons centimètres.

« Ah, c'est vous, Sidney ! J'ai vu de la lumière en passant devant votre bureau. Je ne savais pas que vous étiez là.

— Bonsoir, Philip. » Sidney le dévisagea. Goldman était juste un cran au-dessous d'Henry Wharton dans la hiérarchie des associés du cabinet Tyler, Stone. Il avait une bonne clientèle et sa carrière comptait plus que tout dans sa vie.

« Je suis surpris de vous voir ici, Sidney.

— Je n'ai pas très envie de rentrer tout de suite à la maison. »

Il approuva lentement de la tête. « Je comprends. » Par-dessus l'épaule de Sidney, il jeta un regard au récepteur téléphonique posé sur un rayonnage de la bibliothèque. « Vous parliez à quelqu'un ?

— C'était personnel. J'ai quantité de détails à régler en ce moment.

— Je m'en doute. Comme si la mort en elle-même n'était pas assez terrible, surtout la mort brutale. »

Il ne la quittait pas des yeux et Sidney se sentit rougir. Elle se détourna, attrapa son sac sur le canapé, puis revint prendre son manteau accroché derrière la porte, qu'elle referma à moitié, obligeant Goldman à reculer.

Son manteau enfilé, elle attendit, la main posée sur l'interrupteur. « J'ai un rendez-vous et je suis en retard. Excusez-moi. »

L'avocat fit deux pas en arrière dans le couloir. Sidney ferma sa porte à clef avec ostentation.

« Le moment est peut-être mal choisi, Sidney, mais je tiens à vous féliciter de la façon dont vous gérez la transaction CyberCom.

— C'est un sujet de conversation que nous devons éviter, Philip, vous le savez bien. À tout moment.

— Bien sûr, Sidney, mais je lis le *Wall Street Journal* et j'y ai vu votre nom mentionné à plusieurs reprises. Nathan Gamble doit être ravi. »

Elle se retourna et lui fit face. « Merci, Philip. Je dois y aller, maintenant.

— N'hésitez pas à faire appel à moi si vous avez besoin de quelque chose. »

Avec un petit signe de tête, Sidney prit congé de Goldman, puis elle s'éloigna dans le couloir vers la sortie à pas pressés.

Dès qu'elle eut tourné l'angle du couloir, Philip alla discrètement s'assurer qu'elle avait bien pris l'ascenseur, avant de regagner tranquillement le bureau de Sidney. Il jeta un coup d'œil autour de lui, sortit une clef de sa poche et ouvrit la porte. Une fois à l'intérieur, il tira le verrou derrière lui. Le silence retomba.

20

Sidney gara la Ford sur l'immense parking de Triton et sortit de la voiture. Un vent glacé soufflait. Elle boutonna son manteau jusqu'en haut et vérifia une dernière fois que la carte à puce était bien dans son sac. Puis elle se dirigea d'un pas aussi assuré que possible vers l'immeuble de quatorze étages qui abritait le siège international de Triton. Elle annonça son nom dans le visiophone situé près de l'entrée, sous l'œil de la caméra placée dans l'encadrement de la porte. Un compartiment s'ouvrit, révélant un lecteur d'empreintes dans lequel elle fut invitée à poser son pouce. En dehors des heures de bureau, pensa-t-elle, les mesures de sécurité chez Triton valaient celles de la CIA. Les portes de verre et de chrome s'ouvrirent sans bruit devant elle. Elle avança dans le somptueux vestibule de l'immeuble entièrement revêtu de marbre, et les lumières s'allumèrent automatiquement quand elle se dirigea vers les ascenseurs. Une musique douce accompagnait ses pas. Le siège de Triton bénéficiait du savoir-faire technologique de l'entreprise.

Elle monta jusqu'au septième. Le vigile de garde se leva en l'apercevant, une expression peinée sur le visage, et vint lui serrer la main.

« Madame Archer, je suis tellement désolé...

— Merci, Charlie. »

Charlie hocha douloureusement la tête. « Il était près du sommet. Il bossait plus que n'importe qui. Nous étions souvent tous les deux seuls dans l'immeuble. Il me rapportait du café et quelque chose à manger de la cantine. Sans que je lui demande rien. Il n'était pas comme certains des types de la direction, qui se croient supérieurs à tout le monde.

— Vous avez raison, Charlie, Jason n'était pas comme ça.

— Vraiment pas. Qu'est-ce que je peux faire pour vous, madame ?

— Eh bien, je me demandais si Kay Vincent était encore là ? »

Les yeux de Charlie s'arrondirent. « Kay ? Ça m'étonnerait. Je prends mon service à neuf heures. Elle quitte en général vers sept heures, alors je ne la vois pas partir. Je vais vérifier. »

Charlie se dirigea à grandes enjambées vers le pupitre. Le holster abritant son revolver lui battait la hanche et les clefs accrochées à sa ceinture cliquetaient. Il mit un casque et appuya sur un bouton de son pupitre. Au bout de quelques instants, il secoua la tête. « Non, je tombe sur sa messagerie vocale.

— En fait, elle a conservé certaines affaires de Jason que... que j'aimerais récupérer. » Sidney s'interrompit et garda les yeux baissés, comme incapable de prononcer un mot de plus.

Charlie revint vers elle et mit une main sur son épaule. « Elles se trouvent peut-être dans son bureau. »

Elle leva les yeux vers lui. « C'est ce que je pense. »

Charlie hésita. Il savait que c'était contraire au règlement, mais le règlement n'était pas toujours fait pour être appliqué. Il revint à son pupitre, manipula des boutons et l'ampoule rouge proche de la porte menant au couloir des bureaux passa au vert. Prenant une clef à sa ceinture, il alla ouvrir la porte.

« Vous savez qu'ici les patrons ne plaisantent pas avec la sécurité, mais enfin c'est un cas un peu particulier. Personne n'est revenu travailler, de toute façon. D'habitude, il y a du monde jusqu'à dix heures, mais en cette période de fêtes c'est mort. Bon, il faut que j'aille faire ma ronde au troisième étage. Vous savez où est son bureau, n'est-ce pas ?

— Oui. Merci infiniment, Charlie.

— Ce n'est rien. Comme je vous l'ai dit, votre mari était quelqu'un de bien. »

Sidney avança dans le couloir éclairé par une lumière douce. Tout était calme. Elle tourna l'angle et aperçut le bureau de Jason et celui de Kay, situés de part et d'autre du couloir. Le bureau alvéole de Kay était plongé dans l'obscurité. Dans un carton près de la chaise, elle découvrit un sweater et quelques photos encadrées, avec, dessous, une édition reliée de *David Copperfield.* C'était l'un des livres favoris de Jason.

Sidney alla jeter un coup d'œil dans le couloir. Il

était vide. D'après Charlie, tout le monde était parti, mais il n'avait pu lui affirmer avec certitude que Kay n'était plus là. Pour le moment du moins, Sidney était seule. Elle avança jusqu'au bureau de son mari. Quand elle vit le digicode, elle eut un moment de découragement. Kay n'en avait pas parlé. Elle sortit la carte en plastique de sa poche et la glissa dans la fente. Une lumière s'alluma sur le dispositif, à côté de la formule « prêt ». Elle réfléchit rapidement et appuya sur quelques touches. Rien ne se passa. Elle ignorait le nombre de chiffres et plus encore la combinaison.

Après quelques tentatives infructueuses, elle s'apprêtait à abandonner, frustrée, quand elle remarqua un petit écran à affichage digital placé dans un angle du digicode. Un chronomètre, apparemment. Il indiquait huit secondes. Le voyant rouge de l'alarme prit un ton de plus en plus vif. « Zut ! » s'exclama-t-elle. Une alarme ! Cinq secondes. Son sang se glaça. Ce serait la catastrophe si l'on découvrait qu'elle essayait de s'introduire dans le bureau de son mari. Les yeux rivés sur le chronomètre, qui marquait maintenant trois secondes, elle s'arracha à son inertie. Une dernière combinaison lui vint à l'esprit. Priant silencieusement, elle appuya sur le 1-6-0-6. Elle avait encore le doigt sur la dernière touche quand le chronomètre atteignit le zéro. Dans l'attente des hurlements de la sirène, elle retint sa respiration.

Le voyant de l'alarme s'éteignit et la porte fut déverrouillée. Avec un long soupir, Sidney s'appuya au mur. Le 16 juin était l'anniversaire d'Amy. Le signe que Jason avait toujours leur petite fille à l'esprit, même si Triton interdisait sans doute formellement à ses collaborateurs d'utiliser des combinaisons de chiffres personnels, trop faciles à repérer.

Sidney ôta la carte en plastique de la fente. Elle sortit un mouchoir de son sac et en entoura sa main avant de tourner le loquet, afin d'éviter de laisser ses empreintes. Elle se comportait comme un cambrioleur, ce qui l'excitait et la terrifiait en même temps. Son sang battait à ses tempes. Elle entra et referma rapidement la porte derrière elle.

Elle ne pouvait prendre le risque d'allumer le plafonnier. Par précaution, elle avait pris dans son sac une petite lampe de poche très puissante. Avant de l'allumer, elle s'assura que les volets étaient hermétiquement clos. Le faisceau lumineux balaya le bureau. Sidney y était venue plusieurs fois, quand elle déjeunait avec Jason, mais ils n'y étaient jamais restés longtemps, à peine le temps de voler un baiser derrière la porte close. Sur les rayons de la bibliothèque s'alignaient des rangées d'ouvrages techniques parfaitement hermétiques à ses yeux. On est vraiment sous le règne des technocrates, pensa-t-elle. Ne serait-ce que parce que personne d'autre ne semblait capable de réparer leurs fichus engins quand ils tombaient en panne.

Sa lampe éclaira l'ordinateur. Elle s'en approcha. Il était éteint et la présence d'un autre digicode la dissuada de tenter quoi que ce soit. Même si elle avait la chance de se connecter, elle n'arriverait à rien, dans la mesure où elle n'avait aucune idée de ce qu'elle cherchait. Le jeu n'en valait pas la chandelle. Elle remarqua qu'un micro était relié à l'ordinateur. De nombreux tiroirs du bureau étaient fermés à clef. Les autres ne révélèrent rien d'intéressant.

Contrairement à son propre bureau, celui de son époux était dépourvu de toute touche personnelle. Elle nota simplement, les yeux humides, qu'une photo de Jason avec elle et leur fille était en bonne place sur le bureau. Il lui vint soudain à l'esprit qu'elle avait pris d'énormes risques pour rien. Au même moment, un bruit lui parvint, qu'elle ne réussit pas à localiser. Elle fit un geste brusque et la lampe de poche heurta le micro, qui se retrouva plié en deux. Terrifiée elle se figea, attendant que le bruit se reproduise. Au bout de quelques instants, rassurée, elle concentra son attention sur le micro et tenta de le redresser, mais finit par abandonner. Elle essuya alors ses empreintes et regagna la porte. Après avoir éteint sa lampe, elle enveloppa la poignée de son mouchoir, écouta quelques instants, puis quitta la pièce.

Elle atteignait le recoin de Kay lorsqu'elle entendit quelqu'un. Au début, elle crut qu'il s'agissait de Charlie, mais se persuada vite de son erreur en constatant qu'aucun tintement de clefs n'était audible. Elle se glissa en hâte sous le bureau de la secrétaire de Jason, en s'efforçant de retenir sa respiration. Les pas se rapprochèrent, puis s'arrêtèrent. Elle perçut un léger bruit métallique, comme si l'on tournait quelque chose dans un sens, puis dans un autre.

Mue par un impulsion, elle alla jeter un coup d'œil de l'autre côté de la cloison. À moins de deux mètres d'elle, un homme lui tournait le dos, occupé manipuler le loquet de la porte du bureau de Jason. Il sortit une carte de sa poche et l'inséra dans la fente. Le digicode le fit hésiter. Finalement, il renonça. Il remit la carte dans sa poche et se retourna. C'était Quentin Rowe. L'air particulièrement contrarié, il repartit comme il était venu.

Sidney quitta sa cachette et se précipita dans la direction opposée. À l'angle du couloir, son sac heurta le mur. Le bruit n'était pas très fort, mais il lui parut résonner dans tout l'immeuble. Avec horreur, elle entendit les pas de Quentin Rowe s'arrêter, puis repartir dans sa direction. Elle enfila le couloir à toute vitesse, passa la porte et se retrouva dans la partie réception, nez à nez avec Charlie. Le vigile leva vers elle des yeux étonnés.

« Madame Archer, vous êtes toute pâle ! Vous vous sentez bien ? »

Les pas se rapprochaient. Sidney porta un doigt à

ses lèvres, puis, montrant la porte, elle fit signe à Charlie de s'installer derrière le pupitre. Il comprit ce qui se passait et suivit ses instructions. Sidney se glissa sur la droite jusqu'aux toilettes, dont elle laissa la porte entrouverte. Dès que celle du couloir s'ouvrit, elle fit semblant de sortir, occupée à fouiller dans son sac. Elle leva alors les yeux et croisa le regard de Rowe.

« Quentin ? » Elle avait mis dans sa voix toute la surprise dont elle était capable.

Le regard de Rowe allait de Charlie à Sidney. Une expression soupçonneuse se peignit sur son visage.

« Que faites-vous ici ? interrogea-t-il, sans chercher à dissimuler son mécontentement.

— Je suis venue voir Kay. Je l'ai eue au téléphone et elle m'a dit qu'elle avait des affaires appartenant à Jason. Des effets personnels que je devais récupérer.

— Rien ne peut sortir d'ici sans autorisation préalable. Notamment rien qui ait un rapport avec Jason.

— Je sais, Quentin », dit-elle sèchement, puis elle ajouta, en se tournant vers Charlie qui fixait Rowe d'un air hostile : « Charlie me l'a dit, quoique avec beaucoup plus de tact. Il n'a pas voulu me laisser entrer dans les locaux, dans la mesure où c'est interdit par le règlement, ce que je comprends fort bien.

— Excusez-moi si j'ai été un peu brutal. Je suis sous pression en ce moment.

— Et elle, elle ne l'est pas ? » La colère et l'incrédulité résonnaient dans la voix de Charlie. « Bon sang, elle vient de perdre son mari ! »

Sidney intervint avant que Rowe puisse répondre. « Charlie, M. Rowe et moi avons déjà abordé le sujet, lors d'une précédente conversation. N'est-ce pas, Quentin ? »

Elle foudroya Rowe du regard et il préféra parler d'autre chose. « J'ai cru entendre un bruit, dit-il en la regardant d'un air accusateur.

— Nous aussi, déclara en hâte Sidney. Juste avant que j'aille aux toilettes, Charlie est allé vérifier. En fait, il a dû vous entendre et réciproquement. Il croyait qu'il n'y avait plus personne dans les bureaux. Mais vous étiez là. » Elle avait pris un ton tout aussi accusateur.

Quentin Rowe se hérissa. « Je dirige cette société. J'ai le droit d'être là à n'importe quelle heure du jour et de la nuit. Cela ne regarde que moi.

— Sans aucun doute. Je suppose que lorsque vous restez après les heures de bureau, c'est pour travailler et non pas pour régler des affaires personnelles. Je parle bien sûr en tant que conseil juridique de la société. » En temps normal, elle ne se serait jamais autorisée à user de ce langage avec un dirigeant d'une entreprise cliente.

Rowe se mit à bafouiller. « Évidemment que je... que j'étais en train de travailler pour la société. Je connais parfaitement... » Il s'interrompit brutalement en voyant Sidney se diriger vers Charlie et lui serrer la main.

« Merci, Charlie, dit-elle. Je sais que le règlement, c'est le règlement. »

Rowe ne put voir le regard qu'elle lança à Charlie, mais un sourire reconnaissant illumina le visage du vigile. « Bonne nuit, Sidney », dit-il au moment où elle se retournait pour partir.

Elle sortit sans répondre, sans même lui jeter un regard. Quand elle eut disparu dans l'ascenseur, Rowe se tourna d'un air furieux vers Charlie qui se levait.

« Où allez-vous ? lança-t-il.

— Je dois faire ma ronde », répondit calmement Charlie. Se courbant pour se mettre à la hauteur de Rowe, il précisa : « Ça fait partie de mon travail. » Il se dirigea vers la porte et se retourna. « À l'avenir, monsieur Rowe, ajouta-t-il, ce serait bien si vous pouviez me prévenir quand vous êtes là, histoire d'éviter tout malentendu. » Il porta la main à sa hanche. « Un accident est si vite arrivé, pas vrai ? » Rowe pâlit à la vue du revolver. « Si vous entendez encore du bruit, reprit Charlie, venez me chercher, d'accord ? »

Le vigile s'éloigna, en riant sous cape.

Rowe resta quelques instants dans l'encadrement de la porte, pensif, avant de repartir vers les bureaux.

21

Lee Sawyer leva les yeux vers le petit immeuble de deux étages situé à un peu plus de sept kilomètres de Dulles Airport. Ses habitants bénéficiaient d'une piscine olympique, d'un jacuzzi et d'une grande salle de réception. C'étaient pour la plupart des jeunes célibataires, cadres ou membres de professions libérales, qui se levaient de bonne heure pour affronter les embouteillages jusqu'au centre de Washington. Sur le parking, quelques Porsche côtoyaient les Saab et les Bimmer.

Un seul des occupants de la résidence intéressait Sawyer et il n'avait rien d'un jeune avocat, ni d'un directeur de marketing. Assis dans sa voiture avec trois autres agents du FBI, Sawyer prononça quelques mots dans son talkie-walkie. Cinq autres équipes étaient stationnées dans le secteur, appuyées par les hommes de la brigade d'intervention du FBI vêtus de noir, et par un bataillon de policiers locaux. Un grand nombre d'innocents se trouvaient dans les alentours. On n'avait donc négligé aucune précaution. Si l'assaut devait faire une victime, il fallait que ce soit l'auteur supposé de l'attentat qui avait coûté la vie à près de deux cents personnes, et lui seul.

La stratégie adoptée par Sawyer était classique. Il s'agissait de surprendre la cible avec des forces énormes tout en contrôlant parfaitement la situation, de sorte que toute résistance de sa part soit vaine. Contrôler la situation signifiait qu'on en contrôlait aussi l'issue. Du moins en théorie.

Chaque agent portait un 9 mm semi-automatique, avec des chargeurs de réserve. En outre, dans chaque équipe, un homme était armé d'un fusil de chasse, un Franchi Law-12 semi-automatique et un autre d'un fusil d'assaut, un Colt. Les membres de la brigade d'intervention portaient tous des automatiques de gros calibre, équipés pour la plupart de viseurs électroniques à laser.

Sawyer donna le signal et en moins d'une minute ces derniers atteignirent la porte de l'appartement 321. Deux autres équipes couvraient la seule autre issue, les deux fenêtres arrière donnant sur la piscine, que des tireurs tenaient déjà en ligne de mire dans leur viseur à laser. Les hommes de la brigade d'intervention écoutèrent quelques secondes à la porte, puis firent irruption dans l'appartement. Aucun coup de feu ne vint troubler le calme de la nuit. Quelques instants plus tard, Sawyer était avisé que la voie était libre. Il se rua dans les escaliers de l'immeuble avec ses hommes.

Une fois dans l'appartement, il fut accueilli par le chef de la brigade d'intervention.

« L'oiseau s'est envolé ? interrogea Sawyer.

— Façon de parler. Quelqu'un a été plus rapide que nous. » L'homme fit un signe de tête en direction de la petite chambre du fond.

Sawyer s'avança. Le froid glacial qui régnait dans la pièce le fit frissonner. Sous la lumière du plafonnier, trois membres de la brigade d'intervention contemplaient l'étroit espace entre le lit et le mur. Sawyer suivit leur regard.

L'homme gisait face contre terre. Il avait été abattu de plusieurs balles dans le dos et dans la tête. Les blessures étaient nettement visibles, tout comme l'arme à feu et la douzaine de douilles qui jonchaient le sol. Aidé par deux hommes de la brigade, Sawyer retourna délicatement le corps sur le côté avant de le remettre dans sa position initiale.

Hochant la tête, il se releva, puis aboya dans son talkie-walkie : « Dis aux flics locaux de faire venir un médecin. Et je veux l'équipe du légiste sur place pour hier. »

Il contempla le corps. Au moins, ce salaud n'irait plus placer d'engin de mort dans d'autres avions, même si les balles qu'il avait reçues avaient somme toute été une mince punition pour un acte aussi barbare. Mais d'un autre côté, les morts ne parlaient pas. Sawyer quitta la pièce, la main crispée sur son talkie-walkie. Dans le couloir maintenant vide, il remarqua qu'on avait réglé l'air conditionné sur la température minimum. Il faisait quelque chose comme zéro degré. Il repéra le bouton du thermostat et, se servant de la pointe d'un crayon pour ne pas effacer d'éventuelles empreintes, le déplaça dans l'autre sens. Il n'avait pas l'intention de laisser ses hommes se geler pendant qu'ils enquêteraient sur place. Il s'appuya contre le mur, déprimé. Il n'avait pas été sûr à 100 % de trouver le suspect chez lui, mais le fait qu'il soit mort signifiait que quelqu'un était allé plus vite que le FBI. Y aurait-il eu une fuite quelque part, ou bien ce meurtre faisait-il partie d'un plan concerté ? Sawyer espérait pouvoir bientôt rattraper son retard.

Il serra son talkie-walkie dans sa main et revint dans la chambre.

22

Sidney sortit de l'immeuble et traversa le parking, plongée dans ses pensées. Elle ne remarqua la longue limousine que lorsque celle-ci vint s'arrêter à ses côtés. La portière arrière s'ouvrit et Richard Lucas en sortit, vêtu d'un costume bleu marine. Avec son nez camus, ses yeux rapprochés, ses épaules larges et la bosse caractéristique de l'arme qui déformait en permanence sa veste, il en imposait physiquement.

« M. Gamble voudrait vous voir », dit-il d'un ton neutre. Il tenait la portière ouverte et Sidney put voir le holster sous son bras. Elle se figea. « Je crains que mon emploi du temps ne me le permette pas », répondit-elle, les yeux étincelants.

Lucas haussa les épaules. « Comme vous voulez. M. Gamble juge préférable de parler directement avec vous et d'avoir votre version des faits avant d'entreprendre quoi que ce soit. Et le plus tôt serait le mieux pour *toutes* les personnes concernées. »

Sidney prit une profonde inspiration. Le regard fixé sur les vitres teintées de la limousine, elle demanda : « Où cet entretien doit-il avoir lieu ?

— Chez M. Gamble, à Middleburg. » Il consulta sa montre. « Dans trente-cinq minutes. Bien sûr, nous vous raccompagnerons à votre voiture après le rendez-vous.

— Je suppose que je n'ai pas le choix ?

— On a toujours le choix, madame. »

Sidney resserra frileusement son manteau autour d'elle et monta dans la voiture. Elle ne posa plus aucune question et pendant tout le trajet, Lucas, installé face à elle, demeura également muet. Mais il ne la quitta pas des yeux un seul instant.

***

Sidney suivit Lucas dans l'immense demeure entourée d'un vaste jardin paysager et de rangées d'arbres. Tu vas t'en sortir, se disait-elle. Un interrogatoire s'effectuait souvent à double sens. Si Gamble voulait obtenir des réponses de sa part, elle ferait de son mieux pour obtenir certaines informations de son côté. Derrière Lucas, elle pénétra dans une vaste entrée, parcourut un couloir à la longueur impressionnante et arriva dans une grande pièce aux boiseries d'acajou, meublée de sièges confortables. Des tableaux, originaux, ornaient les murs. Un feu clair brûlait dans la cheminée. Dans un coin, une table était dressée pour deux. Il s'en dégageait un arôme délicieux et l'on avait mis une bouteille de vin à rafraîchir. Bien qu'elle n'eût pas faim du tout, Sidney ne put s'empêcher d'apprécier ces préparatifs.

La porte se referma derrière elle, puis elle entendit un cliquetis métallique. Elle alla vérifier. Elle était bel et bien enfermée.

Percevant un léger mouvement derrière elle, elle se retourna. Vêtu d'une chemise au col ouvert et d'un pantalon à revers, Nathan Gamble apparut derrière un fauteuil à haut dossier qui faisait face au mur du fond. Sous son regard pénétrant, elle frissonna. Il s'avança vers la table.

« Vous avez faim ?

— Pas vraiment, merci.

— Si vous changez d'avis, il y a largement ce qu'il faut. Vous permettez que je prenne mon repas ?

— Vous êtes chez vous. »

Gamble s'assit et contempla son assiette, puis servit deux verres de vin. « Quand j'ai acheté cette maison, il y avait une cave bien fournie dans le lot. Deux mille bouteilles couvertes de poussière. Personnellement, je ne connais rien au vin, mais il paraît que c'est une collection de premier ordre. Moi, je ne suis pas collectionneur. Dans mon milieu d'origine, c'est les timbres qu'on collectionne. Ce truc-là, on le boit. » Il lui tendit son verre.

« Je crains de ne...

— J'ai horreur de boire seul. J'ai l'impression d'un plaisir solitaire. Et puis dans l'avion ça vous a réussi, non ? »

Elle acquiesça de la tête. Elle ôta son manteau, puis finit par prendre le verre. Il faisait bon dans la pièce, mais il n'était pas question de se laisser aller. Elle devait rester sur ses gardes. Avec ce genre d'homme, c'était une nécessité, comme avec les volcans en activité. Elle s'assit face à lui. Il leva les yeux vers elle et désigna du doigt la nourriture. « Vous êtes sûre que vous ne voulez rien ?

— Non, vraiment. Merci. » Elle leva son verre.

Il haussa les épaules, but une gorgée de vin et entreprit de découper son steak épais. « J'ai parlé récemment à Henry Wharton. Un brave homme, soucieux de ses collaborateurs. J'apprécie cela chez un employeur. Moi aussi, j'ai le souci de mes collaborateurs. » Il prit une bouchée et la mâcha.

« Henry a été un merveilleux mentor pour moi.

— Intéressant. Pour ma part je n'en ai pas trouvé sur ma route, dommage », commenta-t-il avec un petit gloussement.

Du regard, Sidney fit le tour de la pièce. « On dirait que ça ne vous a pas beaucoup manqué. »

Gamble leva son verre dans sa direction et se remit à manger. « Vous tenez le coup ? Vous avez un peu maigri depuis la dernière fois que je vous ai vue.

— Ça va. Merci de vous préoccuper de ma santé. » Elle releva une mèche de cheveux sans le quitter des yeux. Elle devait maîtriser ses nerfs. Bientôt, inévitablement, arriverait le moment où ces préliminaires prendraient brutalement fin. Elle aurait préféré en venir directement au fait. Gamble jouait avec elle, comme elle l'avait vu faire cent fois avec d'autres.

Il se versa un autre verre de vin et remplit de

nouveau le sien, malgré ses protestations. La conversation roula sur des sujets anodins. Vingt minutes plus tard, Gamble s'essuya les lèvres, se leva et conduisit Sidney vers un énorme canapé placé devant la cheminée. Il demeura debout auprès du feu tandis qu'elle s'asseyait jambes croisées et resta à l'observer sous ses paupières mi-closes.

Sidney contempla les flammes tout en buvant une gorgée de vin, puis finit par lever les yeux vers lui. Puisqu'il ne se décidait pas à entrer dans le vif du sujet, elle allait s'en charger. Prenant une profonde inspiration, elle dit : « J'ai eu une conversation avec Henry, moi aussi, peu de temps après vous, vraisemblablement. »

Gamble hocha la tête d'un air absent. « J'ai bien pensé qu'il vous appellerait. » Tout en s'efforçant de ne rien laisser paraître, Sidney sentait grandir sa colère devant sa façon d'intimider et de manipuler les gens pour parvenir à ses fins. Il prit un cigare dans un humidificateur placé sur le manteau de la cheminée. « Vous permettez ? demanda-t-il.

— Je vous l'ai dit, vous êtes chez vous.

— Il paraît que le cigare ne provoque pas d'accoutumance. Moi, je n'en suis pas certain, mais enfin, il faut bien mourir de quelque chose. »

Sidney prit un peu de vin et se lança : « Lucas m'a dit que vous vouliez me voir. J'ignore à quel sujet, aussi pourriez-vous en venir au fait ? »

Gamble prit le temps de tirer plusieurs bouffées de son cigare avant de répondre. « Vous m'avez menti dans l'avion, n'est-ce pas ? » Elle fut surprise de constater qu'il ne semblait pas en colère. Elle aurait pourtant mis sa main à couper que ce genre d'offense le mettrait dans une rage folle.

« Je ne vous ai pas dit l'exacte vérité, effectivement. »

Il cilla. « Bon sang, vous êtes si jolie que j'en oublie que vous êtes avocate. Je suppose qu'il y a une différence entre mentir et ne pas dire l'exacte vérité, mais franchement, la nuance ne m'intéresse pas. Vous m'avez menti, c'est tout ce que je retiens.

— Je le conçois.

— Que faisait votre mari dans cet avion ? » La question fusa de la bouche de Gamble, mais son visage demeura impassible.

Elle hésita, puis décida de parler. À un moment ou à un autre, cela se saurait. « Jason m'a dit qu'on lui avait proposé un poste dans une autre société d'informatique basée à Los Angeles. Il y allait pour les ultimes entretiens.

— Quelle entreprise ? RTG ?

— Non. Ce n'était pas un de vos concurrents directs. C'est pourquoi il me paraît inutile de vous donner son nom, qui, de toute façon, n'a strictement aucune importance.

— Pourquoi donc ?

— Parce que Jason ne m'a pas dit la vérité. J'ai découvert qu'il n'y avait ni proposition de poste, ni entretiens. » Elle avait prononcé ces paroles avec tout le calme dont elle était capable.

Gamble termina son verre de vin et tira longuement sur son cigare avant de répondre. Il prenait son temps. Et celui des autres ne comptait pas. Sidney avait remarqué cette attitude chez d'autres clients particulièrement fortunés.

« En bref, votre mari vous a menti, vous m'avez menti et vous voudriez que je prenne ce que vous me dites pour argent comptant ? » Il avait gardé un ton calme, mais son incrédulité ne faisait aucun doute. Sidney se tut. Elle ne pouvait lui en vouloir sur ce point. « Vous êtes mon conseil, Sidney. Dites-moi comment je dois gérer cette situation. Je fais confiance au témoin, ou non ?

— Je ne vous demande pas de me faire confiance. Si vous ne me croyez pas, et vous avez sans doute vos raisons pour cela, je n'y peux rien. »

Gamble hocha la tête d'un air pensif. « Bien. Quoi d'autre ?

— Il n'y a rien d'autre. Je vous ai dit tout ce que je savais.

— Voyons ! répondit-il en lançant son cigare dans la cheminée. Je n'ai pas divorcé trois fois pour ignorer que dans la vie, il faut compter avec les confidences sur l'oreiller. Je suppose que vous n'échappez pas à la règle.

— Jason ne parle... n'a jamais parlé des affaires de Triton avec moi. Il ne me confiait pas ce qu'il faisait dans l'entreprise. Je ne sais absolument rien. Pour ma part, je me retrouve avec un tas de questions et aucune réponse. » Il y avait une certaine amertume dans sa voix, mais elle se reprit aussitôt. « Il s'est passé quelque chose chez Triton, quelque chose qui concernait Jason ? » Devant le silence de Gamble, elle insista : « J'ai besoin de savoir.

— Je n'ai pas l'intention de vous dire quoi que ce soit. J'ignore de quel côté vous êtes, mais je doute que ce soit du mien. » Sous le regard sévère de Gamble, elle se sentit rougir. Elle décroisa les jambes et leva les yeux vers lui. « Je sais que vous êtes soupçonneux... »

Il l'interrompit brutalement. « Un peu que je suis soupçonneux, avec RTG sur mes talons et tout le monde en train de me seriner que mon entreprise est fichue si je ne rachète pas CyberCom ! Vous vous sentiriez comment, à ma place ? » Elle ouvrit la bouche, mais il ne la laissa pas parler. Il s'assit à ses côtés et lui saisit la main. « Écoutez, je suis vraiment désolé que votre mari soit mort. En temps normal, le fait qu'il ait pris l'avion ne me concernait absolument pas, mais dans la mesure où tout le monde se met à me mentir au moment même où l'avenir de ma boîte est incertain, ça me regarde. »

Il lui lâcha la main. Sidney se leva d'un bond et attrapa son manteau. Les larmes lui vinrent aux yeux, mais elle les refoula. « En ce moment, je me fiche complètement de vous et de votre entreprise, martela-t-elle avec colère. Tout ce que je peux vous dire, c'est que ni mon mari ni moi-même n'avons quoi que ce soit à nous reprocher. » Le souffle court, elle ajouta : « Et maintenant, laissez-moi partir. »

Gamble l'observa un long moment, puis alla prendre l'appareil téléphonique qui se trouvait sur une table à l'autre extrémité de l'immense pièce et prononça quelques mots. Deux minutes plus tard, la porte s'ouvrait sur Lucas.

« Par ici, madame Archer. »

Elle se dirigea vers lui. Au moment de sortir, elle se retourna vers Nathan Gamble. Il leva son verre, comme pour lui porter un toast. « Restons en contact », dit-il doucement. Ces simples mots glacèrent le sang de Sidney.

Moins de quarante-cinq minutes plus tard, la limousine la déposait devant sa Ford Explorer. Elle se hâta de prendre le volant et de démarrer. Tout en conduisant, elle appela un numéro préenregistré. Une voix endormie répondit.

« Henry, c'est Sidney. Excusez-moi, je vous réveille peut-être ?

— Sidney ? Quelle heure... Où êtes-vous ?

— Je viens de voir Nathan Gamble. Je voulais vous en informer. »

Henry Wharton était maintenant parfaitement réveillé. « Comment cela se fait-il ?

— Disons que c'était à l'invitation de Nathan.

— J'ai essayé de vous couvrir.

— Je sais, Henry, et je vous en remercie.

— Comment l'entretien s'est-il passé ?

— Le mieux possible, je crois, compte tenu des circonstances. En fait, il s'est montré très courtois.

— Bien.

— Cela ne va peut-être pas durer, mais je voulais que vous soyez au courant.

— Il est possible que les choses se tassent... » Wharton se reprit : « Evidemment, Sidney, je ne parle pas de la mort de Jason. Je ne veux pas minimiser cette épouvantable tragédie... »

Sidney le coupa. « Je sais, Henry, je ne le prends pas mal.

— Sur quoi vous êtes-vous quittés, avec Nathan ? »

Elle respira un bon coup. « Nous sommes convenus de rester en contact. »

***

L'hôtel Hay-Adams était à quelques centaines de mètres à peine des bureaux du cabinet Tyler, Stone. Sidney se réveilla tôt, avant cinq heures du matin. Calmement, elle fit le bilan de la soirée de la veille. La visite aux bureaux de son mari n'avait rien donné et sa rencontre avec Nathan Gamble l'avait terrifiée. Du moins espérait-elle qu'elle avait calmé Henry Wharton. Momentanément. Elle prit une douche et commanda du café dans sa chambre. Elle devait être sur la route vers sept heures pour aller chercher Amy et régler avec ses parents la question de l'office funèbre.

À six heures trente, elle était prête. Amy se réveillait habituellement à six heures et ses parents étaient des lève-tôt. Elle composa leur numéro. Son père décrocha.

« Comment va Amy, papa ?

— Elle est avec ta mère, qui vient de lui donner son bain. Elle est arrivée dans notre chambre ce matin comme une petite reine. » Il y avait de la fierté dans sa voix. « Et toi, ma chérie, comment vas-tu ? Tu sembles un peu mieux.

— Je tiens bon, papa. J'ai fini par dormir un peu, je me demande encore comment.

— Ta mère et moi, nous venons avec toi. Pas

question de discuter. Nous nous occuperons de l'intendance et d'Amy.

— C'est gentil. Je suis chez vous dans deux heures.

— Tiens, voilà ta fille. On dirait un poussin mouillé. Je te la passe. »

Des petites mains s'emparèrent de l'appareil qui résonna de gloussements ravis.

« Chérie, c'est maman. » Sidney entendait ses parents qui encourageaient Amy en arrière-plan.

« Mama ?

— Bonjour, mon ange.

— Tu parles à moi ? » La petite fille se mit à rire. C'était sa phrase favorite du moment et elle adorait la prononcer. Elle se colla à l'appareil et se lança dans un grand discours. Il était question de crêpes, de bacon et d'un oiseau qu'elle avait vu poursuivre un chat. Sidney l'écoutait, un sourire aux lèvres.

« Papa. Mon papa, venir », enchaîna Amy.

Le sourire de Sidney disparut. Elle porta la main à son front et repoussa une mèche de cheveux. Elle avait la gorge serrée. Elle fit un effort sur elle-même pour répondre d'une voix parfaitement naturelle. « Je t'aime, Amy. Maman t'aime plus que tout. Je serai là très bientôt.

— T'aimes. Papa venir maintenant. »

Sidney entendit son père qui demandait à Amy de lui dire au revoir.

« Au revoir, mon cœur. J'arrive. » Les larmes coulaient maintenant sur son visage. Sa mère prit l'appareil. « Sidney ?

— Bonjour, maman. » Elle s'essuya les yeux, mais ses larmes semblaient ne pas vouloir se tarir.

« Je suis désolée, ma chérie. Je suppose qu'elle ne peut te parler sans penser à Jason.

— Je sais.

— Au moins, elle a bien dormi.

— À tout de suite, maman. » Sidney raccrocha. Elle demeura quelques instants la tête dans les mains, puis se leva et alla machinalement tirer les rideaux. Elle jeta un coup d'œil au-dehors. La lune et les lampadaires éclairaient parfaitement les environs mais elle ne vit pas l'homme qui se tenait dans une impasse de l'autre côté de la rue. Vêtu du même manteau et du même chapeau qu'à Charlottesville, il tenait une paire de petites jumelles pointées dans sa direction. Il avait l'habitude de ce genre de travail. Il nota chaque détail tout en observant Sidney qui regardait la rue d'un air absent. Elle avait un visage fatigué, les yeux, surtout. Son cou, long et gracieux comme celui d'un mannequin, était néanmoins courbé, ainsi que ses épaules, sous l'effet d'une forte tension. Il abaissa ses jumelles lorsqu'elle se détourna de la fenêtre. Une femme soucieuse, conclut-il, très soucieuse. Il avait observé les curieux agissements de Jason Archer à l'aéroport le matin du crash et, à ses yeux, Sidney Archer avait toutes les raisons du monde d'être inquiète, nerveuse, peut-être même effrayée. Il s'appuya contre le mur de brique et reprit sa faction.

23

Lee Sawyer regardait par la fenêtre de son petit appartement situé au sud-ouest de Washington. Il faisait encore noir, mais quand le jour se lèverait, dans une demi-heure, il pourrait apercevoir de sa chambre le dôme de Union Station. Il était rentré à quatre heures trente après avoir enquêté sur la mort de l'homme qui avait ravitaillé l'avion en carburant. Il s'était offert une bonne douche pour évacuer la fatigue, puis s'était habillé et avait préparé son petit déjeuner, qu'il mangeait maintenant sur un plateau télé dans son living. Du café, deux œufs sur le plat, une vieille tranche de jambon et du pain grillé. La pièce n'était éclairée que par une seule lampe et cette semi-obscurité avait sur lui un effet reposant. Il avait besoin de pouvoir réfléchir tranquillement. Tandis que le vent faisait vibrer les vitres, il parcourut le petit appartement du regard. Il y avait plus d'un an qu'il y avait emménagé, mais ce n'était pas chez lui au vrai sens du terme. Chez lui, c'était une maison en banlieue dans une avenue bordée d'arbres, une construction moderne avec un garage pour deux voitures et un barbecue dans le jardin. Ici, il se bornait à prendre ses repas et à dormir de temps en temps. Après son divorce, il n'avait pas eu les moyens de se payer quelque chose de mieux. Il avait emporté quelques effets personnels, dont les photographies de ses quatre enfants qui le contemplaient maintenant un peu partout. Il se leva et alla en prendre une. Celle de Meg, la plus jeune, dite Meggie. Blonde, jolie, elle avait hérité de son père sa haute taille, son nez fin, ses lèvres pleines. La carrière de Sawyer avait pris son essor à la fin de son enfance et il avait été par monts et par vaux durant une grande partie de son adolescence. Il le payait, maintenant. Ils ne se parlaient plus. Du moins, elle ne lui parlait plus. Et lui, tout agent du FBI qu'il était, il avait trop peur de faire de nouvelles tentatives. Sans compter qu'il n'y avait pas trente-six façons de dire qu'on regrettait.

Il fit la vaisselle, nettoya l'évier et mit son linge sale dans un sac pour le porter au pressing, puis jeta un regard circulaire autour de lui. Tout était en ordre. Il eut un sourire las. Il ne faisait que tuer le temps. Il consulta sa montre. Presque sept heures. Il allait bientôt partir pour le bureau. Il pouvait prétendre à des horaires de travail réguliers, mais en fait il y passait pratiquement tout son temps. Pour une raison évidente. Il n'avait plus que son métier. Et il y aurait toujours une nouvelle affaire à élucider. C'est ce que sa femme lui avait dit, la nuit où son mariage avait volé en éclats. Elle n'avait pas tort. Il y aurait toujours une nouvelle affaire. Au fond, il n'attendait rien d'autre. Il mit son chapeau, plaça son revolver dans son holster, descendit l'escalier et s'installa au volant de sa voiture.

***

L'immeuble abritant le quartier général du FBI dans Pennsylvania Avenue se trouvait à cinq minutes en voiture de l'appartement de Sawyer, entre la 9e et la 10e Rue Nord-Ouest. Quelque sept mille cinq cents personnes y travaillaient, sur les vingt-quatre mille que le FBI employait. Sur les sept mille cinq cents, seulement un millier étaient des agents spéciaux ; le reste constituait le personnel des services techniques et de l'intendance.

Dans une vaste salle de conférences, plusieurs agents spéciaux étaient réunis autour d'une grande table, plongés dans la lecture de dossiers ou l'étude de fichiers sur leurs ordinateurs portables. Sawyer étira ses membres et regarda autour de lui. Ils se trouvaient dans le Centre stratégique opérationnel d'information, le SIOC. Le SIOC était une zone d'accès réservé, composée de salles séparées par des cloisons de verre et protégées par tous les moyens de surveillance électronique possibles. Il servait de poste de commande pour les opérations importantes du FBI. Sur un mur, des pendules affichaient l'heure de différentes zones. Un autre mur était recouvert de grands écrans de télévision. Le SIOC était directement relié à la Maison-Blanche, la CIA et quantité d'agences fédérales. Son absence de fenêtres et sa moquette épaisse en faisaient un endroit particulièrement tranquille pour organiser des enquêtes de grande envergure. De la petite cuisine, installée pour aider le personnel à tenir le coup durant les heures de travail épuisantes, montait l'arôme du café. La caféine semblait aller de pair avec les brainstormings.

Sawyer jeta un coup d'œil à l'autre bout de la table, où David Long, depuis longtemps membre de la cellule antiterroriste du FBI, était en train d'examiner un dossier. À sa gauche se tenaient Herb Barracks, agent du FBI à Charlottesville, la ville la plus proche du site du crash, et un agent du bureau de Richmond, le bureau local le plus proche de la catastrophe. Face à eux se tenaient deux agents du bureau de Washington à Buzzard Point.

Le directeur du FBI, Lawrence Malone, avait quitté la salle une heure plus tôt, après avoir écouté un bref rapport sur la mort d'un certain Robert Sinclair, très récemment employé par la société Vector Fueling Systems pour ravitailler les avions en carburant et actuellement occupant d'une morgue de Virginie. Sawyer était certain que le système automatique de recherche d'empreintes du FBI, l'AFIS, fournirait bientôt une autre identité au défunt M. Sinclair. Il était peu probable qu'un homme impliqué dans un complot d'une telle envergure utilise son vrai nom pour décrocher un emploi destiné à perpétrer un attentat contre un avion de ligne.

Plus de deux cent cinquante agents travaillaient sur la catastrophe du vol 3 223 dans tout le pays. Ils interviewaient les membres des familles des victimes et menaient une enquête détaillée sur toutes les personnes qui auraient pu avoir la possibilité de saboter l'appareil de Western Airlines et un mobile. Sawyer était à peu près certain que Sinclair avait effectué le sale boulot, mais il ne voulait pas courir le risque de passer à côté d'une complicité à l'aéroport. Des rumeurs avaient circulé dans la presse, mais le premier article important affirmant qu'un engin explosif était la cause du crash paraîtrait dans la prochaine édition matinale du *Washington Post*. Le public exigerait des réponses. Et rapidement. Sawyer n'y voyait pas d'inconvénient, à ceci près que les choses n'allaient presque jamais aussi vite qu'on pouvait le souhaiter.

Ils s'étaient lancés sur la piste Vector dès que les enquêteurs du NTSB avaient trouvé dans le cratère une pièce à conviction très spéciale. Prouver que c'était Sinclair qui avait approvisionné le vol 3 223 en carburant n'avait ensuite présenté aucune difficulté.

Maintenant, Sinclair était mort lui aussi. Quelqu'un avait veillé à ce qu'il n'ait aucune chance de révéler les raisons de son acte.

Long croisa le regard de Sawyer. « Vous avez raison, Lee. C'était une version très modifiée de ces nouveaux systèmes d'allumage portatifs. Le dernier cri pour les briquets. Pas de flamme. Juste une chaleur intense dégagée par une bobine de platine. Invisible, ou presque.

— Je savais que j'avais déjà vu ça quelque part, constata Sawyer. Vous vous souvenez de l'incendie de l'immeuble des services fiscaux, l'an dernier ?

— C'est cela. Quoi qu'il en soit, ce truc est capable d'entretenir une température de plus de 800 degrés. Et sans être affecté par le vent ni par le froid, même en étant arrosé par le carburant de l'avion. Cinq heures de réserve d'essence. Réglé de façon à se rallumer automatiquement en cas d'extinction. Il était fixé d'un côté par un patin magnétique. Façon de procéder simple, mais efficace. Quand le réservoir est attaqué, le carburant sort par saccades. À un moment ou à un autre, il finit par être en contact avec la flamme, ou plutôt la chaleur intense, et alors, boum ! » Il hocha la tête. « Fichtrement ingénieux. On transporte ce truc dans sa poche et même s'il est détecté, il passe pour un briquet. » Les autres agents avaient les yeux fixés sur lui. Il feuilleta le dossier placé devant lui et continua : « Et ils n'avaient pas besoin d'un mécanisme du genre chronomètre ou altimètre. Ils pouvaient déterminer le timing en estimant grosso modo le délai d'action de l'acide. Ils savaient que ça se passerait en l'air. Le vol durait cinq heures, ils avaient tout le temps. »

Sawyer approuva de la tête. « Kaplan et son équipe ont trouvé les boîtes noires. Le boîtier du FDR, l'enregistreur des paramètres du vol, était endommagé, mais la bande était quasiment intacte. Selon les premières conclusions, le moteur droit et les commandes placées dans cette partie de l'aile ont été arrachés de l'avion quelques secondes après que le CVR, l'enregistreur des conversations du cockpit, eut enregistré un bruit bizarre. Ils essaient actuellement d'effectuer une analyse spectrale des sons. Il semble, d'après le FDR, qu'il n'y ait eu aucun changement important de pression dans la cabine. Autrement dit, aucune explosion ne s'est produite *à l'intérieur* du fuselage, ce qui est logique, puisque nous savons maintenant que le sabotage concernait l'aile. Avant ça, tout semblait fonctionner normalement : pas de problème de moteur, de trajectoire, de balance de l'appareil. Mais quand tout a mal tourné, ils n'ont pas eu l'ombre d'une chance.

— L'enregistrement des conversations du cockpit donne quelque chose ? » interrogea Long.

Sawyer fit un signe négatif. « Rien de spécial. Le signal de détresse lancé à la radio. Le FDR a révélé que l'avion a plongé à 90 degrés sur près de 30 000 pieds avec le moteur gauche pratiquement à la puissance maximum. Qui sait si les pilotes n'avaient pas perdu conscience, dans des conditions pareilles ? » Après un silence, il ajouta : « Il faut même le souhaiter. »

Maintenant que l'attentat ne faisait plus aucun doute, le FBI avait officiellement pris le relais du NTSB et dirigeait l'enquête. Compte tenu des complexités de l'affaire et des ses enjeux, tout partirait du quartier général du Bureau. Sawyer était chargé de diriger l'enquête. Ses supérieurs avaient encore en tête le travail remarquable qu'il avait effectué après l'attentat de Lockerbie. Cette affaire, néanmoins, était un peu différente. Elle avait eu lieu dans l'espace aérien des États-Unis et creusé un cratère sur leur sol. Sawyer laisserait à d'autres membres du Bureau le soin d'informer la presse et le public. Il préférait de beaucoup rester à l'arrière-plan pour pouvoir travailler tranquillement.

Le FBI investissait énormément en hommes et en argent pour infiltrer les organisations terroristes opérant sur le territoire américain et étouffer dans l'œuf leurs complots ourdis au nom de causes politiques ou religieuses. L'attentat du vol 3223 l'avait pris par surprise. Son immense réseau n'avait recueilli aucune information sur la préparation d'un acte d'une telle ampleur. S'il n'avait pu prévenir la catastrophe, l'agent Sawyer consacrerait tout son temps à rechercher les responsables pour les conduire devant les juges.

« Bon, nous savons ce qui est arrivé à cet avion, déclara-t-il. Il nous reste à trouver les raisons de cet acte et les autres personnes impliquées. Commençons par le mobile. Ray, qu'as-tu trouvé d'autre sur Arthur Lieberman ? »

Raymond Jackson était le jeune agent avec lequel Sawyer faisait équipe. Il avait commencé par jouer au football à l'université, dans le Michigan, puis s'était orienté vers le FBI. C'était un Noir de haute stature, aux épaules larges, avec une voix douce et des yeux intelligents. Il ouvrit un carnet de notes à spirale et se mit à parler.

« J'ai pas mal d'informations. Pour commencer, il avait un cancer du pancréas. Au stade terminal. Il lui restait peut-être six mois à vivre. Je dis bien "peut-être". On avait arrêté les traitements, sauf les analgésiques, dont il recevait des doses massives. La solution de Schlesinger, un mélange de morphine et d'une autre substance pour réguler l'humeur, sans doute de la cocaïne — un de ses rares usages légaux dans ce pays. Lieberman était sans doute équipé en ambulatoire d'un de ces systèmes qui diffusent des médicaments directement dans le sang. »

La stupéfaction se lut sur le visage de Sawyer. *Walter Burns et ses secrets !*

« Le président de la Fed n'avait plus que six mois à vivre et personne n'était au courant ! s'exclama-t-il. Où as-tu eu cette info ?

— J'ai trouvé un flacon dans son armoire à pharmacie. Chimiothérapie. Je suis remonté directement à la source, à son toubib. Je lui ai dit qu'on faisait une simple enquête de routine. D'après l'agenda de Lieberman, il consultait souvent. Il est allé plusieurs fois à John Hopkins et une fois à la Mayo Clinic. Quand j'ai mentionné les médicaments que j'avais trouvés, le docteur est devenu nerveux. Je lui ai subtilement glissé que s'il ne disait pas la vérité au FBI, il allait se retrouver englué dans les emmerdements. J'ai fait allusion à une citation devant le tribunal en tant que témoin et là, il a craqué. Il a dû penser que son patient était mort et que ça n'avait plus beaucoup d'importance.

— Et la Maison-Blanche ? Ils étaient forcément au courant.

— Apparemment pas, s'ils jouent franc-jeu. J'ai parlé avec le chef d'état-major du petit secret de Lieberman. Au début, j'ai l'impression qu'il ne m'a pas cru. Il a fallu que je lui rappelle que les initiales de FBI signifient aussi fidélité, bravoure et intégralité. Je lui ai également adressé un exemplaire du dossier médical. Il paraît que le président a grimpé aux rideaux en le lisant.

— Intéressant, commenta Sawyer. J'ai toujours entendu dire que Lieberman était une sorte de dieu de la finance. Solide comme un roc. Et voilà qu'il oublie de mentionner qu'il est sur le point de claquer du cancer et de laisser le pays dans la panade. Ça ne tient pas debout. »

Jackson sourit. « Je me borne à rapporter les faits, Lee. Tu as raison, ce type était une légende vivante. Il n'empêche que, sur le plan personnel, sa fortune laissait à désirer.

— Comment ça ? »

Jackson feuilleta son épais calepin, s'arrêta à une page et poussa le carnet vers Sawyer. Pendant que celui-ci prenait connaissance de l'information, il poursuivit son rapport.

« Lieberman a divorcé il y a cinq ans environ, après vingt-cinq ans de mariage. Apparemment, il trompait sa femme. Il n'aurait pas pu choisir plus mal son moment. À l'époque, il allait être entendu devant le Sénat, qui devait confirmer sa nomination à la tête de la Fed. Son épouse l'a menacé de tout révéler aux journaux. Autant dire que, dans ce cas, Lieberman aurait pu dire adieu à ce poste. Alors, pour avoir la paix, il a donné tout ce qu'il possédait à son ex. Elle est morte il y a deux ans. Pour tout arranger, il paraît que sa petite copine, qui entre parenthèses avait vingt et quelques années, avait des goûts de luxe. La présidence du Conseil de la Fed est un poste prestigieux, mais ça rapporte beaucoup moins que Wall Street. Beaucoup, beaucoup moins. Bref, Lieberman était endetté jusqu'au trognon. Il habitait un appartement crade à Capitol Hill et il avait un trou dans ses finances plus profond que le Grand Canyon. Apparemment, c'est la fille qui a écrit les lettres d'amour qu'on a trouvées chez lui.

— Qu'est-elle devenue ? interrogea Sawyer.

— On n'en sait trop rien. Mais ça ne m'étonnerait pas qu'elle ait filé en découvrant que sa mine d'or n'avait plus que de la coke dans les veines.

— On a une idée de l'endroit où elle est maintenant ? »

Jackson hocha négativement la tête. « Selon toute

vraisemblance, elle s'est barrée il y a déjà pas mal de temps. J'ai tiré les vers du nez à un certain nombre de collègues de Lieberman à New York. D'après eux, c'était une belle fille, mais avec un cerveau gros comme un pois chiche.

— Bon, c'est probablement une perte de temps, mais enquête quand même sur elle, Ray. »

Jackson acquiesça et Sawyer se tourna vers Barracks. « Sait-on qui va chausser les pantoufles de Lieberman ? On a un son de cloche, dans les hautes sphères ?

— Unanime : Walter Burns. »

Pour la deuxième fois en quelques minutes, Sawyer fut ébranlé. Il regarda Barracks d'un air incrédule, puis inscrivit le nom « Walter Burns » sur son carnet. Dans la marge, il ajouta « fumier », puis « suspect ? ».

« On dirait que notre Lieberman était dans une fichue galère, dit-il enfin. Pourquoi le tuer, dans ce cas ?

— Pour des tas de raisons, répondit Barracks. Le président de la Fed incarne la politique monétaire américaine. C'est une cible de premier choix pour un régime pourri du tiers monde qui a un compte à régler avec le billet vert et pour une bonne douzaine d'organisations terroristes spécialistes ès attentats à la bombe.

— À ce jour, aucune organisation n'a revendiqué l'attentat. »

Barracks émit un grognement. « Laissons-leur le temps. Maintenant que nous avons confirmé qu'il s'agit d'un acte criminel, les auteurs vont le revendiquer par téléphone. Ces salopards considèrent que faire exploser un avion bourré de citoyens américains est un acte politique.

— Nom de Dieu ! » Le visage écarlate, Sawyer abattit son poing massif sur la table, bondit sur ses pieds et se mit à faire les cent pas. L'image du cratère creusé par l'impact l'obsédait. Et celle de la minuscule chaussure qu'il avait ramassée venait s'y ajouter, plus terrible encore. Jamais il n'oublierait cette vision d'horreur. Cet enfant aurait pu être l'un des siens, qu'il avait tenus si tendrement dans ses bras quand ils étaient petits.

Les autres agents le regardaient d'un air anxieux. Sawyer avait la réputation d'être l'un des plus perspicaces parmi tous les enquêteurs du FBI. Vingt-cinq ans durant, il avait continué à s'attaquer à chaque affaire avec la même rigueur et la même ardeur qu'au premier jour. Il refusait généralement de se livrer à de grandes démonstrations et formulait son analyse des faits en termes mesurés. Toutefois, la plupart de ceux qui avaient travaillé avec lui savaient parfaitement qu'il suffisait de peu pour que sa colère se déchaîne.

Il s'immobilisa soudain et se tourna vers Barracks. « Il y a une faille dans cette théorie, Herb. » Sa voix était de nouveau posée.

« Laquelle ? »

Sawyer s'appuya contre l'une des parois vitrées, les bras croisés sur son torse puissant. « Si tu es un terroriste désireux de faire une action d'éclat, tu vas t'arranger pour placer discrètement une bombe dans un avion — ce qui, avouons-le, n'est pas trop difficile sur un vol intérieur — et le faire exploser. Des corps dégringolent partout, s'écrasent sur les toits des maisons. De quoi perturber sérieusement le petit déjeuner de bon nombre d'Américains. L'attentat à la bombe ne fait guère de doute, on est d'accord là-dessus. » Sawyer s'interrompit un instant et regarda chacun de ses interlocuteurs dans les yeux. « Eh bien, messieurs, ce n'est pas le cas ici. »

Reprenant ses allées et venues de fauve en cage, il poursuivit : « Lors de sa chute, l'avion était virtuellement intact. Si l'aile droite ne s'était pas détachée, on l'aurait retrouvée *entière* à l'intérieur du cratère. Notez-le. L'homme employé par Vector était, sauf erreur, payé pour saboter l'avion. Un travail discret, effectué par un Américain sans aucun lien avec un groupe terroriste, du moins à notre connaissance. J'ai peine à croire que les organisations terroristes du Moyen-Orient admettent maintenant des Américains dans leurs rangs et les chargent de leur sale boulot !

« D'accord, le réservoir est endommagé. Mais cela a pu être causé par l'explosion et par le feu. L'acide était presque entièrement consumé. Un peu plus de chaleur et on n'aurait peut-être rien trouvé du tout. Et Kaplan a confirmé qu'il n'était pas nécessaire que l'aile se détache du fuselage pour que l'avion se crashe de la même manière. Le moteur droit a été détruit par les débris qui se sont pris dedans, des câbles hydrauliques de commandes de vol essentielles ont été sectionnés par les flammes et l'explosion, et l'aérodynamique de l'aile était de toute façon anéantie. Donc, si on n'avait pas trouvé le système d'allumage dans le cratère, on aurait pu croire à une épouvantable défaillance technique. Et ne vous y trompez pas. Cela tient du miracle qu'on l'ait retrouvé. »

Sawyer jeta un regard à travers la cloison vitrée et poursuivit :

« Si nous mettons tous ces éléments bout à bout, à quoi arrivons-nous ? À ceci : selon toute vraisemblance, nous sommes face à quelqu'un qui fait sauter un avion, mais ne tient pas à ce que cela se sache. Rien à voir avec le terroriste de base. Et là, l'affaire s'obscurcit encore. Premièrement, notre saboteur se retrouve avec un chargeur dans le corps. Il a fait ses bagages, il s'est à moitié déguisé et voilà que son employeur change d'idée à son propos. Du moins, on peut le supposer. Deuxièmement, Arthur Lieberman était à bord de l'avion en question. »

Sawyer se tourna vers Jackson. « Arthur Lieberman se rendait tous les mois à Los Angeles.

C'était réglé comme du papier à musique. Même compagnie, même vol. Exact ? »

Jackson fit un signe de tête affirmatif. Il était suspendu aux lèvres de Sawyer, comme les autres agents.

« Donc, on peut écarter l'hypothèse qu'il ait pris cet avion par hasard. Si l'on examine froidement les choses, la cible ne pouvait être que Lieberman, à moins qu'on ne passe à côté d'un truc énorme. Maintenant, relions ensemble ces deux faits. À l'origine, les auteurs de cet acte criminel ont voulu le faire passer pour un accident. Ensuite, le saboteur est éliminé. Pourquoi ? »

Il y eut un silence, puis David Long prit la parole.

« Ils ne pouvaient pas prendre de risque. L'affaire allait peut-être passer pour un accident, peut-être pas. Ils n'allaient pas attendre que la presse donne la tendance. Il fallait qu'ils le mettent hors circuit sur-le-champ. Peut-être à l'origine comptaient-ils l'éloigner, mais le fait qu'il ne réapparaisse pas à son travail allait attirer les soupçons. Même si nous n'envisagions pas un sabotage, sa fuite nous aurait à coup sûr orientés dans cette direction.

— D'accord, répondit Sawyer. Mais s'ils veulent que la piste s'arrête là, pourquoi ne pas faire du bonhomme une espèce de fanatique ? Ils lui balancent une balle dans la tempe, laissent l'arme à côté, avec une lettre haineuse à l'égard des États-Unis. On croit qu'il était seul et le tour est joué. Tandis que là, on le retrouve troué comme du gruyère, avec une tapée d'éléments indiquant que le mec s'apprêtait à filer. Résultat : on sait qu'il y en avait d'autres dans le coup. Pourquoi se mettre dans ce genre de pétrin, nom d'une pipe ? »

Sawyer se frotta le menton d'un air pensif en dévisageant les autres agents qui s'appuyaient au dossier de leur chaise, perplexes. Il se tourna ensuite vers Jackson.

« A-t-on le rapport du légiste sur notre macchabée, Ray ? interrogea-t-il.

— Ça ne va pas tarder. Il passe en priorité absolue.

— On a trouvé quelque chose dans l'appartement ?

— En tout cas, pas ce qui aurait dû s'y trouver, Lee. »

Sawyer prit un air entendu. « Des papiers d'identité ?

— Exact. Un type qui s'apprête à mettre les voiles après avoir saboté un avion ne va pas se balader sous son vrai nom. On s'attendrait qu'il ait des faux papiers tout prêts, et des vrais-faux papiers.

— Tu as raison, Ray, mais il les a peut-être cachés ailleurs.

— À moins que celui qui l'a tué ne les ait pris, hasarda Barracks.

— Qui sait ? » fit Sawyer.

Au même moment, la porte s'ouvrit, livrant passage à Marsha Reid. De petite taille, elle avait des cheveux poivre et sel coupés court et des lunettes retenues par une chaîne qui tombait sur sa robe noire. C'était l'une des spécialistes des empreintes digitales les plus éminentes du FBI. Le monde mystérieux des circonvolutions et des boucles n'avait aucun secret pour elle. Ses connaissances lui avaient permis de retrouver quelques-uns des pires criminels que la terre ait portés.

Elle salua de la tête les autres agents et alla s'asseoir. Après avoir ouvert le dossier qu'elle tenait à la main, elle prit la parole. Elle avait un ton très professionnel mâtiné d'une pointe d'humour.

« Voilà les résultats de l'Identité, tout chauds, déclara-t-elle. Robert Sinclair s'appelait en réalité Joseph Philip Riker. Recherché au Texas et en Arkansas pour meurtre et usage d'armes à feu. La liste de ses arrestations fait trois pages. La première pour vol à main armée à l'âge de seize ans, la dernière pour meurtre. Il a tiré sept ans. Est sorti il y a cinq ans. Depuis, il a été mêlé à de nombreux crimes, dont deux comme tueur à gages. Un homme extrêmement dangereux. On a perdu sa piste il y a dix-huit mois. Il n'a pas bougé un cil depuis. Jusqu'à maintenant. »

L'assistance paraissait frappée de stupeur.

« Et comment un type avec un tel CV a-t-il pu décrocher un job dans le ravitaillement des avions ? » interrogea Sawyer, résumant l'opinion générale.

Jackson répondit : « J'ai parlé avec des représentants de chez Vector. C'est une entreprise qui a pignon sur rue. Sinclair, ou plutôt Riker, travaillait pour eux depuis un mois à peine. Il avait d'excellentes références. Il avait été employé par des sociétés qui fournissaient des avions en carburant dans le Nord-Ouest et en Caroline du Sud. Ils ont vérifié, sous le nom de Sinclair, bien sûr. Tout avait l'air en règle. Ils sont tombés des nues, eux aussi.

— Quid de ses empreintes digitales ? Ils se devaient de les vérifier pour s'assurer de son identité. »

Marsha Reid jeta un coup d'œil à Sawyer et reprit la parole. « Ça dépend de la personne qui prend les empreintes, Lee. Tout le monde sait que même un technicien peut se laisser berner s'il n'est pas très compétent. Il existe une matière qui imite la peau à s'y méprendre. Et les empreintes peuvent s'acheter n'importe où. Résultat, rien de plus simple pour un criminel endurci que de se transformer en un citoyen au-dessus de tout soupçon. »

Barracks intervint. « De plus, si ce type était recherché pour tous ces crimes, il s'était certainement fait refaire le visage. Je parie que la tête qu'il a à la morgue n'a rien à voir avec celle qui apparaît sur les avis de recherche. »

Sawyer se tourna vers Jackson. « Et comment Riker s'est-il retrouvé à ravitailler le vol 3223 ?

— Il y a une semaine, il a demandé à faire partie de l'équipe qui travaille de minuit à sept heures du matin. Le décollage du vol 3223 était prévu à six heures quarante-cinq. Tous les jours. Le carnet de bord montre que le ravitaillement en carburant a été effectué à cinq heures et quart. Pendant les heures de travail de Riker. Les gens ne se bousculent pas pour occuper cette tranche horaire. Riker l'a obtenue, faute de combattants. »

Une nouvelle question vint à l'esprit de Sawyer. « Mais alors, qui est le véritable Robert Sinclair ?

— Il est probablement mort, dit Barracks. Et Riker a pris son identité. »

Chacun resta sur cette idée jusqu'à ce que Sawyer émette une opinion qui les fit tous sursauter, y compris Marsha Reid. « Et si Robert Sinclair n'existait pas ? » Plongé dans ses pensées, Sawyer poursuivit : « Prendre l'identité d'une personne qui existe pose un certain nombre de problèmes épineux. Il y a toujours de vieilles photos d'anciens amis ou collègues qui débarquent sans prévenir et foutent tout en l'air. Il existe une autre façon de procéder. Quelque chose me dit que nous devrions refaire les mêmes vérifications que les gens de chez Vector. Charge-t'en, Ray, comme hier. »

Jackson fit un signe de tête affirmatif et jeta quelques notes sur son carnet.

Marsha Reid se tourna vers Sawyer. « Penses-tu ce que je pense que tu penses ? » interrogea-t-elle.

Sawyer sourit. « Ce ne serait pas la première fois qu'on inventerait de toutes pièces l'existence de quelqu'un. Numéro de Sécurité sociale, passé professionnel, domiciles, photographies, relevés de banque, certificats de formation, faux numéros de téléphone, fausses références. » Avec un clin d'œil en direction de la spécialiste des empreintes, il ajouta : « Et même, fausses empreintes, Marsha.

— Ce qui veut dire que nous avons affaire à de vrais pros.

— C'est ce que j'ai toujours pensé, vois-tu. Je ne tiens pas à négliger la procédure habituelle, donc nous allons continuer à interroger les familles des victimes, mais je ne tiens pas à perdre trop de temps avec ça. Lieberman est la clé de l'affaire, cela ne fait pas de doute. »

Changeant de sujet, il demanda à Jackson : « Rapid Start tourne bien ?

— Très bien. »

Pour le FBI, Rapid Start était une sorte de gare de triage. Sawyer avait déjà utilisé avec succès par le passé ce système qui fonctionnait comme un central électronique. Pour chaque enquête, il regroupait et organisait toutes les informations, pistes, et renseignements anonymes disponibles, éliminant ainsi les risques de confusion. Les chances de réussite en étaient considérablement accrues.

Le siège de l'opération Rapid Start pour l'affaire du vol 3223 était un hangar à tabac désaffecté des faubourgs de Standardsville. Le bâtiment abritait maintenant le dernier cri de l'équipement en matière d'informatique et de télécommunications. Des dizaines d'agents se relayaient par équipes pour entrer vingt-quatre heures sur vingt-quatre des informations dans les gigantesques bases de données.

« Il faudra que Rapid Start fasse des miracles. Et plus encore », constata Sawyer. Il se tut un instant, pensif, puis lança : « Et maintenant, au travail ! »

24

« C'est vous, Quentin ? » Sidney, l'air surpris, se tenait sur le seuil de sa maison.

Rowe la regardait derrière ses lunettes ovales. « Je peux entrer ? »

Elle le conduisit dans le living-room. Les parents de Sidney étaient partis faire des courses et la petite Amy, à moitié endormie, se promenait dans la pièce, son ours à la main. « Bonjour, Amy », dit Rowe. Il s'agenouilla et tendit la main vers elle, mais elle eut un mouvement de recul. « Quand j'avais ton âge, moi aussi, j'étais timide, dit-il en souriant. C'est sans doute pour ça que je me suis tourné vers les ordinateurs. Ils ne vous répondent pas quand on leur parle et ils n'essaient pas de vous toucher. » Il s'interrompit, apparemment perdu dans ses pensées, puis revint brusquement à Sidney. « J'aimerais vous parler. Avez-vous un peu de temps ? »

Après un moment d'hésitation, Sidney acquiesça. « Entendu, mais laissez-moi d'abord mettre ma fille au lit pour une sieste bien méritée. Je reviens tout de suite. » Elle prit sa fille dans ses bras et sortit.

En l'attendant, Quentin Rowe fit lentement le tour de la pièce et étudia les nombreuses photos de la famille Archer posées sur les meubles et accrochées aux murs. Quand Sidney revint, il se tourna vers elle. « C'est une enfant adorable, dit-il.

— Elle est merveilleuse. Un vrai don du ciel.

— Surtout en ce moment, n'est-ce pas ? »

Sidney hocha la tête en silence.

« Mes parents sont morts tous les deux dans un accident d'avion quand j'avais quatorze ans, reprit Rowe.

— Oh, Quentin !

— C'est vieux, maintenant. Mais je suis bien placé

pour comprendre ce que vous ressentez. J'étais enfant unique, sans autre famille.

— Vu sous cet angle, je pense que je n'ai pas à me plaindre.

— C'est vrai, Sidney, ne l'oubliez jamais. »

Elle prit une profonde inspiration. « Voulez-vous boire quelque chose ?

— Je veux bien un peu de thé, merci. »

Quelques instants plus tard, ils étaient installés sur le canapé. Rowe but délicatement quelques gorgées, puis posa sa tasse et sa soucoupe et se tourna vers elle. Il était visiblement mal à l'aise. « Tout d'abord, je tiens à vous présenter mes excuses.

— Quentin... »

Il l'interrompit d'un geste de la main. « Je sais ce que vous allez dire, mais j'ai vraiment dépassé les bornes. La façon dont je vous ai traitée, les mots que j'ai prononcés... Il m'arrive de parler sans réfléchir. Souvent. En fait, je manque d'aisance. J'ai parfois l'air d'un je-m'en-foutiste, mais ce n'est pas vrai.

— Je sais. Nous avons toujours eu de bons rapports. Tout le monde chez Triton vous estime énormément. Jason vous appréciait particulièrement. Si cela peut vous mettre à l'aise, j'avoue que j'ai un contact beaucoup plus facile avec vous qu'avec Nathan Gamble.

— Cela dit, je peux fournir une explication à mon attitude. J'étais soumis à une pression considérable, avec Gamble qui rechignait à l'acquisition de CyberCom et le risque que l'affaire nous passe sous le nez.

— Nathan est pourtant conscient des enjeux. »

Rowe hocha affirmativement la tête, l'air absent. « La seconde chose que je voulais vous dire, c'est combien je suis sincèrement désolé pour Jason. Cela n'aurait jamais dû arriver. Jason était probablement le seul, chez Triton, avec qui j'étais sur la même longueur d'onde. Il était aussi doué que moi sur le plan technologique, mais en plus lui ne manquait pas d'aisance.

— Vous vous débrouillez très bien. »

Les yeux de Rowe brillèrent. « Vous trouvez ? » Il poussa un soupir. « À côté de Gamble, la plupart des gens ont l'air terne.

— Je ne dirai pas le contraire, mais je ne vous conseille pas de rivaliser avec lui.

— Oh, je sais que lui et moi formons un drôle de couple.

— Indéniablement, cela a donné de brillants résultats.

— Exact. » Il y avait soudain de l'amertume dans la voix de Rowe. « L'argent comme unité de mesure. Quand j'ai démarré, j'avais plein d'idées. Des idées formidables et pas un sou. C'est alors que Nathan est arrivé.

— Il y a aussi votre vision de l'avenir, Quentin. Je la partage, pour autant que mon incompétence en matière de technologie me le permet. Et je sais que c'est elle qui vous pousse à faire l'acquisition de CyberCom. »

Rowe frappa de son poing la paume de sa main. « Parfaitement, Sidney, parfaitement. Les enjeux sont énormes. Sur le plan technologique, CyberCom dépasse tous les autres et de très loin. C'est comme si Graham Bell revenait. » Un frisson sembla le parcourir à cette évocation. « Rendez-vous compte : ce qui freine le potentiel illimité d'Internet, c'est le fait qu'il est tellement immense que naviguer dessus est un vrai casse-tête, même pour les plus ferrés en informatique.

— Et avec CyberCom ça va changer ?

— Oui, bien sûr !

— Je dois vous avouer que je ne sais pas trop ce que CyberCom a découvert, même si je travaille sur l'affaire depuis des mois. Les juristes sont rarement au fait de ce genre de subtilités, surtout s'ils sont aussi peu doués que moi pour les sciences », ajouta-t-elle avec un sourire.

Rowe s'installa confortablement dans le canapé. Quand la conversation prenait un tour technique, sa mince silhouette se détendait. « Je vais vous expliquer en termes simples. Ce qu'a fait CyberCom, c'est rien de moins que de créer une intelligence artificielle, des agents intelligents, qui permettront de naviguer sans effort sur les innombrables réseaux d'Internet.

— Une intelligence artificielle ? Je croyais qu'on ne voyait ça qu'au cinéma.

— Pas du tout. Bien entendu, il y a plusieurs niveaux d'intelligence artificielle. Celle mise au point par CyberCom est de loin la plus sophistiquée que j'aie jamais vue.

— Comment cela fonctionne-t-il, exactement ?

— Prenons un exemple. Vous voulez retrouver tous les articles écrits sur un sujet controversé. Vous voulez aussi un résumé de ces articles, avec la liste de ceux qui sont favorables et de ceux qui sont défavorables, leurs arguments, etc. Si vous vous lancez seule dans le labyrinthe qu'est devenu internet, cela vous prendra la vie entière. Car l'énormité du volume d'informations disponibles sur Internet est son plus gros inconvénient. Les êtres humains ne sont pas vraiment équipés pour faire face à un phénomène d'une telle ampleur. Mais si vous contournez cet obstacle, c'est comme si le soleil venait éclairer la surface de Pluton.

— Et c'est ce qu'a fait CyberCom ?

— Avec CyberCom, nous mettrons au point un réseau sans fil, qui, à partir d'un satellite, sera en liaison avec le logiciel dont sera bientôt équipé chaque ordinateur aux États-Unis et, plus tard, dans le monde entier. Ce logiciel est de loin le plus convivial que je connaisse. Il demandera à l'utilisateur quelles sont les informations précises dont il a besoin. Si nécessaire, il posera d'autres questions. Puis, grâce à notre réseau satellite, il ira explorer chaque molécule du conglomérat d'ordinateurs que nous appelons Internet jusqu'à ce qu'il ait assemblé, sous une forme parfaitement lisible, la réponse à chaque question que vous aurez posée et à bien d'autres dont vous n'aurez même pas eu l'idée. Mieux, ce logiciel est un vrai caméléon en ceci que les agents intelligents seront capables de communiquer avec n'importe quel serveur existant sur le réseau, éliminant un autre inconvénient d'Internet : l'incapacité des systèmes à communiquer entre eux. Et ils le feront des milliards de fois plus vite que nous. Un peu comme s'ils examinaient chaque goutte du Nil en quelques minutes. Ou plus vite encore. En bref, les immenses gisements de connaissances qui existent là et se développent chaque jour à une vitesse exponentielle pourront être mis en relation avec l'entité qui en a besoin. »

Rowe lança un regard aigu à Sidney avant de poursuivre : « Je veux dire, l'humanité. Et les choses ne s'arrêtent pas là. L'interface entre le réseau et Internet n'est qu'une toute petite pièce du puzzle. Ce logiciel élève également les standards d'encryptage à un niveau jamais atteint. Imaginez des réponses sophistiquées aux tentatives de décryptage illégal de transmissions électroniques. Des réponses qui pourront non seulement parer aux multiples attaques d'un pirate informatique, mais également pourchasser l'intrus et retrouver sa trace. De quoi ravir les représentants de la loi, non ? C'est la prochaine étape de la révolution technologique. Qui conditionnera la façon dont seront transmises et utilisées toutes les données au cours du siècle à venir. La façon dont nous construirons, dont nous enseignerons, dont nous penserons. Imaginez des ordinateurs qui ne soient plus seulement des machines inertes se bornant à réagir aux instructions des humains. Des ordinateurs dotés d'une puissance intellectuelle qui leur permettra de réfléchir, de résoudre les problèmes *pour nous* d'une façon encore inconcevable aujourd'hui. Un nombre incroyable de choses seront alors dépassées, y compris les produits actuels de Triton. Le changement sera radical. Comme lorsque le moteur a définitivement mis au rebut les voitures à cheval. Et plus encore, même.

— Seigneur ! s'exclama Sidney. Je suppose que les profits...

— Évidemment. Ils se compteront par milliards de dollars. Les logiciels se vendront comme des petits pains et, dans le monde entier, tout ce qui fait commerce voudra être en ligne avec nous. Et ce ne sera que le début. » Apparemment, cet aspect du problème manquait d'intérêt pour Rowe. « Malgré tout, poursuivit-il, Gamble continue à refuser l'évidence. Il ne comprend pas... » Il bondit sur ses pieds en levant les bras au ciel, puis, conscient de son agitation, se rassit brusquement, le visage écarlate. « Je... je suis désolé, murmura-t-il. Il m'arrive de me laisser emporter.

— Ne vous en faites pas, Quentin, je vous comprends. Je sais que Jason partageait votre enthousiasme pour l'acquisition de CyberCom.

— Nous avons eu plusieurs conversations intéressantes à ce sujet.

— Et Gamble a parfaitement conscience des conséquences qu'aurait pour Triton le rachat de CyberCom par une autre entreprise. Je veux croire qu'il finira par accepter de leur communiquer les chiffres de la société.

— Il faut le souhaiter », lança Rowe.

Il se tut. Sidney jeta un regard discret au diamant qu'il avait dans l'oreille. C'était apparemment sa seule extravagance, bien modeste. Malgré sa fortune, il continuait à vivre comme l'étudiant pauvre qu'il était dix ans auparavant.

Rowe rompit le silence. « En fait, Jason et moi avons beaucoup parlé de l'avenir. C'était quelqu'un de tout à fait à part. » À chaque fois que le nom de Jason était mentionné, il semblait aussi éprouvé que Sidney. « Je suppose que vous n'allez pas continuer à travailler sur le dossier CyberCom ?

— Mon remplaçant est d'une très grande compétence. Vous ne perdrez rien au change.

— Parfait. » Il paraissait convaincu.

Elle se leva et lui posa la main sur l'épaule. « Quentin, cette affaire *se fera* », dit-elle avec conviction, puis, s'apercevant que sa tasse était vide, elle proposa : « Encore un peu de thé ?

— Comment ? Euh... non merci. » Il se replongea dans ses pensées tout en se frottant nerveusement les mains. Au bout de quelques instants, il lui lança un coup d'œil. Elle crut deviner ce qui le préoccupait. « J'ai eu une conversation impromptue avec Nathan, récemment », déclara-t-elle.

Il hocha lentement la tête. « Il m'en a dit deux mots.

— Vous êtes donc au courant du "voyage" de Jason ?

— L'histoire de l'entretien d'embauche ?

— Oui.

— Quel est le nom de l'entreprise ? » Il avait posé la question sans paraître y attacher d'importance.

Sidney hésita, puis choisit de répondre. « AllegraPort Technology. »

Rowe renifla. « J'aurais pu vous dire que c'était du bidon. Dans moins de deux ans, ce sera terminé pour AllegraPort. Ils sont complètement dépassés. Dans cette branche, ou vous innovez, ou vous disparaissez. À aucun moment Jason n'aurait pu envisager sérieusement de travailler pour eux.

— En fait, c'était le cas. Ils n'ont jamais entendu parler de lui. »

Visiblement, Rowe était déjà au courant. « Aurait-il pu s'agir de quelque chose de plus... Je ne sais comment dire..., poursuivit-il.

— De plus personnel ? Une autre femme ? »

Tel un enfant pris en faute, Rowe murmura : « Je n'aurais pas dû en parler. Cela ne me regarde pas.

— Ne vous excusez pas. Je ne peux pas dire que cette idée ne m'ait pas traversé l'esprit. Pourtant, nos rapports étaient meilleurs que jamais.

— Il ne vous a donc jamais laissé entendre que quelque chose se passait dans sa vie ? Quelque chose qui l'aurait conduit à... prendre l'avion pour Los Angeles et à vous dissimuler la vérité ? »

Méfiante, Sidney se demanda s'il allait à la pêche aux informations. Gamble aurait-il envoyé son second dans ce but ? L'expression troublée de Rowe montrait plutôt qu'il était venu de sa propre initiative, afin de chercher à comprendre ce qui était arrivé à son employé et ami.

« Non, jamais, répondit-elle. Jason ne me parlait pas de son travail. Je n'ai aucune idée de ce qu'il faisait. Dieu m'est témoin que j'aimerais savoir. Le pire, c'est d'être dans l'ignorance. » Elle se demandait si elle devait parler à Rowe du nouveau système de verrouillage sur la porte du bureau de Jason et des préoccupations de Kay Vincent. Finalement, elle préféra n'en rien faire.

Un silence gêné s'installa entre eux, puis Rowe se leva. « J'ai dans la voiture les affaires personnelles de Jason que vous étiez venue chercher. C'était la moindre des choses que je vous les apporte, compte tenu de la façon dont je me suis conduit avec vous.

— Merci, Quentin. Sincèrement, je ne vous en veux pas. Nous traversons tous des moments pénibles. »

Il la remercia d'un sourire. « Il faut que je parte. Je vais chercher le carton. »

Il revint bientôt avec les effets de Jason. Sidney le raccompagna sur le seuil.

« Rassurez-vous, Quentin, dit-elle en posant sa main sur son épaule, vous n'aurez pas Nathan

Gamble sur le dos éternellement. Tout le monde sait à qui Triton Global doit sa réussite.

— Vous croyez ? interrogea-t-il, surpris.

— Il est difficile de dissimuler le génie. »

Il soupira. « Vous croyez ? Je dois dire qu'à cet égard, Gamble n'a pas fini de me surprendre. »

Il lui fit un petit signe de la main et se dirigea d'un pas lent vers sa voiture.

25

Il était près de minuit lorsque Lee Sawyer posa enfin sa tête sur l'oreiller, après un dîner rapide. Malgré son immense fatigue, il ne parvint pas à fermer les yeux. Il laissa son regard errer sur le minuscule espace, puis décida soudain de se lever. En caleçon et T-shirt, il se traîna pieds nus dans le couloir et alla s'affaler sur le vieux fauteuil inclinable du living-room. La carrière d'un agent du FBI ne l'autorisait pas souvent à jouir de la tranquillité de son foyer. Combien d'anniversaires, de vacances avait-il manqués ? Il restait parfois des mois loin de la maison et il n'y avait aucune raison que ça s'arrête. Il avait été grièvement blessé en service commandé et son épouse l'avait mal vécu. Sa famille avait reçu des menaces. Et tout cela parce qu'il avait décidé de consacrer sa vie à servir la justice, à rendre le monde sinon meilleur, du moins momentanément plus sûr. Un but noble, mais pas toujours évident à justifier. Comment expliquer au téléphone à un enfant de huit ans qu'une fois de plus, son papa ne pourrait assister au match de base-ball ou à la fête de l'école ? Pourtant, en entrant au FBI, il connaissait ces contraintes. Peg aussi. Leur amour était si fort qu'ils pensaient pouvoir triompher de tout. Et ils y avaient réussi. Pendant un certain temps. Curieusement, leurs relations étaient devenues meilleures aujourd'hui.

Il en allait différemment avec les enfants. Il avait endossé l'entière responsabilité de la rupture et peut-être le méritait-il, après tout. Ses trois aînés commençaient à peine à avoir de véritables conversations avec lui. Meggie, elle, s'était totalement éloignée de lui. Il ne connaissait rien de sa vie. C'était là le plus douloureux. Ne pas savoir.

Chacun doit faire des choix et il avait fait les siens. Il faisait une belle carrière au FBI, mais il en payait le prix.

Lee Sawyer se rendit à la cuisine, prit une bière fraîche dans le réfrigérateur et revint s'installer dans le fauteuil. Sa potion magique pour s'endormir. Du moins ne buvait-il pas d'alcools forts. Pas encore. Il avala la bière à grandes gorgées, se laissa aller en arrière et ferma les yeux.

Une heure plus tard, la sonnerie du téléphone le tira d'un profond sommeil. Il tendit la main vers l'appareil posé sur la table à côté du fauteuil.

« Lee ? »

Il souleva les paupières et consulta sa montre. « C'est toi, Frank ? Dis donc, tu n'es plus au Bureau ! Je croyais qu'en entrant dans le privé, tu aurais des horaires plus réguliers. »

À l'autre bout du fil, Frank Hardy se trouvait dans un tout autre cadre. Son bureau était agréablement meublé. Sur le mur derrière lui étaient affichés différents souvenirs d'une longue et remarquable carrière au FBI. « Il y a trop de concurrence, Lee, répondit-il en souriant. Des journées de vingt-quatre heures, ce n'est pas assez.

— Je n'ai pas honte de dire que pour moi vingt-quatre heures c'est la limite. Quoi de neuf ?

— Quelque chose qui a un rapport avec le crash. »

Parfaitement réveillé maintenant, Sawyer se redressa. « Quoi ?

— J'ai quelque chose à te montrer, Lee. J'ignore encore quelles sont toutes les implications. Écoute, je suis en train de faire du café. Tu pourrais être ici rapidement ?

— Donne-moi une demi-heure.

— Comme au bon vieux temps. »

Il ne fallut pas plus de cinq minutes à Lee Sawyer pour s'habiller. Il glissa son 10 mm dans son holster et quitta l'appartement. De sa voiture, il appela le quartier général du FBI afin de les mettre au courant de ce nouveau développement. Frank Hardy avait été l'un de leurs meilleurs agents. Quand il avait quitté le Bureau après de nombreuses années de service pour créer sa propre société de gardiennage, il avait manqué à tout le monde, mais personne ne lui avait reproché d'avoir sauté le pas. Sawyer et lui avaient fait équipe pendant dix ans avant son départ. Ils formaient un tandem de choc, capable de résoudre les affaires les plus difficiles et de conduire devant le tribunal des criminels parfaitement planqués. Nombre de ces derniers purgeaient maintenant une peine incompressible d'emprisonnement à vie dans les quartiers de haute sécurité de diverses prisons fédérales. Certains autres, et parmi eux des *serial killers,* avaient été exécutés.

Si Hardy disait posséder un élément en rapport avec l'attentat contre l'avion de Western Airlines, c'était vrai. Sawyer accéléra. Dix minutes plus tard, il se garait sur un vaste parking. L'immeuble de treize étages, situé à Tysons Corners, abritait de nombreux bureaux, mais aucun n'avait de près ou de loin une activité aussi excitante que celui de Hardy.

Après avoir montré sa carte du FBI au gardien, il prit l'ascenseur jusqu'au dernier étage et se retrouva dans un hall d'accueil. L'endroit était moderne et éclairé par une lumière douce. Le reste des bureaux était plongé dans l'obscurité. Derrière la banque de la réceptionniste, le nom de la société était inscrit en énormes lettres blanches : SECURTECH.

26

Assise dans le rocking-chair dans la chambre de sa fille, Sidney Archer contemplait le petit torse qui se soulevait à un rythme régulier. Ses parents étaient profondément endormis dans la chambre d'amis, au fond du couloir. Au bout d'un moment, elle se leva et s'approcha de la fenêtre. Elle n'avait jamais été un oiseau de nuit. Ses journées épuisantes l'avaient toujours fait sombrer dans le sommeil dès qu'elle se couchait. Maintenant, l'obscurité lui procurait une sensation d'apaisement, comme si elle se trouvait sous une cascade d'eau chaude. Elle rendait les événements récents moins réels, moins terrifiants qu'ils n'étaient. Mais le jour, en se levant, les replacerait sous un éclairage cru. Demain aurait lieu la cérémonie funèbre. Les gens viendraient chez elle lui présenter leurs condoléances et dire du bien de son mari. Elle n'était pas sûre de pouvoir affronter cette épreuve, mais c'était un souci qu'elle avait décidé d'ignorer pendant quelques heures.

Elle embrassa Amy sur la joue, quitta la pièce et se rendit dans le petit bureau de Jason. Elle passa la main au-dessus du chambranle et ramena la moitié d'une épingle à cheveux qu'elle introduisit dans la serrure. À deux ans, sa fille touchait à tout : collants, produits de maquillage, chaussures, cravates, portefeuilles. Une fois, ils avaient retrouvé les papiers de la Cougar de Jason dans la préparation pour les pancakes du matin, en même temps que les clefs de la maison qu'ils cherchaient désespérément. Une autre fois, la petite fille avait entouré les montants de leur lit de fil dentaire. Le plus jeune membre de la famille Archer n'avait aucune difficulté à ouvrir les portes. C'est pourquoi ils avaient placé une épingle à cheveux ou un trombone déplié au-dessus de la plupart d'entre elles.

Sidney entra et alla s'installer devant l'ordinateur. L'écran était sombre et silencieux. Au fond d'elle-même, elle espérait qu'il y aurait un autre courrier électronique, mais il ne se passa rien. Elle fit le tour de la pièce du regard. C'était un endroit qui n'appartenait qu'à Jason et à ce titre il exerçait sur elle une attraction puissante. Elle toucha certains des objets favoris de son mari comme si, par osmose, ils allaient lui révéler les secrets qu'il avait laissés derrière lui.

La sonnerie du téléphone interrompit le cours de ses pensées. Elle décrocha, se demandant qui était au bout du fil. Il lui fallut quelques secondes avant de reconnaître la voix de Paul.

« Je suis désolé d'appeler si tard, Sidney, mais j'essaie de vous joindre depuis plusieurs jours. J'ai laissé des messages. »

Elle hésita. « Je sais, Paul. Je suis désolée, j'ai eu tellement...

— Oh, je ne dis pas ça pour vous culpabiliser. Simplement, je me faisais du souci pour vous. Je me demande comment vous arrivez à tenir le coup. Vous êtes plus solide que moi, Sidney.

— Je ne me sens pourtant pas très solide en ce moment, dit-elle avec un faible sourire.

— Chez Tyler, Stone, nous sommes nombreux à être à vos côtés. Et plus particulièrement un avocat de New York, qui se tient à votre disposition vingt-quatre heures sur vingt-quatre.

— Je suis vraiment touchée.

— Je prends l'avion demain pour assister à l'office funèbre.

— Ne vous donnez pas cette peine, Paul, vous devez être débordé.

— Pas vraiment. Je ne sais pas si vous êtes au courant, mais je me suis proposé pour mener les négociations dans l'affaire CyberCom. »

Sidney s'efforça de garder un ton neutre. « Vraiment ?

— Sans succès, je dois dire. Wharton m'a opposé une fin de non-recevoir.

— Je suis désolée, Paul. » Sidney se sentait un peu responsable. « Vous aurez l'occasion de vous occuper d'autres affaires de ce genre.

— Je sais, mais je pensais être capable de gérer celle-là. Sincèrement. » Il se tut un moment et Sidney espéra qu'il n'allait pas lui demander si Wharton l'avait consultée à ce propos. Elle n'en fut que plus gênée lorsqu'il reprit : « Je viens demain, Sidney. Il n'est pas question que je n'assiste pas à l'office.

— Merci. » Sidney resserra frileusement sa robe de chambre autour d'elle.

« Est-ce que cela vous pose un problème si je viens directement chez vous de l'aéroport ?

— Vous êtes le bienvenu, Paul.

— Essayez de dormir, Sidney. On se voit demain matin, à la première heure. Si vous avez besoin de quoi que ce soit, surtout appelez-moi. N'importe quand.

— Merci, Paul. Bonne nuit. » Sidney raccrocha. Elle s'était toujours bien entendue avec Brophy, mais elle n'ignorait pas que sa gentillesse n'était qu'une façade destinée à masquer son opportunisme. Comme par hasard, il venait partager son chagrin après qu'elle avait dit à Henry Wharton qu'il n'était pas à la hauteur pour conduire les négociations avec CyberCom. Malgré sa peine, Sidney ne pouvait croire à une coïncidence. Elle aurait bien aimé connaître les véritables motifs du collaborateur new-yorkais de Tyler, Stone.

De son côté, Paul Brophy contemplait son appartement luxueux en reposant l'appareil. New York était une ville formidable pour un célibataire de trente-quatre ans avec un revenu à six chiffres. Il sourit et passa la main dans son épaisse chevelure. Avec un peu de chance, ces six chiffres passeraient bientôt à sept. Dans la vie, il fallait savoir choisir ses alliés. Il composa un nouveau numéro de téléphone. À l'autre bout du fil, on décrocha dès la première sonnerie. Paul se fit connaître.

« Bonsoir, Paul, j'attendais ton appel », dit Philip Goldman.

27

Frank Hardy chargea la bande vidéo dans le magnétoscope placé sous la télévision grand écran qui se trouvait dans un coin de la salle de conférences. Il était presque deux heures du matin. Dans l'un des fauteuils, Lee Sawyer promenait un regard admiratif autour de lui, une tasse de café brûlant à la main. « On voit que les affaires sont bonnes, Frank. J'oublie toujours que tu as fait un sacré bond en avant sur l'échelle sociale.

— Si tu avais accepté de travailler avec moi, répondit Hardy en riant, je n'aurais pas besoin de te le rappeler sans arrêt.

— J'ai mes habitudes, Frank.

— Écoute, Renee et moi envisageons d'aller passer Noël dans les Caraïbes. Pourquoi ne nous accompagnerais-tu pas ? Amène quelqu'un, si tu veux. » Hardy jeta un coup d'œil plein d'expectative à son ex-collègue.

« Désolé, Frank. Je n'ai personne en ce moment.

— Cela fait deux ans que ça dure, Lee. Tu sais, quand Sally m'a quitté, j'ai cru mourir. Je n'avais aucune envie de rencontrer d'autres femmes. Et puis Renee est arrivée. Depuis, c'est le bonheur.

— Rien d'étonnant, elle est ravissante. »

Hardy éclata de rire. « Renee a pas mal de copines tout aussi séduisantes. Tu devrais y réfléchir. Les femmes sont folles des grands costauds dans ton genre, ce n'est pas moi qui vais te l'apprendre !

— D'accord, grommela Sawyer. Je ne voudrais pas minimiser ton pouvoir de séduction, mais je n'ai pas ton compte en banque. Du coup, ma cote a quelque peu baissé au fil des ans. Par-dessus le marché, n'étant qu'un pauvre fonctionnaire, je ne peux pas m'offrir des voyages luxueux. Mon niveau de vie n'a rien à voir avec le tien. »

Hardy s'installa dans un fauteuil, un gobelet de café dans une main, la télécommande du magnétoscope dans l'autre. « Lee, j'avais l'intention de prendre tous les frais pour moi. Disons que ce serait un cadeau de Noël un peu avant l'heure. On n'a pas si souvent l'occasion de te faire plaisir.

— Merci, c'est gentil, mais je vais essayer de passer un peu de temps avec mes enfants, cette année. S'ils veulent bien de moi. »

Frank hocha la tête. « Comme tu voudras.

— Revenons à nos moutons. Qu'est-ce que tu voulais me montrer ?

— Cela fait plusieurs années que nous sommes le principal conseil de Triton Global en matière de sécurité », commença Frank Hardy.

Sawyer but une gorgée de café. « Triton Global, informatique et télécommunications ? Ils font partie des cinq cents plus grosses entreprises, non ?

— En fait, la société n'est pas cotée en bourse. Ils

dominent le marché dans leur secteur et se développent à une vitesse folle, mais sans faire appel aux fonds des marchés boursiers.

— Impressionnant. Mais quel rapport avec un avion qui s'écrase dans un champ de Virginie ?

— Il y a plusieurs mois, la direction de Triton a soupçonné l'existence d'une fuite d'informations confidentielles au profit d'un concurrent. Ils ont fait appel à nous pour s'en assurer et, le cas échéant, découvrir l'origine de la fuite.

— Et vous avez trouvé ? »

Hardy acquiesça d'un signe de tête. « Nous avons commencé par sélectionner les concurrents susceptibles d'être partie prenante dans ce genre d'opérations, puis nous les avons placés sous surveillance.

— Cela n'a pas dû être facile. D'énormes entreprises, des milliers d'employés, des centaines de bureaux...

— Au début, effectivement, on a eu un mal de chien. Puis on a acquis la certitude que la fuite venait d'en haut et on s'est intéressé aux collaborateurs de Triton occupant les postes les plus élevés. »

Sawyer s'enfonça dans son fauteuil et sirota son café. « Et alors, vous avez repéré des endroits où l'échange pouvait "officieusement" avoir lieu et vous avez commencé à fouiner. »

Hardy sourit. « Tu es sûr que tu ne veux pas de ce boulot ? »

Sawyer ignora le compliment. « Et qu'est-ce qui est arrivé ?

— Nous avons identifié un certain nombre de ces endroits "officieux", c'est-à-dire des bâtiments appartenant aux entreprises suspectes et qui semblaient ne jouer aucun rôle logistique légitime. Sur chacun de ces sites, nous avons établi une surveillance. » Hardy eut un petit ricanement. « Surtout, Lee, ne me sors pas la loi sur la violation de la propriété privée. Quelquefois, la fin justifie les moyens.

— Je n'ai rien dit, Frank. Il y a des moments où j'aimerais pouvoir passer outre. Mais imagine les hurlements des avocats. J'y laisserais ma retraite...

— Je ne polémiquerai pas avec toi sur le sujet. Quoi qu'il en soit, il y a deux jours, nous avons fait l'inspection de routine d'une caméra de surveillance installée dans un hangar près de Seattle.

— Qu'est-ce qui vous a poussés à vous intéresser à ce hangar en particulier ?

— Nos renseignements nous portaient à croire que ce bâtiment appartenait, à travers une pléiade de filiales et de partenariats, au groupe RTG. C'est-à-dire à l'un des concurrents les plus importants de Triton sur le plan international.

— Dans quel domaine Triton soupçonnait-elle des fuites ? La technologie ?

— Non. Triton effectuait des négociations pour acquérir une entreprise spécialisée dans les logiciels appelée CyberCom. Une boîte de premier plan. Nous sommes certains que des informations sur ces négociations étaient transmises à RTG. Bien utilisées, elles permettraient aux gens de RTG de connaître les termes de la proposition de Triton et d'emporter eux-mêmes le morceau en surenchérissant. Au vu de la bande vidéo que je vais te montrer, nous avons discrètement tâté le terrain auprès de RTG. Bien entendu, ils ont tout nié en bloc. Ils affirment que le hangar a été loué l'an dernier à une entreprise extérieure au groupe. On a vérifié. Cette entreprise n'existe pas. Autrement dit, ou bien RTG ment, ou bien il y a quelqu'un d'autre dans le circuit. »

Sawyer acquiesça. « Je vois. Passe-moi la bande. »

Hardy appuya sur un bouton de la télécommande et le grand écran de télévision s'anima. Des images de la petite pièce du hangar défilèrent. Au moment où un homme jeune, de haute taille, se faisait remettre une mallette métallique par des hommes plus âgés, Hardy effectua un arrêt sur image. Il braqua sur lui le mince rayon d'une lampe de poche et se tourna vers Sawyer.

« Cet homme est un salarié de Triton Global, dit-il en le désignant. Nous ne l'avions pas placé sous surveillance dans la mesure où il ne faisait pas partie des hautes sphères et n'était pas impliqué directement dans les négociations pour le rachat de CyberCom.

— Pourtant, il semble que ce soit lui qui transmette les informations. Tu reconnais quelqu'un d'autre ? »

Hardy fit la moue. « Non, pas encore. À propos, cet homme s'appelle Jason Archer. Domicilié 611 Morgan Lane, Jefferson Country, Virginie. Ça te dit quelque chose ? »

Sawyer fit un effort de mémoire. Le nom lui semblait effectivement familier. Soudain, il se rappela où il l'avait vu. Sur la liste des passagers de l'avion qu'il avait consultée plus de cent fois. Et maintenant il avait sous les yeux le visage de cet homme. Il se souleva à demi de son fauteuil, les yeux rivés sur le téléviseur. Son regard descendit vers le bas de l'écran, sur lequel étaient inscrites la date et l'heure : 17 novembre 1995, 11 h 15, heure du Pacifique. Il fit un rapide calcul. Sept heures après que l'avion s'était écrasé en Virginie, cet homme était à Seattle, et tout ce qu'il y a de plus vivant. « Bon sang ! » s'exclama-t-il.

Hardy hocha la tête. « Tu n'hallucines pas, Lee. Jason Archer était bien sur la liste des passagers du vol 3223, mais, comme tu le vois, il ne se trouvait pas dans l'avion. »

Il remit la bande en marche et, un peu plus tard, le rugissement d'un avion emplit la pièce, si fort que Sawyer tourna brusquement la tête vers la fenêtre. On aurait dit que l'appareil allait entrer dans la salle.

Hardy sourit. « Cela m'a fait le même effet la première fois que j'ai entendu ce vacarme. »

Sur l'écran, les hommes levaient les yeux, puis le bruit décrut. Sawyer plissa les yeux. Quelque chose attirait son attention, mais il ne parvenait pas à déterminer quoi.

Hardy l'observait attentivement. « Tu remarques quelque chose ? » demanda-t-il.

Sawyer finit par secouer négativement la tête. « Bon, dis-moi ce qu'Archer faisait à Seattle le matin du crash, alors qu'il était censé se trouver dans l'avion pour Los Angeles ? Il était en voyage d'affaires ?

— Pas du tout. Chez Triton, on ignorait qu'il se rendait à Los Angeles et plus encore à Seattle. On croyait qu'il avait pris un congé pour rester en famille.

— Briefe-moi un peu là-dessus, Frank. »

La réponse de Hardy ne se fit pas attendre. « Archer est marié, père d'une petite fille. Sa femme, Sidney, est avocate au cabinet Tyler, Stone, principal conseil juridique de Triton. Elle traite un certain nombre de dossiers de Triton. Entre autres, c'est elle qui mène les négociations pour l'acquisition de CyberCom.

— Intéressant. Et peut-être pratique, pour elle et son mari.

— Je dois dire que c'est la première idée qui m'est venue à l'esprit.

— Si Archer était à Seattle vers dix heures, dix heures trente du matin, heure du Pacifique, cela signifie qu'il a attrapé un avion de très bonne heure à Washington.

— Sur Western Airlines, il y en a un qui part à peu près à la même heure que le vol de Los Angeles. »

Sawyer se leva et s'avança jusqu'à l'écran de télévision. Il rembobina la cassette, puis l'arrêta. Il étudia longuement le visage de Jason dans ses moindres détails, de façon à le graver dans sa mémoire, avant de se tourner vers Hardy. « Nous savons qu'Archer était sur la liste des passagers du vol 3223, mais son employeur n'était pas au courant de ce voyage, à ce que tu m'as dit. Comment a-t-il découvert qu'il était dans l'avion ? Enfin, qu'il était censé s'y trouver », corrigea-t-il.

Hardy remplit de nouveau les tasses de café, se leva et alla regarder par la fenêtre. L'un comme l'autre, les deux hommes semblaient avoir besoin de bouger quand ils réfléchissaient. « La compagnie aérienne a retrouvé son épouse, qui était en voyage d'affaires à New York, et lui a annoncé la mauvaise nouvelle. Elle assistait à une réunion avec des gens de chez Triton, dont le président. C'est à ce moment-là qu'ils l'ont appris. Bientôt, tout le monde a été au courant. Deux personnes seulement ont vu la bande vidéo que tu as sous les yeux : Nathan Gamble, président du conseil d'administration de Triton, et Quentin Rowe, qui se situe immédiatement après lui dans la hiérarchie. »

Sawyer se frotta la nuque, prit la tasse de café et avala une gorgée. « Western Airlines a confirmé qu'Archer s'est bien présenté à l'enregistrement et que sa carte d'embarquement a été remise à l'hôtesse. Autrement, ils n'auraient pas informé sa famille.

— Tu sais aussi bien que moi que n'importe qui a pu se présenter à l'enregistrement sous son identité. Les billets ont probablement été payés d'avance. L'homme enregistre un sac de voyage et franchit les contrôles de sécurité. Même avec les nouvelles consignes très strictes de la Direction générale de l'aviation civile, il n'est pas nécessaire de produire une pièce d'identité avec photo au moment de monter à bord d'un avion.

— Mais enfin, quelqu'un est bien monté à bord à la place d'Archer. La compagnie a sa carte d'embarquement et une fois qu'on est à l'intérieur de l'appareil, on n'en sort plus.

— Le salaud qui a fait ça était soit particulièrement idiot, soit particulièrement malchanceux. Sans doute les deux.

— D'accord, mais si Archer était dans le vol de Seattle, c'est qu'il avait un autre billet.

— Il a pu se faire enregistrer deux fois, une fois pour chaque vol, et se servir d'une fausse identité pour le vol de Seattle.

— Exact. » Sawyer envisageait les différentes éventualités. « À moins qu'il n'ait simplement échangé son billet avec le type qui a pris sa place.

— Quelle que soit la vérité, tu as du pain sur la planche. »

Sawyer tourna sa tasse de café dans sa main. « A-t-on interrogé sa femme ? »

Hardy ouvrit un dossier. « Nathan Gamble l'a fait à deux reprises, rapidement. Quentin Rowe lui a parlé, lui aussi.

— Que dit-elle ?

— Au début, elle a prétendu ignorer que son mari se trouvait à bord de cet avion.

— Au début ? Elle a donc changé de discours ?

— Oui. Par la suite, elle a déclaré à Nathan Gamble que son mari lui avait menti. Il lui aurait raconté qu'il se rendait à Los Angeles pour rencontrer les dirigeants d'une autre entreprise qui voulaient l'engager. En fait, il s'est avéré qu'il n'avait rendez-vous avec aucune société.

— Qui l'affirme ?

— Sidney Archer. Sans doute a-t-elle appelé l'entreprise en question pour dire que son mari ne viendrait pas.

— Tu as vérifié ? » Hardy fit signe que oui et Sawyer poursuivit : « Comment avance ton enquête ? »

Hardy eut une expression presque douloureuse. « À l'heure actuelle, rien ne se dessine vraiment. Nathan Gamble est loin d'être ravi. Comme il paie les factures, il attend des résultats. Mais ça prend du temps, tu le sais bien. Pourtant... » Il s'interrompit, les yeux fixés sur l'épaisse moquette. Visiblement, il n'aimait pas se trouver devant une énigme. « Pourtant, d'après Gamble et Rowe, Mme Archer croit son mari mort.

— Si elle dit la vérité. À l'heure actuelle, je mets des “si” partout. » Sawyer avait parlé d'un ton enflammé et Hardy le regarda d'un air interrogateur. Les épaules de l'agent du FBI se voûtèrent. « Entre nous, Frank, je me sens un peu bête dans cette affaire.

— Pourquoi cela ?

— Je croyais dur comme fer qu'Arthur Lieberman était la cible visée. J'ai tout axé sur cette hypothèse, ou presque.

— L'enquête ne fait que démarrer, Lee. Cela ne porte pas à conséquence. De plus, rien ne dit qu'Arthur Lieberman n'était pas visé. »

Sawyer sursauta. « Que veux-tu dire ?

— Réfléchis. Tu as déjà répondu à ta propre question. »

Sawyer s'efforça de suivre sa pensée et soudain son visage s'assombrit. « Attends... Tu suggères que ce Jason Archer aurait fait en sorte que l'avion soit détruit pour qu'on pense que Lieberman était visé ? Tu ne crois pas que c'est un peu tiré par les cheveux, Frank ?

— Voyons, répliqua Hardy, si nous n'avions pas la veine d'avoir cette vidéo, c'est bien ce que tu continuerais à croire, non ? Rappelle-toi ce qui constitue la caractéristique principale d'un crash aérien, particulièrement dans le cas où l'appareil s'écrase au sol pratiquement intact, comme ici... »

Sawyer réfléchit, puis pâlit. « On ne retrouve pas de corps. Rien qui permette une identification.

— Exactement. En revanche, si l'avion avait explosé en vol, il y aurait pas mal de corps à identifier. »

Assommé par la révélation de Hardy, Sawyer reprit : « C'est une question qui n'a pas arrêté de me travailler. Si Archer vend ses renseignements, touche son dû et prévoit de s'enfuir, il sait bien qu'il aura la police à ses trousses. »

Hardy poursuivit son raisonnement. « Donc, pour couvrir ses traces, il fait croire qu'il monte à bord d'un avion qui s'écrase dans un champ. Si l'on découvre la preuve d'un sabotage, on pensera en toute logique que Lieberman était visé. Dans le cas contraire, on ne continuera pas à courir après un mort, de toute façon. Fin des recherches. L'affaire est close.

— Mais enfin, Frank, pourquoi ne pas prendre l'argent et s'enfuir, tout simplement ? Ce n'est pas si difficile de disparaître ! Autre chose : le type qui a très vraisemblablement saboté le vol 3223 a fini troué comme une passoire. Alors ?

— D'après l'heure de sa mort, serait-il possible qu'Archer soit revenu l'éliminer ?

— Nous n'avons pas encore les résultats de l'autopsie. Néanmoins, d'après l'apparence du cadavre, Archer aurait effectivement pu regagner la côte Est à temps. »

Hardy feuilleta son dossier tandis qu'il digérait cette information.

« Voyons, Frank, reprit Sawyer, combien crois-tu qu'Archer a touché pour ses renseignements ? Suffisamment pour se payer les services d'un saboteur d'avion, puis d'un tueur pour liquider le saboteur ? Et c'est ce même homme qui, quelques jours auparavant, menait une vie tranquille de père de famille ? Du jour au lendemain, il se serait changé en supercriminel capable de réduire en bouillie des vieilles dames et des enfants ? »

Les lèvres serrées, Frank Hardy leva les yeux vers son vieil ami. « Il ne l'a pas fait personnellement, Lee. Et puis ne me dis pas que tu te lances dans l'analyse des profondeurs de l'âme humaine. Si ma mémoire est bonne, quelques-unes des pires crapules que nous avons dépistées menaient en surface des existences irréprochables. »

Sawyer n'avait pas l'air convaincu. « Combien crois-tu qu'il a touché, Frank ? répéta-t-il.

— Archer aurait facilement pu obtenir plusieurs millions de dollars pour ses informations.

— Un joli paquet, mais je refuse de croire que, même pour une somme pareille, un type puisse tuer pratiquement deux cents personnes afin de couvrir ses traces.

— Il y a un autre élément qui me pousse à penser que Jason Archer était, malgré les apparences, un supercriminel, ou alors qu'il *travaillait* pour une organisation.

— Lequel ? »

Hardy parut soudain embarrassé. « De l'argent a disparu d'un des comptes de Triton.

— De l'argent ? Combien ?

— Accroche-toi. Deux cent cinquante millions de dollars. »

Sawyer faillit s'étouffer avec son café. « Qu'est-ce que tu dis ?

— Apparemment, Archer ne faisait pas que vendre des secrets. Il pillait aussi les comptes en banque.

— Comment est-ce possible ? Je veux dire, une aussi grosse entreprise doit avoir un système de verrouillage de ses comptes bancaires.

— C'est le cas, mais les contrôles reposaient sur l'exactitude des informations transmises par la banque dans laquelle l'argent était déposé.

— Je ne te suis plus », dit Sawyer d'un ton impatient.

Avec un soupir, Hardy posa ses coudes sur la table. « De nos jours, pour transmettre des fonds d'un point A à un point B, on passe par un ordinateur. La banque et la finance fonctionnent ainsi, mais ce n'est pas exempt de risques.

— Du genre incident ou panne ?

— Ou bien l'accès aux ordinateurs de la banque et leur manipulation par des gens malintentionnés. Rien de très nouveau. Tu sais bien que le FBI a créé une cellule spéciale pour lutter contre la criminalité informatique.

— Et d'après toi, c'est ce qui s'est passé ici ? »

Hardy feuilleta de nouveau son dossier et s'arrêta sur une page. « Un compte au nom de "Triton Global Investments, Corporation" était ouvert à l'agence de Virginie de la Consolidated BankTrust. Triton Global Investments, Corporation est une société d'investissements en bourse, filiale de Triton. Le compte a été petit à petit alimenté jusqu'à hauteur de deux cent cinquante millions de dollars. »

Sawyer interrompit son ami. « Archer est-il intervenu lors de l'ouverture du compte ?

— Non. Il n'y avait pas du tout accès, en fait.

— Y avait-il beaucoup de mouvements sur ce compte ?

— Au début, oui. Et puis, au fur et à mesure que le temps a passé, Triton n'a plus utilisé ces fonds. Ils ont été gardés en réserve, en quelque sorte, au cas où Triton ou l'une de ses filiales en aurait besoin.

— Que s'est-il passé ensuite ?

— Il y a à peu près deux mois, un nouveau compte a été ouvert dans la même banque, cette fois au nom de "Triton Global Investments, Limited."

— Triton a donc ouvert un nouveau compte ? »

Hardy hochait déjà négativement la tête. « C'est ça, le lézard. Cette société n'avait aucun rapport avec Triton. Elle s'est avérée totalement fictive. Pas d'adresse, pas de dirigeants, pas d'employés, rien de rien.

— On sait qui a ouvert ce compte ?

— Une seule personne avait la signature, un

certain Alfred Rhone, directeur financier. C'est le nom qui a été donné à la banque. Notre enquête sur lui n'a rien donné. En revanche, nous avons découvert quelque chose d'intéressant. »

Sawyer se pencha en avant. « Quoi donc ?

— Un certain nombre de transactions ont eu lieu à partir de ce compte bidon. Des dépôts, des virements par transfert électronique, des opérations de ce genre. À chaque fois, la signature d'Alfred Rhone apparaissait sur les documents. On l'a comparée avec celle de tous les employés de Triton. On a trouvé une ressemblance avec la signature de l'un d'entre eux. Tu veux savoir qui ? »

Lee Sawyer n'eut pas un instant d'hésitation. « Celle de Jason Archer. »

Hardy fit signe que oui.

« Et que s'est-il passé avec l'argent ?

— Quelqu'un a infiltré le système informatique de BankTrust et a bidouillé les comptes. Le compte Triton d'origine et le compte bidon se sont retrouvés avec le même numéro.

— Pas possible ! C'est un truc énorme !

— Exact. La veille de la disparition d'Archer, un ordre de transfert électronique a été donné. Les deux cent cinquante millions de dollars placés sur le compte de Triton devaient être virés sur un autre compte, ouvert par la société bidon dans une autre grosse banque de dépôt new-yorkaise. Les services de télétransmission de BankTrust chargés du virement avaient déjà une autorisation en attente signée de notre ami Alfred Rhone. Le compte était approvisionné et tout était en règle. L'argent a été transféré le jour même. »

Devant l'expression incrédule de Sawyer, Hardy poursuivit : « Les employés des banques acceptent ce que leur dit l'ordinateur, Lee. Ils n'ont aucune raison de ne pas le faire. Par-dessus le marché, les services des banques ne communiquent pas entre eux. Ils se bornent à exécuter les ordres, dans la mesure où ils sont couverts. Pour réussir ce coup, il fallait connaître parfaitement les procédures bancaires. Je t'ai dit que Jason Archer a travaillé quelques années dans le service des télétransmissions d'une banque avant d'entrer chez Triton ? »

Sawyer secoua la tête d'un air accablé. « J'avais bien raison de ne pas aimer les ordinateurs. Je ne comprends toujours pas comment un coup pareil a pu avoir lieu.

— Examinons les choses sous un autre angle, Lee. C'est en fait comme s'ils avaient cloné un type riche et fait entrer le clone dans la banque pour vider le compte du riche avant de filer. La seule différence, c'est que chez BankTrust, les gens croyaient que les deux bonshommes étaient riches. Évidemment, puisqu'ils regardaient sur le même compte pour les deux et comptaient deux fois l'argent.

— A-t-on une idée de ce que sont devenus les fonds ?

— Je ne m'attends pas à en trouver trace. Ils ont disparu. J'ai déjà rencontré des gens de la brigade de la répression des fraudes du FBI. Ils ont ouvert une enquête. »

Sawyer termina sa tasse de café. « Crois-tu que RTG soit impliqué dans les deux affaires ? demanda-t-il, mû par une impulsion soudaine. Sinon, ce serait franchement bizarre que Jason Archer ait pris le double risque de frauder la banque et de vendre les informations confidentielles.

— Il se peut qu'Archer soit seul à l'origine du vol des informations et que RTG l'ait mis sur le coup de la banque afin de nuire un peu plus à Triton. Il était dans la position idéale pour le faire.

— Mais dans la mesure où la banque se devait de compenser la perte, Triton n'était pas vraiment atteint.

— Erreur. Triton ne dispose plus de cette somme

pendant que BankTrust essaie de démêler l'embrouillamini et que l'enquête se poursuit. L'affaire est remontée jusqu'au conseil d'administration de la banque. Triton vient de s'entendre dire qu'il faudrait peut-être des mois avant de découvrir ce qui s'est passé. Tu peux imaginer combien Nathan Gamble est ravi.

— Ils ont besoin de cet argent dans un but précis, chez Triton ?

— Un peu. Ils comptaient s'en servir pour accompagner leur offre d'achat de CyberCom, l'entreprise dont je t'ai parlé.

— Alors l'affaire leur échappe ?

— Pas encore. Aux dernières nouvelles, il est possible que Nathan Gamble fournisse lui-même les fonds.

— Mazette, ce type peut aligner autant de zéros ?

— Il a des milliards de dollars. Mais enfin, ce n'est pas comme ça qu'il comptait s'y prendre. Non seulement les deux cent cinquante millions de dollars ne sont plus disponibles, mais il immobilise ses propres fonds. Ça fait cinq cents millions de dollars dehors. Et même pour lui, ce n'est pas une petite somme. » Hardy fronça légèrement les sourcils, comme s'il se remémorait sa dernière rencontre avec Gamble. « Vraiment, en ce moment, il n'est pas à la fête. Ce qui le préoccupe le plus, ce sont les informations qu'Archer est allé vendre à RTG. Si RTG acquiert CyberCom, Triton aura perdu beaucoup plus que deux cent cinquante millions de dollars, au bout du compte.

— Mais maintenant que RTG sait que tu es au courant, ils ne vont pas se servir des informations qu'Archer leur a transmises.

— Ce n'est pas aussi simple, Lee. Ils ont nié toute implication dans l'affaire. D'accord, nous avons la vidéo, mais ce n'est pas ça qui va les envoyer au tapis. RTG s'était déjà mis sur les rangs pour le rachat de

CyberCom. Si leur offre est un tout petit peu plus alléchante que celle de Triton, qui pourra y trouver à redire ? »

Sawyer étudia le fond de sa tasse d'un air accablé. « Cela devient très compliqué.

— Voilà, Lee, je t'ai tout raconté, résuma Hardy.

— Je me doutais bien que tu ne me tirerais pas du lit pour un vol de sac à main. » Sawyer se tut un instant, puis constata : « Ce Jason Archer doit être un crack dans son genre, Frank.

— Sans aucun doute.

— Mais tout le monde fait des erreurs, même les génies. Quelquefois, nous avons de la chance, comme avec cette bande vidéo. » Sawyer avait retrouvé son entrain. « Et puis, ce sont les obstacles qui rendent ce boulot tellement attachant, non ? » ajouta-t-il en souriant à son ami.

— Exactement. » Hardy lui rendit son sourire. « Quel est ton programme, maintenant ? »

Les différentes pistes qui s'ouvraient devant Sawyer semblaient lui avoir redonné de l'énergie. Il termina son café et s'en versa une autre tasse.

« D'abord, je vais me servir de ton téléphone pour lancer un mandat d'arrêt international contre Jason Archer. Ensuite, je vais remettre ton intelligence à contribution pendant une petite heure. Demain, j'envoie une équipe d'agents à Dulles Airport pour qu'ils recueillent toutes les informations possibles sur Jason Archer. Pendant ce temps, j'interrogerai moi-même une personne qui joue peut-être un vrai rôle dans cette affaire.

— Qui donc ?

— Sidney Archer. »

28

« Bonjour, monsieur. Paul Brophy. Je suis un des collègues de Sidney... »

Brophy se tenait dans le vestibule de la maison de Sidney Archer, son sac de voyage à la main.

« Bill Patterson, le père de Sidney.

— Elle m'a souvent parlé de vous. Désolé que nous nous rencontrions dans de pareilles circonstances. Ce qui est arrivé est épouvantable. Je me devais de venir, pour Sidney. C'est quelqu'un de remarquable. Nous sommes très proches dans le travail. »

Avec sa haute silhouette mince, son costume croisé bleu marine et ses chaussures noires impeccablement cirées, Brophy avait belle allure. Sans hésiter, il alla déposer son sac dans un coin du vestibule. Bill Patterson le regardait, le front plissé. Quelque chose le gênait dans l'attitude obséquieuse de cet homme, dans sa façon d'évoluer nonchalamment dans une maison frappée par le deuil. Durant une grande partie de sa vie professionnelle, il s'était laissé guider par son instinct comme par un radar. Et maintenant, l'alarme était en train de se déclencher.

« Elle est très entourée par sa *famille.* » Patterson avait intentionnellement mis l'accent sur ce dernier terme.

Brophy lui jeta un regard en coin. Il avait pris la mesure de l'homme. « Vous avez raison, rien ne vaut la famille dans ces moments-là. J'espère que je ne vous dérange pas. Ce serait contraire à mes intentions. J'ai parlé hier soir à Sidney. Elle m'a dit que je pouvais venir. Nous collaborons depuis des années. Ensemble, nous avons mené à bien des affaires épineuses. Mais je n'ai pas besoin de vous décrire ce que c'est. Vous avez dirigé de facto Bristol-Aluminum au cours des cinq dernières années de votre activité. J'ai l'impression d'avoir lu votre nom chaque mois dans le *Wall Street Journal*. Et, bien sûr, j'ai dévoré ce grand article dans *Forbes* il y a quelques années, quand vous avez pris votre retraite.

— Rien n'est acquis en affaires », acquiesça Patterson, un peu radouci à l'évocation de ses succès professionnels.

— C'est ce que vos concurrents ont dû se dire », répliqua Brophy avec un sourire amical. Patterson sourit à son tour. Après tout, ce garçon n'était peut-être pas si mal que ça. Il avait fait l'effort de venir jusqu'ici. Sans compter que le moment était mal choisi pour se lancer dans des querelles. « Voulez-vous boire ou manger quelque chose ? Vous avez pris l'avion ce matin à New York, je crois ?

— Oui, la première navette. Je prendrais volontiers une tasse de café, merci. Ah... Sidney ? » Brophy se tourna avec empressement vers Sidney qui s'avançait vers lui, sa mère à ses côtés. Les deux femmes étaient vêtues de noir.

« Bonjour, Paul. »

Brophy s'élança vers elle, l'étreignit et déposa un baiser appuyé sur sa joue. Un peu gênée, Sidney fit les présentations.

« Comment réagit la petite Amy ? interrogea Brophy d'un ton anxieux.

— Elle est avec une de nos amies. » La mère de Sidney dévisageait Brophy d'un air hostile. « Elle est trop petite pour comprendre ce qui se passe.

— Évidemment. » Il venait de perdre un point. Même s'il n'avait pas d'enfants, sa question était idiote.

Se tournant vers sa mère, Sidney vint involontairement en aide à l'avocat : « Paul arrive ce matin de New York, maman. »

Sa mère se contenta de hocher la tête d'un air absent avant de se diriger vers la cuisine pour préparer le petit déjeuner.

Brophy contemplait Sidney : le noir faisait ressortir la blondeur soyeuse de sa chevelure et la sévérité de sa tenue la rendait encore plus séduisante. Il fut saisi par sa beauté.

« Les autres personnes se rendent directement à la chapelle, dit-elle. Tout le monde se retrouve ici après l'office. » Elle semblait pleine d'appréhension à cette idée.

Brophy s'en aperçut. « Ne vous inquiétez pas, Sidney. Si, à un moment, vous voulez être seule, je m'occuperai des gens. Je leur ferai la conversation et veillerai à ce que chacun mange à sa faim. S'il y a une chose que j'ai apprise au cours de ma carrière d'avocat, c'est bien à parler pour ne rien dire.

— Vous ne devez pas rentrer à New York ? »

Il secoua négativement la tête, une expression triomphante sur le visage. « Je vais passer quelque temps dans les bureaux de Washington. » Il sortit un mince dictaphone de sa poche. « Je suis prêt. J'ai déjà dicté trois lettres et le discours que je vais faire le mois prochain lors d'une collecte de fonds pour un parti politique. Tout ceci pour dire que je resterai aussi longtemps que vous aurez besoin de moi. » Avec un tendre sourire, il rangea le dictaphone et lui prit la main.

Elle lui rendit son sourire, légèrement embarrassée, tout en retirant sa main. « Excusez-moi, Paul. J'ai encore un certain nombre de choses à régler avant de partir.

— Je vais donner un coup de main à vos parents dans la cuisine. » Il la regarda se diriger vers sa chambre, puis pénétra dans la vaste cuisine, où la mère de Sidney était occupée à préparer des œufs, des toasts et du bacon. Bill Patterson s'activait auprès de la cafetière. Le téléphone sonna. Patterson ôta ses lunettes et décrocha à la deuxième sonnerie.

« Allô ? » Il fit passer le récepteur dans son autre

main. « Oui. Pardon ? Ah, ce n'est peut-être pas tout à fait le... Bon. Ne quittez pas, je vous prie. »

Mme Patterson se tourna vers son mari. « Qui est-ce ?

— Henry Wharton. » Patterson se tourna vers Brophy. « C'est votre patron, n'est-ce pas ? »

Brophy approuva de la tête. Il attendait impatiemment le jour où Wharton serait écarté de la direction de Tyler, Stone, car celui-ci, sans être au courant du rôle qu'il jouait auprès de Goldman, ne l'appréciait guère. « C'est un homme merveilleux, très attentionné envers ses collaborateurs, commenta Brophy.

— Il aurait tout de même pu choisir un autre moment », grommela Patterson. Il posa le récepteur sur la table et sortit de la cuisine, tandis qu'avec un sourire conciliant, Brophy s'approchait de Mme Patterson pour l'aider.

Bill Patterson frappa doucement à la porte de la chambre de sa fille.

Lorsque Sidney ouvrit, il aperçut derrière elle un grand nombre de photos de Jason et du reste de la famille étalées sur le lit. Il prit une profonde inspiration. « Ma chérie, il y a quelqu'un du cabinet au téléphone. Il dit qu'il doit te parler, c'est important.

— Il a donné son nom ?

— Henry Wharton. »

Elle fronça les sourcils, mais son visage se détendit aussitôt.

« Il veut sans doute s'excuser de ne pas venir. À l'heure actuelle, je ne fais pas partie des gens qui comptent le plus pour lui. Je vais le prendre ici, papa. Fais-le patienter une minute. »

Avant de refermer la porte, son père jeta un dernier regard aux photos. En levant les yeux, il surprit l'expression de Sidney, un petit air honteux, pathétique, celui d'une adolescente surprise en train de fumer dans sa chambre.

Il s'avança vers elle et l'étreignit affectueusement.

Revenu dans la cuisine, Patterson reprit le téléphone. « Je vous la passe dans un instant », annonça-t-il, avant de se pencher de nouveau sur les subtilités de la cafetière. Un coup frappé à la porte l'interrompit. Les trois occupants de la cuisine se regardèrent. « On attend quelqu'un, à cette heure-ci ? » interrogea Patterson en se tournant vers sa femme.

Elle fit non de la tête. « C'est sans doute une voisine qui apporte de la nourriture, ou quelque chose comme ça. Va ouvrir, Bill. »

Il obéit, suivi de Brophy, qui resta dans le vestibule.

Patterson ouvrit la porte d'entrée. Deux hommes en costume se tenaient devant lui.

« Messieurs ? »

Lee Sawyer montra sa carte, imité aussitôt par son compagnon. « Je suis Lee Sawyer, agent spécial du FBI, et voici mon collègue Raymond Jackson. »

Bill Patterson resta muet de surprise. La plus grande incompréhension se lisait dans son regard.

Sidney rangea rapidement les photos. Elle n'en garda qu'une, prise le jour de la naissance d'Amy. Jason tenait dans ses bras sa fille à peine âgée de quelques minutes. Il y avait sur le visage du jeune père une expression de fierté absolue. Elle la mit dans son sac. Elle en aurait besoin au cours de la journée, elle le savait, pour l'aider à supporter ce qui l'attendait. Elle s'approcha de la table de nuit, s'assit sur le lit et prit le combiné.

« Allô, Henry ?

— Sid ? »

Si elle n'avait pas été assise, elle se serait effondrée sur le sol. C'était comme si elle avait reçu un coup sur la tête.

« Sid ? » répéta la voix d'un ton inquiet.

Peu à peu, Sidney se reprit. Elle avait l'impression

d'essayer de remonter à la surface après avoir touché le fond. Elle ne devait pas perdre conscience. Elle fit un immense effort et parvint enfin à prononcer les deux syllabes qui hésitaient à franchir ses lèvres tremblantes.

« Jason ? »

29

Pendant que la mère de Sidney traversait le living-room pour rejoindre son mari dans l'entrée, Paul Brophy regagna discrètement la cuisine. Le FBI ? Voilà qui devenait intéressant. Peut-être devait-il entrer en contact avec Goldman. Son regard tomba sur le récepteur téléphonique que le père de Sidney avait reposé sur le plan de travail. Henry Wharton était en ligne. Il se demanda pourquoi il appelait Sidney. S'il arrivait à le savoir, Goldman lui en serait très reconnaissant.

Il alla jusqu'à la porte de la cuisine. Les parents de Sidney et les nouveaux arrivants étaient toujours dans l'entrée. Il se précipita vers le plan de travail, mit sa main sur le bas du récepteur et porta l'appareil à son oreille. Les yeux écarquillés, il resta bouche bée en entendant les deux voix. Il prit le dictaphone dans sa poche, le plaça devant le récepteur et enregistra la conversation entre Jason Archer et sa femme.

Cinq minutes plus tard, Bill Patterson frappa de nouveau à la porte de la chambre de sa fille. Quand elle finit par ouvrir, il fut surpris de son apparence. Ses yeux étaient encore rouges, mais pour la première fois depuis la mort de Jason, une lueur semblait y briller. Sur le lit, à sa grande surprise, il aperçut une valise à demi remplie. « Chérie, dit-il, il y a des gens du FBI qui demandent à te parler. Je ne sais pas ce qu'ils veulent.

— Le FBI ? » Elle vacilla soudain et son père dut la retenir par le bras.

« Que se passe-t-il, mon petit ? interrogea-t-il avec inquiétude. Pourquoi fais-tu tes bagages ? »

Sidney s'efforça de reprendre contenance. « Tout va bien, papa. Il faut simplement que je... que j'aille quelque part après la cérémonie.

— Aller où ? Qu'est-ce que tu racontes ?

— Papa, s'il te plaît. Je ne peux pas en parler maintenant.

— Mais, Sid...

— S'il te plaît. »

Elle le regardait avec des yeux suppliants. Il n'insista pas. La déception et la crainte se lisaient sur ses traits.

« D'accord, Sidney.

— Où sont les agents du FBI ?

— Dans le living. Ils veulent te parler en privé. J'ai essayé de m'en débarrasser, mais c'est le FBI, rien à faire.

— Pas de problème, papa, je vais leur parler. » Sidney jeta un regard vers le téléphone qu'elle venait de raccrocher et consulta sa montre. « Installe-les dans le petit salon et dis-leur que j'arrive dans deux minutes. »

Sous l'œil de son père, elle alla fermer la valise et la glissa sous le lit.

« Tu es sûre que tu sais ce que tu fais ? »

Elle n'hésita pas un instant avant de répondre. « Parfaitement sûre. »

Jason était menotté à sa chaise. Kenneth Scales, souriant, braquait le Glock sur sa tempe. Un autre homme se tenait dans la petite pièce. « Bon boulot au téléphone, Jason, dit Scales. Tu pourrais avoir un bel avenir dans le cinéma. Dommage que tu n'aies pas d'avenir du tout. »

Jason le fusilla du regard. « Salaud ! Touche à un cheveu de ma femme et de ma fille et je t'étripe ! »

Le sourire de Scales s'élargit encore. « Tiens donc ! Je serais curieux de savoir comment tu t'y prendrais. » Il lui donna un violent coup de crosse sur la mâchoire. La porte s'ouvrit doucement. Jason leva les yeux et poussa un cri de fureur. Malgré la douleur, il se précipita en avant de toutes ses forces, entraînant sa chaise avec lui, et se retrouva aux pieds de l'homme qui venait d'entrer. Scales et son acolyte se jetèrent sur lui et le repoussèrent en arrière en le traînant sur le sol.

« Ordure, je vais vous tuer ! » hurla Jason au visiteur.

L'homme referma la porte derrière lui, pendant que les deux autres redressaient la chaise de Jason et lui collaient du sparadrap sur la bouche.

« Alors, Jason, dit-il, on a de nouveau des cauchemars ? »

Après avoir escorté les agents du FBI jusqu'au petit salon, Bill Patterson rejoignit sa femme et Brophy dans la cuisine. Il contempla le récepteur téléphonique d'un air étonné en le retrouvant raccroché au mur. Brophy surprit son regard. « C'est moi qui l'ai remis en place. J'ai pensé que vous aviez autre chose à faire.

— Merci, Paul.

— Je vous en prie. » Brophy sirota son café. Content de lui, il tâta le petit dictaphone qui était bien à l'abri dans la poche de son pantalon, puis se tourna vers les Patterson. « Seigneur, des agents du FBI ! s'exclama-t-il. Que peuvent-ils bien vouloir ? »

Patterson haussa les épaules. « Je n'en sais rien et Sidney n'en a pas plus idée que moi, j'en suis certain », dit-il avec insistance. Son visage avait pris une expression soucieuse. « Tout cela tombe bien mal, aujourd'hui », grommela-t-il en s'asseyant à la table et en dépliant son journal. Il allait ajouter quelque chose quand il découvrit le gros titre sur la première page.

30

Les deux agents du FBI se levèrent à l'entrée de Sidney. En voyant la jeune femme, Sawyer rentra le ventre et tenta d'aplatir son épi rebelle, puis resta un moment à regarder sa main, comme si celle-ci lui était étrangère et avait pris d'elle-même l'initiative d'un tel geste. Jackson et lui se présentèrent et lui montrèrent leurs cartes. Sidney Archer leur fit signe de s'asseoir et lança un regard aigu à Sawyer avant de s'installer en face d'eux.

Il l'évalua d'un bref coup d'œil. Une femme remarquable, physiquement et moralement. Curieusement, il avait l'impression de l'avoir déjà vue. Il détailla sa longue silhouette. Sa robe noire et classique compte tenu des circonstances ne parvenait pas à dissimuler ses formes attrayantes et ses jambes gainées de noir étaient ravissantes. La douleur ne faisait qu'accroître la séduction de son joli visage.

« Madame Archer, serait-il possible que nous nous soyons rencontrés quelque part ? »

Elle parut sincèrement surprise. « Non, je ne crois pas, monsieur Sawyer. »

Il resta perplexe quelques instants, puis en vint à l'objet de leur visite. « Comme je l'ai dit à votre père, madame Archer, je n'ignore pas que nous arrivons au plus mauvais moment, mais nous avions besoin de vous parler d'urgence.

— Puis-je vous demander à quel sujet ? » demanda-t-elle d'un ton mécanique. Son regard erra dans la pièce avant de revenir se poser sur Sawyer. Un homme solide, apparemment sincère. Dans des circonstances normales, elle aurait pleinement collaboré avec lui. Mais les circonstances n'avaient rien de normal.

Sawyer sentit qu'il était irrésistiblement attiré par l'eau profonde de ces yeux verts, illuminés par un éclat fiévreux. Il fit un violent effort pour se reprendre. « C'est au sujet de votre mari, madame Archer, se hâta-t-il de répondre.

— Appelez-moi Sidney, je vous en prie. Au sujet de mon mari, dites-vous ? Est-ce à propos de l'accident ? »

Sawyer ne répondit pas tout de suite. Il l'étudiait sans en avoir l'air. Chez toutes les personnes qu'il interrogeait, chaque mot, chaque silence, chaque expression comptait. C'était une tâche toujours épuisante, souvent frustrante, mais qui donnait parfois des résultats remarquables. « Ce n'était pas un accident, madame Archer... Sidney », dit-il enfin.

Elle battit des paupières et ouvrit la bouche pour parler, mais aucun son ne franchit ses lèvres.

« Il y a eu sabotage. Tous les passagers de l'avion, tous, ont été délibérément assassinés. » Une horreur non feinte se peignit sur le visage de la jeune femme. Son regard se voila.

« Sidney ? Sidney ? » demanda doucement Sawyer.

Elle sursauta, tenta de se ressaisir, mais fut prise de nausée. Elle expira profondément et mit sa tête sur les genoux, en enserrant ses jambes dans ses mains. Comme le passager d'un avion en train de plonger, songea Sawyer. Elle se mit à gémir, le corps secoué de tremblements incontrôlables. Il se leva et alla lui entourer les épaules dans une étreinte qui se voulait apaisante.

« Ray, s'écria-t-il à l'intention de Jackson, va chercher de l'eau, du thé, n'importe quoi. Vite ! »

Jackson se précipita dans la cuisine. Avec des mains qui tremblaient, la mère de Sidney lui tendit un verre d'eau pour sa fille. Bill Patterson se tourna vers Jackson. « C'est à ce propos, n'est-ce pas ? » dit-il en montrant le titre qui s'étalait en pleine page : *La catastrophe du vol 3223 de Western Airlines serait due à un sabotage. Le gouvernement offre deux millions de dollars de récompense.* « Jason et les autres passagers ont été victimes d'un groupe de terroristes. C'est la raison de votre venue ? » Mme Patterson se couvrit le visage de ses mains et alla s'asseoir à la table en sanglotant.

« Pas maintenant, monsieur. Je vous en prie. » Le ton de Jackson ne souffrait aucune contradiction.

Pendant ce temps, Paul Brophy était sorti dans le jardin, officiellement pour fumer une cigarette, malgré le froid. En réalité, si quelqu'un l'avait observé depuis la fenêtre du living-room, il se serait aperçu qu'il tenait un petit téléphone mobile contre son oreille.

Sawyer dut pratiquement obliger Sidney à avaler l'eau fraîche, mais elle finit par reprendre des couleurs. Elle lui rendit le verre d'un air reconnaissant. « Croyez-moi, dit l'agent du FBI, s'il ne s'agissait pas d'une affaire aussi importante, nous n'insisterions pas. »

Elle approuva de la tête, encore très secouée. Sawyer lui posa quelques questions apparemment innocentes au sujet du travail de Jason chez Triton Global. Elle y répondit calmement, malgré sa surprise évidente. Il regarda autour de lui. La maison était très agréable. « Avez-vous des problèmes d'argent ? » demanda-t-il soudain.

Le visage de Sidney se ferma. « Où voulez-vous en venir, monsieur Sawyer ? » La question de l'agent du

FBI avait éveillé en elle l'écho de la phrase de Jason : « Tu mérites le meilleur. Un jour, je te l'offrirai. » À ce souvenir, son expression s'adoucit.

« Nulle part en particulier, madame. » Le regard de Sawyer soutenait le sien. Elle se sentait mise à nu, traquée jusque dans ses pensées les plus intimes. « Nous interrogeons les familles de tous les passagers de cet appareil. Si on a saboté l'avion pour atteindre quelqu'un en particulier, nous devons comprendre pourquoi.

— Je vois. » Elle prit une profonde inspiration. « Pour répondre à votre question, je peux vous dire que notre situation financière est meilleure que jamais.

— Vous êtes avocate d'affaires. Vous avez Triton comme client, n'est-ce pas ?

— Oui. Parmi une cinquantaine d'autres. »

Sawyer changea de tactique. « Vous savez que votre mari avait pris quelques jours de congé ?

— Évidemment. Je suis sa femme.

— Dans ce cas, vous allez peut-être pouvoir nous dire pour quelle raison il se trouvait dans un avion pour Los Angeles ? » Sawyer avait failli dire « était censé se trouver », mais il se reprit à temps.

Sidney prit un ton très professionnel pour répondre. « Écoutez, je suppose que vous avez déjà parlé aux gens de chez Triton. Et peut-être aussi à Henry Wharton. Jason m'a dit qu'il se rendait à Los Angeles en voyage d'affaires pour la société. Le matin de son départ, je lui ai rappelé que je rencontrais les dirigeants de Triton à New York. Il m'a alors avoué qu'il allait à Los Angeles pour un entretien d'embauche dans une autre société. Il craignait que je n'évoque ce voyage devant les gens de chez Triton. J'ai joué le jeu, même si ce n'était pas faire preuve d'une totale bonne foi, je l'admets.

— Et en réalité, il n'y avait pas d'autre poste en jeu. »

Les épaules de Sidney s'affaissèrent. « Non.

— Avez-vous une idée de la véritable raison du voyage de votre mari ? Vous doutiez-vous de quelque chose ? »

Elle secoua négativement la tête.

« Vraiment ? Êtes-vous certaine que ce déplacement n'avait rien à voir avec Triton ?

— Jason me parlait rarement de son travail.

— Et pourquoi donc ? » Sawyer rêvait d'une tasse de café. Après avoir passé une partie de la nuit avec Hardy, il commençait à sentir la fatigue.

« Le cabinet d'avocats-conseils qui m'emploie représente d'autres sociétés dont les intérêts pourraient entrer en concurrence avec ceux de Triton. Néanmoins, les clients, y compris Triton, font tout pour éviter les risques de conflit et quand cela a été nécessaire, nous avons construit une véritable muraille de Chine...

— Pardon ? l'interrompit Ray Jackson. Une muraille de Chine ? »

Sidney lui jeta un coup d'œil. « C'est le terme que nous employons lorsque nous faisons le black-out sur les affaires d'un client, si l'un des avocats du cabinet représente un autre client susceptible d'avoir avec lui un conflit d'intérêts. Cela s'applique à toutes les formes de communication, l'accès aux dossiers, les discussions professionnelles et jusqu'aux conversations de couloir. Pour chaque affaire que nous négocions pour le compte d'un client, nous tenons à jour une base de données à accès protégé. Cela nous permet aussi de vérifier les termes des propositions de dernière minute. Les négociations vont vite. Nous ne voulons pas que nos clients soient surpris. La mémoire des êtres humains est faillible, celle des ordinateurs beaucoup moins. On ne peut avoir accès à ces fichiers que par un mot de passe connu seulement des avocats qui traitent le dossier au plus haut niveau. En bref, un cabinet d'avocats-conseils est capable de dresser ce genre de murs à l'intérieur de sa structure si besoin est. D'où la comparaison avec la muraille de Chine. »

Sawyer intervint. « Quels autres clients susceptibles d'être en conflit avec Triton votre cabinet représente-t-il ? »

Sidney réfléchit quelques instants. Un nom lui vint à l'esprit. Elle n'était pas sûre de devoir le donner, mais il mettrait de toute façon un terme à cette conversation.

« Le groupe RTG. »

Sawyer et Jackson échangèrent un rapide coup d'œil.

« Qui représente RTG au cabinet ? » interrogea Sawyer.

Une étincelle s'alluma dans le regard de Sidney. Cela n'échappa pas à Sawyer.

« Philip Goldman », dit-elle.

Dans le jardin, le froid commençait à mordre les mains de Paul Brophy, malgré ses gants luxueux.

« Non, je n'ai aucune idée de ce qui se passe », disait-il dans son téléphone portable. La virulence de la réponse lui fit éloigner l'appareil de son oreille. « Attends une minute, Philip. C'est le FBI, d'accord ? Ils sont armés, tu sais. Si toi-même tu n'avais pas prévu ce genre de chose, pourquoi l'aurais-je fait ? »

Cette allusion à son intelligence supérieure dut calmer Goldman, car son interlocuteur replaça l'appareil contre son oreille. « Oui, je suis sûr que c'était lui, poursuivit Brophy. Je connais sa voix et elle l'appelait par son prénom. J'ai tout enregistré. Brillant, n'est-ce pas ? Comment ? Évidemment que j'ai l'intention de m'incruster. Je vais essayer d'en apprendre le plus possible. D'accord, je te rappelle dans quelques heures pour faire le point. » Brophy rempocha le téléphone, frotta l'une contre l'autre ses mains raidies par le froid et rentra à l'intérieur de la maison.

Sawyer observait avec attention Sidney, qui passait et repassait la main sur le bras du canapé. Il se demandait s'il devait ou non lâcher sa bombe et lui dire que Jason Archer n'était absolument pas enfoui au fond d'un cratère dans un champ de Virginie. Il finit par laisser l'intuition prendre le pas sur la raison et se leva. « Merci pour votre coopération, madame, dit-il en lui tendant la main. Si un élément susceptible de nous aider vous revient, appelez-moi à l'un de ces numéros. Jour et nuit. » Il lui tendit une carte. « Mon numéro de téléphone personnel est inscrit au dos. Pourriez-vous me laisser les numéros où je peux vous joindre ? » Sidney alla prendre son sac posé sur la table, fouilla dedans et lui donna une de ses cartes de visite professionnelles. « Je suis vraiment désolé, pour votre mari. » Il était sincère. Si Hardy ne se trompait pas, l'épreuve qu'elle traversait n'était qu'un chemin de roses en comparaison de ce qui l'attendait.

Jackson prit congé d'elle et se dirigea vers la porte. Sawyer s'apprêtait à le suivre lorsque Sidney posa la main sur son épaule.

« Monsieur Sawyer...

— Appelez-moi Lee, je vous en prie.

— Entendu. Lee, je serais idiote de ne pas me rendre compte que tout cela fait mauvais effet.

— Et vous n'avez rien d'une idiote, Sidney. » Ils échangèrent un regard où se lisait le respect mutuel, même si la réponse de Sawyer n'avait rien de rassurant pour elle.

« Avez-vous des raisons de penser que mon mari était impliqué dans... » Elle déglutit. « Dans quelque chose d'illégal ? » poursuivit-elle, formulant ce qu'elle se refusait à penser.

Il gardait les yeux fixés sur elle. Maintenant, il était certain d'avoir déjà vu cette jeune femme. « Disons que les activités qu'a eues votre mari avant de prendre l'avion nous donnent un peu de fil à retordre. »

Sidney repensa à toutes ces soirées où Jason était retourné au bureau. « Quelque chose a disparu de chez Triton ? »

Elle frottait nerveusement ses mains l'une contre l'autre. Habituellement, Sawyer était l'un des agents du FBI les moins bavards qui soient, mais là, inexplicablement, il avait envie de dire à Sidney tout ce qu'il savait. Il parvint à résister à la tentation. « Une enquête est en cours au FBI, Sidney. Je ne peux rien dire.

— Bien entendu. Je comprends.

— Restons en contact. »

Sidney éprouva une vague appréhension. Nathan Gamble avait utilisé la même formule que l'agent du FBI. Lorsqu'il eut quitté la pièce, elle se sentit glacée à cette évocation. Elle se rapprocha de la cheminée et tendit les mains vers les flammes.

Le coup de téléphone de Jason lui avait causé une joie sans égale. Mais les détails qu'il lui avait fournis ensuite l'avaient fait retomber dans un abîme de détresse. Elle ne savait plus où elle en était. Elle se sentait à la fois impuissante et entièrement solidaire de son mari, habitée par une émotion débordante qu'elle ne devait pas laisser paraître. Quelle surprise demain allait-il lui apporter ?

Paul Brophy, en veine de bavardage, raccompagna les deux agents du FBI à l'extérieur. « Bien évidemment, dit-il, le cabinet aimerait être rapidement au courant, s'il s'avérait qu'il y a eu un délit impliquant Jason Archer et Triton Global. » Il se tut enfin et les regarda d'un air plein d'expectative.

Sawyer ne s'arrêta pas pour autant. « C'est ce que j'ai cru comprendre », dit-il en poursuivant son chemin. Arrivé derrière la Cadillac de Bill Patterson garée dans l'allée, il s'accroupit pour renouer son lacet. Sur un autocollant placé sur le pare-chocs de la voiture figurait la mention « Maine, paradis des vacances ». Depuis combien de temps n'ai-je pas pris de vacances ? se demanda-t-il. Quand on n'arrive même plus à s'en souvenir, c'est que ça va mal ! Il se redressa et se tourna vers l'avocat qui l'observait, debout sous le porche. « Rappelez-moi votre nom ? »

Brophy jeta un coup d'œil vers la porte d'entrée et se précipita vers eux. « Brophy, Paul Brophy », articula-t-il en hâte. Puis il ajouta : « Comme je vous l'ai dit, je travaille pour le cabinet à New York et je n'ai pas grand-chose à voir avec Sidney Archer. »

Sawyer lui lança un regard scrutateur. « Pourtant, vous avez pris l'avion pour venir jusqu'ici assister au service funèbre. C'est bien ce que vous avez dit, n'est-ce pas ? »

Ray Jackson l'examina à son tour. Une grande gueule, cet avocat, qui sentait l'argent facile.

« En fait, répondit Brophy, je suis venu représenter le cabinet. Sidney Archer n'y travaille qu'à mi-temps. » Il insista sur ces derniers mots. « De toute façon, ajouta-t-il, je devais venir pour affaires. »

Sawyer contempla un nuage qui passait dans le ciel au-dessus de la maison. « Vraiment ? J'ai pris des renseignements sur Mme Archer. D'après les gens à qui j'ai parlé, elle est l'un des meilleurs avocats de Tyler, Stone. Mi-temps ou pas. J'ai demandé à trois personnes différentes de me donner la liste des meilleurs éléments de votre cabinet et vous savez quoi ? À chaque fois elle était sur la liste. » Avec un regard en coin à l'intention de Brophy, il ajouta : « C'est bizarre, personne n'a mentionné votre nom. »

Brophy accusa le coup et Sawyer poursuivit : « Ça fait longtemps que vous êtes arrivé, monsieur Brophy ? interrogea-t-il en désignant du menton la maison des Archer.

— À peu près une demi-heure, pourquoi ? » Le

ton de Brophy montrait qu'il était profondément vexé.

« Il s'est passé quelque chose d'inhabituel depuis que vous êtes arrivé ? »

Brophy mourait d'envie de raconter à ces deux agents du FBI qu'il avait enregistré les paroles d'un mort, mais cette information valait beaucoup trop cher pour qu'il la divulgue ainsi. « Pas vraiment. Je veux dire, elle est fatiguée, déprimée. Enfin, on dirait. »

Jackson ôta ses lunettes noires et dévisagea Brophy.

« Qu'est-ce que vous entendez par là ? demanda-t-il.

— Rien. Comme je vous l'ai dit, je connais assez mal Sidney. J'ignore donc si elle s'entendait bien avec son mari.

— Je vois. » Jackson remit ses lunettes noires et se tourna vers Sawyer. « Tu es prêt, Lee ? » demanda-t-il. Et il ajouta à l'intention de Brophy : « Vous allez prendre froid si vous restez là. Mieux vaut rentrer. Allez donc présenter vos respects à cette personne que vous connaissez *si peu.* »

Les deux agents se dirigèrent vers leur voiture. Rouge de colère, Brophy fit quelques pas en direction de la maison, puis il se retourna : « Ah, c'est vrai, lança-t-il, il y a eu le coup de téléphone qu'elle a reçu. »

Avec un ensemble parfait, les deux agents firent volte-face. « Que voulez-vous dire ? » interrogea Sawyer. Il en avait assez d'écouter ce type désagréable alors qu'il était carrément en manque de caféine. « Quel coup de téléphone ? »

Brophy s'approcha d'eux et se mit à parler à voix basse, tout en jetant de temps à autre un regard vers la maison. « À peu près deux minutes après votre arrivée. Quand le père de Sidney a décroché, l'interlocuteur s'est présenté comme étant Henry Wharton. C'est lui qui dirige Tyler, Stone.

— Et alors ? demanda Jackson. Il a bien le droit de chercher à savoir comment elle va.

— C'est ce que j'ai pensé, mais... » Il s'interrompit.

Sawyer crut qu'il allait exploser. « Mais quoi ? » aboya-t-il.

« Je ne sais si j'ai le droit... »

Sawyer reprit un ton neutre, mais sa voix n'en était que plus menaçante. « Voyez-vous, monsieur Brophy, il fait un peu trop froid ici pour que vous puissiez vous permettre de vous foutre du monde. Alors, je vous demande poliment et calmement de me donner cette information. Si je dois me répéter, ce sera une autre affaire. » La crainte se peignit sur le visage de Brophy.

« J'ai appelé Henry Wharton au bureau pendant que Sidney s'entretenait avec vous », lâcha-t-il. Il fit une pause théâtrale. « Je lui ai parlé de sa conversation avec Sidney et il est tombé des nues. Il ne l'avait pas appelée. Quand elle est sortie de sa chambre après avoir reçu cet appel, elle était blanche comme un linge. J'ai cru qu'elle allait s'évanouir. Son père aussi l'a remarqué. Il était très inquiet.

— Si le FBI venait frapper à ma porte le jour du service funèbre de mon époux, je n'aurais pas l'air en pleine forme, je suppose », répliqua Jackson. Son poing s'ouvrait et se refermait, trahissant une forte envie de s'en servir.

« Oui, mais d'après son père, elle avait cet air-là *avant* qu'il ne la prévienne de votre présence. »

Sawyer se tourna vers Jackson, qui haussa un sourcil, puis revint à Brophy. Si jamais ce type se moquait d'eux... Mais non, il était évident qu'il disait la vérité, ou du moins une grande partie de la vérité. Visiblement, il mourait d'envie de démolir Sidney Archer. Sawyer n'avait que faire du désir de vengeance personnelle de Paul Brophy, mais le coup de fil, en revanche, l'intéressait.

« Merci de ce renseignement, monsieur Brophy. Si autre chose vous revenait, voici mon téléphone. » Il lui tendit sa carte et s'éloigna.

Tout en conduisant sur la route du retour, Sawyer réfléchissait. « Je veux qu'on mette sur-le-champ Sidney Archer sous surveillance, vingt-quatre heures sur vingt-quatre, dit-il à son collègue. Je veux aussi qu'on vérifie tous les coups de fil qu'elle a reçus dans les dernières vingt-quatre heures. À commencer par celui dont ce petit prétentieux nous a parlé. »

Jackson regarda le paysage par la vitre. « Tu penses que c'est son mari qui l'a appelée ?

— Avec tout ce qu'elle vient d'encaisser, il a fallu qu'elle reçoive un grand coup sur la tête pour réagir ainsi. Nous-mêmes, nous avons remarqué qu'elle était très secouée.

— Elle croyait donc vraiment son mari mort ? »

Sawyer haussa les épaules. « À l'heure actuelle, je me garderai de toute conclusion hâtive. Surveillons-la et voyons ce qui se passe. Mon petit doigt me dit que Sidney Archer va devenir une pièce intéressante du puzzle.

— À propos de petit doigt, si ça continue, je vais manger le mien tellement j'ai faim. On peut s'arrêter quelque part ? » Jackson contemplait d'un œil avide les restaurants qui défilaient sur le bord de la route.

« Bonne idée. C'est moi qui régale. Rien n'est trop beau pour l'homme avec qui je fais équipe. » Avec un sourire, Sawyer engagea la voiture sur le parking d'un McDonald's. Jackson le regarda d'un air faussement dégoûté, puis il secoua la tête, prit le téléphone de la voiture et composa un numéro.

31

La fine silhouette du Learjet fendait les cieux. Dans la luxueuse cabine, Philip Goldman s'appuya au dossier de son siège tout en buvant sa tasse de thé, tandis que le steward débarrassait les restes de son repas. Face à lui se tenait Alan Porcher, P-DG du groupe RTG, consortium basé en Europe de l'Ouest. Mince et bronzé, Porcher, un verre de vin à la main, dévisagea longuement l'avocat avant de parler.

« Triton Global prétend avoir la preuve qu'un de ses employés nous a communiqué des documents d'une importance cruciale dans l'un de nos entrepôts de Seattle, dit-il. Nous devons donc nous attendre que leurs avocats entrent bientôt en contact avec nous. » Il fit une pause avant de poursuivre : « Des avocats de Tyler, Stone, bien sûr. *Votre* cabinet. Amusant, n'est-ce pas ? »

Goldman posa sa tasse de thé. « Cela vous ennuie ? » interrogea-t-il.

Porcher eut l'air surpris. « Le contraire serait étonnant.

— Mais non. Sur ce point, vous n'avez rien à vous reprocher. Amusant, n'est-ce pas ?

— Je n'en suis pas moins ennuyé par certaines choses que j'ai entendu dire sur le rachat de CyberCom, Philip. »

Goldman soupira et se pencha en avant. « Quoi, par exemple ?

— Par exemple, que l'accord interviendrait plus tôt que prévu. Par exemple, que nous ne serions pas au courant de la toute dernière offre de Triton. Quand nous allons faire la nôtre, je veux avoir la certitude qu'elle sera acceptée. Je n'aurai pas droit à une seconde proposition. Il s'avère que CyberCom penche en faveur des Américains. »

Goldman réfléchit. « Je n'en suis pas si sûr.

Internet abolit les frontières géopolitiques. Qui peut affirmer que la victoire ne viendra pas du vieux continent ? »

Porcher but une gorgée de vin avant de répondre. « Je n'ai pas votre optimisme, mon cher. À conditions égales, la transaction se fera entre Américains. Nous devons donc veiller à ce qu'elles soient parfaitement inégales. » Le regard de Porcher s'était durci.

Goldman s'essuya soigneusement la bouche avec sa serviette avant de répondre. « Dites-moi, d'où tenez-vous vos informations ?

— Elles sont dans l'air, dit Porcher avec un geste évasif de la main.

— Un peu léger, non ? Moi, je crois aux faits. Et les faits, c'est que nous connaissons parfaitement les toutes dernières propositions de Triton. Dans le moindre détail.

— D'accord, mais Brophy est maintenant hors circuit. Je ne peux me contenter d'informations qui datent.

— C'est évidemment hors de question. Comme je vous l'ai dit, je suis sur le point de résoudre ce problème. Dès que ce sera fait, vous damerez le pion à Triton et vous emporterez l'affaire. Ce rachat vous assurera la domination des superautoroutes de l'information pendant un bon bout de temps, croyez-moi. »

Porcher planta son regard dans celui de l'avocat. « Vous savez, Philip, je me suis souvent demandé quelles étaient vos motivations. Si nous obtenons CyberCom, les dirigeants de Triton ne seront certainement pas enchantés des services de votre cabinet de conseil. Ils risquent d'aller voir ailleurs.

— Il faut l'espérer, dit Goldman en prenant un air lointain.

— Je ne vous suis plus. »

Goldman prit un ton pédant. « Triton Global est

le plus gros client de Tyler, Stone. Celui de Henry Wharton, en fait, et c'est pour cette raison que Wharton dirige le cabinet. Si Triton retire sa clientèle, qui pèsera le plus dans la firme et devrait normalement lui succéder, d'après vous ? »

Porcher désigna Goldman du doigt. « J'espère que si tel est le cas, les intérêts de RTG passeront avant ceux de tout le monde au cabinet, répliqua-t-il.

— Cela va de soi.

— Maintenant, dites-moi exactement comment vous comptez vous y prendre pour régler le problème.

— C'est la méthode qui vous intéresse, ou vous vous contenterez des résultats ?

— Faites-moi grâce de ce genre de distinguo. Je sais que vous adorez jouer les professeurs, mais pour ma part, j'ai fini mes études il y a un certain temps et je n'ai aucune envie de retourner à l'université. »

Goldman haussa un sourcil. « Vous semblez bien me connaître.

— Vous êtes l'un des rares avocats de mes relations qui pense comme un homme d'affaires. Loi ou pas loi, ce qui compte avant tout, c'est de gagner. »

Le P-DG de RTG tendit un paquet de cigarettes à Goldman, qui en prit une et l'alluma tranquillement.

« Un développement tout récent est intervenu, dit l'avocat. Nous avons une superbe occasion d'obtenir des informations de première main, pratiquement en temps réel, sur les propositions de Triton. Nous connaîtrons leur toute dernière offre avant même qu'elle ne soit communiquée à CyberCom. Nous pourrons alors faire la nôtre avec quelques heures d'avance sur celle de Triton, que CyberCom repoussera. Vous pourrez alors ajouter cette affaire en or à votre empire. »

Porcher retira la cigarette qu'il venait de porter à ses lèvres sans l'allumer et regarda Goldman avec des yeux ronds. « Vous pouvez faire ça ?

— Je peux le faire. »

32

« Lee, il faut que je te prévienne. Le personnage est parfois un peu rude, mais c'est son caractère », dit Frank Hardy à Sawyer. Les deux hommes sortirent de l'ascenseur privé menant aux derniers étages de l'immeuble de Triton Global. « Je prendrai des gants, Frank, promis. Je n'ai pas l'habitude d'interroger les victimes avec un coup-de-poing américain, tu sais. »

Ils empruntèrent un long couloir. Sawyer réfléchissait aux résultats de l'enquête menée à l'aéroport sur Jason Archer. Ses hommes avaient retrouvé deux membres du personnel qui l'avaient reconnu sur la photo : l'employée de Western Airlines qui avait enregistré son sac le matin du 17 et un homme de service qui l'avait aperçu en train de lire le journal. Il se souvenait de lui parce que Archer n'avait jamais lâché sa serviette, même pour prendre son café ou lire son journal. Il était entré dans les toilettes, mais l'homme avait quitté cette zone de l'aéroport et ne l'avait pas vu ressortir. Les agents du FBI se trouvaient dans l'impossibilité d'interroger la jeune femme qui avait recueilli les cartes d'embarquement des passagers du vol 3223, car la malheureuse faisait partie du personnel de bord et avait péri lors du crash. Un certain nombre de personnes se rappelaient avoir vu Arthur Lieberman. Cela faisait des années qu'il prenait régulièrement l'avion à Dulles Airport.

L'un dans l'autre, rien de très intéressant, pensait Sawyer tout en foulant l'épaisse moquette du couloir en compagnie de Frank Hardy. Pénétrer dans le siège du géant de la technologie n'avait pas été une mince affaire. Les agents de la sécurité de Triton s'étaient montrés si pointilleux qu'ils avaient envisagé d'appeler le Bureau pour vérifier le numéro de la carte de Sawyer, jusqu'à ce que Hardy les prévienne de l'inutilité d'une telle démarche et exige un peu plus de déférence de leur part vis-à-vis d'un agent spécial membre du FBI depuis de nombreuses années. C'était la première fois qu'une telle chose arrivait à Sawyer. Il en avait plaisanté avec Hardy.

« Pas possible, Frank, ces types-là gardent des lingots d'or ou de l'uranium 235 ?

— Disons simplement qu'ils ont des tendances paranoïaques.

— Je n'en reviens pas. D'habitude, quand on dit qu'on est du FBI, tout le monde est terrorisé. Je suppose que les dirigeants de Triton rigolent quand ils voient arriver les agents du fisc ?

— En fait, ils ont pris un ancien de la Direction des impôts comme principal conseiller fiscal.

— Je vois. Ils savent couvrir leurs arrières. »

Plus Sawyer réfléchissait à son métier, plus il se sentait gagné par un sentiment de malaise. Aujourd'hui, l'information était reine et, pour y accéder, il fallait passer par l'ordinateur. Or dans ce domaine le secteur privé était tellement en avance que le gouvernement ne rattraperait jamais son retard. Le FBI lui-même, à la pointe de la technologie par rapport aux autres services publics, était loin d'atteindre le niveau de sophistication de l'univers de Triton Global. Pour Sawyer, ce genre de révélation n'avait rien d'agréable. Il aurait fallu être idiot pour ne pas voir que les délits informatiques prendraient bientôt le pas sur toutes les autres manifestations du mal, du moins sur le plan financier. L'argent, toujours l'argent. Sawyer s'immobilisa. « Je me demande combien Triton te paie à l'année », dit-il.

Hardy s'arrêta à son tour et se tourna vers lui.

« Pourquoi ? Tu as l'intention de raccrocher à ton tour et de me faucher mes clients ?

— Mais non, je tâte le terrain, au cas où je déciderais d'accepter ton offre d'emploi.

— Tu es sérieux ?

— À mon âge, on apprend à ne jamais dire jamais.

— Sans entrer dans les détails, je peux te dire que Triton m'assure un chiffre d'affaires à sept chiffres, outre un acompte substantiel. »

Sawyer émit un sifflement. « Nom d'une pipe, Frank, j'espère que tu t'en paies une bonne tranche avec ça !

— Évidemment. Et il ne tient qu'à toi d'avoir ta part du gâteau si tu décides de venir travailler avec moi.

— Je mords à l'hameçon. Parlons en termes de salaire. Qu'est-ce que tu me proposerais, grosso modo ?

— Entre 5 et 600 000 dollars la première année. »

Sawyer resta bouche bée. « Tu te fiches de moi, Frank ?

— Je ne plaisante jamais avec l'argent, Lee. Tant qu'il y aura des criminels, les affaires seront prospères. » Les deux hommes se remirent en marche. « Réfléchis quand même à mon offre, Lee », ajouta Hardy.

Sawyer se frotta la mâchoire, pensif. Il pensait à ses dettes qui ne faisaient qu'augmenter, à ses heures de travail interminable, à son bureau minuscule. Mieux valait changer de sujet. « Promis, Frank, dit-il enfin. Bon, dis-moi, ce Nathan Gamble, c'est lui qui a tout fait ?

— Loin de là. Bien sûr, c'est lui qui dirige Triton, mais le grand sorcier de la technologie, c'est Quentin Rowe.

— Et lui, à quoi ressemble-t-il ? Encore un de ces monstres surdoués ?

— Oui et non, expliqua Hardy. Quentin Rowe est

sorti dans les premiers de Columbia University. Il a obtenu toute une flopée de distinctions en travaillant pour Bell Labs, puis pour Intel. À vingt-huit ans, il a monté sa propre boîte d'informatique. Il y a trois ans, son affaire était la plus recherchée sur le marché. C'est Nathan Gamble qui a emporté le morceau. Il l'a rachetée. Un coup génial. Rowe est le véritable visionnaire de l'entreprise. C'est lui qui pousse à la roue pour le rachat de CyberCom. Entre Nathan Gamble et lui, ce n'est pas à proprement parler le grand amour, mais ils ont fait un boulot formidable ensemble. Si ça doit lui rapporter, Gamble écoute Rowe. Cela leur a incontestablement réussi. »

Sawyer hocha la tête. « À propos, on a placé Sidney Archer sous surveillance vingt-quatre heures sur vingt-quatre.

— Si j'ai bien compris, tu as conçu des soupçons à son sujet en l'interrogeant.

— En un certain sens, oui. Par ailleurs, il s'est passé quelque chose à notre arrivée qui l'a toute chamboulée.

— Quoi donc ?

— Un coup de fil.

— De qui ?

— Je l'ignore. L'appel venait d'une cabine de Los Angeles, on a vérifié. Son auteur pourrait tout aussi bien être en Australie, maintenant.

— C'était son mari, tu crois ? »

Sawyer haussa les épaules. « D'après notre informateur, l'homme qui l'a appelée a menti sur son identité quand le père de Sidney Archer a décroché. Toujours d'après cette source, la jeune femme avait l'air de revivre après ce coup de téléphone. »

Utilisant une carte à mémoire, Hardy pénétra avec Sawyer dans un ascenseur privé qui les emmena au dernier étage de l'immeuble. Leur image se reflétait dans les trois parois en miroir. L'ex-agent du FBI en profita pour vérifier son allure. Il ajusta sa cravate en soie et ses boutons de manchettes en or. Son costume sur mesure tombait parfaitement et mettait en valeur sa mince silhouette. Lee Sawyer lui lança un coup d'œil appréciateur et contempla son reflet d'un air navré. Sa chemise sortait de la blanchisserie, mais le col était élimé et sa cravate avait connu des jours meilleurs. Pour couronner le tout, son éternel épi se dressait sur son crâne comme le périscope d'un sous-marin en train de faire surface.

« Tu sais, Frank, plaisanta-t-il, tu as bien fait de quitter le Bureau. Avec une aussi belle allure, personne ne pourrait te prendre pour un agent du FBI.

— À propos, répliqua Hardy avec un sourire, j'ai déjeuné l'autre jour avec Meggie. Ta fille a tout pour elle. Jolie et la tête bien faite. Ce n'était pas si facile de rentrer à Stanford. Après ses études de droit, un bel avenir l'attend.

— Malgré le père qu'elle a, tu veux dire ?

— Certainement pas. Je n'ai pas été un père irréprochable avec mes deux gosses, tu le sais parfaitement. Tu n'étais hélas pas le seul à louper les anniversaires...

— Tu t'en es mieux sorti que moi avec eux.

— Tu trouves ? Quoi qu'il en soit, mon offre tient toujours. Stanford coûte cher. »

Les deux hommes sortirent de l'ascenseur. Une porte vitrée frappée d'un aigle s'ouvrit sans bruit à leur approche. La secrétaire de direction, aussi efficace que distinguée, annonça leur arrivée dans l'interphone et pressa un bouton sur un pupitre de bois et de métal plus proche de l'œuvre d'art que de l'objet utilitaire. Elle fit signe à Sawyer et à Hardy de s'avancer vers une cloison laquée en macassar, dont une partie coulissa.

Sawyer, stupéfait, ouvrit des yeux admiratifs. Derrière un immense bureau semblable à un poste de commande, avec une batterie de téléphones, d'écrans de télévision et de gadgets électroniques, un homme était en train de raccrocher un combiné. Il se tourna vers eux pour les accueillir.

Hardy fit les présentations. « Lee Sawyer, agent spécial du FBI. Nathan Gamble, président de Triton Global. »

Les deux hommes se saluèrent. La poignée de main de Gamble était vigoureuse.

« Alors, vous avez alpagué Archer ? »

Sawyer reçut la question de plein fouet au moment où il s'asseyait. Le ton employé par Gamble le hérissa immédiatement. C'était celui d'un supérieur s'adressant à un subordonné. Du coin de l'œil, il vit Hardy resté près de l'entrée se raidir, s'attendant au pire. L'agent du FBI prit le temps de déboutonner tranquillement son manteau et d'ouvrir son calepin avant de considérer Gamble avec calme.

« J'ai quelques questions à vous poser, monsieur Gamble. J'espère que cela ne prendra pas trop de votre temps.

— Vous n'avez pas répondu à la mienne. » La voix de Gamble était maintenant descendue d'une octave.

« Non, et je n'ai pas l'intention de le faire. » Sawyer soutint le regard du président de Triton. Au bout de quelques instants, celui-ci se tourna vers Hardy, qui se lança dans des explications. « Monsieur Gamble, une enquête est en cours et, généralement, le FBI ne commente pas... »

Gamble le coupa brutalement. « Allons-y, je dois partir dans une heure. J'ai un avion à prendre.

— Il serait peut-être bon que Quentin et Richard Lucas participent à la conversation, suggéra Hardy.

— Vous auriez pu le prévoir. » Gamble pressa un bouton sur le pupitre. « Trouvez-moi Rowe et Lucas tout de suite », aboya-t-il.

Hardy s'approcha de Sawyer. « Quentin Rowe dirige le département où Archer était employé, précisa-t-il. Lucas est chef de la sécurité interne.

— Dans ce cas tu as raison, Frank, je tiens à leur parler. »

Quelques minutes plus tard, deux hommes pénétraient dans le bureau de Nathan Gamble. Un seul regard suffit à Lee Sawyer pour déterminer qui était qui. L'attitude sombre de Richard Lucas, le regard empreint d'hostilité qu'il jeta à Hardy, la bosse que formait le holster sous sa veste le désignaient d'emblée comme le chef de la sécurité. Rowe arborait un sourire de circonstance. Il avait la trentaine et ses grands yeux noisette avaient une expression rêveuse. Gamble n'aurait pu trouver partenaire plus différent, pensa Sawyer.

Le groupe alla s'asseoir autour de la grande table de conférence installée dans un angle de l'immense bureau. Gamble jeta un coup d'œil à sa montre. « Sawyer, vous avez une cinquantaine de minutes. Je m'attendais que vous ayez des informations intéressantes à me communiquer, mais j'ai l'impression que je vais être déçu. Prouvez-moi que j'ai tort. »

Sawyer se pinça les lèvres, mais il refusa de mordre à l'hameçon. Il se tourna vers Lucas. « À quel moment avez-vous commencé à soupçonner Archer ? » demanda-t-il.

Lucas s'agita sur sa chaise. Visiblement, le chef de la sécurité avait été douché par les récents événements. « L'élément décisif a été la bande vidéo montrant Archer en train de remettre des documents à Seattle.

— Celle que les gens de Frank se sont procurée ? »

L'expression morne de Lucas était éloquente. « Oui. Il n'empêche que j'avais mes propres soupçons sur Archer avant cela. »

Gamble intervint. « Tiens donc ! Il me semble que vous ne nous l'avez pas dit. Je ne vous paie pas pour que vous la boucliez. »

Sawyer observait Lucas. Visiblement, l'homme

s'était avancé sans rien avoir dans sa manche. Mais l'agent du FBI se devait de pousser plus loin l'interrogatoire.

« Quel genre de soupçons ? »

Encore sous le coup du reproche sanglant que son patron venait de lui adresser, le chef de la sécurité se tourna d'un air morne vers Sawyer. « Disons que c'était plutôt de vagues doutes. Rien de concret, une intuition. Quelquefois c'est plus important, vous voyez ce que je veux dire ?

— Tout à fait.

— Il travaillait beaucoup. Il avait des horaires irréguliers. Son ordinateur est là pour en témoigner. »

Gamble intervint. « Je n'emploie que des bourreaux de travail. 80% de mon personnel fait ses soixante-quinze à quatre-vingt-dix heures par semaine, cinquante-deux semaines par an.

— Je me doute que vous n'appréciez pas les tire-au-flanc, commenta Sawyer.

— Ils travaillent dur, mais ils ont des compensations. Chaque cadre dirigeant de ma société gagne des millions de dollars. Et la plupart n'ont pas quarante ans. » Il désigna Quentin Rowe de la tête. « Je ne vous dirai pas combien il se fait, maintenant que je l'ai racheté, mais il pourrait s'offrir cash une île, une propriété, un harem, un jet privé. Et il lui resterait assez pour que ses arrière-petits-enfants fréquentent les universités les plus chics et roulent en Rolls. » Se tournant vers Sawyer, il ajouta : « Bien entendu, je ne m'attends pas qu'un bureaucrate payé par le gouvernement soit au fait des subtilités de la libre entreprise. Continuons. Il vous reste quarante-sept minutes. »

L'agent du FBI se jura de ne plus tolérer une nouvelle réflexion de ce genre. Il lança un coup d'œil en direction de Frank Hardy. « A-t-on la confirmation des éléments de l'escroquerie bancaire ? » interrogea-t-il.

Son ami hocha affirmativement la tête. « Je te brancherai sur les agents du Bureau qui s'en occupent. »

Gamble explosa. Il tapa du poing sur la table en lançant à Sawyer un regard aussi noir que si celui-ci était l'auteur du détournement de fonds. « Deux cent cinquante millions de dollars ! » tonna-t-il, tremblant de fureur.

Il y eut un moment de gêne. Sawyer finit par rompre le silence. « Si je ne me trompe, Archer avait placé un système de fermeture supplémentaire sur la porte de son bureau. »

Lucas pâlit. « C'est exact, répondit-il.

— J'aurai besoin de jeter un coup d'œil dans son bureau, un peu plus tard. Quel genre d'installation a-t-il utilisé ? »

Tous les regards se tournèrent vers Lucas, qui sembla plus mal à l'aise que jamais.

« Il y a quelques mois, il a commandé un système avec un digicode et une carte à mémoire, relié à une alarme.

— C'était inhabituel ? Nécessaire ? » interrogea Sawyer. Il avait du mal à concevoir que ce puisse être nécessaire, compte tenu des protections qu'il avait dû franchir pour entrer dans le saint des saints.

« Nécessaire, non. Nous avons le système de sécurité le plus performant du secteur. » Ces paroles provoquèrent un grognement chez Gamble. Lucas se recroquevilla. « Mais je ne peux pas dire que ce soit inhabituel, poursuivit-il après un instant d'hésitation. D'autres personnes ici ont des dispositifs similaires sur la porte de leur bureau. »

Quentin Rowe prit la parole à son tour. « Monsieur Sawyer, vous avez sans aucun doute remarqué qu'ici, chez Triton, nous sommes très chatouilleux sur la sécurité. Quand il s'agit de défendre nos découvertes technologiques, la paranoïa doit être une seconde nature. Nous nous efforçons de faire entrer cette notion dans la tête de nos employés. Dans chaque service, Frank informe régulièrement le personnel sur ce sujet. Si quelqu'un a une question ou un problème concernant la sécurité, il va voir Richard Lucas ou un membre de son équipe, ou bien Frank Hardy. Tout le monde, ici, est au courant des brillants états de service de Frank au FBI. Je suis certain que personne n'aurait hésité à aller trouver ces spécialistes si besoin était. C'est d'ailleurs arrivé par le passé et des ennuis ont été évités. »

Sawyer consulta du regard Hardy, qui confirma les paroles de Rowe d'un signe de tête. « Il n'empêche que vous avez eu des problèmes pour pénétrer dans son bureau après sa disparition, constata l'agent du FBI. Vous devez pourtant avoir un système pour parer à ce genre d'éventualité, par exemple si un employé vient à être malade, à mourir ou à quitter l'entreprise.

— Effectivement, nous en avons un, intervint Lucas.

— Que Jason Archer a apparemment contourné. » Il y avait une nuance d'admiration dans la voix de Quentin Rowe.

« Comment s'y est-il pris ? »

Rowe soupira. « Dans la société, le règlement stipule qu'il faut communiquer le code de tous les dispositifs de protection individuels au chef de la sécurité, expliqua-t-il. C'est-à-dire à Richard. En outre, le personnel de sécurité dispose d'une carte universelle qui permet l'accès à l'ensemble des locaux.

— Archer a-t-il communiqué son code à Lucas ?

— Oui. Mais il en a programmé aussitôt un autre sur le lecteur de sa porte.

— Et personne ne s'en était aperçu ? » Sawyer regardait Lucas d'un air incrédule.

« Nous n'avions aucune raison de penser qu'il l'avait fait, répondit Rowe. Il laissait généralement sa porte ouverte pendant les heures de travail. Et, en dehors des heures habituelles, personne d'autre que lui n'avait de raison d'entrer dans son bureau.

— Parlons maintenant des renseignements qu'Archer est censé avoir fournis à RTG. Comment les a-t-il obtenus ? On les lui a communiqués ?

— Pour certains. » Rowe s'agita inconfortablement sur sa chaise. « Jason faisait partie de l'équipe impliquée dans le rachat de CyberCom. Néanmoins, il y a un certain nombre d'éléments, au plus haut niveau des négociations, auxquels il n'avait pas accès. » Il arrangea nerveusement sa queue de cheval. « Seuls Nathan, trois autres cadres supérieurs et moi-même étions au courant. Plus, bien sûr, nos conseils juridiques.

— Et où ces informations se trouvaient-elles ? Dans un tiroir ? Dans un coffre ? » interrogea Sawyer.

Rowe et Lucas échangèrent un regard amusé.

« Nous sommes une entreprise zéro papier, à quelque chose près. Tous les documents un tant soit peu importants sont dans des fichiers informatiques.

— Dans ce cas, je suppose que ces fichiers sont protégés ? Il existe des mots de passe ?

— Le système de protection est bien plus complexe qu'un mot de passe, dit Lucas avec condescendance.

— Néanmoins Archer a réussi à le forcer, apparemment », répliqua l'agent du FBI.

Lucas fit une grimace. Rowe entreprit d'essuyer ses lunettes.

« Oui, dit-il. Vous voulez voir comment ? »

Le groupe était à l'étroit dans la petite pièce de rangement. Rowe, Hardy et Sawyer regardaient Richard Lucas s'affairer. Gamble ne s'était pas joint à eux. Le chef de la sécurité de Triton finit de débarrasser les cartons qui encombraient le mur et mit au jour la prise de courant reliée à l'ordinateur. Quentin Rowe souleva les câbles.

« C'est par le biais de cette station de travail que Jason s'est connecté à notre réseau local.

— Pourquoi ne s'est-il pas servi de son ordinateur ? »

Rowe secoua la tête, tandis que Lucas répondait à la question de Sawyer.

« Quand il branche son propre ordinateur, il doit franchir un certain nombre de barrières de sécurité. Ces mesures permettent de vérifier non seulement l'identité de l'utilisateur, mais aussi de la *confirmer*. Chaque station de travail de l'entreprise est équipée d'un scanner d'iris qui prend une image vidéo initiale du dessin de l'iris de l'utilisateur, puis effectue ensuite un balayage périodique, afin de confirmer régulièrement l'identité de cet utilisateur. Si Archer avait quitté son bureau ou si quelqu'un s'était assis à sa place, le système aurait automatiquement coupé l'accès à cette station de travail. »

Rowe intervint. « Ce qui compte, c'est que si Archer avait accédé à un dossier à partir de sa propre station de travail, nous l'aurions su.

— Comment ? interrogea Sawyer.

— Notre réseau comporte un système de marquage, comme la plupart des réseaux. Quand un utilisateur accède à un fichier, le système l'enregistre. En se servant de cette station de travail — Rowe désigna du doigt le vieil ordinateur —, qui n'est pas censée être raccordée au réseau, il a évité l'écueil. C'est un ordinateur fantôme sur notre réseau, en fait. Peut-être Archer s'est-il servi de l'ordinateur de son bureau pour découvrir où se trouvaient certains fichiers, sans y accéder pour autant. Il pouvait le faire à loisir. Cela limitait d'autant le temps qu'il avait à passer ici, où il pouvait se faire prendre. »

Sawyer secoua la tête. « Un instant. Résumons. Jason Archer ne s'est pas servi de sa propre station de travail pour accéder aux fichiers parce qu'elle aurait permis de l'identifier. Il a utilisé celle-ci justement pour éviter d'être identifié. Dans ce cas, comment pouvez-vous affirmer que c'est lui qui a accédé aux fichiers ?

— Par la bonne vieille méthode, intervint Hardy en désignant le clavier. Nous avons relevé sur les touches de nombreuses empreintes digitales, qui, toutes, correspondaient à celles d'Archer. »

L'agent du FBI avait gardé la question la plus évidente pour la fin. « D'accord, mais comment savez-vous qu'on s'est servi de cette station de travail pour accéder à des fichiers ? »

Richard Lucas s'assit sur un tas de cartons. « À un moment, nous nous sommes aperçus qu'un utilisateur non autorisé rentrait dans le système. Même si Jason Archer n'avait pas besoin de se soumettre aux procédures d'identification pour se connecter via cette unité, l'accès aux fichiers par ce biais laissait une trace, sauf s'il prenait soin d'effacer celle-ci en quittant. C'est coton, mais pas impossible. C'est sans doute ce qu'il a fait. Du moins au début. Et puis, il y a eu un certain relâchement. Nous avons fini par retrouver cette trace et nous l'avons suivie jusqu'ici. Cela a pris du temps, mais nous y sommes arrivés. »

Hardy croisa les bras sur sa poitrine. « Tu sais, dit-il à Sawyer, ça ne manque pas de sel. On se donne un mal fou pour verrouiller son réseau. On se ruine en portes blindées, en vigiles, en systèmes de sécurité électroniques, en cartes à puce et autres protections. Triton dispose de tout ça. Et malgré tout... » Il leva les yeux vers le plafond. « Et malgré tout, il reste les panneaux amovibles du plafond, derrière lesquels sont dissimulés les câbles de connexion du réseau. Simple comme bonjour. » Il hocha tristement la tête.

« Je t'avais prévenu de ce danger », ajouta-t-il à l'adresse de Lucas.

Le chef de la sécurité de Triton se défendit. « C'était quelqu'un de l'intérieur, dit-il d'un ton véhément. Il connaissait le système et il s'en est servi pour le pirater. » Il se tut quelques instants, l'air sombre. « Ensuite il a fait exploser un avion avec son chargement d'êtres humains. N'oublions pas ce détail. »

Dix minutes plus tard, ils étaient de retour dans le bureau de Nathan Gamble. Le président de Triton ne leva pas le nez à leur arrivée.

Sawyer s'assit. « Du nouveau du côté RTG ? » interrogea-t-il.

En entendant le nom de son concurrent, Gamble devint rouge de colère. « Celui qui essaie de m'avoir ne s'en tire jamais indemne, gronda-t-il.

— Nous n'avons pas la preuve que Jason Archer ait été de mèche avec RTG. Pour l'instant, nous nous bornons à des spéculations sur ce point, dit Sawyer avec calme.

— D'accord, rugit Gamble. Vous allez retourner gentiment à votre Bureau et faire votre petit numéro de chien savant. Moi, je m'occupe des choses sérieuses. »

Sawyer referma son calepin d'un geste sec et déplia sa haute silhouette. Hardy l'imita. Il se précipita pour aller prendre le manteau de l'agent du FBI, mais celui-ci l'arrêta d'un regard glacial.

« Il reste dix minutes, Sawyer, reprit Gamble, mais dans la mesure où vous n'avez apparemment rien d'intéressant à me communiquer, je crois que je vais arriver avec un peu d'avance à l'aéroport. »

Sur ces mots, il se leva. Quand il passa devant Sawyer, celui-ci l'empoigna par le bras et le conduisit dans l'antichambre où se trouvait le bureau de la secrétaire. « Excusez-nous quelques minutes, madame ! » lança-t-il. Elle hésita, cherchant le regard de son patron.

« J'ai dit excusez-nous, madame ! » tonna Sawyer. Cette fois, la secrétaire bondit de sa chaise et se précipita hors de la pièce.

Sawyer se tourna vers le P-DG de Triton Global. « Mettons les choses au point, Gamble. Primo, je n'ai pas à vous obéir, ni d'ailleurs à personne d'autre ici. Deuzio, dans la mesure où, apparemment, l'un de vos collaborateurs a préparé un attentat contre un avion, je vous poserai toutes les questions dont j'ai envie. Et je me tamponne de votre propre avion. Tertio, si vous me rappelez une fois de plus combien de minutes il me reste, j'arrache votre montre et je vous la fais bouffer. Je ne suis pas un de vos larbins, c'est clair ? Ne vous avisez donc pas de me parler de nouveau sur ce ton. Je suis un agent du FBI, et un bon. Un qui a reçu des coups de dents, des coups de pied, des coups de revolver, des coups de couteau. De la part d'authentiques ordures, de salopards enragés, à côté desquels vous faites figure de bébé dans ses langes. Alors, si vous croyez qu'avec votre grande gueule vous allez me faire pisser dans mon froc, vous perdez votre temps et le nôtre. Maintenant, vous allez rentrer gentiment dans votre bureau, poser le cul sur votre chaise et l'y laisser jusqu'à nouvel ordre. »

Deux heures plus tard, Sawyer terminait l'interrogatoire de Gamble et des autres personnes. Il passa encore une demi-heure à examiner le bureau de Jason Archer. Il vérifia l'ordinateur, sans pour autant avoir les moyens de savoir que quelque chose avait disparu. Du micro, il ne subsistait qu'une petite fiche argentée. Sawyer décida d'interdire à tous l'accès du bureau et de faire venir une équipe d'enquêteurs pour le passer au peigne fin.

Alors que Frank Hardy le raccompagnait jusqu'aux ascenseurs, il se tourna vers lui et déclara avec un petit sourire : « Je t'avais bien dit que tu n'avais aucun souci à te faire, Frank. Gamble et moi, on s'est parfaitement entendus. »

Hardy éclata d'un rire sonore. « Je ne crois pas l'avoir vu aussi pâle depuis que je le connais. Qu'est-ce que tu as bien pu lui raconter ?

— Rien. Je lui ai simplement fait part de mon admiration pour sa personne et j'ai dû le gêner. »

En attendant l'arrivée de l'ascenseur, Sawyer ajouta : « J'ai l'impression que je n'ai glané aucune information intéressante ici. Si Archer a commis le crime du siècle, c'est là un scénario sensationnel, mais j'aimerais mieux le savoir enfermé dans une cellule.

— Que veux-tu, ces gens viennent de se faire nettoyer et ils n'en ont pas l'habitude. Ils savent ce qui s'est passé et, du moins en partie, comment ça s'est passé, mais ils arrivent après la bataille. »

Sawyer s'appuya contre le mur et se frotta le front. « Rends-toi compte, nous n'avons aucune preuve qu'il y ait un lien entre Archer et l'attentat contre l'avion. »

Hardy approuva. « J'ai dit qu'Archer avait pu utiliser Lieberman pour couvrir sa fuite, mais rien ne le prouve non plus. Et s'il n'y a aucun rapport, Archer a eu une foutue chance de ne pas grimper dans cet appareil.

— D'accord, mais il y a bien quelqu'un qui est responsable.

— Si tu veux mon humble avis, Lee, le plus difficile pour toi ne sera pas de prouver que Jason Archer est impliqué dans le sabotage.

— Ce sera quoi, alors ?

— De le retrouver. »

L'ascenseur arrivait. Hardy prit congé de son ami et s'éloigna.

« Monsieur Sawyer ? Vous avez une minute ? »

L'agent du FBI se retourna et aperçut Quentin Rowe qui se dirigeait vers lui à grands pas.

« Je vous écoute, monsieur Rowe.

— Appelez-moi Quentin, je vous en prie, dit Rowe en regardant autour de lui. Je me demandais si vous aimeriez visiter nos ateliers de production. »

Sawyer comprit le message. « Avec plaisir », dit-il.

33

Les quatorze étages abritant les bureaux de Triton étaient accolés à des bâtiments de deux étages qui s'étendaient sur deux hectares et demi de terrain. À l'entrée principale des ateliers, Sawyer épingla un badge visiteur sur son manteau et franchit avec Rowe un certain nombre de contrôles de sécurité. Visiblement, le personnel connaissait bien Rowe et l'appréciait. Les deux hommes s'arrêtèrent face à une paroi vitrée derrière laquelle s'affairaient dans un vaste espace des techniciens de laboratoire, vêtus de combinaisons blanches et portant des masques et des gants de chirurgien.

Sawyer jeta un coup d'œil à Rowe. « Dites donc, ça ressemble plus à une salle d'opération qu'à une usine ! s'exclama-t-il.

— C'est même beaucoup plus propre qu'une salle d'opération, dit Rowe en souriant. Ces techniciens sont actuellement en train de mettre au point une nouvelle génération de microprocesseurs. Il faut pour cela que l'environnement soit absolument stérile, sans le moindre grain de poussière. Quand ces prototypes seront parfaitement opérationnels, ils seront capables de transmettre deux TIPS.

— Bon sang ! » Sawyer avait poussé cette exclamation pour la forme. Il ignorait totalement ce que le terme signifiait.

Rowe sentit son hésitation. « Deux trillions d'instructions par seconde, vous vous rendez compte ! »

Sawyer resta bouche bée. « Qu'est-ce qui peut bien nécessiter une telle vitesse ?

— Vous seriez surpris. Une kyrielle d'applications d'engineering. La conception assistée par ordinateur de voitures, d'avions, de navettes spatiales, de bâtiments et tout un tas de processus de fabrication. Des opérations boursières, la gestion des grosses entreprises. Prenez une firme comme General Motors. Ils ont des millions de pièces en stock, des centaines de milliers d'employés, des milliers de bâtiments. Tout cela s'accumule. Nous aidons tous ces gens à renforcer leur efficacité. » Rowe tendit le doigt vers une autre aire de production. « Ici, vous voyez, nous testons une nouvelle ligne de disques durs. L'an prochain, quand nous les mettrons sur le marché, ils représenteront ce qu'on fait de mieux, de plus puissant. Et pourtant, un an après, ils seront déjà dépassés. »

Sawyer écoutait attentivement. Rowe se tourna vers lui. « Et vous, sur quel système travaillez-vous ? » interrogea-t-il.

L'agent du FBI enfonça ses mains dans ses poches. « Je ne suis pas sûr que ça vous dise quelque chose. Une Smith Corona. »

Rowe resta bouche bée. « Vous plaisantez ?

— Pas du tout, répliqua Sawyer, piqué au vif. Cette machine-là, c'est le meilleur des systèmes. Un ruban neuf de temps en temps et le tour est joué. »

Rowe hocha la tête. « Un conseil amical : tous ceux qui, dans les années à venir, se montreront incapables de faire marcher un ordinateur seront hors circuit. N'ayez pas peur. Aujourd'hui, les systèmes informatiques sont faits pour l'utilisateur, même le moins intelligent, sans vouloir vexer personne. »

Sawyer poussa un long soupir. « Franchement, on se demande où l'on va, avec ces ordinateurs de plus en plus rapides, ce nouveau machin, Internet, qui se répand partout, les réseaux, les radiomessageries, les téléphones portables, les fax. Est-ce que ça s'arrêtera un jour ?

— Dans la mesure où c'est mon gagne-pain, j'espère que ça ne s'arrêtera jamais !

— Il arrive que les changements soient trop rapides.

— Écoutez, répondit Rowe en souriant, les changements actuels ne sont rien en comparaison de ce qui va se passer dans les cinq prochaines années. Nous sommes à la veille de bouleversements technologiques dont nous n'avions même pas idée il y a dix ans à peine. » Tout en parlant, Quentin Rowe s'animait. Ses yeux brillaient comme s'il contemplait déjà l'aube du XXIe siècle. « Internet tel que nous le connaissons aujourd'hui nous semblera très bientôt morne et suranné. Et Triton Global y sera pour quelque chose. En fait, si tout se passe comme nous l'espérons, nous ouvrions la route. Toutes les activités humaines seront transformées, l'éducation, la médecine, le travail, les loisirs, l'alimentation, les relations sociales, la consommation, la production... La simple force de l'information, de l'innovation fera reculer la pauvreté, les préjugés, le crime, l'injustice. L'ignorance n'existera plus. Chacun aura facilement accès au savoir, au contenu de milliers de bibliothèques, aux travaux des plus grands esprits de la planète. Au bout du compte, le monde de l'informatique tel que nous le connaissons aujourd'hui se changera en un monumental réseau universel interactif au potentiel illimité. Tout le savoir du monde, la solution à tous les problèmes. Il suffira à chacun d'appuyer sur une touche de clavier. C'est la suite logique des choses.

— Et tout cela grâce à l'ordinateur, commenta Sawyer d'un ton sceptique.

— C'est extraordinaire, non ?

— Moi, ça me fiche une trouille du tonnerre. »

Rowe en resta muet de surprise. « Et pourquoi donc ? articula-t-il enfin.

— Ce sont peut-être mes vingt-cinq ans de métier qui le veulent, mais quand vous m'expliquez que quelqu'un peut obtenir tous ces renseignements, vous savez ce que je me dis ?

— Aucune idée.

— Mettons que ce quelqu'un soit *animé de mauvaises intentions.* » Devant l'absence de réaction de Rowe, Sawyer poursuivit : « Qu'il efface tout le savoir du monde en appuyant sur une seule touche. » Il claqua des doigts. « Qu'il détruise tout. Ou qu'il saccage tout. Qu'est-ce qu'on fait, nom d'un chien ?

— Les avantages de la technologie sont de beaucoup supérieurs aux risques potentiels. Même si vous n'êtes pas de mon avis, je sais que l'avenir me donnera raison. »

L'agent du FBI se gratta la tête. « Vous êtes trop jeune, mais dans les années cinquante, personne non plus ne croyait que la drogue deviendrait un problème d'une telle ampleur. »

Les deux hommes se remirent en marche et continuèrent à faire le tour des installations. « Nous avons cinq unités de production de ce genre réparties dans le pays, commenta Rowe.

— Un sacré coût, non ?

— Je vous crois ! Nous dépensons plus de dix milliards de dollars par an pour la recherche et le développement. »

Sawyer émit un sifflement. « Au-delà d'un certain nombre de zéros, je suis perdu. D'ailleurs, je ne suis qu'un petit bureaucrate qui se tourne les pouces aux frais du gouvernement. »

Rowe eut un sourire complice. « Nathan Gamble adore provoquer, mais j'ai l'impression qu'il est tombé sur un os avec vous. Je n'ai pas besoin de vous expliquer pourquoi je n'ai pu applaudir à votre numéro, mais le cœur y était.

— Hardy m'a dit que vous aviez votre propre société, une affaire très intéressante. Je peux vous demander pourquoi vous avez accepté l'offre de Gamble ?

— L'argent. » D'un geste circulaire, Rowe balaya les installations. « Tout cela coûte des milliards de dollars. Mon affaire avait de la valeur, mais beaucoup d'entreprises spécialisées dans la haute technologie ont de la valeur *sur le marché boursier.* Ce que les gens ne paraissent pas comprendre, c'est que si le prix de l'action est passé de 19 dollars le jour de l'introduction en bourse à 160 six mois plus tard, nous n'en avons pas vraiment vu la couleur. Le bingo, c'était pour les actionnaires.

— Vous aviez tout de même gardé une partie des actions, je suppose !

— Oui, bien sûr, mais entre les lois sur les opérations de bourse et les exigences de notre syndicataire, je ne pouvais pratiquement rien vendre. Sur le papier, je valais une fortune, mais mon entreprise avait du mal à survivre. Nous ne faisions pas de bénéfices. Le poste recherche et développement nous pompait tout. Il y avait de l'amertume dans sa voix.

« C'est là que Nathan Gamble est intervenu ?

— En fait, il a été l'un des premiers à investir dans la société, avant que nous soyons cotés en bourse. Il nous a fourni une partie du capital de départ. Et aussi quelque chose qui nous manquait cruellement : une respectabilité vis-à-vis de Wall Street et des grands marchés boursiers. Un appui solide, un goût de la réussite financière. Quand l'entreprise a été introduite en bourse, il a gardé ses actions. Plus tard, nous avons envisagé l'avenir ensemble et nous avons décidé qu'elle redeviendrait privée.

— Rétrospectivement, vous estimez que c'était une bonne décision ?

— Sur le plan financier, une fabuleusement bonne décision.

— Mais l'argent n'est pas tout, Quentin, n'est-ce pas ?

— Je me pose parfois la question. »

Sawyer s'appuya contre le mur et fit face à Quentin Rowe. « La visite est passionnante, mais sauf erreur de ma part, vous souhaitiez me parler d'autre chose ?

— Exact. » Ils étaient tout près d'une porte. Rowe inséra sa carte dans le lecteur et fit signe à Sawyer de le suivre. Les deux hommes s'assirent à une petite table. Rowe réfléchit quelques instants à ce qu'il allait dire, puis se lança : « D'abord, je dois préciser qu'avant que tout ceci n'arrive, le nom de Jason Archer ne me serait jamais venu à l'esprit à propos d'un acte malhonnête. » Il prit un mouchoir dans sa poche et entreprit de nettoyer ses lunettes.

« Donc, vous lui faisiez confiance.

— Totalement.

— Et maintenant ?

— Maintenant, je pense que j'ai eu tort. Pour tout dire, je me sens trahi.

— C'est bien ce qu'il m'a semblé. Pensez-vous que quelqu'un d'autre de la société puisse être impliqué ?

— Doux Jésus, j'espère bien que non. » Cette idée semblait horrifier Rowe. « Je préfère penser qu'il a agi seul ou pour le compte d'un concurrent. Cela me paraît beaucoup plus vraisemblable. Par ailleurs, Jason était parfaitement capable de pirater le système informatique de BankTrust. Ce n'est pas si compliqué, en fait.

— On dirait que vous parlez d'expérience. »

Le rouge monta aux joues de Rowe. « Disons que

j'ai une curiosité insatiable. Quand j'étais étudiant, un de mes passe-temps favoris consistait à tournicoter autour des bases de données. On s'est bien amusés, mes copains et moi, même si les autorités locales nous ont vertement réprimandés à plusieurs reprises. Mais enfin, nous n'avons jamais rien dérobé. J'ai même aidé à former certains techniciens de la police pour qu'ils apprennent à détecter et à prévenir les délits liés à l'informatique.

— Certains d'entre eux travaillent maintenant pour vous, au niveau de la sécurité ?

— Vous voulez parler de Richard Lucas ? Pas du tout. Il a toujours travaillé pour Gamble. Il fait très bien son boulot, mais on ne peut pas dire qu'il soit d'un contact agréable. Sans doute la profession qui veut ça.

— Pourtant, Archer l'a bien eu.

— Il nous a tous eus. Ce n'est pas moi qui vais lui jeter la pierre.

— Rétrospectivement, quelque chose vous aurait-il paru suspect chez Archer ?

— Évidemment, quand on revient en arrière, on voit tout différemment. J'y ai beaucoup réfléchi. Je dirais que Jason semblait porter un intérêt tout à fait particulier au rachat de CyberCom.

— C'est naturel, puisqu'il travaillait dessus.

— Ce n'est pas ce que je veux dire. Il posait beaucoup de questions sur certains points de l'affaire qui ne le concernaient pas.

— Par exemple ?

— Par exemple, il me demandait si je jugeais nos propositions correctes. Si je pensais que l'affaire allait se faire. Quel serait son rôle, une fois tout terminé. Ce genre de questions.

— Il ne vous a pas interrogé sur des dossiers confidentiels que vous aviez en votre possession ?

— Pas directement, non.

— Donc, apparemment, il a obtenu tout ce dont il avait besoin via le système informatique.

— En effet. »

Les deux hommes restèrent pensifs un moment.

« Avez-vous une idée de l'endroit où il peut se trouver ? »

Rowe secoua négativement la tête. « J'ai rendu visite à sa femme, Sidney, reprit-il après un silence.

— Je l'ai rencontrée.

— J'ai peine à croire qu'il l'ait abandonnée. Avec leur enfant, une adorable petite fille.

— Peut-être n'avait-il pas l'intention de les abandonner. »

Rowe jeta un regard curieux à Sawyer. « Que voulez-vous dire ?

— Qui sait s'il n'a pas l'intention de revenir les chercher ?

— Pourquoi reviendrait-il ? C'est maintenant un fugitif, avec la justice aux trousses. Sans compter que Sidney ne le suivrait pas.

— Vraiment ?

— Elle est avocate et c'est un criminel.

— Je vais peut-être vous surprendre, Quentin, mais il y a des avocats malhonnêtes.

— Attendez... Vous soupçonnez Sidney Archer d'être mêlée à toute cette histoire ?

— À l'heure qu'il est, je n'exclus personne de la liste des suspects. Elle est l'un des conseils juridiques de Triton. Elle travaillait sur l'acquisition de CyberCom. Pour moi, c'est une position idéale pour glaner quelques secrets et les vendre à RTG. Je n'en sais rien, mais j'ai l'intention de découvrir la vérité. »

Rowe remit ses lunettes et passa nerveusement ses mains sur le plateau de verre de la table. « Je ne peux pas croire que Sidney soit impliquée dans une affaire de ce genre », dit-il d'un ton qui manquait de conviction.

Sawyer le dévisagea. « Quentin, avez-vous quelque chose à me dire concernant Sidney Archer ? »

Quentin Rowe soupira. « Eh bien, en fait, je suis sûr que Sidney est allée fouiller dans le bureau de Jason, chez Triton, après le crash.

— En avez-vous la preuve ?

— La veille du départ supposé de Jason pour Los Angeles, nous étions, lui et moi, en train de travailler sur un projet, tard le soir dans son bureau. Nous sommes partis ensemble. Il a fermé la porte derrière lui. Elle est restée close jusqu'à ce que nous fassions venir l'équipe chargée de désactiver l'alarme et d'enlever la porte.

— Et alors ?

— Quand nous sommes entrés, j'ai aussitôt remarqué que le micro de l'ordinateur était pratiquement cassé en deux. Comme si quelqu'un avait essayé de le redresser après l'avoir heurté.

— Qu'est-ce qui vous fait penser que ce pourrait être Sidney Archer ? Jason aurait pu revenir tard dans la nuit.

— Si tel avait été le cas, nous le saurions grâce au contrôle électronique et au vigile de garde. » Rowe hésita, se remémorant la visite de Sidney. Finalement, il se décida. « Écoutez, reprit-il, il n'y a pas deux façons de dire les choses. Elle était en train de fouiner. Elle a prétendu ne pas être allée dans la zone des bureaux, mais je suis sûr qu'elle l'a fait. Le vigile de garde l'a couverte, c'est à peu près certain. Elle m'a raconté une histoire bidon, comme quoi elle devait rencontrer sur place la secrétaire de Jason pour reprendre des affaires personnelles de son mari.

— C'est plausible, non ?

— Oui, mais il se trouve que j'ai discrètement interrogé la secrétaire, Kay Vincent. Je lui ai demandé si elle avait parlé récemment à Sidney. Elle m'a dit l'avoir eue au téléphone à son domicile le soir même où Sidney est allée dans les bureaux. Sidney savait donc que Kay ne se trouvait pas chez Triton. »

Sawyer s'appuya au dossier de sa chaise. Rowe reprit : « Pour désactiver le système de fermeture de la porte de Jason, il faut avoir une carte à puce spéciale. Plus un code à quatre chiffres. Sinon, l'alarme se met en marche. Elle s'est d'ailleurs déclenchée lorsque nous avons essayé de pénétrer dans son bureau la première fois. Nous avons alors compris qu'il avait changé le code. Le soir où Sidney est venue, j'étais en train d'envisager de réessayer, mais je savais que je n'avais aucune chance. J'avais beau avoir une carte d'accès universelle, sans le code, l'alarme se serait de nouveau déclenchée. » Après un instant de silence, il poursuivit : « Sidney pouvait très bien être en possession de la carte d'accès de Jason et de la combinaison du code, s'il la lui avait communiquée. J'ose à peine l'affirmer, mais elle est mêlée à quelque chose. Simplement, j'ignore à quoi.

— Je viens de visiter le bureau d'Archer. Je n'ai vu aucun microphone. Il ressemble à quoi ?

— Il fait une douzaine de centimètres et il est mince comme un crayon. Il était monté directement sur la gauche de l'ordinateur. On s'en sert pour la commande vocale. Un jour, le micro remplacera complètement le clavier. C'est une bénédiction pour les gens qui tapent mal.

— Je n'ai rien vu de tel.

— Ça ne m'étonne pas. On a dû l'enlever, dans la mesure où il était vraiment très endommagé. »

Sawyer prit des notes sur son calepin. Après avoir posé quelques questions supplémentaires à son interlocuteur, il s'apprêta à prendre congé. Au moment où Rowe le raccompagnait vers la sortie, Sawyer lui tendit sa carte. « Si quelque chose vous revient, Quentin, n'hésitez pas à m'appeler.

— Je donnerais cher pour savoir ce qui se passe,

agent Sawyer. Je suis déjà débordé avec le dossier CyberCom. Il ne manquait plus que ça.

— Je fais de mon mieux. »

Rowe rentra lentement dans le bâtiment, la carte de Sawyer serrée dans sa main.

Le téléphone sonnait à l'intérieur de la voiture quand l'agent du FBI ouvrit la portière. Il décrocha. La voix de Ray Jackson résonna à son oreille. Son collègue était tout excité. « Tu avais raison, Lee, dit-il.

— À quel propos ?

— Sidney Archer a bougé. »

34

Les deux voitures du FBI avaient pris le taxi en filature et se trouvaient à quelques mètres derrière lui. Afin de ne pas éveiller les soupçons de son occupante, deux autres véhicules suivaient un itinéraire parallèle et s'apprêtaient à venir les relayer.

Sidney Archer releva la mèche de cheveux qui lui tombait sur l'œil et regarda par la vitre du taxi en poussant un profond soupir. Une fois encore, elle passa en revue les détails du voyage qu'elle s'apprêtait à faire, tout en se demandant si elle ne sortait pas d'un cauchemar pour entrer dans un autre.

« Elle est rentrée chez elle après le service funèbre. Ensuite, un taxi est venu la prendre, dit au téléphone Ray Jackson à Sawyer. D'après la direction qu'ils ont prise, je parierais qu'ils vont à Dulles Airport. Elle s'est arrêtée une fois. Elle est entrée dans une banque, probablement pour retirer du liquide. »

Lee Sawyer pressait le combiné contre son oreille

tout en conduisant. À cette heure de pointe, la circulation était intense. « Où es-tu, maintenant, Ray ? »

Jackson informa Sawyer de sa position. « Ne t'inquiète pas, Lee, tu vas faire la jonction avec nous sans problème. On se traîne littéralement dans les embouteillages. »

Sawyer réfléchissait à l'itinéraire le plus court pour lui. « Je peux te rattraper dans une dizaine de minutes. Elle a pris combien de valises avec elle ?

— Une seule, de taille moyenne.

— Elle ne va donc pas très loin.

— On peut le penser. Attends... » Jackson poussa soudain une exclamation. « Merde !

— Qu'est-ce qui se passe ? » aboya Sawyer dans le téléphone. Le taxi venait de s'arrêter brutalement devant la station de métro Vienna et Sidney Archer en descendait. « On dirait que la dame change de moyen de transport. La voilà qui s'engouffre dans le métro, commenta Jackson, tout décontenancé.

— Colle-lui deux agents au train. Grouille.

— Bien reçu. Exécution. »

Sawyer raccrocha, mit son gyrophare et tenta de fendre la circulation. Quelques instants plus tard, le téléphone sonna de nouveau. Il décrocha d'un geste brusque. « Je ne veux que de bonnes nouvelles, Ray. Alors ?

— Ça va. On lui a mis deux gars aux fesses. » Il y avait du soulagement dans la voix de Ray.

« Je suis à une minute de la station. Elle a pris quelle direction ? Attends un peu, Vienna est le terminus de la ligne orange. Elle doit rentrer en ville.

— Peut-être, Lee. À moins qu'elle ne s'apprête à nous doubler en sortant du métro et en sautant dans un autre taxi. Dulles Airport est à l'opposé. En fait, on risque d'avoir un problème de communication. Les talkies-walkies marchent mal dans le métro. Si elle prend une correspondance et que nos gars la perdent, on est mal. »

Sawyer réfléchit un instant. « Est-ce qu'elle a pris sa valise, Ray ? interrogea-t-il.

— Quoi ? Bon Dieu, non !

— Colle-moi deux gars au cul de ce taxi, Ray. Cela m'étonnerait que Mme Archer ne récupère pas ses petites affaires et sa trousse de maquillage.

— Je reste sur le coup. Tu veux qu'on fasse équipe ? »

Sawyer s'apprêta à acquiescer, mais il changea brutalement d'avis. « Non. Tu te scotches au taxi, dit-il, tout en brûlant un feu rouge. Moi, je couvre un autre secteur. Faisons le point toutes les cinq minutes, en priant pour qu'elle ne nous ait pas mis dedans. »

Il effectua un demi-tour brutal et fila à toute vitesse vers l'est.

Sidney avait changé à Rosslyn. Elle était montée à bord d'une rame de la ligne bleue qui se dirigeait vers le sud. Quand les portes s'ouvrirent à la station Pentagon, un bon millier de personnes se déversèrent sur le quai. Elle quitta le wagon, son manteau blanc sur le bras. Le pull marine qu'elle portait se fondait dans la masse des uniformes de même teinte du personnel militaire qui descendait à cette station.

Les deux agents du FBI qui la filaient jouaient des coudes, essayant désespérément de retrouver la jeune femme dans la cohue. Ni l'un ni l'autre ne la virent remonter dans un wagon de queue et poursuivre sa route jusqu'à National Airport. Elle se retourna plusieurs fois. Visiblement, personne ne la suivait.

Sawyer arrêta son véhicule devant le terminal principal de National Airport, fourra sa carte sous le nez d'un employé du parking médusé et se précipita dans le bâtiment. Une foule compacte s'y pressait. Le découragement le gagna. Comment y repérer quelqu'un ? Soudain, il s'aplatit contre le mur. Sidney

Archer venait de passer à moins de trois mètres de lui.

Dès qu'elle fut à bonne distance, il la suivit. Elle se dirigea vers le comptoir de United Airlines, devant lequel s'allongeait une file d'une vingtaine de personnes, et se posta dans la queue. Ni l'agent du FBI ni la jeune femme ne virent Paul Brophy qui, un peu plus loin, poussait son chariot à bagages vers une porte de départ d'American Airlines. Dans sa poche se trouvait un papier sur lequel était inscrit l'itinéraire de Sidney, qu'il avait noté lorsqu'il avait espionné sa conversation avec Jason. L'avocat new-yorkais prenait tranquillement son temps, malgré l'agitation qui l'entourait. Il pouvait se le permettre. Il aurait même le temps de faire le point avec Goldman.

Au bout de quarante-cinq minutes, Sidney obtint enfin son billet et sa carte d'embarquement. Sawyer l'observait de loin. Il remarqua qu'elle payait en se servant d'une grosse liasse de billets. Dès qu'elle eut tourné les talons, il fendit la file d'attente en brandissant son badge du FBI pour désamorcer la colère des voyageurs.

L'employée de la compagnie qui délivrait les billets considéra le badge, puis leva les yeux vers lui.

« Cette jeune femme à qui vous venez de vendre un billet, Sidney Archer, quel vol prend-elle ? Vite ! » commença-t-il, puis, au cas où elle se serait servie d'un faux nom, il précisa : « La grande blonde, jolie, vêtue de bleu avec un manteau blanc sur le bras... »

L'employée se figea, puis pianota sur son clavier. « Le vol 715 pour La Nouvelle-Orléans. L'avion décolle dans vingt minutes.

— La Nouvelle-Orléans », murmura-t-il.

Il regrettait d'être allé lui-même interroger Sidney Archer. Maintenant, elle le reconnaîtrait aussitôt, mais c'était trop tard pour appeler un autre agent.

« Quelle porte ?

— Onze.

— Le numéro de sa place ? »

L'employée de la compagnie consulta son écran. « 27 C. » Sa supérieure s'était approchée. « Il y a un problème ? » interrogea-t-elle.

Sawyer lui montra sa carte du FBI et lui expliqua rapidement la situation. La femme décrocha son téléphone et prévint le personnel de la salle d'embarquement et la sécurité. Ceux-ci, à leur tour, avertiraient l'équipage. Sawyer ne tenait pas à ce qu'un membre du personnel navigant repère son revolver pendant le vol et le fasse cueillir à la sortie de l'avion par la police de La Nouvelle-Orléans.

Quelques minutes plus tard, un agent de la sécurité aérienne sur ses talons, Sawyer traversait à grands pas le terminal, coiffé d'un vieux chapeau qu'il lui avait emprunté, le col de son manteau relevé. L'homme le guida en dehors de la zone du détecteur de métaux. Cherchant Sidney Archer du regard, l'agent du FBI la repéra. Elle se tenait près de la porte, dans la queue des passagers attendant d'embarquer. Il se détourna aussitôt et alla s'asseoir dos à la porte. Lorsque le dernier groupe de passagers fut monté à bord, il attendit plusieurs minutes, puis emprunta à son tour la passerelle. L'avion était bondé. Avec un petit sourire, il s'installa en première classe, sur l'un des rares sièges libres. C'était bien la première fois qu'il s'offrait pareil luxe. Il fouilla dans son portefeuille à la recherche d'une carte de téléphone. Ses doigts se refermèrent sur la carte de visite professionnelle de Sidney, avec tous ses numéros : ligne directe, messager de poche, fax, téléphone portable. Il hocha la tête. Visiblement, dans son métier, on devait pouvoir la joindre à tout moment. Il prit l'appareil téléphonique mis à disposition des passagers.

***

Le vol était sans escale jusqu'à La Nouvelle-Orléans. Deux heures trente plus tard, l'avion se posait sur la piste. Sidney Archer n'avait pas bougé un instant de son siège et Lee Sawyer lui en était infiniment reconnaissant. Il avait passé un certain nombre de coups de fil et son équipe était en place à l'aéroport. Il fut le premier passager à quitter l'appareil.

Lorsque Sidney sortit de l'aéroport dans la moiteur de la nuit, elle ne remarqua pas la voiture noire aux vitres teintées garée de l'autre côté de l'étroit passage où les véhicules pouvaient prendre ou déposer des passagers. Elle s'installa dans un taxi, une Cadillac grise complètement déglinguée, avec la mention « Cajun Cab Company » inscrite sur le flanc, et indiqua au chauffeur : « LaFitte Guest House, Bourbon Street, s'il vous plaît », tout en ouvrant le col de sa blouse. Elle essuya la transpiration qui perlait à son front.

Quand le taxi s'éloigna du trottoir, la voiture noire attendit quelques instants avant de démarrer. À l'intérieur, Lee Sawyer, les yeux braqués sur l'arrière de la Cadillac, était en train de mettre les autres agents au courant de la situation.

Inquiète, Sidney regardait par la vitre du taxi. Les deux voitures quittèrent bientôt l'autoroute et se dirigèrent vers le Vieux Carré. Les lumières de La Nouvelle-Orléans se détachaient sur le ciel obscur. Au premier plan, on apercevait la silhouette massive du Superdome.

Bourbon Street était une artère étroite bordée d'édifices représentant, du moins selon les critères américains, l'ancien quartier français. À cette époque de l'année, les soixante-six pâtés de maisons du quartier étaient relativement tranquilles, même si une tenace odeur de bière montait du trottoir, sur lequel des vacanciers en tenue décontractée oscillaient dangereusement en brandissant des chopes pleines à ras bord. Le taxi s'arrêta devant le LaFitte Guest House et Sidney en descendit. Elle jeta un coup d'œil rapide autour d'elle, n'aperçut aucune voiture à l'horizon et poussa la lourde porte d'entrée.

Elle fut accueillie par l'odeur rassurante de la cire. À sa gauche se trouvait un grand fumoir, décoré avec goût. Derrière son bureau, le veilleur de nuit haussa un sourcil en constatant l'absence de bagages de la cliente, mais se rasséréna lorsqu'elle affirma qu'ils allaient arriver un peu plus tard. Sa chambre était au deuxième étage. Dédaignant le petit ascenseur, elle emprunta l'escalier. Le mobilier de la pièce se composait d'un lit à baldaquin, d'un petit bureau et d'une chaise de style victorien. Trois des murs étaient recouverts de rayonnages.

À l'extérieur, la voiture noire vint se garer dans une impasse à une cinquantaine de mètres du LaFitte Guest House. Un homme vêtu d'un coupe-vent et d'un jean en sortit. Il se dirigea d'un pas nonchalant vers l'hôtel et y pénétra. Cinq minutes plus tard, il regagnait le véhicule et s'installait sur la banquette arrière.

Sawyer se retourna et se pencha vers lui. « Alors ? » demanda-t-il avec impatience.

L'homme ouvrit la fermeture Éclair de son coupe-vent, révélant le pistolet qu'il portait à la ceinture. « Sidney Archer a pris une chambre pour deux jours. Elle est au deuxième étage, la porte face à l'escalier. Elle a dit que ses bagages allaient arriver.

— Vous pensez qu'elle va rencontrer Jason Archer ? demanda le conducteur à Sawyer.

— Ça m'étonnerait qu'elle soit ici pour faire du tourisme, répliqua Sawyer.

— Quel est le programme ?

— On surveille le coin discrètement. Dès que son mari se montre, on lui tombe sur le râble. En attendant, voyons si nous pouvons placer du matériel de surveillance dans la chambre voisine et mettre son téléphone sur écoute. Envoyez un couple, afin que les Archer n'aient pas de soupçons. Sidney Archer ne doit pas être sous-estimée. » L'admiration perçait dans la voix de Sawyer. Il jeta un coup d'œil par la vitre. « Bon, maintenant, tirons-nous. Je n'ai pas envie de donner à Jason Archer une bonne raison de ne pas se pointer. » La voiture s'éloigna lentement.

Assise sur la chaise près du lit, Sidney Archer attendait son mari, le regard fixé sur le petit balcon de sa chambre d'hôtel. Elle se leva et fit nerveusement les cent pas. Elle pensait avoir semé les agents du FBI dans le métro, sans en avoir la certitude absolue. Et s'ils avaient réussi à la suivre ? Elle frissonna. Pour la seconde fois, un cataclysme était venu bouleverser sa vie. Depuis le coup de téléphone de Jason, elle avait l'impression qu'un étau invisible se refermait sur elle.

Les instructions de Jason étaient claires et, quoi qu'il arrive, elle avait bien l'intention de les suivre. Son mari était innocent. Elle en avait l'intime conviction et il le lui avait confirmé. Il avait besoin de son aide. C'est la raison pour laquelle elle avait sauté dans un avion et était venue l'attendre ici, dans un hôtel de la plus célèbre des villes de Louisiane. Malgré les événements qui, elle devait se l'avouer, l'avaient ébranlée, elle lui faisait toujours confiance et rien, sauf la mort, ne l'empêcherait d'être à ses côtés. La mort, Jason y avait déjà échappé une fois, mais d'après le son de sa voix, elle doutait qu'il soit actuellement en sécurité. Il n'avait pu lui donner de détails. Il le ferait de vive voix, avait-il dit, pas au téléphone. Elle n'avait qu'une envie : le voir, le toucher, pour s'assurer qu'il était bien vivant.

Une brise légère vint rafraîchir l'atmosphère et dissiper l'humidité ambiante. Sidney retourna s'asseoir sur la chaise et demeura les yeux fixés sur l'ouverture de la fenêtre. Pendant ce temps, un homme et une femme d'une trentaine d'années, envoyés par le bureau local du FBI, s'installaient en silence dans la chambre voisine et mettaient en place un dispositif permettant d'enregistrer tous les bruits émanant de sa chambre.

Vers une heure du matin, Sidney finit par s'assoupir sur sa chaise. Sa chambre et sa ligne téléphonique étaient sous haute surveillance.

Jason Archer ne s'était pas montré.

Une lune pleine éclairait la couche de neige fraîchement tombée. La maison était plongée dans l'obscurité. Une silhouette vêtue de sombre se détacha des bois environnants et s'avança jusqu'à la porte de derrière. La vieille serrure ne lui offrit aucune résistance. Le visiteur pénétra à l'intérieur, après avoir abandonné ses snow-boots à l'entrée. Un mince faisceau lumineux accompagna sa progression. La maison était inoccupée. Les parents de Sidney étaient rentrés chez eux avec Amy peu de temps après que leur fille fut partie pour La Nouvelle-Orléans.

L'intrus gagna directement le petit bureau de Jason. Il prit le risque d'allumer la lampe posée sur la table, car la pièce donnait sur l'arrière, puis entreprit de fouiller méthodiquement le bureau et les piles de disquettes. Il alluma ensuite l'ordinateur, examina en détail tout le contenu de la base de données et celui de chaque disquette. Une fois l'opération terminée, il prit une disquette dans la poche de sa veste et l'inséra dans le lecteur. Quelques minutes plus tard, il avait terminé l'opération. Le logiciel « renifleur » maintenant installé sur l'ordinateur de Jason capterait tout ce qui franchirait son seuil. Le visiteur nocturne quitta les lieux, prenant soin d'effacer ses traces de pas entre la porte de derrière et les bois.

L'homme ignorait ce qu'en toute innocence Bill

Patterson avait fait juste avant de regagner sa demeure de Hanover. Au moment où il avait sorti sa voiture, il avait vu la camionnette de la poste s'arrêter et le préposé déposer du courrier dans la boîte aux lettres. Après avoir hésité, il avait décidé de le ramasser et l'avait mis dans un sac en plastique. Comme il avait déjà fermé la maison et que les clefs se trouvaient dans le sac de sa femme, il était allé dans le garage, dont la porte n'était pas fermée, et avait posé le sac plastique sur le siège avant de l'Explorer. Il avait ensuite refermé la voiture et verrouillé le garage.

Patterson n'avait pas remarqué l'enveloppe matelassée qui se trouvait au milieu de la pile de courrier. Si Sidney avait été là, elle aurait tout de suite reconnu l'écriture sur le pli.

Jason Archer s'était adressé la disquette à lui-même.

35

Par la fenêtre obscurcie de la pièce qu'il occupait en face du LaFitte Guest House, Lee Sawyer observait le vieil hôtel. Les agents du FBI chargés de surveiller Sidney Archer avaient installé leur QG dans un immeuble de brique désaffecté. Tout en buvant une tasse de café, Sawyer jeta un coup d'œil à sa montre. Six heures trente du matin. Une averse glacée se mit à tomber.

Les gouttes de pluie s'écrasaient contre la vitre, à côté de laquelle un appareil photo était installé sur un trépied. Quelques photos de l'entrée de l'hôtel avaient été prises, afin de vérifier la distance et la luminosité. Elles étaient posées sur la table, avec d'autres. Sawyer s'avança et examina les clichés que les agents du FBI de La Nouvelle-Orléans avaient faits de Sidney Archer à sa sortie de l'aéroport. Ils ne rendaient justice ni au visage ni aux yeux vert émeraude de la jeune femme. Elle ignorait qu'elle était photographiée. Pourtant, on aurait cru qu'elle prenait la pose. Elle avait un port de tête remarquable et sa chevelure luxuriante l'auréolait d'un halo lumineux. Sawyer se surprit à suivre doucement du doigt les contours du nez fin et des lèvres pleines.

Il sursauta et regarda autour de lui. Par chance, les autres agents n'avaient rien remarqué. La vaste pièce aux murs nus et au sol sale était à peu près vide, mis à part une longue table sur laquelle étaient installés deux PC et un magnétophone. Plusieurs agents s'affairaient autour des appareils. L'un d'eux, assez jeune, croisa le regard de Sawyer et ôta ses écouteurs. « Nos gens sont tous en place, dit-il. Au son, je dirais qu'elle dort encore. »

Sawyer retourna prendre sa faction près de la fenêtre. Ses agents lui avaient dit que cinq autres chambres du petit hôtel étaient occupées — toutes par des couples. Et aucun des hommes ne correspondait au signalement de Jason Archer.

Les heures s'écoulèrent lentement. Lee Sawyer était habitué à ces longues planques qui n'apportaient souvent rien d'autre que des crampes d'estomac et des douleurs dorsales.

Soudain, le jeune agent avec les écouteurs tendit l'oreille. « Elle sort de sa chambre », déclara-t-il.

Sawyer se leva, s'étira et regarda de nouveau sa montre. « Onze heures. Elle va peut-être prendre un petit déjeuner tardif.

— Comment met-on en place la surveillance ? »

Sawyer réfléchit quelques instants. « On fait comme on a dit. Prenez deux équipes, d'un côté la femme de la chambre voisine, de l'autre un couple. Ils pourront surveiller Sidney Archer alternativement. Qu'ils fassent gaffe. Elle va être sur ses gardes. Restez en contact radio. Souvenez-vous qu'elle n'a pas de bagages à l'hôtel. Ils doivent avoir en tête qu'elle peut utiliser n'importe quel moyen de transport, y compris de nouveau l'avion. Ayez en permanence des voitures aux alentours.

— D'accord. »

Pendant que l'agent communiquait ses instructions à ses collègues, Sawyer reprit sa surveillance à la fenêtre. Cette affaire faisait naître chez lui un sentiment bizarre, qu'il ne parvenait pas à identifier. Pourquoi La Nouvelle-Orléans ? Pourquoi, le jour même où le FBI venait l'interroger, Sidney Archer prenait-elle un pareil risque ? Le fil de ses pensées fut brutalement interrompu. La jeune femme venait d'apparaître sur les marches à l'entrée de l'hôtel. Elle jeta un coup d'œil par-dessus son épaule, visiblement effrayée. Cette expression, l'agent du FBI la lui avait déjà vue. Un frisson courut le long de sa colonne vertébrale. Il venait soudain de se souvenir où il avait rencontré Sidney Archer auparavant : sur le site de la catastrophe. Il se rua vers le téléphone.

La température avait considérablement baissé et Sidney portait maintenant son manteau blanc. Elle s'était arrangée pour parcourir le registre de l'hôtel en l'absence du réceptionniste. Il mentionnait une seule arrivée après la sienne, celle d'un couple d'Ames, dans l'Iowa, qui occupait la chambre voisine. Une arrivée tardive, sur le coup de minuit. Cela avait éveillé ses soupçons. Il lui semblait peu vraisemblable, en effet, que des gens du Midwest débarquent à l'hôtel à une heure où ils auraient dû dormir profondément. D'autant plus qu'elle ne les avait pas entendus s'installer. Or, les voyageurs fatigués se montraient hélas généralement moins soucieux de préserver le repos nocturne de leurs voisins. Elle devait envisager la possibilité que des gens du FBI se soient installés dans la chambre d'à côté. Sans doute d'ailleurs surveillaient-ils tout le quartier. Malgré ses précautions, on l'avait repérée. Au fond, ce n'était pas étonnant. Tout en marchant dans les rues à moitié désertes, elle songeait que, pour le FBI, c'était de la routine. Pas pour elle. Et s'ils resserraient leur étreinte ? Dès qu'elle avait su que son mari était toujours vivant, elle s'était dit qu'il aurait plus de chances de le rester s'il se plaçait sous la protection des autorités.

Les mains dans les poches, Sawyer faisait les cent pas dans la pièce. Il avait bu des litres de café et sa vessie commençait à se manifester. Le téléphone sonna. Le jeune agent répondit et passa l'appel à Sawyer. C'était Ray Jackson.

« Salut. » Sawyer frotta ses yeux rougis. Après un quart de siècle de réjouissances de ce genre, la mécanique donnait des signes de fatigue.

« Tu te plais, dans ton palace ? »

Son interlocuteur, en revanche, avait l'air en grande forme.

« Ce serait mieux avec un petit coup de balai et une couche de peinture. »

Jackson émit un gloussement. « Ici, la façon dont tu as pisté Sidney Archer à l'aéroport est déjà entrée dans la légende ! Je me demande encore comment tu t'y es pris.

— Le pif, Ray. Tu as quelque chose pour moi ?

— Devine un peu. »

Sawyer fit passer le téléphone dans sa main droite et tenta de dégourdir son bras gauche, ankylosé. « Mon vieux, je t'adore, mais j'ai passé la nuit dans un sac de couchage sur un sol glacial. J'ai mal partout et si tu veux éviter que je te flingue sans sommation à mon retour, tu as intérêt à accoucher d'urgence.

— On se calme, mec. Bon, tu avais raison, Sidney

Archer est bien venue sur le site du crash au milieu de la nuit.

— Tu es sûr ? » Sawyer ne doutait pas d'avoir raison, mais des années de pratique lui avaient appris à ne jamais se fier à ses seules certitudes.

« Un des flics locaux, un certain... » Il y eut un bruit de papiers remués à l'autre bout du fil. « ... Eugene McKenna, de service cette nuit-là, l'a vue débarquer. Il a cru qu'elle faisait partie des curieux et lui a dit de circuler, mais elle a prétendu que son mari était dans l'avion. Elle était dans un état épouvantable. Elle voulait juste jeter un œil. McKenna a eu pitié d'elle, ça se comprend. Elle avait roulé toute la nuit et tout. Après avoir vérifié son identité, il l'a conduite près du site pour qu'elle voie au moins ce qui s'y passait. » Jackson s'interrompit.

Sawyer manifesta son impatience : « Accouche !

— Mec, te mets pas en boule. J'en viens au fait. Dans la voiture, Sidney Archer lui a parlé d'un sac de toile avec les initiales de son mari, qu'elle avait vu à la télévision. Il avait dû être éjecté. On l'avait retrouvé et mis avec les autres débris. Bref, elle voulait le récupérer. »

Sawyer jeta un coup d'œil par la fenêtre avant de reporter son attention sur le téléphone. « Et que lui a dit McKenna ?

— Qu'on l'avait déjà emporté, avec les autres pièces à conviction et qu'elle ne le récupérerait pas avant que l'enquête soit terminée, dans un bon bout de temps, des années peut-être. »

D'un air absent, Sawyer s'approcha de la cafetière maintenue au chaud sur une plaque et se versa une autre tasse de café. Sa vessie devrait tenir encore un peu. Il avait besoin d'avoir l'esprit clair pour réfléchir à ce dernier développement. « Ray, quel commentaire a fait exactement McKenna sur la présence de Sidney Archer, cette nuit-là ?

— Tu veux dire : croyait-elle vraiment que son

mari était dans l'avion ? D'après McKenna, si elle faisait semblant, à côté d'elle Katharine Hepburn aurait fait figure de débutante.

— Bon. On va partir là-dessus pour le moment. Et le sac ? Tu l'as eu ?

— Qu'est-ce que tu crois, il est sur mon bureau.

— Alors ? » La tension était perceptible dans la voix de Sawyer.

« Rien de rien. Le labo l'a passé trois fois au peigne fin. Des vêtements, un guide de voyage, un bloc sténo vierge. Rien de particulier, Lee. »

Les épaules de Sawyer s'affaissèrent. « Bon sang, elle aurait fait tous ces kilomètres en pleine nuit pour ça ?

— Peut-être s'attendait-elle à y trouver quelque chose. Qui n'y était pas.

— Cela supposerait que son mari la doublait.

— Comment ça ? »

Sawyer but une gorgée de son café. « Si Archer est en fuite, on peut penser qu'il envisage soit de faire venir sa famille un peu plus tard, soit de la laisser tomber. Donc, si sa femme pensait qu'il était dans cet avion, peut-être pour la première étape de sa fuite, cela cadre avec sa réaction. Elle le croyait vraiment mort dans la catastrophe.

— Mais il y a l'argent !

— Oui. Si Sidney Archer était au courant de ce qu'avait fait son mari et lui avait peut-être même donné un coup de main, elle avait certainement l'intention de récupérer l'argent. Pour adoucir son chagrin. Or, voilà qu'elle aperçoit le sac à la télé.

— Mais qu'aurait-il pu contenir ? Pas du liquide.

— Non, mais peut-être quelque chose qui l'aurait mise sur la trace de l'argent. Archer était un as de l'informatique. Peut-être une disquette comportant toutes les indications concernant l'endroit où se trouve l'argent. Un numéro de compte dans une banque suisse. La carte d'accès au casier d'une consigne d'aéroport. N'importe quoi, Ray.

— Bien sûr, mais on n'a rien trouvé de semblable.

— Ce n'était pas forcément dans ce sac, mais elle l'a vu à la télé et a voulu le récupérer.

— Tu es donc persuadé qu'elle était dans le coup depuis le début ?

— Je ne suis sûr de rien, Ray », dit Sawyer d'un ton las. Ce n'était pas tout à fait exact, mais il n'avait aucune envie d'évoquer certaines idées troublantes avec son collègue.

« Quel rapport avec le crash ?

— Rien ne dit qu'il y ait un lien, au fond, répondit Sawyer. Archer a pu payer quelqu'un pour saboter l'avion afin de couvrir sa fuite. C'est la version de Frank Hardy. »

Tout en parlant, Lee Sawyer s'était approché de la fenêtre. Le spectacle qu'il découvrit dans la rue le poussa à mettre fin à la conversation.

« Autre chose, Ray ?

— Nada.

— J'aime autant, parce que je dois faire fissa. » Il raccrocha et commença à prendre des photos. Puis, se reculant, il observa Paul Brophy qui, tout en surveillant la rue, montait les marches du LaFitte Guest House et pénétrait dans l'hôtel.

36

À cette heure de la matinée, l'agitation bruyante de Jackson Square contrastait avec le calme relatif du quartier français. Les musiciens, jongleurs, tireurs de carte, bateleurs et artistes plus ou moins talentueux rivalisaient pour attirer l'attention et les espèces sonnantes et trébuchantes des quelques touristes assez courageux pour braver les rigueurs du climat.

Sidney Archer, qui cherchait quelque chose à manger, passa devant la cathédrale Saint-Louis. Elle suivait en outre les instructions que lui avait transmises Jason : se rendre à Jackson Square si à dix heures il n'était pas entré en contact avec elle à l'hôtel.

Depuis cent quarante ans, la statue équestre de bronze d'Andrew Jackson dominait avec dignité la place. Sidney traversa celle-ci et alla sur Decatur s'acheter un croissant et un café au French Market Place. Elle avait déjà visité la ville à plusieurs reprises lorsqu'elle était étudiante en droit. Elle avait à l'époque suffisamment de vitalité pour survivre au mardi gras et même prendre plaisir à la folie ambiante.

Quelques minutes plus tard, elle s'installait au bord du Mississippi et mordait sans enthousiasme dans la pâtisserie au beurre. Tout en sirotant son café, elle regarda les bateaux voguer lentement sur le fleuve, en direction du pont gigantesque qu'elle apercevait un peu plus loin. À une centaine de mètres de là, des équipes d'agents du FBI l'encadraient, discrètement équipés d'un matériel suffisamment sensible pour capter le moindre échange de propos.

Elle demeura seule quelques minutes, occupée à terminer son café en contemplant le fleuve majestueux aux rives gonflées par la pluie.

« Je vous parie trois dollars cinquante que je sais où vous avez eu vos chaussures. »

Tirée de sa rêverie, Sidney leva les yeux vers l'homme qui venait de prononcer ces mots. Les agents du FBI se raidirent. L'interlocuteur de Sidney était noir, de petite taille et approchait les soixante-dix ans. A priori, aucun rapport avec Jason Archer, mais mieux valait rester vigilant.

« Pardon ? » Sidney secoua la tête sans comprendre.

« Vos chaussures. Je sais où vous les avez eues. Vous me donnez trois dollars cinquante si j'ai vu juste. Si je me trompe, je vous les fais briller gratos. » Sa moustache blanche ne parvenait pas à dissimuler qu'il lui manquait pas mal de dents et ses vêtements ressemblaient plutôt à des haillons. Il avait posé sur le banc, à côté de Sidney, un nécessaire à chaussures fatigué.

« Je suis désolée, mais ça ne m'intéresse pas.

— Écoutez, pour le prix, je veux bien les nettoyer même si vous perdez. »

Sidney s'apprêtait à refuser de nouveau lorsqu'elle aperçut les côtes saillantes du vieil homme sous sa chemise usée jusqu'à la trame et ses chaussures dont les trous laissaient voir des orteils calleux et déformés. Avec un sourire, elle ouvrit son porte-monnaie.

« Ah non, pas comme ça. Si vous ne jouez pas, le marché ne tient pas. » Il y avait beaucoup de fierté dans sa voix. Il commença à ramasser son nécessaire.

« Attendez, lança Sidney, c'est d'accord. Dites-moi où j'ai eu mes chaussures. »

Sidney les avait achetées deux ans auparavant, dans une obscure boutique du Maine qui avait fermé depuis.

L'homme tendit le doigt vers les pieds de la jeune femme. « Vous les avez eues... tout le temps aux pieds ! » gloussa-t-il.

Sidney rit de bon cœur et les deux agents qui tenaient le matériel d'écoute ne purent s'empêcher de sourire.

Le vieux Noir s'agenouilla devant Sidney et entreprit de cirer ses chaussures qui brillèrent bientôt comme un miroir. Quand il eut terminé, elle fouilla dans son porte-monnaie, en sortit cinq dollars et lui dit de tout garder.

« Non, non, dit-il, j'ai de la monnaie. »

Malgré ses protestations, il lui glissa dans la main un billet d'un dollar froissé et une pièce de cinquante cents. Elle sentit tout de suite le petit morceau de papier scotché à la pièce. Elle tenta d'accrocher le regard de l'homme, mais il porta rapidement la main à sa casquette élimée. « Au revoir. Prenez bien soin de vos chaussures, elles en valent la peine », dit-il avant de s'éloigner.

Après son départ, Sidney plaça l'argent dans son porte-monnaie, attendit quelques minutes et s'éloigna à son tour avec un air aussi détaché que possible. Elle gagna French Market Place et se rendit dans les toilettes, où elle s'enferma. Fébrilement, elle déplia le papier. Un bref message était inscrit dessus en lettres capitales. Elle le lut plusieurs fois, le jeta dans la cuvette et tira la chasse d'eau.

Elle prit Dumaine Street en direction de Bourbon. Là, elle s'arrêta un moment et ouvrit son sac à main. Elle consulta ostensiblement sa montre, puis, regardant autour d'elle, remarqua la cabine téléphonique à carte qui se trouvait près d'un des plus grands bars du quartier français. Elle s'y rendit et composa un numéro, suivant en cela les instructions du petit morceau de papier. C'était celui de sa ligne personnelle chez Tyler, Stone. Au bout de deux sonneries, on décrocha. La voix qui répondit n'appartenait à personne du cabinet. Ce n'était pas non plus la sienne sur son répondeur. C'était une voix qu'elle connaissait bien. Celle de son mari. Malgré sa stupéfaction, elle s'efforça de demeurer calme. Elle ne pouvait pas savoir que sa ligne avait été transférée ailleurs, loin de Washington.

La police était là, déclara Jason. Elle ne devait pas prononcer un mot, et surtout pas son nom. Ils referaient une nouvelle tentative. Pour l'instant, il fallait qu'elle rentre à la maison. Il entrerait de nouveau en contact avec elle. Il y avait dans la voix de Jason une immense lassitude, un stress presque tangible. Il termina en disant qu'il l'aimait, ainsi qu'Amy. Que tout s'arrangerait. Plus tard.

La jeune femme raccrocha, assaillie par les mille questions qu'elle n'avait pu poser, et regagna le LaFitte Guest House. Elle se sentait déprimée. Elle s'efforça cependant de ne pas le montrer et de marcher la tête haute. Il n'était pas question que son attitude révèle la terreur qu'elle ressentait. En avouant sa crainte de la police, son mari avait ébranlé ses certitudes quant à son innocence. Sa joie de le savoir vivant était immense, mais elle se demandait de quel prix elle allait la payer.

***

Kenneth Scales arrêta le magnétophone et ôta le combiné téléphonique de son réceptacle. Il rembobina la bande, appuya sur le bouton *start* et écouta. La voix de Jason Archer remplit de nouveau la pièce. Il eut un méchant sourire, éteignit l'appareil et sortit en emportant la bande.

« Il est entré par la fenêtre à partir de la galerie extérieure, chuchota dans sa radio l'agent posté sur un toit donnant sur la chambre de Sidney Archer. Il y est encore. Vous voulez que j'intervienne ? demanda-t-il à Lee Sawyer.

— Non. » Sawyer jeta un coup d'œil dans la rue à travers les volets. Grâce aux dispositifs de surveillance placés dans la chambre voisine de celle de Sidney, les agents savaient ce que faisait Paul Brophy. Il fouillait sa chambre. Si Sawyer avait pu croire un instant que les deux avocats avaient rendez-vous, les faits le démentaient.

« Il repart maintenant, dit soudain l'agent.

— C'est une bonne chose », répliqua Sawyer qui venait de voir arriver Sidney au bout de la rue. Quand elle eut regagné l'hôtel, il lança deux agents sur les traces de Brophy qui, l'air déçu, descendait Bourbon Street dans l'autre sens.

Dix minutes plus tard, Sawyer savait que Sidney avait passé un coup de téléphone à son bureau à partir d'une cabine. Au cours des cinq heures suivantes, rien ne se passa. Soudain, Sawyer bondit en voyant un taxi s'approcher de l'hôtel et la jeune femme monter dedans. Il dévala les escaliers, s'engouffra dans la voiture noire du FBI et lança le conducteur aux trousses du taxi. Il ne fut pas surpris de voir le véhicule emprunter l'Interstate 10, puis, une demi-heure plus tard, prendre la sortie en direction de l'aéroport.

« Elle rentre chez elle, murmura-t-il. Elle n'a pas trouvé ce qu'elle était venue chercher. À moins que Jason Archer ne se soit changé en homme invisible. » Une révélation se fit jour dans son esprit et il se tassa sur son siège. « Elle nous a repérés », constata-t-il.

Le conducteur sursauta. « Impossible, Lee.

— Voyons, insista Sawyer, c'est évident ! Elle prend l'avion jusqu'ici, glande un peu, passe un coup de fil. Maintenant, la voilà qui rentre chez elle. Ça veut dire quoi ?

— Elle n'a pas pu s'apercevoir qu'on la filait.

— Pas *elle.* Mais son mari et celui ou ceux qui sont aussi dans le circuit. Et ils l'ont mise au courant.

— Mais enfin, on a vérifié, elle a appelé son bureau. »

Sawyer hocha impatiemment la tête. « Le transfert d'appel, ça existe.

— Comment aurait-elle su qu'elle devait passer un coup de fil ? C'était arrangé à l'avance ?

— On ne sait jamais. Vous êtes sûrs qu'elle n'a rencontré que le cireur de chaussures ?

— Oui. Il lui a sorti le boniment touristique habituel et lui a ciré les pompes. C'était un SDF, ça ne fait pas de doute. Il lui a rendu sa monnaie. Point final. »

Sawyer jeta un coup d'œil aigu au conducteur. « Sa monnaie ?

— Oui. Elle lui a donné cinq dollars pour payer les trois dollars cinquante qu'il demandait. Il n'a pas voulu garder la monnaie et lui a rendu un dollar cinquante.

— Et voilà ! s'exclama Sawyer en s'agrippant au tableau de bord.

— Mais il ne lui a rien rendu de plus ! J'ai parfaitement observé l'opération avec mes jumelles et nous avons entendu le moindre mot qu'ils ont prononcé.

— Laisse-moi deviner. Il lui a remis une pièce de cinquante cents et pas deux quarters, exact ? »

L'homme resta bouche bée et hocha affirmativement la tête. « Bien. Alors dis-moi, poursuivit Lee Sawyer, combien de SDF vont refuser un pourboire d'un dollar et demi et avoir en poche la monnaie à rendre ? Et ça ne te frappe pas que le tarif du cireur ait été de trois dollars cinquante et pas de trois, ou de quatre tout ronds ? Pourquoi trois dollars cinquante ?

— Pour pouvoir rendre une pièce. »

Le conducteur commençait à comprendre et se tassa sur son siège.

« Avec un message collé à la pièce. » Sawyer gardait les yeux rivés sur l'arrière du taxi de Sidney. « Il ne vous reste plus qu'à retrouver votre généreux cireur de pompes et à lui demander s'il se souvient à quoi ressemble la personne qui l'a payé », déclara-t-il. Mais, visiblement, il n'y croyait pas trop.

Il se tut jusqu'à l'aéroport. Une heure plus tard, il montait à bord d'un jet privé en direction de Washington. L'avion de Sidney avait déjà décollé. Aucun agent du FBI n'y avait pris place. Sawyer et ses hommes avaient épluché la liste des passagers et soigneusement observé toutes les personnes qui montaient à bord. Jason Archer n'était pas parmi elles. Ils étaient certains que rien ne se passerait pendant ce vol sans escale et Sidney était déjà suffisamment sur ses gardes. Ils reprendraient la filature à National Airport.

Quand le jet dans lequel il se trouvait avec d'autres agents du FBI s'éleva dans le ciel obscur au-dessus de La Nouvelle-Orléans, Sawyer se mit à réfléchir aux événements récents. Pourquoi Sidney Archer avait-elle entrepris ce voyage ? C'était une démarche absurde. Brusquement, son expression changea. Il y voyait soudain un peu plus clair. Mais, en même temps, il prenait conscience qu'il avait commis une erreur. Peut-être une grosse erreur.

37

Sidney Archer allait mordre dans le sandwich que l'hôtesse venait de lui remettre avec un gobelet de café, lorsque son attention fut attirée par la serviette en papier posée sur le plateau. Quelque chose était écrit dessus, à l'encre bleue. La lecture des quelques mots la fit sursauter.

Le FBI n'est pas dans l'avion. Il faut que je vous parle.

La serviette était placée à sa droite. Instinctivement, Sidney se tourna dans cette direction et dévisagea son voisin, qui buvait son soda d'un air détaché. Sur le moment, son esprit resta paralysé, puis, lentement, elle le reconnut. La quarantaine environ, il avait un long visage glabre parcouru de rides soucieuses et ses cheveux blond-roux étaient clairsemés. Comme il était grand, il n'avait pas assez de place pour ses longues jambes, qu'il avait étendues dans le couloir. Il but une gorgée, s'essuya la bouche avec sa serviette et la regarda.

« Vous m'avez suivie, murmura-t-elle. À Charlottesville.

— Pas uniquement. En fait, j'ai commencé à vous surveiller peu de temps après le crash. »

Sidney leva la main, dans l'intention d'appuyer sur le bouton d'appel de l'hôtesse.

« Si j'étais vous, je ne ferais pas ça », dit l'homme.

Elle interrompit son geste. « Pourquoi ? demanda-t-elle d'un ton froid.

— Parce que je suis là pour vous aider à retrouver votre mari.

— Mon mari est mort.

— Écoutez, je ne suis pas du FBI et je n'essaie pas de vous piéger. Je ne peux rien faire pour vous le prouver. Je vais donc simplement vous donner un numéro de téléphone où vous pourrez me joindre, jour et nuit. » Il lui tendit une petite carte blanche sur laquelle était simplement inscrit un numéro d'appel en Virginie.

« Je n'ai aucune raison de vous téléphoner. Je ne sais même pas qui vous êtes, ni ce que vous faites. Tout ce que je sais, c'est que vous me suivez. C'est un peu insuffisant pour que je vous fasse confiance, il me semble », dit-elle sèchement. La colère commençait à prendre le pas sur la peur. Dans cet avion bondé, l'homme ne représentait pas un grand danger pour Sidney.

Il haussa les épaules. « Que voulez-vous que je vous dise ? Je sais que votre mari n'est pas mort et vous le savez aussi. » Elle le regarda, incapable d'articuler un mot. « Vous n'avez effectivement aucune raison de me croire, reprit-il, mais je suis ici pour vous aider, ainsi que votre époux. S'il n'est pas trop tard.

— Trop tard ? Que voulez-vous dire ? »

L'homme s'appuya au dossier de son siège et ferma les yeux. Quand il les rouvrit, son expression douloureuse dissipa les soupçons de Sidney.

« Madame Archer, j'ignore dans quoi s'est fourré votre mari, mais j'en sais assez pour me rendre compte qu'il est certainement en grand danger, où qu'il soit. » Il fit une pause et reprit : « Vous, le FBI vous surveille vingt-quatre heures sur vingt-quatre. Vous devriez en remercier le ciel. »

Ces mots glacèrent Sidney. Incapable de parler, elle resta un moment silencieuse puis murmura, si bas qu'il dut se pencher vers elle pour l'entendre : « Vous savez où se trouve Jason ? »

Il secoua négativement la tête. « Si je le savais, je ne serais pas avec vous dans cet avion. Je n'ai absolument aucune certitude, madame Archer. » Il poussa un long soupir et se passa la main sur le front. Pour la première fois, Sidney constata qu'il tremblait.

« J'étais à Dulles Airport le matin où votre mari s'y trouvait. »

Sidney agrippa le bras de son fauteuil, les yeux écarquillés.

« Vous suiviez mon mari ? Pourquoi ?

— Je ne le suivais pas. » La gorge soudain sèche, il but une gorgée de soda. « Il attendait le départ du vol pour Los Angeles dans la salle d'attente, l'air particulièrement nerveux et agité. C'est ce qui, au début, a attiré mon attention. Il s'est levé et s'est rendu aux toilettes, où un autre homme l'a suivi quelques minutes après.

— En quoi est-ce inhabituel ?

— Cet homme avait une enveloppe blanche à la main quand il est arrivé dans la salle d'attente. On ne voyait qu'elle. C'était sans aucun doute un signal à l'intention de votre mari. Une bonne vieille technique.

— Un signal ? Mais pour quoi faire ? » Le cœur de Sidney battait à tout rompre.

« Pour indiquer à votre mari que c'était le moment de passer à l'action. Jason Archer est alors allé dans les toilettes pour hommes, suivi de l'autre. J'ai oublié de vous préciser que celui-ci portait à quelque chose près les mêmes vêtements que votre mari et avait le même genre de bagages. Il est ressorti quelques minutes plus tard. Votre mari, lui, n'est pas ressorti.

— Voyons, cela n'a aucun sens.

— Je veux dire par là qu'il n'est pas ressorti en tant que Jason Archer. »

Devant l'air stupéfait de Sidney, l'homme se hâta de poursuivre : « La première chose que j'ai remarquée chez lui, ce sont ses chaussures. Il portait un costume avec des tennis noirs. Vous vous souvenez de ça ?

— Je dormais quand il est parti.

— À sa sortie, il avait complètement changé d'apparence. On aurait plutôt dit un étudiant en tenue de sport. Il n'avait plus les mêmes cheveux, ni rien.

— Dans ce cas, comment avez-vous su que c'était lui ?

— Pour deux raisons. D'abord, lorsque votre mari y est entré, les toilettes venaient tout juste d'être ouvertes après avoir été nettoyées, et je n'ai pas quitté la porte des yeux. Aucun homme ressemblant de près ou de loin à la personne qui en est ressortie plus tard n'y était rentré. Ensuite, on remarquait les tennis noirs. Il aurait dû porter des chaussures plus discrètes. Il y a encore un détail.

— Lequel ?

— À sa sortie, l'autre homme portait le chapeau de votre mari et on aurait vraiment pu le prendre pour son frère jumeau. »

Sidney n'en croyait pas ses oreilles.

« Votre mari, poursuivit son interlocuteur, est allé faire la queue pour le vol de Seattle. Il a sorti de sa poche l'enveloppe blanche que j'avais vue dans la main de l'autre homme. Dedans, il y avait le billet et la carte d'embarquement de l'avion de Seattle. L'autre a pris l'avion de Los Angeles.

— Donc, ils ont échangé leurs billets dans les

lavabos. Et au cas où quelqu'un les aurait observés, l'autre homme était vêtu de telle sorte qu'on puisse le prendre pour Jason.

— Votre mari voulait qu'on le croie dans l'avion de Los Angeles.

— Je me demande bien pourquoi, murmura Sidney pour elle-même.

— Je n'ai pas non plus la réponse à cette question, mais l'appareil s'est écrasé et j'ai commencé à avoir des soupçons.

— Vous êtes allé à la police ?

— Pour leur dire quoi ? Ce n'est pas comme si j'avais vu quelqu'un placer une bombe dans l'avion. Par ailleurs, j'ai mes raisons de ne pas le faire.

— Lesquelles ? »

L'interlocuteur de Sidney secoua négativement la tête. « C'est trop tôt pour le dire.

— Comment avez-vous su qui était mon mari ? Je suppose que vous ne le connaissiez pas ?

— Jamais vu auparavant. Mais avant qu'il ne se rende aux lavabos, j'ai pu jeter discrètement un coup d'œil à l'étiquette attachée à sa serviette, avec son nom et son adresse dessus. Je lis très bien à l'envers. À partir de là, j'ai pu retrouver où il travaillait et ce qu'il faisait. Pareil pour vous. J'ai commencé à vous suivre. Pour vous dire la vérité, j'ignorais si vous étiez vraiment en danger. »

Il parlait d'un ton détaché, mais à l'idée de cette intrusion inattendue dans sa vie, le sang de Sidney se glaça.

« Et voilà qu'un jour, poursuivit-il, j'étais en train de bavarder avec un ami du commissariat de police de Fairfax, lorsque est arrivé un avis de recherche avec la photo de votre mari. J'ai décidé alors de vous filer pour de bon, dans l'espoir que vous me conduiriez à lui.

— Je vois. » Sidney se renfonça dans son fauteuil. Une nouvelle question lui vint soudain à l'esprit.

« Comment m'avez-vous suivie jusqu'à La Nouvelle-Orléans ?

— Mon premier geste a été de mettre votre téléphone sur écoute. » Ignorant l'expression stupéfaite de Sidney, son interlocuteur poursuivit : « Il fallait que je connaisse rapidement vos mouvements. J'ai entendu la conversation que vous avez eue avec votre mari. Il s'est montré particulièrement évasif, je dois dire. »

Un peu étourdie, Sidney se laissa bercer quelques instants par le ronronnement des moteurs de l'avion avant de poser la question qui lui brûlait les lèvres depuis le début de cette étrange conversation. « Mais qui êtes-vous ? Vous avez dit que vous n'apparteniez pas au FBI. En quoi tout cela vous concerne-t-il ? »

L'homme regarda autour de lui avant de répondre. « Je suis détective privé, madame Archer, dit-il, et je travaille actuellement à plein temps sur l'affaire de votre mari.

— Qui vous a engagé ?

— Personne. J'ai pensé que votre mari entrerait en contact avec vous. Il a fini par le faire et c'est pour ça que je suis ici, mais apparemment La Nouvelle-Orléans a été un fiasco. C'est lui que vous avez eu dans la cabine téléphonique, n'est-ce pas ? Le cireur de chaussures vous avait glissé un billet ? »

Après un instant d'hésitation, Sidney approuva de la tête.

« Il vous a donné une indication sur l'endroit où il se trouve ?

— Non. Il m'a dit qu'il me contacterait plus tard, quand il y aurait moins de risques. »

Le détective privé eut un sourire amer. « On peut attendre longtemps, très longtemps, madame Archer. »

Pendant la descente vers le National Airport de Washington, il se tourna de nouveau vers Sidney. « Deux choses, madame Archer. Quand j'ai écouté la bande de votre conversation téléphonique avec votre mari, j'ai repéré un bruit de fond. Comme de l'eau qui coule. Il me semble que quelqu'un écoutait sur une autre ligne. » Sidney se figea. « Le FBI, de son côté, est certainement au courant que Jason Archer est vivant », poursuivit-il.

Quelques minutes plus tard, l'avion touchait le sol et une certaine agitation régna dans la cabine. Les passagers s'apprêtèrent à quitter l'appareil.

« Vous aviez deux choses à me dire, dit Sidney. Quelle est la seconde ? »

Le détective se pencha en avant pour retirer une mallette de dessous le siège placé devant lui, puis il se redressa et la regarda dans les yeux. « Les gens capables d'anéantir un avion de ligne sont prêts à tout, madame Archer. Ne faites confiance à personne. Soyez plus méfiante que jamais. Ce n'est pas un conseil inutile, croyez-moi. »

Sur ces mots, il se dirigea vers la sortie et Sidney le perdit de vue. Elle fut l'une des dernières à quitter l'appareil. À cette heure tardive, il y avait peu de monde à l'aéroport. Elle se dirigea vers la station de taxis en regardant discrètement autour d'elle, selon le conseil du détective. Parmi les gens qui la surveillaient sans doute, certains étaient du FBI et au fond c'était rassurant.

Après avoir quitté Sidney, l'homme monta à bord d'une navette de l'aéroport et se retrouva sur le parking où il avait garé sa voiture. Il était presque dix heures du soir et l'endroit était désert. En atteignant son véhicule, il ouvrit son sac de voyage, marqué d'un sticker orange indiquant qu'une arme à feu non chargée se trouvait à l'intérieur. Il avait l'intention de prendre son pistolet, de le charger et de le placer dans le holster qu'il portait à l'épaule.

Il n'en eut pas le temps. La lame acérée s'enfonça violemment dans son poumon droit. Le deuxième coup l'atteignit avec la même sauvagerie au poumon gauche, lui ôtant toute possibilité de pousser le moindre cri. Un troisième lui trancha le cou du côté droit. Le sac tomba sur le sol de béton, avec l'arme désormais inutile. Son propriétaire s'effondra silencieusement sur le sol, ses yeux déjà vitreux ouverts sur son assassin.

Une camionnette vint s'arrêter à côté d'eux. Kenneth Scales y monta, abandonnant derrière lui le cadavre du détective privé.

38

Dans l'immeuble du FBI, Lee Sawyer, assis à la table de la salle de conférences, était en train de dépouiller une pile de rapports. Il passa la main dans ses cheveux ébouriffés, s'appuya au dossier de sa chaise et tenta de faire le point sur les nouveaux développements de l'affaire. Le rapport d'autopsie concernant Riker indiquait qu'il était mort depuis quarante-huit heures environ quand on avait découvert son corps. La température glaciale qui régnait dans l'appartement avait néanmoins ralenti le processus de putréfaction et Sawyer savait que cela faussait légèrement le constat.

Il examina les photos de l'automatique retrouvé sur les lieux du crime, un Sig P229 dont on avait effacé le numéro de série à la ponceuse, puis à la perceuse, avant de se pencher sur les clichés des balles à charge creuse que l'on avait retirées du corps. Une balle avait été mortelle. Riker en avait reçu onze de plus. Onze de trop. Cette débauche de plomb préoccupait l'agent du FBI. Le meurtre de Riker portait la signature d'un tueur professionnel, à ceci près qu'un professionnel avait rarement besoin de tirer plus d'un projectile. Dans le cas de Riker, la première balle l'avait tué sur le coup, d'après les conclusions du médecin légiste. Quand les autres projectiles lui étaient entrés dans le corps, son cœur avait déjà cessé de battre.

Les éclaboussures de sang sur la table, la chaise et le miroir indiquaient qu'on avait tiré sur Riker alors qu'il était assis. Son assassin l'avait apparemment traîné sur le sol et jeté face contre terre dans un coin de la chambre avant de vider un chargeur sur le cadavre à une distance d'un mètre environ. Pourquoi ? Pour l'heure, Sawyer n'avait pas la réponse à cette question. Il préféra réfléchir à autre chose.

Les recherches concernant les activités de Riker au cours des derniers dix-huit mois n'avaient rien donné. On n'avait retrouvé ni ses adresses, ni ses amis, ni les emplois qu'il avait pu occuper, ni ses cartes de crédit. Le néant. Rapid Start avait beau traiter quotidiennement des tonnes d'informations sur la catastrophe, le FBI se retrouvait sans l'ombre d'une piste. Ils savaient comment l'avion avait été saboté, ils avaient le cadavre du responsable, mais ils butaient sur ce corps, incapables d'aller au-delà.

Sawyer se redressa sur sa chaise, frustré. Il entreprit de feuilleter un autre rapport. Riker avait subi de nombreuses opérations de chirurgie esthétique. Le visage qui apparaissait sur les photographies prises lors de sa dernière arrestation ne ressemblait aucunement à celui de l'homme abattu dans l'appartement d'un immeuble tranquille de Virginie.

L'agent du FBI fit la grimace. Son intuition ne l'avait pas trompé non plus sur le nom d'emprunt de Riker. Riker n'avait pris la place d'aucune personne existante. Sinclair était une identité créée de toutes pièces, grâce à l'informatique. Résultat, la très honorable société Vector, qui alimentait en carburant plusieurs grandes compagnies d'aviation opérant à

Dulles International Airport, dont Western Airlines, avait engagé un Robert Sinclair de chair et d'os doté d'excellentes références. Ses employeurs s'étaient toutefois montrés négligents. Ils n'avaient pas vérifié le numéro de téléphone des précédents employeurs du soi-disant Sinclair, se contentant des numéros donnés par Riker. Toutes les références fournies correspondaient à des petites entreprises de l'État de Washington, du sud de la Californie et, pour l'une d'elles, de l'Alaska. En fait, aucune n'existait. Lorsque les hommes de Sawyer vérifièrent, ils s'aperçurent que les lignes de téléphone n'étaient plus attribuées. De même, les adresses étaient fausses. En revanche, le système informatique de la Sécurité sociale avait indiqué que son numéro était valide.

On avait également consulté le système automatique de recherche d'empreintes de la police de l'État de Virginie. Riker ayant passé un certain temps en prison en Virginie, ses empreintes auraient dû y être répertoriées. Il n'en était rien. Une seule explication à cela : les bases de données de la Sécurité sociale et celles de la police de l'État de Virginie avaient été manipulées. Autant dire qu'on n'était plus sûr de rien. Si les systèmes informatiques n'étaient pas d'une fiabilité absolue, autant dire qu'ils étaient pratiquement inutilisables.

D'un geste rageur, Sawyer repoussa les rapports et alla se verser une tasse de café. Tout en faisant les cent pas dans la vaste salle du SIOC, il remua de sombres pensées.

Jason Archer avait de l'avance sur eux. Si sa femme s'était rendue à La Nouvelle-Orléans, c'était pour une seule et unique raison. Elle aurait d'ailleurs pu aller n'importe où. L'essentiel était qu'elle quitte la ville. En entraînant le FBI derrière elle, pour que la maison reste sans surveillance. Un discret interrogatoire des voisins avait révélé que les parents et la fille de Sidney Archer étaient partis peu de temps après elle.

L'agent du FBI serra les poings. Cela s'appelait une diversion et il était tombé dans le panneau, comme un bleu. Il n'avait aucune preuve, mais il aurait mis sa main à couper que quelqu'un était entré chez les Archer pour y dérober quelque chose. Quelque chose de capital, qui justifiait de prendre un aussi gros risque et que Sawyer avait laissé filer entre ses doigts.

La matinée avait mal commencé et la situation menaçait d'empirer. Il n'avait pas l'habitude de recevoir ce genre de gifle. Il avait informé Frank Hardy des derniers résultats de l'enquête et son ami prenait des renseignements sur Paul Brophy et Philip Goldman.

Sawyer ouvrit le journal et parcourut les gros titres. Sidney Archer devait commencer à paniquer, maintenant. Dans la mesure où, sans aucun doute, son mari se savait recherché, le FBI avait en effet décidé de rendre publique l'accusation d'espionnage industriel et de détournement de fonds dont il faisait l'objet. En revanche, le journal ne faisait pas allusion à une éventuelle implication dans le crash du vol 3223. L'article mentionnait simplement qu'il était sur la liste des passagers mais ne se trouvait pas à bord. Aux lecteurs de faire le rapprochement. Ce qui n'était pas sorcier, se dit Sawyer. On révélait aussi les faits et gestes récents de Sidney. Sawyer consulta sa montre. Il allait rendre une seconde visite à la jeune femme. Et, malgré la sympathie qu'il éprouvait à son égard, il ne repartirait pas sans avoir obtenu de réponses à ses questions.

D'un œil morne, Henry Wharton contemplait le ciel nuageux par la fenêtre. Derrière lui, il avait posé l'édition matinale du *Post* à l'envers sur son bureau, pour ne plus voir les gros titres déprimants. Assis face au bureau, Philip Goldman fixait le dos de Wharton.

« Je ne pense pas que nous ayons le choix, Henry. » Une expression de satisfaction passa fugitivement sur le visage impassible de l'avocat. Il fit une pause puis reprit : « Si j'ai bien compris, Nathan Gamble était furieux quand il a téléphoné ce matin. Comment l'en blâmer, d'ailleurs ? Le bruit circule qu'il pourrait nous retirer sa clientèle. »

La dernière remarque de Goldman fit mouche. Wharton se retourna vers son interlocuteur, les yeux baissés. Visiblement, l'homme était ébranlé. Goldman poussa son avantage. « Ce que j'en dis, c'est pour le bien du cabinet, Henry. Nombreux sont ceux qui la regretteront ici et, malgré mes différends avec elle, j'ajoute que je m'inclus dans le nombre. Ne serait-ce que parce qu'elle est l'un des éléments les plus brillants de notre groupe. » Cette fois, Goldman parvint à garder un visage impassible. « Mais on ne peut pas sacrifier l'avenir du cabinet et celui de centaines de personnes pour en préserver une seule, vous le savez bien. » Il se cala dans le fauteuil, les mains sur les genoux, et poussa un soupir hypocrite. « Voulez-vous que je m'en charge, Henry ? Je sais combien vous êtes proches, tous les deux. »

Wharton leva enfin les yeux. Il acquiesça d'un signe de tête, bref et sans appel. Sans bruit, Goldman se leva et quitta la pièce.

Au moment où Sidney Archer ramassait le journal devant chez elle, le téléphone sonna. Elle rentra en hâte, le *Post* encore plié à la main. Il y avait très peu de chances pour que ce soit son mari, mais à l'heure actuelle, elle ne pouvait être sûre de rien. Elle jeta le journal sur la pile de numéros qu'elle n'avait pas encore eu le temps de lire.

Au bout du fil, la voix de son père résonna comme un roulement de tonnerre. Sidney avait-elle lu le journal ? Bon sang, ces journalistes racontaient n'importe quoi ! Ils se permettaient des accusations insensées ! Il allait tous les poursuivre en justice, y compris les dirigeants de Triton et le FBI.

Tout en s'efforçant de le calmer, elle alla chercher le journal et l'ouvrit. La manchette lui sauta aux yeux. Le souffle coupé, elle dut s'asseoir sur la chaise de la cuisine. Dans la semi-obscurité, elle parcourut l'article. Il mettait en cause son mari, censé avoir dérobé des documents confidentiels d'une valeur inestimable et des centaines de millions de dollars à l'entreprise qui l'employait. Pour couronner le tout, Jason Archer était clairement soupçonné d'être impliqué dans l'attentat contre l'avion, destiné à faire croire aux autorités qu'il était mort. Maintenant, tout le monde savait qu'il était vivant et en fuite, d'après le FBI.

En lisant son nom quelques lignes plus bas, elle eut un haut-le-cœur. L'article disait qu'elle s'était rendue à La Nouvelle-Orléans peu de temps après l'office funèbre. La façon dont on présentait ce voyage le rendait suspect. Et il l'était, elle-même devait l'admettre. Toute une vie d'honnêteté scrupuleuse s'effondrait. Incapable de contenir la nausée qui montait en elle, elle raccrocha au nez de son père et se précipita pour vomir dans l'évier.

Après s'être passé de l'eau froide sur la nuque et le front, elle se traîna de nouveau à la table de la cuisine et fondit en larmes. Au bout d'un moment, la détresse laissa la place à la colère. Elle se rua dans sa chambre et s'habilla en toute hâte. Quelques minutes plus tard, elle ouvrait la portière de l'Explorer. Une partie du courrier déposé sur le siège avant par son père se répandit sur le sol. En jurant, elle le ramassa. Rapidement, elle passa les enveloppes en revue. L'une d'elles, matelassée, était adressée à Jason Archer. En reconnaissant l'écriture de son mari, elle sentit ses jambes flageoler. À l'intérieur, il y avait un objet mince. Elle regarda le cachet de la poste. Le courrier avait été posté à Seattle, le jour même du départ de Jason pour l'aéroport. Un frisson la parcourut. Son mari avait à la maison une quantité d'enveloppes de ce genre, destinées à envoyer des disquettes par la poste. Elle n'avait pas le temps de réfléchir à cette dernière péripétie. Elle jeta le courrier dans la Ford, s'installa au volant et démarra en trombe.

Une demi-heure plus tard, échevelée, Sidney entrait dans le bureau de Nathan Gamble, escortée par Richard Lucas. Quentin Rowe les suivait, les yeux écarquillés. Elle s'avança d'un pas décidé vers Gamble et jeta le *Post* sur ses genoux.

« J'ose espérer que vous avez de bons avocats spécialisés dans les cas de diffamation ! » éructa-t-elle. Il y avait une telle rage dans sa voix que Lucas s'élança vers elle, mais Gamble l'immobilisa d'un geste. Le patron de Triton prit le journal et parcourut l'article. « Ce n'est pas moi qui ai écrit ça, dit-il en levant les yeux vers Sidney.

— Bien sûr que si ! »

Gamble ôta la cigarette de ses lèvres. « Excusez-moi, mais pourquoi ai-je le sentiment que c'est moi qui devrais être excédé ?

— Ce qu'on raconte là, que mon mari fait sauter des avions, qu'il vend des documents confidentiels, vous dépouille... ce n'est qu'un tissu de mensonges et vous le savez parfaitement. »

Gamble bondit sur ses pieds, contourna son bureau et vint faire face à Sidney. « Je vais vous dire les choses comme elles sont, chère madame, tonna-t-il. Il me manque un sacré paquet de dollars. C'est un fait. Votre mari a transmis à RTG tout ce qu'il leur fallait pour enterrer ma société. C'est un autre fait. Et vous voudriez quoi, au juste ? Une médaille ?

— Mais ce n'est pas vrai !

— Ah oui ? » Gamble approcha une chaise de Sidney. « Asseyez-vous ! » aboya-t-il.

Il ouvrit un tiroir de son bureau, en sortit une bande vidéo et la lança à Lucas, avant d'appuyer sur un bouton. Une cloison coulissa, révélant un combiné télévision grand écran et magnétoscope. Sidney, les jambes tremblantes, s'assit, tandis que Lucas installait la bande. Elle se tourna vers Quentin Rowe. Immobile, debout dans un coin de la pièce, il ne la quittait pas des yeux. Elle passa sa langue sur ses lèvres sèches et se tourna vers l'écran.

Lorsqu'elle vit son mari, son cœur faillit cesser de battre. Depuis l'horrible jour de la catastrophe, elle l'avait d'abord cru disparu à jamais, puis elle avait seulement entendu sa voix. Elle le regarda d'abord bouger sur l'écran, avec cette aisance qui lui était propre, avant de s'arrêter sur son visage. Elle eut un mouvement de recul. Jamais elle n'avait vu Jason aussi nerveux, aussi stressé. La serviette qui changeait de main, le bruit de l'avion qui passait juste au-dessus de la pièce, les hommes qui souriaient, examinaient les documents, tout cela n'était pour elle que l'arrière-plan. Elle n'avait d'yeux que pour son mari. Lorsqu'elle repéra l'heure et la date sur la pellicule, elle sursauta. Elle comprenait ce que ces chiffres signifiaient. Quand la bande devint noire, tous les regards étaient fixés sur elle.

« Cet échange a eu lieu à Seattle, dans un bâtiment appartenant à RTG, bien après que l'avion s'est écrasé, articula Gamble dans son dos. Maintenant, si vous voulez me poursuivre pour diffamation, allez-y. Bien sûr, si nous perdons le dossier CyberCom, vous risquez d'avoir quelque difficulté à récupérer le moindre dollar. »

Sidney s'était levée.

« N'oubliez pas votre journal ! » dit-il. Il prit le *Post* sur son bureau et le lui lança.

Elle tenait à peine debout, mais elle parvint à l'attraper au vol et sortit.

Sidney rentra sa voiture dans le garage. La porte automatique se referma lentement derrière elle. La jeune femme tremblait de tous ses membres. Elle saisit le journal. Il se déplia et elle reçut un nouveau choc en découvrant la partie inférieure de la une.

La photo datait de quelques années, mais elle reconnut parfaitement l'homme. L'article donnait son nom : Edward Page. Après avoir passé dix ans dans la police new-yorkaise, il était venu dans la région et exerçait depuis cinq ans le métier de détective privé. Il travaillait en solo, sous la raison sociale de « Private Solutions ». On l'avait assassiné sur un parking de National Airport. Le vol semblait être le mobile du crime. Page, divorcé, laissait deux orphelins, des adolescents.

Sur le papier, le regard maintenant familier la fixait. Un frisson glacé la parcourut. Elle était mieux placée que quiconque, mis à part l'assassin de Page, pour savoir qu'on ne l'avait pas assassiné pour lui voler sa carte de crédit ou son portefeuille. Cette fois, Sidney se sentait directement menacée. L'homme était mort quelques minutes après lui avoir parlé. Ce n'était certainement pas une coïncidence.

Elle sauta de la Ford et se précipita dans la maison. Dans le placard de la chambre, elle gardait un Smith & Wesson Slim-Nine enfermé dans un coffre métallique. Elle alla le prendre et le chargea. Si quelqu'un essayait de la tuer, les projectiles HydraShok à charge creuse seraient une défense efficace. Elle gardait son permis de port d'armes dans son portefeuille. Elle vérifia : il était toujours valable.

Quand elle replaça le coffre en haut du placard, le pistolet glissa de sa poche. Il heurta la table de nuit avant de tomber sur la moquette. Sidney remercia le ciel d'avoir mis le cran de sûreté. Elle s'aperçut en le ramassant qu'un petit bout de plastique s'était détaché de la crosse sous le choc, mais tout le reste était intact. L'arme à la main, elle regagna le garage.

Elle venait de s'installer au volant de l'Explorer lorsqu'elle se figea. Un bruit lui parvenait de l'intérieur de la maison. Elle ôta le cran de sûreté du Smith & Wesson et braqua l'arme vers la porte de communication, tout en bataillant de sa main libre avec les clefs de la voiture. L'une d'elles glissa et lui entailla le doigt. Elle appuya sur le dispositif d'ouverture automatique de la porte du garage, placé près du pare-soleil de la voiture. La porte se releva avec une lenteur éprouvante. Le cœur battant la chamade, Sidney gardait les yeux braqués sur la porte communiquant avec la maison, s'attendant à tout moment à la voir s'ouvrir à la volée.

La pensée des deux orphelins laissés derrière lui par Edward Page lui redonna du courage. Elle devait se battre, pour Amy. Elle s'était bornée à s'exercer sur des cibles dans des champs de tir, mais elle avait bien l'intention d'abattre celui qui franchirait cette porte. Elle appuya sur le bouton commandant la descente de la vitre côté passager. Maintenant, elle tenait la porte de communication dans sa ligne de mire.

Elle sentit que la porte était prête à s'ouvrir. Son doigt se crispa sur la gâchette. Elle ne remarqua pas l'homme qui, courbé en deux, passait sous la porte du garage en train de se relever et se précipitait vers la voiture, du côté conducteur.

« Seigneur, lâchez ça tout de suite ! » hurla-t-il en pointant un pistolet sur la tempe de Sidney.

Sidney se retourna d'un geste brusque et se retrouva nez à nez avec l'agent Ray Jackson. Au même moment, la porte de communication s'ouvrit avec violence et la silhouette massive de Lee Sawyer fit irruption dans le garage, un 10 mm braqué sur le véhicule. Le front mouillé de sueur, Sidney se laissa aller en arrière sur son siège.

Ray Jackson, son arme à la main, ouvrit la portière de l'Explorer. « Vous êtes folle, ou quoi ? » s'exclama-t-il en s'emparant du Smith & Wesson, dont il rabattit le cran de sûreté. Sidney n'opposa pas de résistance, mais elle donna libre cours à sa colère. « Qu'est-ce qui vous prend de vous introduire comme ça chez moi ? J'aurais pu vous tuer ! » s'écria-t-elle.

Lee Sawyer replaça son pistolet dans le holster qu'il portait à la ceinture. « Madame Archer, dit-il en s'avançant vers la Ford, la porte d'entrée était ouverte. Vous n'avez pas répondu quand nous avons frappé. Nous avons eu peur qu'il ne vous soit arrivé quelque chose. » Sa franchise calma Sidney sur-le-champ. Elle avait effectivement laissé la porte d'entrée ouverte lorsqu'elle s'était précipitée pour répondre au coup de téléphone de son père. Elle posa la tête sur le volant. Malgré le courant d'air glacé qui s'insinuait par la porte ouverte du garage, elle était trempée de sueur. Un frisson la parcourut.

Sawyer la dévisagea. « Vous alliez quelque part ? » demanda-t-il.

Elle releva la tête. « Juste prendre un peu l'air », répondit-elle d'une voix faible. Sur le volant, ses mains moites laissaient une trace humide.

L'agent du FBI considéra la pile de courrier posée sur le siège du passager. « Vous emportez toujours votre courrier en voiture avec vous ? »

Sidney suivit son regard. « J'ignore comment il est arrivé là. C'est peut-être mon père qui l'y a déposé avant son départ.

— Exact. Après votre propre départ. À propos, c'était bien, La Nouvelle-Orléans ? »

Elle le regarda d'un œil morne. Sawyer lui prit le coude d'une main ferme. « Madame Archer, je crois que nous devrions avoir une petite conversation. »

39

Avant de descendre de sa voiture, Sidney rassembla son courrier. Elle glissa discrètement la disquette dans la poche de son blazer et mit le *Post* sous son bras, puis sortit du véhicule. « J'ai un permis », dit-elle en désignant de la tête le pistolet que Jackson avait confisqué sans ménagement. Elle lui tendit le document.

« Vous permettez que je le décharge avant de vous le rendre ?

— Si ça peut vous rassurer », dit-elle, tout en appuyant sur le bouton pour abaisser la porte du garage. Elle se dirigea vers la maison, suivie des deux agents.

« Voulez-vous du café ? Quelque chose à manger ? Il est encore très tôt. » Elle prononça ces derniers mots d'un ton appuyé.

Sawyer ignora l'allusion. « Un peu de café fera l'affaire, merci. » Jackson approuva de la tête.

Pendant que la jeune femme s'affairait dans la cuisine, Lee Sawyer la détailla. Ses cheveux blonds pendaient autour de son visage dépourvu de maquillage et marqué par la fatigue. Ses vêtements flottaient autour d'elle. Ses yeux verts n'avaient toutefois pas perdu leur éclat ensorcelant. Il remarqua que ses mains tremblaient. Elle avait visiblement les nerfs à vif. Il devait admettre qu'elle tenait remarquablement le coup, malgré le cauchemar dans lequel elle se débattait et qui devenait plus terrifiant chaque jour. Mais tout le monde avait ses limites et il s'attendait à découvrir celles de Sidney Archer avant la fin de cette affaire.

Sidney remplit trois tasses de café, ajouta un petit pot de crème, du sucre et un assortiment de gâteaux secs. Elle disposa le tout sur la table de la cuisine et chacun se servit.

« Délicieux, dit Sawyer en mordant de bon cœur dans un biscuit. Merci. À propos, vous vous baladez toujours avec un pistolet ?

— Il y a eu des cambriolages dans les environs. Vous savez, j'ai reçu une formation spécialisée. Sans compter que mon père et mon frère aîné, Kenny, étaient dans les Marines. Ce sont aussi des chasseurs. À la maison, les armes, on sait ce que c'est. Papa m'a emmenée au tir au pigeon dès que j'ai eu l'âge requis. Je crois pouvoir dire que je suis une bonne gâchette.

— Dans le garage, vous teniez effectivement votre arme comme une pro », constata Jackson. Remarquant qu'il manquait un petit bout de crosse, il ajouta : « J'espère que vous ne l'avez pas laissé tomber pendant qu'il était chargé.

— J'apprécie votre sollicitude, monsieur Jackson, mais rassurez-vous, je fais toujours très attention avec les armes. »

Avant de rendre le Smith & Wesson et le chargeur plein à Sidney, Jackson examina de nouveau l'arme. « Belle pièce. Légère. J'utilise aussi des balles Hydra-Shok — un impact remarquable. »

Sidney prit l'arme et passa la main dessus. « En fait, ça ne me plaît pas de devoir le garder à la maison, à cause d'Amy, même si je l'enferme non chargé dans un petit coffre.

— Pas très utile si vous vous trouvez nez à nez avec un cambrioleur, commenta Sawyer avant d'avaler une gorgée de café et d'attaquer un autre biscuit.

— Il s'agit de ne pas se laisser surprendre. C'est ce que j'essaie toujours d'éviter, dit-elle en repensant aux événements de la matinée.

— Me direz-vous maintenant la raison de ce petit voyage à La Nouvelle-Orléans ? »

Sidney ouvrit le journal sur la table et montra du doigt la manchette. « Et vous la raison de cet article ?

Vous avez un deuxième job en tant que reporter et il vous faut de quoi noircir votre copie ? » Elle repoussa le *Post* avec colère. « Vous avez fichu ma vie en l'air. Merci ! » Un petit muscle se mit à tressauter sur sa paupière gauche. Elle détourna les yeux et agrippa la vieille table en pin pour tenter de maîtriser son tremblement.

Sawyer parcourut l'article. « Je ne vois rien qui ne soit vrai, commenta-t-il. Votre mari est bien soupçonné d'avoir trempé dans une affaire de vol de documents confidentiels. Il ne se trouve pas dans l'avion où il aurait dû être et qui se plante dans un champ. Il est aussi vivant qu'on peut l'être. » Sidney ne réagit pas. L'agent du FBI tendit le bras par-dessus la table et lui toucha la main. « J'ai dit que votre mari était vivant, madame Archer, et cela ne semble pas vous étonner. Alors, vous voulez bien me parler de La Nouvelle-Orléans maintenant ? »

Le visage impassible, Sidney se tourna vers lui. « Si mon mari est vivant, pourquoi ne me dites-vous pas où il se trouve ?

— J'allais vous le demander.

— Je ne l'ai pas vu depuis le matin de son départ. »

Sawyer se pencha en avant. « Cessons ce petit jeu, madame Archer. Je résume. Vous recevez un mystérieux coup de fil et vous prenez l'avion pour La Nouvelle-Orléans après le service funèbre célébré pour votre défunt époux qui, soit dit en passant, n'est pas plus mort que vous et moi. Vous sautez dans un taxi, puis dans le métro, en abandonnant votre valise derrière vous. Vous semez mes gars et filez vers le sud. On vous retrouve dans un hôtel de La Nouvelle-Orléans, où tout laisse à penser que vous avez rendez-vous avec Jason Archer. » Il observa Sidney, qui ne remua pas un cil. « Vous allez vous balader, poursuivit-il. Un vieux cireur de chaussures vous fait profiter de ses talents. Il pousse la bonne éducation jusqu'à refuser le pourboire que vous lui proposez. Étonnant, pour un SDF. Ensuite, vous passez un coup de téléphone et vous revoilà dans l'avion de Washington. Alors qu'en dites-vous ? »

Sidney inspira profondément et soutint le regard de Sawyer. « Qui vous a dit que j'avais reçu un mystérieux coup de fil ?

— Nous avons nos sources, madame Archer. Et nous avons vérifié le relevé de votre ligne.

— Vous parlez de l'appel de Henry Wharton ?

— Vous avez donc parlé à Wharton ? » Il ne s'attendait pas qu'elle tombe dans un piège aussi grossier et elle ne le déçut pas.

« Non. Je dis simplement que quelqu'un prétendant être Henry Wharton a appelé ici.

— Mais vous avez bien parlé à quelqu'un ?

— Non. »

Sawyer soupira. « Nous avons une trace de cet appel. Il a duré environ cinq minutes. Vous vous êtes contentée d'écouter la respiration haletante d'un type ou quoi ? »

— Je vous en prie ! Je ne suis pas là pour me faire insulter, ni par vous ni par personne.

— Je vous demande pardon. Alors, c'était qui ?

— Je l'ignore. »

Sawyer bondit de sa chaise et écrasa son poing sur la table. « Ça suffit ! gronda-t-il.

— Je vous dis que je l'ignore ! J'ai cru que c'était Henry, mais ce n'était pas lui. La personne qui était au bout du fil n'a pas prononcé un mot et j'ai raccroché au bout de quelques secondes. » Elle se rendait compte qu'elle était en train de mentir au FBI. Son pouls s'accéléra.

« Les ordinateurs ne mentent pas, madame Archer. Votre relevé précise que la communication a duré cinq minutes.

— Quand mon père a décroché, il était dans la cuisine. Il a posé l'appareil et il est allé me prévenir.

Au même moment, vous avez débarqué, tous les deux. Il a pu oublier de raccrocher, ce qui expliquerait les cinq minutes. Pourquoi ne pas lui poser la question vous-même ? » Elle tendit le doigt vers le mur de la cuisine. « Le téléphone est là. »

Sawyer réfléchit. Il était sûr qu'elle mentait, mais ce qu'elle disait était plausible. Il avait oublié qu'il parlait à une avocate, brillante de surcroît.

« Appelez-le donc, reprit Sidney. Je sais qu'il est chez lui. Il m'a téléphoné il y a peu de temps. Quand j'ai raccroché, il était d'ailleurs en train de hurler qu'il avait l'intention de traîner en justice Triton et le FBI.

— Je crois que j'essaierai un peu plus tard.

— Comme vous voulez. J'aurais cru que vous préféreriez le faire tout de suite, pour que je ne puisse pas lui demander derrière votre dos de vous mentir. » Sous son regard perçant, Sawyer se troubla. « Tant que nous y sommes, je vais répondre à vos autres accusations. Vous dites que j'ai échappé à vos hommes, mais dans la mesure où j'ignorais que j'étais suivie, je ne vois pas comment j'aurais pu les "semer". Mon taxi était coincé dans les embouteillages. J'ai eu peur de manquer mon avion et j'ai préféré prendre le métro. Il y avait des années que je n'y avais pas mis les pieds. Du coup, je suis descendue à la station Pentagon, parce que je ne me souvenais plus si je devais changer ou non pour aller à l'aéroport. Quand je me suis aperçue de mon erreur, je suis tout simplement remontée dans la même rame. Je n'ai pas pris ma valise avec moi, parce que je ne voulais pas avoir à la traîner dans le métro, surtout si je devais courir pour attraper l'avion. Si j'étais restée à La Nouvelle-Orléans, j'aurais fait en sorte qu'on me l'envoie par avion un peu plus tard. Je suis allée très souvent à La Nouvelle-Orléans et j'y ai de très bons souvenirs. C'était assez logique que je m'y rende, encore que ces derniers temps, la logique ne soit plus mon fort. Là-bas, je me suis fait cirer les chaussures.

C'est illégal ? » Son regard alla de Sawyer à Jackson. « Je souhaite qu'aucun de vous deux ne sache jamais ce que c'est d'enterrer un conjoint dont on n'a même pas retrouvé le corps. »

D'un geste rageur, elle jeta le journal à terre. « L'homme dont on parle dans cet article n'est *pas* mon mari. Vous voulez connaître les pires folies que nous ayons faites ? Un barbecue dans le jardin en hiver. Jason n'a jamais bravé la loi autrement qu'en faisant un petit excès de vitesse par-ci par-là ou en ne mettant pas sa ceinture. Il ne peut pas être mêlé à un attentat contre un avion. Vous n'êtes pas obligés de me croire. D'ailleurs, je m'en fiche. »

Elle se leva et alla s'adosser au réfrigérateur. « J'avais besoin de m'en aller. Vous voulez vraiment que je vous explique pourquoi ? » Elle criait presque. « Vous ne pouvez pas l'imaginer un peu ? » Sa voix mourut et elle se tut.

Sawyer ouvrit la bouche mais elle lui intima silence d'un geste de la main. « Je n'ai passé qu'une journée à La Nouvelle-Orléans, poursuivit-elle d'un ton redevenu calme. Brusquement, je me suis rendu compte que je ne pouvais pas échapper au cauchemar que je vivais. Ma petite fille a besoin de moi. Et j'ai besoin d'elle. Elle est tout ce qui me reste. Vous devriez être capables de le comprendre, tout de même. » Les larmes lui montaient aux yeux. Elle serra les poings pour les refouler, la respiration haletante, et alla se rasseoir.

Ray Jackson jouait nerveusement avec sa tasse de café. Il jeta un regard en coulisse à Sawyer. « Madame Archer, Lee et moi nous avons une famille et nous sommes conscients que vous traversez une terrible épreuve. De votre côté, vous devez comprendre que nous faisons simplement notre travail. Il y a beaucoup d'éléments curieux dans cette affaire, au stade où nous en sommes. Une chose est certaine, néanmoins, c'est qu'un avion s'est écrasé, entraînant dans la mort près de deux cents personnes. Et celui qui a fait ça va le payer.

— Vous croyez que je ne le sais pas ? » Sidney ne pouvait plus retenir ses larmes, maintenant. « Je suis allée... là-bas, balbutia-t-elle, dans ce... dans cet enfer ! » Sa voix montait dans les aigus. « J'ai vu. Tout. Une... une petite chaussure d'enfant... » Elle enfouit sa tête dans ses mains, secouée par de violents sanglots. Tout son corps exprimait une insupportable souffrance.

Jackson prit une serviette en papier et la lui tendit.

Avec un soupir, Sawyer posa sa main sur celle de Sidney et la serra doucement. La chaussure de bébé l'avait mis au bord des larmes, lui aussi. Pour la première fois, il remarqua l'alliance de la jeune femme. Un bijou simple, mais beau, qu'elle avait dû arborer fièrement au cours de toutes ces années. Elle aimait son mari, qu'il ait commis ou non des actes répréhensibles. Elle croyait en lui. Au fond de lui-même, il se surprit à espérer qu'Archer se révélerait innocent, contre toute vraisemblance. Il refusait que Sidney ait à faire face à la trahison.

Il se leva et entoura de son bras les épaules qui se soulevaient convulsivement. Avec des mots gentils, il tenta de la calmer. Le souvenir fugitif d'un autre épisode où il avait joué les consolateurs lui revint. C'était une des rares occasions où il avait pu être présent pour soutenir l'un de ses enfants. Il avait refermé ses grands bras sur les épaules fragiles de sa fille, anéantie par un chagrin d'amour lors d'un bal de sa promotion. La souffrance de Sidney Archer ne pouvait être feinte. Il en était certain, maintenant. Ses paroles sonnaient juste.

Doucement, il l'aida à se lever et l'emmena dans le living-room. Jackson les suivit, l'air préoccupé. L'attitude protectrice de son collègue envers Sidney Archer n'était pas faite pour lui plaire. Il n'en laissa néanmoins rien paraître et entreprit d'allumer un feu dans la cheminée. Quelques instants plus tard, Sidney était confortablement installée devant le foyer. La chaleur la réconforta un peu. La neige s'était remise à tomber. Assis dans un fauteuil, Sawyer fit le tour de la pièce du regard. Sur le manteau de la cheminée étaient disposées plusieurs photos encadrées : on y voyait Jason Archer, qui ressemblait à tout sauf à un criminel, l'adorable petite Amy et Sidney, d'une exquise beauté. L'ensemble donnait l'image d'une famille idéale, du moins en surface. Depuis vingt-cinq ans, Lee Sawyer essayait de voir ce qui se cachait derrière ces apparences et il en avait assez. Assez d'analyser les raisons pour lesquelles certains êtres humains se transformaient en monstres. Il aurait préféré laisser cela à d'autres, mais aujourd'hui, c'était à lui de le faire. Il se tourna vers Sidney. Elle lui paraissait maintenant plus petite que dans son souvenir, comme si elle s'était recroquevillée sous le poids du malheur.

« Je suis désolée, murmura-t-elle. J'ai l'impression qu'à chaque fois que je me retrouve avec vous deux, je m'effondre.

— Où est votre petite fille, en ce moment ? demanda-t-il doucement.

— Chez mes parents. Elle demande tout le temps où est son papa. » La lèvre supérieure de Sidney s'était remise à trembler.

« Sidney, écoutez-moi. »

Elle resserra autour de ses épaules le plaid dont elle s'était enveloppée, replia ses genoux sous elle et s'appuya au dossier du canapé. Ses yeux rougis croisèrent le regard fatigué de l'agent du FBI. « Sidney, vous dites que vous vous êtes rendue sur les lieux de la catastrophe. C'est vrai. Je suis bien placé pour le savoir. Souvenez-vous, vous êtes entrée en collision avec quelqu'un. Je dois dire que j'ai encore mal au genou. »

Elle sursauta, mais ne détourna pas les yeux.

« Nous avons aussi un rapport du policier qui se trouvait sur place cette nuit-là, l'agent McKenna, poursuivit Sawyer.

— Il a été très gentil avec moi.

— Pourquoi êtes-vous allée là-bas ?

— Il le fallait. »

Elle se tut, soudain absente, comme si elle retournait en pensée vers le cratère dans lequel elle avait alors cru son mari englouti à jamais. Jackson ouvrit la bouche, mais Sawyer lui fit signe de se taire.

« Il le fallait, répéta Sidney. J'avais vu à la télévision le... le sac de Jason. » Elle porta une main tremblante à son front. « Je me suis dit que c'était probablement tout... tout ce qui resterait de lui et j'y suis allée. L'agent McKenna m'a dit que je ne pourrais pas le récupérer avant la fin de l'enquête. Je suis revenue sans rien. Rien. » Elle appuya sur ce dernier mot, comme s'il résumait la désolation de son existence.

Sawyer s'appuya au dossier de son fauteuil et jeta un coup d'œil à Jackson. La piste du sac ne menait nulle part. Après un silence, il remarqua d'une voix calme, mais où perçait une pointe de nervosité : « Vous n'avez pas paru surprise quand j'ai dit que votre mari était toujours en vie. »

La réponse de Sidney fut mordante, malgré sa lassitude évidente. « Je venais de lire l'article dans le *Post.* Pour être témoin de ma surprise, il aurait fallu être là avant le livreur de journaux. » Elle n'avait pas l'intention de rapporter l'humiliant épisode dans le bureau de Gamble.

Sawyer ne fut pas démonté. Il s'attendait à cette réponse, somme toute logique. Il était même satisfait de l'entendre de la bouche de Sidney. Les gens qui mentaient se lançaient souvent dans des explications compliquées. « Au temps pour moi, admit-il. Je ne veux pas abuser de votre temps, aussi vais-je vous poser des questions précises. Inutile d'ajouter que j'attends des réponses précises. Si vous ne répondez pas, c'est tant pis. Telle est la règle du jeu. On part sur ces bases ? »

Devant l'absence de réaction de Sidney, il se pencha en avant. « Je n'ai pas inventé de toutes pièces ces accusations contre votre époux. Mais très sincèrement, les preuves que nous avons ne brossent pas non plus un tableau des plus idylliques de sa personnalité.

— Quelles preuves ? » interrogea sèchement Sidney.

Sawyer secoua la tête. « Je n'ai pas le droit de vous le dire, mais nous en savons suffisamment pour qu'un mandat d'arrêt ait été lancé contre lui. Au cas où vous l'ignoreriez, tous les flics de la terre le recherchent. »

Sidney n'en croyait pas ses oreilles. Son mari était un fugitif, recherché par les polices du monde entier... Elle regarda Sawyer dans les yeux. « Vous étiez au courant, lorsque vous êtes venu ici la première fois ? »

L'air peiné, Sawyer hésita un instant avant de répondre. « Partiellement », admit-il, mal à l'aise, en se tortillant dans son fauteuil. Jackson prit le relais.

« Si votre mari n'est pas coupable des faits qui lui sont reprochés, dit-il, il n'a rien à craindre de nous. Pour autant, nous ne pouvons pas parler à sa place.

— Que voulez-vous dire ? »

Jackson haussa ses larges épaules. « Admettons qu'il n'ait rien fait de mal. Nous savons parfaitement qu'il ne se trouvait pas dans l'avion. Dans ce cas, où est-il ? S'il l'avait manqué, il se serait dépêché de vous appeler pour vous rassurer. Il ne l'a pas fait. Pourquoi ? À cela, on peut apporter un début de réponse : il doit être mêlé à une affaire pas franchement légale. Par-dessus le marché, compte tenu de la manière dont les choses ont été planifiées et exécutées dans cette affaire, nous avons toutes les raisons de penser qu'elle n'est pas le fait d'un seul homme. » Il fit une pause et consulta Sawyer du regard. Sawyer approuva de la tête. « Madame Archer, reprit-il, nous avons retrouvé l'individu que nous soupçonnons d'être l'auteur du sabotage de l'avion. Assassiné dans son appartement. Il avait tout l'air d'être sur le point de quitter le pays, mais apparemment quelqu'un en a décidé autrement.

— Assassiné ? » Sidney avait du mal à prononcer le mot. Elle pensa à Edward Page, gisant dans une mare de sang, mort peu de temps après leur conversation. Devait-elle ou non en parler aux agents du FBI ? Elle hésita, puis, sans raison précise, décida de se taire. « Que voulez-vous savoir ? » demanda-t-elle.

Sawyer reprit la parole. « D'abord, je vais vous faire part de ma petite théorie. Résumons. Vous êtes allée à La Nouvelle-Orléans. Pour le moment, nous nous contenterons de vos explications au sujet de ce voyage, effectué, disons, sur une impulsion. Nous vous avons suivie là-bas. Et vos parents ont quitté votre domicile peu de temps après, avec votre fille.

— Je ne vois pas pourquoi ils auraient dû rester ici. » Du regard, Sidney fit le tour de la pièce. Elle avait connu le bonheur dans cette maison que seule la souffrance habitait maintenant.

« Au bout du compte, tout le monde est parti : vous, nous et vos parents.

— Excusez-moi, je ne vous suis pas. »

Sawyer se leva brusquement et se pencha vers Sidney. Dans la cheminée, les flammes crépitaient. « Il n'y avait personne ici, Sidney. Qu'importe la raison pour laquelle vous êtes allée à La Nouvelle-Orléans. Le fait est que cela a eu pour résultat de nous entraîner à votre suite. Il n'y avait plus personne pour garder la maison. Vous comprenez, maintenant ? »

Malgré la douce chaleur du feu, un frisson glacé parcourut Sidney. Elle avait servi de diversion. Jason savait que le FBI la surveillait et il l'avait utilisée pour avoir accès à quelque chose. Dans cette maison.

Les deux agents la regardaient intensément, conscients du cheminement de sa pensée. Elle lança un coup d'œil à son blazer gris posé sur le rocking-chair, avec une disquette dans la poche. Soudain, elle eut hâte de mettre un terme à l'entretien.

« Il n'y a rien ici qui soit susceptible d'intéresser quelqu'un.

— C'est vous qui le dites. » Le ton de Sawyer était sceptique. « Votre mari gardait bien chez lui des dossiers, par exemple ?

— Rien qui ait trait à son travail. La direction de Triton est complètement parano là-dessus. »

Sawyer approuva lentement de la tête. D'après ce qu'il avait pu constater lui-même, il comprenait ce qu'elle voulait dire. « OK, mais réfléchissez-y tout de même. Vous n'avez rien remarqué de particulier ? Quelque chose qui manquerait ou qui aurait été dérangé ?

— Je ne crois pas, mais je n'ai pas vraiment cherché. »

Jackson déplia ses jambes. « Si vous n'y voyez pas d'inconvénient, madame Archer, nous aimerions fouiller la maison maintenant. » Il jeta un coup d'œil à Sawyer, qui haussa un sourcil, puis il attendit la réponse de Sidney.

Devant son silence, il se leva. « Nous pouvons avoir un ordre de perquisition, reprit-il, ce ne sont pas les raisons qui manquent. Mais autant nous éviter des tracas supplémentaires, puisque, comme vous dites, il n'y a rien ici.

— Je suis avocate, monsieur Jackson, dit froidement Sidney, alors épargnez-moi ce genre de discours. Allez-y. Ne faites pas attention à la poussière, je n'ai pas vraiment eu l'esprit à passer l'aspirateur. » Elle se leva, posa le plaid et alla prendre son blazer. « Pendant que vous faites vos petites affaires, dit-elle tout en l'enfilant, je vais prendre un peu l'air. Vous en avez pour combien de temps ? »

Les deux hommes se regardèrent. « Quelques heures.

— Bon. N'hésitez pas à vous servir dans le frigidaire. Chercher donne faim. »

Quand elle fut sortie, Jackson se tourna vers son collègue. « Bon sang, c'est quelqu'un ! » s'exclama-t-il.

Sawyer suivit des yeux la silhouette souple qui se dirigeait vers le garage. « Tu l'as dit. »

Quelques heures plus tard, Sidney était de retour. « Alors ? demanda-t-elle. Vous avez trouvé quelque chose ? »

Les deux agents avaient l'air un peu hagard.

« Non », répondit Jackson sur un ton de reproche.

Elle le dévisagea. « Je n'y suis pour rien. »

Un peu plus tard, alors qu'elle les raccompagnait à la porte d'entrée, elle posa sa main sur le bras de Sawyer. « Vous ne connaissiez pas mon mari... Parce que si vous le connaissiez, vous sauriez qu'il n'aurait jamais pu... » Elle se tut un instant, submergée par l'émotion, puis reprit d'une voix tremblante : « Il n'a rien à voir avec ce crash. Toutes ces victimes... » Elle ferma les yeux et dut s'adosser au mur.

Sawyer était en proie à des sentiments confus. Comment imaginer que l'être qui partage votre vie, le père de votre enfant, soit capable d'une chose pareille ! D'un autre côté, des gens commettent chaque jour les pires atrocités. Les humains ne sont-ils pas les seuls êtres vivants à tuer pour faire le mal ?

« Sidney, je comprends ce que vous ressentez », dit-il d'une voix douce.

Tandis qu'ils se dirigeaient vers leur voiture, Jackson shoota dans un caillou en direction de son collègue. « Je ne sais que penser, Lee. Elle nous cache la vérité, c'est certain. »

Sawyer haussa les épaules. « Je ferais la même chose si j'étais à sa place.

— Tu mentirais au FBI ? » Jackson avait l'air surpris.

« Elle est en plein dans un truc qui la dépasse et elle ne sait pas de quel côté se tourner. Dans les mêmes circonstances, je jouerais serré, moi aussi.

— Admettons. » Jackson n'avait pas l'air totalement convaincu.

40

Sidney se précipita vers le téléphone, puis s'arrêta net et contempla l'appareil comme s'il s'agissait d'un serpent venimeux. Si Edward Page avait réussi à y placer un micro, d'autres pouvaient en faire autant. Elle se tourna vers son téléphone cellulaire, qu'elle avait posé sur la table de la cuisine pour le recharger. Dans quelle mesure était-il fiable ? Elle serra les poings. Elle se sentait espionnée de toutes parts par des centaines d'yeux et d'oreilles électroniques. En fin de compte, elle glissa son messager de poche dans son sac. Ce moyen de communication lui semblait relativement sûr. De toute façon, elle devrait s'en contenter. Elle prit également le Smith & Wesson qu'elle avait rechargé et se précipita vers la Ford. La disquette était en sécurité dans sa poche. Elle s'en occuperait plus tard. Pour le moment, elle avait quelque chose d'encore plus important à faire.

Après avoir garé l'Explorer sur le parking du McDonald's, elle acheta un petit déjeuner à emporter et se dirigea vers le téléphone, près des toilettes. Tout en composant un numéro, elle jeta un coup d'œil par la fenêtre. Le parking était calme. Aucun signe du FBI. Après tout c'était normal, ils étaient censés être invisibles. Mais peut-être que quelqu'un d'autre la surveillait et cette idée lui donnait le frisson.

À l'autre bout du fil, la voix furieuse de son père résonna. Sidney parvint à le calmer, mais il se remit en colère lorsqu'elle lui expliqua ce qu'elle attendait de lui.

« Nom de Zeus, Sid, pourquoi diable ferais-je une chose pareille ?

— Papa, s'il te plaît, pars avec maman et emmène Amy avec vous.

— Tu sais bien que nous n'allons jamais dans le Maine après le mois de septembre. Généralement la dernière fois, c'est pour Labor Day.

— Tu as lu le journal.

— Parlons-en ! C'est un incroyable ramassis de... »

Sidney le coupa sèchement. « Je t'en prie, papa, je n'ai pas le temps de discuter ! »

Un silence suivit. C'était la première fois qu'elle parlait sur ce ton à son père.

« Le FBI sort de chez moi, reprit-elle d'une voix ferme. Jason était mêlé à... à quelque chose, je ne sais pas encore très bien quoi. Mais s'il y a du vrai dans cet article... » Un frisson la parcourut. « Dans l'avion, au retour de La Nouvelle-Orléans, un homme m'a adressé la parole, un certain Edward Page. Un détective privé. Il enquêtait sur une affaire à laquelle Jason serait mêlé.

— Jason ? Pourquoi enquêtait-il sur lui ? » s'exclama Bill Patterson d'un ton incrédule.

« Je l'ignore. Il ne me l'a pas dit.

— Eh bien, on va aller le lui demander !

— Impossible, papa. On l'a assassiné quelques minutes après qu'il m'a parlé. »

Bill Patterson en resta muet de stupeur.

« D'accord, Sidney, dit-il enfin, nous partirons

après le petit déjeuner. J'emporte mon fusil, au cas où. Mais tu pars avec nous.

— Impossible.

— Et pourquoi, je te prie ? tonna son père. Tu es la femme de Jason et tu es toute seule. Tu risques de servir de cible.

— Le FBI me surveille.

— Voyons, tu les crois invulnérables ? L'erreur est humaine. Ne fais pas l'idiote, mon petit.

— Non, papa, c'est vraiment impossible. Le FBI n'est sans doute pas le seul à me surveiller. Si je viens avec vous, nous aurons les autres aux trousses. »

La voix de Sidney tremblait. À l'autre bout du fil, son père eut le souffle coupé.

« Dans ce cas, ma chérie, je vais envoyer ta mère dans le Maine avec Amy et venir m'installer avec toi.

— Je tiens à ce qu'aucun d'entre vous ne soit mêlé à ça. Tu dois rester avec Amy et maman pour les protéger. Moi, je peux me débrouiller.

— Je sais bien, mon petit, mais là c'est... c'est autre chose. Si ces gens ont déjà tué... »

À la perspective de ce qui pouvait arriver à sa fille, Patterson se tut.

« Papa, ne crains rien, j'ai mon pistolet et le FBI ne me quitte pas d'une semelle. Je t'appellerai tous les jours.

— Sid... » Patterson hésita, puis se résigna. « Entendu, dit-il enfin, à condition que tu appelles deux fois par jour.

— Promis. Embrasse maman. L'article a dû la bouleverser. Surtout, ne lui parle pas de notre conversation.

— Voyons, Sid, ta mère va se demander pourquoi nous filons brusquement dans le Maine. Et qui plus est à cette époque de l'année !

— Invente quelque chose, papa, s'il te plaît. Et n'oublie pas de dire à Amy que sa maman et son papa l'aiment plus que tout. »

Les larmes montaient aux yeux de Sidney. Elle devait s'éloigner de sa petite fille, alors qu'elle n'avait qu'une envie, être auprès d'elle.

« Je le lui dirai, mon petit », dit doucement Bill Patterson.

Sur le chemin du retour, Sidney avala son petit déjeuner tout en conduisant. Elle se précipita dans la maison et, après avoir verrouillé la porte du bureau, s'installa devant l'ordinateur de son mari. Elle avait pris son téléphone cellulaire avec elle, au cas où elle aurait besoin d'appeler à l'aide. Elle sortit la disquette de la poche de sa veste, prit le Smith & Wesson dans son sac et les posa tous les deux sur la table.

Elle mit l'ordinateur en marche. Au moment d'insérer la disquette dans le lecteur, elle regarda l'écran et sursauta. La quantité de mémoire disponible s'était brièvement affichée et quelque chose clochait. Sidney appuya sur plusieurs touches du clavier pour la faire réapparaître et, cette fois, le nombre resta à l'écran. Sidney l'examina lentement : 1 356 600 Ko, soit 1,3 Go. Elle garda les yeux rivés sur les trois derniers chiffres. La dernière fois qu'elle s'était assise devant l'ordinateur, ils correspondaient à la date de naissance de Jason : 7, 3, 0, le 30/7. Elle en avait eu les larmes aux yeux. Or, voilà qu'elle s'apercevait qu'il manquait de la mémoire. Comment était-ce possible ? Elle n'avait pas touché à l'ordinateur depuis...

Seigneur !

L'estomac noué, elle bondit de sa chaise, empoigna le Smith & Wesson et remit la disquette dans la poche de sa veste. Sawyer avait eu à la fois raison et tort. Raison de penser que quelqu'un s'était introduit chez elle pendant qu'elle se trouvait à La Nouvelle-Orléans. Tort de croire que c'était pour dérober quelque chose. On avait au contraire *laissé* quelque chose, qui se trouvait maintenant sur l'ordinateur de son mari. Et qu'elle allait fuir en toute hâte.

Dix minutes plus tard, elle était de retour à la cabine téléphonique du McDonald's et décrochait le combiné. Quand sa secrétaire répondit, elle fut tout de suite consciente de la tension dans la voix de la jeune femme.

« Bonjour, madame Archer. »

Madame Archer ? Dès le deuxième jour de leur collaboration, sa secrétaire l'avait appelée par son prénom et voilà qu'au bout de six ans ou presque, elle l'appelait de nouveau madame. Sidney choisit de ne pas le relever. « Sarah, est-ce que Jeff est là ? » interrogea-t-elle. Jeff était le spécialiste de l'informatique chez Tyler, Stone.

« Je vais voir. Voulez-vous que je vous passe son assistance, madame Archer ? »

Cette fois, Sidney explosa. « Sarah, que signifie ce "madame Archer" ? »

Il y eut un silence sur la ligne, puis Sarah se mit à chuchoter dans l'appareil. « Sidney, l'article du journal se balade dans tout le cabinet. » Les mots se bousculaient dans sa bouche. « Ils l'ont faxé dans chaque bureau. La direction de Triton menace de nous retirer sa clientèle et M. Wharton est fou de rage. On vous fait porter le chapeau, c'est évident.

— Eh bien, pour moi, rien n'est évident.

— Pourtant, l'article laissait entendre que... vous voyez ce que je veux dire. »

Sidney poussa un soupir. « Soyez gentille, passez-moi Henry. Je tiens à régler ça. »

La réaction de sa secrétaire déstabilisa Sidney. « Il faut que je vous prévienne. Le comité de direction s'est réuni ce matin. Ils ont tenu une téléconférence avec les associés des autres bureaux. La rumeur court qu'ils vont vous envoyer un courrier.

— Un courrier ? Quel genre de courrier ? » La stupéfaction se lisait sur le visage de Sidney. Elle entendit un bruit de fond dans l'appareil. Des personnes passaient devant le bureau de sa secrétaire. Quand le silence revint, Sarah murmura, d'une voix plus basse encore : « Je ne sais comment vous le dire... on dit que c'est une lettre de licenciement.

— De licenciement ? » Sidney s'appuya contre le mur. « Aucune accusation n'a été portée contre moi, et pourtant ils m'ont déjà jugée et condamnée ! Tout ça à cause d'un article.

— Chacun ici est préoccupé par l'avenir du cabinet et la plupart des gens vous montrent du doigt. Ainsi que votre mari... », ajouta rapidement Sarah. « Ils se sont sentis trahis en découvrant qu'il était toujours vivant. »

Les épaules de Sidney s'affaissèrent. Brusquement, elle se sentait vidée de ses forces.

« Et moi, Sarah, comment croyez-vous que je me sens ? » Sa secrétaire ne répondit pas. Sidney mit la main dans sa poche et tâta la disquette. Sur le devant de sa veste, le pistolet formait une bosse disgracieuse. Il allait falloir qu'elle s'y habitue. « Sarah, j'aimerais vous expliquer mais c'est impossible. Tout ce que je peux vous dire, c'est que je n'ai rien fait de mal. Je ne comprends rien à ce qui m'arrive. C'est l'enfer. S'il vous plaît, essayez de me trouver Jeff, discrètement. Je n'ai pas beaucoup de temps. »

Sarah hésita brièvement, puis se décida. « Ne quittez pas, Sidney. »

Après avoir fait attendre Sidney quelques instants, elle revint en ligne pour l'informer que Jeff avait pris quelques jours de congé. Elle accepta de lui communiquer le numéro de téléphone personnel de l'informaticien.

Par chance, Fisher était chez lui. Sidney lui raconta qu'elle avait un problème d'ordinateur et il se montra tout à fait disposé à l'aider. Elle proposa de se rendre à son domicile, à Alexandria. Son intention première était de le rencontrer chez Tyler, Stone, mais c'était désormais hors de question. Au fond, elle avait de la chance qu'il ait été absent de son bureau les jours précédents, car ainsi il ignorait les rumeurs qui couraient à son sujet.

Jeff lui dit qu'il devait sortir, mais serait de retour vers vingt heures. Elle allait devoir attendre jusque-là.

Deux heures plus tard, Sidney faisait nerveusement les cent pas dans son living-room, lorsqu'un coup frappé à la porte la fit sursauter. Elle regarda par le judas. Lee Sawyer était sur le seuil. Légèrement surprise, elle ouvrit. Il entra sans attendre qu'elle l'y invite et alla directement s'installer dans l'un des fauteuils placés devant la cheminée. Le feu était éteint depuis longtemps.

« Vous êtes seul ? interrogea-t-elle. Où est votre collègue ? »

Sawyer ignora sa question. « Vous ne m'avez pas dit que vous étiez passée chez Triton ce matin. »

Elle se tenait face à lui, les bras croisés, les cheveux encore humides de la douche qu'elle venait de prendre. Elle s'était changée et portait maintenant une jupe plissée noire et un pull blanc décolleté en V. Ses chaussures étaient posées près du canapé et elle n'avait pas eu le temps de les enfiler. « Vous ne me l'avez pas demandé », répliqua-t-elle.

Sawyer émit un grognement. « Et qu'avez-vous pensé de la petite vidéo de votre mari ?

— Je n'ai pas eu beaucoup de temps pour y réfléchir.

— Cela m'étonnerait. »

Elle s'assit sur le canapé et ramena ses jambes sous elle. « Que voulez-vous exactement ? » demanda-t-elle d'un ton sec.

« Eh bien, pour commencer, la vérité ne me déplairait pas. Cela nous permettrait d'envisager des solutions.

— Comme de mettre mon mari en prison pour le

restant de ses jours ? C'est la solution que vous proposez ? » Elle lui avait jeté ces mots à la figure.

Sawyer manipulait d'un air absent le badge accroché à sa ceinture, son grand corps penché de côté. Il la regarda d'un air las. « Sidney, comme je vous l'ai dit, j'étais sur les lieux du crash cette nuit-là. Cette petite chaussure d'enfant, je l'ai eue en main. » Sa voix se brisa. Les larmes montèrent aux yeux de Sidney, mais elle soutint son regard. Elle tremblait.

Sawyer reprit : « Votre maison est remplie de photos d'une famille heureuse. Un mari séduisant, une adorable petite fille et... » Il s'interrompit un instant avant de poursuivre : « Une épouse et une mère d'une grande beauté. »

Sidney rougit en entendant le compliment et Sawyer, embarrassé, se hâta de poursuivre : « Franchement, je ne vois pas pourquoi votre mari serait impliqué dans le sabotage de l'avion, même s'il avait volé de l'argent à son employeur. Néanmoins, je ne vais pas vous mentir et vous raconter que je le crois blanc comme neige. J'espère pour vous qu'il l'est et qu'on y verra clair dans tout ce merdier. Mais c'est mon boulot de découvrir qui a fait s'écraser cet avion et a tué tous ces gens, y compris le petit propriétaire de cette minuscule chaussure. » Il fit une pause, puis ajouta : « Et je ferai mon boulot.

— Continuez.

— Actuellement, ma meilleure piste, c'est votre époux. Vous seule pouvez me permettre de l'exploiter.

— Vous voulez que je coopère pour attirer mon mari ?

— Je veux que vous me disiez tout ce qui m'aidera à aller au fond des choses. C'est aussi ce que vous voulez, non ? »

Pendant quelques instants, Sidney resta la gorge serrée. « Oui », dit-elle enfin dans un sanglot. « Oui, mais ma petite fille a besoin de moi. J'ignore où se trouve Jason, et si je devais moi aussi être loin d'elle... » Elle se tut, incapable de continuer.

Quand il comprit le sens de ses paroles, Sawyer prit une voix douce. « Sidney, je ne pense pas que vous soyez mêlée à cette affaire. Croyez-moi, il est hors de question que je vous arrête et que je vous enlève à votre enfant. Sans doute ne m'avez-vous pas dit toute la vérité auparavant, mais, mon Dieu, vous n'êtes qu'un être humain. J'imagine à quelle pression vous avez été soumise. Faites-moi confiance. »

Elle s'essuya les yeux et parvint à esquisser un bref sourire. Puis elle se décida. « C'était mon mari qui me parlait au téléphone, le jour où vous êtes venu. » La phrase lâchée, elle jeta un regard perçant à Sawyer, comme si elle craignait toujours qu'il ne lui passe les menottes.

Le front de l'agent du FBI se plissa. Il se pencha vers elle. « Que vous a-t-il dit ? Répétez les mêmes termes, si possible.

— Il m'a dit qu'il savait que les apparences étaient contre lui, mais qu'il m'expliquerait tout dès que nous nous reverrions. Je n'ai pas posé beaucoup de questions, tellement j'étais heureuse de le savoir en vie. Le jour de l'accident également, il m'a appelée de l'aéroport avant de prendre l'avion, mais je n'ai pas eu le temps de lui parler. »

Au souvenir de cette scène, Sidney se sentit de nouveau coupable. Elle essaya de chasser cette impression. Elle mit ensuite Sawyer au courant des soirées tardives que Jason passait à son bureau et lui rapporta la conversation qu'ils avaient eue au petit matin, avant le départ de son mari pour l'aéroport.

« Et il a suggéré que vous alliez à La Nouvelle-Orléans ? » interrogea Sawyer.

Elle acquiesça de la tête. « Il m'a dit que s'il n'entrait pas en contact avec moi à l'hôtel, je devrais me rendre à Jackson Square. Il s'arrangerait pour m'y faire passer un message.

— Le cireur de chaussures, n'est-ce pas ? »

Elle fit de nouveau un signe affirmatif et il soupira. « Donc, c'est Jason que vous avez appelé de la cabine ?

— D'après le message, je devais composer le numéro de mon bureau. En fait, c'est Jason qui a répondu. Il m'a dit de ne pas prononcer un mot car la police était là, et de rentrer à la maison, où il me contacterait quand il n'y aurait aucun risque.

— Et il ne l'a pas encore fait ?

— Non. »

Sawyer prit le temps de bien choisir ses mots. « Sidney, votre loyauté est absolument remarquable. Même si l'on se marie pour le pire comme pour le meilleur, vous allez au-delà de ce qu'on exige d'une bonne épouse.

— Mais ?

— Mais, malgré votre dévotion envers votre mari, vous devez considérer la situation avec lucidité. S'il a fait quelque chose de répréhensible, vous ne devez pas tomber avec lui. Vous l'avez dit vous-même, votre petite fille a besoin de vous. J'ai moi-même quatre enfants et je sais de quoi je parle, même si je ne suis pas le meilleur père du monde.

— Que proposez-vous ? demanda-t-elle d'un ton las.

— Que nous coopérions. Rien de plus. Un échange d'informations. L'article du journal résume assez bien ce que nous savons. Vous avez vu la vidéo montrant l'échange auquel a participé votre mari. La direction de Triton est persuadée qu'il remettait à ces gens des informations sur leur proposition de rachat de CyberCom, dans l'intention de la court-circuiter. Ils ont aussi de bonnes raisons de penser que Jason est impliqué dans l'escroquerie bancaire.

— Je sais que tout est contre lui, mais je me refuse absolument à y croire.

— Parfois, Sidney, quand une piste conduit avec insistance dans une direction, il faut savoir l'interpréter et regarder ailleurs le cas échéant. C'est mon rôle. Je dois avouer qu'à mes yeux votre mari n'est pas net, mais d'un autre côté, je pense qu'il n'est pas seul dans le coup.

— Pour vous, il travaille pour RTG ?

— C'est possible », admit Sawyer avec franchise. « Nous suivons cette piste parmi d'autres, car elle semble particulièrement évidente, mais encore une fois, rien n'est certain. Dites-moi, y a-t-il autre chose que je devrais savoir ? »

Sidney hésita en pensant à sa conversation avec Edward Page, peu de temps avant son assassinat. Elle laissa ses yeux errer dans la pièce et son regard tomba sur sa veste, posée sur un fauteuil. Brusquement, son rendez-vous avec Jeff Fisher lui revint en mémoire. Elle rougit et se troubla. « Non, dit-elle, je ne vois pas. »

Sawyer la fixa longuement, puis se leva. « Puisque nous échangeons des informations, je dois vous avertir que votre petit copain Paul Brophy vous a suivie en Louisiane. »

Sidney se figea.

« Il a fouillé votre chambre d'hôtel pendant que vous étiez sortie prendre un café, poursuivit Sawyer. Utilisez le tuyau comme bon vous semble. » Il se dirigea vers la porte et se retourna, la main sur le loquet. « Afin qu'il n'y ait pas de malentendu, je vous rappelle que nous vous surveillons vingt-quatre heures sur vingt-quatre.

— Je n'ai pas l'intention de partir de nouveau en voyage, si c'est ce qui vous préoccupe. »

La réaction de Sawyer la surprit. « Ne gardez pas votre pistolet dans un placard, Sidney. Ayez-le à portée de main, chargé. En fait... » Il ouvrit son manteau, défit la fermeture du holster qu'il portait à la ceinture, en ôta son arme et tendit le holster à Sidney. « Un sac de femme n'est pas le meilleur endroit pour le mettre, reprit-il. Faites très attention à vous, je vous en prie. »

Quand il fut parti, Sidney resta songeuse, en pensant au sort brutal qu'avait connu l'homme qui, le dernier, lui avait adressé ce genre de conseil.

41

Lee Sawyer contempla d'un air affligé le vestibule dont les murs et le sol étaient recouverts de dalles asymétriques de marbre noir et blanc. L'ensemble était destiné à créer un effet artistique sophistiqué, mais il ne réussissait qu'à lui donner la migraine. Au-delà de la double porte en bois de bouleau gracieusement sculptée, encadrée par de fausses colonnes corinthiennes, le bruit des couverts et des conversations filtrait depuis la grande salle du restaurant. Il ôta son manteau et son chapeau et les tendit à une jolie jeune femme vêtue d'une courte jupe noire et d'une blouse blanche ajustée qui mettait ses formes en valeur. Quand elle lui remit son ticket de vestiaire, elle s'arrangea pour glisser un doigt dans la paume de sa main d'une manière des plus affriolantes. Nul doute qu'elle devait récolter d'excellents pourboires.

Le maître d'hôtel fit son apparition et le dévisagea.

« Je suis attendu par Frank Hardy », dit Sawyer.

L'homme jeta un œil désapprobateur sur les vêtements froissés de l'agent du FBI. Son regard sévère n'échappa pas à Sawyer, qui remonta son pantalon avec ostentation, puis interrogea : « Les hamburgers sont bons, ici ?

— Les hamburgers ? » Le maître d'hôtel semblait prêt à s'évanouir. « Voyons, monsieur, nous ne servons que de la cuisine *française.*

— Dans ce cas, je suppose que les cuisses de grenouille sont délicieuses », marmonna Sawyer tout en s'engageant à sa suite dans une immense salle à manger. D'étincelants lustres de cristal éclairaient les tables occupées par une clientèle particulièrement sélect.

Installé à une table d'angle, Frank Hardy se leva à leur approche. Il était comme d'habitude d'une élégance extrême.

« Que bois-tu, Lee ? » Une jeune femme s'était déjà avancée vers lui pour prendre sa commande.

« Bourbon », grogna Sawyer tout en s'asseyant lourdement. Il promena son regard autour de lui. « Bon sang, Frank, heureusement que tu t'es chargé de choisir le restaurant ! Avec moi, tu te serais retrouvé dans un McDo. »

Hardy éclata de rire. Les deux hommes bavardèrent quelques minutes. Au moment de passer commande, Sawyer consulta le menu et ouvrit des yeux ronds. La carte était entièrement en français.

« Mademoiselle, donnez-moi le meilleur, ça me suffira, dit-il en adressant un clin d'œil à Hardy. Tout sauf des escargots », ajouta-t-il.

Il prit un des petits pains posés dans un panier au centre de la table et mordit dedans avec appétit.

« Alors, tu as trouvé quelque chose sur RTG ? » demanda-t-il entre deux bouchées.

« Philip Goldman est le principal conseiller de RTG, depuis de nombreuses années.

— Tu ne trouves pas ça bizarre que RTG utilise les mêmes avocats d'affaires que Triton et vice versa ? C'est une source de problèmes.

— Les choses ne sont pas aussi simples.

— Ah bon ? Comme c'est surprenant ! »

Hardy ignora la remarque. « Goldman est réputé

pour être un des meilleurs et il travaille depuis longtemps pour RTG. Quant à Triton, c'est un client relativement récent du cabinet Tyler, Stone — amené par Wharton. À l'époque, il n'y avait aucun conflit d'intérêts direct entre les deux sociétés. Ce n'est plus le cas, il est vrai, depuis que les deux boîtes se sont développées. Il y a eu des moments délicats. Mais enfin, ils s'en sont toujours sortis en respectant les règles. Tyler, Stone est un cabinet de très haut niveau et visiblement aucune des deux sociétés n'avait envie de se passer de ses précieux conseils. Il faut du temps, tu sais, pour établir pareille relation de confiance.

— De confiance... Voilà un mot curieux, dans le contexte de cette affaire. » Sawyer jouait avec des miettes de pain.

« Malgré tout, dans le dossier CyberCom, il y a eu conflit d'intérêts direct, reprit Hardy, puisque RTG comme Triton convoitent la même entreprise. Et le code de déontologie interdisait à Tyler, Stone de représenter les deux clients à la fois.

— Ils ont donc choisi de représenter Triton. Pourquoi ? »

Hardy haussa les épaules. « Wharton dirige le cabinet et Triton est son client. Je n'ai pas besoin de te faire un dessin. Ils n'allaient bien évidemment pas laisser la concurrence représenter les deux sociétés dans cette affaire. Un autre cabinet aurait pu être tenté de les récupérer en totalité.

— Si j'ai bien compris, Goldman a moyennement apprécié que RTG soit ainsi mis hors jeu.

— D'après ce que je sais, il serait plus juste de dire qu'il a eu des envies de meurtre.

— Toutefois, rien ne dit qu'il ne tire pas les ficelles en coulisses pour aider RTG à décrocher la timbale ?

— Rien, en effet. Nathan Gamble n'est pas un imbécile. Il le sait parfaitement. Si RTG bat Triton au poteau, tu sais ce qui va arriver ?

— Laisse-moi deviner... Gamble va se trouver d'autres avocats d'affaires. »

Hardy hocha affirmativement la tête. « Exact. Sans compter qu'ils sont furieux après Sidney Archer. Tu as lu les journaux. J'ai dans l'idée que son emploi est légèrement menacé.

— Elle aussi se sent menacée, vois-tu.

— Tu lui as parlé ? »

Sawyer réfléchit quelques instants, puis décida de ne pas mentionner la confession que lui avait faite Sidney Archer. Hardy travaillait pour Gamble et Sawyer était certain que le patron de Triton se servirait de cette information pour détruire la jeune femme. Il préféra présenter comme une supposition ce qu'il savait être une réalité.

« Peut-être est-elle allée à La Nouvelle-Orléans pour rencontrer son mari », dit-il en terminant son bourbon.

Hardy se frotta le menton. « Ça se tient.

— Mais non, justement, ça ne tient *pas* debout. »

Surpris, Hardy resta la fourchette en l'air.

« Réfléchis, Frank, poursuivit Sawyer. Le FBI se pointe chez elle et lui pose une flopée de questions. C'est le genre de truc qui rendrait nerveux n'importe qui, non ? Or, le jour même, elle file à La Nouvelle-Orléans pour retrouver son mari.

— Peut-être ne se savait-elle pas suivie.

— Impossible, cette jeune femme est d'une intelligence redoutable... Figure-toi que j'ai cru la coincer à propos d'un coup de fil qu'elle a reçu le matin de l'office funèbre de son mari. Eh bien, elle a contourné l'obstacle avec une explication parfaitement plausible et qui n'avait rien de préparé à l'avance. Idem quand je l'ai accusée de semer mes hommes. Elle se savait suivie et ça ne l'a pas arrêtée.

— Alors, Jason Archer ignorait votre présence.

— Voyons, si ce type est l'auteur d'un coup pareil,

il est assez malin pour penser que les flics peuvent surveiller sa femme.

— Mais elle est *vraiment* allée à La Nouvelle-Orléans, Lee, c'est un fait indiscutable.

— Je ne le discute pas. Pour moi, son mari est entré en contact avec elle et lui a dit de faire comme si de rien n'était.

— Et pourquoi, bon sang ? »

On leur apportait leur commande. Sawyer contempla son assiette, dans laquelle les mets étaient artistiquement présentés.

« Ça a l'air délicieux, dit-il.

— C'est délicieux, Lee, tu vas voir. »

Ils commencèrent à manger en silence, puis Sawyer s'exclama d'un ton admiratif : « Tu as raison, je dois le reconnaître. Merci de m'avoir invité. Si j'avais su que nous allions dans un endroit pareil, je me serais mis sur mon trente et un. »

Hardy sourit. « Lee, dit-il, tu n'as pas répondu à ma question. Pourquoi Archer aurait-il fait une chose pareille ?

— Quand Sidney Archer s'est rendue à La Nouvelle-Orléans, on a mis sur elle tous nos gars, pour parer à toute éventualité, mais elle a bien failli nous filer entre les doigts. Si je n'avais pas eu une chance incroyable à l'aéroport, nous ignorerions encore où elle est allée. Maintenant, je comprends pourquoi elle a quitté la ville : pour faire diversion.

— Faire diversion ? Par rapport à quoi ? » Hardy avait l'air parfaitement incrédule.

« Quand je dis qu'on a mis sur elle tous nos gars, c'est vraiment tous nos gars. Personne n'est resté pour surveiller la maison des Archer. »

Hardy émit un petit sifflement et s'appuya au dossier de sa chaise. « Merde alors ! »

Sawyer lui lança un coup d'œil accablé. « Je sais. J'ai fait une grosse boulette, mais c'est trop tard pour se lamenter. Quelqu'un a profité du petit voyage de la maîtresse de maison à La Nouvelle-Orléans pour visiter les lieux.

— Attends une seconde : tu ne veux pas dire que...

— Jason Archer est indéniablement l'un des favoris sur ma liste.

— Que serait-il venu chercher ?

— Je l'ignore. Ray et moi, nous avons fouillé la maison sans rien trouver.

— Tu crois que son épouse est dans le coup ? »

Lee Sawyer prit le temps de déguster une nouvelle bouchée avant de répondre. « Si tu m'avais posé cette question il y a une semaine, je t'aurais certainement répondu oui. Maintenant, je suis sûr qu'elle ignorait ce qui se tramait.

— Sûr et certain ?

— La lecture du journal l'a complètement démolie. Professionnellement, elle est dans la merde jusqu'au cou. Son mari ne s'est pas montré et elle est revenue bredouille. Qu'est-ce qu'elle y a gagné, sinon une bonne migraine ? »

Hardy prit un air dubitatif et se remit à manger. Sawyer l'imita. « On s'englue dans cette affaire comme dans du chewing-gum », commenta-t-il.

Hardy repoussa son assiette et parcourut l'immense salle à manger du regard. Soudain, il se figea. « Tiens, dit-il, je croyais qu'il n'était pas en ville.

— Qui ?

— Quentin Rowe. » Il désigna discrètement quelqu'un. « Là-bas. »

Dans un angle de la grande salle bondée, Quentin Rowe, en veste de soie et chemise à col Mao, était installé à une table à l'écart éclairée par la lumière douce des bougies. Il était en grande conversation avec un jeune homme d'une vingtaine d'années, vêtu d'un costume de très bonne coupe. Sa queue de cheval balayait ses épaules tandis qu'il effleurait de temps en temps la main de son compagnon.

Sawyer haussa les sourcils. « Joli couple, commenta-t-il.

— Attention à ne pas être politiquement incorrect, Lee.

— Moi, Frank, je suis pour la liberté. Rowe peut sortir avec qui il veut.

— Quentin Rowe vaut à peu près trois cents millions de dollars et, au train où vont les choses, il atteindra le milliard avant d'avoir quarante ans. Cela fait de lui un célibataire très recherché.

— Je suis sûr que les demoiselles se bousculent au portillon.

— Moi aussi. Mais il mérite son succès. Il est brillant.

— Il m'a fait visiter ses bureaux. Je n'ai pas compris la moitié de ce qu'il me racontait, mais c'était très intéressant, même si ça me terrifie.

— On n'arrête pas le progrès, Lee. »

Sawyer jeta à nouveau un coup d'œil en direction des deux hommes. « À propos de couples, celui que forment Rowe et Gamble est assez étrange.

— Vraiment ? interrogea Hardy avec un sourire. Sérieusement, ils se sont rencontrés au moment opportun. Le reste est de la littérature.

— J'ai cru le comprendre. Gamble avait l'argent, Rowe l'intelligence. »

Hardy hocha négativement la tête. « Ne juge pas aussi sommairement Nathan Gamble. Ce n'est pas si facile de gagner autant d'argent à Wall Street. Il est loin d'être bête et c'est un homme d'affaires de première. »

Sawyer s'essuya les lèvres avec sa serviette. « Une chance pour lui, commenta-t-il, parce qu'il aurait du mal à compter sur son charme. »

42

Il était vingt heures lorsque Sidney arriva au domicile de Jeff Fisher, une maison restaurée dans les faubourgs résidentiels d'Alexandria. Petit et plutôt enrobé, Fisher l'accueillit vêtu d'un survêtement portant le label du MIT, une casquette vissée sur son crâne presque chauve et des tennis fatigués aux pieds. Il l'introduisit dans une vaste pièce encombrée jusqu'au plafond de matériel informatique en tout genre. Des câbles couraient un peu partout sur le plancher et les prises multiples semblaient avoir atteint leur point de saturation. Stupéfaite, Sidney ouvrait de grands yeux. Elle avait l'impression de se trouver dans le centre stratégique du Pentagone et non dans une banlieue paisible.

Fisher se redressa avec fierté. « En fait, observa-t-il, je me suis débarrassé de certains équipements. Je crois que je commençais à me laisser déborder », ajouta-t-il avec un large sourire.

Sidney fouilla dans sa poche. « Jeff, pourriez-vous mettre cette disquette dans votre ordinateur et la lire ? »

Fisher prit la disquette, l'air affreusement déçu. « C'est tout ce dont vous avez besoin, Sidney ? Vous pouviez voir ce qu'il y a dessus chez vous, sans problème, sur votre ordinateur personnel.

— Je sais, mais j'ai eu peur de faire une fausse manœuvre. Elle est arrivée par la poste et elle est peut-être endommagée. En matière d'ordinateurs, Jeff, je ne joue pas dans votre catégorie. J'ai préféré m'adresser au plus compétent. »

Le compliment fit rayonner Fisher. « Entendu. Ça ne va pas prendre plus d'une minute. »

Il introduisit la disquette dans le lecteur, mais Sidney l'arrêta d'un geste. « Jeff, est-ce que votre ordinateur est connecté au Net ? »

Il la regarda. « Bien sûr. Outre l'accès que me permet le MIT, je passe par trois opérateurs différents. Pourquoi cette question ?

— Pouvez-vous vous servir d'un ordinateur qui ne soit pas en ligne ? Je veux dire, des gens peuvent avoir accès à votre base de données si vous êtes connecté, n'est-ce pas ?

— Oui, ça marche dans les deux sens. On envoie des informations et d'autres peuvent les pirater. C'est ça l'inconvénient. Un inconvénient de taille. Mais on peut se faire pirater même quand on n'est pas en ligne.

— Qu'est-ce que vous voulez dire ?

— Vous avez entendu parler de la radiation Van Eck ? » Sidney secoua la tête. « C'est en fait de l'écoute électromagnétique, poursuivit-il. Tout courant électrique produit un champ magnétique ; donc les ordinateurs émettent des champs magnétiques. Très puissants, soit dit en passant. On peut facilement capter et enregistrer ces transmissions. Par-dessus le marché, les ordinateurs émettent également des impulsions numériques. Cet écran à tube cathodique — il désigna le moniteur de l'ordinateur — projette des images vidéo pour peu que vous soyez correctement équipé pour les recevoir, ce qui ne présente aucune difficulté. Je pourrais me balader à Washington avec une antenne directionnelle, une télé en noir et blanc et, pour quelques dollars de pièces électroniques, piquer des infos sur les réseaux informatiques de tous les établissements publics, tous les cabinets d'avocats et cabinets d'experts-comptables de la ville. Facile. »

Sidney n'en croyait pas ses oreilles. « Vous voulez dire que vous pouvez lire sur l'écran de quelqu'un d'autre ? Comment est-ce possible ?

— C'est simple, je vais vous expliquer. Sur l'écran de l'ordinateur, les formes et les lignes sont composées de millions de petits points qu'on appelle des éléments d'image ou pixels. Quand vous tapez une commande, les électrons sont envoyés à l'endroit ad hoc de l'écran pour y éclairer les pixels appropriés, comme si l'on peignait un tableau. Pour que les pixels restent allumés, l'écran doit être approvisionné en permanence en électrons. C'est comme ça que vous pouvez voir des choses sur votre écran, que vous jouiez à des jeux électroniques, ou que vous fassiez du traitement de texte ou n'importe quoi d'autre. Vous me suivez ?

— Oui, dit Sidney.

— Bon, reprit Fisher, je continue. Chaque fois que des électrons sont envoyés à l'écran, il se crée une impulsion d'émission électromagnétique à haute tension. Un moniteur de télévision peut recevoir ces impulsions pixel par pixel. Toutefois, dans la mesure où un moniteur ordinaire est incapable d'organiser correctement ces pixels pour reconstituer ce qui est sur l'écran, c'est un signal de synchronisation artificielle qui est utilisé pour reproduire l'image avec exactitude. »

Fisher jeta un coup d'œil à son ordinateur avant de reprendre : « Idem pour les imprimantes, les fax. Les téléphones cellulaires ? Donnez-moi une minute et avec un scanner je peux avoir votre numéro d'appel, le numéro de série de l'appareil, les informations concernant l'opérateur et jusqu'au nom du fabricant. Il me suffit de programmer ces informations sur un autre téléphone cellulaire grâce à quelques puces reconfigurées et je peux commencer à vendre des services d'appel longue distance et vous les facturer. C'est un jeu d'enfant de capter les informations qui circulent par l'intermédiaire d'un ordinateur, via les lignes téléphoniques ou via l'air. Aujourd'hui, rien n'est sûr. »

Il soupira. « Vous voulez que je vous dise le fond de ma pensée ? Un jour prochain, nous cesserons de nous servir des ordinateurs pour des raisons de sécurité. Nous en reviendrons aux bonnes vieilles machines à écrire et à la poste. »

Une pensée traversa soudain l'esprit de Sidney. « Et le téléphone traditionnel, Jeff ? Comment se fait-il que je puisse composer un numéro, par exemple celui de mon bureau, et avoir au bout du fil quelqu'un dont je sais pertinemment qu'il ne peut s'y trouver ?

— Quelqu'un a piraté le commutateur.

— Le commutateur ? » Sidney ouvrait des yeux ronds.

« C'est le réseau électronique par lequel sont transmises toutes les communications téléphoniques aux États-Unis, quel que soit l'appareil utilisé, depuis la cabine publique jusqu'au téléphone cellulaire. Si vous le piratez, vous pouvez communiquer en toute impunité. » Fisher sourit et désigna son ordinateur du doigt. « Cela dit, mon ordinateur comporte un système de protection tout à fait performant, Sidney. Ne craignez rien.

— Il est sûr à 100% ? Personne ne pourrait le violer ? »

Fisher partit d'un grand éclat de rire. « Je ne vois pas qui aurait envie de s'y frotter ! s'exclama-t-il.

— Vous devez me trouver un peu parano.

— Ne le prenez pas mal, mais j'ai l'impression que c'est courant chez les avocats. Ils doivent suivre des cours de parano pendant leurs études de droit... Bon, ce qu'on peut faire au moins, c'est ça. » Il débrancha la ligne téléphonique reliée à son ordinateur. « Maintenant, officiellement, nous ne sommes plus en ligne. J'ai un antivirus top niveau et je l'ai lancé tout à l'heure. Donc tout va bien et nous pouvons agir en toute sécurité. »

Il fit signe à Sidney de s'asseoir. Elle approcha une chaise de l'ordinateur et tous deux observèrent l'écran. Fisher appuya sur certaines touches du clavier et la liste des fichiers enregistrés sur la disquette s'afficha. Il se tourna vers Sidney. « Il y a une douzaine de fichiers. D'après le nombre d'octets, je dirais que cela fait environ quatre cents pages au format standard. Mais s'il y a pas mal de graphiques, cela fausse tous les calculs. » Il appuya sur d'autres touches et ses yeux se mirent à briller en voyant les signes qui apparaissaient sur l'écran.

Sidney contemplait d'un air affligé les hiéroglyphes high-tech qu'elle avait sous les yeux.

« Il y a un problème avec votre ordinateur ? »

Fisher continua de taper sur le clavier sans répondre. Les images numériques incompréhensibles disparurent de l'écran, puis réapparurent, accompagnées d'un message requérant un mot de passe. « Non, dit alors Fisher, ni avec l'ordinateur ni avec la disquette. Où l'avez-vous eue ?

— On me l'a envoyée. Un client », ajouta-t-elle rapidement.

Par chance, Fisher était trop occupé pour lui poser d'autres questions sur l'origine de la disquette. Pendant plusieurs minutes, il pianota sur le clavier, essayant tous les autres fichiers. À chaque fois, les hiéroglyphes apparaissaient sur l'écran, ainsi que le message demandant le mot de passe. Finalement, il se tourna vers elle.

« C'est crypté, dit-il en souriant.

— Crypté ?

— On appelle cryptage le processus par lequel on rend illisible un texte avant de l'envoyer.

— À quoi cela sert-il si la personne qui le reçoit est incapable de le déchiffrer ?

— Mais elle peut le décrypter, Sidney. À condition bien sûr qu'elle ait déjà en sa possession la clef du code ou que l'émetteur du message la lui transmette. »

Les épaules de Sidney se voûtèrent. Jason devait avoir la clef du code quelque part. « Je ne l'ai pas, avoua-t-elle.

— Dans ce cas, pourquoi vous avoir adressé ce message ? C'est aberrant.

— Dites-moi, Jeff, est-il possible de s'envoyer un texte crypté à soi-même ?

— Je ne vois pas l'intérêt. Si on a déjà un message en main, pourquoi se l'adresser à soi-même via Internet, à un autre endroit, alors qu'il y a toujours le risque qu'il soit intercepté et décrypté ? D'ailleurs, ne m'avez-vous pas dit qu'il venait d'un client ? »

Sidney éluda sa question. Elle croisa frileusement les bras sur sa poitrine. « Jeff, dit-elle, il ne fait pas chaud ici, vous ne trouvez pas ?

— C'est exprès. Je chauffe peu la pièce parce que l'équipement informatique dégage pas mal de chaleur. Mais j'ai fait du café. Je vais le chercher. Cela vous réchauffera, Sidney. »

Quand il revint avec deux tasses fumantes, il s'installa de nouveau devant l'ordinateur et fixa l'écran, tandis que Sidney buvait à petites gorgées le liquide brûlant.

« Non, murmura-t-il en reprenant le cours de ses pensées, je ne vois pas l'intérêt de s'envoyer un message crypté à soi-même. » Il porta la tasse à ses lèvres et but lentement. « On ne crypte un message que pour l'adresser à une autre personne. »

Soudain, une image passa devant les yeux de Sidney. Le courrier électronique qui était brièvement apparu sur l'écran de l'ordinateur de Jason avant de disparaître. Était-ce la clef ? Jason la lui avait-il envoyée ? Elle prit le bras de Fisher.

« Jeff, est-il possible qu'un message électronique apparaisse sur l'écran, puis disparaisse aussitôt et reste introuvable, que ce soit dans la boîte aux lettres, ou n'importe où ailleurs dans le système ?

— Tout à fait. L'émetteur a toujours la possibilité d'annuler la transmission. Avant que le courrier ne soit ouvert et lu, bien sûr. Mais dans certains systèmes, on peut toujours rappeler un message tant que le destinataire ne l'a pas ouvert. Cela dépend de la configuration. Imaginez que vous adressiez un message incendiaire à quelqu'un et que vous le regrettiez. » Il sourit. « Par la poste, une fois que c'est dans la boîte, rien à faire. Avec le courrier électronique, vous pouvez le récupérer, jusqu'à un certain point.

— Et via Internet, c'est possible ? »

Fisher fit la moue. « C'est plus difficile, parce que le message ne suit pas un chemin direct. C'est comme ces jeux de plein air, où les gosses grimpent à un poteau, puis s'élancent comme un singe vers un autre, par lequel ils redescendent. Grosso modo, c'est ainsi que le courrier voyage sur Internet. Les trajectoires sont fluides en elles-mêmes, mais elles ne forment pas nécessairement une entité cohésive. Résultat, on a quelquefois du mal à récupérer l'information qu'on a envoyée.

— Mais néanmoins, on peut le faire ?

— Si l'on passe par un seul et même opérateur, comme America OnLine, pour la totalité du parcours suivi par le courrier électronique, on peut le récupérer. »

Sidney réfléchit rapidement. Jason les avait abonnés à America OnLine, à la maison. Mais pourquoi lui aurait-il envoyé la clef pour la reprendre aussitôt ? Elle frissonna. Peut-être n'avait-il pas interrompu la transmission lui-même.

« Jeff, quelqu'un peut-il intervenir et annuler la transmission, même si vous voulez qu'elle ait lieu ?

— Curieuse question, mais la réponse est oui. Il suffit d'avoir accès au clavier. Pourquoi me demandez-vous ça ?

— Oh, je réfléchissais simplement à voix haute, Jeff. »

Fisher lui jeta un regard intrigué. « Quelque chose ne va pas, Sidney ? »

Elle fit comme si elle n'avait pas entendu et

demanda : « Peut-on lire le message si l'on n'a pas la clef ? »

Fisher contempla l'écran quelques instants, puis se tourna de nouveau vers elle. « Il existe certaines méthodes... » Il hésita et se tut.

« Jeff, pourriez-vous essayer ? »

Il baissa les yeux. « Écoutez, hier, juste après votre appel, j'ai téléphoné au bureau pour suivre les affaires en cours et on m'a dit... Enfin, on m'a parlé de ce qui vous concerne... J'ai aussi lu le journal. Je ne voudrais pas avoir d'ennuis, vous comprenez ? Que se passe-t-il, Sidney ? »

Sidney posa sa main sur la sienne. Les mots se pressaient sur ses lèvres. « Jeff, j'ai reçu un courrier électronique sur mon ordinateur à la maison. Je crois qu'il venait de mon mari. Et puis, il s'est évanoui. Peut-être était-ce la clef du message, dans la mesure où Jason s'est adressé la disquette à lui-même. Il faut à tout prix que je puisse lire cette disquette. » Son ton se fit pressant. « Je vous en prie, croyez-moi, je n'ai rien fait de mal, malgré ce que dit l'article et ce qu'on raconte au bureau ou ailleurs. C'est vrai, je n'ai aucun moyen de le prouver, mais je vous donne ma parole. »

Fisher la dévisagea longuement, puis il hocha la tête. « Bien, Sidney, je vous crois. Parmi les avocats du cabinet, vous êtes une des seules personnes que j'apprécie. »

Il se tourna avec détermination vers l'écran de l'ordinateur. « On va y arriver, Sidney. Il reste du café et, si vous avez faim, il y a de quoi faire des sandwiches dans le frigo. Je risque d'en avoir pour un bout de temps. »

43

Le dîner avec Frank Hardy s'était terminé tôt et il n'était guère plus de vingt heures lorsque Lee Sawyer gara sa voiture en face de chez lui, l'estomac satisfait, mais l'esprit plus agité que jamais. L'affaire qui le préoccupait partait dans tous les sens et il ne savait trop par quel bout la prendre.

Au moment où il claquait sa portière, il aperçut la Rolls Silver Cloud qui venait dans sa direction. Ce genre de véhicule détonnait franchement dans son quartier. Elle avait le volant à droite et il distinguait nettement le chauffeur, coiffé d'une casquette noire. La Rolls ralentit et vint s'arrêter en silence à sa hauteur. Les vitres teintées dissimulaient les passagers. À l'arrière, l'une d'elles s'abaissa et Sawyer se retrouva face à Nathan Gamble.

« Bel engin, dit-il. Je suppose qu'il consomme pas mal.

— Moins que certaines personnes de ma connaissance. Le basket vous branche ?

— Pardon ? »

Gamble prit le temps de tirer une longue bouffée de son cigare avant de répondre.

« Le basket. Vous savez, ces grands Blacks en petit short qui gagnent des brouettes de dollars en faisant joujou avec un ballon.

— Ah ! Disons qu'à l'occasion, je regarde les matchs à la télé.

— Dans ce cas, montez. Vous ne le regretterez pas.

— Pourquoi pas ? »

Le chauffeur était descendu et tenait la portière ouverte à Sawyer. Celui-ci lui jeta un clin d'œil. « Pas la peine, lança-t-il en attrapant la poignée. Je suis assez grand pour monter tout seul. »

Une fois à l'intérieur, il s'adossa confortablement à la banquette de cuir. Richard Lucas était assis sur le siège qui leur faisait face. Sawyer lui adressa un petit signe de tête que le chef de la sécurité de Triton lui retourna. La Rolls démarra.

Gamble lui tendit une boîte de cigares. « Servez-vous. Ce sont des havanes. En direct de Cuba. On n'a pas le droit de les importer et c'est sans doute pour cette raison que je les adore. »

Lee Sawyer accepta. Il utilisa le coupe-cigare que lui tendait Gamble, puis, un peu surpris, alluma le havane à la flamme du briquet que Lucas approchait de lui. Après avoir tiré quelques bouffées, il poussa un soupir de satisfaction.

« Excellent. Dans le cas présent, je dois avouer que l'illégalité a du bon. À mon corps défendant. À propos, comment avez-vous su où j'habitais ? J'espère que vous ne m'avez pas suivi. Cela me donnerait des boutons, voyez-vous.

— Entre nous, j'ai autre chose à faire.

— Comment, alors ? Dans ma partie, on n'a pas l'habitude de clamer à tous vents à quel endroit on crèche. Et je suis bien entendu sur liste rouge. »

Gamble produisit une série de ronds de fumée. « Rien ne résiste à l'informatique. Nous sommes Big Brother, rien ne nous échappe. »

Sawyer lança un coup d'œil interrogateur à Lucas. Le chef de la sécurité de Triton esquissa un sourire. « En fait, dit-il, c'est Frank Hardy qui nous a renseignés. En toute confidentialité, bien sûr. Rassurez-vous, nous n'avons pas l'intention de divulguer cette information. Je comprends votre préoccupation. » Il fit une pause. « J'ai passé dix ans à la CIA », ajouta-t-il.

Gamble se pencha et ouvrit une petite porte dissimulée dans le placage de bois de la Rolls, révélant un bar bien garni. « Vous me semblez du genre à apprécier un bon scotch », dit-il à l'adresse de Sawyer. Son haleine sentait fortement l'alcool.

« Merci, j'ai déjà eu ce qu'il me fallait au dîner. »

Gamble se versa une généreuse rasade de Johnnie Walker. Sawyer croisa le regard de Lucas, qui garda un air impassible. Visiblement, c'était de la routine.

« À vrai dire, reprit Sawyer, je ne m'attendais pas à avoir de vos nouvelles, après notre petite conversation de l'autre jour.

— Pour ne rien vous cacher, je vous ai mis à l'épreuve et vous êtes passé haut la main. Vous m'avez remis à ma place avec un brio que je rencontre rarement. Bien peu de gens ont le cran de réagir ainsi et, quand tel est le cas, j'ai envie de faire plus ample connaissance. Sans compter qu'à la lumière des faits nouveaux concernant l'affaire qui nous intéresse, j'avais besoin de vous parler.

— Des faits nouveaux ? »

Gamble porta son verre à ses lèvres et but une gorgée de scotch avant de répondre. « Vous savez parfaitement de quoi il s'agit. Sidney Archer, La Nouvelle-Orléans, RTG. Hardy m'a briefé.

— Vous êtes un rapide, Gamble. Il y a à peine vingt minutes que je l'ai quitté. »

Gamble ôta de son support un petit téléphone portable placé dans l'accoudoir. « Sawyer, n'oubliez pas que lorsqu'on fait des affaires, il faut aller très vite, sinon, on reste sur le carreau. Pigé ?

— Pigé. Je suppose qu'il faut aussi savoir où l'on va. Vous ne m'avez pas dit où vous m'emmeniez ?

— Je ne vous l'ai pas dit ? Quelque part où nous pourrons parler tranquillement. »

En attendant que le nouveau stade soit terminé dans le centre-ville, le stade de la US Air accueillait les Washington Bullets et les Washington Capitals. Il était bondé pour le match Bullets-Knicks. Gamble, Lucas et Sawyer montèrent par un ascenseur privé jusqu'à la loge de Triton Global, dans les tribunes du haut.

L'agent du FBI fut impressionné. La loge ressemblait à un appartement luxueux, avec salle de bains privée, fauteuils et canapés profonds. Il y avait également un écran de télévision géant sur lequel on pouvait suivre le match en direct. Sur une longue table, un buffet chaud et froid était dressé et une jeune femme s'occupait du bar. Un escalier donnait accès aux gradins, d'où montait une immense rumeur. Sawyer jeta un coup d'œil à l'écran. Les Bullets menaient. Ils avaient sept points d'avance sur l'équipe des Knicks, pourtant favoris.

« Maintenant, Sawyer, lui dit Gamble, vous ne pouvez pas vous abstenir de boire quelque chose. Un match se regarde toujours un verre à la main. »

Lee Sawyer ôta son manteau et son chapeau et suivit Gamble jusqu'au bar. Il commanda une bière à la barmaid. À part la jeune femme et Lucas, qui allait et venait le long du mur, les deux hommes étaient seuls.

« Vous avez toujours tout cet espace pour vous ? interrogea Sawyer en savourant une gorgée de bière.

— Absolument pas. D'habitude, c'est plein comme un œuf. Vous pensez bien que les employés de la boîte en profitent. Ça leur plaît et ils bossent mieux. Mais ce soir, j'ai donné des instructions pour que nous soyons seuls. J'avais besoin de vous parler en privé. » Il se tourna vers la barmaid : « Donnez-moi un whisky. » Elle s'empressa de le servir. Il sortit de sa poche une liasse de billets de cent dollars et les fourra dans un verre vide qu'il fit glisser vers elle sur le comptoir. « Tenez, mademoiselle, vous irez vous acheter quelques actions. »

Elle lui lança un regard incrédule, les joues roses d'émotion, tandis qu'il entraînait Sawyer en haut de l'escalier. De là, la vue sur le terrain était imprenable. Des parois de Plexiglas les séparaient des autres loges et permettaient de bavarder en toute intimité. Les deux hommes prirent place.

« Lucas n'aime pas le basket-ball ? interrogea Sawyer.

— Il est en service.

— Quand n'est-il pas en service ?

— Quand il dort. Je le lui permets de temps en temps. »

Sawyer promena autour de lui un regard curieux. Après le dîner dans le restaurant français, il se retrouvait à nouveau dans une atmosphère luxueuse tout à fait inhabituelle pour lui. Du moins aurait-il des choses à raconter à Ray. Il eut un bref sourire. Tout se payait. Il décida que le moment était venu de prendre connaissance de l'addition.

« Alors, de quoi voulez-vous parler ? »

Gamble regardait les joueurs sans les voir. « Il faut absolument que nous ayons CyberCom, Sawyer. Absolument.

— Écoutez, Gamble, je ne suis pas votre conseil en développement. Je suis un flic. Je me fiche complètement que vous ayez ou non CyberCom. »

Gamble fit comme s'il n'avait pas entendu. Il prit un glaçon et entreprit de le sucer. « On se tue à construire quelque chose, mais ça ne suffit pas. Il y a toujours quelqu'un pour essayer de vous le prendre, Sawyer, pour essayer de vous baiser.

— Si vous voulez que je m'apitoie sur votre sort, vous vous trompez d'adresse. Vous avez plus d'argent que vous ne pourrez jamais en dépenser, alors vous ne devriez pas vous en faire. »

Gamble explosa. « Eh bien si, Sawyer, voyez-vous ! On s'habitue à être au sommet, à être celui à qui les autres se mesurent. » Sa voix redevint plus calme. « Enfin, tout est une question d'argent. Vous voulez savoir quels sont mes revenus annuels ? »

Sawyer ne put s'empêcher de ressentir une certaine

curiosité. « Si je réponds non, vous allez me le dire quand même. »

Gamble laissa peu élégamment tomber le glaçon qu'il suçait dans son verre. « Un milliard de dollars. »

Sawyer s'efforça de digérer l'information en absorbant une grande rasade de bière.

« Et cette année, reprit le patron de Triton, je vais payer quelque chose comme quatre cents millions d'impôts. Il me semble que cela devrait me valoir un peu de gentillesse de la part du FBI, non ?

— Si vous voulez qu'on soit gentil avec vous, allez voir les putes, cela vous coûtera moins cher. »

Gamble lui lança un regard noir. « Vous avez la comprenette un peu dure, au Bureau, hein ?

— Parce qu'il y a quelque chose à comprendre ?

— Je n'en reviens pas : vous traitez tout le monde de la même manière !

— Vous avez l'air de dire que nous avons tort.

— Non seulement vous avez tort, mais vous agissez comme des imbéciles. »

Sawyer contempla ses mains. « On ne vous a jamais dit que tous les hommes étaient égaux ?

— Je ne parle pas de la théorie, mais de la réalité, du business. Je ne traite pas mon banquier de la même manière que le portier. L'un me prête de l'argent, à l'autre je donne un pourboire.

— Moi, je ne fais pas de différence. Je suis payé pour courir après les criminels, qu'ils soient riches ou pauvres.

— Je ne suis pas un criminel. Je suis un gros contribuable, peut-être le plus gros de ce pays, et tout ce que je réclame, c'est un peu de la considération qui m'est accordée d'office dans le secteur privé.

— Bravo pour le secteur public.

— Ce n'est pas drôle, Sawyer.

— Mais je ne plaisante pas, Gamble. »

Sawyer soutint le regard de Gamble jusqu'à ce que celui-ci détourne les yeux. Décidément, à chaque fois qu'il rencontrait le président de Triton, son rythme cardiaque s'accélérait dangereusement.

Une rumeur monta des gradins et tous les spectateurs se levèrent comme un seul homme. L'équipe locale venait de marquer.

« Au fond, reprit Gamble, vous avez raison quand vous dites que j'ai plus d'argent qu'il ne m'en faudra jamais, mais j'aime le respect qu'apporte la fortune.

— Ne confondez pas crainte et respect.

— Pour moi, l'un ne va pas sans l'autre. Si je suis arrivé là où j'en suis, c'est parce que je n'ai fait de cadeau à personne. Je rends coup pour coup, plus les pourboires. J'ai grandi dans la plus grande pauvreté. À quinze ans, j'ai pris un bus pour New York. J'ai débuté à Wall Street comme coursier et j'ai fait mon chemin jusqu'au sommet, sans jamais regarder en arrière. J'ai gagné des fortunes, je les ai perdues, puis regagnées. Moi qui n'ai pas fait d'études, je me suis retrouvé couvert de diplômes honorifiques des universités les plus prestigieuses d'Amérique. Facile : il suffit de faire des donations. »

Sawyer fit mine de se lever. « Félicitations. Je crois que je vais y aller, maintenant. »

Gamble le retint par le bras, puis le lâcha aussitôt. « J'ai lu le journal, Sawyer. J'ai parlé à Hardy. Et je sens le souffle de RTG sur ma nuque.

— Je vous l'ai dit, ce n'est pas mon problème.

— Je veux bien me battre à armes égales, mais ça me ferait mal au ventre de perdre l'affaire parce qu'un de mes employés m'a fait un enfant dans le dos.

— Est *censé* vous avoir fait un enfant dans le dos. Nous n'avons aucune preuve à l'heure actuelle et c'est ce qui compte, devant un tribunal, que vous le vouliez ou non.

— Bon sang, vous avez vu la bande vidéo ! Qu'est-ce qu'il vous faut de plus ? Je vous demande simplement de faire votre boulot.

— J'ai vu Jason Archer en train de remettre des documents à des gens. J'ignore quels sont ces documents et qui sont ces gens. »

Gamble se leva. « J'entends bien, Sawyer, mais pour moi, le problème est celui-ci : si RTG connaît mon offre pour le rachat de CyberCom et surenchérit, je suis foutu. J'ai besoin de vous pour avoir la preuve des fuites. Une fois qu'ils auront CyberCom, ce sera trop tard. Quelle que soit la manière dont ils s'y seront pris. Voilà où j'en suis.

— Je fais ce que je peux, Gamble. Il n'est pas question que j'adapte mon enquête à vos problèmes de business. La mort de cent quatre-vingt-une personnes compte beaucoup plus pour moi que votre feuille d'impôts. Voilà où j'en suis, moi. »

Nathan Gamble haussa les épaules.

« S'il s'avère que RTG est derrière tout ça, poursuivit Lee Sawyer, comptez sur moi pour les coincer.

— Mais vous ne pouvez pas leur mettre la pression maintenant ? Si le FBI enquête sur eux, il y a de fortes chances pour qu'ils se retirent de la course dans l'affaire CyberCom.

— On s'en occupe, mais ces choses-là prennent du temps. Question de bureaucratie.

— Le temps est ce dont je manque le plus.

— Désolé, c'est ainsi. »

Gamble ne répliqua pas. Sawyer prit une paire de jumelles sur la table près de lui et reporta son attention sur le match. « Que se passe-t-il avec Tyler, Stone ? » interrogea-t-il après quelques minutes de silence.

Gamble fit la grimace. « S'ils n'étaient pas autant impliqués dans l'acquisition de CyberCom, je les aurais déjà virés. Mais j'ai besoin d'eux pour le montage juridique. Du moins pour l'instant.

— D'eux, oui, mais pas de Sidney Archer.

— Je n'aurais jamais pensé qu'elle puisse faire un

coup pareil. C'est une avocate de première et un vrai canon, par-dessus le marché. Quel gâchis !

— Qu'entendez-vous par là ? »

L'air stupéfait, Gamble se tourna vers Sawyer. « Nous avons pourtant lu le même journal, non ? Elle est dedans jusqu'au cou. Ce n'est pas votre avis ? »

Sawyer ne répondit pas et Gamble reprit : « Voilà une dame qui fiche le camp dès qu'on a dit l'office pour son défunt mari. Et qui essaie de vous semer, d'après ce que m'a raconté Hardy. Elle vous balade jusqu'à La Nouvelle-Orléans. Là, elle se comporte bizarrement, puis revient chez elle après un coup de téléphone. Toujours d'après Hardy, vous pensez que quelqu'un a profité de ce que vous couriez tous après elle pour s'introduire dans sa maison.

— Je vais devoir faire gaffe à ce que je raconte à Frank, désormais.

— Je le paie une fortune. Il a intérêt à me tenir informé. »

Sawyer jeta un regard oblique à Gamble. « Vous ne semblez pas l'avoir en haute estime, malgré les services qu'il vous rend. Je me trompe ?

— Je place la barre très haut, en matière d'estime.

— Frank Hardy a été l'un des meilleurs agents du FBI, Gamble.

— J'ai la mémoire courte, quand il s'agit de faire du bon travail pour mon compte. Je ne remonte pas jusqu'à la préhistoire. Avec moi, on doit faire ses preuves en permanence. » Gamble fit une pause. « D'un autre côté, ajouta-t-il avec un méchant sourire, je n'oublie jamais les coups fourrés. »

Sawyer changea de position. « Quentin Rowe vous en a fait ?

— Quoi, des coups fourrés ? » Nathan Gamble paraissait étonné de la question. « Pourquoi me demandez-vous ça ? »

— Parce que c'est votre poule aux œufs d'or, mais vous le traitez comme un chien.

— Vous pensez bien que des poules aux œufs d'or, j'en ai eu plus d'une dans ma carrière, sinon, je ne serais pas arrivé là où j'en suis.

— Mais Rowe compte, non ?

— Ce n'est pas pour le plaisir de sa compagnie que je le garde.

— Donc, vous le tolérez.

— Tant que les dollars tombent.

— Veinard que vous êtes. »

Le regard de Gamble se durcit. « J'ai pris un petit mec enfermé dans sa tour d'ivoire et incapable de gagner un rond tout seul et j'en ai fait l'une des plus grosses fortunes de ce pays. Alors, d'après vous, qui est le veinard ?

— On se calme, Gamble. Ne le prenez pas mal. Vous avez réussi à réaliser votre rêve. La société américaine s'est bâtie sur ce modèle.

— J'apprécie le compliment, surtout venant d'un agent fédéral. »

Sawyer se leva. Il prit sa canette de bière et la broya dans sa main.

« Vous partez ? demanda Gamble.

— Il est temps pour moi de rentrer. La journée a été longue. Merci pour la bière », ajouta-t-il en brandissant la canette.

— Mon chauffeur va vous raccompagner. »

Sawyer jeta un regard circulaire autour de lui. « C'est gentil, mais j'ai eu ma dose de luxe pour aujourd'hui. Je vais prendre le bus. Merci pour l'invitation.

— Tout le plaisir a été pour moi. » Gamble avait pris un ton sarcastique.

Sawyer commença à descendre les marches.

« Sawyer ? »

L'agent du FBI se retourna et rencontra le regard de Gamble. Celui-ci poussa un soupir : « Vous savez, Sawyer, je n'ai pas toujours été riche. Je n'ai pas oublié ce que c'est que d'être sans le sou, de n'avoir aucun poids. C'est sans doute pour ça que je suis si dur en affaires : je meurs de peur à l'idée de retourner d'où je viens. »

Il se tut et contempla le contenu de son verre.

En bas des escaliers, Sawyer tomba nez à nez avec Richard Lucas qui montait la garde et lui adressa un petit salut de la tête. Il se demanda si le responsable de la sécurité de Triton avait entendu une partie de sa conversation avec Gamble.

En arrivant dans la partie de la loge où se situait le bar, il lança en l'air la canette de bière, qui décrivit un arc de cercle avant d'atterrir droit dans une poubelle.

La barmaid lui lança un regard admiratif. « Super ! s'exclama-t-elle. Les Bullets devraient vous engager dans leur équipe.

— On ne sait jamais, dit-il en souriant. Peut-être que là au moins je marquerais des points ! »

En partant, il se retourna vers Richard Lucas. « Faites comme moi, lança-t-il, gardez le moral ! »

44

Jeff Fisher considérait l'écran de l'ordinateur d'un air dépité, tandis qu'à ses côtés Sidney Archer, fatiguée, baissait la tête. Elle lui avait donné toutes les indications susceptibles de permettre de découvrir le mot de passe utilisé par Jason. Sans résultat.

« Nous avons tout essayé, dit finalement l'informaticien en secouant la tête. J'ai même tenté quelques combinaisons de chiffres et de lettres au hasard, mais elles sont si nombreuses que notre vie entière n'y suffirait pas. » Il se tourna vers Sidney. « Votre mari savait ce qu'il faisait. Il a sans doute utilisé une combinaison d'une vingtaine ou d'une trentaine de lettres et de chiffres. On n'y arrivera pas. »

Sidney était affreusement déçue. Ça la rendait folle de posséder une disquette pleine d'informations — qui, sans aucun doute, lui en apprendrait beaucoup sur le sort de son mari — et de se trouver dans l'incapacité de la lire. Elle se leva et fit quelques pas dans la pièce pendant que Fisher continuait à s'acharner sur le clavier.

Sur une table, une pile de courrier était posée, avec, sur le dessus, un magazine. Distraitement, Sidney le regarda. C'était une revue de chasse et de pêche. Elle jeta un coup d'œil à Fisher. Elle l'imaginait mal en train de se livrer à ce genre d'activité. Ce n'était pas son style.

À ce moment, Fisher se retourna pour prendre son verre de Coca-Cola et il surprit son regard. « Ah ! s'exclama-t-il, vous avez en face de vous la victime d'une erreur postale. Figurez-vous que ce courrier est celui d'un certain Fred Smithers. Rien à voir avec moi, mais l'adresse est bien la mienne. Elle a dû être entrée par erreur dans l'ordinateur d'une société de routage. Moi, j'habite 6215, Thorndike et lui 6251, Thorndrive. Ce n'est pas du tout la même chose. Je me suis plaint de tous les côtés. Rien à faire. »

Sidney le regarda d'un air songeur. Une idée venait de germer dans son esprit. « Jeff, je suppose qu'on peut se tromper de la même manière en tapant une adresse électronique. Il suffit d'une faute de frappe et le courrier est envoyé à quelqu'un d'autre, n'est-ce pas ? » Elle brandit la revue. « Comme ce magazine ?

— Bien sûr. J'en reçois tout le temps.

— Et qu'est-ce que vous faites quand cela se produit ?

— Généralement, c'est très simple. Il me suffit de cliquer sur le retour à l'envoyeur. Un message standard lui indique qu'il s'est trompé d'adresse. Je lui retourne le message, afin qu'il sache duquel il s'agit. Comme ça, je n'ai pas besoin d'avoir connaissance de l'adresse. C'est automatique.

— Jeff, vous voulez dire que si mon mari s'est trompé en envoyant le courrier électronique, la personne qui l'a reçu par erreur peut l'en avoir informé en retour à son adresse électronique ?

— Absolument. S'il passe par le même opérateur, par exemple America OnLine, il n'y a aucune difficulté. »

Sidney reposa brutalement le magazine. « Et dans ce cas, le courrier électronique se trouve actuellement dans la boîte aux lettres de Jason, sur son ordinateur, n'est-ce pas ? »

Fisher la dévisagea, désarçonné par son ton pressant. « Mais oui, Sidney. Vous partez ? demanda-t-il en la voyant prendre son sac.

— Je vais voir si je trouve ce courrier sur notre ordinateur, à la maison. S'il y est et s'il comporte bien le mot de passe, je pourrai lire cette disquette. »

Elle retira la disquette du lecteur et la plaça dans son sac.

« Sidney, dit Fisher, il n'est pas nécessaire de vous déplacer. Si vous me donnez le nom d'utilisateur et le mot de passe de votre mari, je peux avoir accès à sa messagerie à partir de mon ordinateur. Je passe par America OnLine. Peu importe l'ordinateur utilisé. Si la clef du cryptage est dans la boîte aux lettres, nous pourrons lire la disquette ici.

— Je sais, Jeff, mais je suppose qu'on pourra remonter à vous et savoir qu'on a lu le courrier à partir de votre ordinateur ?

— C'est possible, effectivement.

— Ces gens ne sont pas des amateurs, Jeff. Mieux vaut qu'ils ne puissent pas faire le lien avec vous. »

Jeff Fisher pâlit. « Mais dans quoi vous êtes-vous fourrée, Sidney ? » demanda-t-il avec nervosité.

Elle se dirigea vers la porte. « Je vous ferai signe, Jeff. Merci pour tout. »

Après son départ, Fisher passa encore quelques minutes devant son ordinateur, avant de le reconnecter à la ligne téléphonique.

Une fois chez lui, Sawyer s'installa confortablement et relut l'article du *Post* consacré à Jason Archer. Puis il parcourut du regard les autres titres. Il manqua s'étrangler en découvrant à la page suivante la manchette accompagnée d'une photo, comme l'avait fait Sidney. Deux minutes plus tard, il avait dévoré l'article. Il bondit de son fauteuil, sauta sur le téléphone et passa plusieurs coups de fil. Peu après, il s'installait au volant de sa voiture et démarrait en trombe.

Sidney gara la Ford dans l'allée et courut chez elle. Une fois devant l'ordinateur de Jason, elle réfléchit. Avec tout ce qui se passait, il était dangereux d'accéder de la maison à sa boîte aux lettres électronique. Tyler, Stone était abonné à America OnLine. Elle pourrait le faire de son bureau. Attrapant au vol son manteau, elle se rua vers la porte d'entrée et l'ouvrit à la volée.

Un cri lui échappa.

Lee Sawyer se tenait sur le seuil, l'air furieux. Elle porta les mains à sa gorge et s'efforça de reprendre son souffle. « Qu'est-ce que vous faites ici ? » demanda-t-elle.

Pour toute réponse, l'agent du FBI lui agita sous le nez le journal ouvert à la page où s'étalait la photo d'Ed Page. « Vous êtes au courant ? »

Dans son désarroi, elle se mit à bégayer. « Euh, non, je... je... »

Sawyer fit un pas en avant et referma la porte derrière lui. Sidney recula. « Je croyais que nous avions passé un accord, tonna-t-il. Vous avez oublié ? Un échange d'informations ! Eh bien, nous allons en échanger, des informations, et pas plus tard que maintenant ! »

Elle se précipita vers le living-room. Il la rattrapa et la poussa vers le canapé. Elle se releva d'un bond. « Sortez ! cria-t-elle.

— Vous tenez à rester seule ici ? lança-t-il en brandissant le journal. Dans ce cas, votre petite fille ne gardera pas longtemps sa maman. »

Elle se jeta sur lui et le gifla. Il lui saisit les poignets et les maintint derrière son dos. Elle se débattit, cherchant en vain à se libérer.

« Sidney, dit-il, je ne suis pas venu pour me battre avec vous. Je veux vous aider, même si votre mari a fait quelque chose de mal. Mais bon sang, il faut que vous jouiez franc-jeu avec moi ! »

Elle se débattit de plus belle et tous deux se retrouvèrent sur le canapé. Sawyer la plaqua sur les coussins, jusqu'à ce qu'elle lâche prise, consciente de leur position. Il la libéra et elle recula aussitôt à l'autre bout du canapé, où elle resta quelques instants, le visage dans les mains. Sawyer se redressa et attendit calmement, un peu à l'écart. Elle releva la tête.

« Vous lui avez parlé dans l'avion au retour de La Nouvelle-Orléans, n'est-ce pas ? » dit-il en désignant la photo d'Ed Page sur le journal, qui était tombé à terre. Il avait vu Page monter dans l'avion et la liste des passagers montrait qu'il occupait le siège à côté d'elle. C'était un fait anodin à ce moment-là, qui prenait maintenant toute son importance. « N'est-ce pas, Sidney ? » répéta-t-il. Elle hocha affirmativement la tête. « Racontez-moi tout. Je dis bien tout. »

Elle obéit. Elle lui dit tout, y compris ce que Page lui avait rapporté sur la substitution de personne qui avait eu lieu dans les toilettes de l'aéroport, à Washington. Elle ne lui cacha pas non plus que Page l'avait suivie et avait mis son téléphone sur écoute.

« J'ai eu le légiste, déclara Sawyer quand elle eut terminé. Celui qui a tué Page était un professionnel. Un coup de couteau dans chaque poumon. Un autre, précis, pour sectionner la carotide et la veine jugulaire. Page est mort en moins d'une minute. Son assassin n'avait rien à voir avec ces voyous qui se baladent avec un couteau de poche à la recherche d'un peu d'argent pour se payer leur dose de crack. »

Sidney prit une profonde inspiration. « C'est pour ça que j'ai failli vous tirer dessus dans mon garage. J'ai cru que c'était eux.

— Vous n'avez aucune idée de leur identité ? »

Elle fit signe que non et se rassit. « Tout ce que je sais, dit-elle en levant les yeux vers lui, c'est que ma vie est devenue un enfer.

— Bon. On va essayer d'arranger ça. » Il lui tendit la main et l'aida à se lever du canapé. « La boîte de Page, Private Solutions, est à Arlington. Je vais aller faire un petit tour là-bas. » Il ramassa le manteau de Sidney, qui était tombé par terre. « Et à l'heure qu'il est, je préfère vous garder sous la main. Vous êtes partante ? »

Il aida Sidney à enfiler son manteau. Elle mit les mains dans ses poches et ses doigts se refermèrent sur la disquette. Elle se sentit coupable, mais c'était un secret qu'elle ne pouvait absolument pas partager. Du moins pour l'instant.

« Je suis partante », dit-elle.

***

Le bureau de Page était situé dans un bâtiment bas, en face du tribunal d'Arlington. Le jeune vigile de service se montra des plus accommodants quand Lee Sawyer lui présenta sa carte. Il les conduisit aux ascenseurs et les accompagna au deuxième étage, dans un couloir faiblement éclairé. Il s'arrêta devant une porte de chêne massif, à côté de laquelle était apposée une plaque de métal portant la mention « Private Solutions », tira une clef de sa poche et la glissa dans la serrure.

« Zut, alors ! s'exclama-t-il, la clef ne marche pas.

— Vous avez pourtant un passe censé ouvrir toutes les portes ? interrogea Sawyer.

— Ben oui, mais on a déjà eu un problème avec ce mec. Il a changé la serrure. La direction lui est alors tombée dessus et il leur a donné une clef qui, d'après lui, ouvrait la nouvelle serrure. Je peux vous dire que ce n'est pas le cas. »

Sawyer promena son regard autour de lui. « Il y a une autre entrée ?

— Non, mais je peux appeler M. Page chez lui pour qu'il vienne nous ouvrir. Je vais lui botter les fesses, moi. Il s'est fichu de nous avec cette clef. Que se passerait-il s'il arrivait quelque chose de grave et que j'aie besoin de rentrer là-dedans à tout prix ? » Il tapota son holster d'un air important.

« Vous ne risquez pas de l'avoir au téléphone, dit Sawyer calmement. Il est mort. Assassiné. »

Le vigile devint blême. « Seigneur Jésus !

— La police n'est pas venue, si j'ai bien compris.

— Non. Comment va-t-on entrer ? » chuchota le jeune homme. Il regarda à gauche et à droite du couloir, comme s'il craignait que des tueurs ne soient tapis dans l'ombre.

Pour toute réponse, Sawyer se précipita contre la porte, une épaule en avant. Quelques instants plus tard, elle cédait. Il essuya son manteau d'un revers de main et se tourna vers le vigile qui le regardait, médusé. « On vous fera signe quand on en aura fini. Merci beaucoup. »

Bouche bée, le jeune homme fit demi-tour et se dirigea vers les ascenseurs en hochant la tête comme un vieillard.

Sidney contempla alternativement la porte enfoncée et l'agent du FBI. « C'est incroyable, il ne vous a même pas demandé votre mandat de perquisition ! À propos, vous en avez un ?

— De quoi je me mêle ?

— Je suis avocate. Le respect de la loi me concerne. »

Il haussa ses épaules massives. « Mon cher maître, je vous propose un marché : si nous trouvons quelque chose, vous le gardez sous séquestre pendant que je file chercher un mandat, d'accord ? »

Elle n'était pas d'humeur à rire, mais la réponse de Sawyer lui arracha quand même un faible sourire.

Tous deux passèrent la demi-heure suivante à fouiller le bureau sobrement meublé sans découvrir quoi que ce soit d'intéressant, si ce n'est du papier à lettres à en-tête qui leur fournit l'adresse personnelle d'Ed Page à Georgetown. Finalement, Sawyer s'assit sur un coin du bureau et contempla la pièce d'un air déçu. « Je ne vois rien qui puisse se révéler utile pour nous. Tout est parfaitement rangé. S'il y avait un grand désordre, on pourrait au moins se dire que quelqu'un est déjà passé par là. Ce serait toujours une information. »

Sidney faisait une fois encore le tour de la pièce. Elle tomba soudain en arrêt devant la rangée de classeurs métalliques qui se trouvait dans un angle. Elle se mit à genoux et examina la moquette d'un beige fade. « C'est bizarre », dit-elle. Alors que les autres classeurs étaient serrés les uns contre les autres, il y avait un petit espace entre les deux classeurs devant elle. Elle tenta d'en pousser un de l'épaule, mais il ne bougea pas. C'était trop lourd. « Je peux vous aider ? » interrogea Sawyer. Il s'avança, lui fit signe de reculer et repoussa le classeur.

« Allez allumer cette lampe », demanda Sidney. Il obéit et revint auprès d'elle. Elle se mit de côté. « Regardez. » À l'emplacement du classeur, une tache de rouille était nettement visible. Perplexe, Sawyer se tourna vers elle. « Qu'y a-t-il de particulier ? Des taches comme ça, j'en ai plein ma moquette. C'est le métal qui rouille.

— Vraiment ? » D'un air triomphant, elle montra de petites indentations sur la moquette, indiquant que le classeur était à l'origine collé contre l'autre. Il n'aurait pas dû y avoir d'espace entre eux.

Elle désigna du doigt le classeur que Sawyer avait déplacé. « Regardez en dessous. » Il vérifia. « Il n'y a pas de taches de rouille dessous, dit-il. Donc... donc quelqu'un l'a déplacé pour couvrir cette tache. Pourquoi ?

— Parce que cette tache de rouille provenait d'un autre classeur. Qui a disparu. Ceux qui l'ont emporté ont aplani comme ils le pouvaient les indentations faites sur la moquette par le classeur manquant, mais ils n'ont pu ôter la tache de rouille. Alors ils en ont mis un autre à la place en espérant que personne ne s'apercevrait qu'il restait un petit espace.

— Mais vous, vous vous en êtes aperçue. » Il y avait une nuance d'admiration dans la voix de Sawyer.

« Je n'arrivais pas à comprendre pourquoi un homme aussi ordonné qu'Ed Page aurait laissé un espace entre des classeurs. Donc, quelqu'un d'autre s'en était chargé.

— Ce qui signifie que quelqu'un s'intéressait à lui et à ce qu'il avait rangé dans ces classeurs. Conclusion : nous sommes sur la bonne voie. » Sawyer prit le téléphone sur le bureau de Page. Il eut Ray Jackson au bout du fil et lui demanda de faire des recherches sur Page. Quand il eut raccroché, il se tourna vers Sidney. « Dans la mesure où la visite de son bureau n'a pas donné grand-chose, que diriez-vous d'aller au domicile de Page ? »

45

L'appartement de Page se trouvait au rez-de-chaussée d'une grande maison ancienne de Georgetown qui avait été divisée en appartements. Tiré de son sommeil, le propriétaire ne s'étonna pas lorsque Sawyer demanda à visiter les lieux. Il était au courant de la mort de Page par le journal. Deux policiers s'étaient déjà rendus dans l'appartement et l'avaient interrogé, ainsi que plusieurs locataires. Par ailleurs, la fille de Page avait téléphoné de New York. Apparemment, le détective privé était un locataire modèle. Il avait des horaires assez irréguliers et il s'absentait parfois plusieurs jours, mais il était calme, ordonné, et payait son loyer le premier de chaque mois. On ne lui connaissait aucun ami proche.

Sawyer introduisit dans la serrure la clef fournie par le propriétaire et pénétra dans l'appartement de Page en compagnie de Sidney. Il alluma la lumière. Cette fois, il espérait bien ne pas repartir bredouille.

Avant de quitter le bureau du détective, ils avaient consulté le registre de la sécurité. Le classeur métallique avait été emporté par deux hommes vêtus comme des déménageurs, munis d'un document apparemment en bonne et due forme et des clefs du bureau. L'entreprise de déménagement n'avait bien entendu aucune existence officielle et le contenu du classeur, probablement riche en informations, devait n'être plus qu'un tas de cendres au fond d'un incinérateur.

L'intérieur de l'appartement où Page avait vécu était aussi simple et ordonné que son bureau. Dans le living-room, orné d'une belle cheminée de style victorien, des étagères remplies de livres couvraient un mur entier. Visiblement, Page aimait lire et il avait des goûts éclectiques. En revanche, Sidney et Sawyer ne trouvèrent aucun relevé, aucun reçu, aucune note écrite susceptible de leur fournir quelque renseignement sur ses activités récentes.

Ils ne découvrirent rien d'intéressant non plus dans la cuisine et la salle de bains. Sawyer vérifia en vain le réservoir de la chasse d'eau et fouilla l'intérieur du réfrigérateur pour s'assurer que les boîtes de Coca-Cola et les salades ne servaient pas à dissimuler quelque indice sur les motifs de son assassinat. Sidney passa la chambre au peigne fin. Les bagages qui se trouvaient dans le placard ne portaient aucune étiquette. La corbeille à papier était vide. Sur la table de chevet, des photos encadrées montraient Edward Page en famille. Des images souriantes, souvenir des jours heureux.

Sidney s'assit sur le lit et prit l'un des cadres. « Une famille charmante », commenta-t-elle avec une nuance de tristesse, en songeant soudain que, quelque temps auparavant, on disait la même chose de la sienne. Elle tendit la photo à Sawyer, qui s'installa à côté d'elle. L'épouse de Page était jolie et leur fils était le portrait craché du père. La fille était ravissante, rousse, avec des jambes longues et fines. À l'époque où le cliché avait été pris — cinq ans auparavant d'après la date marquée au dos — elle paraissait avoir environ quatorze ans. Elle devait être une vraie beauté aujourd'hui, songea Sawyer. Pour quelle raison l'épouse et les enfants de Page vivaient-ils à New York, séparés de lui ?

Sawyer entreprit de replacer la photo dans le cadre. Au passage, ses doigts rencontrèrent un léger renflement. Il ôta le dos du cadre et plusieurs clichés, plus petits, s'en échappèrent. Tous représentaient un jeune homme d'une vingtaine d'années. Un joli garçon. Trop joli, aux yeux de l'agent du FBI. Il ressemblait à une gravure de mode. Sawyer étudia son visage. Il lui semblait qu'il y avait une vague ressemblance avec Page, au niveau du regard brun profond, et de la ligne de la mâchoire. Une seule photo portait une mention au dos : « Stevie. » C'était peut-être le frère de Page, mais dans ce cas, pourquoi les clichés étaient-ils dissimulés ?

« Qu'en pensez-vous ? » interrogea Sidney.

Il eut un haussement d'épaules. « Je pense que cette affaire commence à me dépasser », murmura-t-il en glissant la photo dans sa poche. Il remit les autres clichés en place et, après avoir fait le tour de la pièce du regard une dernière fois, il se leva. Sidney l'imita et tous deux quittèrent l'appartement en fermant la porte à double tour derrière eux.

Sawyer raccompagna Sidney chez elle. Il tint à vérifier que la maison était vide et que portes et fenêtres fermaient bien. « Si vous entendez un bruit, si vous avez le moindre problème, vous m'appelez, à n'importe quelle heure, d'accord ? J'ai deux hommes à l'extérieur. Ils peuvent être là en quelques instants. » Son inspection terminée, il se dirigea vers la porte d'entrée et se tourna vers Sidney. « J'ai un certain nombre de choses à régler. Je reviens demain matin. Ça va aller ? »

Elle referma les bras autour d'elle. « Oui. »

Il soupira et s'adossa à la porte. « J'espère que je serai bientôt en mesure de vous apporter la solution de cette affaire sur un plateau, Sidney.

— Vous... vous croyez toujours Jason coupable, n'est-ce pas ? Je ne peux pas vous en vouloir, toutes les apparences sont contre lui. » Elle le regardait dans les yeux. Il se troubla.

« Disons que je commence à avoir des doutes, dit-il.

— Des doutes ? À propos de Jason ?

— Non, à propos de tout le reste. Je vous promets qu'avant tout, je vais tenter de retrouver votre mari sain et sauf. Ensuite, on essaiera d'y voir clair. D'accord ? »

Elle hocha affirmativement la tête. « D'accord »,

dit-elle d'une voix qui tremblait légèrement. Quand il ouvrit la porte, elle posa sa main sur son bras. « Merci, Lee. »

Elle le regarda s'éloigner derrière la fenêtre. Il se retourna et lui adressa un petit signe de la main avant de monter dans sa voiture. Un peu coupable à l'idée de ce qu'elle allait faire, elle éteignit les lumières, prit son sac et sa veste et fila par la porte de derrière, quelques instants avant que l'un des hommes de Sawyer ne vienne se poster de ce côté. Par le jardin, elle gagna les bois et se retrouva sur la route. Elle marcha cinq minutes d'un pas vif avant d'atteindre une cabine téléphonique. Un peu plus tard, un taxi venait la prendre.

Une demi-heure après, elle glissait sa clef dans la serrure de sécurité de l'immeuble abritant les bureaux de Tyler, Stone. Les lourdes portes vitrées s'ouvrirent et elle se précipita vers les ascenseurs. Elle descendit à son étage et se dirigea vers la bibliothèque du cabinet, dont la double porte en verre dépoli était ouverte, laissant voir les impressionnantes rangées d'étagères, couvertes d'ouvrages juridiques.

L'intérieur de la bibliothèque était plongé dans la pénombre. Sidney y jeta un regard circulaire avant de s'aventurer à l'intérieur. La pièce comportait un espace de travail séparé par des parois et une rangée de terminaux d'ordinateurs sur lesquels les juristes pouvaient effectuer des recherches. Les fenêtres donnaient sur la rue, mais les stores étaient tirés. Tout était calme. Visiblement, personne n'effectuait de recherches à cette heure tardive.

Sidney s'installa face à un écran. Elle prit le risque d'allumer une petite lampe située à côté du terminal, sortit la disquette de sa poche et la posa sur la table. Elle alluma l'ordinateur et se connecta à America OnLine. Le grincement du modem la fit sursauter. La connexion établie, elle tapa le nom d'utilisateur de son mari et son mot de passe. Elle lui était reconnaissante de l'avoir obligée à les retenir quand ils avaient pris leur abonnement deux ans auparavant. Elle garda le regard fixé sur l'écran, aussi tendue qu'un accusé attendant le verdict du jury. Son cœur battait follement lorsque la voix synthétique retentit enfin. « Vous avez du courrier », dit-elle.

Dans le couloir, deux silhouettes s'approchaient sans bruit de la bibliothèque.

Dans la salle de réunion du FBI, Sawyer leva les yeux vers Jackson. « Qu'as-tu découvert sur Page, Ray ? »

Jackson s'assit et ouvrit son calepin. « J'ai eu une petite conversation intéressante avec la police de New York. Il a été flic là-bas, tu sais. J'ai aussi parlé avec son ex-femme. Je l'ai sortie du lit, soit dit en passant, mais tu voulais que je fasse vite. Elle habite toujours New York. Depuis leur divorce, elle n'avait plus beaucoup de contacts avec lui, mais il était resté très proche de ses enfants. J'ai donc rencontré sa fille. Elle a dix-huit ans et est en première année de fac.

— Qu'a-t-elle raconté ?

— Pas mal de choses. Elle m'a dit que, depuis une quinzaine de jours, son père était assez nerveux. Il ne voulait pas que ses gosses lui rendent visite. Il s'était mis à porter une arme, alors qu'il avait arrêté de le faire depuis des années. En fait, il avait emporté un revolver avec lui à La Nouvelle-Orléans. On l'a trouvé dans un sac, près de son cadavre. Le malheureux n'a pas eu le temps de s'en servir.

— Pourquoi est-il venu s'installer ici, alors que sa famille était restée à New York ? »

Jackson hocha la tête. « C'est là que ça devient intéressant. Pour sa femme, c'était parce que leur mariage était en train de capoter, mais sa fille avance une autre explication.

— Laquelle ?

— Page avait un frère plus jeune, Steven, qui vivait aussi à New York. Il s'est suicidé il y a cinq ans en s'injectant une surdose d'insuline après une bonne cuite. Il était diabétique. D'après la fille de Page, son père ne s'en est jamais remis. Il était très lié à Steven.

— Et il aurait eu envie de fuir New York parce que son frère s'y était tué ? »

Jackson fit une moue. « À en croire sa fille, il aurait plutôt été persuadé que la mort de Steven n'était due ni à un suicide ni à un accident.

— Un meurtre, alors ?

— Oui.

— Pourquoi ?

— Je me suis procuré une copie du dossier par l'intermédiaire de la police new-yorkaise. On y trouvera peut-être des renseignements utiles. Mais, d'après le commissaire chargé de l'enquête, tout laisse à penser qu'il s'agit d'un suicide ou d'un accident. Steven Page était ivre.

— S'il s'est suicidé, a-t-on une idée des raisons qui l'y ont poussé ?

— D'abord, il avait une petite santé, puisqu'il était diabétique. Et, d'après sa nièce, il n'arrivait pas à stabiliser son taux d'insuline. Il n'avait que vingt-huit ans, mais son organisme était déjà usé. » Jackson farfouilla quelques instants dans ses notes avant de poursuivre : « Par-dessus le marché, il venait d'apprendre qu'il était séropositif. »

Sawyer émit un sifflement. « Voilà qui explique la cuite et peut-être le suicide.

— C'est ce que pense la police.

— Comment aurait-il été contaminé ?

— Officiellement, on l'ignore. Ce n'est pas le rapport du coroner qui peut nous renseigner. La fille de Page, elle, m'a dit que son oncle était homosexuel. Il ne le montrait pas, mais elle en est sûre. Pour elle, cela explique pourquoi il a été contaminé. »

Lee Sawyer se prit la tête dans les mains. « Voyons,

réfléchissons, dit-il. Y aurait-il un lien entre le meurtre éventuel d'un homosexuel à New York il y a cinq ans, le fait que Jason Archer ait arnaqué son employeur et le crash d'un avion en Virginie ?

— Peut-être Page savait-il qu'Archer ne se trouvait pas à bord de cet avion, pour une raison qui nous échappe. »

Une vague de culpabilité submergea Sawyer. Après sa conversation avec Sidney Archer — dont il n'avait pas fait part à son collègue —, il était parfaitement au courant que Page le savait. Il resta un moment silencieux. « Donc, Jason Archer disparaît, dit-il enfin, et Page cherche à suivre sa trace par le biais de sa femme.

— Ça se tient. On peut imaginer que Page ait été engagé par Triton pour trouver l'origine des fuites et se soit lancé sur la piste d'Archer. »

Sawyer fit un signe de tête négatif. « Non. Entre le personnel sur place et la boîte de Frank Hardy, ils avaient déjà assez de gens pour s'occuper de l'affaire. »

Une femme entra dans la pièce, avec une chemise qu'elle tendit à Jackson. « Ray, la police de New York vient d'envoyer ça par fax. »

Quand elle fut sortie, Jackson entreprit d'étudier les documents tandis que Sawyer passait des coups de fil.

« Alors ? demanda Sawyer quand il eut terminé. C'est sur Steven Page ?

— Oui. Très intéressant. »

Sawyer se versa une tasse de café et vint s'asseoir auprès de son collègue.

« Steven Page travaillait pour Fidelity Mutual, à Manhattan, dit Jackson, l'une des plus grosses sociétés d'investissement du pays. Il vivait dans un bel appartement rempli d'antiquités et de tableaux, s'habillait chez les meilleurs tailleurs et roulait en

Jaguar. Il avait un portefeuille de titres pour une valeur totale dépassant le million de dollars.

— Pas mal pour un jeune homme de vingt-huit ans. Mais enfin, dans la banque d'investissement, c'est courant. On entend tout le temps parler de ces types qui se font des tonnes de fric on ne sait comment, sans doute sur le dos des pauvres cloches comme toi et moi.

— À ceci près que Steven Page n'était pas un banquier, mais un analyste financier, un observateur du marché boursier. Il était simple salarié. Et, apparemment, il ne gagnait pas des mille et des cent. »

Sawyer fronça les sourcils. « Je vois. Mais alors, d'où vient son portefeuille de titres ? Il les aurait détournés de la Fidelity Mutual ?

— La police a vérifié. La société n'a rien signalé.

— Conclusion ?

— La police n'a conclu à rien, je le crains. On a retrouvé Steven Page seul dans son appartement. Les fenêtres et la porte étaient fermées de l'intérieur. Quand le médecin légiste a conclu à un possible suicide par overdose d'insuline, ils ont cessé de s'intéresser à l'affaire. Au cas où tu l'ignorerais, ce ne sont pas les homicides qui manquent à New York.

— Merci du tuyau. Qui a hérité ? »

Jackson feuilleta le rapport. « Steven Page est mort sans avoir fait de testament. Ses parents étaient décédés et il n'avait pas d'enfants. C'est donc son frère, Edward, qui a hérité de tout. Mais je ne crois pas qu'il l'ait trucidé. D'après ce que je sais, il a été le premier surpris de découvrir que son frère était millionnaire.

— Et dans le rapport d'autopsie, tu as repéré quelque chose ?

— Il s'est injecté lui-même une dose massive d'insuline dans la cuisse. C'est une zone couramment utilisée par les diabétiques. Il y avait des traces précédentes d'injection tout autour, montrant qu'il avait l'habitude de faire ses piqûres à cet endroit. On n'a retrouvé que ses propres empreintes sur la seringue, près du corps. Son taux d'alcoolémie était de 1,8 gramme, ce qui n'a pas arrangé les choses. Quand on l'a découvert, il était mort depuis une douzaine d'heures, à en juger par la rigidité cadavérique et la température du corps, qui était descendue à 26 degrés. On estime l'heure du décès aux alentours de trois ou quatre heures du matin. Il est mort à l'endroit où on l'a retrouvé.

— Qui l'a découvert ?

— La propriétaire.

— Il avait laissé un mot ?

— Non.

— Des coups de fil avant le grand départ ?

— Le dernier a eu lieu la veille au soir, à dix-neuf heures trente. Il a appelé son frère.

— Est-ce que la police a interrogé Ed Page ?

— Évidemment, surtout après avoir découvert le magot du jeune frère.

— Et il a un alibi ?

— En béton. Souviens-toi qu'à l'époque il était policier lui-même. Au moment du décès, il était en train de pister des dealers dans le Lower East Side avec une équipe de flics. »

Sawyer demeura un instant silencieux. « Ils l'ont interrogé à propos de leur conversation téléphonique ?

— Il a dit que son frère semblait perturbé. Il lui a parlé du test du sida. D'après Edward Page, Steve semblait déjà avoir bu.

— Et il n'a pas proposé d'aller le voir ?

— Son frère a refusé. Il a fini par lui raccrocher au nez. Page a rappelé, mais Steve n'a pas répondu. Edward prenait son service à neuf heures. Il s'est dit qu'il laisserait passer la nuit là-dessus et qu'il essaierait de lui parler le lendemain. À dix heures du matin, à la fin de son service, il a dormi quelques heures puis s'est rendu au bureau de Steven vers trois heures. Quand on lui a dit que celui-ci n'était pas venu travailler, il est allé droit à l'appartement de son frère et il est arrivé pratiquement en même temps que la police.

— Il a dû se sentir coupable.

— Si ça avait été mon petit frère... Quoi qu'il en soit, on a conclu à un suicide. Tous les éléments recueillis allaient dans ce sens. »

Sawyer se leva et se mit à faire les cent pas. « Et pourtant, Ed Page ne croyait pas au suicide. Je me demande pourquoi. »

Jackson haussa les épaules. « Peut-être était-ce une façon de se sentir moins coupable. Mais enfin, la police new-yorkaise n'a rien vu de suspect et, d'après ce rapport, je ne vois pas de raison de douter du suicide. » Il prit le rapport et le replaça dans le dossier, puis leva les yeux vers Lee Sawyer. « Tu as découvert quelque chose dans les bureaux de Page ? » interrogea-t-il.

Sawyer le regarda distraitement. « Non. En revanche, j'ai trouvé ça chez lui. » Il fouilla dans sa poche, en sortit la photo marquée « Stevie » et la tendit à son collègue. « Elle était dissimulée derrière d'autres photos. Je suis pratiquement sûr qu'il s'agit de Steven Page. »

Jackson prit le cliché et ses yeux s'arrondirent. « Seigneur, ce n'est pas possible ! s'exclama-t-il. Ce ne peut pas être... »

Il se précipita vers une autre table à l'autre bout de la pièce et fouilla frénétiquement dans une pile de dossiers. Finalement, il sortit une photo d'une chemise et la tint devant lui, bouche bée.

Sawyer se précipita vers lui. « Montre ! »

Jackson lui tendit le cliché. Incrédule, Sawyer contempla le visage du trop séduisant Steven Page. Il alla reprendre la photo que Jackson avait laissée sur la table de conférence et la compara à l'autre. C'était bien le même homme sur les deux clichés, même si la pose était différente.

« Où as-tu eu cette photo, Ray ? »

Jackson passa sa langue sur ses lèvres sèches.

« Je n'arrive pas à y croire, Lee !

— Où ?

— Dans l'appartement d'Arthur Lieberman. »

46

Concerne : Retransmission : Pas pour moi.
Date : 26-11-95 08 : 41 : 52 EST
De : Archie KW2
À : Archie JW2
Cher Archie (l'autre) : Attention aux fautes de frappe. À propos, vous adressez-vous toujours du courrier à vous-même ? Message un rien mélo, mais chouette mot de passe. On pourrait discuter encryptage. Il paraît que la meilleure technique est le racal-milgo des services secrets. À bientôt dans le cyberespace. Ciao.

....

Message retransmis :
Concerne : Pas pour moi
Date : 19-11-95 10 : 30 : 06 PST
De : Archie JW2
À : Archie KW2
sid tout de travers tout à l'envers/disquette dans courrier 092191.19282.29962.291151.39461 seattle-entrepôt-vavi-techercheraideje

Sidney considéra l'écran d'un air effaré. Elle ne s'était pas trompée. Jason avait fait une faute de frappe et tapé k au lieu de j. Merci, Archie KW2, qui que tu sois, pensa-t-elle. Et Fisher, lui aussi, avait eu raison à propos du mot de passe. Presque trente caractères. Du moins si c'était bien ce que signifiait la série de chiffres.

Elle eut le cœur serré en lisant la première date d'envoi du message de Jason. Il la suppliait de faire vite. Elle n'était en rien responsable, mais elle se sentait affreusement coupable, comme si elle l'avait laissé tomber. Elle imprima la page et la glissa dans sa poche. Maintenant, elle allait pouvoir prendre connaissance du contenu de la disquette.

Soudain, elle entendit un bruit. Quelqu'un pénétrait dans la bibliothèque. Le cœur battant la chamade, elle quitta le programme et éteignit l'ordinateur, puis elle sortit la disquette et la remit dans sa poche.

Le souffle court, elle écouta, une main sur le holster qu'elle portait à la ceinture. Le bruit se reproduisit à sa droite. Elle se baissa, se glissa à bas de sa chaise et entreprit de progresser vers la gauche. Elle s'immobilisa derrière une étagère remplie de gros manuels juridiques. Elle risqua un œil entre deux volumes. Elle apercevait un homme dans l'obscurité, mais sans pouvoir distinguer son visage. Soudain, il se dirigea droit sur elle. La main de Sidney se referma sur le Smith & Wesson. De l'index, elle ôta le cran de sûreté, puis, tout en reculant, retira l'arme du holster. Accroupie, elle progressa lentement vers une cloison et se dissimula derrière, aux aguets, cherchant désespérément un moyen de sortir de la pièce. Il n'y avait qu'une issue à la bibliothèque. Sa seule chance c'était d'entreprendre un mouvement circulaire, puis de filer par la porte comme si elle avait le diable à ses trousses. Les ascenseurs se trouvaient au bout du couloir. Si elle arrivait jusque-là.

Elle se releva et avança prudemment, par petites étapes, en s'arrêtant fréquemment. Les pas de l'intrus collaient parfaitement à ses déplacements. Il se guidait à l'oreille, sans aucun doute, mais elle espérait qu'il ne parviendrait pas à lui couper la route. Il lui restait encore quelques pas à faire pour atteindre la porte. Ensuite, elle n'aurait plus qu'à se précipiter à l'extérieur. Aplatie contre la cloison, elle s'apprêta à compter jusqu'à trois et à bondir.

Elle n'en eut pas le temps.

La lumière crue des plafonniers l'aveugla. Éblouie, elle ferma un instant les yeux. Quand elle les rouvrit, l'homme l'avait rejointe. Elle brandit son arme dans sa direction.

« Bon sang, vous avez perdu la tête ? » dit Philip Goldman.

Elle le dévisagea d'un air effaré.

« Qu'est-ce qui vous prend de vous introduire ici ? reprit-il. Et avec un pistolet, par-dessus le marché ! »

Elle reprit contenance. « Je suis avocate dans ce cabinet, Philip, dit-elle en s'efforçant de maîtriser le tremblement dans sa voix. J'ai le droit de venir ici quand je veux.

— Pas pour longtemps, je le crains », railla-t-il. Il sortit une enveloppe de sa poche. « Tenez. Cela permettra d'économiser le coût d'un coursier. Votre lettre de licenciement. Si vous voulez bien la signer, cela nous évitera bien des soucis à tous et libérera le cabinet d'un gros poids. »

Sidney ne prit pas l'enveloppe. Elle continua à braquer son pistolet sur lui.

« Vous feriez mieux de ranger cette arme avant d'allonger la liste de vos forfaits, dit Goldman.

— Je n'ai rien à me reprocher, vous le savez parfaitement, éructa-t-elle.

— Mais comment donc ! Vous êtes blanche comme neige, totalement ignorante des noirs desseins de votre époux !

— Jason n'a rien fait de mal non plus.

— Écoutez, je n'ai pas l'intention de discuter en

tête à tête avec un pistolet. Allez-vous *enfin* rengainer cette arme ? »

Sidney allait baiser le 9 mm lorsqu'une idée la frappa. Les interrupteurs se trouvaient loin d'eux et pourtant quelqu'un avait allumé la lumière. Qui ?

Avant qu'elle ait pu faire un geste, une main lui agrippa le poignet et le serra violemment jusqu'à ce que le pistolet lui échappe, puis elle fut projetée contre un mur. Sous le choc, elle crut que sa tête allait exploser. Elle s'effondra sur le sol. Luttant contre la douleur, elle leva les yeux. Un homme trapu, vêtu d'un costume sombre et d'une casquette de chauffeur, braquait sur sa tête l'arme qu'il venait de lui prendre.

Une autre silhouette apparut derrière lui. « Salut, Sidney. Alors, on a reçu d'autres coups de fil de son défunt mari, ces temps-ci ? » dit Paul Brophy en ricanant.

Sidney rassembla ses forces et parvint à se relever. Les jambes flageolantes, elle s'appuya contre le mur en s'efforçant de reprendre son souffle.

Goldman s'adressa à l'homme en tenue de chauffeur. « Bon travail, Parker. Allez chercher la voiture. Nous serons en bas dans quelques minutes. »

Parker empocha le Smith & Wesson de Sidney. Elle remarqua qu'il portait lui aussi une arme dans un holster. Atterrée, elle le vit ramasser son sac, tombé à terre pendant leur courte lutte, puis s'éloigner avec.

« Vous m'avez suivie !

— L'enregistreur électronique placé dans le système d'ouverture de l'immeuble permet de connaître les allées et venues en dehors des heures de bureau. J'ai vu avec plaisir votre nom répertorié à une heure trente du matin. » Il parcourut du regard les étagères couvertes d'épais volumes juridiques. « Vous faisiez des recherches sur des points de droit ?

À moins qu'à l'exemple de votre mari, vous n'essayiez de dérober des documents confidentiels ? »

Si Paul Brophy ne s'était pas interposé, Sidney aurait giflé Goldman. Celui-ci demeura impassible. « Passons maintenant aux choses sérieuses », dit-il.

Sidney s'élança vers la porte, dans une tentative désespérée pour échapper aux deux hommes, mais Brophy, un méchant sourire aux lèvres, la repoussa et se plaça de façon à lui bloquer toute issue.

« Je vous préviens que je vais me mettre à hurler.

— Allez-y, dit Goldman. À cette heure-ci, il n'y a pas foule dans les bureaux. De plus, en fin de journée, tout le monde est parti en Floride pour notre conférence annuelle. Personne ne sera de retour avant plusieurs jours. Vous l'avez peut-être oublié. Paul et moi avons eu un empêchement. Nous prenons l'avion de bonne heure ce matin. » Il jeta un coup d'œil à sa montre. « De toute façon, vous avez tout intérêt à collaborer, me semble-t-il.

— Je ne comprends pas », dit Sidney. Les yeux étrécis, elle regarda alternativement les deux avocats.

Goldman sortit un petit calibre de sa poche et l'agita en direction de la porte. « Allons dans mon bureau. Nous y serons plus à l'aise pour poursuivre cette conversation. »

Brophy referma sur eux la porte du bureau et la verrouilla. Goldman lui tendit son revolver. « Les dernières semaines ont été riches en émotions pour vous », dit-il en s'installant derrière son bureau et en faisant signe à Sidney de s'asseoir face à lui. Il brandit de nouveau sa lettre de licenciement. « Je crains néanmoins que vos excès récents n'aient mis un terme à votre collaboration avec notre cabinet. Je ne serais pas étonné que Tyler, Stone et Triton Globai intentent contre vous une action civile et peut-être même pénale.

— C'est vous qui parlez de me poursuivre au pénal

alors que vous braquez sur moi un revolver, Goldman ?

— Bien entendu ! Paul et moi, membres de ce cabinet, avons découvert un intrus en train de faire Dieu sait quoi dans la bibliothèque. Au moment où nous essayons d'appréhender cette personne, que se passe-t-il ? Elle braque sur nous un revolver. Nous arrivons par chance à la maîtriser et à éviter le pire. Et maintenant, nous la surveillons en attendant l'arrivée de la police.

— L'arrivée de la police ?

— Tiens, c'est vrai, je ne l'ai pas encore appelée. » Goldman tendit la main vers le téléphone, souleva le récepteur et le garda en main sans faire le numéro. « Quel étourdi je suis ! ajouta-t-il d'un ton railleur. À moins qu'il n'y ait une bonne raison à cela. Vous voulez la connaître ? » Devant le mutisme de Sidney, il poursuivit : « Vous êtes spécialiste des transactions. Alors je suggère que nous traitions ensemble. Une façon pour vous de rester en liberté tout en y gagnant sur le plan financier, ce qui n'est pas négligeable, puisque vous êtes maintenant au chômage.

— Il y a d'autres cabinets d'avocats dans cette ville.

— Sans doute, mais en ce qui vous concerne, c'est comme s'ils n'existaient pas. Ni dans cette ville, ni nulle part ailleurs. »

Désarçonnée, Sidney le regarda d'un air incrédule. Il poussa son avantage. « Voyons, réfléchissez. Votre époux est soupçonné d'avoir saboté un avion et d'être responsable de la mort de près de deux cents personnes. Par-dessus le marché, il ne fait aucun doute qu'il a dérobé des centaines de millions de dollars en argent et en documents confidentiels à un client de ce cabinet. Visiblement, ces crimes ont été préparés longtemps à l'avance.

— Je constate que mon nom ne figure pas dans ce ridicule scénario.

— Vous aviez accès aux dossiers les plus importants de Triton Global, ce qui n'était sans doute pas le cas de votre mari.

— Cela fait partie de mon travail. Je ne suis pas pour autant une criminelle.

— Comme on dit dans les milieux juridiques, vous devez éviter le moindre "semblant d'attitude impropre", ainsi que le précise d'ailleurs notre code de déontologie. Il me semble que vous avez allégrement franchi le pas, et depuis pas mal de temps.

— Ah oui, et comment ? En perdant mon mari ? En étant virée sans l'ombre d'une preuve ? On pourrait peut-être voir les choses autrement. Que diriez-vous d'un procès intenté par Sidney Archer contre Tyler, Stone pour licenciement abusif ? »

Goldman fit un petit signe de tête en direction de Brophy, qui sortit un minimagnétophone de sa poche.

« Ce truc-là est génial, Sidney, dit Brophy. Un objet minuscule, mais qui enregistre à la perfection. Vous allez voir, on se croirait dans la pièce. »

Il appuya sur un bouton. C'était l'enregistrement de sa conversation téléphonique avec Jason. Au bout d'une minute, elle se tourna vers Goldman. « Qu'est-ce que vous voulez ?

— Réfléchissons. D'abord, il faut établir un prix marchand. Combien vaut cette minicassette ? Elle montre que vous avez menti au FBI. C'est déjà un délit. En outre, vous êtes complice par assistance d'un criminel. Pas mal non plus. Et la liste est encore longue. Nous ne sommes ni l'un ni l'autre avocats pénalistes, mais enfin vous avez une petite idée de ce que cela signifie pour vous. » Goldman prit un air faussement compatissant. « Un père absent, une mère en prison : c'est bien triste pour une petite fille », dit-il en hochant la tête.

À ces mots, Sidney ne put se contenir plus longtemps. « Salaud ! » hurla-t-elle. Elle bondit de sa chaise, se pencha par-dessus le bureau et prit

Goldman à la gorge. Brophy se précipita, la repoussa violemment. Elle recula et fit face à Goldman, haletante, tandis que Brophy la gardait sous la menace de son arme.

Fou de rage, Goldman explosa : « Si vous portez encore les mains sur moi, je vous fais flanquer en prison ! » éructa-t-il. Il ajusta sa cravate, lissa le col de sa chemise, puis s'efforça de reprendre un ton uni. « Malgré votre inqualifiable réaction, je suis prêt à me montrer généreux avec vous. Prenez la peine de réfléchir posément. Vous verrez qu'accepter la proposition que je vais vous faire est la seule solution. »

D'un geste de la tête, il fit signe à Sidney de s'asseoir. Elle obéit, encore toute tremblante.

« Bien. Je vais vous exposer la situation aussi succinctement que possible. Je sais que vous avez parlé à Roger Egert, qui va prendre votre relais au cabinet et s'occuper du dossier CyberCom. Je sais également que vous êtes au courant de la dernière offre de Triton. Et je sais enfin que vous possédez encore le mot de passe pour accéder à ce dossier dans l'ordinateur. » Il se pencha vers Sidney : « Je veux connaître la dernière proposition de Triton et le mot de passe, au cas où des changements de dernière minute interviendraient dans la négociation. »

Sidney avait vu venir le coup. Elle s'efforça de ne pas montrer son désarroi. « Il faut vraiment que les gens de RTG aient envie d'avoir CyberCom, dit-elle froidement, pour qu'ils en viennent à vous payer, en plus de votre salaire, pour violer les règles déontologiques entre avocat et client et dévoiler l'offre d'un concurrent. »

Goldman ne se laissa pas démonter. « En échange, nous sommes prêts à vous verser dix millions de dollars, nets d'impôts, bien entendu.

— C'est une façon d'assurer mon avenir, maintenant que j'ai perdu mon emploi ? Le prix de mon silence ?

— Si vous voulez. Vous disparaissez. Vous emmenez votre petite fille à l'étranger et l'élevez dans le luxe. CyberCom est vendu, Triton Global continue son petit bonhomme de chemin et Tyler, Stone poursuit sa route. Tout le monde y gagne. L'alternative est beaucoup moins sympathique. Pour vous. » Il consulta sa montre. « Il y a des moments dans la vie où il faut se décider rapidement. Vous avez une minute. »

Sidney réfléchit en hâte. Si elle acceptait, elle était riche. Si elle refusait, elle risquait fort de se retrouver en prison. Et que deviendrait Amy ? Elle pensa à Jason, aux terribles événements des semaines passées. Consciente du regard narquois de Goldman fixé sur elle et de la présence menaçante de Brophy dans son dos, elle se raidit.

Elle savait comment procéder.

Elle allait accepter leurs conditions puis jouer ses propres cartes. Donner à Goldman les informations qu'il voulait, puis tout raconter sur-le-champ à Lee Sawyer, y compris l'histoire de la disquette. Elle essaierait de s'en tirer au mieux et de démasquer Goldman et son client. Elle ne serait jamais riche et peut-être même l'arracherait-on à Amy pour la mettre en prison, mais au moins elle n'élèverait pas sa fille avec l'argent pourri de Goldman. Et, plus important encore, elle pourrait se regarder en face dans la glace.

« La minute est écoulée », annonça Goldman.

Devant le silence de Sidney, il tendit de nouveau la main vers le téléphone. Cette fois, elle fit « oui » de la tête. C'était un geste presque imperceptible, mais il n'échappa pas à Goldman qui se leva, triomphant, un large sourire aux lèvres. « Parfait. Donnez-moi les conditions de Triton Global et le mot de passe, Sidney.

— Ma position est trop fragile à mon goût, Philip.

D'abord l'argent, ensuite les informations. Sinon, vous pouvez toujours appeler la police. »

Goldman hésita. « Entendu, dit-il enfin. Il est vrai que vous n'êtes pas en position de force. Nous pouvons donc nous montrer compréhensifs. » Il tendit le bras vers la porte. « Après vous. Maintenant que nous sommes parvenus à un accord, je tiens à le finaliser avant de vous laisser filer, sinon, je pourrais avoir du mal à vous retrouver. »

Au moment où Sidney se levait à son tour, Brophy remit le revolver à sa ceinture et vint l'effleurer. « Quand tu seras installée dans ta nouvelle existence, ma jolie, lui chuchota-t-il à l'oreille, tu auras peut-être besoin de compagnie. Pour ma part, je me vois bien avec du temps libre et de l'argent à gogo. Penses-y. »

Elle se retourna et le gifla de toutes ses forces. « C'est tout réfléchi, cracha-t-elle. Et ne vous approchez plus de moi, sinon ce n'est pas la joue qui prendra, mais un organe situé beaucoup plus bas. »

Elle gagna la porte d'un pas vif, Goldman sur ses talons. Brophy les suivit, le regard noir, en se tenant la joue.

La limousine les attendait, moteur en marche, dans le dernier sous-sol du parking. Goldman tint la portière ouverte pour Sidney, la fit monter et s'installa près d'elle. Paul Brophy, le visage fermé, vint s'asseoir face à eux. Derrière lui, la vitre de séparation en verre fumé était remontée, isolant les passagers du chauffeur.

« Il ne nous faudra pas longtemps pour nous organiser, déclara Goldman d'un ton jovial. Vous aurez intérêt à garder votre domicile actuel, le temps que les choses se tassent un peu. Ensuite, un avion vous emmènera vers une destination provisoire, où votre fille pourra vous rejoindre. Ensuite, vous coulerez ensemble des jours heureux. »

Sidney réagit en avocate.

« Et que feront Triton et Tyler, Stone ? Vous avez évoqué l'idée d'un procès, si je ne m'abuse ?

— À mon avis, cela peut s'arranger. Pourquoi le cabinet se lancerait-il dans des poursuites gênantes pour lui ? Quant à Triton, ils ne peuvent rien prouver, n'est-ce pas ?

— Dans ce cas, pourquoi accepterais-je votre marché ? »

La joue encore rouge, Brophy lui agita sous le nez le minimagnétophone. « À cause de ça, salope. À moins que tu ne préfères passer le reste de ta vie en prison. »

Sidney s'efforça de garder son calme. « Je veux cette cassette. »

Goldman haussa les épaules. « Pas tout de suite. Plus tard, peut-être, quand les choses se seront tassées. » Il jeta un coup d'œil vers la vitre de séparation. « Parker ? »

La vitre de séparation s'abaissa.

« Parker, allons-y, maintenant. »

Soudain, un bras armé d'un revolver apparut entre le siège du chauffeur et l'arrière de la limousine. Un instant plus tard, la tête de Paul Brophy explosait. Il tomba en avant, le visage sur le plancher de la voiture. Sidney et Goldman reçurent de plein fouet toutes les éclaboussures. Les yeux écarquillés, Goldman regarda avec horreur l'arme, maintenant pointée dans sa direction. « Non ! Non ! cria-t-il. Parker ! »

La balle le toucha en plein front, mettant un terme définitif à sa carrière d'avocat. Sous l'impact, il fut projeté contre le dossier de la banquette, tandis que le sang ruisselait sur son visage et tachait la vitre arrière de la limousine. Il s'effondra lentement contre Sidney, qui se mit à hurler. Derrière la vitre de séparation, un visage dissimulé sous un passe-montagne noir apparut. Le pistolet était maintenant braqué sur elle. Son esprit enregistrait tous les détails de l'arme tandis que, terrifiée, elle enfonçait ses ongles dans le cuir souple du siège.

À l'instant où elle croyait sa dernière heure arrivée, l'homme détourna légèrement le pistolet et l'agita en direction de la portière droite de la limousine. Comme elle restait figée, il répéta son geste, plus violemment cette fois. Sans chercher à comprendre, elle repoussa le corps inerte de Goldman et entreprit d'enjamber Brophy. Dans sa hâte, elle tomba à moitié sur le cadavre et posa la main sur quelque chose de gluant. Elle eut un mouvement de recul, faillit perdre l'équilibre et, en cherchant à se rattraper, elle sentit le contact métallique de l'arme de l'avocat.

Instinctivement, ses doigts se refermèrent autour du revolver. Elle parvint à le glisser dans sa poche sans être vue du tueur.

Au moment où elle ouvrait la portière, elle ressentit un choc dans le dos. Morte de peur, elle se retourna et vit son sac, qui était tombé sur le corps de Brophy après avoir rebondi sur elle. La main du tueur disparaissait par la vitre de séparation. Elle tenait la disquette que Jason lui avait envoyée. Elle prit le sac en tremblant, ouvrit la lourde portière et tomba à terre. Elle se releva, rassembla ses forces et s'enfuit à toutes jambes.

Dans la limousine, le tueur se pencha par la vitre de séparation. À ses côtés, à l'avant, le corps de Parker était affaissé, une balle dans la tempe droite. Il ramassa avec soin le minimagnétophone à l'endroit où il était tombé et le mit en marche. Il écouta quelques instants. Lorsqu'il entendit le début de la conversation, il hocha la tête, souleva légèrement le corps de Brophy et glissa le magnétophone dessous avant de remettre le cadavre dans sa position initiale. Il mit ensuite la disquette dans son sac banane, puis ramassa les douilles éjectées du revolver. Il ne devait pas rendre la tâche trop facile aux flics.

L'homme quitta la limousine, le pistolet dont il

s'était servi pour assassiner trois personnes dans un sac. Il s'en débarrasserait un peu plus loin, mais pas trop, afin que la police ne passe pas à côté.

Kenneth Scales ôta sa cagoule et quitta la limousine. Sous le violent éclairage du parking désert, ses yeux bleus au regard implacable brillaient de satisfaction. Il avait fait du bon travail, une fois de plus.

Sidney appuya comme une folle sur le bouton de l'ascenseur jusqu'à ce qu'il arrive. Lorsque les portes s'ouvrirent, elle s'appuya contre la paroi, haletante. Elle était couverte de sang. Elle le sentait sur son visage. Elle le voyait sur ses mains. Malgré toute sa volonté, elle avait du mal à se retenir de hurler. Il fallait qu'elle se nettoie au plus vite. D'une main tremblante, elle appuya sur le bouton du septième étage. Elle ignorait pourquoi le tueur l'avait épargnée, mais ce n'était pas le moment de se poser la question. Elle ne tenait pas à prendre le risque qu'il change d'avis.

Dès qu'elle fut arrivée à l'étage, elle se précipita dans les toilettes des femmes. Quand elle aperçut son image dans le miroir, elle vomit violemment dans le lavabo et s'effondra sur le sol. Secouée de spasmes, elle resta pliée en deux jusqu'à ce que la nausée disparaisse enfin. Elle parvint à se remettre sur ses pieds et entreprit de laver le sang et les débris humains de son mieux. L'eau chaude l'aida à apaiser ses tremblements.

À sa sortie, elle se précipita dans son bureau, où elle gardait toujours un trench-coat de rechange. Elle l'enfila. Il dissimulait ses vêtements et les traces de sang qu'elle n'était pas parvenue à enlever. Décrochant le téléphone, elle s'apprêta à appeler la police tandis que, de l'autre main, elle attrapait le petit calibre de Brophy. Elle frissonna. L'homme au passe-montagne noir ne lui laisserait pas la vie sauve une seconde fois. Elle commença à composer le numéro de la police et se figea. Une image venait de lui traverser l'esprit. Celle de l'arme que le tueur avait braquée sur elle, puis pointée en direction de la portière.

Une arme qu'elle avait pu observer dans ses moindres détails.

La crosse était écaillée. Comme celle du pistolet qu'elle avait laissé tomber en le sortant du placard, à la maison. Le tueur avait son 9 mm. Et il venait d'assassiner Goldman et Brophy avec.

Simultanément, elle repensa à l'enregistrement de sa conversation avec Jason. La bande était restée dans la limousine, près des deux cadavres. Elle comprenait parfaitement pourquoi on lui avait laissé la vie, maintenant. Elle serait accusée des meurtres et irait croupir en prison. Elle reposa le téléphone, puis se laissa glisser sur le sol, secouée de sanglots irrépressibles comme une enfant perdue.

47

Assis sur un coin de table, dans la salle de conférence, Sawyer gardait les yeux rivés sur la photo de Steven Page. Jackson prit un air penaud. « J'ai cru que c'était la photo de l'un des enfants de Lieberman, dit-il. Elles étaient ensemble sur son bureau. J'aurais dû vérifier qu'il avait *deux* enfants et pas trois. » Il se frappa le front. « Cela ne m'a pas paru d'une importance capitale. Et puis, quand l'enquête s'est déplacée de Lieberman vers Archer... »

Il hocha la tête, visiblement malheureux. Il connaissait suffisamment Lee Sawyer pour savoir qu'il avait reçu un véritable coup de massue. « Je suis navré, Lee », ajouta-t-il en jetant à nouveau un coup d'œil au visage sur la photo.

Sawyer lui tapota gentiment l'épaule. « Ce n'est pas ta faute, Ray. Compte tenu des circonstances, j'aurais réagi comme toi. » Il descendit de son perchoir et se mit à faire les cent pas. « Maintenant qu'on est au courant, ce n'est pas le moment de mollir. Commençons par vérifier qu'il s'agit bien de Steven Page, bien que je n'aie aucun doute sur la question. » Il s'immobilisa soudain. « Ray, la police de New York n'a jamais pu découvrir l'origine de l'argent de Steven Page, n'est-ce pas ? »

Jackson saisit la balle au bond. « Peut-être Page faisait-il chanter Lieberman. À propos de sa liaison, par exemple. Ils étaient tous les deux dans les milieux de la finance. Que penses-tu de cette explication ?

— Peu convaincante, Ray. De nombreuses personnes étaient au courant de l'existence de sa maîtresse. Je ne vois pas ce qui justifierait un chantage. Sans compter que rares sont les gens qui conservent la photo d'un maître chanteur sur leur bureau. »

Sawyer s'appuya au mur, les bras croisés. « À propos, reprit-il après un silence, as-tu quelque chose sur la maîtresse en question ?

— Des broutilles. » Jackson ouvrit un dossier et le feuilleta. « J'ai rencontré un certain nombre de gens qui auraient entendu des rumeurs. Des rumeurs d'ailleurs sans fondement, comme ils se hâtaient de le préciser. Ils tenaient surtout à demeurer anonymes et à ne pas être mêlés à tout ça. J'ai dû mettre la pédale douce pour les calmer. Au fond, c'est dingue : ils ont tous entendu parler d'elle, ils sont tous capables de la décrire, sauf qu'aucun ne m'a fait exactement la même description de cette femme. Et...

— Et nul n'a vraiment rencontré cette mystérieuse créature. »

Jackson ouvrit des yeux ronds. « Exact. Comment as-tu deviné ?

— Tu te souviens de ce jeu, quand on était petit, qui consiste à dire quelque chose à quelqu'un, qui le répète à un autre et ainsi de suite ? Au bout du compte, quand on arrive au dernier joueur, la phrase est complètement déformée. Eh bien, c'est pareil. Une rumeur naît, se répand et tous la tiennent pour parole d'évangile, au point qu'ils jureraient presque avoir été en personne témoins des faits, alors que rien n'est vrai.

— Tu veux dire que...

— D'après moi, Lieberman n'a jamais eu de maîtresse blonde. Le personnage a été créé de toutes pièces, dans un but précis.

— Lequel ? »

Sawyer prit une profonde inspiration avant de répondre. « Dans le but de dissimuler la liaison entre Lieberman et Steven Page. »

Jackson s'effondra sur une chaise. « Tu plaisantes !

— Voyons, Ray, un peu d'imagination ! La photo de Steven Page auprès de celle des enfants de Lieberman... Les lettres d'amour que tu as trouvées dans l'appartement, dépourvues de toute signature. Je te parie que l'écriture est celle de Page. Et surtout, la fortune de ce garçon ! Ce n'est pas avec son salaire qu'il a pu mettre de côté des millions de dollars. En revanche, s'il *couchait* avec un type qui a fait gagner des millions de dollars à des tas de gens, c'est une autre affaire.

— D'accord, mais dans ce cas, pourquoi avoir inventé l'existence d'une maîtresse ? C'était un coup à briser la carrière de Lieberman.

— De nos jours, Ray, ce n'est pas si sûr. Si tel était le cas, la plupart de nos politiciens pointeraient au chômage. Le fait est que cela n'a pas empêché Lieberman de se retrouver à la tête de la Réserve fédérale. En revanche, si l'on avait découvert qu'il était homosexuel et avait un petit ami deux fois plus jeune que lui, il en serait allé tout autrement.

N'oublie pas que les milieux financiers sont parmi les plus conservateurs, dans ce pays.

— Il aurait été débarqué, c'est certain. Tout de même, quelle hypocrisie ! On peut commettre l'adultère, à condition que ce soit avec une personne du sexe opposé.

— Exact. On invente une liaison hétérosexuelle pour couvrir une liaison homosexuelle. Ce n'est pas nouveau. On l'a vu à Hollywood, quand les studios ont inventé des histoires d'amour et orchestré des mariages blancs pour dissimuler l'homosexualité de certains acteurs. Tout ça pour l'argent, bien sûr. J'ignore si la femme de Lieberman était au courant, mais elle a touché le pactole pour la boucler et de toute façon, maintenant qu'elle est à six pieds sous terre, elle ne risque plus de parler.

— Seigneur ! » Jackson ouvrit des yeux comme des soucoupes. « Dans ce cas, Steven Page s'est vraiment suicidé. On n'avait aucune raison de le tuer.

— On avait toutes les raisons de le tuer, Ray. Tu veux savoir comment il a été contaminé par le virus du sida ?

— Lieberman ?

— Je serais curieux de savoir si Lieberman était séropositif. »

Jackson se frappa le front. « Si Page a appris qu'il était contaminé, il n'avait aucune raison de se tenir tranquille.

— Quelqu'un qui apprend que son amant lui a transmis une maladie mortelle n'éprouve pas un profond sentiment de loyauté à son égard. Page tenait l'avenir professionnel de Lieberman entre ses mains. Ce qui, pour moi, représente un motif suffisant pour l'assassiner.

— On dirait que nous allons devoir approcher cette affaire sous un angle totalement différent.

— Très juste, mais à l'heure actuelle, nous n'avons

que des présomptions. Rien qui soit recevable devant un tribunal. »

Jackson se leva de sa chaise et alla mettre un peu d'ordre dans les dossiers. « Alors, pour toi, Lieberman a fait assassiner Page ? »

Sawyer ne répondit pas tout de suite. Il regardait dans le vague.

« Lee ?

— Je n'ai jamais dit ça, répondit enfin Sawyer.

— Mais...

— Va dormir un peu, Ray, tu as besoin de te reposer. On se retrouve demain matin. » Sawyer se dirigea vers la porte de la salle de conférence. « Quant à moi, je vais avoir une petite conversation avec quelqu'un.

— Qui ça ?

— Charles Tiedman, président de la Federal Reserve Bank de San Francisco. Lieberman n'a pu lui parler. Il est temps que je le fasse. »

48

Sidney Archer finit par se calmer. Petit à petit, le désespoir et la peur laissèrent la place à quelque chose de beaucoup plus fort encore : l'instinct de survie. Elle ouvrit l'un des tiroirs de son bureau fermé à clef et y prit son passeport. Son métier l'avait fait voyager à l'étranger à de nombreuses reprises. Maintenant, elle allait partir pour sauver sa vie. Elle se rendit dans le bureau voisin du sien, occupé habituellement par un jeune avocat, fan de l'équipe de base-ball des Atlanta Braves, dont il gardait un certain nombre de fétiches sur ses étagères. Elle s'empara d'une casquette, enroula ses cheveux en chignon et la plaça sur sa tête.

En sortant, elle vérifia le contenu de son sac. Le tueur n'avait pas touché à son portefeuille, qui contenait les billets de cent dollars qu'elle avait retirés en prévision de son voyage à La Nouvelle-Orléans. Une fois dehors, elle héla un taxi. Après avoir indiqué sa destination au chauffeur, elle sortit avec précaution de sa poche le 32 de Goldman, le glissa à sa ceinture dans le holster que Sawyer lui avait donné, puis boutonna son trench-coat.

Lorsque le taxi s'arrêta devant Union Station, Sidney se dirigea vers la gare. Son arme aurait été un handicap si elle avait pris l'avion à cause des mesures de sécurité, mais elle ne poserait pas de problème dans le train. Son plan était des plus simples : elle allait se mettre à l'abri dans un endroit sûr et essayer de réfléchir calmement à la situation. Une fois qu'elle aurait quitté le pays, elle entrerait en contact avec Lee Sawyer — pas avant. Parce qu'elle avait vraiment essayé d'aider son mari. Et menti au FBI. Rétrospectivement cela semblait stupide, mais sur le coup elle n'avait pu faire autrement. Il fallait qu'elle vienne en aide à Jason, qu'il puisse compter sur elle. Et maintenant, on allait retrouver sur les lieux d'un crime son Smith & Wesson et l'enregistrement de sa conversation avec son mari. Qu'allait en penser Sawyer ? Elle avait beau avoir mis cartes sur table avec lui, du moins en partie, elle n'échapperait pas aux menottes.

Elle ne devait pas céder au désespoir. S'efforçant de rassembler ses forces, elle releva son col et pénétra dans la gare.

Elle acheta un billet pour New York. Le prochain Metroliner partait dans vingt minutes. Elle serait à Penn Station vers cinq heures trente du matin et, de là, se rendrait en taxi à Kennedy Airport, où elle prendrait un avion pour une destination à déterminer. Elle alla retirer un supplément d'argent liquide à un distributeur. Dès qu'elle serait recherchée, elle ne pourrait plus se servir de sa carte de crédit. Brusquement, elle se rendit compte qu'elle n'avait pas de vêtements de rechange, alors qu'elle allait être obligée de voyager incognito. Il lui faudrait toutefois attendre d'arriver à New York avant de faire des achats, car à cette heure tardive, aucune des innombrables boutiques de prêt-à-porter de la gare n'était ouverte.

Elle pénétra dans une cabine téléphonique. Alors qu'elle ouvrait son petit carnet d'adresses, la carte de Lee Sawyer en tomba. Il fallait qu'elle l'appelle, elle lui devait bien ça. Elle composa le numéro. Au bout de quatre sonneries, le répondeur se mit en marche. Après quelques instants d'hésitation, elle raccrocha, puis fit un autre numéro. Un moment qui lui sembla une éternité s'écoula avant qu'une voix ensommeillée ne réponde.

« Allô ?

— Jeff, c'est Sidney Archer. »

Elle entendit une sorte de froissement à l'autre bout du fil. Jeff Fisher devait repousser les couvertures et consulter son réveil. « J'attendais votre appel, Sidney, murmura-t-il. J'ai dû m'endormir.

— Jeff, j'ai peu de temps. Il est arrivé quelque chose d'épouvantable.

— Quoi donc ?

— Moins vous en saurez, mieux ce sera. Écoutez... Je vais vous donner le numéro auquel vous pouvez me joindre. Allez à une cabine téléphonique et rappelez-moi.

— Sidney, bon sang, il est plus de deux heures du matin ! » Jeff Fisher émit quelques grognements indistincts, puis reprit : « Bon, donnez-moi cinq minutes. Quel est le numéro ? »

Moins de six minutes plus tard, le téléphone sonna dans la cabine. Sidney décrocha. « Vous me jurez que vous êtes bien dans une cabine, Jeff ?

— Évidemment, Sidney, et je me les gèle, pour être franc.

— Jeff, j'ai le mot de passe. Je l'ai trouvé dans le courrier électronique de Jason. Vous aviez raison, il a été envoyé à une mauvaise adresse.

— Formidable, on va pouvoir lire la disquette.

— Impossible, je l'ai perdue.

— Comment avez-vous fait votre compte ?

— Qu'importe. C'est un fait et je ne peux pas la récupérer. » Sidney réfléchit. Elle allait demander à Jeff Fisher de quitter la ville quelque temps. Il était peut-être en danger, si elle se fiait à ce qui s'était passé dans le parking.

« Eh bien, on peut dire que vous avez de la chance, Sidney. » Les paroles de Fisher arrêtèrent le cours de ses pensées.

« Que voulez-vous dire ?

— Comme tout le monde, j'ai perdu des fichiers que je n'avais pas pris soin de sauvegarder. » Fisher fit une pause, ménageant ses effets. « Alors, pendant que vous étiez partie dans la cuisine, j'ai fait une copie du document sur mon disque dur et une autre sur une disquette. »

La joie rendit Sidney muette.

« Jeff, dit-elle enfin, je... vous êtes un amour !

— Venez vite voir ce qu'il y a sur ce fichu document, Sidney.

— Impossible. Je dois quitter la ville. Soyez gentil, envoyez-moi la disquette par Federal Express à l'adresse que je vais vous indiquer. Dès demain matin, à la première heure.

— Je ne comprends pas.

— Jeff, votre aide m'a été infiniment précieuse, mais surtout, ne cherchez pas à comprendre. Vous êtes déjà suffisamment impliqué. Je ne veux pas que cela aille au-delà. Rentrez chez vous, prenez la disquette et allez à l'hôtel, à l'Holiday Inn près de chez vous, par exemple. Vous m'enverrez la facture.

— Sidney...

— Portez le paquet aux bureaux de Federal Express d'Old Town dès l'ouverture. Ensuite, appelez chez Tyler, Stone et dites-leur que vous avez besoin de quelques jours de repos supplémentaires. Où votre famille habite-t-elle ?

— À Boston.

— Parfait. Allez passer quelques jours chez eux. Là aussi, je paierai la facture. Prenez l'avion en première classe si ça vous fait plaisir. Et ne discutez pas, je n'ai pas le temps. Faites exactement tout ce que je vous dis. Sinon, vous êtes en danger. Avez-vous de quoi écrire ?

— Oui. »

Elle feuilleta son carnet d'adresses et donna à Fisher l'adresse de ses parents à Bell Harbor, dans le Maine, ainsi que leur numéro de téléphone. « Envoyez le pli là-bas. Sincèrement, Jeff, je suis désolée de vous avoir entraîné dans cette aventure, mais personne ne pouvait m'être aussi utile. Merci mille fois. »

Après avoir raccroché, Fisher jeta un coup d'œil circulaire autour de lui. Dans l'obscurité, il ne remarqua rien de suspect. Il monta dans sa voiture et prit la direction de chez lui. Il était sur le point de se garer au bord du trottoir devant sa maison lorsqu'il remarqua une camionnette à une centaine de mètres derrière lui. Les yeux plissés, il parvint à distinguer deux silhouettes à l'avant. Sa respiration s'accéléra. Il fit lentement demi-tour au milieu de la rue et reprit la direction du centre d'Old Town. En croisant la camionnette, il regarda droit devant lui. Lorsqu'il vérifia de nouveau dans le rétroviseur, la camionnette le suivait.

Fisher s'arrêta devant un bâtiment bas à l'enseigne du *Cyber-café.* Il était très ami avec le propriétaire et l'avait aidé à installer les ordinateurs dans ce lieu ouvert toute la nuit aux amateurs de plaisirs informatiques. Malgré l'heure très avancée, il était aux trois quarts plein. La clientèle était plutôt jeune, mais aucune musique assourdissante ne faisait vibrer les murs. Au contraire, on n'entendait que le bruit des discussions autour des très nombreux ordinateurs et celui des jeux sur les écrans. Ce qui n'empêchait pas quelques flirts de se nouer ici ou là.

Le propriétaire, un homme jeune, se tenait derrière le bar. Fisher lui donna quelques explications sur ce qu'il attendait de lui et lui glissa discrètement le morceau de papier sur lequel était inscrite l'adresse des parents de Sidney dans le Maine. Son ami disparut au fond du bar. Quelques minutes plus tard, Fisher était installé derrière un des ordinateurs. Il jeta un coup d'œil par la fenêtre. La camionnette venait de se garer dans une impasse, de l'autre côté de la rue.

Une serveuse lui apporta une bière et une assiette d'amuse-gueule, qu'elle posa près de l'ordinateur, ainsi qu'une serviette en tissu, soigneusement pliée. D'un geste nonchalant, Fisher déplia celle-ci. À l'intérieur se trouvait une disquette vierge de 3,5 pouces. Il l'inséra rapidement dans le lecteur, puis tapa sur quelques touches du clavier. Le petit bruit caractéristique d'un modem se fit entendre. Une minute plus tard, Fisher était connecté à son ordinateur personnel, à son domicile. Il ne lui fallut guère plus de trente secondes pour enregistrer sur la disquette vierge les fichiers qu'il avait copiés à partir de la disquette fournie par Sidney. Il regarda de nouveau par la fenêtre. La camionnette n'avait pas bougé.

La serveuse revint et lui demanda s'il avait besoin de quelque chose. Visiblement, elle était dans le secret. Sur son plateau se trouvait une enveloppe matelassée de Federal Express avec l'adresse de Bell Arbor tapée sur l'étiquette. Encore une fois, Fisher regarda au-dehors. Il aperçut alors deux policiers qui bavardaient près de leurs voitures de patrouille. Cela lui donna une idée. Quand la serveuse tendit la main vers la disquette, selon le plan que le jeune propriétaire du café avait élaboré, il fit un signe négatif de la tête. Sidney l'avait bien mis en garde. Il ne serait jamais assez prudent. Pourquoi ferait-il courir un risque à ses amis s'il pouvait l'éviter ? Il chuchota quelques mots à l'oreille de la serveuse, qui remporta l'enveloppe matelassée de Federal Express dans la pièce du fond. Quand elle revint, elle tendit une autre enveloppe à Fisher. Celui-ci sourit en voyant l'étiquette pré-affranchie que son ami avait collée dessus. Il avait largement surestimé le coût d'expédition, même en recommandé avec accusé de réception, et le paquet ne risquait pas d'être retourné à l'expéditeur pour cause d'affranchissement insuffisant. La poste ne serait pas aussi rapide que Federal Express, mais il faudrait faire avec. Fisher glissa la disquette dans l'enveloppe, la referma et la plaça dans la poche de son manteau. Enfin, il régla sa consommation, non sans avoir laissé un pourboire royal à la serveuse. Avant de sortir, il répandit un peu de bière sur son visage et ses vêtements et avala le restant d'un seul trait.

Lorsqu'il quitta le café et se dirigea vers sa voiture, les phares de la camionnette s'allumèrent et le véhicule avança dans sa direction. Fisher se mit alors à zigzaguer et à chanter à tue-tête. Aussitôt, les deux policiers tournèrent la tête vers lui comme un seul homme. Il leur adressa un salut appuyé, suivi d'une courbette, ouvrit la portière et s'installa lourdement au volant. Puis il démarra en trombe.

Il passa devant les policiers sur la gauche de la chaussée, en faisant crier les pneus. Son véhicule dépassait déjà d'une trentaine de kilomètres à l'heure la vitesse autorisée. Les deux hommes sautèrent dans leur voiture pie et se lancèrent à sa poursuite, tandis que la camionnette restait à distance respectueuse derrière eux. Au moment où Fisher était rattrapé, elle fit discrètement demi-tour.

L'haleine alcoolisée de Fisher et sa conduite hasardeuse lui valurent d'être menotté sur-le-champ.

« J'espère que tu as un bon avocat, mon bonhomme », aboya l'un des policiers en le poussant vigoureusement dans sa voiture de patrouille.

La réponse de Jeff Fisher ne manquait pas de sel, mais il était le seul à le savoir. « Il se trouve que j'en connais un paquet, monsieur l'agent », dit-il.

Au commissariat, on prit ses empreintes et on fit l'inventaire de ce qu'il avait sur lui. Avant de passer le coup de fil qu'il était autorisé à donner, il demanda poliment au sergent placé à la réception s'il pouvait lui rendre un petit service. Quelques instants plus tard, il eut la satisfaction de voir l'enveloppe matelassée glisser dans la fente de la boîte aux lettres du commissariat. Avant d'être mis en cellule, il sifflota un petit air. On ne roulait pas comme ça un diplômé du MIT.

À son grand soulagement, Lee Sawyer n'eut pas à se rendre en Californie pour parler avec Charles Tiedman. Un coup de fil à la Réserve fédérale lui avait appris qu'il se trouvait à Washington pour assister à une conférence. Il était presque trois heures du matin, mais Tiedman, victime du décalage horaire, accepta de le recevoir. En fait, Sawyer eut l'impression que le président de la Federal Reserve Bank de San Francisco avait hâte de le rencontrer.

Les deux hommes se retrouvèrent à Georgetown, au Four Seasons Hotel, où Tiedman était descendu. Ils s'installèrent dans un cabinet particulier adjacent à la salle de restaurant, fermé depuis plusieurs heures déjà. Tiedman avait la soixantaine. De petite taille, il était très soigné. Même à cette heure avancée de la nuit, il portait un costume rayé gris foncé avec un nœud papillon. Une montre de gousset pendait à son gilet. Son allure conservatrice évoquait plus la côte Est que la côte Ouest et Sawyer ne fut pas étonné d'apprendre, lorsque la conversation s'engagea, que Tiedman avait vécu de nombreuses années à New York avant d'aller s'installer en Californie. Il avait la manie de frotter ses mains l'une contre l'autre et, à de rares exceptions près, il passa les premières minutes de l'entretien à fixer la moquette de ses yeux gris larmoyants, dissimulés derrière des lunettes à monture d'acier.

« Je crois que vous connaissiez bien Arthur Lieberman ? commença Sawyer.

— C'était un vieil ami, l'un de mes meilleurs amis. Nous avons fait nos études ensemble à Harvard et commencé à travailler dans la même banque. J'ai été témoin à son mariage et lui au mien. »

Sawyer saisit l'occasion au vol. « Son mariage s'est terminé par un divorce, n'est-ce pas ?

— C'est exact. »

Sawyer consulta son calepin. « En fait, cela s'est passé au moment où il était pressenti pour diriger la Fed ? »

Tiedman répondit par un signe de tête affirmatif.

« Le moment n'aurait pu être plus mal choisi.

— On ne saurait mieux dire. » Tiedman prit la carafe d'eau qui se trouvait sur la table près de son fauteuil et s'en versa un verre. Il but à grandes gorgées. Sawyer remarqua qu'il avait les lèvres sèches et gercées.

« J'ai cru comprendre que le divorce se présentait mal, mais que les choses avaient fini par s'arranger. Au bout du compte, cela n'a pas affecté sa nomination. On peut dire qu'il s'en est bien sorti. »

Le visage de Tiedman se contracta. « Vous appelez ça bien s'en sortir !

— Au sens où il a eu la présidence de la Fed. Évidemment, vous, son ami intime, vous êtes mieux placé pour en juger. »

Tiedman demeura un moment silencieux, puis, poussant un long soupir, il posa son verre et s'appuya au dossier de son fauteuil. Cette fois, il plongea son regard dans les yeux de Sawyer.

« Certes, Arthur a obtenu la présidence de la Fed, mais pour en finir avec son divorce, il a dû donner tout ce qu'il avait réussi à gagner en travaillant pendant des années. Ce n'était franchement pas juste, après une carrière comme la sienne.

— Mais il gagnait très bien sa vie en tant que président. J'ai jeté un œil sur son salaire. Cent trente-trois mille six cents dollars par an. Il n'était pas à plaindre, non ? »

Tiedman éclata de rire. « Sans doute, mais avant d'être à la Fed, il gagnait des centaines de millions de dollars. Résultat, il avait des goûts de luxe et quelques dettes.

— Beaucoup de dettes ? »

Tiedman se remit à contempler la moquette. « Disons que la somme dépassait ce qu'il pouvait rembourser avec son salaire de président de la Réserve fédérale, tout élevé qu'il était. »

Sawyer digéra l'information avant de passer à une autre question. « Que pouvez-vous me dire sur Walter Burns ? »

Tiedman lui jeta un coup d'œil acéré. « Que voulez-vous savoir ?

— Rien de particulier », répondit Sawyer d'un ton neutre.

Tiedman se frotta la lèvre, tout en contemplant le calepin de Sawyer. L'agent du FBI comprit sa réticence. « Bien sûr, cela restera entre nous, précisa-t-il.

— Eh bien, je pense qu'il va succéder au poste d'Arthur. Cela lui ira comme un gant. Il l'a toujours suivi dans toutes ses décisions.

— Était-ce une bonne chose ?

— Pas toujours.

— C'est-à-dire ? »

Le visage de Tiedman prit une expression étrangement dure. « C'est-à-dire qu'il vaut mieux ne pas suivre quand ce n'est pas la démarche la plus avisée.

— Autrement dit, vous n'étiez pas toujours d'accord avec Lieberman. »

Tiedman ne répondit pas. Visiblement, le président de la banque de la Réserve fédérale de San Francisco regrettait maintenant d'avoir accepté de répondre aux questions de Sawyer.

« Autrement dit, les membres du Conseil de la Réserve fédérale sont là pour faire travailler leur cervelle et exercer leur jugement et non pas pour souscrire aveuglément à des opinions irréalistes, susceptibles d'avoir des conséquences désastreuses.

— Voici une affirmation qui n'est pas à prendre à la légère.

— Notre tâche est plutôt lourde, voyez-vous. »

Sawyer revint aux notes qu'il avait prises lors de sa conversation avec Walter Burns. « Burns affirme qu'il y a quelque temps, Lieberman a pris le taureau par les cornes et décidé de secouer un peu les marchés financiers. Si j'ai bien compris, c'était pour vous une mauvaise idée ?

— Disons plutôt une idée grotesque.

— Dans ce cas, pourquoi une majorité a-t-elle suivi Lieberman ?

— Tout le monde ne croit pas à la justesse des prévisions des économistes. Leurs détracteurs disent qu'il suffit de donner à un économiste le résultat qu'on souhaite obtenir et qu'il se fera fort de trouver les chiffres qui le justifient. La ville regorge de jongleurs de chiffres qui, à partir des mêmes données, tirent des conclusions complètement contradictoires à propos du déficit budgétaire ou du bénéfice de la Sécurité sociale.

— En clair, on peut manipuler les chiffres ?

— Bien entendu, en fonction de celui qui finance l'étude et de ses ambitions politiques, dit avec aigreur

Tiedman. En politique, on peut faire dire tout et son contraire.

— Excusez-moi de vous poser cette question, mais faut-il en déduire qu'on a estimé que vous vous trompiez ?

— Je ne suis pas infaillible, agent Sawyer. Toutefois, il y a une bonne quarantaine d'années que je navigue dans les milieux de la finance. J'ai vu la Bourse monter et descendre. J'ai vu des économies résister et d'autres chanceler. J'ai vu des présidents du Conseil de la Réserve fédérale prendre rapidement les décisions qui s'imposaient et d'autres patauger lamentablement, de sorte que l'économie s'est retrouvée cul par-dessus tête. Une augmentation malvenue de 0,5% du taux interbancaire de la Fed peut avoir pour résultat la perte de centaines de milliers d'emplois et l'effondrement de secteurs entiers de l'économie. C'est un pouvoir écrasant. Il ne peut s'exercer à la légère. En jouant au yo-yo avec ce taux, Arthur a sérieusement compromis l'avenir économique de chaque citoyen de ce pays. Je ne m'étais pas trompé.

— Mais Lieberman et vous-même étiez très proches. Il ne vous a pas demandé votre avis ? »

Tiedman se mit à tripoter nerveusement un bouton de sa veste. « Il l'a souvent fait, mais il a arrêté durant trois ans.

— Pendant la période où il s'est mis à jouer aux montagnes russes avec les taux ?

— Oui. J'ai fini par en venir à la conclusion, comme d'autres membres du Conseil, qu'Arthur employait la manière forte pour sortir le marché boursier de sa somnolence. Mais ce n'est pas le rôle du Conseil. C'est beaucoup trop dangereux. J'ai connu les derniers soubresauts de la Grande Dépression et je n'ai aucune envie de revivre ça.

— Je n'imaginais pas que le Conseil de la Réserve fédérale avait un tel pouvoir. »

Tiedman se pencha vers lui. « Savez-vous que lorsque nous décidons de relever les taux directeurs, nous pouvons dire à quelque chose près combien d'entreprises vont faire faillite, combien de personnes vont perdre leur emploi, combien de biens immobiliers vont être saisis ? Nous possédons toutes ces données. Bien présentées, soigneusement étudiées. Pour nous, ce sont seulement des chiffres. Officiellement, nous ne cherchons pas à voir au-delà. Si nous le faisions, plus un seul d'entre nous n'aurait le cœur à faire ce travail. En tout cas, moi, je ne pourrais pas. Il est certain que si nous mettions le nez dans les statistiques concernant les suicides, les meurtres et autres drames humains, nous serions plus conscients de notre pouvoir sur les autres citoyens. »

Sawyer le regarda d'un air circonspect. « Les suicides ? Les meurtres ?

— Vous serez le premier à admettre que l'argent est la cause universelle du mal. Ou plutôt, pour être précis, le *manque* d'argent.

— Seigneur, je n'ai jamais envisagé les choses sous cet angle. Vous avez en quelque sorte un pouvoir...

— Divin ? » Les yeux de Tiedman brillaient. « Savez-vous à combien s'élèvent les transferts de fonds effectués par la Fed pour soutenir sa politique et assurer le bon fonctionnement du système bancaire commercial ? »

Sawyer secoua la tête.

« Un trillion de dollars par jour. »

Sawyer le regarda d'un air abasourdi. « C'est une somme considérable, Charles.

— C'est surtout un pouvoir démesuré. Nous sommes l'un des secrets les mieux gardés de ce pays. En vérité, si les citoyens avaient conscience de ce que nous pouvons faire et avons souvent fait par le passé, nous serions tous en train de croupir dans un cul-de-basse-fosse, ou pire encore. Et ils n'auraient peut-être pas tort de nous réserver ce sort. »

Sawyer feuilleta ses notes. « Et ces modifications de taux sont intervenues à quelles dates ?

— Je suis incapable de vous le dire *ex abrupto.* Ne le répétez pas, mais je n'ai plus la mémoire des chiffres, ce qui est le comble pour un banquier. Toutefois, je pourrais vous procurer la réponse.

— Cela me rendrait service. Dites-moi, Arthur Lieberman aurait-il pu faire joujou avec les taux pour une tout autre raison ? »

Un mélange de crainte et d'anxiété se peignit sur le visage de Tiedman.

« Qu'entendez-vous par là ?

— Vous m'avez dit que cela ne lui ressemblait pas et qu'ensuite il avait brusquement retrouvé un comportement normal. Vous ne trouvez pas ça bizarre ?

— Je ne vous suis pas très bien.

— Disons les choses crûment. Peut-être Lieberman manipulait-il les taux contre son gré. »

Tiedman haussa les sourcils. « Comment aurait-on pu le forcer à agir ainsi ?

— En le faisant chanter. Vous avez une idée ?

— Je... j'ai entendu parler d'une liaison, dit nerveusement Tiedman. Une femme... »

Sawyer le coupa. « Vous n'allez pas me faire avaler ça. Vous savez aussi bien que moi que Lieberman a versé de l'argent à son épouse pour éviter un scandale et avoir la présidence de la Fed, mais ce n'était pas à propos d'une femme. » L'agent du FBI se pencha en avant. « Que savez-vous de Steven Page ? » interrogea-t-il, son visage à quelques centimètres de celui de Tiedman.

Tiedman se figea. « Qui ça ?

— Bon, je vais vous rafraîchir la mémoire. » Sawyer sortit de sa poche la photo que Ray Jackson avait découverte dans l'appartement de Lieberman et la mit sous le nez de Tiedman, qui la prit d'une main tremblante.

Le président de la Federal Reserve Bank de San

Francisco s'efforçait de garder un visage impassible, mais son regard le trahit.

« Depuis quand étiez-vous au courant ? » demanda Sawyer d'une voix calme.

Tiedman lui rendit la photo. Il but une nouvelle gorgée d'eau, comme pour aider les mots à franchir ses lèvres sèches.

« En fait, c'est moi qui les ai présentés l'un à l'autre, dit-il enfin. Steven était analyste financier chez Fidelity Mutual et, à cette époque, Arthur était encore président de la Federal Reserve Bank de New York. J'ai rencontré Page lors d'un symposium financier. Beaucoup de mes collègues dont je respecte les opinions chantaient ses louanges. C'était un jeune homme exceptionnellement brillant, avec des idées originales sur les marchés financiers et le rôle de la Fed dans l'évolution de l'économie mondiale. Il était sorti parmi les premiers de l'université. Il avait du charme, du charisme, une grande culture. J'étais certain qu'Arthur serait ravi de l'intégrer à son cercle de relations. Ils sont très vite devenus amis. » Tiedman se tut.

« Et d'amis ils sont devenus... plus que ça ? » interrogea Sawyer.

Tiedman hocha affirmativement la tête.

« À l'époque, vous saviez que Lieberman était homosexuel, ou du moins bisexuel ?

— Je savais que son mariage ne marchait pas, mais j'ignorais que c'était à cause de cette... confusion.

— Il est sorti de cette confusion, comme vous dites, puisqu'il a divorcé.

— En fait, je ne crois pas que l'idée soit venue d'Arthur. Lui, il aurait été heureux de continuer à préserver les apparences d'un mariage réussi. Je sais bien que de nos jours beaucoup de gens assument leur différence, mais Arthur tenait à la discrétion et le milieu financier est particulièrement conservateur.

— Donc, c'est sa femme qui a demandé le divorce. Elle était au courant, pour Page ?

— Je pense qu'elle ne connaissait pas son identité, mais elle savait qu'Arthur avait une liaison, et pas avec une femme. C'est pourquoi leur divorce s'est aussi mal passé pour lui. Il a dû agir rapidement, pour que sa femme se taise, même vis-à-vis de ses avocats. Il y a laissé jusqu'à son dernier sou. Il m'en a parlé en confidence, parce que j'étais son ami intime. Bien évidemment, je vous le dis à mon tour sous le sceau du secret.

— Je vous remercie de votre confiance. Comptez sur ma discrétion. Je dois découvrir si cet avion a été saboté parce qu'on visait Arthur Lieberman et je ne dois négliger aucune éventualité. Je vous promets que je n'utiliserai cette information que dans la mesure où elle aurait un impact direct sur mon enquête. S'il s'avère qu'il n'y a aucun lien avec Lieberman, personne d'autre que moi ne sera mis au courant. Cela vous convient ?

— Parfaitement. Merci. »

Sawyer s'aperçut que Tiedman était épuisé. Il décida de mettre rapidement un terme à l'entretien. « Connaissez-vous les circonstances de la mort de Steven Page ? demanda-t-il.

— Par la presse, oui.

— Vous saviez qu'il était séropositif ? »

Tiedman fit non de la tête.

« Encore deux questions et je vous laisse, dit Sawyer. Saviez-vous qu'Arthur Lieberman était atteint d'un cancer du pancréas et qu'il était en phase terminale ? » Cette fois, Tiedman hocha affirmativement la tête. « Et comment le prenait-il ?

— Vous allez être étonné : il avait l'air heureux.

— Il était en phase terminale et il semblait heureux ?

— Je sais bien que cela paraît bizarre, mais je ne

peux décrire autrement son état : il avait l'air heureux. Et soulagé. »

Après avoir remercié son interlocuteur, l'agent du FBI quitta l'hôtel, la tête pleine de questions auxquelles il était incapable de répondre. Du moins pour le moment.

49

Dans le wagon-restaurant, Sidney essayait de se détendre en prenant un café accompagné d'une pâtisserie, tandis que le train filait dans la nuit vers New York. Elle était montée à bord avec méfiance et avait traversé plusieurs voitures avant de s'installer à une place. Maintenant, le bruit régulier des roues et le balancement du wagon commençaient à avoir sur elle un effet apaisant.

Elle ne cessait de penser à Amy. Il lui semblait qu'elle n'avait pas tenu sa petite fille dans ses bras depuis une éternité. Elle ne savait même pas quand elle la reverrait. Si elle tentait de l'approcher, elle la mettrait en danger et il était hors de question qu'elle lui fasse courir le moindre risque. En revanche, elle téléphonerait à ses parents dès son arrivée à New York. Comment allait-elle leur annoncer que leur fille chérie ferait bientôt la une des journaux, accusée d'être une meurtrière en fuite ? Elle ne pourrait éviter qu'ils soient soudain placés sous les feux de l'actualité, mais elle espérait que leur départ vers le Maine les en protégerait quelque temps encore.

Il ne lui restait qu'une possibilité de débrouiller l'imbroglio dans lequel elle se débattait : découvrir quelles informations contenait la disquette que Federal Express allait bientôt acheminer vers Bell

Harbor. Cette disquette était tout ce qu'elle avait et Jason semblait lui accorder une importance capitale. Et s'il se trompait ? Elle frissonna et s'efforça de chasser cette idée. Elle devait faire confiance à son mari. Resserrant son manteau autour d'elle, elle s'appuya au dossier et contempla le paysage obscur qui défilait par la fenêtre.

Lorsque le train entra dans Penn Station, Sidney se tenait près de la portière. Il était cinq heures trente du matin à sa montre. Elle manquait de sommeil et pourtant elle n'était pas fatiguée. Malgré l'heure matinale, il y avait beaucoup de monde dans la gare. Elle prit sa place dans la file d'attente des taxis, puis décida de passer un bref coup de téléphone avant de se rendre à l'aéroport. Auparavant, il lui faudrait se débarrasser du revolver, même si le contact froid du métal lui procurait un sentiment de sécurité. Elle ignorait toujours quelle serait sa destination. Elle y réfléchirait pendant le trajet en taxi.

En se dirigeant vers la cabine, elle acheta le *Washington Post* et survola les gros titres. On ne parlait pas des meurtres. Peut-être les journalistes n'avaient-ils pas eu le temps de rédiger leur article avant le bouclage. Et si les corps de ses deux collègues n'avaient pas encore été découverts, cela ne tarderait plus maintenant. Le parking n'était pas ouvert au public avant sept heures du matin, mais les locataires de l'immeuble y avaient accès à tout moment.

Elle composa le numéro de ses parents à Bell Harbor. Un message enregistré lui répondit, l'informant que le numéro demandé n'était pas en service. Elle poussa un gémissement. Elle avait oublié que ses parents suspendaient leur abonnement pendant l'hiver. Son père avait dû oublier de faire le nécessaire pour le remettre en service. Il s'en occuperait en arrivant. Cela signifiait sans doute qu'ils n'étaient pas encore arrivés.

Elle se livra à un petit calcul. Lorsqu'elle était enfant et que ses parents l'emmenaient dans le Maine, son père faisait les treize heures de route sans étape, en s'arrêtant juste pour prendre de l'essence et pour les repas. Depuis sa retraite, il prenait son temps et effectuait le trajet en deux jours, avec un arrêt pour la nuit. Si ses parents étaient partis la veille comme prévu, ils arriveraient à Bell Harbor dans le milieu de l'après-midi. *Si* tout s'était passé comme prévu. Elle s'aperçut soudain qu'elle ne s'était pas encore assurée de leur départ. Elle décida de le faire sur-le-champ et composa leur numéro. Au bout de trois sonneries, le répondeur se mit en marche. Elle s'annonça. Ses parents filtraient souvent leurs appels. Cette fois, personne ne décrocha. Elle reposa l'appareil, se promettant de rappeler de l'aéroport.

Elle consulta sa montre, puis décida de passer un autre coup de fil. Quelque chose la travaillait depuis qu'elle savait que Paul Brophy avait partie liée avec RTG. Une seule personne pouvait la renseigner et elle devait l'appeler avant que la nouvelle de l'assassinat ne soit rendue publique.

« Kay, c'est Sidney Archer. »

À l'autre bout du fil, la voix était ensommeillée. « Sidney ?

— Je suis désolée de vous déranger si tôt, Kay, mais j'ai vraiment besoin de votre aide. Les journaux racontent certaines choses sur Jason, je sais et pourtant... »

Kay la coupa. Elle était parfaitement réveillée, maintenant. « Je ne crois pas un mot de ce qu'ils racontent, Sidney. Jason n'aurait jamais pu être mêlé à une affaire pareille, dit-elle en se redressant dans le lit.

— Merci, dit Sidney avec un soupir de soulagement. J'avais fini par croire que j'étais la seule à lui faire encore confiance.

— C'est loin d'être le cas. Dites-moi ce que je peux faire pour vous. »

Sidney aperçut un policier qui traversait le hall de la gare. Elle lui tourna le dos. « Kay, dit-elle en s'efforçant de maîtriser le tremblement de sa voix, Jason ne m'a jamais parlé de son travail, vous savez.

— Pas étonnant. Chez Triton, on nous enfonce chaque jour dans la tête que nous ne devons parler de rien à l'extérieur. Tout est top secret.

— D'accord, mais en ce moment ça ne m'arrange pas. J'ai besoin de savoir sur quoi Jason travaillait au cours des derniers mois. Était-il sur de gros projets ? »

Sidney pouvait entendre les ronflements du mari de Kay. « Eh bien, il était en train d'organiser l'historique des comptes pour l'affaire CyberCom. Cela lui prenait énormément de temps.

— J'étais vaguement au courant, en effet. »

Kay gloussa.

« Quand il revenait de l'entrepôt, il était aussi sale que s'il s'était roulé dans la poussière, mais il s'est accroché et il a fait du bon boulot. Il avait même l'air d'y prendre plaisir, à la fin. Ce qui lui prenait beaucoup de temps, également, c'était l'intégration du système de sauvegarde de la société.

— Vous voulez parler du système de stockage automatique par l'ordinateur des copies des courriers électroniques, des documents et de tout le reste ?

— Oui.

— Pourquoi auraient-ils eu besoin de l'*intégrer* ?

— Eh bien, comme vous pouvez l'imaginer, l'entreprise de Quentin Rowe disposait d'un système top niveau avant d'être rachetée par Triton. Ce qui n'était pas le cas de Triton. De vous à moi, je ne suis même pas sûre que Gamble sache ce que sont des bandes de sauvegarde et des copies de sécurité. Bref,

Jason avait pour mission d'intégrer le système de sauvegarde existant à celui de Quentin, beaucoup plus sophistiqué.

— Et que devait-il faire, exactement, pour effectuer cette intégration ?

— Aller rechercher toutes les copies de sécurité de Triton et les formater de manière à les rendre compatibles avec le nouveau système. Les courriers électroniques, les documents, les rapports, les graphiques : il a intégré tout ce qui avait été créé sur l'ancien système.

— Où étaient conservées les anciennes copies de sécurité ? Au bureau ?

— Pas du tout. Dans l'entrepôt de Reston, là où étaient également stockées les archives comptables. Il y a des cartons rangés sur trois mètres de haut. Jason a passé un temps fou là-bas.

— Qui lui a donné l'autorisation pour ces travaux ?

— Quentin Rowe.

— Pas Nathan Gamble ?

— Je ne sais même pas s'il était au courant, à l'origine, mais maintenant il l'est.

— Comment le savez-vous ?

— Jason a reçu un courrier électronique de Nathan Gamble le félicitant pour son travail.

— Vraiment ? Cela ne lui ressemble guère.

— C'est aussi ce que je me suis dit. Le fait est qu'il l'a envoyé.

— Je suppose que vous ne vous souvenez pas à quelle date c'était ?

— Si, pour une raison... terrible, Sidney. C'était le jour du crash. »

Sidney sursauta. « Vous en êtes sûre ?

— Ce n'est pas le genre de chose qu'on oublie.

— Mais Gamble se trouvait à New York ce jour-là. J'étais avec lui.

— Cela ne veut rien dire. Sa secrétaire envoie ses

courriers électroniques suivant un échéancier établi à l'avance. Qu'il soit présent ou non. »

Sidney n'y comprenait rien. « Kay, je suppose qu'il n'y a rien de nouveau à propos de CyberCom. Tout reste en attente tant que la question des archives comptables n'a pas été réglée, non ?

— La question des archives comptables ?

— Gamble ne voulait pas transmettre l'historique des comptes à CyberCom.

— Je n'ai jamais entendu parler de ça. Tout ce que je sais, c'est que les documents ont déjà été transmis à CyberCom.

— Comment ? » Sidney avait presque crié. « Est-ce qu'un avocat de Tyler, Stone les a d'abord regardés ?

— Je l'ignore.

— Quand sont-ils sortis de chez Triton ?

— C'est drôle. Le jour où Nathan Gamble a envoyé le courrier électronique à Jason. »

Sidney fut prise d'un vertige. « Le jour où l'avion s'est écrasé ? Vous en êtes absolument certaine ?

— Je suis très copine avec l'un des employés chargés du courrier. Ils l'ont enrôlé pour donner un coup de main quand il a fallu porter les comptes au service des photocopies et les livrer chez CyberCom. » Kay se tut un instant, intriguée. « Pourquoi, c'est important ?

— Je ne sais pas encore.

— Vous avez besoin d'un autre renseignement, Sidney ?

— Non. J'ai déjà largement de quoi réfléchir. »

Après avoir remercié Kay Vincent, Sidney raccrocha et se dirigea vers la station de taxis.

Kenneth Scales contemplait le message qu'il tenait en main. Les informations sur la disquette étaient cryptées. Il leur fallait se procurer le mot de passe. Ils savaient maintenant qui avait dû recevoir ce précieux courrier électronique. Jason n'aurait jamais envoyé la disquette à sa femme sans lui donner le mot de passe. Et il le lui avait sans aucun doute communiqué au moyen du courrier électronique qu'il avait fait partir depuis l'entrepôt. Il leva les yeux et les fixa sur Sidney, qui attendait dans la file des taxis de la gare. Il aurait dû s'occuper d'elle dans la limousine. Il n'entrait pas dans ses habitudes de laisser qui que ce soit en vie. Mais les ordres étaient les ordres. Du moins avait-elle été serrée de près jusqu'à ce qu'ils connaissent la destination du courrier électronique. Maintenant, il avait des instructions pour agir comme il aimait le faire. Il se mit en marche.

Au moment où Sidney allait ouvrir la portière de son taxi, elle aperçut un reflet dans la vitre. Cela ne dura que l'espace d'un instant, mais elle était sur ses gardes et ce fut suffisant. Horrifiée, elle se retourna et son regard croisa celui du tueur de la limousine. Un regard diabolique. Elle bondit dans la voiture. Avec un juron, Scales s'élança en avant, tandis que le taxi démarrait en trombe. Bousculant les personnes qui se trouvaient devant lui dans la file d'attente, le tueur se précipita dans le taxi suivant et s'élança à la poursuite de Sidney.

Sidney se retourna. Il faisait sombre et il tombait une sorte de grésil, mais la circulation était relativement fluide à cette heure matinale et elle put distinguer la lueur des phares qui se rapprochaient. Elle se pencha vers le chauffeur. « Je sais que ça va vous paraître dément, mais nous sommes suivis », dit-elle. Elle lui donna une nouvelle adresse et le taxi tourna brusquement à gauche, puis à droite, avant de prendre une rue parallèle et de réapparaître sur la Cinquième Avenue.

Il s'arrêta devant un gratte-ciel. Sidney se précipita vers l'entrée, sortit de son sac sa carte d'accès et la glissa dans une fente située dans le mur. La porte s'ouvrit avec un déclic. Elle entra et la referma derrière elle.

Le gardien installé derrière le pupitre du vestibule leva vers elle des yeux ensommeillés. Elle fouilla de nouveau dans son sac et lui montra la carte prouvant qu'elle appartenait au personnel de Tyler, Stone. L'homme lui fit un petit signe affirmatif de la tête et s'avachit de nouveau sur son siège. Un seul ascenseur était en fonction à cette heure de la matinée. Sidney appuya sur le bouton. Au même instant, le taxi qui la suivait vint se ranger devant le bâtiment dans un hurlement de pneus et l'homme en sortit. Il se rua sur les portes vitrées et se mit à donner des coups de poing dedans.

Le vigile se leva. Sidney l'interpella. « Je crois que cet homme me suivait. Faites attention. Ce doit être un détraqué. »

Il la regarda attentivement, puis se dirigea vers la porte, une main posée sur son holster. L'ascenseur arrivait. Sidney se retourna avant d'y monter. Le gardien était en train d'inspecter la rue des deux côtés. Soulagée, elle appuya sur le bouton du vingt-deuxième étage. Quelques instants plus tard, elle pénétrait dans le cabinet Tyler, Stone. Elle entra dans un bureau et alluma la lumière.

Elle consulta son carnet d'adresses et composa le numéro de téléphone d'une amie et voisine de ses parents, Ruth Childs, âgée de soixante-dix ans. La vieille dame décrocha dès la première sonnerie. Il était à peine plus de six heures, mais elle avait la voix claire. Visiblement, elle était debout depuis longtemps. Elle dit à Sidney combien elle était désolée du deuil qui la frappait, puis, en réponse à sa question, l'informa qu'effectivement ses parents étaient partis la veille avec Amy, vers dix heures du matin. Apparemment à l'improviste. Tout ce qu'elle savait, c'est qu'ils allaient à Bell Harbor, rien de plus.

« J'ai vu ton père mettre l'étui de son fusil de

chasse dans le coffre, ajouta-t-elle d'un ton où perçait la curiosité.

— Je me demande pourquoi. » Sidney ne trouvait rien d'autre à dire. Au moment où elle allait mettre fin à la conversation, Ruth reprit la parole.

« Je dois dire que je me suis un peu inquiétée la nuit précédant leur départ. Il y avait une voiture qui faisait des allées et venues devant la maison. Tu sais que j'ai le sommeil léger, un rien me réveille. Et par ici, on peut dire que c'est un quartier calme. Il ne s'y passe jamais rien, sauf quand on attend une visite. Bref, la voiture était de nouveau là hier matin.

— Vous avez vu quelqu'un dedans ? demanda Sidney d'une voix tremblante.

— Non. Je n'ai plus de bons yeux, tu sais, même avec mes verres.

— La voiture est toujours là ?

— Non, heureusement. Elle est partie peu après tes parents. Bon débarras, que je me suis dit. Remarque, j'ai ma batte de base-ball derrière la porte et celui qui viendrait à s'introduire chez moi le regretterait. »

Avant de raccrocher, Sidney conseilla à la vieille dame de se montrer prudente et d'appeler la police si la voiture réapparaissait. Mais elle savait bien qu'il n'y avait aucun risque. Le véhicule était maintenant bien loin de Hanover, Virginie. Il se dirigeait vers Bell Harbor, dans le Maine, c'était absolument certain. Et Sidney allait faire de même.

À l'instant où elle reposait le téléphone, elle entendit le petit *ding* de l'ascenseur arrivant à l'étage. Elle ne perdit pas de temps à se demander qui pouvait venir au cabinet à une heure aussi matinale. Imaginant tout de suite le pire, elle sortit le revolver du holster et se rua hors du bureau, dans la direction opposée à l'ascenseur. Du moins avait-elle l'avantage de connaître les lieux.

Des pas résonnèrent derrière elle, confirmant ses

prévisions les plus pessimistes. Elle accéléra, son sac lui battant les flancs. Elle entendait le souffle précipité de son poursuivant qui se rapprochait de plus en plus. Elle avait beau courir plus vite qu'au temps de sa jeunesse sportive, elle ne s'en sortirait pas sans changer de tactique. Son poursuivant et elle étaient maintenant dans un couloir obscur qui formait un angle. Elle tourna le coin, s'arrêta brusquement et s'agenouilla, le 32 en position de tir. L'homme déboula à son tour. En l'apercevant, il s'arrêta net, à quelques pas d'elle. Dans sa main brillait la lame d'un couteau encore rouge de sang. Il se ramassa sur lui-même, prêt à bondir. Sidney devina ses intentions. Elle visa juste à côté de sa tempe gauche et tira.

« La prochaine balle t'explose la cervelle ! » Sans le quitter des yeux, elle se redressa et lui fit signe de laisser tomber le couteau à terre. Il s'exécuta. « Avance », ordonna-t-elle ensuite. Il se mit en marche. Elle le suivit, l'arme pointée dans son dos. Ils prirent le couloir et se retrouvèrent devant une porte métallique.

« Ouvre ! »

Elle sentait la tension s'accumuler dans les épaules de l'homme. Elle avait beau le tenir en respect avec son arme, le canon pointé sur sa tête, elle avait l'impression d'être une petite fille affrontant un chien enragé armée d'un bout de bois. « Ouvre ! » répéta-t-elle. Il obéit et les lumières s'allumèrent automatiquement, éclairant la salle des photocopieuses, une vaste pièce encombrée de gros appareils et de rames de papier. Sidney resta sur le seuil et lui fit signe de traverser la pièce en direction d'une porte qui donnait accès à un placard à fournitures.

« Entre là-dedans ! » ordonna-t-elle.

Elle maintint la porte de la salle ouverte avec son épaule et, tout en menaçant l'homme de son revolver, fit mine de décrocher un téléphone posé sur une étagère à côté d'elle. « Maintenant, referme la porte sur toi ! Si tu bouges un cil, tu es mort ! »

Dès qu'il eut obéi, elle lâcha le téléphone et se précipita vers l'ascenseur. Les portes s'ouvrirent dès qu'elle appuya sur le bouton. Par chance, l'ascenseur était resté à l'étage. Elle se rua à l'intérieur et appuya sur le bouton du rez-de-chaussée, le revolver braqué sur les portes, s'attendant à tout moment à entendre les pas de l'homme dans le couloir. Une fois en bas, elle appuya successivement sur tous les boutons avant le vingt-deuxième étage. Avec un soupir de soulagement, elle sortit de l'ascenseur, mais le petit sourire qui naissait sur ses lèvres se figea soudain. À l'angle du couloir, le corps du vigile était étendu par terre. Elle avait failli buter dessus. S'efforçant de ne pas hurler, elle se précipita à l'extérieur de l'immeuble et se mit à courir dans la rue.

Lee Sawyer venait de fermer les yeux quand le téléphone sonna. Il était sept heures quinze du matin.

« Lee ? »

Dès qu'il reconnut la voix de Sidney, les brumes du sommeil se dissipèrent. « Sidney, où êtes-vous ?

— Écoutez-moi, Lee, je n'ai pas beaucoup de temps. » Elle était retournée à Penn Station et l'appelait d'une cabine.

Il repoussa les couvertures et sortit du lit. « OK, je vous écoute.

— Un homme vient d'essayer de me tuer.

— Qui ça ? Où ça ? » balbutia-t-il, tout en essayant d'enfiler son pantalon.

« Je ne sais pas qui c'est.

— Ça va ? » demanda Sawyer d'un ton inquiet.

Sidney regarda autour d'elle. La gare était pleine de monde maintenant et chacun de ceux qui se pressaient autour d'elle pouvait être un ennemi. « Oui, ça va », dit-elle.

Il soupira. « Que se passe-t-il ?

— Après le crash, Jason a envoyé chez nous un courrier électronique, avec le mot de passe.

— Un courrier électronique ? Mais enfin, co-comment... »

Sawyer était devenu écarlate. Il enfilait le reste de ses vêtements tout en déambulant dans la pièce avec le téléphone portable.

« Je n'ai pas le temps de vous dire comment je l'ai reçu. Le fait est que je l'ai. »

Sawyer fit un énorme effort pour se maîtriser. « D'accord. Que disait-il ? »

De la poche de son manteau, Sidney sortit la feuille de papier avec le message. « Vous avez de quoi écrire ?

— Ne quittez pas. »

Il se précipita dans la cuisine, ouvrit un tiroir, prit du papier et un feutre. « Allez-y. Mais dictez-le-moi exactement comme il se présente. »

Sidney obtempéra. Elle lut à l'agent du FBI ce qui était imprimé sur la feuille, y compris l'absence d'espace entre certains mots et le point qui séparait certaines portions du mot de passe. Il le relut à son tour, puis demanda : « Avez-vous une idée de ce que signifie ce message, Sidney ?

— Je n'ai pas vraiment eu le temps d'y réfléchir. Jason dit que tout va de travers. Je le crois. Tout va de travers.

— Mais la disquette ? Vous savez ce qu'il y a dessus ? » Il parcourut de nouveau le message. « Vous l'avez eue au courrier ? »

Après un instant d'hésitation, Sidney répondit : « Pas encore.

— C'est le mot de passe pour la disquette ? Le fichier est crypté ?

— J'ignorais que vous étiez aussi ferré en informatique.

— Je n'ai pas fini de vous surprendre. Quand pensez-vous la recevoir ?

— Je ne sais pas. Excusez-moi, il faut que je vous quitte.

— Un instant. À quoi ressemblait le type qui a essayé de vous tuer ? »

Elle lui décrivit l'homme tout en frissonnant à l'évocation des yeux bleus au regard meurtrier. Sawyer nota consciencieusement le signalement du tueur. « Bon, je vais rentrer son signalement dans notre ordinateur. On va bien voir s'il en sort quelque chose. » Brusquement, il sursauta. « Mais dites-moi, mes hommes vous surveillent, normalement. Que leur est-il arrivé ? Vous n'êtes pas chez vous ? »

La gorge de Sidney se serra. « Eh bien, je ne suis pas exactement sous surveillance en ce moment, dit-elle. Du moins pas sous celle de vos hommes. Je ne suis pas chez moi, en effet.

— Où êtes-vous, alors ?

— Il faut que j'y aille, maintenant.

— Un type a essayé de vous descendre, mes hommes ont disparu du paysage... Je veux savoir ce qui se passe !

— Lee, quoi qu'il arrive, sachez que je n'ai rien fait de mal. Rien. » Sa voix s'étrangla. « Croyez-moi, je vous en prie.

— De quoi parlez-vous ?

— Au revoir.

— Attendez ! » Elle avait raccroché. Il reposa le récepteur avec rage, soudain nauséeux. Il retourna dans la cuisine, prit la feuille de papier sur laquelle il avait noté le texte du courrier électronique et s'installa à la petite table pour l'étudier. *Attention aux fautes de frappe.* D'après le début du message, on comprenait qu'Archer l'avait envoyé à une mauvaise adresse. Sawyer examina le nom du destinataire et celui de l'expéditeur. Sidney lui avait dit qu'il l'avait adressé à leur domicile. Archie JW2 devait être le nom d'utilisateur de Jason Archer et Archie KW2 celui de la personne qui avait réceptionné le message.

Il était évident qu'Archer avait fait une faute de frappe et tapé le K à la place du J. Et Archie KW2 avait retourné le message à l'expéditeur, c'est-à-dire, en fait, à la personne à laquelle il était vraiment destiné : Sidney.

Quant à la référence à l'entrepôt de Seattle, elle se comprenait. Visiblement, Jason avait eu de graves problèmes avec les gens qu'il y rencontrait. L'échange s'était mal passé. *Tout de travers.* Sidney avait vu dans cette expression la preuve de l'innocence de son mari, mais Lee n'en était pas persuadé. *Tout à l'envers.* C'était une formule curieuse. Quant au mot de passe, Sawyer tirait son chapeau à Jason s'il était capable de retenir par cœur une formule aussi longue. A priori, il n'y comprenait rien. La fin du message, elle, était abrupte et il était clair que Jason avait été interrompu.

Sawyer avait mal à la nuque. Il étira ses muscles douloureux et s'appuya au dossier de la chaise. La disquette. Il leur fallait récupérer la disquette ou, plus exactement, il fallait que Sidney Archer la récupère. La sonnerie du téléphone interrompit le cours de ses pensées. C'était certainement Sidney qui le rappelait. Il décrocha.

« Lee, c'est Frank.

— Bon Dieu, Frank, tu ne peux pas m'appeler à des heures normales ?

— Il y a du grabuge, Lee. Chez Tyler, Stone. Dans le parking souterrain.

— Quoi donc ?

— Trois personnes assassinées. Mieux vaut que tu te pointes, Lee. »

En raccrochant, Lee Sawyer repensa à la fin de sa conversation avec Sidney. Ses paroles prenaient maintenant tout leur sens. *Le fumier !*

La rue qui menait au parking souterrain était éclairée par les gyrophares bleus et rouges des voitures de police et des ambulances garées un peu partout. Après avoir montré leur badge aux policiers du cordon de sécurité, Sawyer et Jackson furent accueillis à l'entrée du parking par Frank Hardy.

L'air soucieux, Hardy les conduisit au quatrième sous-sol, où régnait une température glaciale.

« Apparemment, les meurtres ont été commis ce matin de très bonne heure. La piste est donc encore fraîche, dit-il. Les corps sont en bon état, si l'on peut dire, mis à part quelques trous ici et là.

— Comment as-tu été mis au courant, Frank ? demanda Sawyer.

— La police a prévenu le directeur de Tyler, Stone, Henry Wharton, en Floride, où il était en voyage d'affaires. Il a appelé Nathan Gamble, qui m'a immédiatement informé.

— J'en déduis que ceux qui se sont fait descendre avaient des liens avec le cabinet d'avocats ?

— Tu vas pouvoir en juger, Lee. Rien n'a été touché. Mais enfin, disons que Triton est particulièrement concerné par ces meurtres. C'est pourquoi Wharton a prévenu Gamble aussi vite. En outre, nous venons juste de découvrir que le gardien des bureaux de Tyler, Stone à New York a été assassiné très tôt ce matin. »

Sawyer ouvrit de grands yeux. « À New York ? On a une petite idée de ce qui s'est passé ?

— Pas encore. Mais il paraît qu'une femme a quitté l'immeuble en courant à peu près une heure avant la découverte du corps. »

Sawyer digéra l'information pendant que les trois hommes se frayaient un chemin dans la foule des policiers et des membres de l'équipe du légiste jusqu'à la limousine, dont les portières étaient ouvertes du côté du chauffeur. Sawyer observa les gestes des techniciens qui terminaient leurs relevés d'empreintes sur l'extérieur de la voiture, tandis que le photographe prenait ses clichés et qu'un autre technicien filmait les lieux du crime avec une caméra vidéo. Le médecin légiste, vêtu d'une blouse blanche, portait des gants de chirurgien et un masque sur le visage. Il s'entretenait avec deux hommes vêtus de trench-coats bleu marine. La conversation terminée, ceux-ci se dirigèrent vers Hardy et les agents du FBI.

Hardy les présenta à Sawyer et à Jackson comme étant des enquêteurs de la Criminelle de Washington, Royce et Holman. « Je les ai informés de l'intérêt que le FBI porte à l'affaire, Lee, ajouta-t-il.

— Qui a découvert les corps ? demanda Jackson à Royce.

— Un comptable qui travaillait dans l'immeuble. Il est arrivé un peu avant six heures. Il a un emplacement de parking à cet endroit. La présence d'une limousine à cette heure lui a semblé bizarre, d'autant plus qu'elle bloquait l'accès à plusieurs emplacements. Comme vous pouvez le voir, toutes les vitres sont teintées. Il a frappé de petits coups sur la portière. Pas de réponse. Alors il a ouvert, du côté du passager. Le malheureux ! Il a réussi à nous prévenir, mais je crois qu'il est encore en train de vomir tripes et boyaux là-haut. »

Les hommes s'approchèrent de la limousine et Hardy fit signe aux agents du FBI de jeter un coup d'œil à l'intérieur.

« J'ai l'impression de connaître le type qui est sur le plancher, commenta Sawyer après avoir étudié la scène.

— Normal, il s'agit de Paul Brophy », dit Hardy.

Sawyer lança un coup d'œil en biais à Jackson.

« Et le monsieur avec un troisième œil sur le siège arrière est Philip Goldman, poursuivit Hardy.

— L'avocat-conseil de RTG », dit Jackson.

Hardy fit un signe de tête affirmatif. « La victime sur le siège avant est James Parker, un employé de la filiale locale de RTG. À propos, d'après l'immatriculation, la limousine appartient à RTG.

— C'est pourquoi Triton se sent concerné par l'affaire, dit Sawyer.

— Tu as tout pigé. »

Sawyer se pencha de nouveau vers l'intérieur de la limousine et examina la blessure au front de Goldman, avant de scruter le cadavre de Brophy, tandis que Hardy continuait à exposer les faits d'un ton calme et méthodique. Sawyer et lui avaient travaillé ensemble sur d'innombrables homicides. Du moins dans cette affaire les trois corps étaient-ils entiers, ce qui n'avait pas toujours été le cas. « Ils ont été abattus tous les trois par une arme à feu. Des balles de gros calibre, tirées à courte distance. Parker a été tué à bout portant, Brophy presque à bout portant, d'après le peu que j'ai pu voir. Quant à Goldman, la brûlure des tissus sur le front permet de penser qu'il a pris la balle à une distance d'environ un mètre, peut-être plus. »

Sawyer acquiesça de la tête. « Donc, le tireur devait se trouver sur le siège avant. Il a d'abord abattu le conducteur, puis Brophy et enfin, Goldman. »

Hardy ne paraissait pas convaincu. « À moins qu'il n'ait été assis à côté de Brophy, face à Goldman. Il a flingué Parker par l'ouverture de la vitre de séparation, puis abattu Brophy et ensuite Goldman, ou vice versa. Il faudra attendre l'autopsie pour avoir la trajectoire exacte des balles. Cela nous donnera une meilleure idée de l'ordre dans lequel ils ont été tués. » Il lança un regard au spectacle horrible qu'offrait l'intérieur de la limousine et ajouta : « Les débris de diverse nature aussi nous donneront des informations.

— On a une petite idée de l'heure de la mort ? » interrogea Jackson.

Royce fouilla dans ses notes. « La rigidité et la lividité cadavériques n'ont pas encore atteint leur maximum. Ils en sont tous au même stade, ce qui signifie qu'ils ont été descendus en même temps, à quelque chose près. Et compte tenu de la température corporelle, le légiste estime que la mort est intervenue il y a quatre à six heures.

— Il est huit heure trente, nota Sawyer en consultant sa montre. Donc, ils ont été tués entre deux et quatre heures du matin. »

Les portes de l'ascenseur s'ouvrirent, livrant passage à de nouveaux policiers, et un courant d'air froid s'engouffra dans le parking. Sawyer grimaça. L'haleine de toutes les personnes présentes formait une buée. « Je sais ce que tu penses, Lee, dit Hardy avec un sourire. Personne n'a tripoté l'air conditionné, comme cela a été le cas avec ton dernier cadavre, mais avec le froid qu'il fait ici... »

Sawyer termina la phrase à sa place : « ... On n'est pas sûr de pouvoir déterminer avec exactitude l'heure de la mort. » Après une pause, il ajouta : « Pourtant, chaque minute a son importance.

— En fait, agent Sawyer, nous avons l'heure précise d'entrée de la limousine dans le parking, avança Royce. Ne peuvent y accéder que les personnes munies d'une carte valide et le système de sécurité enregistre les entrées d'après les cartes individuelles. Celle de Goldman a été introduite ce matin à une heure quarante-cinq.

— Il s'est donc fait descendre peu après, remarqua Jackson. C'est déjà un indice. »

Sawyer ne fit aucun commentaire. Il se frottait le menton tout en examinant les lieux du crime dans les moindres détails. « Quelle arme ? » interrogea-t-il.

Holman montra un objet enveloppé dans un grand sachet de plastique scellé. « On a découvert ça dans un égout, tout près d'ici. Une chance qu'il ait été retenu par des débris accumulés, sinon on ne l'aurait jamais retrouvé. » L'enquêteur tendit le sachet à Sawyer. « Un Smith & Wesson 9 mm. Balles Hydra-Shok. Numéro de série intact. On ne devrait pas avoir de mal à retrouver le propriétaire. Trois balles en moins dans le chargeur. À première vue, les victimes auraient reçu trois blessures. » Tous avaient le regard fixé sur les traces de sang apparentes sur le pistolet, ce qui n'avait rien d'exceptionnel si l'arme avait été utilisée à bout portant. « On dirait bien que c'est l'arme du crime, continua Holman. Le tireur a pris soin de ramasser les douilles éjectées, mais il semble que les balles soient restées dans les corps. La balistique va donc nous fournir des éléments définitifs, compte tenu de la déformation des projectiles. »

Dès qu'Holman avait montré le Smith & Wesson, Jackson et Sawyer avaient tout de suite remarqué l'écaillure caractéristique sur la crosse. Ils échangèrent un regard, qui n'échappa pas à Hardy. « Quelque chose vous frappe ? » interrogea-t-il.

Sawyer poussa un grand soupir. « Merde ! » fit-il, incapable de trouver une autre formule pour exprimer ce qu'il ressentait. Il enfonça ses mains dans ses poches. « Je suis sûr à 99 % que cette arme appartient à Sidney Archer, Frank.

— Quel nom vous avez dit ? » interrogèrent d'une même voix les deux enquêteurs de la Criminelle.

Sawyer leur expliqua qui était Sidney et quels étaient ses liens avec le cabinet d'avocats.

« Je savais bien que ce nom me disait quelque chose ! s'exclama Royce. Il y a eu un article sur elle et son mari dans le journal. Cela expliquerait pas mal de choses.

— Par exemple ? demanda Jackson.

— Eh bien, nous avons le relevé de la porte d'entrée, qui enregistre les allées et venues en dehors des heures de bureau. Devinez qui a introduit sa carte à une heure vingt et une du matin ?

— Sidney Archer, dit Sawyer d'un ton las.

— Bingo. Un sacré couple, dites donc. Le mari *et* la femme. On l'aura, de toute façon. Elle n'a pas beaucoup d'avance. » Royce semblait confiant. « On a déjà relevé une flopée d'empreintes à l'intérieur de la limousine. On va éliminer celles des victimes et se concentrer sur les autres.

— Je ne serais pas étonné qu'on retrouve celles de Sidney Archer un peu partout là-dedans, constata Holman en désignant la limousine d'un signe de tête. Surtout avec tout le sang qu'il y a. »

Sawyer se tourna vers l'enquêteur. « On tient un mobile ?

— C'était sous le corps de Brophy, dit Royce en montrant le magnétophone. On a déjà relevé les empreintes. » Il appuya sur le bouton de mise en marche. Tous écoutèrent la bande. Quand elle s'arrêta, Sawyer était cramoisi.

« C'est la voix de Jason Archer, commenta Hardy. On la connaît bien, mais ce serait encore mieux si on tenait l'homme.

— Et c'est la voix de Sidney Archer », ajouta Jackson en jetant un œil à son collègue.

Appuyé contre un pilier, l'air profondément malheureux, Sawyer s'efforçait de faire cadrer ces informations avec ce qu'il savait de cette affaire riche en rebondissements. Le matin du jour où il s'était rendu avec Jackson chez Sidney pour l'interroger, Brophy avait enregistré sa conversation téléphonique avec son mari. C'est pour cela que ce salopard avait l'air si content de lui. Cela expliquait aussi qu'il se soit rendu à La Nouvelle-Orléans et qu'il ait farfouillé dans la chambre de Sidney. Sawyer grimaça. Maintenant, tout le monde allait connaître le secret qu'il avait promis à Sidney de ne pas révéler. Elle avait menti au FBI et même s'il affirmait — comme il entendait le faire sans attendre — qu'elle lui avait par la suite révélé la teneur de sa conversation téléphonique avec son mari, il n'en restait pas moins qu'elle avait essayé de porter aide et assistance à un fugitif. La prison à vie l'attendait. Il pensa à la petite Amy Archer et se sentit accablé.

Lorsque Royce et Holman s'éloignèrent pour

continuer leur enquête, Hardy s'approcha de Sawyer : « Tu veux le fond de ma pensée, Lee ? »

Il fit un signe affirmatif, tandis que Jackson s'approchait d'eux.

« D'abord, je sais une ou deux choses que tu ignores peut-être, poursuivit Frank Hardy. Entre autres que Tyler, Stone s'apprêtait à licencier Sidney Archer. Ironie du sort, Goldman avait sur lui la lettre de licenciement. On peut donc imaginer ce genre de scénario : Sidney Archer se rend à son bureau pour une raison quelconque, innocente ou pas. Elle y rencontre Goldman et Brophy, par hasard ou non. Goldman la met au courant des termes du courrier, puis ils lui balancent l'enregistrement de la conversation. C'est un sacré instrument de chantage.

— Je suis d'accord, mais pourquoi la faire chanter ? interrogea Sawyer.

— Comme je te l'ai déjà dit, jusqu'à ce que l'avion s'écrase, Sidney Archer menait les négociations sur le dossier CyberCom. Elle a eu accès à des informations confidentielles que RTG brûle de connaître. L'enregistrement sert de monnaie d'échange : ou bien elle leur communique les termes de l'offre de Triton ou bien elle va en prison. De toute façon, le cabinet la vire. Qu'a-t-elle à perdre ? »

Sawyer fronça les sourcils. « Son mari n'est-il pas censé avoir déjà donné cette information à RTG, d'après ce qu'on voit sur la bande vidéo ?

— Les conditions d'une offre de rachat évoluent, Lee. Je sais que depuis la disparition de Jason Archer, Triton a modifié les termes de sa proposition pour CyberCom. Les informations données par Archer étaient déjà dépassées. Il leur fallait les toutes dernières. Le mari était incapable de les leur fournir, mais pas son épouse.

— Dans ce cas, il serait logique qu'ils soient parvenus à un accord, dit Sawyer d'un ton posé. Pourquoi ces meurtres, Frank ? Ce n'est pas parce que son arme est celle du crime qu'elle est coupable. »

Hardy poursuivit son analyse. « Peut-être n'ont-ils pas pu s'entendre, justement, et l'affaire a mal tourné. Mettons qu'ils aient décidé de se débarrasser d'elle après avoir obtenu l'information. Cela expliquerait qu'ils soient descendus à la voiture. Parker portait un revolver dans son holster ; il n'a pas servi. Il n'est pas impossible qu'il y ait eu lutte. Elle a sorti son arme et tiré pour se défendre. L'un d'eux a été tué et, horrifiée, elle a décidé de supprimer tous les témoins. »

Sawyer hocha la tête. « Une seule femme contre trois hommes en pleine possession de leurs moyens ? On a du mal à imaginer qu'ils n'aient pas pu garder le contrôle de la situation. Si l'on part du principe qu'elle se trouvait dans la limousine, on ne voit pas comment elle aurait eu la possibilité de tirer sur les trois avant de disparaître tranquillement !

— Rien ne dit qu'elle s'en soit sortie indemne, Lee. Elle a pu être blessée. »

Sawyer baissa les yeux vers le sol. Il y avait plusieurs taches de sang sur le sol de béton, mais toutes étaient groupées près de la limousine. On ne pouvait en tirer aucune conclusion. Néanmoins, le scénario de Hardy se tenait.

« Admettons. Elle tue les trois et se sauve. Sans l'enregistrement. Pourquoi ? »

Hardy haussa les épaules.

« On a retrouvé la bande sous le corps de Brophy, qui n'avait rien d'un petit gabarit. Il pesait bien ses cent kilos de viande froide. Il a fallu deux flics costauds pour le remuer quand on a procédé à l'identification. C'est ainsi que l'enregistrement a été découvert. L'hypothèse la plus logique serait qu'elle n'ait pas été assez forte pour en faire autant, physiquement parlant. À moins qu'elle n'ait pas su que la bande était à cet endroit. Apparemment, elle est tombée de la poche de Brophy lorsqu'il a été abattu. Sidney Archer a paniqué et s'est enfuie sans demander son reste, puis a jeté l'arme dans l'égout. On a vu ce genre de choses un million de fois. »

Jackson lança un coup d'œil à Sawyer. « C'est une explication qui se tient, Lee. »

Sawyer n'était pourtant pas convaincu. Il se dirigea vers Royce, qui était en train de signer des papiers. « Cela vous ennuie si je demande à des gens de chez nous de venir vérifier certains points ?

— Pas de problème. Je crache rarement sur un petit coup de main de la part du FBI. L'État ne vous rationne pas en dollars, tandis que nous, on est contents quand on a de l'essence pour nos voitures.

— J'aimerais qu'on examine l'intérieur de la limousine. Ici, d'abord. Mon équipe sera là dans vingt minutes. Il faudrait qu'ils puissent travailler avec les corps en place. Ensuite j'aurai besoin de faire un examen un peu plus poussé au labo — sans le corps, bien sûr. Je prends en charge le remorquage du véhicule. »

Royce resta pensif quelques instants. « Bien, dit-il enfin, je vais établir les papiers pour que tout soit en règle. » Il jeta un regard soupçonneux à Sawyer. « Que les choses soient bien claires. Comme je vous l'ai dit, l'aide du FBI est toujours bienvenue, mais cette affaire est de mon ressort. Ça me ferait mal aux gencives qu'on tresse des lauriers aux voisins quand elle sera résolue, si vous voyez ce que je veux dire.

— Reçu cinq sur cinq, Royce. C'est votre affaire et vous pourrez faire votre profit de tout ce que nous découvrirons pour la résoudre. J'espère que vous y gagnerez une promotion et une gentille augmentation. Je peux vous demander un service ?

— Demandez toujours.

— Est-ce que l'un de vos techniciens pourrait relever des échantillons de traces de poudre sur les trois cadavres ? Il n'y a pas une minute à perdre. Mes gars feront les analyses. »

Royce ouvrit des yeux ronds. « Vous pensez qu'une des victimes pourrait être l'auteur des coups de feu ?

— Je n'en sais rien, mais on peut toujours essayer de le savoir. »

Avec un air dubitatif, Royce fit signe à l'une des techniciennes de s'approcher et lui transmit ses instructions. Elle prit son matériel et s'apprêta à relever les traces de poudre. Il fallait faire très vite, maintenant : pour obtenir de bons résultats, les échantillons devaient être prélevés dans les six heures après que les coups de feu avaient été tirés et Sawyer craignait que cette échéance n'ait été dépassée.

La technicienne plongea un certain nombre de disques de coton dans une solution diluée d'acide nitrique et frotta chacun d'entre eux sur la paume et le dessus de la main des trois victimes. Si l'un des hommes s'était récemment servi d'une arme à feu, les tests révéleraient la présence de dépôts de barium et d'antimoine, composants qui entraient dans la fabrication de pratiquement toutes les munitions. Cela ne suffirait pas à conclure, car si le résultat était positif, il permettrait simplement de déduire que l'homme s'était servi d'une arme à feu au cours des six heures précédentes — mais pas forcément de l'arme du crime. De plus, il aurait pu manipuler l'arme après que les coups avaient été tirés, par exemple au cours d'une lutte. Les traces de poudre se seraient déposées de la même façon.

Néanmoins, aux yeux de Sawyer, si le test se révélait positif, Sidney Archer ne pourrait qu'en bénéficier. Même si tout semblait montrer qu'elle était impliquée dans les homicides, il était persuadé qu'elle n'avait pas appuyé sur la gâchette.

« Encore un petit service », dit-il à Royce. L'enquêteur haussa un sourcil. « J'aimerais une copie de l'enregistrement.

— Aucun problème. »

Quand Sawyer eut regagné son véhicule, il demanda par téléphone qu'on envoie l'équipe du médecin légiste du FBI sur les lieux et attendit leur arrivée. Une question lui tournait dans la tête, obsédante : *Où diable pouvait bien être Sidney Archer à l'heure actuelle ?*

50

Dans les toilettes pour dames de Penn Station, Sidney qui d'habitude ne se fardait qu'à peine, s'efforçait d'appliquer sur son visage un épais maquillage. Elle avait choisi de retourner à la gare, pensant que c'était le dernier endroit où son poursuivant la rechercherait. Une fois sa tâche accomplie, elle enfonça sur sa tête un chapeau de cow-boy en cuir fauve. Après avoir placé ses vêtements tachés de sang dans un sac en plastique dont elle comptait se débarrasser au plus vite, elle avait enfilé ceux qu'elle venait d'acheter : un blue-jean étroit, des bottes de cow-boy beiges à bout pointu, une épaisse chemise de coton blanc et un blouson de cuir noir chaudement doublé. Il était difficile de reconnaître dans cet accoutrement l'avocate de Washington aux goûts classiques que la police allait bientôt rechercher pour meurtre. Avant de sortir, elle s'assura que le 32 était soigneusement dissimulé dans l'une de ses poches intérieures. À New York, les lois sur le port d'armes étaient parmi les plus sévères des États-Unis.

Elle prit un train de banlieue et, une demi-heure plus tard, elle descendait sur le quai de Stamford, dans le Connecticut, une ville dortoir où les gens qui travaillaient à New York avaient choisi de s'installer pour échapper à la folie de la grande ville. Vingt minutes après, un taxi la déposait dans un quartier résidentiel, devant une belle maison de brique peinte en blanc, avec des volets noirs. Sur la boîte aux lettres était inscrit un nom : Patterson. Sidney ne se dirigea pas vers la porte d'entrée, mais vers une mangeoire pour les oiseaux joliment décorée, qui se trouvait à côté du garage. Après avoir jeté un regard méfiant autour d'elle, elle y glissa la main et en retira un jeu de clefs, puis alla ouvrir la porte de derrière et pénétra dans la maison.

Elle était chez son frère, Kenny, actuellement en France avec sa famille. Kenny, à la tête d'une maison d'édition indépendante, était un garçon brillant mais affreusement tête en l'air. Après s'être retrouvé à plusieurs reprises dans l'impossibilité de rentrer chez lui, il avait fini par laisser ses clefs dans la mangeoire, habitude connue de tous les membres de la famille.

La maison était une belle construction ancienne, dont les pièces, vastes et décorées avec un goût exquis, étaient confortablement meublées, mais Sidney n'avait pas le temps de profiter de l'environnement. Elle fila droit vers un petit bureau. Avec une des clefs qu'elle venait de récupérer, elle ouvrit une armoire de chêne et fit l'inventaire de son contenu, une impressionnante batterie de fusils de chasse et de pistolets, avant de choisir une Winchester 1 300 Defender. C'était une arme de calibre 12, relativement légère — à peine plus de trois kilos — fonctionnant avec de redoutables projectiles Magnum et comportant un magasin d'une capacité de huit coups. Dans l'un des tiroirs de l'armoire, elle prit l'une des sacoches à munitions de son frère et y plaça plusieurs boîtes de projectiles. Puis elle examina les pistolets suspendus à des crochets spéciaux dans le fond de l'armoire, à côté des fusils de chasse, car elle n'avait guère confiance dans le 32. Elle en soupesa plusieurs, avant d'arrêter son choix sur une arme familière, un

Smith & Wesson Slim Nine, dont la crosse n'était pas endommagée. Elle prit le pistolet, ajouta dans la sacoche une boîte de munitions de 9 mm et referma l'armoire. En sortant, elle rafla une paire de jumelles sur une étagère.

Elle monta quatre à quatre à l'étage et entra dans la chambre de son frère et de sa femme. Pendant plusieurs minutes, elle choisit des vêtements chauds et des chaussures dans la garde-robe de sa belle-sœur et les mit dans une valise. Elle s'apprêtait à quitter la pièce lorsque son regard tomba sur la petite télévision. Elle l'alluma. En zappant, elle finit par trouver une chaîne d'informations. On y faisait état de l'affaire du jour. Sidney s'était attendue qu'on parle d'elle, mais elle reçut un choc lorsque son visage apparut sur l'écran à côté d'une photo de la limousine. Ce fut encore pire lorsque l'écran se scinda en deux et que le visage de Jason fut accolé au sien. Sur cette photo, celle de sa carte de chez Triton, son mari avait l'air fatigué. Apparemment, les médias exploitaient le côté « couple impliqué dans une affaire criminelle ». Sidney étudia sa propre image. Sur l'écran, elle aussi paraissait lasse, avec ses cheveux plaqués en arrière. Elle ne put s'empêcher de penser que Jason et elle avaient l'air coupables. Même s'ils ne l'étaient pas. Quoi qu'il en soit, dès aujourd'hui, le pays tout entier allait les considérer comme de nouveaux Bonnie et Clyde.

Les jambes flageolantes, elle décida sur une impulsion soudaine d'aller dans la salle de bains et de prendre une douche. En revoyant la limousine, elle s'était brusquement rappelé qu'elle portait encore sur elle des traces de ces instants épouvantables. Elle s'enferma à clef, se déshabilla et prit sa douche en laissant le rideau ouvert et en veillant à ne pas tourner le dos à la porte. Elle avait gardé le 32 à portée de main. L'eau chaude lui fit du bien. Le petit miroir fixé sur la paroi de la cabine de douche lui renvoya le reflet de son visage tendu. Elle se sentait vieille et fatiguée. Sur le plan psychique, elle était au bout du rouleau et il lui semblait que son corps aussi la lâchait, entamant un lent processus de décrépitude... Elle chassa cette idée de son esprit. Pas question de se laisser aller ! Elle se battrait, seule contre tous, mais déterminée comme mille. Elle avait Amy, et personne ne pourrait la lui enlever.

Quand elle eut terminé, elle s'habilla chaudement, sortit de la maison et se dirigea vers le garage avec son chargement, non sans y avoir ajouté au passage une lampe torche. Elle se hâtait, car il lui était venu à l'esprit que la police vérifierait si elle ne se cachait pas dans sa famille ou chez des amis. Une fois dans le garage, elle considéra la Land Rover Discovery bleu marine de son frère, un véhicule d'une exceptionnelle robustesse. Elle glissa la main sous le pare-chocs gauche et en retira un jeu de clefs, avec une pensée émue pour l'étourderie de Kenny. Elle désactiva le système de sécurité sophistiqué en appuyant sur un minuscule bouton situé sur la clef, ouvrit la portière arrière et plaça le fusil sur le plancher en le dissimulant sous une couverture. Elle glissa les pistolets sous le siège avant, enfermés dans la sacoche. Les armes n'étaient pas chargées, mais elles le seraient dès qu'elle arriverait à destination et jusqu'à ce que ce cauchemar prenne fin.

Le moteur V8 rugit. Sidney appuya sur le dispositif de commande d'ouverture automatique de la porte situé près du pare-soleil et sortit à reculons. En arrivant au bout de l'allée, elle vérifia soigneusement que la route était déserte avant d'y engager la Land Rover. Elle prit rapidement de la vitesse et laissa bientôt derrière elle Stamford et son atmosphère paisible.

Elle atteignit l'Interstate 95 une vingtaine de minutes plus tard. La circulation y était dense et il lui fallut un certain temps avant de quitter le Connecticut. Elle traversa Rhode Island et contourna Boston vers une heure du matin. La Land Rover était équipée d'un téléphone cellulaire, mais après ce que lui avait expliqué Jeff Fisher, elle préférait ne pas l'utiliser. Par ailleurs, qui aurait-elle appelé ? Elle s'arrêta une fois dans le New Hampshire pour faire le plein et acheter un gobelet de café et une barre chocolatée. Désormais, la neige tombait à gros flocons, mais la Land Rover avançait sans difficulté et le bruit des essuie-glaces maintenait Sidney éveillée. Vers trois heures, néanmoins, elle commença à piquer du nez sur le volant et dut s'arrêter sur une aire de repos pour les camions. Elle inséra la Land Rover entre deux semi-remorques, verrouilla les portières, s'allongea sur la banquette arrière et s'endormit, le 9 mm dans une main. Quand elle s'éveilla, le soleil était déjà haut. Elle acheta un rapide petit déjeuner à la boutique des routiers. Quelques heures plus tard, elle passait Portsmouth, dans le Maine, et après encore deux heures de trajet, elle aperçut la sortie qu'elle cherchait et quitta l'autoroute. Elle se trouvait maintenant sur la route 1, pratiquement déserte à cette période de l'année.

À travers le rideau de neige, elle découvrit enfin le petit panneau annonçant qu'elle était arrivée à Bell Harbor, 1 650 habitants. Quand elle était enfant, sa famille avait passé de merveilleux étés dans cette petite ville tranquille. Elle gardait le souvenir des plages immenses, des glaces délicieuses, des longues balades à vélo et des promenades le long de Granite Point, d'où l'on pouvait contempler les fureurs de l'Atlantique par les journées de grand vent. Jason et elle avaient eu l'intention d'acheter une maison de vacances près de celle de ses parents. Ils étaient enchantés à l'idée de passer l'été là-bas, à regarder Amy courir le long de la plage et creuser des trous dans le sable, comme Sidney vingt-cinq ans plus tôt. En cet instant même, elle n'imaginait pas que ce rêve puisse un jour se réaliser, mais elle ne devait pas perdre tout espoir.

Sidney prit la direction de l'océan, puis tourna lentement dans Beach Street. La maison de ses parents était une grande bâtisse en bois d'un étage avec des fenêtres mansardées et une terrasse qui faisait tout le tour, surplombant l'océan d'un côté. Le sous-sol était occupé par un garage. Entre les habitations proches les unes des autres, le vent de la mer s'engouffrait avec force, déstabilisant la Land Rover, en dépit de son poids. Sidney n'était jamais allée dans le Maine à cette période de l'année. C'était la première fois qu'elle voyait la neige tomber sur l'océan, sous un ciel noir.

Elle ralentit en approchant de chez ses parents. Dans la rue, les maisons étaient inhabitées. En hiver, Bell Harbor ressemblait à une ville fantôme, sans compter que, hors saison, le commissariat de police était réduit à sa plus simple expression. Si l'homme qui en avait froidement assassiné trois autres dans la limousine décidait de la poursuivre à nouveau, il n'aurait pas affaire à forte partie. Elle prit la sacoche à munitions sous le siège et inséra un chargeur dans le 9 mm, puis pénétra avec la Land Rover dans l'allée de la maison entièrement recouverte de neige et descendit du véhicule. Elle regarda autour d'elle. Ses parents ne semblaient pas être arrivés. Ils avaient dû s'arrêter en route à cause du mauvais temps. Elle gara la Land Rover dans le garage, referma la porte derrière elle, puis déchargea ses affaires et les monta dans la maison par l'escalier intérieur.

Elle ne pouvait pas savoir que la neige avait recouvert des traces de pneus toutes récentes dans le jardin. Elle ne s'aventura pas non plus dans la chambre donnant sur l'arrière, où l'on avait soigneusement rangé plusieurs valises. Au moment où elle pénétra dans la cuisine, elle ne put voir la voiture qui passait lentement devant la maison avant de poursuivre sa route.

L'intérieur du bâtiment où travaillait l'équipe du laboratoire du FBI était une véritable ruche. Liz Martin, une technicienne en blouse blanche, fit signe à Sawyer et à Jackson de la suivre vers la limousine, dont la portière arrière gauche était ouverte. On avait emporté ses occupants à la morgue. Un PC avec un écran de 21 pouces avait été installé près de la voiture. Liz Martin s'en approcha et se mit à pianoter sur le clavier tout en parlant. Elle avait une jolie peau mate, une silhouette épanouie et des rides rieuses au coin des lèvres. C'était l'une des collaboratrices les plus brillantes du laboratoire.

« Avant d'enlever physiquement toute trace, on a examiné tout l'intérieur à la Luma-Lite, comme tu le voulais, Lee, et on a trouvé des choses intéressantes. En même temps, on a aussi enregistré l'intérieur du véhicule sur une bande vidéo qu'on a entrée dans l'ordinateur, comme ça vous pourrez suivre plus facilement. » Elle tendit à chacun des deux agents une paire de lunettes spéciales et en mit une sur son nez. « Attention, le spectacle va commencer, dit-elle en souriant. En fait, ces lunettes bloquent certaines longueurs d'onde qui pourraient avoir été émises au cours de l'examen et risqueraient d'obscurcir ce qui apparaît sur le film. » L'écran s'était animé pendant qu'elle parlait. On voyait maintenant l'intérieur de la limousine. Il était plongé dans l'obscurité, condition nécessaire lors d'un examen à la Luma-Lite. Pour effectuer ce test, on utilise un laser de forte puissance afin de révéler la présence de certains éléments qui, autrement, demeureraient invisibles.

Liz Martin se mit à manipuler la souris reliée au PC, sous le regard attentif des deux agents. Une flèche blanche se déplaça sur la surface de l'écran. « Nous avons commencé avec une source de lumière seule, sans utiliser de produits chimiques, commenta Liz, pour rechercher une éventuelle fluorescence inhérente. Ensuite, nous avons employé une série de poudres et de teintures.

— Tu disais que tu avais des éléments intéressants, Liz ? » La voix de Sawyer trahissait une légère impatience.

« Le contraire aurait été étonnant dans un espace fermé comme celui-ci, compte tenu de ce qui s'y est passé. » Elle leva les yeux vers l'écran et la flèche de la souris vint se positionner sur ce qui semblait être la banquette arrière de la limousine. La technicienne appuya sur certaines touches du clavier, sélectionna une image et l'agrandit jusqu'à ce qu'elle soit visible à l'œil nu. Il était difficile toutefois de l'identifier.

« Qu'est-ce que c'est ? » demanda Sawyer en se tournant vers Liz Martin. On aurait dit une sorte de ressort, que l'agrandissement avait porté à la taille d'un crayon.

« Une fibre, tout simplement. » La technicienne appuya sur une autre touche et la fibre apparut en trois dimensions. « Au premier abord, je dirais que c'est de la laine, pas de la fibre synthétique. De couleur grise. Ça vous dit quelque chose ? »

Jackson claqua des doigts. « Sidney Archer portait un blazer gris, ce matin-là.

— C'est vrai », approuva Sawyer.

Liz reporta son attention vers l'écran. « Un blazer en laine, dit-elle d'un ton pensif. Oui, cela correspondrait bien.

— Où l'as-tu trouvé exactement, Liz ? interrogea Sawyer.

— Sur la banquette du fond, à gauche, ou plutôt vers le milieu. » Se servant de la souris, Liz traça sur l'écran une ligne entre l'endroit où la fibre avait été découverte et l'extrémité gauche de la banquette. « À soixante-dix centimètres de l'extrémité de la banquette et à dix-huit centimètres de hauteur. Logiquement, on peut déduire de cette position qu'il s'agit d'une veste ou d'un manteau. On a aussi retrouvé des fibres synthétiques près de la portière gauche. Elles correspondent aux vêtements que portait l'homme abattu, assis à cet endroit. »

Elle se concentra sur l'ordinateur. « Quant à ces échantillons que vous allez voir, nous n'avons pas eu besoin de nous servir du laser pour les retrouver. Ils étaient visibles à l'œil nu. » L'écran se modifia. Liz positionna la flèche sur des cheveux, aisément reconnaissables.

« Voyons, laisse-moi deviner, dit Sawyer. Longs, naturellement blonds, situés près de la fibre.

— Un bon point, Lee. On fera de toi un scientifique, répondit Liz en souriant. Ensuite, on a utilisé un leucodérivé pour rechercher des traces de sang. On a en trouvé des tonnes, comme vous pouvez vous en douter. Les éclaboussures ne manquent pas. Les schémas sont très parlants, compte tenu de l'exiguïté des lieux. » Sur l'écran, l'intérieur de la limousine brillait en de nombreux endroits, comme une mine d'or. « Ma conclusion, poursuivit Liz, c'est que l'homme retrouvé sur le plancher était assis face à la banquette du fond ou bien la tête tournée légèrement vers la vitre de droite. La balle est entrée près de la tempe droite. Il y a eu pas mal de projections de sang, d'os et de tissus. Vous voyez d'ailleurs que la banquette arrière est couverte de débris.

— À ceci près qu'ici il n'y a rien, constata Sawyer en montrant la partie gauche du siège.

— Tu as un œil de lynx, dit Liz. Les échantillons que nous avons recueillis étaient distribués assez uniformément sur la banquette du fond. Ce qui m'incite à penser que la victime — elle consulta ses notes —, Brophy, s'était détournée, vers sa gauche. Sa tempe droite, celle où il a reçu la balle, faisait donc face à la banquette, d'où l'abondance des traces sur celle-ci.

— Comme si on avait tiré dessus au canon, remarqua Sawyer.

— Ce n'est pas le terme qu'emploierait un scientifique, Lee, mais l'idée y est. » Elle haussa les sourcils et continua : « Néanmoins, on ne retrouve pratiquement aucune trace de sang, de tissus, ni de fragments osseux sur la partie gauche de la banquette arrière. Et ce sur une largeur d'un mètre vingt environ. Pourquoi ? » Elle regarda les deux agents comme un professeur attendant que ses élèves lèvent la main.

Sawyer prit la parole. « Nous savons que l'une des victimes, Philip Goldman, était assis à l'extrémité gauche, où on l'a retrouvé. Mais c'était un homme de taille moyenne. Il ne remplissait pas tout cet espace. Si l'on met bout à bout la largeur de celui-ci, le cheveu et la fibre que vous avez découverts, on en déduit qu'une autre personne se trouvait juste à côté de Goldman.

— C'est mon opinion. Il y aurait dû y avoir également projection de résidus suite à la blessure de Goldman. Or, on n'a rien retrouvé sur la banquette à côté de lui, ce qui vient renforcer l'idée que quelqu'un s'y trouvait et a tout reçu. Pas très agréable, c'est le moins qu'on puisse dire. Moi, si une chose pareille m'arrivait, je ne sortirais plus de ma baignoire pendant huit jours.

— Quelqu'un avec une veste de laine, de longs cheveux blonds..., commença Jackson.

— Il y a également ceci », l'interrompit Liz, en pointant le doigt vers l'écran. Une autre image apparut, celle de la banquette arrière, à nouveau, sur laquelle on distinguait plusieurs lacérations du cuir. Trois traits parallèles couraient horizontalement, juste à côté de l'endroit où l'on avait retrouvé Goldman. Au beau milieu, on apercevait un objet. Les deux agents du FBI lancèrent un même regard interrogateur à Liz. « C'est un fragment d'ongle, déclara la technicienne. On n'a pas eu le temps de faire une analyse génétique, évidemment, mais il appartient à une femme.

— Comment sais-tu ça ? demanda Jackson.

— Les choses sont parfois simples, Ray. Ongle long, verni, manucure professionnelle. Tu connais beaucoup d'hommes qui s'offrent ce genre de coquetterie ? Quant aux traits parallèles...

— Ce sont des griffures, termina Sawyer. Elle a griffé le siège et s'est cassé un ongle.

— Elle devait être paniquée, remarqua Liz.

— Quoi d'autre, Liz ?

— Des tas de choses. On a utilisé du MDB, un composé génial pour rendre fluorescentes à la lumière du laser les empreintes latentes. On a aussi mis une lentille bleue sur la Luma-Lite, avec d'excellents résultats, et relevé les empreintes des victimes pour pouvoir les séparer des autres. Il y en a partout, c'est normal. On en a trouvé d'autres, partielles, y compris une qui correspond aux griffures. Là aussi, c'est normal. Et puis une empreinte tout à fait intéressante.

— C'est-à-dire ? interrogea Sawyer, bouillant d'impatience.

— Il y avait sur les vêtements de Brophy beaucoup de sang et autres résidus provenant de sa blessure. Son épaule droite, en particulier, était couverte de sang. Logique, dans la mesure où sa tempe droite a dû saigner abondamment. Mais il y avait des traces de doigts dans ce sang. Des empreintes de tous les doigts d'une main, pratiquement.

— Comment l'expliques-tu ? Quelqu'un a essayé de le retourner ? » Sawyer avait l'air stupéfait.

« Je ne crois pas, mais je n'ai aucune preuve de ce que j'avance. Au pif, il me semble, d'après l'empreinte de la paume que j'ai pu en tirer, que quelqu'un a essayé de grimper par-dessus lui, ou du moins s'est retrouvé à califourchon sur lui. Je sais bien que cela paraît étrange, compte tenu des circonstances. Mais la position des doigts, des mains et du reste le suggère fortement. »

Sawyer lui lança un regard sceptique. « De grimper par-dessus lui ? Tu lances le bouchon un peu loin, Liz, non ? Comment peut-on déduire ce genre de chose à partir des empreintes ?

— Ce n'est pas tout. Nous avons également découvert ceci. » Elle montra de nouveau l'écran et un étrange objet apparut. Une sorte de forme ou de dessin. Deux, plutôt. Le fond sombre qui les entourait empêchait de bien voir ce que c'était.

« C'est un instantané du corps de Brophy, expliqua Liz. Il est face contre terre sur le plancher. Nous sommes en train de regarder son dos, sur lequel se trouve cette forme, qu'une tache de sang permet de distinguer. »

Jackson et Sawyer approchèrent le nez de l'écran jusqu'à loucher, mais en vain. Ils ne distinguaient rien.

« C'est un genou. » Elle agrandit l'image qui envahit bientôt tout l'écran. « Une forme reconnaissable entre toutes, surtout avec un support malléable comme le sang. » Elle cliqua de nouveau et une autre image apparut. « Il y a aussi cela. »

Les deux agents écarquillèrent les yeux. Cette fois, le dessin était parfaitement identifiable. « Une empreinte de chaussure. Le talon », avança Jackson.

Sawyer n'avait toujours pas l'air convaincu. « Mais bon sang, pourquoi crapahuter sur un cadavre, patauger dans le sang et Dieu sait quoi d'autre, laisser partout des traces derrière soi, alors qu'il suffisait d'ouvrir la portière gauche pour sortir ? Enfin, je veux dire, la personne dont nous parlons était probablement assise près de Goldman du côté *gauche* ! »

Liz Martin et Jackson se regardèrent. Visiblement, ni l'un ni l'autre n'avaient d'explication à avancer. « C'est pour ça qu'on vous paie des mille et des cent à la fin du mois, les copains, constata en souriant la technicienne. Moi, je ne suis qu'une souris de laboratoire.

— Et modeste avec ça, dit Jackson. Je t'adore, Liz. »

Elle rosit sous le compliment. « Vous aurez un rapport écrit dans la journée.

— Je suppose qu'on a vérifié les empreintes ? interrogea Sawyer pendant que tous trois ôtaient leurs lunettes spéciales.

— Seigneur, j'allais oublier le principal. Toutes les empreintes — celles que nous venons de voir sur l'écran, celles qui ont été relevées sur l'arme présumée du crime, ainsi qu'à l'intérieur de la limousine, et à l'extérieur jusqu'au septième étage — toutes appartiennent à une seule et même personne.

— Sidney Archer, dit Jackson.

— Exactement. Le bureau auquel nous ont conduits les traces sanglantes est le sien, soit dit en passant. »

Sawyer s'avança jusqu'à la limousine et regarda à l'intérieur. Il fit signe à Liz Martin et à Jackson de le rejoindre.

« Bon, sur la base de ce que nous savons, peut-on affirmer que Sidney Archer se trouvait assise à peu près à cet endroit ? » Il désigna un point situé légèrement à gauche du milieu de la banquette arrière.

« Raisonnablement, oui, compte tenu de la largeur de la zone sans traces. Quant aux éclaboussures de sang, à la fibre et aux empreintes, ces éléments vont plutôt dans ce sens.

— D'après la position du corps, Brophy faisait vraisemblablement face au fond. Tu dis qu'il a sans doute tourné la tête, ce qui explique l'importance des résidus sur la banquette arrière ?

— Exact. » Liz hocha la tête. Elle suivait attentivement le raisonnement de Sawyer.

« Maintenant, il ne fait guère de doute que la

blessure de Brophy a été faite à bout portant. » Il désigna l'espace entre les sièges qui se faisaient face à l'arrière du véhicule. « Tu estimes cette distance à combien ? interrogea-t-il.

— On va le savoir tout de suite », dit Liz. Elle se dirigea vers son bureau, prit un mètre et revint mesurer l'espace avec l'aide de Jackson. Les sourcils froncés, elle regarda le résultat. Elle comprenait maintenant où Sawyer voulait en venir. « Un mètre quatre-vingt-quinze du milieu d'un siège au milieu de l'autre.

— Compte tenu de l'absence de résidus sur la banquette arrière, poursuivit Sawyer, Sidney Archer et Goldman étaient assis le dos appuyé au siège, vous êtes d'accord tous les deux ? » Liz et Jackson acquiescèrent. « Très bien. Dans ce cas, est-il possible que Sidney Archer ait pu tirer à bout portant sur la tempe de Brophy, si elle était le dos contre le dossier ?

— Non, dit aussitôt Liz, à moins que ses bras ne traînent par terre quand elle marche.

— Maintenant, admettons que Brophy se penche vers elle. Très près. Elle sort son arme et fait feu. Il tombe sur elle, mais elle le repousse et il atterrit sur le plancher. Qu'est-ce qui cloche dans cette hypothèse ? »

Liz réfléchit un moment. « Si Brophy se penche en avant — et il faut presque qu'il quitte son siège —, vu la distance entre les deux sièges, elle doit faire de même pour tirer à bout portant. Ils se retrouvent donc au milieu, pour ainsi dire. Mais si elle se penche en avant pour tirer, alors son dos n'est pas collé au siège et même si son corps reçoit la plupart des résidus, il est hautement improbable que le siège derrière elle ne soit pas en partie éclaboussé. Pour qu'elle ait pu rester le dos collé à la banquette, il aurait fallu que Brophy soit quasiment sur ses genoux. C'est peu vraisemblable, non ?

— Tout à fait d'accord, approuva Sawyer. Maintenant, parlons un peu de la blessure de Goldman. Sidney Archer est assise à côté de lui. Comment se fait-il qu'il ait reçu une balle en plein front et non dans la tempe droite ?

— Il a pu se tourner pour lui faire face, commença Liz, mais... Mais les projections de sang ne correspondent pas. Non, Goldman regardait vers l'avant de la limousine lorsqu'il a reçu la balle, c'est évident. Mais cela n'empêche rien.

— Vraiment ? » Sawyer prit une chaise et s'assit, prétendant tenir un revolver imaginaire dans la main droite. Il fit faire à l'arme un demi-cercle et la pointa vers l'arrière, comme s'il était sur le point de tirer dans le front d'une personne assise à sa gauche qui aurait regardé droit devant elle. « Dur-dur, non ? fit-il en regardant Liz Martin et Jackson.

— Très, commenta Jackson.

— Et ça devient encore plus difficile, figurez-vous, parce que Sidney Archer est gauchère. Tu te souviens, Ray, de la façon dont elle buvait son café et dont elle tenait le pistolet ? Voilà ce que cela donnerait. » Il renouvela sa démonstration en tenant cette fois le revolver imaginaire dans sa main gauche. Ses contorsions étaient presque comiques.

« Tu as raison, Lee, c'est impossible, commenta Jackson. Il aurait fallu qu'elle vienne se placer face à lui pour lui infliger ce genre de blessure. Ou alors elle s'est arraché le bras. Personne ne peut tirer de cette manière.

— Donc, si c'est Sidney Archer l'auteur des coups de feu, elle abat d'une manière ou d'une autre le chauffeur à l'avant, puis retourne d'un bond sur la banquette arrière, descend Brophy, ce qui est irréalisable, on l'a vu, avant de flinguer Goldman en utilisant un angle de tir complètement anormal — impossible, en fait. Non, ça ne cadre pas. » Sawyer se leva de sa chaise en hochant la tête.

« Tu marques des points, Lee, je dois le

reconnaître, dit Liz, mais il n'en reste pas moins que Sidney Archer a laissé des traces incontestables sur les lieux du crime.

— Ce n'est pas parce qu'on se trouve *sur* les lieux d'un crime qu'on est coupable, Liz », s'enflamma Sawyer. La technicienne eut l'air un peu peinée de son ton véhément.

Avant de quitter le laboratoire, l'agent du FBI lui posa une dernière question. « On a les résultats, pour les traces de poudre sur les mains des victimes ?

— J'espère que tu es au courant que la balistique ne fait plus ce genre de test, dans la mesure où les résultats sont loin d'être probants. » Liz Martin avait adopté un ton plutôt froid, que Sawyer, morose, sembla ne même pas remarquer. « Mais enfin, dans la mesure où c'est toi qui l'as demandé, personne n'a ronchonné. Donne-moi une minute pour aller vérifier, Sawyer. »

Elle retourna à son bureau et décrocha le téléphone, tandis que Sawyer braquait un regard noir sur la limousine, comme s'il avait voulu la faire disparaître par enchantement. Jackson paraissait préoccupé par l'attitude de son collègue.

Liz écouta la réponse à sa question. « Négatif, dit-elle en raccrochant. Au cours des six heures précédant la mort, aucune des victimes n'a tiré de coup de feu, ni eu en main une arme ayant récemment servi.

— C'est sûr ? interrogea Sawyer, le front plissé. Il ne peut pas y avoir d'erreur ? »

Le visage de Liz se ferma. « Ils savent faire leur travail au labo, Lee, et ce test n'a rien de sorcier, de toute façon. Si on ne le fait plus systématiquement, c'est parce que les résultats ne sont pas fiables à 100%. Un résultat positif risque toujours d'être faussé par toutes les substances qui se promènent. Mais là, le 9 mm aurait dû laisser pas mal de résidus et, de toute façon, le résultat est *négatif.* Je crois que, dans le cas présent, on peut s'y fier. Néanmoins, j'ai demandé qu'on tienne compte du fait qu'ils auraient pu porter des gants.

— Mais on ne les a pas retrouvés sur eux, remarqua Jackson.

— Effectivement. » Liz lança un regard triomphant à Sawyer, qui préféra l'ignorer.

« A-t-on retrouvé d'autres empreintes sur le 9 mm ? interrogea-t-il.

— Une empreinte de pouce, partiellement indistincte. Celle de Parker, le chauffeur.

— Aucune autre ? Tu es sûre ? »

Liz ne répondit pas, mais son silence était éloquent.

« Vu, poursuivit l'agent du FBI. Tu dis que l'empreinte de Parker n'était pas nette, mais comment étaient celles de Sidney Archer ?

— Très nettes, si ma mémoire est bonne. Il y a un léger brouillage sur la crosse, la détente et le cran de sûreté, mais elles sont impeccables sur le canon.

— Le canon ? dit Sawyer d'un air pensif. Tu as eu le rapport de la balistique ? La trajectoire des tirs m'intéresse fortement.

— On est en train d'effectuer les autopsies. On saura bientôt. J'ai demandé à être tenue au courant des résultats. Ils t'appelleront en premier, mais si ce n'est pas le cas, je te bigophone dès que je les ai. » Après un instant de silence, elle ajouta d'un ton moqueur : « Tu voudras t'assurer qu'ils ne se sont pas trompés, bien entendu. »

Sawyer la regarda. « Merci, Liz, ton aide nous a été précieuse », dit-il. Il y avait dans sa voix une nuance de sarcasme qui n'échappa ni à la technicienne du laboratoire, ni à Jackson.

Il s'éloigna d'un pas pesant, le dos voûté, l'air complètement ailleurs. Jackson resta un peu arrière avec Liz, qui murmura, le regard fixé sur la silhouette massive : « Qu'est-ce qui lui arrive ? Il ne m'a jamais traitée ainsi. »

Jackson resta songeur. « Je ne suis pas sûr de pouvoir répondre à cette question, Liz, dit-il en haussant les épaules. Vraiment pas. »

51

Quand Jackson monta dans la voiture, Lee Sawyer était déjà installé au volant, le regard dans le vide. Le jeune agent du FBI consulta sa montre. « Lee, que dirais-tu d'une petite bouffe ? » interrogea-t-il d'un ton joyeux. Comme Sawyer ne répondait pas, il reprit, en lui donnant une tape amicale sur l'épaule : « C'est moi qui invite. L'affaire du siècle, non ? Ne laisse pas filer une occasion pareille ! »

Sawyer leva les yeux et un petit sourire naquit sur ses lèvres. « Vraiment, mon vieux, faut-il que tu me croies lessivé par cette affaire pour me traiter aussi royalement ! dit-il.

— Mais non ! Simplement, je ne tiens pas à te voir devenir filiforme. »

Cette fois, Sawyer éclata de rire. Il mit le contact et démarra.

Le petit restaurant était situé près du quartier général du FBI, ce qui lui attirait une clientèle d'habitués. Jackson était attablé devant un plat qu'il attaquait de bon appétit, tandis que Sawyer se contentait de tripoter son gobelet de café. Autour d'eux, un certain nombre de leurs collègues venaient manger quelque chose avant d'aller prendre leur service ou de rentrer chez eux, et les saluaient au passage.

Jackson lança un coup d'œil à Sawyer. « Tu as fait un sacré bon boulot au labo, Lee. Mais tu aurais pu être un peu plus gentil avec Liz, tu ne crois pas ? Elle faisait le sien, elle aussi. »

Le visage de Sawyer se contracta. « Écoute, Ray, on est tous majeurs et vaccinés, non ? Si on a envie de gentillesse, mieux vaut bosser ailleurs qu'au FBI.

— Tu sais bien ce que je veux dire. Liz est une superpro. »

L'expression de Sawyer s'adoucit. « Je sais, Ray. Je vais lui envoyer des fleurs, ça te va ? »

Un silence s'installa entre eux. Jackson se concentrait sur son assiette. « Quel est le programme, maintenant ? interrogea-t-il enfin.

— Pour dire la vérité, je me pose la question. Je me suis colleté avec de sacrés sacs de nœuds, mais cette affaire-là bat tous les records.

— Tu ne crois pas que Sidney Archer a tué ces types, n'est-ce pas ?

— Non. De plus, les indices vont dans le sens de son innocence.

— Pourtant, elle nous a menti, Lee. Que pensestu de l'enregistrement ? Elle aidait son mari, c'est clair et net. »

De nouveau, Sawyer se sentit coupable. C'était la première fois qu'il ne communiquait pas une information à l'agent avec lequel il faisait équipe. Il décida de confier sans attendre à Jackson ce que lui avait révélé Sidney Archer. Il se mit à parler. Jackson l'écoutait en silence, stupéfait. Pour finir, Sawyer ajouta, en lui jetant un regard inquiet : « Elle était morte de peur, Ray. Elle ne savait pas quoi faire. Je suis sûr qu'elle voulait tout nous dire dès le début. Bon Dieu, si seulement on savait où elle est ! Elle court peut-être un grand danger. » Il tapa du poing dans la paume de sa main. « Si seulement elle venait vers nous, si nous collaborions, nous résoudrions l'affaire, je le sais. »

Jackson se pencha en avant. « Écoute, Lee, dit-il fermement, on a débrouillé ensemble une flopée d'affaires et jusqu'à maintenant, tu as toujours gardé tes distances. Tu as vu les choses comme elles étaient.

— Et d'après toi, ce n'est pas le cas cette fois ?

— Sûr et certain. Tu en pinces pour cette nana depuis le début, ou presque. Et la façon dont tu la traites est à des années-lumière des méthodes que tu emploierais avec le suspect numéro un dans une affaire de ce genre. » Il soupira. « Par-dessus le marché, tu me racontes maintenant qu'elle t'a tout balancé à propos de l'enregistrement et de sa conversation avec son mari et que tu l'as gardé pour toi. Tu veux vraiment te faire éjecter du Bureau à coups de pied dans le cul ?

— Si tu crois de ton devoir de le signaler, Ray, tu es libre. »

Jackson émit un grognement. « Non, je ne tiens pas à bousiller ta carrière. Tu t'en charges d'ailleurs très bien tout seul.

— Cette affaire n'est pas différente des autres.

— Tu déconnes, Lee. Elle l'est et elle te démolit. » Jackson agita son doigt sous le nez de son collègue. « Tous les indices montrent que Sidney Archer est au moins impliquée dans des crimes graves, et à chaque fois tu t'arranges pour éviter d'aller dans ce sens. Tu l'as fait avec Frank Hardy, avec Liz et maintenant tu essaies avec moi. Tu n'es pas un homme politique, Lee, tu es un représentant de la loi. Même si elle n'est pas mouillée jusqu'au cou, ce n'est pas un ange non plus, je te parie tout ce que tu veux.

— Tu n'es donc pas d'accord avec mes conclusions sur le triple homicide ? contre-attaqua Sawyer.

— Si. Tu as sans doute raison. Mais si tu cherches à me persuader que Mme Archer est une innocente créature prisonnière d'un cauchemar kafkaïen, tu te trompes d'adresse. Elle a beau être belle et intelligente, elle passera une bonne partie du reste de ses jours en prison.

— Voilà donc ce que tu crois ! Qu'une jolie jeune

femme, qui en plus a oublié d'être bête, a complètement tourné la tête d'un agent du FBI divorcé et plus très frais, hein ? » Jackson ne répondit pas, mais son silence était éloquent. Sawyer haussa le ton. « Je meurs d'envie de la sauter et je ne peux pas le faire si elle est coupable ? C'est comme ça que tu vois les choses ?

— Dis-moi comment je dois les voir !

— Je ne sais pas ce qui me retient de te faire passer par la fenêtre, Ray.

— Essaie donc ! » rétorqua Jackson. Tendant le bras, il attrapa Sawyer par l'épaule. « Garde la tête froide, nom d'un chien ! Tu veux coucher avec elle, d'accord, mais attends que l'affaire soit résolue et qu'elle soit innocentée !

— Je ne te permets pas ! » hurla Sawyer en repoussant sa main. Il bondit sur ses pieds, le poing levé. Tous les visages se tournèrent vers leur table et il prit conscience de ce qu'il s'apprêtait à faire. Il baissa le bras, haletant, la lèvre inférieure tremblante, puis finit par se rasseoir.

Pendant quelques instants, les deux hommes se regardèrent sans ciller, puis Sawyer soupira. « Merde, je savais bien qu'un jour je regretterais d'avoir arrêté de fumer, dit-il d'un air gêné.

— Lee, je suis désolé, je me fais simplement du souci pour... »

Sawyer l'interrompit d'un geste de la main. « Tu sais, Ray, dit-il d'une voix posée, j'ai passé la moitié de ma vie au FBI. Quand j'ai débuté, on n'avait aucun mal à distinguer les bons des méchants. À cette époque, des mômes capables de tuer les gens comme ils iraient pisser, ça n'existait pas. Il n'y avait pas non plus ces empires de la drogue qui brassent des sommes colossales, pour lesquelles n'importe qui serait prêt à faire n'importe quoi. Les voyous avaient des revolvers. Nous aussi. Mais bientôt, au train où vont les choses, leur artillerie de base comportera des missiles sol-air.

« Le temps que je m'achète un plateau-télé merdique et un pack de bières, et une vingtaine de personnes se retrouvent à la morgue. Et pourquoi ? Parce qu'elles sont passées dans la rue au mauvais moment, ou qu'une bande de jeunes sans travail, mieux armés qu'un bataillon de forces spéciales, se sont disputé une livraison de drogue. On a beau essayer, on n'arrive pas à gagner du terrain.

— Voyons, Lee, la ligne de partage entre le bien et le mal existe toujours, tant qu'il y a des méchants.

— Tu parles, elle est aussi mitée que la couche d'ozone. Et depuis le temps que je m'emmerde avec, qu'est-ce ça m'a rapporté ? Un divorce. Mes gosses me considèrent comme un mauvais père, parce que au lieu de souffler avec eux leurs bougies d'anniversaire, je galopais après un poseur de bombes ou j'épinglais un de ces détraqués qui découpent les gens en rondelles. Et tu sais quoi ? Ils ont raison. J'ai été un père en dessous de tout, surtout avec Meggie. Je travaillais jusqu'à pas d'heure. Je n'étais jamais là et les rares fois où je pointais le nez, je roupillais ou bien j'étais tellement abruti par une affaire que je n'entendais pas la moitié de ce qu'ils me racontaient. » Sawyer poussa un soupir et se frotta le front. « Maintenant, je vis seul dans un appartement crade et une grande partie de mon salaire s'en va avant même que j'en aie vu la couleur. J'ai comme un hachoir à viande dans l'estomac et même si ce n'est qu'une impression, en revanche j'ai bel et bien quelques balles de plomb disséminées dans la carcasse. Et pour couronner le tout, depuis quelque temps, je dois me taper mes six canettes de bière si je veux avoir une chance de m'endormir.

— Qu'est-ce que tu racontes, Lee ? Voyons, pour tout le monde, tu es solide comme un roc. Au boulot, on te respecte comme personne d'autre. Sur une enquête, tu vois tous les trucs qui m'échappent. J'en suis encore à sortir mon calepin que tu as déjà reconstitué le puzzle. Tu as un instinct incroyable.

— C'est bien la seule chose qu'il me reste. Mais ne te dévalorise pas, Ray. J'ai vingt ans de plus que toi. Tu sais à quoi tient l'instinct ? Au fait de revoir mille fois le même film. Au bout d'un moment, on finit par avoir du pif. Crois-moi, tu es plus avancé que moi lorsque je n'avais qu'une demi-douzaine d'années d'expérience.

— C'est gentil de me dire ça, Lee.

— Surtout, ne te leurre pas sur ces petites confidences. Il fallait que ça sorte, mais je ne m'apitoie pas sur moi-même et je ne demande surtout pas qu'on me plaigne. J'ai choisi. Seul. Si j'ai foutu ma vie en l'air, j'en suis seul responsable. »

Sawyer se leva, alla jusqu'au comptoir et échangea quelques mots avec la serveuse. Quelques instants plus tard, il revenait à grandes enjambées, les mains en coupe devant le visage, tandis qu'une mince fumée bleue s'élevait au-dessus de sa tête. « En souvenir du bon vieux temps », dit-il en écrasant l'allumette dans le cendrier. Il se rassit et s'appuya au dossier, la tête rejetée en arrière. Un léger soupir d'aise lui échappa. Il tira une longue bouffée de sa cigarette.

« Quand j'ai mis le nez dans cette affaire, j'étais persuadé qu'elle n'allait pas me donner du fil à retordre. Un, on découvre que Lieberman est visé. Deux, on pige comment l'avion s'est écrasé. Trois, on a un certain nombre de mobiles, mais pas tant qu'on ne puisse les passer au crible et finir par mettre la main sur le salopard qui a fait ça. Merde, même le saboteur nous tombe comme un paquet-cadeau, sauf qu'il ne respire plus. Bref, tout se présente bien. Et voilà que le sol s'ouvre sous nos pieds. On s'aperçoit que Jason Archer s'est livré à un incroyable détournement de fonds et on le retrouve en train de vendre des documents confidentiels à Seattle alors qu'on le croyait enfoui dans un cratère dans un champ de Virginie. Très bien. On se dit que tout cela fait partie de son plan.

« Mais en fait, il s'avère que le saboteur est passé au travers du système informatique de la police de Virginie. On m'attire à La Nouvelle-Orléans et pendant ce temps, on trafique je ne sais quoi dans la maison des Archer. Ensuite, au moment où on s'y attend le moins, voilà que Lieberman revient dans la course because le suicide supposé de Steven Page, cinq ans auparavant. Lequel Page semble ne rien avoir à faire là-dedans sauf que son grand frère, qui aurait pu nous en raconter un bout, se fait faire une boutonnière à la gorge dans un parking. Je continue : j'ai une conversation avec Charles Tiedman. Il se pourrait bien qu'on ait fait chanter Lieberman. Dans ce cas, quel rapport avec Jason Archer ? Serait-on face à deux affaires différentes, reliées simplement par une coïncidence, à savoir qu'Archer avait payé quelqu'un pour saboter un avion et que Lieberman a pris cet avion ? Ou n'est-ce qu'une seule et même affaire ? Si tel est le cas, où est le lien, bon sang ? S'il y en a un, il a échappé à ton serviteur. »

Sans dissimuler sa frustration, Sawyer hocha la tête. Il tira une nouvelle bouffée de sa cigarette, rejeta la fumée vers le plafond, puis posa les coudes sur la table. « Là-dessus, poursuivit-il, deux autres types qu'on peut soupçonner de vouloir truander Triton Global se font descendre. Et dans tout ça, à quelque chose près, il y a un dénominateur commun : Sidney Archer. Bon, c'est vrai, j'ai du respect pour elle. Peut-être que mon jugement est un peu faussé. Tu as probablement raison de me taper sur les doigts à ce sujet. Mais je vais te confier un petit secret, Ray. » Sawyer fit tomber la cendre de sa cigarette dans le cendrier.

« Quoi donc ?

— Sidney Archer se trouvait vraiment dans cette

limousine. Celui qui a tué les trois autres l'a laissée partir. Là-dessus, la police met la main sur son pistolet. » Sawyer fit mine de tenir une arme dans la main gauche. « On retrouve ses empreintes brouillées sur la partie qu'elle aurait dû toucher si elle avait tiré et parfaitement nettes sur le canon, reprit-il en désignant avec sa cigarette différentes parties de ce pistolet imaginaire. Qu'est-ce que tu en déduis ? »

Jackson réfléchit rapidement. « Toi et moi, nous savons qu'elle l'a manipulé. » Soudain, la vérité se fit jour en lui. Son visage s'anima. « Si quelqu'un tire avec son arme en portant des gants, les empreintes de Sidney Archer seront brouillées sur la partie qu'il a manipulée, mais pas sur le canon.

— Exact. L'enregistrement de sa conversation avec son mari est resté dans la limousine. Ils s'en sont probablement servis pour la faire chanter, je suis d'accord avec toi là-dessus. Elle devait savoir qu'ils l'avaient — sans doute lui ont-ils passé la bande pour lui faire comprendre que la menace était réelle. Crois-tu qu'elle aurait laissé un élément aussi important derrière elle ? Il y a là de quoi l'envoyer en prison jusqu'à perpète. Je te jure qu'à sa place, n'importe qui aurait mis la limousine sens dessus dessous pour se procurer cette bande. Non, on l'a laissée partir pour une seule et unique raison. »

Jackson reposa lentement sa tasse de café.

« Pour lui faire endosser les meurtres.

— Et peut-être pour s'assurer qu'on allait rester sur cette piste.

— C'est pour ça que tu voulais savoir si les victimes s'étaient servies d'une arme ? »

Sawyer hocha affirmativement la tête. « Il me fallait la certitude qu'un des types abattus n'était pas le tireur. Il aurait pu y avoir lutte, tu comprends. Au premier abord, ils ont tous l'air d'avoir été tués sur le coup, mais on ne peut en être sûr à 100%. L'un d'eux aurait pu aussi tuer les deux autres et se suicider ensuite, effrayé par ce qu'il venait de faire. Dans ce cas, Sidney, affolée, aurait attrapé le pistolet et l'aurait jeté dans un égout. Mais ce n'est pas ce qui s'est passé. Aucun d'entre eux n'a tiré avec cette arme. »

Les deux hommes restèrent pensifs un moment, puis Sawyer rompit le silence. « Je vais te confier un autre secret, Ray. Même si je dois encore ramer longtemps, je découvrirai qui est ce fumier. Et ce jour-là, tu pigeras un truc important.

— Quel truc ?

— Que Sidney Archer n'en sait pas plus que toi et moi sur ce qui se passe. Elle n'a plus de mari et plus de boulot. Elle risque de se retrouver accusée de meurtre, et d'une bonne douzaine d'autres forfaits. Et de finir ses jours en prison. Elle est tout bonnement terrorisée et cherche à sauver sa peau sans savoir vers qui se tourner. En fait, elle est exactement le contraire de ce que pourrait nous faire penser un examen superficiel des preuves.

— C'est-à-dire ?

— Innocente.

— Tu en es persuadé ?

— Je le *sais*. Et il y a autre chose que j'aimerais bien savoir, vois-tu.

— Quoi donc ? »

Sawyer écrasa sa cigarette tout en exhalant un ultime nuage de fumée. « Qui a vraiment tué ces trois types ? » Il resta pensif quelques instants. *Sidney Archer, elle, devait le savoir. Mais où diable était-elle ?*

Au moment où les deux hommes se levaient pour partir, Jackson posa sa main sur l'épaule de Sawyer. « Lee, dit-il, en ce qui me concerne, je me fiche de savoir si les méchants auront un jour le dessus sur les bons. Tant que tu continueras, je marcherai à tes côtés. »

52

Au moyen de ses jumelles, Sidney observa la rue devant la maison de ses parents, puis consulta sa montre. La nuit allait bientôt tomber. Elle hocha la tête, incrédule. Le courrier de Federal Express aurait-il du retard à cause des intempéries ? Généralement, quand la neige tombait sur le Maine, c'était en grande quantité. La proximité de l'océan la faisait souvent fondre et s'il gelait là-dessus, la circulation devenait particulièrement dangereuse. Et ses parents ? Où se trouvaient-ils ? Elle n'avait aucun moyen de communiquer avec eux pendant le trajet. Elle se dirigea vers la Land Rover, appela les renseignements sur le téléphone cellulaire et obtint le numéro de Federal Express. Quand elle eut une employée au téléphone, elle lui donna le nom et l'adresse de l'expéditeur de l'enveloppe et ceux du destinataire. La femme pianota sur l'ordinateur.

Sa réponse stupéfia Sidney. « Vous voulez dire que vous n'avez aucune trace de cet envoi ?

— Non, madame. D'après nos dossiers, nous n'avons jamais pris en charge ce paquet.

— Mais enfin, c'est impossible, il doit y avoir une erreur. On vous l'a forcément confié. Vérifiez encore. »

Le clavier cliqueta à nouveau. Sidney bouillait d'impatience.

« Je suis désolée, madame, c'est bien ça. Nous n'avons aucune trace de cet envoi. Assurez-vous auprès de l'expéditeur qu'il l'a bien envoyé. »

Sidney raccrocha, perplexe. Elle repartit à l'intérieur de la maison chercher le numéro de Jeff Fisher dans son sac et revint téléphoner dans la Land Rover. Il était peu vraisemblable que l'informaticien soit chez lui, car visiblement il avait pris les avertissements de Sidney au sérieux, mais sans doute interrogerait-il son répondeur. Les mains tremblantes, elle composa le numéro. Et si Jeff s'était trouvé dans l'incapacité d'envoyer le pli ? Elle revit l'image terrifiante du pistolet braqué sur elle dans la limousine. Les têtes de Brophy et de Goldman avaient littéralement explosé. Sur elle.

Le téléphone sonna, puis la communication fut établie. Sidney s'apprêtait à laisser son message sur le répondeur, lorsqu'une voix dit : « Allô ? »

Après un instant de confusion, elle se rendit compte qu'il y avait quelqu'un au bout du fil.

« Allô ? » répéta la voix.

Elle hésita, puis demanda : « Jeff Fisher, s'il vous plaît.

— Qui le demande ?

— Je suis... une amie.

— Savez-vous où il se trouve ? J'ai impérativement besoin de le joindre. »

Un frisson courut sur la nuque de Sidney. « Qui est à l'appareil ? demanda-t-elle.

— Sergent Rogers, du commissariat de police d'Alexandria. »

Sidney raccrocha instantanément.

Depuis la visite de Sidney à Jeff Fisher, il s'était passé beaucoup de choses dans la maison de l'informaticien. Tout son matériel informatique avait disparu. Il ne restait même pas une disquette. Les voisins avaient vu le camion de déménagement arriver au beau milieu de la journée. L'un d'eux était allé poser des questions aux déménageurs et tout lui avait semblé en règle. Bien sûr, Fisher n'avait jamais parlé de déménagement, mais les hommes avaient agi ouvertement. Ils s'étaient comportés avec un grand professionnalisme, prenant leur temps, emballant tout soigneusement en suivant un planning sur une feuille. Ils avaient même fait une pause pour fumer une cigarette. C'est seulement après leur départ que les gens avaient eu des soupçons. Le voisin le plus proche avait jeté un coup d'œil à l'intérieur de la maison et constaté que seul le matériel informatique avait disparu. Les meubles, eux, étaient restés en place.

Perplexe, le sergent Rogers se gratta la tête. Le problème, c'était que Fisher restait introuvable. On avait vérifié à son travail, auprès de sa famille à Boston et de ses amis. Personne ne l'avait vu au cours des jours précédents. Et, chose curieuse, on avait retrouvé sa trace au poste de police d'Alexandria, où il avait été gardé pour conduite imprudente, puis libéré sous caution. Il devait passer devant le tribunal à une date ultérieure. Depuis, apparemment, personne n'avait vu Jeff Fisher. Le sergent Rogers finit de rédiger son rapport et quitta la maison de l'informaticien.

Sidney grimpa les escaliers quatre à quatre et s'enferma dans la chambre à double tour. Elle s'empara du fusil de chasse, l'arma et alla s'asseoir par terre au fond de la pièce, l'arme braquée sur la porte. Les larmes ruisselaient sur ses joues. *Seigneur Jésus !* Jamais elle n'aurait dû mêler Jeff à cette affaire.

Sawyer était installé à son bureau dans le Hoover Building, l'immeuble du FBI, lorsqu'il reçut un coup de fil de Frank Hardy. Il mit rapidement son ex-collègue au courant des événements récents et lui fit part de sa certitude de l'innocence de Sidney Archer. Il avait eu communication du rapport du médecin légiste et, pour lui, elle ne pouvait avoir tué Goldman et Brophy.

« Tu crois que c'est Jason Archer ? interrogea Hardy.

— Ça ne tient pas debout.

— Tu as raison. Ce serait trop risqué pour lui de revenir ici.

— Et puis je ne vois pas pourquoi il ferait porter la responsabilité des meurtres à sa femme. » Sawyer fit une pause avant de demander : « RTG s'est manifesté ?

— J'allais t'en parler. Aucun commentaire de la part du président, Alan Porcher. Pas vraiment surprenant, n'est-ce pas ? On a eu droit au laïus bateau du chargé de communication, qui a vigoureusement réfuté toutes les allégations, bien entendu.

— Et le dossier CyberCom ?

— Les nouvelles sont bonnes de ce côté-là. Les récents événements impliquant RTG ont fait basculer CyberCom dans le camp de Triton. En fait, il devrait y avoir une conférence de presse cet après-midi pour annoncer l'accord intervenu entre eux. Tu veux y assister ?

— Peut-être. Nathan Gamble doit être aux anges.

— Et pas qu'un peu ! Je laisserai des badges pour toi et Ray. La conférence aura lieu au siège de Triton. »

La salle, grande comme un auditorium, était déjà pleine de monde à l'arrivée de Sawyer et de Jackson, munis de leurs badges visiteurs.

Jackson promena son regard sur la foule de reporters, de grands patrons, d'analystes financiers et autres gens du monde des affaires. « Mazette, ce doit être important !

— L'argent l'est toujours, Ray. » Sawyer prit deux tasses de café sur le buffet et essaya de distinguer quelque chose dans la foule du haut de son mètre quatre-vingt-huit.

« Vous cherchez quelqu'un ? » Hardy venait d'apparaître derrière eux.

« Oui, des pauvres, dit Jackson en souriant. Mais j'ai bien peur qu'on se soit trompé d'endroit.

— C'est sûr, mais il faut admettre qu'on est gagné par l'excitation ambiante, non ? »

Jackson approuva, puis désigna du menton l'armée

de reporters. « Je n'arrive pas à comprendre ce qu'il peut y avoir de si passionnant dans le rachat d'une entreprise.

— C'est un rachat un peu particulier, Ray. Je serais bien en peine de te citer une firme américaine dont le potentiel soit aussi considérable que celui de CyberCom.

— Dans ce cas, pourquoi est-ce que CyberCom a besoin de Triton ?

— Cette alliance avec un leader mondial va leur permettre de disposer des milliards de dollars nécessaires pour produire, commercialiser et développer leurs produits. Dans deux ou trois ans, Triton dominera le marché comme l'ont fait IBM et General Motors à une époque — plus encore, en réalité. L'alliance qui se forme aujourd'hui aboutira à la création de matériel informatique, de logiciels et autres technologies, qui prendront en charge 90% de l'information qui circule dans le monde. »

Sawyer avala d'un trait son café. « Mince alors, remarqua-t-il, ça laisse peu de place pour les autres. Que vont-ils devenir ?

— C'est le capitalisme, Lee. La loi de la jungle, la lutte pour la survie. Les animaux s'entre-dévorent pour ne pas mourir. On ne peut pas dire que ce soit joli-joli à voir. » Hardy leva les yeux vers l'estrade légèrement surélevée sur laquelle on avait installé un podium. « Le spectacle va commencer, dit-il. Venez, je nous ai réservé des sièges sur le devant. » Il précéda les deux agents du FBI dans la foule de plus en plus dense et les conduisit jusqu'aux trois premiers rangs, qu'on avait entourés d'un cordon. À la gauche du podium, quelques chaises étaient installées. Sawyer reconnut Quentin Rowe. Il était un peu mieux habillé que d'habitude, mais, malgré ses centaines de millions de dollars, il ne semblait toujours pas posséder la moindre cravate. Il était plongé dans une conversation animée avec trois hommes en costume classique. Sans doute les gens de CyberCom, pensa Sawyer.

Hardy semblait lire dans ses pensées. « De gauche à droite, le P-DG, le directeur financier et le DG de CyberCom. » Il désigna l'estrade du doigt. Nathan Gamble, sur son trente et un, prenait position sur le podium, un sourire aux lèvres. Aussitôt, les conversations se turent et chacun s'assit. On aurait cru que Moïse venait de descendre du mont Sinaï avec les tables de la Loi. Gamble sortit le texte d'un discours préparé à l'avance et l'attaqua avec vigueur. Sa teneur échappa en grande partie à Lee Sawyer, qui préféra observer Quentin Rowe. Rowe avait les yeux rivés sur Gamble et, qu'il en soit conscient ou non, son expression n'avait rien d'amical. D'après les quelques bribes de discours que saisit l'agent du FBI, il était uniquement question d'argent, l'argent qui permettait de dominer le marché. Gamble était un excellent vendeur, il fallait le reconnaître. Il termina sur une formule éloquente et une vague d'applaudissements salua sa prestation. Quentin Rowe lui succéda sur le podium. À mi-chemin, les deux hommes échangèrent un sourire forcé.

Au contraire de Gamble, Rowe mit l'accent sur le potentiel illimité que l'alliance entre les deux sociétés, Triton et CyberCom, allait offrir au monde entier. Il ne parla absolument pas d'argent. Aux yeux de Sawyer, Gamble avait d'ailleurs couvert tous les aspects de la question. Le grand patron de Triton ne prêtait pour sa part aucune attention à Rowe. Il était en train de converser avec les gens de CyberCom. À un moment, cet échange perturba Rowe qui perdit le fil de son discours pendant quelques instants, mais il se rattrapa très vite. Des applaudissements — polis, pensa Sawyer — saluèrent la fin de son intervention. Visiblement, le bien de l'humanité passait après le roi Dollar, du moins pour les personnes présentes.

Les dirigeants de CyberCom terminèrent la présentation et tous se prêtèrent complaisamment à de grandes poignées de main et accolades devant les photographes. Sawyer remarqua que Gamble et Rowe évitaient soigneusement tout contact physique en veillant à ce que leurs nouveaux partenaires leur servent de rempart. Le rachat de CyberCom servirait aussi à créer une zone tampon entre eux.

Les héros de la fête fendirent la foule, aussitôt assaillis de questions. Gamble, tout sourire, savourait visiblement l'instant, les dirigeants de CyberCom dans son sillage. Rowe se détacha du groupe. Il s'approcha du buffet, se versa une tasse de thé et alla s'installer dans un coin tranquille.

Sawyer tira Jackson par la manche et tous deux se dirigèrent vers lui, tandis que Hardy s'avançait vers Gamble, qui continuait à pontifier.

« Compliments pour votre discours. »

Rowe leva les yeux.

« Merci.

— Vous ne connaissez pas l'agent Ray Jackson, je crois. Lui et moi, nous faisons équipe. »

Les deux hommes échangèrent des formules de politesse.

Sawyer désigna d'un signe de tête le groupe qui se pressait autour de Gamble. « Il a l'air d'aimer les feux de la rampe », commenta-t-il.

Rowe but une gorgée de thé. « Son approche purement financière et sa connaissance limitée de notre domaine ne risquent pas de fatiguer les micros, dit-il d'un ton dédaigneux.

— Personnellement, dit Jackson en s'asseyant à ses côtés, j'ai bien aimé votre discours sur l'avenir. Mes mômes vivent déjà avec l'ordinateur. J'approuve ce que vous avez dit : si l'on permet à tous, et surtout aux pauvres, d'avoir un meilleur niveau d'éducation, le monde sera meilleur. Il y aura des boulots plus intéressants et moins de criminels.

— Merci. Je le pense sincèrement. Mais votre collègue — il eut un petit sourire à l'intention de Sawyer — ne partage pas tout à fait nos idées. »

Sawyer prit un air vexé. « Mais non, je suis pour cet aspect positif du progrès. Simplement, je n'ai pas l'intention de laisser tomber le papier et le crayon. » Il pointa sa tasse de café vers le groupe des dirigeants de CyberCom. « Vous semblez bien vous entendre avec eux », commenta-t-il.

Rowe s'anima. « C'est vrai. Ils ne sont pas aussi progressistes que moi, mais ils sont loin des positions de Gamble, pour qui seul compte le fric. Ils vont nous équilibrer, en quelque sorte. En attendant, il va quand même falloir se farcir les avocats au moins pendant deux mois jusqu'à ce qu'on en arrive à la signature définitive.

— Le cabinet Tyler, Stone ? interrogea Sawyer.

— Exact.

— Ils continueront à vous conseiller une fois le rachat de CyberCom bouclé ?

— Il faut demander ça à Gamble. Il dirige la boîte. C'est lui qui décide. » Il se leva brusquement. « Bon, excusez-moi, je dois vous laisser.

— Quelle mouche l'a piqué ? » interrogea Jackson tandis qu'il s'éloignait à grands pas.

Sawyer haussa ses larges épaules. « Disons plutôt un essaim de guêpes. Si tu travaillais avec Nathan Gamble, tu comprendrais.

— Vu. Que fait-on, maintenant ?

— Tu veux bien te verser une autre tasse de café et faire un petit tour dans l'honorable assistance, Ray ? J'ai encore deux mots à dire à Quentin Rowe. »

Pendant que Jackson se dirigeait vers le buffet, Sawyer se fondit dans la foule. Il profita de sa grande taille pour essayer de repérer Rowe, qu'il avait perdu de vue. Au moment où il l'apercevait en train de quitter la salle, quelqu'un le tira par la manche.

« Depuis quand un fonctionnaire s'intéresse-t-il

aux dernières péripéties du secteur privé ? » dit la voix de Nathan Gamble.

L'agent du FBI se tourna vers Gamble.

« Je prends des leçons de capitalisme. À propos, chouette discours. J'en suis encore tout remué. »

Gamble éclata d'un rire sonore. « Mon œil ! » Il désigna du doigt la tasse de café de Sawyer. « Vous voulez quelque chose d'un peu plus requinquant ?

— Non, merci, je suis en service. Par-dessus le marché, c'est un peu tôt pour moi.

— Écoutez, je viens de faire l'affaire de ma vie, Mister FBI. Ça vaut bien une petite biture, à mes yeux.

— C'est votre affaire. Pas la mienne.

— Sait-on jamais ? dit Gamble d'un air provocant. Venez, faisons quelques pas. »

Sawyer le suivit. Ils traversèrent l'estrade, prirent un couloir et pénétrèrent dans une petite pièce. Gamble s'effondra dans un fauteuil et sortit un cigare de la poche de sa veste. « Si vous ne voulez pas vous soûler en ma compagnie, au moins grillez-en un avec moi. »

Sawyer accepta le cigare qui lui était offert et l'alluma. Gamble en fit autant avec le sien, puis il agita son allumette comme un drapeau miniature avant de l'éteindre sous son talon. Les deux hommes soufflèrent la fumée. « Hardy m'a dit que vous envisagiez de venir travailler avec lui ? dit enfin Gamble en plantant son regard dans celui de Sawyer.

— À vrai dire, je n'y ai pas vraiment songé.

— Cela ne vous ferait pas de mal d'y réfléchir.

— Je ne suis pas sûr que ça me fasse du bien. »

Gamble eut un grand sourire. « Vous m'en bouchez un coin ! Quel est votre salaire annuel ?

— Occupez-vous de vos oignons.

— Bon sang, je vous ai dit ce que je me faisais. Donnez-moi une petite idée. »

Sawyer caressa son cigare avant de le planter entre

ses dents. Il y avait maintenant une lueur d'amusement dans ses yeux. « D'accord. C'est moins que vous. Ça vous va, comme fourchette ? »

Pour toute réponse, Gamble éclata de rire.

« Pourquoi vous intéressez-vous à ma fiche de paie ? demanda Sawyer.

— Je ne m'y intéresse pas du tout, mais je vous ai vu travailler et, connaissant la générosité du gouvernement, j'ai tendance à penser qu'elle n'est pas à la hauteur.

— Et alors ? Ce n'est pas votre problème.

— Peut-être, mais en tant que patron, mon boulot consiste à résoudre les problèmes. Eh bien, qu'en pensez-vous ?

— De quoi ? »

Gamble tira sur son cigare, une étincelle dans le regard. Sawyer le regarda, incrédule. « Vous voulez m'engager ?

— D'après Hardy, vous êtes le meilleur. Je n'emploie que les meilleurs.

— Et quel poste me proposez-vous, exactement ?

— Chef de la sécurité, quoi d'autre ?

— Je croyais que c'était le job de Richard Lucas. »

Gamble haussa les épaules. « Ne vous inquiétez pas pour lui. Il est surtout attaché à ma personne, de toute façon. À propos, j'ai *quadruplé* le salaire que lui versait le gouvernement. Pour vous, je suis prêt à faire plus.

— Si j'ai bien compris, vous lui faites payer les problèmes qu'il y a eu avec Jason Archer ?

— Il faut bien que quelqu'un soit responsable. Alors, qu'en dites-vous ?

— Et Frank Hardy ?

— J'ai le droit de faire une petite surenchère sur ce qu'il vous propose, non ? Une fois que vous serez monté à bord, il est possible que j'aie moins besoin de lui, d'ailleurs.

— Frank est un ami. Ce n'est pas mon genre de lui faire un enfant dans le dos.

— Voyons, vous croyez qu'il risque de se retrouver à mendier dans la rue ? Il s'est fait un sacré paquet et j'y suis pour quelque chose. » Gamble haussa les épaules. « Mais je n'insiste pas. »

Sawyer se leva. « Pour être franc, Gamble, je ne suis pas sûr que si nous travaillions ensemble, vous et moi, l'un de nous deux ne resterait pas sur le carreau.

— C'est sans doute vrai, Sawyer », dit Gamble en lui lançant un regard aigu.

La conversation était manifestement terminée. En sortant, l'agent du FBI se retrouva nez à nez avec Richard Lucas, qui montait la garde derrière la porte.

« Salut, Richard, toujours sur la brèche ?

— C'est mon boulot, dit Lucas avec brusquerie.

— Vous gagnez votre paradis, mon vieux, c'est sûr », dit Sawyer en désignant du menton l'intérieur de la pièce où Gamble tirait toujours sur son cigare.

Sawyer venait juste de regagner son bureau quand le téléphone sonna. La standardiste annonça Charles Tiedman. Il prit la communication avec empressement.

« Lee, j'ai les réponses à votre question. »

Sawyer feuilleta son calepin jusqu'à ce qu'il trouve le compte rendu de sa discussion avec Tiedman. « Vous deviez vérifier les dates auxquelles Lieberman avait modifié les taux.

— Je ne voulais pas vous les envoyer par fax ou par la poste, même si elles ne sont plus confidentielles. On ne sait jamais sous les yeux de qui ça peut tomber. Mieux vaut rester discret.

— Je comprends. » Ces gens de la Fed avaient vraiment la manie du secret. « Vous pouvez me les donner maintenant. »

Tiedman s'éclaircit la voix. « Cela s'est produit à cinq reprises, commença-t-il. La première modification est intervenue le 19 décembre 1990. Et les autres, le 28 février de l'année suivante, le 26 septembre 1992, le 15 novembre de la même année et enfin le 16 avril 1993.

— Quel a été le résultat global, après ces cinq modifications ?

— Une augmentation de 0,5% du taux interbancaire, compte tenu de ce que la première réduction était de 1%, et la dernière augmentation de 0,75%.

— Il me semble que cela fait beaucoup d'un seul coup.

— Si nous parlions armement, 1% équivaudrait à une bombe atomique.

— Je sais que si des fuites se produisent à propos des décisions de la Fed sur les taux d'intérêt, certaines personnes peuvent faire d'énormes profits.

— Détrompez-vous, dit Tiedman. Il ne sert strictement à rien de savoir à l'avance comment la Fed va intervenir sur les taux d'intérêt. »

Nom de Dieu ! Sawyer se frappa le front et s'affala dans sa chaise. C'était à se flinguer. « Excusez ma franchise, dit-il, mais alors pourquoi vous cassez-vous le cul à préserver le secret ?

— Ne vous méprenez pas. Bien entendu, il y aurait mille façons, pour des gens peu scrupuleux, de tirer profit d'indiscrétions sur les délibérations du Conseil de la Fed. Mais cela ne s'applique pas vraiment au fait de connaître à l'avance les décisions de la Fed. Le marché dispose d'une armée d'observateurs si compétents que les financiers savent généralement bien à l'avance si la Fed va augmenter ou baisser les taux d'intérêt et de combien. Concrètement, ces gens-là connaissent déjà nos intentions. Vous me suivez ?

— Parfaitement », dit Sawyer avec un soupir. Soudain, il sursauta. « Que se passe-t-il si le marché se trompe ?

— Dans ce cas, c'est une tout autre affaire. » Tiedman était visiblement ravi de la question. « Si le marché fait une erreur d'appréciation, le paysage financier risque les plus grands chamboulements.

— Donc, quelqu'un qui serait au courant à l'avance de l'un de ces changements imprévisibles pourrait en tirer un joli profit ?

— Joli profit est un bien faible mot. Celui qui connaîtrait à l'avance un changement imprévisible dans les taux d'intérêt de la Fed pourrait se faire des milliards de dollars dans la minute suivant l'annonce de cette modification. »

Sawyer en resta sans voix. Il poussa un petit sifflement et s'essuya le front avec son mouchoir.

« Les moyens ne manquent pas pour cela, poursuivit Tiedman. Le plus lucratif, ce sont les échanges de contrats en eurodollars sur le marché monétaire international de Chicago, qui rapportent plusieurs milliers de fois la mise. Ou la Bourse, bien sûr. Les taux augmentent, la Bourse baisse et vice versa. C'est aussi bête que ça. Si on a prévu juste, on gagne des milliards de dollars, si l'on s'est trompé, on les perd. » À l'autre bout du fil, Sawyer n'avait toujours pas retrouvé sa voix. « Je crois que vous vouliez me poser une autre question ? » reprit Tiedman.

Sawyer coinça le téléphone contre son épaule tout en prenant quelques notes hâtives. « Une seule ? Je commençais tout juste à m'échauffer.

— Peut-être va-t-elle rendre caduques toutes les autres ? » Derrière le ton badin de Tiedman, une réelle amertume était perceptible. Sawyer réfléchit. « Les dates que vous venez de me donner, dit-il enfin, quand les taux ont été modifiés... était-ce à chaque fois une "surprise" pour le marché ? »

Tiedman ne répondit pas tout de suite. « Oui. » Sawyer sentait la tension dans sa voix. « Pour tout dire, c'étaient les pires surprises pour les marchés financiers, dans la mesure où elles n'étaient pas le fruit des réunions régulières de la Fed, mais celui de décisions unilatérales d'Arthur en tant que président.

— Celui-ci peut donc augmenter les taux de son propre chef ?

— Le Conseil peut lui accorder ce pouvoir. Cela s'est souvent produit au fil des ans. Arthur a intrigué pour l'obtenir et il y est parvenu. Je suis désolé de ne pas vous l'avoir dit plus tôt. Je ne pensais pas que c'était important.

— Cela ne fait rien, dit Sawyer. Il est donc possible qu'avec ces modifications de taux, quelqu'un ait décroché le pactole ?

— Oui, dit Tiedman d'un ton pensif. Mais il ne faut pas oublier que d'autres ont dû *perdre* l'équivalent.

— Que voulez-vous dire ?

— Eh bien, si, comme vous le dites, on faisait chanter Arthur pour qu'il manipule les taux, j'ai tendance à penser que les mesures extrêmes qu'il a prises — aller jusqu'à augmenter le taux interbancaire de 1% à la fois — étaient destinées à nuire intentionnellement à certains.

— Pourquoi ? interrogea Sawyer.

— Parce que pour quelqu'un qui a simplement l'intention de tirer profit de l'ajustement des taux, point n'est besoin d'une variation aussi importante, dans un sens ou dans un autre ; il suffit que les marchés soient surpris. En revanche, pour quelqu'un qui a anticipé un changement dans une direction, un ajustement de 1% *dans l'autre sens* est ce qu'on peut imaginer de plus catastrophique.

— Seigneur ! A-t-on un moyen de savoir qui a pris ce genre de déculottée ?

— La complexité des mouvements financiers est telle que toute notre vie, à vous et à moi, n'y suffirait pas. »

Sawyer resta sans voix. Quelques instants s'écoulèrent, puis Tiedman rompit le silence. Il semblait terriblement las. « Jusqu'à ce que nous ayons cette conversation, l'autre jour, je n'avais jamais envisagé qu'on ait pu se servir des liens qu'Arthur avait avec Steven Page pour l'obliger à agir ainsi. Maintenant, cela crève les yeux.

— Malgré tout, nous n'avons aucune preuve d'un chantage.

— Nous n'en aurons jamais, je le crains, soupira Tiedman, maintenant qu'Edward Page est mort.

— Savez-vous si Lieberman rencontrait Page chez lui ?

— Cela m'étonnerait. Une fois, il m'a parlé d'un cottage qu'il louait dans le Connecticut, en me demandant de ne pas y faire allusion devant sa femme.

— C'était le lieu de rendez-vous de Steven Page et Lieberman ?

— Sans doute.

— À propos, à sa mort, Steven Page a laissé une fortune considérable. »

À l'autre bout du fil, la stupeur de Tiedman était perceptible. « Je ne comprends pas. Arthur m'a dit je ne sais combien de fois que Steven était toujours à court d'argent.

— Pourtant, c'est un fait. Lieberman pourrait-il être à l'origine de cette fortune ?

— Je ne vois pas comment. Comme je viens de vous le dire, Arthur me parlait toujours du manque d'argent de Steven, sans compter qu'il n'aurait pu lui verser de pareilles sommes sans que sa femme le sache.

— Dans ce cas, pourquoi avoir pris le risque de louer un cottage, alors qu'ils auraient pu se voir chez Page ?

— Je l'ignore. Tout ce que je sais, c'est qu'il ne m'a jamais dit être allé chez Page. »

Sawyer réfléchit. « Peut-être le cottage était-il une idée de Page ?

— Qu'est-ce qui vous fait dire ça ?

— Eh bien, si ce n'est pas Lieberman qui a donné

cet argent à Page, il faut bien que quelqu'un d'autre l'ait fait. Ne pensez-vous pas qu'il aurait eu des soupçons s'il était allé chez Page et avait découvert un Picasso accroché au mur ? Il aurait peut-être aimé savoir où il s'était procuré cet argent.

— En effet.

— Pour ma part, je suis sûr que Page ne faisait pas chanter Lieberman. Du moins pas de façon directe.

— Comment pouvez-vous en être sûr ? interrogea Tiedman.

— Eh bien, il y avait une photo de Steven Page chez Lieberman. Vous garderiez la photo d'un maître chanteur, vous ? Par-dessus le marché, on a également découvert dans l'appartement de Lieberman quantité de lettres. Très romantiques et sans signature. Il semblait y tenir énormément.

— D'après vous, Page serait l'auteur de ces lettres ?

— Il y a une façon de le savoir. Vous étiez ami avec Page. Auriez-vous un spécimen de son écriture ?

— Oui. J'ai gardé certains courriers qu'il m'avait adressés quand je travaillais à New York. Je vais vous les faire parvenir. » Sawyer entendit le bruit d'un stylo qui courait sur le papier. Tiedman prenait note. « Sawyer, poursuivit ce dernier, vous m'avez démontré comment Page n'a *pas* pu se procurer son argent. Mais alors, où l'a-t-il pris, vous avez une idée ?

— Réfléchissez. Si Lieberman et lui avaient une liaison, il y a là matière à un beau petit chantage, non ? Admettons qu'un tiers ait poussé Page à avoir une relation avec Lieberman... »

Tiedman l'interrompit.

« C'est moi qui les ai présentés. J'espère que vous ne m'accusez pas d'avoir monté cette horrible conspiration ?

— C'est vrai, vous les avez présentés l'un à l'autre, mais vous avez pu être un simple instrument. Rien ne dit que Page et la personne qui était derrière lui n'ont pas poussé à cette rencontre. En fréquentant les milieux adéquats et en vantant ses talents en matière de finance devant les bonnes personnes.

— Continuez, murmura Tiedman.

— Donc, ça colle entre Page et Lieberman. Le tiers en question a quelque raison de penser que Lieberman a des chances de se retrouver président de la Fed. Il paie Page pour qu'il reste avec Lieberman tout le temps qu'il faudra. Vous pouvez être sûr qu'ils ont gardé jusqu'à la plus petite preuve de cette liaison depuis le début.

— Alors Steven n'était que l'instrument d'un complot ? Il n'aurait jamais tenu à Arthur... Je... je n'arrive pas à y croire. » Le petit homme semblait affreusement déprimé.

« C'est alors que Page est contaminé par le virus du sida et se suicide, du moins en apparence.

— En apparence ? Vous avez des doutes sur sa mort ?

— Je suis un flic et en tant que flic, je doute de tout. Steven Page disparaît, mais son complice est toujours là. Quand Lieberman obtient la présidence de la Fed, c'est le début du chantage.

— Mais la mort d'Arthur ?

— Vous m'avez dit qu'il avait l'air presque heureux d'avoir un cancer. Cela m'incite à penser qu'il allait envoyer le maître chanteur se faire voir et révéler la machination.

— C'est cohérent, approuva Tiedman.

— Vous n'avez parlé de tout cela à personne ? chuchota Sawyer.

— Non.

— Bon, alors continuez. Ne baissez jamais la garde.

— Que dois-je faire ? » Il y avait soudain une grande inquiétude dans la voix de Tiedman.

« Soyez vigilant. Ne dites rien à personne. Je dis

bien à personne, y compris Walter Burns, votre secrétaire, vos adjoints, votre femme, vos amis.

— Vous pensez que je suis en danger ? Cela me paraît difficile à croire !

— Sans doute Lieberman a-t-il eu la même réaction que vous. »

Tiedman prit une profonde inspiration. Visiblement, il était terrifié maintenant. « Je suivrai vos instructions à la lettre », dit-il.

Quand il eut raccroché, Sawyer s'appuya au dossier de sa chaise. Il avait de nouveau envie de fumer. Il lui semblait que cela l'aidait à y voir clair. À l'évidence, quelqu'un avait financé Steven Page. Pourquoi ? Raisonnablement, on pouvait penser que c'était pour coincer Lieberman. Mais qui ? Et surtout, qui avait tué Page ? L'agent du FBI était maintenant persuadé que Page avait bien été assassiné, même si tout tendait à prouver le contraire. Il décrocha le téléphone. « Ray ? C'est Lee. J'aimerais que tu appelles de nouveau le médecin de Lieberman. »

53

Bill Patterson jeta un coup d'œil au tableau de bord et s'efforça de détendre ses membres ankylosés. À côté de lui, sa femme était endormie. Ils avaient dû rallonger considérablement leur trajet pour aller se ravitailler à deux heures de route au nord de Bell Harbor et, maintenant, ils redescendaient vers la petite ville.

Contrairement à ce qu'avait pensé Sidney, ils ne s'étaient pas arrêtés à l'aller et avaient atteint leur maison juste avant la tempête de neige. Après avoir déposé en hâte leurs bagages dans la chambre du fond, ils étaient repartis acheter des provisions. Le supermarché de Bell Harbor était fermé et ils avaient dû pousser jusqu'à Port Vista. Sur le chemin du retour, ils n'avaient pu poursuivre car la route était barrée par un camion qui s'était mis en travers. Ils avaient passé une nuit des plus inconfortables dans un motel.

Patterson jeta un coup d'œil dans le rétroviseur à la petite Amy qui dormait comme un ange, puis fixa de nouveau la route avec une grimace. La neige tombait à gros flocons. Le père de Sidney était rongé par l'inquiétude et son estomac le faisait souffrir. Par chance, il n'avait pas entendu les derniers flashes d'information qui présentaient sa fille comme une fugitive. Il avait envie de la protéger, comme lorsqu'elle était petite. À l'époque, c'était contre les fantômes et les croque-mitaines. Les méchants actuels étaient beaucoup plus dangereux, il devait l'admettre. Au moins, Amy était avec lui. Gare à celui qui voudrait faire du mal à sa petite-fille. *Et Dieu soit avec toi, Sidney.*

Debout dans l'encadrement de la porte du bureau de Sawyer, Ray Jackson contemplait en silence son collègue plongé dans un dossier, une cafetière pleine et un repas à demi entamé devant lui. Jamais, depuis qu'ils se connaissaient, Sawyer n'avait failli à son travail. Pourtant, ils étaient tous sur son dos : le FBI, la presse, la Maison-Blanche et le Capitole. Jackson pinça les lèvres. Si cette affaire leur paraissait aussi simple, pourquoi n'allaient-ils pas au charbon eux-mêmes ?

« Salut, Lee ! »

Sawyer sursauta. « Oh, c'est toi ? Salut, Ray. Sers-toi du café.

— Il paraît que là-haut, ils te sont tombés dessus », dit-il en se versant une tasse.

Sawyer haussa les épaules. « Ça fait partie du jeu. »

Jackson tira à lui une chaise et s'assit. « Tu veux en parler ?

— Il n'y a rien à dire. D'accord, tout le monde veut savoir qui était derrière le crash... Eh bien, moi aussi, mais je veux en savoir plus. Je veux savoir qui a fait un carton sur Joe Riker, qui a tué Ed et Steven Page, qui a descendu les trois types dans la limousine. Et où se trouve Jason Archer.

— Et Sidney Archer ?

— Oui, et Sidney Archer. Et ce n'est pas en écoutant les gens qui n'ont que des questions et aucune réponse que je vais le découvrir. Au fait, tu en as une pour moi ? Une réponse, je veux dire. »

Jackson se leva et alla fermer la porte du bureau. « D'après son médecin, Arthur Lieberman n'était pas séropositif. »

Sawyer bondit de son siège. « C'est impossible ! Ce type raconte des bobards.

— Je ne pense pas, Lee. Il m'a montré le dossier médical de son patient. » Bluffé, Sawyer se rassit. Jackson reprit : « Quand je l'ai interrogé, je m'attendais qu'il se retire sous sa tente tant qu'il n'était pas cité en justice. Dans ce cas, j'aurais essayé d'interpréter son attitude. Mais figure-toi qu'il n'a fait aucune difficulté pour me prouver que son patient n'était *pas* contaminé par le virus. Lieberman était un accro des bilans de santé. Tous les ans, il faisait des tests, prenait des mesures préventives contre ceci et cela. Le test de dépistage du virus du sida en faisait partie. Le médecin m'a montré les résultats, de 1990 à l'an dernier. Ils étaient tous négatifs, Lee, je les ai vus de mes propres yeux. »

Allongée sur le lit de ses parents, Sidney ferma quelques instants ses yeux rougis par la fatigue, puis inspira profondément. Sa décision était prise. Elle ouvrit son sac, saisit la carte de visite et resta plusieurs minutes à la contempler. Il fallait qu'elle parle à quelqu'un. Qu'elle lui parle, à lui, pour un certain nombre de raisons. Elle descendit au garage et composa le numéro à partir du téléphone de la Land Rover.

Quand la sonnerie résonna dans son appartement, Sawyer venait à peine d'ouvrir la porte. Il bondit sur l'appareil tout en essayant d'ôter son manteau.

« Allô ? »

Il semblait n'y avoir personne à l'autre bout du fil. L'agent du FBI allait raccrocher lorsqu'il entendit une voix, fragile, mais déterminée. Il se figea au milieu du living, tandis que son manteau glissait à terre.

« Sidney ? Où êtes-vous ? » Il avait posé automatiquement la question, mais le regretta aussitôt.

« Désolée, Lee, nous ne sommes pas en cours de géographie.

— D'accord, Sidney. Ça va. » Il se laissa tomber dans son vieux fauteuil à bascule. « Êtes-vous en sécurité ?

— Je l'espère. En tout cas, je suis lourdement armée. » Elle se tut un instant, puis reprit : « J'ai vu les informations à la télé.

— Je sais que vous ne les avez pas tués, Sidney.

— Comment...

— Je sais ce que je dis. »

Au souvenir de cette nuit abominable, Sidney poussa un long soupir. « Je suis désolée. Je ne vous ai rien dit, l'autre fois, au téléphone, mais je... je n'ai pas pu.

— Racontez-moi ce qui s'est passé cette nuit-là. »

À l'autre bout du fil, Sidney se tut. Peut-être feraitelle mieux de raccrocher. Sawyer perçut son hésitation. « Sidney, je ne suis pas au siège du FBI. Je ne peux pas repérer d'où vous m'appelez. Par-dessus le marché, je suis de votre côté. Vous pouvez me parler aussi longtemps que vous le voulez.

— Entendu. Vous êtes la seule personne en qui j'aie confiance. Que voulez-vous savoir ?

— Tout. Commencez par le début. »

Il fallut cinq minutes à Sidney pour faire le récit des événements qu'elle avait vécus cette nuit-là.

« Vous n'avez pas vu celui qui a tiré ? demanda Sawyer.

— Il portait un passe-montagne qui lui recouvrait le visage. C'est sans doute le même homme qui a essayé de me tuer un peu après. Du moins, j'espère qu'il n'y a pas deux types avec des yeux pareils dans la nature.

— De vous tuer à New York ? Le vigile a été assassiné, Sidney.

— Oui, à New York.

— C'était un homme, vous en êtes certaine ?

— Absolument. D'après sa constitution et ce que je pouvais distinguer de ses traits sous le passe-montagne. On voyait aussi le bas de son cou, avec une barbe naissante. »

Impressionné, Sawyer la félicita pour son sens de l'observation.

« Quand on se croit sur le point de mourir, dit-elle, on a tendance à remarquer jusqu'au plus petit détail.

— Je sais, je connais ce genre de situation. Écoutez, Sidney, on a retrouvé l'enregistrement. Alors dites-moi, votre voyage à La Nouvelle-Orléans...

— Ainsi, tout le monde est au courant de... »

Sidney jeta un regard autour d'elle dans le garage. Il y faisait sombre, tout comme à l'intérieur de la Land Rover.

« Ne vous faites pas de souci pour ça. Sur l'enregistrement, votre mari semble terriblement nerveux. Il répond à certaines de vos questions, mais pas à toutes.

— C'est vrai, il était angoissé, paniqué.

— Et quand vous lui avez parlé dans la cabine, à La Nouvelle-Orléans, comment était-il ? »

Sidney fit un effort pour se souvenir. « Différent, dit-elle.

— Essayez de m'expliquer en quoi, Sidney.

— Eh bien, il ne semblait pas nerveux. En vérité, c'était plutôt un monologue. Il m'a dit que je ne pouvais pas parler, que la police était là. Il m'a juste donné ses instructions et a raccroché. Je n'ai pratiquement pas prononcé un seul mot. »

Sawyer soupira. « Quentin Rowe est persuadé que vous vous trouviez dans le bureau de Jason chez Triton après le crash. C'est vrai ? »

Elle ne répondit pas.

« Sidney, reprit Sawyer, je me fiche complètement que vous y soyez allée. Mais si c'est le cas, je veux simplement vous poser une question à propos d'un détail qui m'intéresse. »

Devant le silence persistant de Sidney, Sawyer poursuivit. « Écoutez, c'est vous qui m'avez appelé, parce que vous avez confiance en moi. Et, croyez-moi, je comprendrais que vous ne vouliez faire confiance à personne, absolument personne. Vous pouvez raccrocher maintenant, si vous le voulez, et décider de continuer seule, mais je ne vous le conseille pas.

— C'est vrai, j'étais là-bas, dit-elle enfin, d'une voix parfaitement calme.

— D'accord. Quentin Rowe a mentionné un micro sur l'ordinateur de Jason. »

Elle soupira. « Oui, je l'ai heurté accidentellement. Il s'est tordu et je n'ai pas pu le redresser. »

Sawyer se laissa aller en arrière dans le fauteuil. « Jason se servait-il du micro sur l'ordinateur ? Il en avait un chez vous, par exemple ?

— Non. Il tapait plus vite qu'il ne parlait. Pourquoi ?

— Je me demande bien, dans ce cas, pour quelle raison il en avait un sur son ordinateur au bureau ? »

Sidney réfléchit un moment. « Je n'en sais rien. C'était sans doute très récent, quelques mois, sans doute. J'ai remarqué que d'autres bureaux chez Triton en étaient équipés. Pourquoi ?

— J'y viens, Sidney. Soyez un peu patiente avec un vieil agent fédéral blanchi sous le harnois. » Il tira sur sa lèvre supérieure. « À chaque fois que vous avez parlé à Jason, êtes-vous certaine que c'était lui, au bout du fil ?

— Bien sûr que c'était lui. Je sais reconnaître la voix de mon mari. »

Sawyer prit un ton posé, comme s'il voulait graver ses paroles dans l'esprit de Sidney. « Je ne vous ai pas demandé si vous étiez sûre d'entendre la *voix* de votre mari. » Il fit une pause avant de reprendre. « Je vous ai demandé si vous étiez sûre, à chaque fois, d'entendre votre *mari.* »

Sidney en resta muette de stupeur. Lorsqu'elle eut recouvré l'usage de la parole, elle murmura : « Que voulez-vous dire ?

— J'ai écouté votre première conversation avec Jason. Vous avez raison, il avait l'air paniqué, oppressé. On sent que c'était un vrai dialogue entre vous. Maintenant, vous me dites que la deuxième fois, vous n'avez pas eu l'impression d'avoir une vraie conversation avec lui. Vous l'avez seulement écouté parler. Il n'avait pas l'air affolé. Or, ce micro sur son ordinateur, vous me dites qu'il ne s'en servait pas. S'il ne l'utilisait pas, pourquoi était-il là ?

— Eh bien...

— Un micro est fait pour enregistrer. Des sons... Des voix. »

La main de Sidney se resserra sur le téléphone cellulaire jusqu'à ce que les jointures blanchissent. « Vous voulez dire que... que..., balbutia-t-elle.

— Que, les deux fois, vous avez entendu la voix de

votre mari, d'accord, mais la deuxième, il s'agissait d'une compilation effectuée à partir d'enregistrements réalisés à l'aide du micro. Voilà à quoi il servait ce micro. À enregistrer. Pourquoi, je l'ignore, mais cela me paraît évident. Lors de la deuxième conversation, le vocabulaire était plutôt pauvre, je suppose ? » Sidney ne répondit pas. Sawyer crut entendre un petit sanglot dans l'appareil. « Sidney ? »

Elle s'efforça de ravaler ses larmes. « Mais alors, vous... vous pensez que Jason est mort ? » Elle avait déjà cru son mari mort, puis à nouveau en vie. Était-il possible que cette seconde fois ait été un leurre ? Aurait-elle la force d'affronter de nouveau le deuil de Jason ?

« Sidney, je ne peux pas répondre à cette question. Simplement, si l'on s'est servi d'un enregistrement de sa voix, j'en déduis qu'il n'était pas là pour vous parler. Rien de plus. J'ignore pourquoi. Ne cherchons pas à aller plus loin pour le moment. »

Un frisson glacé parcourut Sidney. Elle posa le récepteur, tremblant de tous ses membres.

« Allô ? Sidney, ne raccrochez pas ! » s'écria Sawyer, alarmé.

Trop tard. Elle n'était plus en ligne. Furieux, Sawyer reposa brutalement l'appareil et se mit à faire nerveusement les cent pas. Quand la sonnerie retentit de nouveau, il était en train de donner un coup de poing dans le mur. Il bondit sur le téléphone.

« N'abordons plus le sujet de... la mort de Jason, Lee. » La voix de Sidney était maintenant dénuée de toute émotion.

« D'accord », dit Sawyer. Il s'assit et prit quelques instants pour réfléchir aux questions qu'il allait lui poser. Sidney rompit le silence. « Pourquoi quelqu'un de chez Triton aurait-il enregistré la voix de Jason et s'en serait-il servi pour communiquer avec moi ? demanda-t-elle.

— Si je connaissais la réponse, j'aurais déjà sauté

au plafond en criant “Eurêka !” Vous m’avez dit qu’on avait récemment équipé un certain nombre de bureaux avec ces micros. N’importe quel employé de l’entreprise a donc pu bricoler le sien pour qu’il enregistre. À moins que ce ne soit l’un des concurrents de Triton. Je veux dire, si *vous* saviez qu’il ne se servait pas du micro, d’autres pouvaient également être au courant. Je sais qu’il a disparu de son bureau. Peut-être est-ce lié d’une manière ou d’une autre aux documents confidentiels qu’il a vendus à RTG. » Il se passa la main sur le front, cherchant ce qu’il allait maintenant lui demander.

Elle fut plus rapide. « Sauf que maintenant, on ne voit pas pourquoi Jason aurait vendu des documents confidentiels à RTG. »

Sawyer, surpris, bondit sur ses pieds. « Que voulez-vous dire ?

— Brophy, lui aussi, travaillait sur le rachat de CyberCom. Il a assisté à toutes les réunions où l’on définissait la stratégie. Il a même essayé d’avoir le premier rôle dans la conduite des transactions. Je sais maintenant qu’il essayait, avec Goldman et RTG, de connaître la dernière offre de Triton pour les coiffer au poteau. Il devait en savoir beaucoup plus long que Jason sur la question. C’est chez Tyler, Stone que l’on conservait les offres, concrètement parlant, pas chez Triton. »

Sawyer ouvrit des yeux immenses. « Autrement dit...

— Autrement dit, dans la mesure où Brophy travaillait pour RTG, ils n’avaient pas besoin de Jason. »

Sawyer jura en silence et se rassit. Il n’avait jamais pensé à faire le lien. « Sidney, nous avons vu tous les deux une bande vidéo montrant votre mari en train de transmettre des informations à un groupe d’hommes dans un entrepôt de Seattle le jour où l’avion s’est écrasé. Si ce n’étaient pas des informations concernant CyberCom, qu’est-ce que c’était ?

— Je l'ignore ! s'écria Sidney. Tout ce que je sais, c'est que lorsque Brophy a été écarté des négociations finales pour le rachat, ils ont essayé d'obtenir les renseignements en me faisant chanter. J'ai fait semblant de céder, mais j'avais l'intention d'aller en parler à la police. Et puis, je me suis retrouvée dans cette limousine. » Avec un frémissement dans la voix, Sidney conclut : « Vous connaissez la suite. »

Fouillant d'une main dans sa poche, Sawyer en sortit une cigarette. Il l'alluma en coinçant le téléphone contre son épaule, puis tira une longue bouffée. « Vous avez découvert autre chose ?

— J'ai parlé à Kay Vincent, la secrétaire de Jason. Elle m'a dit qu'à part CyberCom, Jason avait un autre gros travail en chantier. L'intégration des bandes de sauvegarde de Triton.

— C'est important, les bandes de sauvegarde ? interrogea Sawyer.

— Je n'en sais rien, mais Kay m'a aussi raconté que Triton avait fait parvenir des documents comptables à CyberCom, le jour même du crash. » Sidney semblait exaspérée.

« En quoi est-ce inhabituel ? Ils sont en négociation.

— Ce même jour, je me suis fait vertement réprimander par Nathan Gamble parce qu'il ne voulait pas montrer à CyberCom ces mêmes documents comptables. »

Sawyer se frotta la tête. « Je ne comprends pas. Gamble savait-il qu'ils avaient été transmis ?

— Franchement, je l'ignore. Je n'ai aucun moyen de le savoir. » Sidney s'interrompit. Elle commençait à souffrir du froid humide qui régnait dans le garage. « En fait, j'ai craint que le refus de Gamble ne fasse échouer les négociations.

— Je peux vous assurer que ce n'est pas le cas. J'ai assisté aujourd'hui même à la conférence de presse qui annonçait l'accord. Gamble était tout sourire.

— On le comprend.

— Quentin Rowe avait l'air moins ravi.

— Ils forment une drôle de paire, ces deux-là.

— Ils sont à peu près aussi assortis qu'Al Capone et Gandhi. »

Sidney poussa un soupir sans répondre.

« Sidney, je sais que cela ne va pas vous plaire, mais tout irait mieux pour vous si vous cessiez de fuir. Revenez. Nous pouvons vous protéger.

— En me mettant en prison ? » Il y avait une nuance d'amertume dans sa voix.

« Sidney, je sais que vous n'avez tué personne.

— Vous pouvez le prouver ?

— Je crois.

— Vous croyez ? Désolée, Lee, je vous remercie de me voter la confiance, mais je crains que ce ne soit insuffisant. Je sais comment cela se passe, les preuves qui s'accumulent, le sentiment du public. Je resterais derrière les barreaux.

— Vous courez un vrai danger, là où vous êtes. Écoutez, dites-moi où vous vous trouvez. J'arrive tout de suite. Seul. Ils auront d'abord affaire à moi s'ils veulent vous atteindre. Entre-temps, on essaiera de résoudre le problème.

— Lee, vous êtes un agent du FBI. Il y a un mandat d'arrêt lancé contre moi. Officiellement, votre devoir est de m'arrêter si vous m'apercevez. Par-dessus le marché, vous m'avez déjà couverte une fois. »

Sawyer déglutit. « Disons qu'il s'agit là de mon devoir officieux.

— Et de la fin de votre carrière, si cela se sait. Sans compter que *vous* aussi vous pouvez vous retrouver en prison.

— Je prends le risque. Je vous jure que je viendrai seul. » Sawyer avait du mal à contenir son excitation. « Sidney, je suis de votre côté. Je... je veux que tout aille bien pour vous. »

Une boule se forma dans la gorge de Sidney. « Je sais. Vous ne pouvez pas savoir combien c'est important pour moi, Lee, mais je ne vous laisserai pas mettre votre vie en l'air. Je ne veux pas avoir cela aussi sur la conscience.

— Sidney...

— Je dois vous laisser. J'essaierai de vous rappeler.

— Ne raccrochez pas ! Quand ? »

Les yeux agrandis, Sidney regarda soudain fixement à travers le pare-brise. Son visage se figea. Elle murmura : « Je... je ne sais pas », puis raccrocha.

Sawyer fouilla ses poches à la recherche du paquet du Marlboro et alluma une nouvelle cigarette, puis il se remit à tourner en rond dans la pièce. Il avait à nouveau envie de donner un coup de poing dans le mur, mais se contint. Il s'approcha de la fenêtre et contempla d'un regard vide la nuit froide de décembre.

Dès que Sidney eut regagné l'intérieur de la maison, l'homme sortit de l'ombre du garage. Son haleine faisait de la buée dans l'air glacial. Lorsqu'il ouvrit la portière de la Land Rover, la lumière du plafonnier révéla le regard cruel de ses yeux bleus à l'éclat métallique. Kenneth Scales fouilla la voiture de ses mains gantées, sans rien découvrir d'intéressant. Il prit ensuite le téléphone cellulaire et appuya sur la touche bis. La sonnerie retentit une seule fois. Croyant que Sidney le rappelait, Sawyer décrocha aussitôt. Avec un méchant sourire, Scales écouta ses « allô, allô ? » pressants, puis il raccrocha. Il sortit du véhicule, referma la portière et monta les marches conduisant à la maison. Il prit dans un fourreau attaché à sa ceinture le couteau à la lame acérée avec lequel il avait déjà assassiné Edward Page. Il aurait déjà réglé le compte de Sidney Archer quand elle était sortie de la Land Rover s'il avait été certain qu'elle n'était pas armée, car il l'avait déjà vue à l'œuvre avec un pistolet. Par ailleurs, il éliminait toujours ses victimes en jouant de l'effet de surprise.

Il parcourut le rez-de-chaussée, à la recherche du blouson de cuir que portait Sidney, sans le trouver. Son sac était là, mais ce qu'il cherchait n'était pas dedans. Il s'avança vers l'escalier conduisant au premier étage et tendit l'oreille. Couvrant le sifflement du vent, un bruit lui parvint. Celui d'un bain qui coulait. Il sourit à nouveau. Par le froid mordant de cette nuit d'hiver dans le Maine, l'occupante de la maison s'apprêtait à se glisser dans l'eau bien chaude de sa baignoire. Il parvint silencieusement en haut de l'escalier. Sur le palier, la porte de la chambre était fermée, mais il entendait nettement l'eau couler dans la salle de bains adjacente. Quand le bruit cessa, Scales attendit quelques secondes, en visualisant Sidney Archer entrant dans la baignoire et y plongeant son corps las. Puis il avança jusqu'à la porte de la chambre. Il se procurerait d'abord le mot de passe avant de s'occuper de la jeune femme. S'il ne le trouvait pas, il lui promettrait la vie sauve en échange et la tuerait ensuite. Il se demanda à quoi la jolie avocate ressemblait, une fois nue. D'après ce qu'il avait vu d'elle, le spectacle ne devait pas manquer de charme. Et il avait tout son temps. Le trajet avait été long, depuis la côte Est jusqu'au Maine. Il méritait bien de goûter au repos du guerrier.

Il se plaça à côté de la porte, le dos au mur, le couteau prêt à frapper et, d'une main, tourna silencieusement la poignée de la porte.

Le fusil de chasse fut beaucoup moins discret. La décharge de Magnum désintégra la porte. Plusieurs projectiles dans l'avant-bras, Scales poussa un hurlement et dégringola dans l'escalier. Au moment où il se reçut, en tenant son bras ensanglanté, Sidney Archer, habillée des pieds à la tête, sortit de la chambre et chargea sur le palier en armant le fusil. Scales eut tout juste le temps de se jeter en avant pour échapper à la deuxième décharge, qui vint frapper l'endroit l'exact où il se tenait quelques instants auparavant. La maison était plongée dans l'obscurité, mais s'il faisait de nouveau un mouvement, elle le repérerait aussitôt. Il s'accroupit derrière le canapé, sachant qu'à un moment ou à un autre Sidney prendrait le risque d'allumer la lumière et que le fusil de chasse pulvériserait tout ce qui se trouvait dans la pièce, y compris lui-même.

Retenant son souffle, il saisit son couteau avec sa main valide, fit le tour de la pièce du regard et attendit. Il avait de terribles élancements dans le bras. Scales était plus habitué à infliger la souffrance qu'à la subir. Il entendit Sidney s'engager avec précaution dans l'escalier. Nul doute que, tout en descendant, elle couvrait avec son fusil la totalité du champ devant elle. Protégé par l'obscurité, Scales risqua un œil au-dessus du dossier du canapé. Il la localisa tout de suite, au milieu de l'escalier. Absorbée par la recherche de sa cible, elle ne vit pas qu'un morceau de bois arraché à la porte avait atterri dans l'escalier. Quand elle posa le pied dessus, il se déroba et elle perdit l'équilibre. Elle dévala les escaliers en hurlant, tandis que le fusil heurtait la rampe. Au même moment, Scales bondit sur elle et tous deux roulèrent au sol. Scales cogna la tête de Sidney contre le parquet, tandis qu'elle lui donnait de grands coups de botte dans les côtes. Il leva son couteau. Elle parvint à rouler de côté et le coup la manqua de peu, déchirant le cuir de son blouson. Sous l'impact, un objet blanc tomba de sa poche.

Elle parvint à récupérer son fusil et le fracassa sur le visage de Scales, lui cassant le nez et plusieurs dents. Sonné, il lâcha son couteau et retomba en arrière, mais il réussit à se redresser, lui arracha la Winchester et tourna l'arme contre elle. Affolée, elle se dégagea et se jeta de côté, sans pour autant sortir de la ligne de mire de Scales. Il appuya sur la gâchette. Le coup ne partit pas. Après la chute dans l'escalier et la lutte qui avait suivi, l'arme s'était enrayée. Sidney en profita pour essayer de se mettre à l'abri en rampant sur le sol. Sa tête la faisait horriblement souffrir. Avec une affreuse grimace, Scales rejeta au loin le fusil maintenant inutile et se leva. Le sang coulait de sa bouche et de son nez, inondant le devant de sa chemise. Il ramassa son couteau et marcha sur Sidney, une lueur meurtrière dans le regard. Au moment où il allait abattre la lame sur elle, elle se jeta de côté et braqua son 9 mm sur lui. Scales effectua un bond acrobatique par-dessus la table de la salle à manger. Sidney appuya sur la détente et le tir automatique du 9 mm se déclencha. Les Hydra-Shok à charge creuse arrosèrent le mur tandis qu'elle tentait désespérément de suivre la trajectoire de l'homme, qui retomba sur le parquet de l'autre côté de la table. Emporté par son élan, il alla donner de la tête contre le mur, puis se fracassa contre les pieds d'un buffet d'acajou. Sous le choc, les pieds fins du meuble se brisèrent comme du verre et le lourd buffet s'effondra sur le tueur, éparpillant son contenu dans toute la pièce. Cette fois-ci, Scales ne se releva pas.

Sidney se précipita dans la cuisine, attrapant au vol son sac sur le plan de travail. Elle dévala les marches jusqu'au garage et une minute plus tard, les portes volaient en éclats sous la poussée furieuse de la Land Rover. Après un virage à 180 degrés dans l'allée, le véhicule disparut dans la neige qui tombait à gros flocons.

Les yeux rivés sur le pare-brise, secouée par ce qu'elle venait de vivre, Sidney s'efforçait de maintenir ses mains tremblantes sur le volant. Elle frissonnait encore en songeant à la terreur qu'elle avait éprouvée un peu plus tôt, quand, au téléphone avec Sawyer, elle avait vu la buée de l'haleine de Scales s'élever dans un coin du garage.

Elle jeta un coup d'œil dans le rétroviseur et distingua la lueur d'une paire de phares derrière elle. Son cœur s'arrêta de battre lorsqu'elle reconnut la grosse Cadillac qui s'engageait dans l'allée de la maison qu'elle venait de quitter. Ses parents. Ils étaient enfin arrivés et le moment n'aurait pu être plus mal choisi. Elle effectua un demi-tour sauvage en mordant dans une congère et fonça vers eux. Au même moment, elle aperçut sur la route la lueur de deux autres phares qui arrivaient de la même direction que ses parents. La voiture noire descendit la rue en suivant les traces de la Cadillac. La peur la saisit. Les gens qui suivaient ses parents depuis la Virginie ! Avec tout ce qui était arrivé, elle les avait oubliés. Elle appuya à fond sur l'accélérateur. Le véhicule patina quelques instants, puis la traction 4x4 prit le relais et le V8 propulsa la Land Rover comme un boulet de canon. Au moment où elle fonçait sur la voiture noire, elle vit le conducteur porter la main à sa veste. Un millième de seconde trop tard. Elle dépassa la maison, se déporta et percuta le véhicule dans un grand fracas de métal froissé, poussant la voiture noire qui, beaucoup moins lourde, traversa la chaussée et termina sa course dans un fossé. L'airbag de la Land Rover se gonfla. Dans un violent effort, Sidney parvint à l'arracher du volant et passa la marche arrière. Avec d'horribles grincements, les deux véhicules se désenchevêtrèrent.

Sidney redressa la Land Rover et contempla le résultat. Elle avait indéniablement réussi à neutraliser celui ou ceux qui poursuivaient ses parents. Mais sa charge furieuse avait eu un autre résultat. La Cadillac était en train de quitter Beach Street et reprenait la route 1. Sidney appuya sur l'accélérateur et se lança à sa poursuite.

Complètement sonné, le conducteur de la voiture

noire parvint à se dégager au moment où la Land Rover disparaissait de sa vue.

Sidney apercevait les feux arrière de la Cadillac devant elle. À cet endroit, la route 1 était à deux voies. Elle se rapprocha de ses parents en klaxonnant. La Cadillac accéléra aussitôt. Ses parents devaient avoir tellement peur, maintenant, que même la police ne pourrait pas les arrêter et encore moins une folle jouant du klaxon dans une Land Rover défoncée. Elle prit une profonde inspiration et lança son véhicule à fond sur la partie gauche de la route. La sentant arriver à sa hauteur, son père accéléra. La Cadillac oscilla légèrement de gauche à droite, tandis que Sidney devait appuyer à fond pour que la Land Rover endommagée, plus lente à réagir, ne se laisse pas distancer. Elle regagna lentement du terrain. Patterson installa solidement la grosse Cadillac au milieu de la route à deux voies, empêchant la Land Rover de le dépasser. Sidney baissa sa vitre et déboîta vers la droite. La route n'ayant pas encore été dégagée, elle pouvait mordre sur le bas-côté. Elle gagna lentement du terrain du côté du passager de la Cadillac, mais son père se rabattit sur la droite, la forçant à sortir de la route. Sur ce terrain accidenté, la Land Rover se mit à tanguer. La terreur gagna Sidney. Elle roulait à 120 kilomètres à l'heure et un virage approchait. Elle n'aurait plus la place de passer. Dans un effort désespéré, elle écrasa l'accélérateur. Il ne lui restait plus que quelques secondes. Elle passa la tête par la portière tout en s'efforçant de garder le contrôle de son véhicule. « Maman ! » hurla-t-elle. Le vent et la neige lui fouettaient le visage. « Mamaaan ! » Jamais de sa vie elle n'avait hurlé aussi fort.

Sa mère, les yeux agrandis par la terreur, essaya de voir à travers le rideau de neige, puis, soudain, le soulagement se lut sur son visage. Elle se tourna vers

Bill Patterson. La Cadillac ralentit aussitôt et Sidney put la doubler sur la droite, de justesse. D'une main, elle leur fit signe de la suivre. Les deux véhicules avancèrent l'un derrière l'autre dans des tourbillons de neige.

Une heure plus tard, elles quittaient la route et se garaient sur le parking d'un motel. Sidney bondit hors de la Land Rover, se précipita vers la Cadillac, ouvrit la portière arrière et serra sa fille endormie dans ses bras, les joues ruisselantes de larmes. La petite Amy ignorerait toujours qu'elle n'avait jamais été aussi près de perdre sa maman. Si la lame du couteau n'avait pas dévié... Si la mère de Sidney l'avait reconnue une seconde trop tard... Bill Patterson sortit de la voiture et vint étreindre le corps secoué de sanglots de sa fille. Lui aussi tremblait, après ce cauchemar. Sa femme les rejoignit et toute la famille resta réunie dans une étreinte muette. La neige les recouvrit rapidement, mais rien ne semblait pouvoir interrompre ces retrouvailles.

L'homme avait fini par dégager son véhicule. Il se précipita vers la maison des Patterson, où rien ne bougeait. Bientôt, le silence fut rompu par un grand vacarme tandis qu'il soulevait lentement le buffet puis le projetait violemment en arrière. Avec son aide, Scales parvint à se redresser péniblement. L'expression du tueur en disait long sur les intentions meurtrières qu'il nourrissait à l'égard de Sidney Archer. En allant récupérer son couteau, il aperçut le morceau de papier que Sidney avait laissé tomber : le message électronique de Jason. Cinq minutes plus tard, son collègue et lui pénétraient dans la voiture endommagée. Scales prit son téléphone cellulaire et composa un numéro. Il était temps d'appeler des renforts.

54

À deux heures trente du matin, Lee Sawyer prit sa voiture et se rendit à son bureau, dans un état de grande agitation. La neige tombait avec une violence qui laissait présager que le blizzard prendrait le relais dans la journée. Toute la côte Est subissait les assauts d'intempéries hivernales susceptibles de durer jusqu'à Noël.

L'agent du FBI se rendit directement dans la salle de réunion. Au cours des cinq heures qui suivirent, il passa en revue tous les aspects de l'affaire, en reprenant les dossiers et ses notes et en mettant sa mémoire à contribution. Il devait absolument replacer ce qu'il avait compris dans une perspective logique. S'agissait-il d'une ou de deux affaires ? D'une affaire Archer/Lieberman, ou d'une affaire Archer et d'une affaire Lieberman ? Le problème se résumait à cela. Il réfléchit à de nouvelles approches et jeta quelques notes sur le papier, mais n'arriva à rien de très convaincant. Il prit alors le téléphone et appela Liz Martin, au labo.

« Liz, je te dois des excuses. Ce dossier a mis mes nerfs à rude épreuve et tu en as subi le contrecoup. C'est tout à fait injuste et je suis désolé.

— Tu es pardonné, répondit Liz d'une voix enjouée. On est tous à cran, je sais bien. Que se passe-t-il ?

— J'ai besoin de tes lumières informatiques. Que peux-tu me dire sur les systèmes de sauvegarde des ordinateurs ?

— C'est curieux que tu me parles de ça. Mon ami est avocat et justement, il me disait l'autre jour que c'est actuellement le sujet le plus brûlant dans le domaine juridique.

— Pourquoi donc ?

— Eh bien, dans un procès, on peut produire les

bandes de sauvegarde. Je vais prendre un exemple. Un employé rédige sur son ordinateur un courrier électronique ou un mémo à usage interne comportant des éléments dommageables pour la société. Un peu plus tard, il efface le courrier et détruit toutes les copies du mémo sur le disque dur. On en déduit que toute trace a disparu, non ? En fait, pas du tout. Avec les bandes de sauvegarde, le système a pu faire une copie de sécurité du courrier avant de l'effacer. Donc la partie adverse a la possibilité de l'utiliser à son profit. Les avocats du cabinet dans lequel travaille mon ami conseillent à leurs clients de ne pas faire usage de l'ordinateur s'ils veulent éviter que leurs écrits ne soient lus par quelqu'un d'autre.

— Je vois. » Sawyer feuilleta ses papiers. « Crois-moi, s'exclama-t-il, je suis content d'en être resté à l'encre sympathique !

— Toi, Lee, tu es un dinosaure. Charmant, au demeurant.

— D'accord. Maintenant, écoute ça, Liz. » Sawyer lui lut le mot de passe. « Du béton, n'est-ce pas ?

— Pas du tout.

— Comment ? » La réponse de la technicienne le déconcertait. « Il est tellement long que tu risques d'en oublier une partie ou de te tromper. Et si tu essaies de le communiquer verbalement à quelqu'un, il a des chances de mal le saisir, de noter un chiffre à la place d'un autre, par exemple.

— Mais sa longueur empêche de le décrypter. C'est son avantage, non ?

— Oui, quoique en vérité, il n'est pas nécessaire d'aligner autant de chiffres dans ce but. Dix seraient largement suffisants. Et avec quinze, on est quasiment invulnérable.

— Pourtant, il existe aujourd'hui des ordinateurs susceptibles de les mouliner.

— Avec quinze numéros, on se trouve face à plus d'un trillion de combinaisons et la plupart des packs de décryptage ont un système de verrouillage automatique si l'on en essaie trop en même temps. Et même, l'ordinateur le plus rapide du monde ne pourrait pas décrypter ce mot de passe. Tu sais pourquoi ? Parce que la présence et la localisation des points viennent rendre le nombre de combinaisons possibles si élevé que tout moyen traditionnel pour les forcer ne peut qu'échouer.

— Tu veux dire...

— Je veux dire que celui qui a élaboré ce mot de passe en a trop fait. Les inconvénients dépassent les avantages. Il n'avait pas besoin de le rendre aussi complexe pour éviter qu'il ne soit décrypté. Peut-être est-ce quelqu'un qui connaît mal l'informatique. »

Sawyer hocha négativement la tête. « Je crois au contraire que cette personne savait parfaitement ce qu'elle faisait.

— Dans ce cas, ce n'était pas uniquement dans un but de protection, mais j'ignore ce qu'elle avait en tête. Je n'ai jamais rien vu de semblable. »

Sawyer resta pensif quelques instants. « Merci, Liz, dit-il enfin. Ton aide m'a été précieuse. Je te dois doublement un déjeuner.

— J'en aurai deux fois plus de plaisir, Lee. »

Quand il eut raccroché, Sawyer considéra de nouveau le mot de passe, déprimé. D'après ce qu'il savait de l'intelligence de Jason Archer, la complexité de cette combinaison n'avait rien d'accidentel. Pareil alignement de chiffres le rendait fou. Pourtant, il avait quelque chose de familier. Il se versa une tasse de café, prit une feuille de papier et se mit à gribouiller, une habitude qui l'aidait à réfléchir. Il lui semblait qu'il pataugeait dans ce dossier depuis une éternité. Il regarda la date d'envoi du courrier électronique d'Archer à sa femme : 19-11-95. On pouvait aussi écrire 19/11/95. Il prit son stylo et inscrivit machinalement les chiffres sur le papier. Si l'on enlevait les barres d'espacement, cela donnait

191195. Et dans un autre sens ? Le front plissé, il contempla le résultat final de ses gribouillis. 591191.

Soudain, il pâlit. *A l'envers.* Il relut le courrier électronique de Jason Archer. Tout à l'envers, avait dit Jason Archer. Mais pourquoi ? S'il était pressé au point de faire une faute de frappe en tapant l'adresse et de ne pas terminer son message, pourquoi aurait-il pris le temps de taper deux formules — « tout de travers » et « tout à l'envers » — si elles signifiaient la même chose ? À moins que les deux formules ne soient à prendre en des sens différents. Il contempla de nouveau les chiffres composant le mot de passe et se remit à écrire. Il ratura plusieurs fois, mais vint à bout de sa tâche. Vidant d'un trait sa tasse de café, il contempla les chiffres tels qu'ils se présentaient maintenant. Mis à l'endroit.

19-12-90, 28-2-91, 26-9-92, 15-11-92 et 16-4-93. Jason Archer avait manifesté une grande précision dans le choix de son mot de passe. Celui-ci constituait en fait lui-même un indice. Sawyer n'eut pas besoin de consulter ses notes pour savoir ce que les chiffres représentaient.

Les dates auxquelles Arthur Lieberman avait modifié les taux d'intérêt de son propre chef. Les cinq fois où quelqu'un avait gagné assez d'argent pour s'acheter un pays entier.

Sawyer avait enfin la réponse à sa question. Il s'agissait bien d'une seule et unique affaire. Pas de deux. Et il y avait bien un lien entre Jason Archer et Arthur Lieberman. Mais lequel ? L'agent du FBI se souvint brusquement qu'Edward Page avait dit à Sidney qu'il suivait Jason Archer à l'aéroport. Peut-être le privé suivait-il quelqu'un d'autre : Lieberman, et était-il tombé sur Jason en filant le président de la Fed. Mais pourquoi suivait-il Lieberman ? Les sourcils froncés, Sawyer repoussa le texte du message électronique et contempla la vidéocassette sur laquelle était enregistré l'échange dans l'entrepôt de

Seattle. Si Brophy en savait beaucoup plus que Jason Archer, comme Sidney le croyait, quelles informations ce dernier remettait-il dans cet entrepôt ? Était-ce là le lien avec Arthur Lieberman ? Il était temps que Sawyer jette de nouveau un coup d'œil sur cette bande.

Dans un angle de la pièce, un magnétoscope était glissé sous un téléviseur grand écran. Il y inséra la vidéocassette, se versa à nouveau du café et s'installa pour la regarder. Il la passa deux fois à vitesse normale, puis au ralenti. Ses yeux se plissèrent. Quand il avait regardé la cassette la première fois, dans le bureau de Frank Hardy, quelque chose l'avait fait tiquer, mais quoi ? Il rembobina la bande et la repassa. Jason et un homme attendaient, la serviette d'Archer bien visible. Ensuite, on frappait un coup à la porte et les autres entraient, un homme plus âgé et les deux avec les lunettes noires. Sawyer examina de nouveau ces derniers. Ils lui semblaient étrangement familiers, sans qu'il sache pourquoi. Il hocha la tête. Maintenant, c'était l'échange. Archer semblait terriblement nerveux. L'avion passait au-dessus du hangar, situé près de l'aéroport, comme Sawyer l'avait appris. Dans la pièce, tout le monde levait la tête en entendant le rugissement des réacteurs. Sawyer écarquilla les yeux.

Bon sang ! Il avait failli en renverser sa tasse de café. Il fit un arrêt sur image et s'approcha à quelques centimètres de l'écran. Oui, c'était bien ça... Il bondit sur le téléphone. « Liz, j'ai besoin de ta science et cette fois, ce n'est pas un déjeuner que je t'offre, mais un dîner ! »

Après avoir expliqué à Liz ce qu'il attendait d'elle, Sawyer piqua un sprint jusqu'au labo. Liz, souriante, l'attendait à côté de l'équipement qu'elle venait d'installer à sa demande. Suant et soufflant, il lui tendit la vidéocassette, qu'elle glissa dans un autre magnétoscope, avant de s'asseoir derrière un panneau de commande. L'image apparut sur un vaste écran de 60 pouces.

« Parfait, Liz, parfait. Attention... Voilà ! »

Liz arrêta le défilement de la bande, manipula un certain nombre de touches et les silhouettes grandirent jusqu'à occuper la totalité de l'écran. Sawyer n'avait d'yeux que pour l'une d'elles. « Liz, tu peux agrandir ici, exactement ? » interrogea-t-il en pointant l'index sur un point précis de l'écran.

La technicienne obéit. Sawyer hocha lentement la tête, muet de stupéfaction, et lui montra un détail. Elle l'examina à son tour avec attention. « Tu avais raison, Lee. Qu'est-ce que cela signifie ? »

Sawyer ne pouvait détacher son regard de l'homme qui, à Seattle, en cette fatale matinée de novembre, s'était présenté à Jason Archer comme étant Anthony DePazza. Plus exactement, il gardait les yeux rivés sur son cou, parfaitement visible lorsqu'il avait brutalement levé la tête au moment du passage de l'avion. Une ligne se dessinait nettement. La séparation entre la vraie et la fausse peau de l'homme.

« Je n'en sais trop rien, Liz. Je me demande pourquoi le type qui est avec Archer porte cette espèce de déguisement. »

Liz prit un air songeur. « Ça me rappelle mon époque "planches" à la fac.

— Ton époque quoi ?

— Planches. Quand on joue une pièce de théâtre. Acteurs, costumes, mise en scène, tu vois ? »

Une mise en scène. Bouche bée, Lee Sawyer commençait à comprendre.

Il retourna vers la salle de réunion. Jackson s'y trouvait, des documents à la main. « Tiens, Lee, dit-il en les agitant en direction de Sawyer, voilà ce que Tiedman vient de nous faxer. Des échantillons de l'écriture de Steven Page. J'ai des photocopies des lettres que j'ai trouvées chez Lieberman. Sans être graphologue, j'ai l'impression que ça colle. »

Sawyer s'installa à ses côtés et se mit à comparer les deux écritures. « Je crois que tu as raison, Ray, mais va les montrer au labo pour confirmation. »

Au moment où Ray allait sortir de la pièce, Sawyer se ravisa. « Attends un instant, je voudrais jeter à nouveau un coup d'œil sur ces lettres. »

En fait, une seule l'intéressait. L'en-tête était prestigieux : « Association des anciens élèves de Columbia University. » Tiedman n'avait pas mentionné que Page avait fait ses études à Columbia. Visiblement, le jeune homme avait eu des activités dans l'association. Sawyer effectua un rapide calcul. Page était mort à vingt-huit ans, cinq ans plus tôt. Il aurait donc eu trente-trois ou trente-quatre ans aujourd'hui, suivant sa date de naissance. Donc il avait dû obtenir son diplôme en 1984.

« Vas-y, Ray, j'ai quelques coups de fil à passer », dit Sawyer. Il venait de penser à quelque chose.

Lorsque Jackson eut disparu avec les documents, Sawyer appela les renseignements et obtint le numéro du service des informations de Columbia University. Là, on lui confirma que Steven Page avait été lauréat de l'université en 1984, *magna cum laude*. Les mains tremblantes, Sawyer posa une autre question. Il s'efforça de maîtriser sa nervosité pendant que son interlocutrice consultait ses dossiers. Oui, répondit-elle enfin, l'autre étudiant aussi avait été lauréat en 1984, mais *summa cum laude*, cette fois. Très impressionnant, commenta-t-elle, dans une université aussi prestigieuse que Columbia. Il posa une autre question, mais la personne lui répondit qu'elle ne pouvait lui fournir la réponse. Il lui faudrait s'adresser à l'économat. Quelques minutes plus tard, il avait le renseignement. Dès qu'il eut raccroché le téléphone, il donna libre cours à sa joie. « Bingo ! En plein dans le mille ! » hurla-t-il en bondissant de sa chaise.

Quentin Rowe avait également été diplômé de Columbia en 1984. Plus important, Steven Page et Quentin Rowe habitaient la même résidence universitaire au cours de leurs deux dernières années d'études.

Au même moment, Sawyer comprit pourquoi les deux hommes aux lunettes noires de la vidéocassette lui paraissaient si familiers et son excitation céda la place à l'incrédulité. Pourtant, cela tenait debout, surtout si l'on prenait les choses pour ce qu'elles étaient : du théâtre, de la frime. Il décrocha de nouveau le téléphone. Il fallait qu'il retrouve Sidney Archer le plus tôt possible. Il savait par où commencer. *Cette affaire vient de prendre un tour sacrément nouveau.*

55

Dans une voiture de location, Mme Patterson emmenait la petite Amy à Boston où toutes deux demeureraient quelques jours. Sidney avait eu beau discuter avec son père jusqu'à une heure avancée, elle n'avait pu le persuader de les accompagner. Il avait passé toute la nuit dans la chambre du motel à nettoyer son Remington calibre 12, mâchoires serrées, tandis que Sidney faisait les cent pas devant lui en plaidant sa cause.

Maintenant, tous deux faisaient de nouveau route vers Bell Harbor dans la voiture de Bill Patterson, la Land Rover ayant été emmenée dans un garage pour y être réparée.

« Tu sais que tu es impossible, papa ! » dit Sidney. Pourtant, elle ne put s'empêcher de pousser un soupir de soulagement. Elle préférait ne pas être seule, actuellement.

Son père regardait obstinément par la vitre. Ceux qui poursuivaient sa fille devraient d'abord le tuer avant de s'attaquer à elle.

La camionnette blanche qui les suivait était à plus de sept cents mètres derrière eux et pourtant ses huit occupants n'avaient aucune difficulté à suivre les mouvements de la Cadillac. L'un des hommes manifestait son dépit. « D'abord, tu laisses Archer envoyer un courrier électronique et ensuite tu laisses filer sa femme ! Ce n'est pas possible ! » Richard Lucas lançait des regards furieux à Kenneth Scales.

Assis à côté de lui, le nez enflé et rouge, l'avant-bras enveloppé dans des bandages, un épais pansement sur la bouche, Scales le dévisagea. « Si, c'est possible ! D'autres commentaires ? » Sa voix était déformée, mais le ton était suffisamment menaçant pour que le chef de la sécurité intérieure de Triton, tout coriace qu'il fût, préfère changer de sujet.

Lucas se pencha en avant. « OK. Inutile de parler du passé », dit-il. Il se tut un instant, puis reprit : « Jeff Fisher, l'informaticien de chez Tyler, Stone, avait fait une copie du contenu de la disquette sur son disque dur. Son ordinateur a révélé qu'il avait eu accès à ce fichier au moment où il se trouvait au Cybercafé. C'est-à-dire qu'il a fait une nouvelle copie à partir du café, vraisemblablement. Pas con, le mec. On a bavardé avec la serveuse hier soir. Elle a remis à Fisher une enveloppe pré-affranchie adressée à Bill Patterson, Bell Harbor, Maine. Le père de Sidney Archer. Le pli est en route, sans aucun doute. Il nous le faut. Pigé ? »

Scales regardait droit devant lui. Les six autres hommes présents dans la camionnette approuvèrent. Chacun d'eux portait un tatouage sur le dos de la main, une étoile percée d'une flèche. C'était l'insigne du groupe de mercenaires auquel ils appartenaient tous, constitué lorsque la fin de la guerre froide les avait mis sur le marché. En tant qu'ex-collaborateur de la CIA, Lucas n'avait eu aucun mal à faire jouer les anciennes solidarités avec quelques liasses de dollars. « On attend que Patterson récupère le pli et une fois qu'ils se trouvent dans un endroit isolé, on leur saute dessus et on leur fait leur affaire », dit-il en jetant un coup d'œil circulaire. « Un bonus d'un million de dollars par tête si on réussit le coup. » Les yeux des hommes se mirent à briller dans leur visage dur. Lucas se tourna alors vers Scales. « C'est vu ? » interrogea-t-il.

Sans le regarder, Scales sortit son couteau et le pointa devant lui. « Occupez-vous de la disquette. Moi, je me charge de la femme et, pour le même prix, je fais sa fête à son vieux.

— L'enveloppe *d'abord,* lança Lucas d'un ton rageur. Après, tu feras ce que tu voudras. » Scales ne répondit pas. Lucas ouvrit la bouche, puis se ravisa. D'un geste nerveux, il passa la main dans ses cheveux clairsemés.

Jackson et Sawyer arrivaient à Alexandria. Durant les vingt minutes du trajet, Ray avait tenté en vain à trois reprises d'appeler Fisher à partir du téléphone de la voiture.

« D'après toi, ce type a donné un coup de main à Sidney pour le mot de passe ? » demanda-t-il en regardant distraitement le Potomac.

Sawyer lui lança un coup d'œil. « On sait que Sidney Archer est venue ici la nuit où les meurtres ont eu lieu chez Tyler, Stone. Fisher est leur spécialiste en informatique. J'ai vérifié.

— Ouais, mais on dirait qu'il n'est pas chez lui.

— Il y a toujours chez les gens un certain nombre de choses susceptibles de nous intéresser.

— Je n'ai pas l'impression que nous ayons un mandat de perquisition, Lee.

— Un détail, Ray. Tu te noies toujours dans un verre d'eau, mon vieux. »

Jackson émit un petit grognement et se tut.

Ils quittèrent Washington Street pour entrer dans Old Town et se garèrent en face de la maison de Fisher. Au moment où ils montaient les marches, une jeune femme sortit de sa voiture, les cheveux balayés par la neige et le vent.

« Il n'est pas là ! » cria-t-elle en agitant les bras.

Sawyer descendit les marches et s'avança vers la jeune femme, qui avait commencé à sortir des provisions de son coffre. « Vous ne sauriez pas où il se trouve, par hasard ? » lui demanda-t-il tout en lui donnant un coup de main. Il fut bientôt rejoint par Jackson et les deux agents lui montrèrent leur carte.

« Vous êtes du FBI ? » Elle avait l'air incrédule. « C'est bizarre. Je n'imaginais pas qu'on faisait appel au FBI pour un cambriolage.

— Un cambriolage ? De quoi voulez-vous parler, madame... ?

— Oh, excusez-moi. Je m'appelle Amanda Reynolds. Cela fait deux ans que nous habitons ici et c'est la première fois que la police vient dans le quartier. On a volé tout l'équipement informatique de Jeff.

— Donc, vous avez déjà parlé à la police.

— On est de New York, poursuivit-elle. Là-bas, si on n'attache pas sa voiture à un poteau, on ne la retrouve pas le lendemain matin. On est tout le temps sur ses gardes. Pas ici... » Elle secoua la tête. « N'empêche que je me sens bête. J'étais sûre qu'on était entre gens honnêtes. Je ne pensais pas que des choses comme ça pouvaient arriver dans le quartier.

— Vous avez vu M. Fisher récemment ? »

Elle plissa le front. « Pas depuis trois ou quatre jours. Le temps est tellement épouvantable à cette époque de l'année que chacun reste chez soi. »

Après avoir remercié la jeune femme, les deux agents remontèrent dans leur voiture et se dirigèrent vers le poste de police d'Alexandria. Le sergent qu'ils interrogèrent sur le cambriolage qui avait eu lieu chez Jeff Fisher consulta son ordinateur.

« Voilà, dit-il. Fisher, c'est exact. J'étais de service la nuit où on l'a amené. » Il se pencha vers l'écran tout en continuant à pianoter sur le clavier, tandis que Sawyer et Jackson échangeaient un regard surpris. « On l'a épinglé pour conduite dangereuse. Il nous a raconté une histoire à propos de types qui le suivaient. En fait, on a pensé qu'il avait bu quelques verres de trop. Il puait la bière, mais l'alcootest était négatif. On l'a bouclé jusqu'au lendemain puis remis en liberté sous caution. »

Sawyer le regarda avec des yeux ronds. « On a arrêté Jeff Fisher ?

— Affirmatif.

— Et le lendemain il a été cambriolé ?

— Oui. Pas de chance, hein ?

— A-t-il fait la description des gens qui le suivaient ? »

Le sergent regarda Sawyer comme s'il voulait vérifier son taux d'alcoolémie, à lui aussi. « Mais voyons, personne ne le suivait !

— Vous en êtes sûr ? »

Le policier leva les yeux au ciel en souriant.

« D'accord, reprit Sawyer. Résumons : il n'était pas ivre et pourtant vous l'avez gardé jusqu'au lendemain.

— Vous connaissez ce genre de types, l'alcootest ne marche pas avec eux. Ils se tapent douze packs de bière et quand ils soufflent dans le ballon, le résultat est négatif. De toute manière, Fisher conduisait comme un cinglé et il *se* conduisait comme un poivrot. On a pensé qu'il était plus prudent de le garder au frais jusqu'au lendemain. S'il avait bu, il allait au moins pouvoir cuver.

— Il n'a pas protesté ?

— Pas du tout ! Il a déclaré que c'était sa première

nuit au violon et que cela allait le remettre à neuf. » Le policier secoua sa tête chauve. « Le remettre à neuf, mon cul, oui !

— Vous avez une idée de l'endroit où il se trouve maintenant ?

— Aucune. On n'a même pas pu le localiser pour lui dire qu'il y avait eu un cambriolage chez lui. Mais ce n'est pas notre problème, sauf s'il ne se présente pas au tribunal à la date fixée. »

La déception se lisait sur le visage de Sawyer. « Il n'y a rien d'autre qui vous vienne à l'esprit ? » Pour toute réponse, le sergent secoua la tête et regarda dans le vague. « Dans ce cas, merci de votre aide. »

Sawyer et Jackson se dirigeaient vers la porte lorsqu'il les rappela. « Juste un détail, dit l'agent de police. Ce type m'a demandé de lui poster un pli. Non, mais vous vous rendez compte ? Je sais bien que je porte un uniforme, mais tout de même, est-ce que j'ai l'air d'un postier ?

— Un pli ? » Les deux agents du FBI firent demi-tour et revinrent se planter face au policier.

« Au moment où je lui dis qu'il peut passer un coup de fil, poursuivit celui-ci, voilà qu'il me répond qu'avant ça, je serais très gentil de jeter ce truc pour lui dans la boîte. C'est déjà affranchi, qu'il ajoute. »

Le sergent se mit à rire. Sawyer planta son regard dans le sien. « Ce pli, vous l'avez posté ? »

L'homme cessa de glousser. « Comment ? Ben oui, je l'ai mis dans la boîte, là-bas. Je ne pensais pas mal faire. C'était simplement pour rendre service.

— À quoi cela ressemblait-il ?

— Ce n'était pas une lettre. C'était une de ces enveloppes beiges fourrées, vous voyez ce que je veux dire ?

— Une enveloppe alvéolée, suggéra Jackson.

— Exact. Alvéolée. Je le sentais sous mes doigts.

— C'était volumineux ?

— Non. À peu près comme ça. » Le sergent dessina en l'air un rectangle d'environ vingt centimètres sur quinze. « En express, avec accusé de réception. »

Le pouls de Sawyer s'accéléra. « Vous vous souvenez de l'adresse marquée sur l'enveloppe ? Le nom du destinataire ? Ou celui de l'expéditeur ? »

Le policier tambourina avec ses doigts sur son bureau. « Je ne me souviens pas qui était l'expéditeur. J'ai pensé que c'était Fisher. Mais c'était adressé dans le Maine. Ça m'a frappé parce que, avec ma femme, on y est allés l'automne dernier. C'est superbe, faut pas manquer d'y faire un tour, si vous avez l'occasion. Un vrai paysage de carte postale.

— Où ça, dans le Maine ? » Sawyer s'efforçait de ne pas montrer son impatience.

« Ah ? » L'agent de police hocha lentement la tête. « Un machin avec Harbor dedans, je crois. »

Une vague de découragement submergea Sawyer. De mémoire, il pouvait citer au moins une demi-douzaine de villes du Maine possédant cette caractéristique.

« Je vous en prie, essayez de vous souvenir ! »

Le sergent ouvrit des yeux ronds. « Qu'est-ce qu'il y avait dans cette enveloppe, de la drogue ? Ce Fisher est un dealer ? J'ai bien pensé qu'il y avait quelque chose de bizarre là-dessous. C'est pour ça que le FBI s'y intéresse ? »

Sawyer secoua la tête d'un air las. « Non, pas du tout, cela n'a rien à voir. Dites-moi, vous ne vous rappelez vraiment pas le nom du destinataire ?

— Désolé, ça ne me revient pas. »

Jackson intervint : « Ce n'était pas Archer, par hasard ?

— Non, je m'en serais souvenu, parce que c'est le nom d'un des agents ici.

— Voici notre téléphone, dit Jackson en lui tendant sa carte. Appelez-nous si la mémoire vous revient. C'est très important. » Il donna une petite tape sur le bras de Sawyer. « Allons-y, Lee. »

Sawyer se dirigea d'un pas lent vers la porte, plongé dans ses pensées. Le Maine. *Maine, paradis des vacances.* Soudain, l'image d'un autocollant sur une voiture portant cette inscription lui traversa l'esprit. Une Cadillac qu'il avait vue dans l'allée de chez Sidney Archer. Il fit demi-tour et pointa un doigt véhément en direction de l'agent de police. « Patterson ! » s'exclama-t-il.

Le sergent, qui s'était replongé dans son travail, sursauta.

« Est-ce que l'enveloppe était destinée à un nommé Patterson, dans le Maine ? »

Le visage du policier s'éclaira. « Patterson. C'est ça », dit-il d'un air ravi.

Mais les deux agents du FBI avaient déjà passé la porte.

56

Depuis une demi-heure, la neige tombait de plus en plus fort. La Cadillac roulait sur une épaisse couche blanche. Bill Patterson jeta un coup d'œil à sa fille. « Si j'ai bien compris, dit-il, ce garçon qui travaille avec toi devait m'adresser un pli à ton intention. La copie d'une disquette que Jason t'a envoyée. » Sidney fit un signe de tête affirmatif. « Mais tu en ignores le contenu, c'est ça ?

— Il est codé, papa. Maintenant, j'ai le mot de passe, mais j'attends la disquette.

— Tu es sûre qu'elle n'est pas arrivée ?

— J'ai appelé Federal Express. Ils n'ont aucune trace de l'envoi. Et quand j'ai appelé chez Jeff, c'est la police qui a répondu. » Un frisson glacé parcourut Sidney. « Seigneur ! Pourvu qu'il ne lui soit rien arrivé...

— As-tu interrogé ton répondeur ? Peut-être a-t-il laissé un message pour toi. »

Sidney resta sans voix. L'idée était d'une brillante simplicité. « Pourquoi n'y ai-je pas pensé, papa ?

— Parce que, depuis deux jours, tu penses surtout à sauver ta peau, ma chérie. » Bill Patterson empoigna son fusil, posé sur le plancher de la voiture.

Dès qu'ils furent en vue d'une station-service, Sidney engagea la voiture sur le parking et se précipita à l'intérieur d'une cabine téléphonique. La neige qui tombait formait un rideau si épais qu'elle ne vit pas la camionnette blanche passer devant la station, prendre la première petite route à droite, faire un demi-tour et attendre que la Cadillac reparte.

Il y avait une foule de messages sur le répondeur de Sidney. Ses frères, d'autres membres de la famille, certains de ses amis lui manifestaient leur soutien après avoir vu les informations à la télévision. Elle écouta défiler leurs appels avec une impatience croissante. Brusquement, elle retint son souffle. Une voix qu'elle connaissait bien résonnait à ses oreilles.

« Bonjour, Sidney, c'est oncle George. Martha et moi passons la semaine au Canada. Génial, mais glacial. Je t'ai envoyé ton cadeau de Noël et celui d'Amy, comme promis, mais par la poste. J'ai raté Federal Express et je n'ai pas voulu attendre. Guette l'arrivée du paquet. Il faudra que tu signes, parce que je l'ai envoyé avec accusé de réception. J'espère que ça te plaira. Gros bisous à Amy et à toi. »

Sidney reposa lentement l'appareil. Elle n'avait pas d'oncle George et pas de tante Martha, mais il n'y avait aucun doute sur l'identité de l'auteur du message. Jeff Fisher avait imité avec beaucoup de talent la voix d'un vieux monsieur. Elle se précipita vers la voiture.

Son père lui lança un regard aigu. « Il a appelé ? »

Sidney fit oui de la tête et démarra en trombe en faisant crisser les pneus. « Bon sang, où vas-tu comme ça ? demanda Bill Patterson, soudain plaqué sur son siège.

— À la poste. »

Le bureau de poste de Bell Harbor se trouvait dans le centre-ville. Dès que Sidney eut arrêté la Cadillac le long du trottoir, son père se précipita dans le bâtiment. Quelques minutes plus tard, il ressortait, les mains vides. « Le courrier d'aujourd'hui n'est pas encore arrivé, dit-il en se rasseyant dans la voiture, couvert de neige.

— Tu en es sûr ?

— Certain. Je connais le receveur depuis toujours. Il m'a dit de revenir vers six heures. Il restera ouvert pour nous. Mais rien ne dit qu'on aura l'enveloppe aujourd'hui si Fisher l'a envoyée il y a deux jours. »

Sidney donna un coup de poing rageur dans le volant, puis y appuya le front, soudain épuisée. Son père posa une main rassurante sur son épaule. « Sidney, ne t'inquiète pas, la disquette va arriver. J'espère simplement que son contenu te permettra de faire cesser ce cauchemar. »

Elle releva la tête et le regarda, le visage défait. « Il le faut, papa, il le faut. » Sa voix se brisa. Et si tel n'était pas le cas ? Non, elle préférait ne pas y penser. Rejetant la mèche qui lui tombait sur les yeux, elle démarra.

Deux minutes plus tard, la camionnette blanche sortait d'une petite rue et s'engageait à leur suite.

« C'est incroyable ! » rugit Sawyer.

Jackson se tourna vers lui, dépité. « Que veux-tu que je te dise, Lee ? La côte Est ressemble à la Sibérie. Les aéroports de Washington sont fermés.

De même Kennedy, La Guardia, Logan, Newark et Philly. Tous les vols sont annulés. Et pas question que le Bureau nous fournisse un avion avec un temps pareil.

— Ray, il faut qu'on aille à Bell Harbor. On devrait même déjà y être. Quid du train ?

— On est encore en train de dégager les voies. Par-dessus le marché, le train ne va pas jusqu'au bout, j'ai vérifié. Il faut prendre un bus sur la dernière partie du parcours. Or, avec les intempéries, certaines portions de l'Interstate risquent d'être fermées, et je préfère ne pas imaginer l'état des petites routes qu'il faut prendre ensuite. C'est une affaire de quinze heures, au bas mot. »

Sawyer semblait sur le point d'exploser. « Quinze heures, rugit-il, mais bon sang, ils seront peut-être tous morts dans une heure !

— Inutile de hurler, Lee, rétorqua Jackson en haussant le ton. Tu sais bien que s'il suffisait d'agiter les bras pour voler, j'y serais déjà ! »

Sawyer se calma. « Excuse-moi, Ray. » Il cessa de faire les cent pas et s'assit. « Bon. On a des collaborateurs dans le coin, non ? Essayons de les mobiliser.

— J'ai déjà appelé. Le bureau régional le plus proche est à Boston. À plus de cinq heures de route. Avec ce temps... Il y a des petites agences locales à Portland et à Augusta. J'ai laissé des messages, mais on ne m'a pas encore rappelé. Il reste toujours la police de l'État, quoiqu'elle doive avoir fort à faire avec les accidents de la route.

— Et merde ! » Sawyer se mit à tambouriner rageusement des doigts sur la table. « Il n'y a pas trente-six solutions, dit-il enfin. Il nous faut un avion. À nous de trouver un pilote qui accepte de voler dans cette soupe.

— Je ne vois qu'un pilote de chasse, dit Jackson. Facile ! ajouta-t-il d'un ton sarcastique. Tu en connais un ? »

Sawyer bondit sur ses pieds.

« Et comment donc ! »

La camionnette noire s'arrêta près d'un hangar du petit aéroport de Manassas. La neige tombait si dru qu'on n'y voyait pas à quelques centimètres. Une demi-douzaine de membres de la brigade d'intervention, lourdement armés, descendirent du véhicule. L'un derrière l'autre, ils coururent jusqu'au Saab à turbopropulseurs qui attendait sur le tarmac, moteurs en marche. Sawyer et Jackson se précipitèrent à leur suite, chacun portant un fusil d'assaut. Sawyer s'installa aux cotés du pilote, tandis que Jackson et les membres de la brigade d'intervention s'asseyaient à l'arrière.

« Je me disais bien qu'on se reverrait avant l'épilogue de cette affaire, Lee », hurla George Kaplan par-dessus le vacarme des moteurs. L'enquêteur du NTSB arborait un grand sourire.

Sawyer lui rendit son sourire. « Diable, je n'oublie pas les copains, George, hurla-t-il en retour. À ma connaissance, tu es le seul à être assez givré, si je puis dire, pour voler par un temps pareil. » Kaplan s'affaira aux commandes et l'avion commença à rouler doucement vers la piste à travers un épais rideau de neige. Un bulldozer venait de dégager le tarmac, mais un tapis blanc recouvrait de nouveau la piste sur laquelle aucun autre avion ne manœuvrait puisque officiellement, par une sage décision, l'aéroport était fermé.

Derrière Sawyer, Ray Jackson attacha sa ceinture et agrippa les bras de son siège. « C'est de la folie ! » lança-t-il. Sawyer se retourna vers lui et lui adressa un clin d'œil, mais son visage se figea lorsqu'il reporta son attention sur la piste. « Tu es sûr que tu vas réussir à faire voler cet oiseau ? » demanda-t-il à Kaplan d'une voix pleine d'appréhension.

Celui-ci prit un air enjoué. « Ce ne devrait pas être

pire que de voler dans le napalm pour gagner sa croûte. »

Sawyer remarqua néanmoins qu'une veine battait à la tempe droite de son ami et qu'il se concentrait sur les commandes et sur la piste. Il attacha à son tour sa ceinture et empoigna son siège des deux mains tandis que l'avion, cahotant et oscillant sur la piste enneigée, prenait rapidement de la vitesse. Dans la lumière des phares apparut un champ, qui marquait la fin de la piste. Il parut se précipiter à leur rencontre, tandis que l'avion luttait contre le vent et les tourbillons de neige. Sawyer jeta un regard inquiet à Kaplan. Les yeux du pilote allaient constamment de la piste au tableau de bord. Sawyer regarda de nouveau devant lui et eut un haut-le-cœur. Ils étaient arrivés en bout de piste. Les deux moteurs du Saab rugissaient, poussés au maximum. Pourtant ils semblaient avoir des difficultés à arracher l'avion au sol.

À l'arrière, tout le monde ferma les yeux. Jackson remua les lèvres en une prière muette tandis que dans son esprit défilaient les images d'un autre champ, dans lequel un autre avion avait fini sa course. Soudain, le nez de l'appareil se releva brutalement et l'avion quitta le sol. Kaplan se tourna d'un air ravi vers Sawyer, sans paraître remarquer la pâleur de son ami. « Tu vois, s'exclama-t-il, je t'avais bien dit que ce serait du gâteau ! »

Tandis que l'avion s'élevait dans les airs, Sawyer posa la main sur l'avant-bras de Kaplan. « Dis-moi, George, la question est peut-être un peu prématurée, mais... savons-nous où nous allons poser cet engin, une fois dans le Maine ? »

Kaplan hocha la tête. « Il y a un aéroport régional à Portsmouth, mais il se trouve à deux heures de voiture de Bell Harbor. En revanche, à dix minutes, il existe un aérodrome militaire abandonné. J'ai vérifié sur les cartes en préparant mon plan de vol.

Je me suis arrangé avec la police de l'État. On viendra nous chercher.

— Attends, tu as bien dit "abandonné" ?

— Abandonné mais encore utilisable, Lee. » Il poussa un soupir d'aise. « Ce qu'il y a de bien, avec ce temps, c'est qu'on n'a pas besoin de se soucier du trafic aérien. La route est libre jusqu'au bout.

— Traduction : personne n'est aussi cinglé que nous. »

Kaplan émit un gloussement. « Il y a un hic, malgré tout. Il faudra se passer de la tour de contrôle, qui est aux abonnés absents, et atterrir par nos propres moyens. Mais la piste sera balisée avec des lumières. Ne t'inquiète pas, j'ai déjà fait ça trente-six fois.

— Par un temps pareil ?

— Il faut un début à tout. Sérieusement, cet appareil est solide comme un roc et les instruments sont au petit poil. Tout ira bien.

— Si tu le dis, George », murmura Sawyer avec une moue dubitative.

Battu par le vent et la neige, l'avion oscillait et tanguait. Un assaut plus violent que les autres le secoua et l'appareil perdit quelques centaines de pieds, tandis que dans la carlingue les occupants s'accrochaient désespérément à leur siège. De nouveau, un coup de vent le prit sur le flanc, le faisant basculer, et il perdit encore de l'altitude. Sawyer regarda par le hublot. Au-dehors, tout était si blanc qu'il ne parvenait pas à distinguer les nuages de la neige. Il avait perdu toute notion de la direction et de l'altitude. Il lui semblait qu'ils étaient redescendus au ras du sol. Kaplan sentit son inquiétude. « D'accord, Lee, c'est plutôt moche, je le reconnais. On va arranger ça. Allez, les gars, accrochez-vous, je vais nous remonter à 10 000 pieds. C'est du costaud cette tempête, mais on doit pouvoir la survoler. On va voir si on peut s'assurer un voyage plus tranquille, hein ? »

Au cours des quelques minutes qui suivirent,

l'avion continua à être ballotté en tous sens, puis il sortit enfin de la couche de nuages et émergea dans un ciel clair. Une minute plus tard, l'appareil volait tranquillement, cap au nord.

Vingt minutes avant que le Saab emportant Sawyer et ses hommes ne décolle, un autre avion privé quittait un aérodrome particulier situé en pleine campagne, à une soixantaine de kilomètres à l'ouest de Washington. À une altitude de trente-deux mille pieds, le jet volait deux fois plus vite que le Saab et arriverait bien avant lui à Bell Harbor.

Peu après dix-huit heures, Sidney et son père se garaient devant le bureau de poste de Bell Harbor. Bill Patterson pénétra dans le bâtiment et en ressortit, une enveloppe à la main. Tandis que la Cadillac démarrait à toute vitesse, il alluma le plafonnier, ouvrit le pli et jeta un coup d'œil à l'intérieur.

Sidney lui jeta un regard inquiet. « Alors ?

— C'est bien une disquette, pas de problème. »

Elle se détendit un peu et fouilla dans sa poche, à la recherche du morceau de papier sur lequel était inscrit le mot de passe. Soudain, elle devint d'une pâleur de cire. Son doigt venait de passer à travers un grand trou dans le tissu. Pour la première fois, elle s'aperçut que la lame du couteau avait ouvert une grande fente dans son blouson, y compris dans sa poche. Elle arrêta la voiture et se mit à fouiller frénétiquement dans ses autres poches. « Mon Dieu, ce n'est pas possible ! gémit-elle en frappant le siège de ses poings.

— Que se passe-t-il, Sid ? » demanda son père.

Elle se rejeta en arrière. « Le mot de passe. Je l'avais dans ma poche et il a disparu. J'ai dû le perdre dans la maison, au moment où ce type a essayé de me découper en rondelles.

— Tu ne t'en souviens pas de mémoire ?

— Il est trop long, papa. Rien que des chiffres.

— Quelqu'un d'autre l'a-t-il ? »

Elle passa sa langue sur ses lèvres sèches. « Lee Sawyer. Je sais que je peux lui faire confiance.

— Sawyer... C'est bien ce grand type qui est venu chez toi ? » interrogea Bill Patterson pendant qu'elle jetait un coup d'œil au rétroviseur et démarrait.

« Oui.

— Mais le FBI te recherche ! Tu ne peux pas le contacter, Sid.

— Pas de problème, papa, il est de notre côté. »

Elle arrêta la voiture devant la cabine téléphonique d'une station-service. Tandis que son père restait dans le véhicule avec son fusil, elle composa le numéro du domicile de Sawyer. La sonnerie retentit. Au même moment, une camionnette blanche, munie d'une plaque de Rhode Island, arrivait à la station. Sidney lui jeta un coup d'œil soupçonneux, mais son attention fut attirée par l'arrivée d'une voiture de patrouille de la police. Un des policiers sortit du véhicule et regarda dans sa direction. Elle se figea. L'homme pénétra dans le petit bâtiment, où l'on vendait aussi des boissons et des sandwiches. Elle laissa sonner encore quelques instants, raccrocha et ressortit en relevant le col de son manteau.

« Seigneur, balbutia son père lorsqu'elle pénétra dans la Cadillac, j'ai cru que j'allais avoir une attaque en voyant arriver la police. »

Sidney démarra lentement. Le policier était en train de payer des gobelets de cafés.

« Tu as eu Sawyer ? »

Elle secoua la tête. « C'est incroyable. D'abord, je me retrouve avec la disquette et pas de mot de passe. Ensuite, j'ai le mot de passe et je perds la disquette. Maintenant, j'ai récupéré la disquette, mais j'ai perdu le mot de passe. C'est de la folie ! » Elle releva nerveusement une mèche de cheveux.

« Ce mot de passe, où l'as-tu récupéré, la première fois ?

— Dans la boîte aux lettres électronique de Jason sur America OnLine. » Elle se redressa soudain. « Mais j'y pense !

— Quoi ?

— Je peux de nouveau avoir accès au message à partir de la boîte de Jason. » Elle s'affaissa sur son siège. « Impossible, soupira-t-elle, il me faudrait un ordinateur.

— Mais nous en avons un ! »

Elle se tourna vers son père. Bill Patterson souriait.

« J'ai apporté mon portable, continua-t-il. Tu sais bien que je suis devenu un accro de l'ordinateur depuis que Jason m'a branché là-dessus. J'ai tout là-dedans, y compris mon dossier médical et l'état de mon patrimoine. Il est équipé d'un modem et j'ai même mon abonnement à America OnLine, moi aussi.

— Papa, je t'adore. » Sidney embrassa son père sur la joue.

« Le seul problème, reprit Bill Patterson, c'est qu'il est là-bas, à la maison, avec tous les bagages. Il faut aller le chercher. »

Sidney secoua énergiquement la tête. « Pas question. C'est trop dangereux.

— Pourquoi ? On est armés jusqu'aux dents et on a semé nos poursuivants. Ils croient certainement qu'on a quitté la région depuis un bout de temps. Il nous faudra à peine une minute pour le récupérer. Ensuite, on revient au motel, on le branche et hop, on a le mot de passe. »

Sidney hésitait.

« Écoute, mon petit, j'ai sacrément envie de savoir ce qu'il y a là-dedans. » Il brandissait l'enveloppe. « Pas toi ? »

Sidney se mordit les lèvres, puis elle mit le clignotant et reprit la direction de leur maison.

Le jet sortit de la couche de nuages et se posa sur la piste du petit aéroport privé d'un immense complexe hôtelier de la côte du Maine. Cette ancienne résidence d'été d'un magnat était aujourd'hui un lieu de villégiature très couru pour les plus fortunés. Mais en plein mois de décembre l'endroit était désert, à l'exception des tournées hebdomadaires effectuées par les employés d'une société de gardiennage locale. Il n'y avait rien à des kilomètres à la ronde et l'isolement était l'un de ses atouts majeurs. L'océan Atlantique rugissait à moins de trois cents mètres de la piste. Un groupe d'hommes à la mine patibulaire descendit de l'appareil. Une voiture les attendait. Elle les conduisit vers la résidence, située à une minute à peine. Le jet fit demi-tour et roula vers l'extrémité opposée de la piste. Un autre homme en descendit. À son tour, il se dirigea lentement vers l'hôtel.

Sidney avait du mal à garder le contrôle de la Cadillac sur la route enneigée. Les bulldozers l'avaient damée à plusieurs reprises, mais la nature avait le dernier mot. La grosse voiture oscillait sur la surface inégale. Sidney se tourna vers son père : « Papa, je n'aime pas ça, dit-elle. Allons plutôt jusqu'à Boston. Nous y serons dans quatre ou cinq heures. Nous y retrouverons maman et Amy et demain matin, nous essaierons de nous procurer un autre ordinateur. »

Bill Patterson se rembrunit. « Avec ce temps ? L'autoroute est certainement fermée. Tout est mort dans le Maine, à cette période de l'année, tu sais bien. Nous y sommes presque, Sid. » Ils poursuivirent leur route quelques minutes en silence. Quand ils furent en vue de la maison, Bill Patterson dit d'un ton enjoué : « Tu restes dans la voiture en faisant tourner le moteur. Le temps de compter jusqu'à dix, et je suis de retour.

— Mais papa...

— Regarde, il n'y a personne. Nous sommes seuls. Je prends mon fusil, si tu crois qu'il y a un risque. Ne t'engage pas dans l'allée, tu ne pourrais plus t'en sortir. Reste sur le bord de la route. »

Devant sa détermination, Sidney abandonna. Elle fit ce qu'il lui demandait. Bill Patterson sortit de la voiture. « Maintenant, compte jusqu'à dix, dit-il avec un grand sourire.

— Dépêche-toi, papa ! »

Morte d'inquiétude, elle le vit avancer péniblement dans la neige profonde, son fusil à la main, puis reporta son attention sur la rue. Il avait probablement raison. Rien ne bougeait à l'horizon. Son regard tomba sur l'enveloppe contenant la disquette. Elle la prit et la glissa dans son sac. Elle n'avait pas l'intention de la perdre de nouveau. Soudain, elle sursauta. La lumière s'était allumée dans la maison. Elle lâcha un soupir. C'était normal, son père avait besoin d'y voir clair. Elle n'avait aucune raison de s'inquiéter. La porte d'entrée claqua et des pas s'approchèrent de la voiture. Son père avait fait vite, comme promis.

« Sidney ! » Elle leva les yeux, horrifiée. Bill Patterson venait de faire irruption sur la terrasse. *« Va-t'en ! »*

À travers le rideau de neige, elle vit des mains le ramener brutalement en arrière. Le vent lui apporta ses cris, puis ce fut le silence. Au même moment, des phares s'allumèrent juste devant elle. La camionnette blanche avait dû avancer tous feux éteints. Elle écarquilla les yeux et parvint à distinguer une silhouette fantomatique près de sa voiture, armée d'une mitraillette dont le canon s'élevait lentement jusqu'à hauteur de sa tête.

Terrifiée, elle appuya sur le bouton du verrouillage centralisé des portières, passa la marche arrière et appuya sur l'accélérateur. Elle se baissa de côté. Au même moment, la rafale de mitraillette atteignait l'avant de la Cadillac, faisant exploser la vitre du côté du passager et voler en éclats la moitié du pare-brise. L'accélération brutale fit déraper l'avant du lourd véhicule, qui heurta le tireur et le projeta dans une congère. Les roues de la Cadillac mordirent furieusement dans la couche de neige jusqu'à mettre l'asphalte à nu. La voiture bondit brutalement en arrière. Sidney se redressa, couverte d'éclats de verre, et lutta pour ne pas perdre le contrôle de la voiture, tandis que la camionnette fonçait sur elle. Elle recula au-delà de l'intersection avec la route menant à l'intérieur des terres, passa la première et fit un tête-à-queue en faisant voler la neige, le sel et le gravier. Quelques instants plus tard, la Cadillac filait sur la route, tandis que la neige et le vent entraient en sifflant par les multiples ouvertures. Sidney jeta un coup d'œil dans le rétroviseur. La camionnette ne l'avait pas suivie. Elle ne se demanda pas pourquoi. Ils tenaient son père maintenant.

57

« Accrochez-vous, les gars, nous y sommes ! » Kaplan s'affairait aux commandes de l'avion. Animé d'un mouvement de roulis, l'appareil traversa la couche de nuages bas et bientôt apparurent les lumières des torches plantées dans le sol, qui délimitaient les contours de la piste d'atterrissage. Le visage du pilote s'éclaira. « Super ! On est bons ! » s'exclama-t-il d'une voix empreinte de fierté.

Une minute plus tard, le Saab touchait le sol dans un tourbillon de neige. Avant même qu'il ne se soit immobilisé, Sawyer avait déjà ouvert la porte. Il inspira de grandes goulées d'air froid et sa nausée disparut rapidement. Les membres de la brigade d'intervention descendirent à sa suite en titubant. Certains s'assirent sur la surface glacée du tarmac. Lorsque Jackson sortit, bon dernier, Sawyer, qui avait récupéré, lui jeta un coup d'œil amusé. « Ma parole, Ray, tu es presque blanc ! » lança-t-il d'un ton badin. Jackson ouvrit la bouche, mais fut incapable de parler. Il se contenta de brandir un doigt menaçant vers son collègue et suivit les autres vers le véhicule qui les attendait.

Sawyer pointa de nouveau le nez dans la cabine de pilotage. « Merci de nous avoir conduits à bon port, George. Tu n'as pas l'intention de nous attendre ici, j'espère ? On risque d'en avoir pour un bon bout de temps.

— Et qui vous ramènera, les copains, si je me tire ailleurs ? Je vous attends, fidèle au poste. »

Sawyer marmonna quelque chose d'incompréhensible, referma la porte et se hâta vers le véhicule auprès duquel les autres se tenaient groupés autour d'un policier muni d'une lampe torche. Quand il découvrit l'engin qui allait les transporter, sa mine s'allongea. Le policier suivit son regard et gloussa.

« Désolé, dit-il en désignant le panier à salade. C'est tout ce qu'on a pu trouver comme carrosse pour trimbaler huit gabarits comme vous. »

L'air goguenard, les agents du FBI montèrent à l'arrière du fourgon. Par la petite ouverture grillagée qui communiquait avec l'avant, Jackson demanda au policier : « Est-ce que vous pourriez mettre le chauffage ? On se les gèle, derrière.

— Désolé, il ne marche pas, dit l'homme. Un prisonnier qu'on emmenait a piqué sa crise et a tout déglingué. On n'a pas encore réparé. »

Pelotonné sur son banc, Sawyer posa son fusil et frotta ses mains l'une contre l'autre pour les réchauffer. Un courant d'air glacé, provenant d'une fissure invisible dans le fourgon, lui arrivait dans le dos. Il frissonna. *Seigneur,* pensa-t-il, *c'est comme si quelqu'un avait poussé la climatisation au maximum.* Il n'avait pas eu aussi froid depuis qu'il s'était trouvé devant les cadavres de Goldman et de Brophy dans le parking. Pourtant, cette fois-là, ce n'était pas une question d'air conditionné, comme dans l'appartement glacial du livreur de carburant. Soudain, une expression d'incrédulité se peignit sur son visage. Il venait de comprendre pourquoi il faisait le rapprochement entre ces deux scènes. « Mon Dieu ! » s'exclama-t-il.

Sidney était parvenue à la conclusion que les ravisseurs de son père disposaient d'un seul moyen pour entrer en contact avec elle. Elle arrêta la Cadillac devant une épicerie, se précipita vers le téléphone et appela son propre numéro en Virginie. Quand le répondeur se mit en marche, elle tenta vainement de reconnaître la voix qui lui donnait un numéro à appeler. Sans doute celui d'un téléphone cellulaire, pensa-t-elle. Elle prit une profonde inspiration et composa le numéro. On décrocha aussitôt. La voix n'était pas la même que celle qui avait enregistré le message sur le répondeur. Cette fois encore, elle fut incapable de la reconnaître.

Elle devait prendre la route 1, au nord de Bell Harbor, rouler pendant une vingtaine de minutes puis emprunter la sortie vers Port Haven. Elle reçut ensuite des instructions détaillées pour parvenir jusqu'à une bande de terrain isolée entre Port Haven et Bath, une ville un peu plus importante.

Quand elle demanda à parler à son père, elle essuya un refus.

« Dans ce cas, je ne viens pas. Rien ne me dit qu'il n'est pas mort. »

Pour toute réponse, il y eut un grand silence à l'autre bout du fil. Le cœur battant, elle retint son souffle, puis la voix de son père retentit. « Sidney, ma chérie... »

Elle poussa un profond soupir. « Papa, tu vas bien ?

— Sidney, fiche le camp d'i...

— Papa ? Papa ? » hurla-t-elle dans l'appareil. Un homme qui sortait du magasin, une tasse de café à la main, la dévisagea, jeta un coup d'œil à la Cadillac endommagée et la fixa de nouveau. Elle soutint son regard. Instinctivement, elle avait plongé la main dans sa poche, où se trouvait le 9 mn. L'homme se précipita vers sa camionnette et démarra en trombe.

Son interlocuteur reprit l'appareil. Elle avait trente minutes pour parvenir à destination, précisa-t-il.

« Qu'est-ce qui me prouve que vous allez le libérer si je vous donne ce que vous voulez ?

— Rien. » Le ton ne souffrait aucune contradiction.

Sidney ne put s'empêcher de réagir en avocate. « Ce n'est pas suffisant. Si vous tenez tellement à cette disquette, il va falloir que nous discutions des conditions.

— Vous plaisantez ? Vous voulez qu'on vous renvoie votre vieux les pieds devant ?

— Voyons, on se retrouve au beau milieu de nulle part, je vous donne la disquette et vous nous libérez tous les deux par pure bonté d'âme ? En clair, ça veut dire qu'une fois que vous aurez la disquette en main, mon père et moi nous irons nourrir les requins quelque part au fond de l'Atlantique. Non, vous devez accepter de négocier si vous voulez récupérer ce que je possède. »

L'homme avait placé la main sur le téléphone, mais Sidney entendait l'écho de voix furieuses dans l'écouteur.

« C'est comme nous l'avons dit ou rien.

— Très bien. Je file à la police. Surtout, ne manquez pas les informations, ce soir, à la télé. Bye !

— Un instant ! On vous écoute. »

Malgré son émotion, Sidney se mit à parler d'une voix assurée. « Rendez-vous dans une demi-heure dans le centre de Bell Harbor, à l'intersection de Chaplain Street et de Merchant Street. Je serai dans ma voiture. Vous la reconnaîtrez facilement, n'est-ce pas, c'est celle qui a un système d'aération exclusif. Faites deux appels de phares, puis libérez mon père. Il y a un petit café-restaurant en face. Une fois qu'il est à l'intérieur, j'ouvre ma portière, je place la disquette sur le trottoir et je démarre. Ah, j'oubliais un détail : j'ai une artillerie lourde et je suis plus que disposée à envoyer un maximum d'entre vous rôtir en enfer.

— Comment saurons-nous que c'est la bonne disquette ?

— Je veux mon père. Ce sera la bonne et j'espère que vous vous étoufferez avec. Alors, ça marche ? » Maintenant, c'était elle qui utilisait un ton impératif, s'efforçant de ne pas laisser percer son inquiétude.

Elle attendit anxieusement la réponse, priant pour qu'ils acceptent.

« Dans une demi-heure », dit la voix, puis on raccrocha.

Sidney poussa un long soupir de soulagement et remonta dans sa voiture. Elle posa les mains sur le tableau de bord et prit le temps de réfléchir. Comment ces hommes avaient-ils pu les repérer, son père et elle ? C'était à croire qu'ils ne les avaient pas quittés des yeux un instant ! La camionnette blanche se trouvait déjà à la station-service et, sans l'arrivée inopinée de la police, ils seraient sans doute passés à l'attaque. Elle devait se reprendre, car la panique la gagnait. Elle tendit la main vers son sac, posé à côté d'elle, et l'ouvrit, juste pour s'assurer que la disquette y était toujours. La disquette contre son père. Et une fois qu'elle s'en serait défaite, il ne lui resterait plus qu'à fuir la police jusqu'à la fin de ses jours. Ou jusqu'à ce qu'elle se fasse prendre. Drôle de choix. Mais justement, elle n'avait pas le choix.

Elle allait refermer son sac lorsqu'elle interrompit son geste. Elle revivait en pensée la nuit dans la limousine. Il s'était passé tant de choses depuis qu'elle s'était enfuie ! Enfuie ? Non, en fait, le tueur l'avait laissée partir. Il lui avait même permis de garder son sac. S'il ne le lui avait pas lancé, elle l'aurait d'ailleurs complètement oublié. Trop heureuse d'avoir échappé à la mort, elle n'avait pas réfléchi aux motifs de cette étrange courtoisie. Soudain, elle se mit à fouiller frénétiquement dans son sac. Cela lui prit une bonne minute, mais elle finit par trouver ce qu'elle cherchait. Tout au fond, inséré dans un pli de la doublure, se trouvait un minuscule dispositif de repérage.

Elle le prit en main et l'examina avec un frisson, puis elle mit le moteur en marche et démarra. Un peu plus loin, elle aperçut une benne à ordures, convertie en chasse-neige, arrêtée au bord du trottoir. Après avoir vérifié dans le rétroviseur que personne ne la suivait, elle ralentit à sa hauteur et s'apprêta à y jeter l'objet, mais se ravisa au dernier moment. Elle n'avait plus rien à perdre. Le petit dispositif à la main, elle accéléra. Il fallait qu'elle soit au plus tôt sur les lieux du rendez-vous. Mais auparavant, elle avait une course à faire.

À deux cents mètres du café-restaurant devant lequel devait avoir lieu l'échange, la Cadillac était garée au bord du trottoir, tous feux éteints, non loin d'un grand sapin. L'intérieur de la voiture était sombre et l'on distinguait mal la silhouette de la personne qui se tenait au volant.

Deux hommes s'approchèrent à pas rapides le long du trottoir, tandis que, de l'autre côté de la rue, deux autres suivaient une trajectoire parallèle. L'un d'eux avait les yeux fixés sur un petit instrument, muni d'un écran quadrillé, qu'il tenait en main. Sur l'écran, une flèche rouge brillait, pointée dans la direction de la Cadillac. Ils passèrent rapidement à l'action, l'un braquant son arme par le trou béant à la place de la vitre du côté passager, tandis que l'autre ouvrait brutalement la portière du côté du conducteur. Leur mine s'allongea : derrière le volant, il n'y avait qu'un balai à franges, coiffé d'une casquette de base-ball et enveloppé dans un blouson de cuir.

***

La camionnette blanche était garée à l'intersection de Chaplain Street et de Merchant Street. À l'arrière, Bill Patterson gisait sur le plancher, pieds et poings liés, un sparadrap sur la bouche. Le conducteur avait laissé tourner le moteur. Il consulta sa montre, scruta la rue du regard et fit deux appels de phares. Au même moment, la portière du côté passager s'ouvrit à la volée. Braquant son 9 mm sur la tempe de l'homme, Sidney Archer pénétra dans la camionnette. D'un coup d'œil, elle s'assura que son père allait bien. Elle l'avait déjà aperçu par la vitre arrière une minute plus tôt.

« Pose ton revolver sur le plancher, ordonna-t-elle. Prends-le par le canon. Si tu approches le doigt de la gâchette, je te vide un chargeur dans la tête. Compris ? »

L'homme obéit.

« Maintenant, dehors !

— Mais... »

Elle appuya avec force son pistolet sur le cou de l'homme.

« J'ai dit : “Dehors” ! »

Il ouvrit la portière. Au moment où il lui tournait le dos, Sidney leva les jambes et lui donna une violente poussée. Il alla s'étaler sur la chaussée. Elle referma la portière, s'installa derrière le volant et mit le contact. La camionnette démarra en trombe.

Dix minutes plus tard, Sidney s'arrêtait en dehors de la ville. Elle se précipita à l'arrière et délivra son père. Tous deux s'étreignirent avec un mélange de crainte et de soulagement, puis Sidney reprit le volant. Bill Patterson s'installa à côté d'elle.

« Papa, il faut que nous trouvions une autre voiture, dit Sidney en redémarrant. Ils ont peut-être placé un dispositif de repérage dans celle-ci et de toute façon ils courront après une camionnette blanche. »

Son père se frotta les poignets. Ses yeux enflés, à demi fermés et ses phalanges écorchées témoignaient de la résistance qu'il avait opposée à ses agresseurs. « Il y a une agence de location à cinq minutes d'ici. Mais pourquoi n'irions-nous pas à la police, Sid ?

— Papa, j'ignore ce qu'il y a sur la disquette. Si ce n'est pas suffisant pour... » Elle ne termina pas sa phrase et poussa un long soupir.

Pour la première fois, Patterson prit conscience que sa fille allait peut-être lui être enlevée.

« Ce sera suffisant, Sidney. Si Jason s'est donné un tel mal pour te l'envoyer, c'est *forcément* suffisant. »

Sidney lui sourit, mais son visage s'assombrit aussitôt. « Nous devons nous séparer, papa.

— Il n'est pas question que je te laisse seule.

— En restant avec moi, tu deviens mon complice et nous irons tous les deux en prison.

— Je m'en fiche.

— Pense à maman et à Amy. Que deviendraient-elles ? »

Bill Patterson resta quelques instants pensif. « Écoute, dit-il enfin, allons ensemble à Boston et là, nous verrons. Si à ce moment-là tu tiens encore à ce qu'on se sépare, je n'élèverai pas d'objection, d'accord ? »

Quand ils arrivèrent devant l'agence, Patterson alla

s'occuper des formalités pour la location d'une voiture, tandis que Sidney l'attendait au volant de la camionnette. Lorsqu'elle le vit ressortir, elle baissa la vitre du côté passager. « C'est fait ? interrogea-t-elle.

— Oui. Le véhicule sera prêt dans cinq minutes. J'ai pris une grosse quatre portes, pour que tu puisses dormir un peu à l'arrière pendant que je conduirai. Nous serons à Boston dans quatre à cinq heures.

— Je t'adore, papa. »

Sidney referma la vitre, mit le contact et démarra en trombe, abandonnant son père stupéfait.

« Seigneur ! Est-ce qu'on pourrait accélérer un peu ? » hurla Sawyer à l'intention du conducteur du fourgon. Ils avaient découvert les traces de lutte dans la maison des Patterson et battaient la campagne à la recherche de Sidney Archer et de sa famille.

« Vous avez vu la route ? hurla en retour le policier. Si j'appuie sur le champignon, on va droit dans le fossé et on se retrouve tous au cimetière. »

Au cimetière. Sidney Archer était-elle morte, maintenant ? Sawyer jeta un coup d'œil angoissé à sa montre, puis fouilla dans sa poche à la recherche d'une cigarette.

Jackson l'arrêta d'un geste. « Par pitié, Lee, ne fume pas. On a déjà assez de mal à respirer comme ça. »

Sawyer ne discuta pas. Ses doigts venaient de se refermer sur un mince objet. Lentement, il sortit la carte de sa poche.

Tout en conduisant, Sidney essayait de réfléchir. Il fallait qu'elle refuse de se laisser dominer par ses émotions, qu'elle retrouve ses vieux réflexes. Depuis une éternité, lui semblait-il, elle n'avait rien pu faire d'autre que réagir à une succession de crises, sans avoir l'occasion de mettre les choses à plat. Elle était avocate, habituée à examiner les faits avec logique, à étudier les détails et à en tirer une vision d'ensemble. Ce n'était pas la matière qui lui manquait. Elle avait des éléments. Jason avait travaillé sur les archives comptables de Triton qui devaient être présentées à CyberCom. Il avait disparu dans de mystérieuses circonstances et lui avait adressé une disquette avec un certain nombre d'informations. Jason n'était pas en train de vendre des documents confidentiels à RTG, elle en avait la certitude. Pas avec Brophy sur le coup. Quant aux documents comptables, Triton les avait apparemment communiqués à CyberCom. Dans ce cas, pourquoi lui avait-on fait une scène lors de la réunion à New York ? Pourquoi Gamble avait-il exigé de parler à Jason à propos de ces documents, surtout après lui avoir adressé un courrier électronique pour le féliciter de la qualité de son travail ? Pourquoi ce grand show pour faire venir Jason au téléphone ? Pourquoi l'avoir mise dans une situation impossible ?

Elle leva le pied de l'accélérateur. À moins qu'on n'ait délibérément voulu la mettre dans une situation impossible. Qu'on n'ait délibérément fait en sorte qu'elle ait l'air de mentir. C'était à ce moment-là que les soupçons avaient commencé à se porter sur elle. Que contenaient exactement ces documents dans le hangar ? Était-ce cela qui se trouvait sur la disquette ? Quelque chose qu'aurait découvert Jason ? La nuit où Gamble avait envoyé sa limousine pour la conduire chez lui, il voulait à l'évidence obtenir des réponses. Essayait-il de savoir si Jason lui avait confié quelque chose ?

Triton était le client de Tyler, Stone depuis plusieurs années. Une entreprise très puissante, avec un passé secret. Mais quel rapport avec tout le reste ? Une fois de plus, Sidney évoqua les horribles moments qu'elle avait vécus à New York. Comme Lee Sawyer un peu plus tôt, et pour une tout autre raison, cela lui faisait penser à quelque chose. *Une mise en scène.*

Seigneur ! Il fallait à tout prix qu'elle entre en contact avec l'agent du FBI. Au même moment, une sonnerie stridente interrompit le fil de ses pensées. Elle regarda autour d'elle et finit par découvrir un téléphone cellulaire posé sur un panneau magnétique en dessous du tableau de bord. Elle ne l'avait pas remarqué jusqu'alors. Devait-elle répondre ? Elle hésita, puis décrocha l'appareil. « Oui ?

— Je croyais que vous n'aviez pas envie de jouer au plus fin ? » La colère vibrait dans la voix de son interlocuteur.

« Vous aviez oublié de me dire que j'avais un dispositif de repérage dans mon sac et que vous vous apprêtiez à me sauter dessus.

— D'accord. Parlons maintenant de l'avenir. Nous voulons la disquette et vous allez nous l'apporter. Tout de suite !

— Ce que je vais faire, c'est raccrocher, tout de suite !

— Si j'étais vous, je ne ferais pas ça.

— Écoutez, si vous avez l'intention de me garder en ligne pour pouvoir me repérer, vous... »

Sidney s'interrompit brusquement. Son sang se glaça. À l'autre bout du fil, une toute petite voix résonnait.

« Ma-man ? Ma-man ? »

Tout son corps se contracta. Elle leva le pied de l'accélérateur et, avec difficulté, parvint à arrêter la voiture sur le bas-côté, tandis que, muette d'horreur, elle entendait à nouveau la voix d'Amy.

« Ma-man ? Pa-pa ? Venir ? » L'enfant était visiblement apeurée.

Soudain prise de nausée, Sidney fit un énorme effort pour parler : « A-Amy, chérie, balbutia-t-elle.

— Ma-man ?

— Chérie, c'est maman. Je suis là, mon cœur. » Les larmes ruisselaient sur ses joues.

On reprit l'appareil.

« Vous avez dix minutes. Voici les instructions.

— Laissez-moi lui parler encore !

— Neuf minutes et cinquante-cinq secondes. »

Une pensée traversa l'esprit de Sidney. « Comment puis-je être sûre que ma fille est bien avec vous ? Rien ne me dit que ce n'est pas un enregistrement de sa voix.

— Rien ne vous empêche de prendre le risque de ne pas venir. » Le ton de son interlocuteur était plein d'assurance. Pour rien au monde Sidney n'aurait couru ce risque, il le savait parfaitement.

« Si jamais vous lui faites du mal...

— La gosse ne nous intéresse pas. Elle est trop petite pour nous identifier. Une fois toute cette affaire terminée, on la libérera, dans un endroit sûr. » Il fit une pause. « En revanche, en ce qui vous concerne, madame Archer, aucun endroit n'est plus sûr pour vous, désormais.

— Libérez-la, je vous en prie. Ce n'est qu'un bébé. » Sidney tremblait si fort qu'elle n'arrivait pas à tenir le téléphone devant sa bouche.

« Notez par écrit les instructions que nous allons vous donner, sinon vous risquez de vous perdre et ce serait dommage. Si vous ne vous montrez pas, il ne restera plus rien de votre gosse.

— J'arrive », souffla Sidney. À l'autre bout du fil, on raccrocha. Elle mit le contact et s'efforça de rassembler ses idées.

Qu'était devenue sa mère ? De nouveau, son sang se glaça. Où était-elle ? Elle n'eut pas le temps de s'interroger. Une sonnerie retentissait de nouveau à l'intérieur de la camionnette. D'une main tremblante, Sidney décrocha le téléphone, mais elle dut très vite se rendre à l'évidence : la sonnerie ne venait pas de là. D'ailleurs, le son était différent. Elle regarda autour d'elle. Ses yeux se posèrent sur son sac, qu'elle avait placé à côté d'elle. Elle glissa la main à l'intérieur et en ressortit son messager de poche. Sur l'écran, un numéro de téléphone apparaissait. Elle coupa la sonnerie. Quelqu'un avait dû faire un faux numéro. Personne ne pouvait l'appeler pour des raisons professionnelles, ni un client ni un collègue du cabinet, puisqu'elle n'en faisait plus partie. Au moment où elle allait effacer le message, quelque chose la retint. Se pourrait-il que ce soit Jason ? Le moment n'aurait pu être plus mal choisi. Finalement, elle posa le messager de poche sur ses genoux, prit le téléphone cellulaire et composa le numéro inscrit sur l'écran.

Quand elle entendit la voix à l'autre bout du fil, elle en eut le souffle coupé. Apparemment, les miracles existaient.

Le bâtiment principal de la résidence hôtelière était abrité derrière un rideau de résineux qui accentuait encore l'impression d'isolement qui se dégageait des lieux. Depuis quelques minutes, la tempête de neige s'était calmée. Derrière l'hôtel, les vagues sombres de l'océan Atlantique battaient la côte.

Lorsque la camionnette apparut au bout de la longue allée, deux vigiles armés en sortirent et allèrent à sa rencontre. L'un d'eux poussa un juron. Elle n'avait pas ralenti et continuait à foncer droit sur eux. Les vigiles firent un bond de côté tandis qu'elle enfonçait la porte d'entrée, la faisant voler en éclats, avant de terminer sa course contre un mur épais à l'intérieur de la maison. Aussitôt, des hommes lourdement armés entourèrent le véhicule, dont les roues tournaient dans le vide. Avec difficulté, ils parvinrent à ouvrir la portière du côté du conducteur. La camionnette était vide. Le téléphone n'était pas à sa place, mais complètement dissimulé sous le siège avant. Le faible éclairage du plafonnier ne permettait pas de distinguer le fil. Tout laissait à penser que l'appareil avait été déplacé sous le choc.

Pendant ce temps, Sidney pénétrait dans le bâtiment par l'arrière. Quand l'homme lui avait donné les indications pour se rendre au rendez-vous, elle avait tout de suite su de quel endroit il parlait, car Jason et elle y étaient venus à plusieurs reprises. La disposition des pièces lui était familière. Elle avait pris un raccourci, ce qui lui avait permis de réduire de moitié le délai que ses ravisseurs lui avaient octroyé, et mis ces précieuses minutes à profit pour relier le volant et l'accélérateur au moyen d'une corde qu'elle avait trouvée à l'arrière.

Son pistolet à la main, le doigt sur la gâchette, elle se faufilait maintenant d'une pièce à l'autre, dans l'obscurité de la vaste résidence. Elle était pratiquement sûre qu'Amy n'était pas sur place, mais dans le doute, elle s'était tout de même servie de la camionnette pour faire diversion afin, le cas échéant, de tenter de sauver sa fille. Elle savait que ces hommes ne libéreraient pas Amy.

Elle entendit des voix et des bruits de pas qui se précipitaient vers le devant de la maison, puis, sur sa gauche, retentit le pas beaucoup plus calme de quelqu'un qui avançait le long du couloir. Elle recula dans l'ombre et attendit. Quand l'homme passa devant elle, elle plaça le canon de son pistolet sur sa nuque.

« Silence ou tu es mort, ordonna-t-elle avec une froide détermination. Les mains sur la tête. »

Son prisonnier obéit. Il était grand et solidement bâti. De l'autre main, elle le fouilla. Elle s'empara du revolver qu'il portait dans un holster placé sous l'épaule et le glissa dans sa poche. Devant eux s'ouvrit une vaste pièce très éclairée. Aucun bruit n'en parvenait, mais Sidney ne se faisait pas d'illusion. Le silence ne durerait pas longtemps. Ses adversaires éventeraient vite sa ruse, si ce n'était déjà fait. Elle écarta l'homme de la zone éclairée et, le tenant toujours sous la menace de son arme, s'engagea à sa suite dans le couloir obscur.

Tous deux arrivèrent devant une porte. « Ouvre », ordonna-t-elle. Il obéit. Elle le poussa dans la pièce et tâtonna à la recherche de l'interrupteur tout en refermant la porte derrière eux d'un coup de pied.

La lumière jaillit, éclairant le visage impassible de Richard Lucas.

« Vous n'avez pas l'air surpris, constata-t-il.

— Au stade où j'en suis, plus rien ne m'étonne », répliqua-t-elle. Elle agita son pistolet en direction d'une chaise. « Asseyez-vous. Où sont les autres ? »

Lucas haussa les épaules. « Un peu partout. Nous sommes très nombreux, Sidney.

— Où est ma fille ? Et ma mère ? » Le chef de la sécurité de Triton se tut. Sidney saisit son pistolet à deux mains et le pointa sur sa poitrine. « Je ne plaisante pas. Où sont-elles ?

— Quand je travaillais pour la CIA, j'ai été pris par le KGB. Ils m'ont torturé pendant deux mois avant que je parvienne à m'enfuir et je n'ai pas parlé, dit posément Lucas. Vous ne tirerez rien de moi. Et si vous envisagez de m'échanger contre votre fille, mieux vaut ne pas y penser. Autant appuyer sur la gâchette tout de suite. »

Il soutint son regard sans ciller. Elle garda le doigt sur la gâchette, puis abaissa le canon de son arme avec un juron. Lucas eut un mauvais sourire.

Elle réfléchit à toute vitesse. « De quelle couleur est le bonnet d'Amy ? interrogea-t-elle. Si ma fille est avec vous, vous devez le savoir. »

Le sourire de Lucas s'évanouit. Il hésita, puis répondit : « Une sorte de beige.

— Bonne réponse. Parfaitement neutre et pouvant s'appliquer à un certain nombre de couleurs. » Elle se tut un instant. Son soulagement était immense. « Sauf qu'Amy ne portait pas de bonnet. »

Lucas bondit de sa chaise, mais Sidney fut plus

rapide que lui. « Fumier ! » s'exclama-t-elle en l'assommant avec le pistolet. Il s'écroula à terre, inconscient.

Elle se précipita hors de la pièce et se mit à courir dans le couloir. Des pas retentissaient du côté où elle avait pénétré dans l'hôtel. Elle fit demi-tour, se retrouva devant la pièce très éclairée qu'elle avait évitée un peu plus tôt et jeta un coup d'œil à l'intérieur. Personne, apparemment. Courbée en deux, elle alla s'accroupir derrière un grand canapé au dossier de bois ouvragé, tout en murmurant une prière silencieuse. Elle regarda autour d'elle. La pièce, confortablement meublée, était immense, avec une hauteur sous plafond d'au moins six mètres. Du côté qui donnait sur l'océan, s'ouvrait une rangée de portes-fenêtres. Une galerie intérieure courait d'un autre côté. Un mur supportait des étagères sur lesquelles elle apercevait une collection de livres superbement reliés.

Soudain, Sidney se recroquevilla derrière le canapé. Un groupe d'hommes en armes, vêtus de treillis noirs, venaient de pénétrer dans la pièce par une autre porte. L'un d'eux aboya quelques mots dans un talkie-walkie. Elle comprit vaguement qu'ils s'étaient maintenant rendu compte de sa présence. Elle avait peu de temps devant elle. Le sang battant à ses tempes, elle parvint à se glisser en rampant hors de la pièce sans se faire repérer. Une fois dans le couloir, elle se replia vers la pièce dans laquelle elle avait laissé Richard Lucas. Elle avait l'intention de se servir de lui comme monnaie d'échange pour pouvoir sortir librement. Peut-être n'hésiteraient-ils pas à tuer Lucas pour l'avoir, mais elle n'avait pas d'autre choix.

Quand elle entra dans la pièce, elle sut que son plan avait échoué. Lucas avait disparu. L'homme était apparemment doué d'une capacité de récupération exceptionnelle, compte tenu de la force du coup qu'elle lui avait assené. Son histoire de KGB n'était sans doute pas une invention. Elle se précipita au-dehors. Il lui fallait gagner la porte par laquelle elle était entrée dans l'hôtel. Lucas allait certainement donner l'alarme. Elle n'avait plus que quelques secondes devant elle. Elle était tout près de la sortie lorsqu'elle entendit la petite voix.

« Maman, maman. »

Elle s'arrêta brusquement. La voix de sa fille continuait à geindre dans le couloir.

« Mon Dieu, mon Dieu ! » Sidney fit demi-tour et se précipita en direction du son. « Amy, Amy ! » La porte de la grande pièce d'où elle venait était maintenant close. Elle l'ouvrit à la volée, hors d'haleine, cherchant désespérément sa fille du regard.

Nathan Gamble tourna les yeux vers elle. Derrière lui se tenait Richard Lucas, le visage tuméfié, le regard noir.

Les hommes de Gamble se précipitèrent sur elle et la désarmèrent. L'un d'eux s'empara de son sac et en ôta la disquette, qu'il remit à son patron.

Un magnétophone sophistiqué était posé près de Nathan Gamble. Il le manipula et la voix d'Amy retentit de nouveau : « Maman, maman. »

« Dès que j'ai su que j'avais votre mari sur le dos, dit-il, j'ai fait mettre des micros chez vous. C'est fou les trucs intéressants qu'on peut récupérer de cette manière.

— Ordure ! s'exclama Sidney, je savais bien que c'était truqué !

— Votre première intuition était la bonne, Sidney. Vous auriez dû la suivre. C'est toujours ce que je fais, pour ma part. » Gamble éteignit le magnétophone et traversa la pièce en direction d'un bureau disposé contre un mur. Sidney s'aperçut alors qu'un ordinateur portable était posé dessus. Gamble prit la disquette et l'inséra dans le lecteur. Puis il sortit un morceau de papier de sa poche. « Pas mal, le mot de passe. Tout à l'envers. Vous avez oublié d'être sotte, mais je ne pense pas que vous ayez résolu celui-là, n'est-ce pas ? » Son regard allait de Sidney au papier. « J'ai toujours pensé que Jason était un garçon brillant. » Il se mit à taper sur le clavier de l'ordinateur avec un doigt, puis étudia l'écran avant d'allumer tranquillement un cigare, visiblement satisfait du contenu de la disquette. Il s'adossa à sa chaise et fit tomber la cendre de son cigare sur le sol.

Sidney gardait les yeux fixés sur lui. « Chez les Archer, l'intelligence, c'est de famille, affirma-t-elle. Je sais tout.

— Mon œil, répliqua calmement Gamble.

— Et les milliards de dollars que vous avez empochés grâce aux variations des taux interbancaires de la Fed ? Ces mêmes milliards de dollars dont vous vous êtes servi pour construire Triton Global.

— Intéressant. Dites-moi comment je m'y suis pris ?

— Vous connaissiez les réponses avant que les sujets ne soient distribués. Vous faisiez chanter Arthur Lieberman. Champion, le superpatron incapable de gagner un sou sans tricher ! éructa-t-elle. Et au moment où Lieberman vous menace de tout révéler, son avion s'écrase. »

Gamble la fusilla du regard. « J'ai gagné des milliards de dollars *tout seul* », martela-t-il. Il marcha sur elle, les poings serrés. « Là-dessus, des concurrents jaloux ont payé certains de mes conseillers financiers pour me faire plonger en douce. Je n'ai rien pu prouver, mais j'ai tout perdu et eux se sont retrouvés avec un joli petit matelas. Vous trouvez ça juste ? » Il s'arrêta et prit une profonde inspiration. « Vous n'avez pas tort, toutefois. J'ai percé les petits secrets de la vie privée de Lieberman et ça m'a permis de gratter suffisamment pour attendre confortablement mon heure. Mais ça n'a pas été si simple. » Il eut un sourire mauvais. « J'ai attendu que les petits copains qui m'avaient joué un sale tour aient positionné leurs investissements par rapport aux taux d'intérêt. Et j'ai adopté la position inverse avant de dire à Lieberman dans quel sens il devait modifier les taux. À ce moment-là, je me suis de nouveau retrouvé au sommet et les autres n'avaient même plus de quoi se payer une bière. Clair, net et sans bavure. »

Son visage s'éclaira au souvenir de cette victoire personnelle. Quand on me fait des crasses, je rends la pareille. Avec intérêts. Prenons Lieberman, par exemple. J'ai payé gentiment ce fumier plus de cent millions de dollars pour traficoter les taux et comment me remercie-t-il ? En essayant de me lâcher. Est-ce ma faute s'il a chopé le cancer ? La légende vivante de l'Ivy League a cru qu'elle pouvait m'avoir ! Il ignorait que je le savais mourant. Mais, moi, tonna-t-il, le visage écarlate, quand je suis en affaires avec quelqu'un, je sais tout sur lui ! Tout ! » Il se tut un instant, puis ajouta d'un air sarcastique : « Mon seul regret, c'est de n'avoir pas vu sa tête au moment où l'avion s'est écrasé.

— J'ignorais que vous donniez dans le négocide, Nathan, lança Sidney. Des hommes, des femmes, des enfants ont disparu avec lui. »

Gamble se troubla. Il tira nerveusement sur son cigare et souffla la fumée en l'air. « Vous croyez que j'ai *voulu ça* ? Mon job, c'est de faire de l'argent, pas de tuer les gens. Si j'avais pu m'y prendre autrement, je l'aurais fait. Mais j'avais deux problèmes : Lieberman et votre mari. Tous deux connaissaient la vérité. Il fallait donc que je me débarrasse des deux. L'avion était le seul moyen de les lier, de tuer Lieberman et de faire endosser la culpabilité de sa mort à votre mari. Si j'avais pu acheter tous les billets de cet avion, sauf celui de Lieberman, je l'aurais fait. » Il se tut et planta son regard dans celui de Sidney. « Si cela peut vous soulager, sachez que ma fondation a déjà fait un don de dix millions de dollars aux familles des victimes.

— Épatant. En plus, votre sale boulot bénéficie à votre image. Joli coup de relations publiques ! Vous croyez que l'argent est la solution à tout ? »

Gamble exhala un nouveau nuage de fumée. « À pas mal de choses, en tout cas. Vous seriez étonnée. Il n'en reste pas moins que *rien* ne m'obligeait à le faire. Comme je le disais à votre vieux copain Wharton : quand je suis après quelqu'un qui m'a fait une crasse, tant pis pour ceux qui se trouvent sur mon chemin. »

Le visage de Sidney se durcit. « Jason, par exemple ? Où est-il ? » Elle se mit à hurler, incapable de se contrôler. « Où est-il, espèce de fumier ? » Dans sa fureur, elle se serait jetée sur Gamble si ses hommes ne l'avaient pas fermement maîtrisée.

Gamble se précipita sur elle et écrasa son poing sur sa joue.

Hors d'elle, Sidney parvint à dégager son bras droit. D'un geste vif, elle lacéra un côté du visage de Gamble avec ses ongles. Il recula en titubant, se tenant la joue. « Garce ! » cria-t-il en sortant un mouchoir de sa poche et en s'en tamponnant le visage. Ses yeux lançaient des éclairs. Sidney, tremblante de fureur, soutint son regard. Au bout de quelques instants, Gamble adressa un signe à Lucas. Le chef de la sécurité de Triton quitta la pièce. Quand il revint, il n'était pas seul. Kenneth Scales l'accompagnait.

Sidney recula instinctivement lorsque le tueur pénétra dans la pièce et la dévisagea avec une expression de haine intense. Gamble remit son mouchoir dans sa poche. Il poussa un soupir et se tourna vers Sidney. « Je l'ai sans doute mérité, admit-il en touchant sa joue. Je n'avais pas l'intention de vous tuer, vous savez, mais impossible de vous faire tenir tranquille. » Il se passa une main dans les cheveux. « Ne vous inquiétez pas. Je veillerai financièrement à l'avenir de votre gosse. Elle ne manquera de rien, croyez-moi. » Il fit signe à Scales d'approcher. « Vous devriez me remercier de prendre en compte ce genre de détail.

— Vraiment ! cria Sidney. Et avez-vous pris en compte un détail d'un autre genre ? Par exemple, que si j'ai pu découvrir tout cela, Sawyer en a sans doute fait autant ? » Gamble la regarda sans répondre. « Vous avez fait chanter Arthur Lieberman en branchant sur lui Steven Page. Au moment où Lieberman allait être nommé président de la Fed, Page s'est aperçu qu'il était séropositif et a menacé de tout faire échouer. Et vous, comment avez-vous réagi ? Vous avez fait assassiner Page, comme Lieberman. »

La réponse de Gamble laissa Sidney sans voix.

« Pourquoi diable l'aurais-je fait assassiner ? Il travaillait pour moi.

— Il dit la vérité, Sidney. »

Avec un sursaut, Sidney se tourna en direction de l'homme qui venait de prononcer ces mots.

Quentin Rowe s'avança dans la pièce.

Gamble le regarda avec stupéfaction. « Comment avez-vous fait pour venir ici ?

— Vous oubliez que j'ai ma propre suite dans l'avion de la société, il me semble. Par ailleurs, j'aime mener les projets à leur terme.

— Elle a raison ? Vous avez fait assassiner votre propre amant ? »

Rowe lança un regard méprisant à Gamble. « Cela ne vous regarde pas.

— C'est ma société. Tout ce qui la concerne me regarde.

— Votre société, vous en êtes certain ? Je n'ai plus besoin de vous, maintenant que nous avons acheté CyberCom. C'est pour moi la fin du cauchemar. »

Gamble blêmit. « Je crois que nous devons

apprendre à ce petit merdeux à respecter son supérieur », dit-il en faisant un signe à Lucas.

Lucas sortit son pistolet.

Gamble hocha la tête. « Juste une bonne leçon », dit-il d'un air mauvais, qui céda la place à une expression stupéfaite lorsque Lucas pointa l'arme dans sa direction. Le cigare tomba des lèvres du patron de Triton. « Nom d'un chien ! Espèce de sale traître...

— Fermez-la ! rugit Lucas. Fermez-la ou je vous jure que je vous fais sauter la cervelle ! » Gamble n'insista pas. Il se tut.

« Pourquoi, Quentin ? »

Rowe se retourna en direction de Sidney qui venait de poser la question. « Quand il a repris ma société, Gamble a rédigé les papiers de façon à avoir le contrôle sur tout, mes idées comme le reste. En fait, je devenais sa propriété. » Il contempla Gamble avec une moue de dégoût, puis revint à Sidney. « Oui, je sais, commenta-t-il, comme s'il lisait dans ses pensées, nous formions un drôle de couple. »

Il s'assit sur la chaise devant l'ordinateur portable et, tout en continuant à parler, observa l'écran dont la proximité semblait avoir sur lui un effet apaisant. « C'est alors que Gamble a perdu toute sa fortune. Ma société allait dans le mur. J'ai essayé de négocier avec lui pour qu'il me libère, mais il m'a répondu qu'il me traînerait devant les tribunaux. J'étais coincé. À ce moment-là, Steven a rencontré Lieberman et le plan a pris forme.

— Mais pourquoi avez-vous fait assassiner Page ? »

Rowe ne répondit pas.

« Avez-vous jamais essayé de savoir qui lui avait transmis le virus du sida ? »

La tête baissée sur l'ordinateur, Rowe continuait à se taire.

« Quentin ? insista Sidney.

— Moi ! explosa soudain Rowe. Je l'ai contaminé. » Il s'effondra sur sa chaise. « Quand Steven m'a dit que le test était positif, poursuivit-il d'une voix déchirante, je n'y ai pas cru. Je lui avais toujours été fidèle et de son côté il jurait qu'il ne me trompait pas. Nous avons alors pensé à Lieberman. On s'est procuré un exemplaire de son dossier médical, mais rien de ce côté non plus. Alors j'ai décidé de faire moi-même le test. » Ses lèvres se mirent à trembler. « Et là, j'ai appris que j'étais séropositif. Je ne voyais pas d'où cela pouvait venir, sauf d'une transfusion que j'avais subie après un grave accident de voiture. J'ai vérifié auprès de l'hôpital et je me suis aperçu que d'autres patients avaient été infectés par le virus au cours de cette même période. J'ai tout dit à Steven. Je tenais tellement à lui ! Jamais je ne m'étais senti aussi coupable de ma vie. Je croyais qu'il comprendrait. » Rowe prit une profonde inspiration. « Mais cela n'a pas été le cas.

— Il a menacé de vous dénoncer ? interrogea Sidney.

— Nous étions allés trop loin. Steven n'avait plus les idées très claires et il... » Accablé, Rowe secoua la tête. « Il est venu chez moi un soir après avoir beaucoup bu. Il m'a dit qu'il allait tout raconter, révéler le chantage exercé sur Lieberman et que nous irions tous en prison. Je lui ai dit d'agir comme il l'entendait. » La voix de Rowe se brisa et les larmes lui montèrent aux yeux. « Je lui donnais souvent sa dose quotidienne d'insuline. J'avais ce qu'il fallait à la maison. Quand il s'est endormi sur le canapé, je lui ai injecté une surdose. Ensuite, je l'ai réveillé et mis dans un taxi. Il est rentré chez lui et il est mort. Personne n'était au courant de nos relations. La police ne m'a même pas interrogé. »

Il s'essuya les yeux puis regarda Sidney. « Vous me comprenez, n'est-ce pas ? demanda-t-il. Je ne pouvais pas faire autrement. Je devais défendre mes rêves, ma vision de l'avenir... » Devant le silence de Sidney, il se leva. « CyberCom était le dernier élément qui me manquait. Mais tout cela avait un prix. Avec tous les secrets que nous partagions, Nathan et moi étions en quelque sorte unis pour la vie, ajouta-t-il. Heureusement... » Il jeta un regard narquois à Gamble. « Heureusement, je lui survivrai.

— Ordure ! Judas ! » hurla Gamble en faisant mine de se jeter sur lui, mais Lucas l'en empêcha.

Sidney intervint : « Jason a tout découvert pendant qu'il travaillait sur les documents comptables dans le hangar, n'est-ce pas, Quentin ? » interrogea-t-elle.

La bouche de Rowe se tordit dans une grimace. « Espèce d'imbécile ! lança-t-il d'un ton haineux à Gamble. Vous n'avez jamais eu le moindre respect pour la technologie et cela vous est retombé sur le nez. Vous ne vous êtes jamais rendu compte que les courriers électroniques que vous envoyiez secrètement à Lieberman pouvaient être conservés sur les bandes de sauvegarde même si vous les avez effacés par la suite. Vous avez des rapports tellement malsains avec l'argent qu'il a fallu que vous gardiez trace dans vos propres registres des profits réalisés grâce aux manipulations de Lieberman. Tout cela était au fond du hangar, je n'en reviens pas ! » Rowe se tourna vers Sidney. « Croyez-moi, Sidney, je n'ai rien voulu de tout cela, dit-il.

— Quentin, si vous collaborez avec la police... » commença-t-elle, mais elle perdit tout espoir en le voyant éclater d'un grand rire.

Il se dirigea vers l'ordinateur portable. « Maintenant, dit-il en ôtant la disquette, c'est moi le patron de Triton Global. Je viens d'acquérir la société dont j'avais besoin pour améliorer le futur de l'humanité. Je n'ai pas l'intention de poursuivre mon rêve en prison. »

Il se tourna vers Kenneth Scales. « Fais en sorte qu'elle ne souffre pas. J'y tiens », dit-il, avant de désigner Gamble d'un signe de tête et d'ajouter : « Débarrasse-toi des corps dans l'océan, le plus loin possible. Une mystérieuse disparition. » Ses yeux se mirent à briller. « Dans six mois, plus personne ne se souviendra de vous », ajouta-t-il à l'intention de Gamble.

Gamble répliqua par des insultes. Il se débattit avec force, tandis que les mercenaires l'entraînaient au-dehors.

« Quentin ! » cria Sidney, en voyant Scales s'approcher d'elle. « Quentin, je vous en supplie ! » Rowe, la disquette dans la main, s'apprêtait à quitter la pièce. Il s'approcha d'elle, lui tapota gentiment l'épaule. « Je suis navré, Sidney, sincèrement navré », dit-il, puis il se dirigea vers la porte.

Horrifiée, Sidney vit Scales se rapprocher, ses yeux bleus brillant d'un éclat glacial dans son visage impassible. Elle lança des regards éperdus autour d'elle. Les mercenaires contemplaient la scène, visiblement curieux de savoir comment Scales allait s'y prendre pour la tuer. Elle recula lentement. Quand elle sentit le froid d'un mur dans son dos, elle ferma les yeux et s'efforça de se concentrer sur l'image de son enfant. Amy était saine et sauve. Et ses parents également. C'était déjà beaucoup. *Adieu, mon cœur, maman t'aime. Ne m'oublie pas, Amy.*

Scales brandit son couteau. Un reflet joua sur la lame, lui donnant une coloration rougeâtre. Le tueur sourit en pensant à toutes les fois où, par le passé, l'arme s'était teintée de rouge, mais son sourire disparut brusquement lorsqu'il baissa les yeux. Le fin pinceau lumineux d'un rayon laser était dirigé sur sa poitrine, où brillait un minuscule point rouge.

Il leva la tête et recula en apercevant Lee Sawyer, armé d'un fusil d'assaut à viseur laser qu'il pointait directement sur lui. En même temps, les mercenaires, stupéfaits, découvraient l'artillerie que braquaient sur eux Jackson, les hommes de la brigade d'intervention et un contingent de policiers du Maine. « Lâchez vos armes ! aboya Sawyer en crispant son doigt sur la gâchette de son fusil. Vite, ou votre cervelle décore le parquet ! » Il fit un pas en avant. Les hommes jetèrent leurs armes sur le sol.

Du coin de l'œil, Sawyer aperçut Quentin Rowe qui essayait de s'éclipser discrètement. Il brandit son arme dans sa direction. « Vous feriez mieux de vous joindre à nous, monsieur Rowe. Prenez un siège ! »

Rowe, l'air effrayé, s'assit sur une chaise, la disquette serrée contre sa poitrine. « Allons-y », dit Sawyer à Jackson. Au moment où il s'avançait vers Sidney pour la délivrer, un coup de feu éclata et l'un des agents de Sawyer s'écroula. Les hommes de Rowe profitèrent de l'occasion. Ils se précipitèrent sur leurs armes et ouvrirent le feu, tandis que les forces de l'ordre couraient se mettre à l'abri et ripostaient. Un feu nourri éclata. Les lumières volèrent en éclats et la pièce fut plongée dans l'obscurité.

Les armes crachaient la mort de tous côtés. Prise sous ces feux croisés, Sidney s'était jetée à terre, les mains sur la tête. Les balles lui sifflaient aux oreilles.

À quatre pattes, Sawyer entreprit de progresser dans sa direction pour tenter de la mettre en sûreté. De son côté, Scales rampait vers elle, le couteau entre les dents. L'agent du FBI atteignit Sidney le premier. Au moment où il lui tendait la main, elle aperçut un éclat métallique. Scales avait levé son couteau et s'apprêtait à frapper. Elle hurla. Sawyer lança le bras en avant. La lame acérée pénétra son épais blouson et lui entama l'avant-bras. Avec un gémissement, il donna un coup de pied à Scales, mais il perdit l'équilibre. Il se retrouva sur le dos, tandis que le tueur se jetait sur lui et le frappait à deux reprises à la poitrine. Par chance, les mailles de Teflon de son gilet de protection arrêtèrent les coups. L'agent du FBI décocha un terrible coup de poing dans la mâchoire de Scales, déjà bien abîmée, tandis que Sidney martelait la nuque du tueur.

Sous la douleur, Scales repoussa violemment Sidney, qui alla heurter un mur, et se mit à rouer le visage de Sawyer de coups de poing. Il leva son couteau, visant cette fois le front de l'agent du FBI, mais celui-ci lui saisit le poignet et, dans une étreinte puissante, lui rabattit l'avant-bras. Habitué à liquider ses victimes sans leur laisser la moindre chance de lui résister, le tueur découvrit à son corps défendant la force de son adversaire. Sawyer lui fracassa la main contre le sol jusqu'à ce que Scales ouvre les doigts et lâche le couteau, puis, se redressant, il lui balança en plein visage un coup de poing qui le projeta dans la pièce, hurlant de douleur, le nez cassé et la bouche en sang.

Pendant ce temps, dans un coin de la pièce, Ray Jackson était en train d'échanger des coups de feu avec deux des hommes de Gamble. Trois membres de la brigade d'intervention étaient parvenus à gagner la galerie et dominaient la situation du haut de cette position stratégique. Deux des mercenaires étaient déjà morts. Un autre était sur le point d'expirer, l'artère fémorale sectionnée. Parmi les policiers, deux avaient été touchés, dont l'un sérieusement, et deux des hommes de la brigade d'intervention avaient reçu une balle, mais continuaient à se battre.

Jackson allait recharger son fusil lorsqu'il aperçut Scales qui se relevait, s'emparait de son couteau et se précipitait sur Sawyer. Celui-ci, de nouveau occupé à tenter de mettre Sidney à l'abri, tournait le dos à son adversaire.

Jackson bondit sur ses pieds. Il était loin de Sawyer, à l'autre extrémité de la pièce. Dans le vacarme des coups de feu, crier pour le prévenir se révélait inutile. Il n'avait plus le temps de recharger son fusil. Son 9 mm était vide et il n'avait plus de munitions. Il ne lui restait qu'une solution. En tant qu'ex-membre des Wolverines, l'équipe de football américain de l'université du Michigan, il savait traverser un terrain en boulet de canon. À ceci près que, cette fois, la vie d'un homme était en jeu. D'une détente puissante, il se propulsa à travers la pièce, les balles volant autour de lui.

Sans être un gringalet, Scales pesait bien vingt-cinq kilos de moins que l'agent du FBI qui se précipitait sur lui et, malgré son curriculum vitae de tueur, il n'avait jamais fait l'expérience de la violence sportive des terrains de football américain.

La lame de Scales était à quelques centimètres du dos de Sawyer lorsque l'épaule d'acier de Jackson percuta la cage thoracique du tueur qui céda avec un bruit mat. Scales fut projeté contre la cloison de chêne massif, à plus d'un mètre de distance. Un second bruit mat, plus discret celui-ci, annonça son départ du monde des vivants, le cou brisé net. Il s'effondra sur le dos, le regard fixe.

La charge héroïque de Jackson lui valut de recevoir deux balles, une dans le bras et une dans la jambe, avant que le 10 mm de Swayer ne mette un terme à la carrière du tireur. Agrippant Sidney par le bras, Sawyer parvint enfin à la mettre en sécurité dans un angle de la pièce, derrière une lourde table retournée, puis il se précipita vers Jackson qui était effondré contre un mur, le souffle court. Il entreprenait de le traîner vers un endroit moins exposé, lorsqu'une balle vint se loger dans le mur, à quelques centimètres de sa tête. Un second projectile l'atteignit à la poitrine. Sous le choc, il lâcha son pistolet, qui glissa sur le parquet dans la direction de Sidney. L'agent du FBI s'effondra lentement contre le mur, crachant du sang. Son gilet l'avait de nouveau protégé, mais l'impact lui avait fêlé une ou deux côtes.

Sawyer constituait maintenant une cible parfaite pour le tireur. Soudain, une série de coups partit de derrière la lourde table, suivie d'un cri bref de la part de l'homme qui visait l'agent du FBI. Les yeux écarquillés, Sawyer vit Sidney Archer remettre à sa ceinture le 10 mm encore fumant dont elle s'était emparée, quitter son abri et se précipiter dans sa direction. Elle s'accroupit auprès de lui et l'aida à traîner Jackson à l'abri derrière la table.

« Ray, mon vieux, tu n'aurais pas dû faire ça », dit Sawyer en installant son collègue contre le mur.

Jackson esquissa un sourire. « Pour que du fond de ta tombe tu m'empoisonnes la vie, non merci ! » dit-il. Son visage pâlit soudain et il se mordit les lèvres jusqu'au sang. Sawyer, ayant arraché sa cravate, entreprenait de lui poser un garrot rudimentaire au-dessus de sa blessure à la jambe en se servant du couteau comme tourniquet.

« Serre ici, Ray. » Sawyer guida sa main jusqu'au marche du couteau et lui maintint les doigts dessus, puis, arrachant un morceau de sa veste, épongea le sang de sa blessure au bras. « Le projectile n'a fait que traverser, commenta-t-il. Tout va bien.

— Je sais. Je l'ai senti sortir. » La sueur perlait au front de Jackson. « Tu as eu ta tournée, toi aussi, non ?

— Non, c'est le gilet qui a pris. C'est OK. »

Dans le mouvement qu'il fit pour se relever, la blessure de son avant-bras se mit à saigner de nouveau.

Sidney regarda le flot écarlate avec horreur. « Lee, votre bras ! » s'écria-t-elle. Elle prit son foulard et en entoura la blessure.

« Merci, dit Sawyer. Et je ne parle pas du foulard. »

Elle s'appuya au mur. « Heureusement qu'après votre appel, nous avons pu compléter l'un l'autre ce que nous savions de l'affaire, constata-t-elle. Pour gagner du temps et vous permettre d'arriver, j'ai meublé en faisant part à Gamble de mes brillantes déductions, mais à la fin je n'étais pas rassurée. J'ai vraiment cru que ce ne serait pas suffisant et que j'allais y passer.

— Pendant quelques instants, on a perdu le signal du téléphone cellulaire. Dieu merci, on a pu le récupérer. » Il s'assit auprès d'elle et, pour la première fois, s'aperçut qu'elle avait le visage tuméfié. « Bon Dieu, je n'ai même pas pensé à vous demander comment vous allez. Vous êtes blessée ?

— Non. Dans quelques jours, il n'y paraîtra plus et, en attendant, un peu de maquillage camouflera les dégâts. » Elle porta la main à sa mâchoire, puis la posa sur la joue enflée de Sawyer. « Et vous ?

— Pareil. Sauf pour le maquillage. » Il sursauta. « Et Amy ? Et votre mère ? »

Elle lui expliqua l'histoire de l'enregistrement. « Les salauds ! gronda-t-il.

— Je me demande ce qui se serait passé si je n'avais pas répondu à votre appel sur mon messager de poche, dit-elle un d'air pensif.

— À quoi bon y penser ? L'important, c'est que vous l'ayez fait. À vrai dire, ajouta-t-il avec un sourire, j'ai été ravi de retrouver votre carte professionnelle. Après tout, peut-être tous ces gadgets high-tech ont-ils leur utilité. À dose homéopathique. »

***

Dans un autre angle de la pièce, Quentin Rowe était effondré derrière le bureau. Les yeux clos, les mains sur les oreilles pour essayer de se protéger du vacarme des balles, il ne prit conscience qu'à la dernière minute de la présence de l'homme qui arrivait derrière lui. Il sentit des mains tirer sa queue de cheval et le forcer à lever la tête, puis lui tordre lentement le cou. Juste avant que sa nuque ne cède, il découvrit au-dessus de lui le visage de son agresseur. Ce fut la dernière vision de Rowe. Avec un mauvais sourire, Nathan Gamble lâcha le corps inanimé de

Rowe qui s'effondra sur le sol, prit l'ordinateur portable sur le bureau et le fracassa sur le cadavre avec une violence telle qu'il se fendit en deux.

Il contempla quelques instants son œuvre. Les balles l'atteignirent en pleine poitrine au moment où il se retournait pour prendre la fuite. Il dévisagea son assassin avec une expression d'incrédulité qui se changea aussitôt en fureur, réussit à agripper la manche de l'homme, puis s'effondra sur le sol.

Le tireur s'empara de la disquette, tombée près du corps de Quentin Rowe, et sortit de la pièce.

Rowe gisait sur le dos, la tête tournée vers Gamble. Par une ironie du sort, les deux hommes se retrouvaient bien plus proches l'un de l'autre dans la mort qu'ils ne l'avaient jamais été de leur vivant.

Sawyer risqua un œil par-dessus la table et examina la pièce. Les mercenaires encore en vie venaient de jeter leurs armes et sortaient de leur abri, les mains en l'air. Les membres de la brigade d'intervention les menottèrent et les firent s'allonger à terre. Poursuivant son inspection, l'agent du FBI découvrit les corps inanimés de Gamble et de Rowe. Au même moment, il entendit des pas précipités à l'extérieur, du côté des portes-fenêtres. « Occupez-vous de Ray, cria-t-il à l'adresse de Sidney en s'élançant dehors, le spectacle n'est pas terminé. »

58

Le vent, la neige et l'écume de l'océan assaillirent Lee Sawyer et fouettèrent son visage tuméfié. Malgré la douleur lancinante dans son bras et son torse, il se mit à courir sur la plage, la respiration rauque, le souffle court, mais dut s'arrêter pour se débarrasser de son lourd gilet protecteur. Quelques instants plus tard, il repartait, maintenant d'une main ses côtes fêlées. Ses pieds s'enfonçaient dans le sable. À deux reprises, il se tordit les chevilles et tomba. Il prenait du retard, mais sans doute l'homme qu'il poursuivait avait-il les mêmes problèmes. Il préférait ne pas se servir de sa lampe torche, du moins pour le moment, et gardait les yeux fixés sur les profondes traces de pas qui le précédaient sur le sable mouillé.

Brusquement un affleurement rocheux massif, caractéristique de la côte du Maine, arrêta sa progression. Alors qu'il se demandait comment contourner l'obstacle, il aperçut un sentier rocailleux qui courait au milieu de cette montagne miniature. Il sortit son revolver et s'y engagea. L'océan battait furieusement la roche, couvrant ses vêtements d'écume. Le chemin montait de plus en plus. Sawyer avait l'impression que ses poumons allaient exploser. Il contempla un instant la masse noire de l'océan, puis poursuivit son ascension jusqu'à ce que le sentier forme un coude. Là, il s'arrêta et projeta la lueur de sa lampe torche jusqu'au bord de l'à-pic.

Aveuglé par le faisceau lumineux, l'homme cligna des paupières et leva une main pour se protéger les yeux, tandis que Sawyer se penchait en avant tout en essayant de reprendre son souffle.

« Qu'est-ce que tu fabriques ici ? » demanda-t-il enfin, d'une voix haletante, mais claire.

Frank Hardy lui faisait face, hors d'haleine lui aussi. Ses vêtements et ses cheveux complètement décoiffés par le vent étaient trempés.

« Lee, c'est toi ?

— Évidemment, Frank. Ce n'est pas le père Noël. Réponds à ma question. »

Hardy prit une profonde inspiration. « Eh bien, j'ai accompagné Gamble ici. Je devais assister à la réunion, mais au beau milieu, il m'a demandé de monter à l'étage, car il avait une affaire personnelle à régler. Ensuite, ça s'est mis à tirer dans tous les coins. J'ai filé en quatrième vitesse. Tu peux me dire ce qui se passe ? »

Sawyer hocha la tête, l'air admiratif. « Pas mal. Tu as toujours eu d'excellents réflexes, Frank. C'est ce qui faisait de toi un agent de première, au FBI. Dis-moi, as-tu tué Gamble *et Rowe* ou bien Gamble t'a-t-il coiffé sur le poteau en descendant Rowe ? »

Les yeux de Frank Hardy s'étrécirent. Son visage se ferma.

« Prends ton pistolet par le canon et jette-le par-dessus la falaise, reprit Sawyer.

— Quel pistolet, Lee ? Je ne suis pas armé.

— Celui dont tu t'es servi pour tirer sur l'un de mes hommes et pour déclencher la fusillade, là-bas. » Sawyer resserra son étreinte sur son arme. « Je ne te le répéterai pas, Frank. »

Lentement, Hardy prit son arme et la lança au bas des rochers.

Sawyer prit une cigarette dans sa poche, la glissa entre ses lèvres, puis sortit un briquet et le tint en l'air. « Tu connais ce genre d'objet, Frank ? Même dans un ouragan, ces trucs-là resteraient allumés. C'est le même qui a servi à envoyer l'avion s'écraser dans un champ.

— Je ne suis au courant de rien, pour l'attentat », répondit Hardy avec hargne.

Sawyer alluma calmement sa cigarette et tira une longue bouffée. « Tu n'étais au courant de rien, pour l'attentat contre l'avion. Exact. Mais tu étais dans le coup pour tout le reste. En fait, je suis sûr que tu t'es fait offrir une jolie petite prime par Gamble. Tu as peut-être eu ta part des deux cent cinquante millions de dollars que tu as détournés en t'arrangeant pour faire accuser Jason Archer. Avec imitation de sa signature et tout le toutim. Joli travail !

— Tu es cinglé ! Pourquoi Gamble se serait-il volé lui-même ?

— Mais il ne s'est pas volé. Cet argent a certainement été réparti sur la bonne centaine de comptes qu'il possède dans le monde entier. Une couverture impeccable. Qui serait allé soupçonner la victime même du détournement ? Quentin Rowe s'est sans doute chargé de mystifier la BankTrust et d'accéder à la base de données de la police de Virginie pour manipuler les empreintes de Riker. Jason Archer avait des preuves du chantage exercé sur Lieberman. Il fallait qu'il en parle à quelqu'un. À qui ? À Richard Lucas ? Ça m'étonnerait. C'était l'homme de Gamble, quelqu'un de la maison. »

Le regard de Hardy se fit glacial. « À qui donc en a-t-il parlé ? »

Sawyer tira longuement sur sa cigarette avant de répondre. « Mais à toi, Frank. »

— Prouve-le.

— Il est allé te voir, toi l'homme de l'extérieur, toi l'ex-agent du FBI couvert d'éloges, cracha Sawyer. Il est allé te voir pour que tu l'aides à révéler ce qu'il avait découvert. Seulement, il était hors de question que tu le laisses faire. Triton pour toi, c'était le pactole. Pas question de laisser tomber les voyages en jet privé, les jolies femmes et les vêtements chics. Est-ce que je me trompe, Frank ? »

Devant le silence de Hardy, Sawyer continua : « Alors vous m'avez branché sur Jason Archer. Le prétendu méchant de l'histoire. Vous avez bien dû rigoler en voyant comment j'ai mordu à l'hameçon. Ou plutôt comment j'ai eu l'air de mordre à l'hameçon. Parce que lorsque vous vous êtes aperçus que je ne gobais pas tout, vous avez commencé à vous énerver. C'est sans doute à toi que je dois la proposition de Gamble d'entrer à son service ? Entre ton offre et la sienne, j'aurais pu avoir la grosse tête, Frank. »

Fouillant dans sa poche, Sawyer en sortit une paire de lunettes noires. « Mais ton rôle ne s'est pas arrêté là. » Il mit les lunettes sur son nez. Dans l'obscurité, l'effet était plutôt ridicule. « Cela te rappelle quelque chose, Frank ? poursuivit-il. Les deux types dans le hangar de Seattle, sur la bande vidéo. Ils portaient des lunettes de soleil à l'intérieur d'une pièce sombre. Pour quelle raison ?

— Je n'en sais rien, souffla Hardy dans un murmure.

— Bien sûr que si, tu le sais. Jason croyait tout simplement qu'il était en train de remettre ses preuves... au FBI. Entre nous, les types que tu as engagés pour jouer ce rôle ont dû beaucoup fréquenter les salles obscures parce que au cinéma, les agents du FBI portent toujours des lunettes noires. Tu ne pouvais te contenter de faire disparaître Jason Archer. Il fallait que tu gagnes sa confiance, que tu vérifies qu'il n'avait rien dit à personne. Le plus urgent, c'était de récupérer toutes les preuves. L'enregistrement vidéo de l'échange devait être excellent, parce qu'il te servirait à me prouver la culpabilité d'Archer. Et tu n'aurais pas l'occasion de tourner la scène une seconde fois. Mais Archer se méfiait. C'est pourquoi il a copié les informations sur une autre disquette et a envoyé celle-ci un peu plus tard à sa femme. Lui as-tu raconté que le gouvernement lui offrirait une grosse récompense ? Sans doute. Tu as dû lui faire croire que c'était le coup le plus fumant de l'histoire du FBI. »

Hardy se taisait.

Derrière ses lunettes, Sawyer lança un regard aigu à son ex-collègue. « Mais ce que tu ignorais, Frank, c'est que Gamble avait de son côté un gros problème : Arthur Lieberman allait passer l'arme à gauche. Alors que fait-il ? Il paie Riker pour saboter l'avion que va prendre Lieberman. Tu n'étais certainement pas au courant de cette partie du plan. Sur l'ordre de Gamble, tu fais en sorte qu'Archer ait son billet pour Los Angeles, puis qu'il l'échange au dernier moment et prenne l'avion pour Seattle afin que tu puisses avoir ta petite bande vidéo de la scène du hangar. En tant qu'ex-agent de la CIA, Richard Lucas avait sans doute gardé des liens avec d'anciens collaborateurs d'Europe de l'Est sans famille ni passé. Personne ne réclamerait le gars qui prendrait la place d'Archer dans l'avion de Los Angeles. Toi, tu ignorais totalement que Lieberman était sur ce vol et que Gamble voulait le tuer, mais pour Gamble, c'était la seule façon de rendre Archer responsable de la mort de Lieberman. Il faisait d'une pierre deux coups. Tu m'apportais la bande vidéo et je concentrais tous mes efforts sur la poursuite de Jason Archer, en laissant tomber ce pauvre Arthur Lieberman. Il faut dire que sans la mort d'Ed Page, je ne me serais sans doute jamais intéressé de nouveau à Lieberman.

« N'oublions pas non plus les gens de RTG, qu'on a accusés de tout, avec pour finir le rachat bien opportun de CyberCom par Triton. Je t'ai dit que j'avais vu Brophy à La Nouvelle-Orléans. Tu as découvert qu'il avait en fait des liens avec RTG. Qu'il se pouvait bien qu'avec Goldman il travaille pour RTG — ce dont Jason Archer devait être accusé. Tu les as donc fait suivre et quand l'occasion s'est présentée, tu les as fait liquider en t'arrangeant pour que ce soit Sidney Archer qui porte le chapeau. Pourquoi pas, puisque tu avais déjà agi de même avec son mari. »

Après une pause, Sawyer reprit : « Tout de même, Frank, un agent du FBI impliqué dans une affaire criminelle de cette ampleur, c'est un sacré saut. Peut-être que je devrais te faire visiter le site du crash. Ça te dirait ?

— Je n'ai rien à voir avec le sabotage de l'avion, je le jure ! hurla Hardy.

— Je sais. À un détail près. » Sawyer ôta ses lunettes noires. « Tu as tué le saboteur.

— Tu peux le prouver ? » Les yeux de Hardy lançaient des éclairs.

« C'est toi qui me l'as dit, Frank, tout simplement. » Hardy se figea. « Dans le parking où Goldman et Brophy ont été liquidés. Il faisait un froid glacial. Je me posais des questions sur la décomposition des corps, dans la mesure où des températures aussi basses peuvent empêcher de déterminer avec certitude l'heure de la mort. Tu te souviens de ce que tu m'as dit ? Que c'était le même problème pour Riker, que l'air conditionné avait rendu l'appartement aussi glacial que ce parking.

— Oui, et alors ?

— Et alors je ne t'avais jamais dit que la climatisation marchait à fond chez Riker. En fait, j'ai remis le chauffage dès que nous avons découvert le corps. Aucun des rapports du Bureau n'en faisait mention et de toute façon tu n'y aurais pas eu accès. »

Hardy était devenu blême.

« Si tu étais au courant, Frank, poursuivit Sawyer, c'est parce que tu avais toi-même réglé la climatisation. Quand tu as découvert que l'avion avait été saboté, tu as compris que Gamble s'était servi de toi. Sans doute avait-il l'intention de faire disparaître Riker, mais tu t'es fait un malin plaisir de t'en charger. Il a fallu que je me gèle le cul dans un fourgon de police en arrivant ici pour le comprendre. »

Lee Sawyer fit un pas en avant. « Douze balles, Frank. Je dois avouer que ça m'a scié. Tu étais dans une telle rage après ce type, à cause de ce qu'il avait fait, que tu lui as vidé un chargeur dans le corps. Le flic n'était sans doute pas encore tout à fait mort en toi, à ce moment-là, mais c'est bien fini. »

Hardy déglutit. Il essaya de garder un ton froid.

« Écoute-moi, Lee. Tous ceux qui étaient au courant de mon implication dans cette affaire sont morts... »

Sawyer l'interrompit. « Et Jason Archer ?

— Une pauvre cloche, ricana Hardy. Tout ce qu'il voulait, c'était l'argent, comme nous tous, d'ailleurs. Mais au contraire de toi et moi, il manquait de cran. Il avait tout le temps des *cauchemars.* » À son tour, Hardy fit un pas vers Sawyer. « Lee, s'il te plaît, regarde les choses autrement. Le mois prochain, je t'embauche et tu travailles avec moi. Un million de dollars par an, stock-options et tout le reste. Tu seras à l'abri du besoin jusqu'à la fin de tes jours. »

Sawyer jeta sa cigarette à terre. « Frank, que tout ceci soit bien clair entre nous. J'ignore à quoi ressemble une stock-option, mais là où tu vas te retrouver, tu n'auras qu'une seule et unique option : couchette du haut ou couchette du bas.

— Loin de là, mon pote, grinça Hardy en sortant la disquette de sa poche. Si tu la veux, lâche ton arme.

— Tu plaisantes ?

— Lâche ton arme, sinon je balance tout le dossier dans l'Atlantique. Si tu me laisses partir, je te l'envoie. »

L'agent du FBI abaissa lentement son pistolet, mais il interrompit son geste et le braqua de nouveau sur Hardy. « D'abord, je veux que tu répondes à une question. Tout de suite. Qu'est-il arrivé à Jason Archer ?

— Lee, quelle importance...

— Où est-il ? rugit Sawyer. Il y a là-bas une jeune femme qui tient à le savoir, vois-tu, et tu vas me le dire. À propos, tu peux jeter cette disquette si ça te chante. Richard Lucas est vivant. » Sawyer mentait consciemment. Il avait vu le cadavre du chef de la sécurité de Triton allongé sur le sol, dans le hall de l'hôtel. « Tu paries combien qu'il se fera une joie de te faire tomber ? »

Hardy se figea, conscient qu'il n'avait plus de porte

de sortie. « Ramène-moi à l'hôtel, Lee, dit-il. Je veux téléphoner à mon avocat. »

Il fit un pas dans la direction de Sawyer, mais s'arrêta net. L'agent du FBI pointait son arme sur lui d'une manière qui ne laissait aucun doute sur ses intentions.

« Je t'ai posé une question, Frank. Je veux la réponse.

— Va au diable ! Récite-moi mes droits si ça t'amuse, mais écarte-toi de mon chemin. »

Pour toute réponse, Sawyer dévia légèrement son pistolet sur la gauche et tira. Le projectile arracha un bout de l'oreille droite de Hardy, qui tomba à terre, le visage en sang. « Non, mais tu es cinglé ! s'exclama-t-il, tandis que Sawyer pointait maintenant l'arme sur son front. Tu veux moisir en prison jusqu'à la fin de tes jours, espèce de salaud !

— Certainement pas, *mon pote*. Tu n'es pas le seul à pouvoir trafiquer la scène d'un crime. » Sous le regard incrédule de Hardy, Sawyer ouvrit l'étui qu'il portait à sa ceinture et en sortit un autre 10 mm. « Tu vois cette arme, dit-il en brandissant le pistolet, c'est celle que tu m'auras arrachée dans la lutte. On la retrouvera bien serrée dans ta main. Elle aura tiré plusieurs balles, preuve que tu avais l'intention de me tuer. » Il montra l'océan. « Difficile de retrouver les projectiles là-dedans. » Levant l'autre pistolet, il ajouta : « Tu étais un enquêteur de première, Frank. Tu as une petite idée du rôle que celui-ci va jouer ?

— Bon Dieu, Lee, ne fais pas ça !

— Ce pistolet va me servir à te tuer, Frank, poursuivit calmement Sawyer.

— Lee !

— Où est Archer ? »

Sawyer approcha le canon de son arme à quelques centimètres de la tête de Hardy, qui se couvrit le visage de ses mains. Il arracha la disquette des doigts tremblants de son ex-collègue. « Après tout, elle peut toujours me servir », dit-il en l'empochant. Son index se crispa sur la gâchette. « Adieu, Frank.

— Attends ! Je vais te le dire. Jason est... » Il se tut.

« Eh bien ?

— Jason est mort », lâcha-t-il enfin.

Sawyer parut frappé par la foudre. Ses épaules se voûtèrent et il lui sembla que toute son énergie vitale l'abandonnait. Il s'était attendu à cette réponse, mais il avait espéré un miracle jusqu'au bout. Pour Sidney Archer et sa petite fille.

Soudain, mû par une intuition, il se retourna.

Sidney se tenait en haut du sentier, tout près de là, trempée et frissonnante. La lune sortit de derrière les nuages et leurs yeux se rencontrèrent. Ils n'eurent pas besoin de parler. Elle avait entendu la terrible nouvelle : son mari ne reviendrait plus jamais.

Un cri jaillit. Sawyer se retourna, son arme pointée, au moment même où Hardy basculait par-dessus le bord de la falaise. Il se précipita. Tout en bas, celui qui avait été son ami rebondissait sur les rochers déchiquetés avant de disparaître dans les eaux furieuses de l'océan.

Il contempla l'abîme, puis, d'un geste brusque, jeta son pistolet le plus loin possible dans l'océan. Le mouvement sollicita brutalement ses côtes fêlées, mais il ne sentit pas la douleur. Il resta immobile, le regard fixé sur les vagues, puis son grand corps se plia tandis qu'il essayait de reprendre son souffle, les mains pressées sur ses côtes. Son bras et son visage se remirent à saigner.

Il se raidit en sentant le bras de Sidney Archer sur son épaule. Compte tenu des circonstances, il aurait compris qu'elle se soit enfuie à toutes jambes. Il était même un peu étonné qu'elle ne l'ait pas fait. Mais

Sidney le prit par la taille et, le soutenant, elle l'aida à redescendre le sentier.

59

C'est dans le petit cimetière proche de la maison où il avait vécu que l'on conduisit Jason Archer à sa dernière demeure, par une claire journée de décembre. Pendant la cérémonie funèbre, Sawyer se tint discrètement à l'écart de la famille et des amis qui entouraient sa veuve. Lorsque tout le monde fut parti, il resta seul un moment auprès de la sépulture. Jason Archer avait occupé les pensées de l'agent du FBI pendant plus d'un mois, et pourtant les deux hommes ne s'étaient jamais rencontrés. De par son métier, Sawyer éprouvait souvent ce sentiment de familiarité, mais cette fois, ses émotions étaient d'un ordre différent. Il était conscient de n'avoir pu empêcher qu'Archer soit tué. Il se sentait terriblement malheureux d'avoir été incapable de venir en aide à sa femme et à son enfant, d'avoir découvert la vérité trop tard pour éviter que cette famille ne soit irrémédiablement détruite.

Les larmes lui vinrent aux yeux. Il avait résolu l'affaire la plus compliquée de sa carrière et pourtant, il n'avait jamais eu un tel sentiment d'échec. Le visage dans les mains, il demeura quelques minutes immobile, puis remit son chapeau et se redressa lentement. À pas pesants, il se dirigea vers sa voiture. La vue de la longue limousine noire garée près du trottoir l'arrêta. À l'arrière, par la vitre baissée, le visage de Sidney Archer contemplait tristement le monticule de terre fraîchement remuée. Elle tourna la tête vers Sawyer. Le cœur battant, les mains tremblantes, il resta là, immobile. Il aurait tout donné pour pouvoir lui rendre son mari. Puis la vitre remonta et la limousine s'éloigna.

La veille du réveillon de Noël, dans la soitée, la voiture de Lee Sawyer s'engagea lentement dans Morgan Lane. Il régnait partout une atmosphère de fête. Un petit groupe de chanteurs emmitouflés chantait des cantiques de Noël. Les maisons étaient joliment décorées de couronnes, de guirlandes et d'effigies du père Noël, sauf une, simplement éclairée par la lumière qui brillait dans la pièce principale.

Sawyer s'arrêta dans l'allée et sortit de la voiture, un petit paquet joliment enveloppé à la main. Il portait un costume neuf et avait tenté de discipliner son épi rebelle avec du gel. Sa démarche était encore un peu raide, car ses côtes n'étaient pas encore complètement ressoudées.

Sidney Archer répondit à son coup de sonnette. Elle était vêtue d'un pantalon noir et d'une blouse blanche. Ses cheveux blonds tombaient librement sur ses épaules. Elle avait repris un peu de poids, mais son visage, sur lequel ne subsistait aucune trace de blessures, était encore amaigri.

Ils s'installèrent dans le living-room, face à la cheminée où brûlait un feu clair. Sawyer accepta un verre de vin chaud. Pendant que Sidney allait le lui chercher, il fit le tour de la pièce du regard. Sur la desserte une boîte de disquettes était posée, entourée d'un ruban rouge. Il n'y avait pas d'arbre de Noël. Il déposa donc son paquet sur la table basse.

« J'espère que vous partez quelques jours ? » interrogea-t-il quand elle revint s'asseoir en face de lui.

« Je vais chez mes parents. Ils ont préparé une petite fête pour Amy, avec des décorations et un arbre de Noël. Mon père va se déguiser en père Noël. Il y aura aussi mes frères avec leur famille. Ce sera bien pour elle. »

Tous deux burent une gorgée de vin chaud. Sawyer

désigna d'un signe de tête la boîte de disquettes enrubannée. « J'espère que c'est un gag ! » s'exclama-t-il.

Sidney suivit son regard. « C'est Jeff Fisher, dit-elle avec un faible sourire. Il m'offre son assistance gratuite et illimitée en informatique, en remerciement pour la nuit la plus excitante de sa vie, selon sa formule. »

Il glissa vers elle le présent qu'il avait apporté. « Un petit cadeau pour Amy, de notre part, à Ray et à moi. Choisi par la femme de Ray. C'est une poupée qui fait quantité de choses, elle parle, elle mouille sa couche... Vous voyez ? » Il s'interrompit, soudain gêné, et trempa ses lèvres dans son verre.

Le regard de Sidney s'éclaira. « Merci infiniment, Lee. Je suis sûre qu'elle plaira beaucoup à ma fille. Je la lui aurais bien donnée maintenant, mais elle dort.

— C'est mieux d'ouvrir les paquets à Noël, de toute manière.

— Comment va Ray ?

— Il a récupéré à une vitesse incroyable. Maintenant, il n'a plus besoin de béquilles et... »

Sawyer s'interrompit. Sidney était brusquement devenue toute pâle. Elle prit une serviette en papier posée sur la table et la porta à sa bouche, prise d'un haut-le-cœur, puis se leva et se précipita hors de la pièce. Sawyer se leva à son tour, mais se ravissant, il se rassit. Quelques minutes plus tard, elle revint auprès de lui. « Excusez-moi, dit-elle, j'ai dû attraper un virus quelconque.

— Depuis quand vous savez-vous enceinte ? »

Elle le regarda d'un air stupéfait.

« Sidney, reprit-il, j'ai eu quatre enfants. Je sais reconnaître ce genre de nausées.

— Depuis quinze jours. Le matin où Jason est parti... » Elle se mit à se balancer dans son fauteuil, la tête dans ses mains. « Seigneur, je n'arrive pas à y croire. Pourquoi ne m'a-t-il rien dit ? Pourquoi a-t-il agi ainsi ? Il n'aurait jamais dû mourir ! Jamais !

— Sidney, il aurait pu faire comme s'il n'avait rien découvert. C'est ce que beaucoup d'autres auraient fait à sa place. Il a préféré agir. Héroïquement. Il a pris énormément de risques, mais il l'a fait pour vous et pour Amy. Je ne l'ai jamais rencontré et pourtant je sais qu'il vous aimait. » Sawyer n'entendait pas révéler à Sidney que l'espoir d'une récompense de la part du gouvernement avait joué un rôle important dans la décision de Jason de réunir des preuves contre Triton.

Elle le regarda, les yeux pleins de larmes. « S'il nous aimait tant que ça, pourquoi a-t-il couru un tel danger ? Cela n'a aucun sens. Mon Dieu, c'est comme si je l'avais perdu une seconde fois ! Est-ce que vous comprenez ce que je ressens, Lee ? »

Sawyer s'éclaircit la voix. « Voyez-vous, dit-il d'un ton posé, j'ai un ami, un homme pétri de contradictions. Il aimait énormément sa femme et ses enfants et il aurait fait n'importe quoi pour eux. Vraiment n'importe quoi.

— Lee... »

Il leva la main. « S'il vous plaît, Sidney, laissez-moi terminer. Il les aimait tant qu'il a passé tout son temps à essayer de faire régner la sécurité dans le monde où ils vivaient. Vraiment tout son temps. Résultat, il n'a réussi qu'à leur faire du mal. Quand il s'en est aperçu, il était trop tard. Vous voyez, les meilleures intentions produisent parfois les pires effets. » Sa voix se brisa. Il but une gorgée de vin chaud et reprit : « Jason vous aimait, Sidney, et c'est tout ce qui compte. Ne pensez plus au reste. »

Tous deux contemplèrent les flammes en silence. Au bout de quelques minutes, Sawyer demanda : « Qu'allez-vous faire, maintenant ? »

Elle haussa les épaules. « Tyler, Stone a perdu ses deux plus gros clients, Triton et RTG. Malgré cela, Henry Wharton m'a proposé de revenir, mais je ne sais pas si je vais accepter. » Elle posa la main sur son ventre. « En fait, je n'ai pas tellement le choix. Jason n'avait pas pris une assurance-décès très importante et nos économies ont fondu. Avec le bébé en route... » Elle hocha la tête d'un air malheureux.

Sawyer la considéra sans rien dire puis fouilla dans sa poche. « Peut-être que ceci va vous aider, Sidney », dit-il en lui tendant une enveloppe. Elle leva les yeux vers lui. « Allons, ouvrez. »

À l'intérieur de l'enveloppe, il y avait un morceau de papier. Sidney le déplia et ses yeux s'agrandirent. « Qu'est-ce que c'est ?

— Un chèque à votre ordre, de deux millions de dollars. N'ayez crainte, il ne risque pas d'être en bois. Il est émis par le Trésor public.

— Voyons, je ne comprends pas...

— Le gouvernement avait offert une récompense pour toute information permettant la capture de l'auteur ou des auteurs de l'attentat contre l'avion.

— Mais je n'ai rien fait pour mériter cette récompense, ni de près ni de loin.

— Sidney, j'estime que c'est loin d'être assez. Tout l'argent du monde ne suffirait pas à vous récompenser. Et croyez-moi, c'est certainement la première et la dernière fois que j'aurai l'occasion de remettre à quelqu'un un chèque de cette importance en faisant ce genre de commentaire.

— Lee, je ne peux pas accepter.

— Trop tard. Le chèque est pour la forme. Les fonds ont déjà été déposés sur un compte ouvert à votre nom. Charles Tiedman — le président de la Federal Reserve Bank de San Francisco — a déjà chargé une équipe de superexperts financiers de les gérer pour vous. Gratuitement, bien entendu. Tiedman était le meilleur ami de Lieberman. Il m'a prié de vous présenter toutes ses condoléances. »

À vrai dire, ce n'était pas sans mal que Lee Sawyer avait obtenu du gouvernement que la récompense soit remise à Sidney Archer. Il lui avait fallu une journée entière de discussions avec des représentants du Congrès et de la Maison-Blanche pour arriver à ses fins. Néanmoins, comme tout le monde s'accordait à penser qu'il ne fallait à aucun prix révéler les manipulations délibérées dont les marchés financiers américains avaient été l'objet, deux arguments — dépourvus de toute subtilité — avaient emporté la décision. Lee Sawyer avait menacé de s'associer avec Sidney Archer pour mettre aux enchères la disquette qu'il avait prise à Frank Hardy sur une falaise du Maine. Il avait aussi balancé une chaise à travers le bureau du ministre de la Justice.

« Cette somme n'est pas soumise à l'impôt, ajouta Sawyer. Vous êtes à l'abri du besoin jusqu'à la fin de vos jours. »

Sidney remit le chèque dans l'enveloppe et tous deux se turent. Les bûches craquaient dans la cheminée. Au bout d'un moment, Sawyer jeta un coup d'œil à sa montre. « Je vais vous laisser. Vous avez sans doute beaucoup à faire et pour ma part, du travail m'attend encore au bureau.

— Vous ne vous arrêtez donc jamais, Lee ?

— À quoi bon ? Mon travail est tout ce qui me reste. »

Il se leva.

Sidney l'imita et, avant qu'il ait pu faire un geste, elle avait posé ses mains sur ses épaules et se serrait contre lui. « Merci. » Il distingua à peine ce mot qu'elle avait chuchoté, mais il n'avait pas besoin de l'entendre pour le comprendre. Ses sentiments irradiaient comme la chaleur d'un feu. Il la prit dans ses bras. Durant de longues minutes, ils restèrent ainsi, dans la lueur des flammes, tandis que des cantiques de Noël s'élevaient sous les fenêtres.

Lorsqu'ils se séparèrent, Sawyer prit doucement la main de Sidney dans la sienne. « Sidney, je serai toujours là pour vous. Toujours.

— Je sais », murmura-t-elle.

Au moment où il se dirigeait vers la porte, elle ajouta : « Lee, cet ami à vous... surtout dites-lui qu'il n'est jamais trop tard. »

La pleine lune illuminait le ciel lorsque Lee Sawyer monta dans sa voiture et démarra. Tout en conduisant, il se mit à fredonner à son tour un cantique. Il ne retournait pas au bureau. Il allait embêter un peu son copain Ray et sa femme, boire un eggflip avec eux, jouer un moment avec leurs gosses. Demain, il irait acheter des cadeaux de dernière minute. Et il ferait la surprise à ses enfants. Après tout, c'était Noël. Il ôta son badge du FBI de sa ceinture, sortit son pistolet de son holster et les déposa tous deux sur le siège à côté de lui. Il s'autorisa un petit sourire. La prochaine affaire attendrait.

AVERTISSEMENT

L'avion dont il est question dans ce livre, le Mariner L 500, est une pure fiction, même si certains éléments sont empruntés à des appareils réels. Les passionnés d'aviation feront remarquer que le sabotage du vol 3223 est tiré par les cheveux. C'est parfaitement voulu : je n'ai jamais eu l'intention, en écrivant ce livre, d'en faire un manuel d'instructions pour détraqués.

Quant à la Réserve fédérale, point n'est besoin de préciser qu'aux yeux d'un romancier, l'idée que les destinées des États-Unis dépendent en grande partie d'une poignée de gens qui se réunissent en secret et dont les décisions sont peu soumises à contrôle est proprement irrésistible. Cela étant, j'ai probablement *sous-estimé* le rôle de la Fed. La franchise m'oblige à reconnaître toutefois qu'au fil des ans la Fed a fermement tenu la barre de l'économie de ce pays, malgré un certain nombre de turbulences. La tâche n'a rien de facile, car ce n'est pas une science exacte. Bien sûr, les mesures prises par la Fed se révèlent parfois douloureuses pour la plupart d'entre nous, mais dans l'ensemble, elles ont pour objectif de servir les intérêts du pays. Il n'en reste pas moins vrai que la concentration d'un tel pouvoir entre si peu de mains, et qui plus est dans l'ombre, est source de tentation pour les esprits cupides. Et, par la même occasion, d'inspiration pour les romanciers...

En ce qui concerne les aspects de la technologie informatique évoqués dans cet ouvrage, si je me fonde sur les recherches que j'ai faites sur le sujet, tous sont parfaitement vraisemblables, même si certains sont encore en gestation ou d'autres, au contraire — si incroyable que cela puisse paraître —, déjà dépassés. Les avantages de cette technologie sont indéniables, mais leur ampleur même rend les inconvénients incontournables. À partir du moment où les ordinateurs du monde entier se constituent un peu plus chaque jour en un réseau international, le risque que quelqu'un en vienne à exercer un *Total control* sur certains aspects de notre vie croît en proportion. Et l'on peut se demander, avec Lee Sawyer, ce qui arriverait si ce quelqu'un était animé de mauvaises intentions.

David Baldacci
Washington, D.C.
Janvier 1997

Impression réalisée sur Presse Offset par

CPI
Brodard & Taupin

47914 – La Flèche (Sarthe), le 01-08-2008
Dépôt légal : mai 1999
Suite du premier tirage : août 2008

POCKET – 12, avenue d'Italie - 75627 Paris cedex 13

Imprimé en France